SHERRYL WOODS
Süße Magnolien
Ein neuer Tag beginnt

SHERRYL WOODS

Süße Magnolien

Ein neuer Tag beginnt

ROMAN

Ins Deutsche übertragen von Michael Krug

blanvalet

Die Originalausgabe erschien unter dem Titel »A Slice of Heaven« bei
Mira Books, Toronto 2007.

Penguin Random House Verlagsgruppe FSC® N001967

2. Auflage 2022
All rights reserved including the right of reproduction
in whole or in part in any form. This edition published by
arrangement with Penguin Workshop, an imprint of
Penguin Young Readers Group, a division of Penguin Random House LLC.
Copyright © der deutschsprachigen Ausgabe 2022 by Blanvalet Verlag,
in der Penguin Random House Verlagsgruppe GmbH,
Neumarkter Straße 28, 81673 München
Redaktion: Jennifer Jäger
Umschlaggestaltung: © bürosüd, München
Umschlagillustration: www.buerosued.de
LO Herstellung: sam
Satz: GGP Media GmbH, Pößneck
Druck und Bindung: GGP Media GmbH, Pößneck
Printed in Germany
ISBN 978-3-7341-1106-8

www.blanvalet.de

Liebe Freunde,

ich freue mich sehr, dass der zweite Roman der Reihe *Süße Magnolien* wieder erhältlich ist, rechtzeitig zur neuen Netflix-Serie *Süße Magnolien* mit JoAnna Garcia Swisher, Brooke Elliott und Heather Headley in den Hauptrollen. Als ich ursprünglich auf die Idee für eine Reihe über drei lebenslange Freundinnen kam, die zusammen durch dick und dünn gegangen sind, hatte ich noch keine Ahnung, wie viele Frauen im Verlauf der Jahre hinzukommen würden. Ebenso wenig hätte ich gedacht, dass die Leserinnen und Leser so begeistert von diesem Zusammenhalt und der gesamten Gemeinde von Serenity in South Carolina sein würden. Ich hoffe, die Netflix-Zuschauer werden ähnlich empfinden.

Ich denke, als Frauen ist uns allen bewusst, dass Freundinnen neben der Familie die wichtigsten Menschen in unserem Leben sind. Und die besten Freundschaften sind über Jahre bewährte Bande mit Frauen, die unsere Geschichte, unsere Fehler, unsere schmutzigen kleinen Geheimnisse kennen und uns trotzdem lieben. Freundinnen sind da, um uns aufzumuntern, egal, ob wir einfach einen schlechten Tag hatten oder eine gewaltige Lebenskrise zu meistern haben. Sie bringen uns zum Lachen, feiern mit uns, weinen mit uns und erinnern uns daran, dass selbst der schlimmste Tag noch lebenswert ist.

Wenn Sie Maddie, Dana Sue und Helen gleich zum ersten Mal begegnen, hoffe ich, es bereitet Ihnen Freude, sie kennenzulernen. Wenn Sie Ihre Freundschaft mit ihnen erneuern, hoffe ich, es zaubert das ein oder andere Lächeln in Ihr Gesicht. Vor allem aber hoffe ich, dass Sie herzliche, wunderbare Freundinnen in Ihrem Leben haben und jede Minute mit ihnen schätzen.

Alles Gute,
Sherryl

Kapitel 1

Der Geruch von verbranntem Toast erregte Dana Sues Aufmerksamkeit, kurz bevor der Rauchmelder losging. Sie schnappte sich das verkohlte Brot aus dem Toaster und warf es in die Spüle, dann griff sie sich ein Geschirrtuch und wedelte damit in Richtung des schrillen Alarms, um den Rauch zu vertreiben. Endlich verstummte der überempfindliche Melder.

»Mama, was um alles in der Welt ist denn hier los?«, fragte Annie an der Küchentür und rümpfte die Nase über den Geruch von verbranntem Toast. Sie war für die Schule angezogen, trug Jeans, die schlaff an ihrem zu dünnen Körper hingen, und ein T-Shirt mit Rundhalsausschnitt, der blasse, straff über die vorstehenden Schlüsselbeine gespannte Haut zeigte.

Dana Sue verkniff sich einen Kommentar über die Anzeichen, dass Annie noch mehr Gewicht verloren hatte, und betrachtete ihre Teenagertochter mit gequälter Miene. »Rate mal.«

»Du hast wieder mal den Toast verbrannt«, sagte Annie. Ein Grinsen breitete sich in ihrem Gesicht aus und ließ es etwas weniger hager wirken. »Na, du bist mir vielleicht eine Köchin. Wenn ich das herumerzähle, kommt nie wieder jemand zum Essen ins *Sullivan's*.«

»Deshalb servieren wir dort auch kein Frühstück. Und du bist zu Verschwiegenheit verpflichtet. Außer du willst

Hausarrest ohne Handy und E-Mail, bis du dreißig bist«, erklärte Dana Sue ihrer Tochter nur halb im Scherz. Das *Sullivan's* war vom Tag der Restauranteröffnung an ein gewaltiger Erfolg gewesen. Durch begeisterte Mundpropaganda hatte es Bekanntheit in der gesamten Region erlangt. Sogar Charlestons renommiertester Restaurant- und Gastronomiekritiker hatte es für seine innovativen Südstaatengerichte gelobt. Dana Sue konnte nicht gebrauchen, dass ihre vorlaute Tochter diesen Ruf ruinierte, indem sie etwas über ihre kulinarischen Katastrophen zu Hause ausplauderte.

»Warum hast du überhaupt Toast gemacht? Du isst doch keinen.« Annie füllte ein Glas mit Wasser und trank einen winzigen Schluck, bevor sie den Rest in den Abfluss kippte.

»Ich wollte dir Frühstück machen«, sagte Dana Sue und holte einen Teller mit einem fluffigen Omelett aus dem Ofen, wohin sie es zum Warmhalten gestellt hatte. Sie hatte fettarmen Käse und fein geschnittene rote und grüne Paprika hinzugefügt, genau, wie Annie es immer gemocht hatte. Das Omelett war perfekt gelungen, ein Anblick, der sich für die Titelseite einer Gourmetzeitschrift geeignet hätte.

Annie betrachtete das Essen so angewidert wie die meisten Menschen den Kadaver eines überfahrenen Tiers am Straßenrand. »Kein Appetit.«

»Setz dich«, befahl Dana Sue, die allmählich die Geduld mit der inzwischen allzu vertrauten Reaktion verlor. »Du musst essen. Das Frühstück ist die wichtigste Mahlzeit, vor allem an einem Schultag. Stell dir die Proteine als Hirnnahrung vor. Außerdem bin ich extra dafür aufgestanden, also wirst du's auch essen.«

Ihre wunderschöne sechzehnjährige Tochter sah sie mit einem dieser Blicke an, die besagten: *Mutter! Nicht schon wieder.* Aber immerhin setzte sie sich letztlich an den Tisch. Dana Sue nahm ihr gegenüber Platz und umklammerte ihren Becher mit schwarzem Kaffee, als wäre er flüssiges Gold. Nach einer langen Nacht im Restaurant brauchte sie sämtliches Koffein, das sie am Morgen bekommen konnte. Sonst war sie nicht aufmerksam genug für Annies geistesgegenwärtige Ausweichmanöver.

»Wie war der erste Tag zurück in der Schule?«, erkundigte sich Dana Sue.

Annie zuckte mit den Schultern.

»Hast du dieses Jahr irgendwelche gemeinsamen Fächer mit Ty?« So lange Dana Sue zurückdenken konnte, war Annie in Tyler Townsend verknallt. Seine Mutter gehörte zu Dana Sues besten Freundinnen und war seit Kurzem zudem ihre Geschäftspartnerin im *Corner Spa*, Serenitys neuem Fitnessclub für Frauen.

»Mama, er ist in der Oberstufe. Ich bin in der Unterstufe«, erklärte Annie mit gezwungener Geduld. »Wir haben nicht denselben Unterricht.«

»Schade«, sagte Dana Sue und meinte es auch so. Ty hatte selbst einige Probleme, seit sein Vater Maddie verlassen hatte. Aber er war immer ein guter Ansprechpartner für Annie gewesen. Wie ein großer Bruder oder bester Freund. Auch wenn Annie das nicht zu schätzen wusste. Sie wollte von Ty als Mädchen wahrgenommen werden, als jemand, mit dem er vielleicht gern gehen würde. Bisher jedoch zeigte Ty daran keinerlei Interesse.

Dana Sue betrachtete Annies mürrischen Gesichtsausdruck und versuchte es erneut. Sie war fest entschlossen, irgendwie zu ihrem Kind durchzudringen, das ihr zu schnell entglitt. »Magst du deine Lehrer?«

»Sie reden. Ich höre zu. Was gibt's da groß zu mögen?«

Dana Sue unterdrückte ein Seufzen. Noch vor wenigen Jahren war Annie eine richtige kleine Plaudertasche gewesen. Damals wollte sie ihren Eltern jede noch so kleine Einzelheit ihres Tages mitteilen. Natürlich hatte sich alles geändert, seit Dana Sue von Ronnie betrogen worden war und sie ihn vor zwei Jahren rausgeworfen hatte. Annies Anbetung ihres Vaters war damit so zerstört gewesen, wie Dana Sues Herz gebrochen war. Nach der Scheidung hatte lange Zeit Schweigen im Hause Sullivan geherrscht, da weder Mutter noch Tochter darüber reden wollten, was wirklich mit ihnen los war.

»Mama, ich muss los, sonst komme ich zu spät.« Ein Blick auf die Uhr ließ Annie hastig aufspringen.

Dana Sue betrachtete den Teller mit dem unangetasteten Essen. »Du hast keinen Bissen davon probiert.«

»Tut mir leid. Sieht fantastisch aus, aber ich bin nicht hungrig. Wir sehen uns heute Abend.« Sie hauchte Dana Sue einen Kuss auf die Wange und verschwand.

Zurück blieben das mittlerweile nicht mehr perfekte Omelett und ein Hauch von Parfüm. Dana Sue erkannte den Duft als die teure Marke, die sie sich letztes Jahr zu Weihnachten gegönnt hatte und nur zu ganz besonderen Anlässen auftrug. Da solche Gelegenheiten seit der Scheidung immer seltener wurden, spielte es wahrscheinlich keine Rolle, dass ihre Tochter das Parfüm für Highschool-Jungs verschwendete.

Erst als Dana Sue wieder allein war und ihr Kaffee allmählich kalt wurde, bemerkte sie die braune Tüte mit

Annies Mittagessen, die noch auf der Arbeitsplatte stand. Es könnte ein Versehen gewesen sein, aber das glaubte sie nicht. Annie hatte die Tüte so absichtlich zurückgelassen, wie sie das von Dana Sue zubereitete Frühstück ignoriert hatte.

Die Erinnerung an Annies Zusammenbruch bei Maddies Hochzeitsfeier letztes Jahr zu Thanksgiving kehrte zurück, begleitet von einem Anflug neuer Panik.

»Oh Süße«, murmelte Dana Sue. »Nicht schon wieder.«

»Ich denke, als Dessert mache ich heute Abend guten, alten Brotpudding, vielleicht mit Granny-Smith-Äpfeln, um ein bisschen Säure und Textur hinzuzufügen«, meinte Erik Whitney, noch bevor Dana Sue ihre Schürze umbinden konnte. »Was hältst du davon?«

Während ihr das Wasser im Mund zusammenlief, berechnete sie im Kopf die Kohlenhydrate. Jenseits von Gut und Böse, folgerte sie und seufzte. Ihre Gäste könnten es sich gönnen, aber sie musste das Dessert meiden wie die Pest.

Erik betrachtete sie mit besorgtem Blick. »Zu viel Zucker?«

»Für mich, ja. Für den Rest des Universums klingt das perfekt.«

»Ich könnte stattdessen auch frischen Obstkuchen machen, vielleicht mit Zuckerersatz«, schlug er vor.

Dana Sue schüttelte den Kopf. Sie hatte den Ruf des *Sullivan's* damit aufgebaut, alten, beliebten Südstaatengerichten einen neuen Touch zu verleihen. Meistens waren ihre Variationen gesünder als die traditionellen, in Butter getränkten Gerichte. Aber Desserts wollten ihre Gäste lieber dekadent haben, das wusste sie.

Erik hatte sie direkt vom *Atlanta Culinary Institute* weg eingestellt, weil der Arbeitsvermittler der Schule ihn als besten Anwärter für einen Patissier seit Jahren angepriesen hatte.

Mit Mitte dreißig war Erik älter als die meisten Absolventen. Mit seiner Experimentierfreude und seinem Drang, sein Können zu beweisen, hatte er bislang weder Dana Sue noch ihre Gäste enttäuscht. Gegenüber ihrem letzten Souschef, einem launischen Mann, mit dem man kaum vernünftig zusammenarbeiten konnte, war er eine gewaltige Verbesserung. Dana Sue schätzte sich jeden Tag glücklich, dass Erik sowohl die Aufgaben des Souschefs als auch die des Patissiers bewältigte. Er war schnell mehr als ein Mitarbeiter geworden. Ein Freund.

Darüber hinaus bestand in South Carolina bereits hohe Nachfrage nach Eriks Hochzeitstorten. Er hatte die traditionelle Torte zu einer Kunstform erhoben. Seine Kreationen konnten es mit allem aufnehmen, was man bei schicken Hochzeiten von Promis sah. Dana Sue wusste, dass sie sich glücklich schätzen könnte, ihn noch ein, zwei Jahre zu halten, bevor ihn ein Großstadtrestaurant oder ein Cateringunternehmen abwerben würde. Vorläufig jedoch schien er in Serenity zufrieden zu sein und erfreut über den Freiraum, den sie ihm ließ.

»Wir hatten im Sommer reichlich Obstkuchen«, meinte sie zu ihm. »Der Brotpudding klingt großartig für heute Abend. Du kochst ja für die Gäste, nicht für mich.«

Wann hatte sie sich das letzte Mal auch nur einen Teelöffel von einem von Eriks üppigen Desserts gegönnt? Nicht mehr, seit Doc Marshall ihr einen weiteren strengen Vortrag darüber gehalten hatte, dass sie die in den letzten zwei Jahren zugenommenen zehn Kilo wieder verlieren musste. Außerdem hatte er sie – wieder mal – davor gewarnt, dass sie sich dem Risiko von Diabetes aussetzte, der Krankheit, die ihre Mutter ins Grab gebracht hatte. Das hätte Dana Sue Warnung genug sein müssen, auch ohne weitere ständige Ermahnungen ihres Arztes.

Sie hatte gedacht, die Zusammenarbeit mit ihren beiden besten Freundinnen beim Eröffnen des *Corner Spa* würde sie so einspannen, dass sie ihre Diät einhalten würde. Ebenso hatte sie sich eingeredet, die spektakuläre Umgebung, die sie geschaffen hatten, würde ihr einen Ansporn zum Trainieren liefern. Allerdings hatte sie bisher bloß zwei weitere Kilo zugenommen – durch das Testen all der gesunden Getränke und fettarmen Muffins auf der Speisekarte des Spas. Unter anderem boten sie dort einen Pfirsich-Birnen-Smoothie an, für den es sich zu sterben lohnte.

Für eine Köchin mochte es ein Berufsrisiko darstellen zuzunehmen, aber Dana Sue schob zumindest eine Teilschuld daran auf das Scheitern ihrer Ehe vor zwei Jahren. Sie hatte Ronnie Sullivan aus dem Haus geworfen, weil er sie betrogen hatte. Danach hatte sie sich mit Essen getröstet – im Gegensatz zu ihrer Tochter, die es stattdessen mied.

»Du bist nicht die Einzige in Serenity, die sich Gedanken über Zucker macht«, erinnerte Erik sie. »Ich kann mich anpassen.«

»Kann ich auch. Ist ja nicht so, als wäre ich am Verhungern, Süßer. Im Menü heute Abend haben wir genug Gemüse und drei gesunde Hauptgerichte. Jetzt geh und wirke deine Magie. Unsere Stammgäste erwarten bei jedem Besuch etwas Verblüffendes von dir.«

»Okay«, meinte er schließlich, bevor er sie mit einem

durchdringenden Blick bedachte. »Willst du mir verraten, was du sonst noch auf dem Herzen hast?«

Dana Sue sah ihn stirnrunzelnd an. »Wie kommst du darauf, ich könnte noch etwas auf dem Herzen haben?«

»Erfahrung«, gab er knapp zurück. »Und wenn du dich mir nicht anvertrauen willst, dann ruf Maddie oder Helen an und rede es dir bei ihnen von der Seele. Wenn du beim Abendgeschäft genauso zerstreut bist, wie du's zu Mittag warst, komme ich in der Küche zu gar nichts, weil ich dir ständig aus der Patsche helfen muss.«

»Wie bitte?«, gab Dana Sue verkniffen zurück. Ihr gefiel kein bisschen, wie recht er mit seiner Äußerung hatte.

»Na ja, ein halbes Dutzend Mahlzeiten sind zurückgegangen, weil du nicht die ganze Bestellung rausgebracht hast. Es ist eine Sache, die Pommes zu vergessen, aber eine völlig andere, das Fleisch wegzulassen.«

Dana Sue stöhnte. »Oh Gott, ich hab gehofft, du hättest es nicht bemerkt.«

Erik zwinkerte ihr zu. »Ich bekomme fast alles mit, was hier drin vor sich geht. Dadurch bin ich ein so guter Stellvertreter für dich. Jetzt geh und ruf an, hörst du?«

Dana Sue unterdrückte ein Seufzen, als Erik davonmarschierte, um seine Zutaten aus ihrem gut sortierten Vorratsraum zu holen. Ihre Gedanken kehrten zu ihrer Tochter zurück. Es ließ sich unmöglich noch länger verleugnen, dass Annie von Tag zu Tag dürrer wurde. Sie behauptete, nicht dünner zu sein als die Models, die sie in Zeitschriften und im Fernsehen sah, und sie beharrte darauf, kerngesund zu sein. Aber Dana Sue war anderer Meinung. Durch weite Kleidung, die lose an Annies knochigem Körper hing, versuchte ihre Tochter wirkungslos zu verbergen, wie abgemagert sie wirklich war. Dana Sue war überzeugt davon, dass sie hungerte, um nicht wie ihre Mutter zu werden – übergewichtig und allein.

Trotz des Hochbetriebs zu Mittag, der Dana Sue normalerweise Energie verlieh und zu Konzentration anspornte, war ihr an diesem Tag nicht der Anblick der zurückgelassenen braunen Tüte aus dem Kopf gegangen. Normalerweise tat Annie wenigstens so, als würde sie etwas essen, um sich Scherereien mit ihrer Mutter zu ersparen. Dana Sue fragte sich, ob die zurückgelassene Papiertüte mit dem Truthahnsandwich aus Vollkornbrot, den Sellerie- und Karottenstäbchen und einer Banane einen Hilferuf darstellte.

Da Dana Sue wusste, dass Erik die Vorbereitungen für das Abendgeschäft in der hochmodernen Edelstahlküche im Griff haben würde, stahl sie sich in ihr kleines, überfülltes Büro davon, um seinen Rat zu befolgen und Maddie im Fitnessstudio anzurufen. Wann immer ihre Welt zu bröckeln schien, wandte sie sich an ihre beiden besten Freundinnen – Maddie Maddox, die das *Corner Spa* leitete, und die Anwältin Helen Decatur. Bei beiden fand sie stets einen vernünftigen Rat oder eine Schulter zum Ausweinen. Im Lauf der Jahre waren sie geübt darin geworden, beides zu bieten. Niemand in Serenity legte sich mit einer der süßen Magnolien an, ohne sich mit allen anzulegen.

Sie hatten sich gegenseitig durch Liebeskummer als Schulmädchen, gescheiterte Ehen und Gesundheitsängste gestützt. Sie hatten Freud und Leid miteinander geteilt. Vor Kurzem waren sie zudem Geschäftspartnerinnen geworden, was sie enger als je zuvor zusammengeschweißt hatte. Ihre jeweiligen Stärken ergänzten sich dabei hervorragend.

»Wie läuft's in der Fitnesswelt?«, erkundigte sich Dana Sue und zwang sich zu einem unbeschwerten Ton.

»Stimmt was nicht?«, fragte Maddie sofort.

Dana Sue ärgerte, dass sie bereits zum zweiten Mal an diesem Nachmittag so leicht durchschaut wurde. Offensichtlich verbarg sie ihre Gefühle nicht so gut, wie sie es gern könnte. »Warum gehst du automatisch davon aus, dass etwas nicht stimmt?«

»Weil bei dir in weniger als einer Stunde das Abendgeschäft losgeht«, erklärte Maddie. »Normalerweise steckst du dabei bis über beide Ohren in den Vorbereitungen. Zwanglose Anrufe zum Plaudern machst du nie vor neun, wenn es allmählich ruhiger wird.«

»Ich bin entschieden zu berechenbar«, murmelte Dana Sue und nahm sich vor, das zu ändern. Früher hatte sie als die Unbesonnenste und Wagemutigste der süßen Magnolien gegolten. Aber seit der Scheidung war sie vorsichtig geworden. Immerhin hatte sie eine Tochter, die sie großziehen und aufs College schicken musste – ihr Ex-Mann zahlte zwar die gerichtlich festgesetzten Alimente, mehr jedoch nicht.

»Also raus mit der Sprache. Was ist los?«, hakte Maddie nach. »Hat sich beim Mittagessen jemand über seine Quiche beschwert? War das Salatgemüse vom Händler nicht knackig genug?«

»Sehr komisch.« Diesmal belustigte sie Maddies Anspielung auf ihren Perfektionismus nicht im Geringsten. »Es geht um Annie. Ich glaube, sie steckt wieder in Schwierigkeiten, Maddie. Du und Helen wart ja von Anfang an besorgt über ihr Essverhalten und ihren Gewichtsverlust, das weiß ich. Ihr Zusammenbruch auf deiner Hochzeit hat uns alle erschreckt. Aber das war vor fast einem Jahr, und seither ist es ihr besser gegangen. Dafür hab ich gesorgt.« Von einem plötzlichen Anflug ungewohnter Hilflosigkeit überwältigt, fügte Dana Sue hinzu: »Jetzt bin ich mir einfach nicht mehr sicher. Ich glaube, ich hab mir was vorgemacht.«

»Erzähl mir mal, was passiert ist«, verlangte Maddie.

Dana Sue schilderte ihr den Vorfall von diesem Morgen. »Bausche ich zu sehr auf, dass sie das Frühstück nicht angerührt und ihr Mittagessen zu Hause gelassen hat?«, fragte sie hoffnungsvoll.

»Wenn das alles wäre, würde ich bejahen«, antwortete Maddie. »Aber Süße, du weißt genau, dass es andere Anzeichen für eine Essstörung bei Annie gibt. Wir haben sie alle gesehen. Als sie bei meiner Hochzeit ohnmächtig geworden ist, war das eine Warnung. Wenn sie magersüchtig ist, verschwindet das nicht wie durch ein Wunder von selbst. Sie ist wahrscheinlich nur besser darin geworden, es vor dir zu verbergen. Sie braucht Hilfe.«

Dana Sue klammerte sich immer noch an die Hoffnung, dass sie alles bloß falsch interpretierten. »Vielleicht ist sie nur nervös, weil die Schule wieder losgeht. Oder vielleicht isst sie in der Kantine der Schule«, meinte sie. Dann kam ihr der Gedanke, dass Maddies Sohn etwas bemerkt haben könnte. »Würdest du mit Ty reden? Vielleicht hat er ja irgendeine Ahnung. Ich weiß, dass sie keinen gemeinsamen Unterricht haben, das hat Annie mir heute erzählt. Aber vielleicht verbringen sie ja die Mittagspause zusammen oder so.«

»Ich frage ihn«, versprach Maddie. »Allerdings bin ich mir nicht sicher, ob Jungs im Teenageralter auch nur ansatzweise darauf achten, was Mädchen essen. Normalerweise sind sie zu sehr damit beschäftigt, alles in Sichtweite in sich hineinzustopfen.«

»Bitte versuch's«, bat Dana Sue. »Offensichtlich komme ich nicht damit weiter, mit ihr zu reden. Sie wird dann nur defensiv.«

»Ich tue, was ich kann«, beteuerte Maddie. »Ich frage auch Cal. Du kannst dir nicht vorstellen, was für Klatsch mein Mann in der Umkleidekabine mitbekommt. Wer hätte gedacht, dass ein Baseballtrainer so viel wissen würde? Er ist vielleicht die beste Ressource der Schule, um auf dem Laufenden darüber zu bleiben, was die Kids so treiben. Manchmal denke ich, er weiß über Ärger der Schüler noch vor ihren Eltern Bescheid. Bei Ty war es jedenfalls so.«

»Weiß ich noch gut«, erwiderte Dana Sue und erinnerte sich daran zurück, wie die Sorge um Maddies Sohn sie und Cal zusammengeführt hatte. »Danke, dass du dich umhörst, Maddie. Gib mir Bescheid, was du herausfindest, okay?«

»Natürlich. Ich ruf dich heute Abend an«, versprach ihre Freundin. »Versuch, dich nicht zu sehr zu sorgen. Annie ist ein kluges Mädchen.«

»Aber vielleicht nicht klug genug«, erwiderte Dana Sue müde. »Ich weiß, dass so was wegen Gruppendruck und vermeintlichen Vorbildern passieren kann, die Mädchen in dem Alter im Fernsehen und in Filmen sehen. Aber Annie hat zusätzlich damit zu kämpfen, dass ihr Vater mich betrogen hat.«

»Du glaubst, es hat etwas mit Ronnie zu tun?« Maddie klang skeptisch.

»Tu ich«, bestätigte Dana Sue. »Ich glaube, sie redet sich ein, es wäre nicht passiert, wenn ich fünfzig Kilo gewogen hätte. Aber das Gewicht hatte ich wohl zuletzt in der siebten Klasse.«

»Du bist auch eins siebenundsiebzig groß. Mit fünfzig Kilo würdest du lächerlich aussehen«, argumentierte Maddie.

»Wahrscheinlich. Könnte aber irgendwie interessant sein, wie ich gertenschlank auf die Männer in Serenity wirken würde«, sagte Dana Sue mit wehmütigem Unterton. Dann fügte sie realistisch hinzu: »Nur wird das nie passieren. Ganz gleich, wie viel Mühe ich mir gebe, mehr als ein halbes Kilo scheine ich nicht mehr loszuwerden, und selbst das nie lange. Ist wohl mein Schicksal, groß und unförmig zu sein.«

»Klingt so, als bräuchte Annie nicht als Einzige einen Vortrag über Körperwahrnehmung«, sagte Maddie. »Ich bestelle Helen für morgen früh hierher. Wenn du vorbeikommst, um die Salate für das Café zu liefern, rücken wir dir den Kopf zurecht. Du bist wunderschön, Dana Sue Sullivan, und glaub bloß keine Sekunde etwas anderes.«

»Konzentrieren wir uns erst mal auf Annie«, ging Dana Sue über die eigenen Gewichtsprobleme und Maddies Versuch hinweg, ihr Mut zu machen. »Sie könnte in echten Schwierigkeiten stecken, nicht ich.«

»Dann helfen Helen und ich dir, das Problem zu bewältigen«, versicherte Maddie ihr. »Haben sich die süßen Magnolien je gegenseitig im Stich gelassen?«

»Kein einziges Mal«, räumte Dana Sue ein. Dann zögerte sie, als eine entfernte Erinnerung aus ihrem Gedächtnis aufstieg, sie zum Lächeln brachte und kurzzeitig ihre Angst um Annie verdrängte. »Warte. Das nehme ich zurück. Einmal habt ihr mich sehr wohl im Regen stehen lassen. Da musste ich mich allein mit dem Polizisten herumschlagen, nachdem wir unserer Sportlehrerin einen Streich gespielt hatten.«

»Der Streich war deine Idee, und wir haben dich nicht absichtlich zurückgelassen«, stellte Maddie richtig. »Wir dachten, du könntest schneller rennen. Und wir sind für dich zurückgekommen, oder?«

»Sicher – gleich, nachdem der Cop meine Eltern angerufen und damit gedroht hatte, mich in den Knast zu stecken, wenn er mich noch mal bei einer solchen Dummheit erwischt. Ich hatte dermaßen Angst, dass ich mich übergeben musste, als ihr endlich zurück wart.«

»Weißt du, es gibt keinen Grund, sich mit so uralten Geschichten aufzuhalten«, meinte Maddie schnell. »Wir sind da, um dir mit Annie zu helfen, was immer sie braucht. Und dir selbst natürlich auch.«

»Danke. Wir hören uns später wieder.«

Als Dana Sue das Schnurlostelefon zurück in die Ladestation steckte, verspürte sie die erste zarte Regung von Erleichterung. Sie hatte sich schon etlichen Turbulenzen im Leben gestellt und mit Maddie und Helen an der Seite alle überwunden. Die beiden hatten ihr durch ihre Scheidung und bei der Eröffnung des Restaurants geholfen, wenn Dana Sue daran gezweifelt hatte, es zu schaffen. Wenn sie alle die Köpfe zusammensteckten, würde sich diese Krise – wenn es überhaupt eine Krise gab – bestimmt genauso leicht bewältigen lassen.

Annie hasste den Sportunterricht. Sie war der totale Tollpatsch. Schlimmer noch, Ms. Franklin – die triefnass höchstes fünfzig Kilo auf die Waage bringen konnte und fanatische Sportlerin war – sah sie immer mit so finsterer

Miene an, als würde etwas mit ihr nicht stimmen. Normalerweise schaute Annie genauso finster zurück. An diesem Tag jedoch schien sie irgendwie nicht die Energie dafür aufbringen zu können.

»Annie, ich würde dich nach dem Unterricht gern sehen«, kündigte Ms. Franklin an, nachdem sie alle mit einer Runde um die Laufbahn gequält hatte. Zweimal.

»Was will sie wohl?«

»Jedenfalls wird sie mich wohl kaum ins Leichtathletikteam einladen«, scherzte Annie, die immer noch Mühe hatte, zu Atem zu gelangen. Sie war nie besonders sportlich gewesen, aber in letzter Zeit geriet sie schon bei der kleinsten Aktivität außer Atem. Im Gegensatz zu Sarah, die wirkte, als wäre der Lauf nur ein Spaziergang zwischen zwei Unterrichtsstunden gewesen.

Sarah war seit der fünften Klasse Annies beste Freundin und kannte die meisten ihrer tiefsten, dunkelsten Geheimnisse. Sie musterte Annie mit besorgtem Blick. »Sie wird doch wohl nichts darüber sagen, dass du außer Form bist, oder? Erwachsene flippen immer gleich aus, wenn sie denken, wir wären nicht bereit, einen Marathon zu laufen oder so. Ich meine, wer will das schon?«

»Ich jedenfalls nicht«, pflichtete Annie ihr bei. Erleichtert stellte sie fest, dass ihr Herz nicht mehr ganz so raste und sie wieder einigermaßen normal atmete.

»Vielleicht hat sie rausgefunden, dass du ohnmächtig geworden und im Krankenhaus gelandet bist.«

»Ach, jetzt hör aber auf. Das war letztes Jahr«, gab Annie zurück. »Das haben alle längst vergessen.«

»Ich meine ja nur, falls Ms. Franklin denkt, du könntest in ihrem Unterricht zusammenklappen, lässt sie dich vielleicht aussetzen.«

»Als ob«, entgegnete Annie höhnisch. »Niemand darf den Sportunterricht ohne ärztliches Attest ausfallen lassen, und Doc Marshall würde mir nie eins ausstellen. Danach würde ich auch nicht fragen. Sonst würde meine Mutter ausrasten. Sie führt sich immer noch komisch auf, weil ich nicht so esse, wie ich ihrer Meinung nach sollte.« Annie verdrehte die Augen. »Als würde sie sich so gesund ernähren. Seit mein Papa weg ist, hat sie so viel zugenommen, dass kein Mann sie je zweimal ansehen würde. Ich lasse nicht zu, dass mit mir dasselbe passiert.«

»Wie viel wiegst du jetzt?«, fragte Sarah.

Annie zuckte mit den Schultern. »Weiß ich nicht genau.«

Ihre Freundin sah sie ungläubig an. »Oh, und ob, Annie Sullivan. Ich weiß genau, dass du dich mindestens drei- bis viermal am Tag wiegst.«

Annie runzelte die Stirn. Na schön, vielleicht achtete sie ein bisschen besessen darauf, nie auch nur ein Gramm zuzunehmen. Aber auf die Genauigkeit der Waage zu Hause konnte sie sich nicht verlassen. Also wog sie sich erneut auf der Waage in der Umkleidekabine. Und manchmal auch im *Corner Spa*, wenn sie Tante Maddie besuchte. Dass sie ihr Gewicht aufs Gramm genau kannte, hieß jedoch noch lange nicht, dass sie es ihrer besten Freundin verraten wollte. Außerdem kam es nicht wirklich auf die von der Waage angezeigte Zahl an, sondern darauf, was ihr der Spiegel zeigte. Sie sah fett aus, und nur das zählte. Manchmal, wenn sie sich in all den Spiegeln im Spa betrachtete, wollte sie am liebsten weinen. Ihr war unbegreiflich, wie ihre Mutter es überhaupt ertragen konnte, jenen Raum zu betreten.

»Annie?«, hakte Sarah mit besorgter Miene nach.

»Hast du unter fünfzig? Für mich siehst du aus, als hättest du eher um die vierzig.«

»Und wenn's so wäre?«, gab Annie defensiv zurück. »Ich muss noch ein bisschen was loswerden, bis ich wirklich gut aussehe.«

»Aber du hast versprochen, du würdest aufhören, so besessen von deinem Gewicht zu sein«, sagte Sarah mit einem Anflug von Panik in der Stimme. »Du hast gesagt, es war der peinlichste Moment deines Lebens, als du beim Tanzen mit Ty ohnmächtig geworden bist, und dass du so was nie wieder passieren lassen willst. Du hast allen erzählt, du würdest darauf achten, wenigstens fünfzig Kilo zu haben. Und selbst das ist noch ziemlich dünn für deine Größe. Du hast es versprochen«, betonte Sarah. »Wie kannst du das alles vergessen haben? Und du weißt, dass es passiert ist, weil du nichts gegessen hast.«

»An dem Tag hatte ich nichts gegessen«, konterte Annie stur. »Sonst esse ich sehr wohl.«

»Was hattest du heute schon?«, bohrte Sarah hartnäckig nach.

»Meine Mutter hat mir ein riesiges Omelett zum Frühstück gemacht«, sagte sie.

Sarah bedachte sie mit einem wissenden Blick. »Aber hast du's auch gegessen?«

Annie seufzte. Offensichtlich würde Sarah sie nicht so einfach vom Haken lassen. »Keine Ahnung, warum du dich darüber so aufregst. Was hast du heute schon gegessen?«

»Ich hatte Müsli und eine halbe Banane zum Frühstück und einen Salat zum Mittagessen«, antwortete Sarah.

Allein beim Gedanken an so viel Essen beschlich Annie das Gefühl, sich übergeben zu müssen. »Tja, schön für dich. Komm bloß nicht bei mir angerannt, wenn du fett wirst und nicht mehr in deine Klamotten passt.«

»Ich nehme nicht zu«, sagte Sarah. »Tatsächlich hab ich sogar ein bisschen abgenommen, indem ich vernünftig esse.« Sie bedachte Annie mit einem zerknirschten Blick. »Aber ich würde alles für einen Burger mit Pommes geben. Wenn man meine Eltern reden hört, haben sich die Kids früher überhaupt nicht um Kalorien geschert. Nach Footballspielen sind sie zu *Wharton's* gegangen und haben gevöllert. Nach der Schule sind sie für Milchshakes hingegangen. Kannst du dir das vorstellen?«

»Überhaupt nicht«, gab Annie zurück.

Einen Burger mit Pommes hatte sie zuletzt bei einem Essen mit ihrem Vater gehabt. Damals hatte er ihr mitgeteilt, dass er weggehen würde, weil sich ihre Mutter und er scheiden lassen würden. Natürlich war es kein großer Schock gewesen, nachdem sie gesehen hatte, wie ihre Mutter all seine Sachen auf den Rasen geworfen hatte. Trotzdem war ihr davon übel geworden. Sie hatte damals den Tisch bei *Wharton's* verlassen, war in die Toilette gerannt und hatte sich dort ihres Essens entledigt.

Seit jenem schrecklichen Tag hatte sie auf nichts mehr Lust. Weder auf die Burger und Pommes, die sie einst geliebt hatte, noch auf Pizza oder Eiscreme. Nicht mal auf die Gerichte, die ihre Mutter im Restaurant auf der Karte hatte. Es war, als hätte ihr Vater ihr den Appetit zusammen mit ihrem Herz aus dem Leib gerissen. Mit der Erkenntnis, dass er ihre Mutter betrogen hatte, und nach der peinlichen Szene im Garten vor dem Haus war so ziemlich jede Lust darauf erloschen, je wieder zu essen. Annie wusste, dass ihre Mutter zu Recht so gehandelt hatte. Dennoch hinterließ es eine gewaltige Leere in Annie. Ihr

Vater hatte sie immer für das schönste Mädchen der Welt und etwas ganz Besonderes gehalten. Vermutlich dachte er immer noch so, nur war er nicht mehr da, um es ihr zu sagen. Und es am Telefon zu hören war nicht dasselbe. Egal, wie oft er es sagte, sie tat es immer ab, weil er ja nicht wissen konnte, wie sie neuerdings wirklich aussah. Es war bloß heiße Luft.

»Irgendwie wäre es schon cool, mal bei *Wharton's* abzuhängen, oder?«, meinte Sarah wehmütig. »Viele Kids gehen nach der Schule immer noch hin.«

»Dann tu's einfach«, sagte Annie. »Lass dich von mir nicht aufhalten.«

»Ohne dich würde es keinen Spaß machen«, entgegnete ihre Freundin. »Könnten wir nicht nur einmal hingehen? Wir müssen ja nicht das bestellen, was alle anderen nehmen.«

Annie schüttelte bereits den Kopf. »Als ich das letzte Mal mit Mama, Maddie und Ty dort war, haben mich alle angestarrt, als ich Wasser mit einer Zitronenscheibe bestellt hab. Man hätte meinen können, ich hätte ein Bier oder so verlangt. Und wie du weißt, tratscht Grace Wharton über alles und jeden. Meine Mutter würde keine Stunde später wissen, dass ich dort war und weder was gegessen noch getrunken habe.«

Sarah wirkte enttäuscht. »Da hast du wohl recht.«

Annie verspürte einen kurzen Anflug von Schuldgefühlen. Es schien nicht richtig zu sein, dass ihre Marotten ihre beste Freundin davon abhielten, Spaß zu haben. »Weißt du«, meinte sie schließlich, »vielleicht wär's doch in Ordnung. Ich könnte mir eine Limo bestellen. Trinken muss ich sie ja nicht.« Ihre Stimmung hellte sich auf. »Und vielleicht ist Ty dort.«

Sarah grinste. »Du weißt genau, dass er dort sein wird. Alle coolen Jungs gehen nach der Schule hin. Also, wann willst du?«

»Von mir aus gleich heute«, sagte Annie. »Jetzt muss ich erst mal zu Ms. Franklin. Wenn ich fertig bin, treffen wir uns draußen, dann können wir rübergehen.«

Geld für ein Getränk zu verschwenden, an dem sie nicht mal nippen würde, war ein geringer Preis dafür, eine Stunde oder so mit Ty zu verbringen. Wenngleich sie sich nicht der Illusion hingab, er würde ihr auch nur die geringste Beachtung schenken. Zum einen war Ty in der Oberstufe, zum anderen der Star der Baseballmannschaft. Und somit unerreichbar für sie. Er war ständig von den hübschesten Mädchen seiner Klasse umgeben. Zu bevorzugen schien er die Großen und Dünnen mit langen, seidigen blonden Haaren und üppigem Busen. Damit konnte Annie mit gerade mal etwas mehr als eins sechzig Körpergröße, kastanienbraunen Locken und keiner nennenswerten Brust nicht konkurrieren.

Dafür hatte sie etwas, das keines der anderen Mädchen hatte. Ty und sie gehörten praktisch derselben Familie an. Sie verbrachte Urlaube und jede Menge besondere Anlässe mit ihm. Und eines nahen Tages, wenn sie dünn genug wäre und den perfekten Körper hätte, würde er aufwachen und sie endlich bemerken.

Kapitel 2

Bei der Arbeit auf dem Dach eines weiteren Hauses einer weiteren neuen Wohnsiedlung, diesmal am Stadtrand von Beaufort in South Carolina, war es heißer als in einem Backofen. Die Sonne brannte auf Ronnie Sullivans nackte, schweißnasse Schultern herab. Unter dem Schutzhelm war auch sein Kopf klatschnass. Seine Arbeitsstiefel fühlten sich an, als wöge jeder fünfzig Kilo.

In den letzten zwei Jahren hatte Ronnie auf mehr Baustellen im Bundesstaat South Carolina gearbeitet, als es ein Mann mit gesundem Menschenverstand sollte. Je körperlich anspruchsvoller, desto besser. Wenn er noch lange so weitermachte, würde ihm die Sonne das Hirn völlig weichkochen, davon war er ziemlich überzeugt. Vor allem, seit er beschlossen hatte, vor seinem zurückweichenden Haaransatz zu kapitulieren und sich den Kopf zu rasieren.

So viele Monate lang hatte er jeden ihm angebotenen Job angenommen und war abends nach einer kalten Dusche in einem billigen Motelzimmer ausgegangen, um in irgendeiner Kneipe ein eiskaltes Bier zu kippen und fettiges Essen in sich hineinzustopfen. Mittlerweile war er davon erschöpft, körperlich und emotional. Doch ganz gleich, wie ausgelaugt er ins Bett fiel, es reichte nie, um die Albträume und die Reue zu vertreiben.

Für ihn stand außer Frage, dass er das Beste vermasselt hatte, was ihm je passiert war – seine Ehe mit Dana Sue.

Schlimmer noch, er hatte es dumm und leichtsinnig getan. Bis es zu spät gewesen war, hatte er kein einziges Mal an die Konsequenzen gedacht.

Jahre in der Hitze und lebenslange Arbeit auf dem Bau boten die einzige mögliche Erklärung für seine idiotische Entscheidung zu einer Affäre ausgerechnet in Serenity, der Klatschhauptstadt des Südens – praktisch vor der Nase seiner Ehefrau. Sie hatte im Nu herausgefunden, dass er mit einer Frau ins Bett gegangen war, die er nach der Arbeit in einer Bar kennengelernt hatte. Nur einmal, verdammt. Aber in Serenity durfte man sich keine Fehltritte erlauben. Einmal hatte genügt, um sein Leben in Stücke zu reißen.

Dana Sue hatte ihm keine Minute für eine Erklärung gegeben. Oder dafür, sie um Verzeihung zu bitten. Sie hatte zwei Koffer mit seinen Habseligkeiten auf den Rasen geworfen, ohne sich darum zu scheren, dass der halbe Inhalt herausfiel. Dabei hatte sie gebrüllt, dass selbst Abschaum über ihm stünde, sie ihn hasste und sie ihn nie wiedersehen wollte. Die gesamte Nachbarschaft hatte es bezeugt. Ein paar Frauen hatten Solidarität mit Dana Sue bekundet und sie noch angefeuert.

Ronnie wäre gern geblieben und hätte um ihre Ehe gekämpft. Allerdings kannte er Dana Sue lang genug, um zu wissen, was das sture, feurige Funkeln in ihren Augen bedeutete. Also war er mit dem Wissen gegangen, den zweitschlimmsten Fehler seines Lebens zu begehen. Der erste war jener billige, bedeutungslose, einmalige Seitensprung gewesen.

Vor seiner Abreise hatte er sein kleines Mädchen zum Essen eingeladen. Er wollte Annie alles erklären, doch sie wollte davon nichts wissen. Mit vierzehn Jahren war sie gerade alt genug, um zu verstehen, was er getan hatte und warum ihre Mutter so unbändig wütend auf ihn war. Eisern schweigend, hatte sie ihm zugehört. Danach war sie auf die Toilette gegangen und dort geblieben, bis er ihr Grace Wharton hinterherschicken musste.

Seit Ronnie abgereist war, verging kein Tag, an dem er nicht bereute, Dana Sue verletzt oder diesen niedergeschmetterten Ausdruck in den Augen seines kleinen Mädchens verursacht zu haben. Beim Sturz von dem Podest, auf dem er für Annie immer gestanden hatte, war so gut wie alles von den Überresten seines Herzens zerbrochen.

Beim Scheidungsverfahren hatte er um Besuchsrechte gekämpft, doch Helen hatte sie auf ein Minimum zurückgestutzt. Was im Nachhinein betrachtet keine Rolle spielte. Über ein Jahr lang versuchte er, mit Annie in Kontakt zu bleiben. Nur legte sie bei jedem seiner Anrufe auf und weigerte sich, ihn zu treffen, wenn er einen Besuch vereinbaren wollte. Teilweise aus Loyalität zu ihrer Mutter, das wusste er, überwiegend jedoch aus eigener Enttäuschung und Wut. Seit einigen Monaten ging sie zumindest ran, wenn er anrief. Aber ihre Gespräche verliefen immer noch steif und wenig informativ, völlig anders als die herzlichen Unterhaltungen, die sie früher geführt hatten.

Da Dana Sue und Annie ihn nicht wirklich sehen wollten, war Ronnie, Feigling, der er war, nicht mehr nach Serenity zurückgekehrt. Aber in letzter Zeit dachte er mehr und mehr daran. Für das Leben eines Vagabunden war er nicht geschaffen. Er hasste das Leben in Motelzimmern und die Wanderschaft von Ort zu Ort auf der Suche nach Arbeit. Den letzten Job hatte er mittlerweile zwar schon fast ein Jahr, trotzdem war es nicht dasselbe wie sesshaft zu sein. Sogar die Freiheit, nach Lust und Laune mit Frauen zu flirten, hatte jeden Reiz verloren. Darin lag wohl eine gewisse Ironie.

In Wirklichkeit fehlte es ihm, verheiratet zu sein, insbesondere mit Dana Sue, die ihm das Herz geraubt hatte, als sie beide fünfzehn waren. Und es gehörte ihr immer noch. Warum er das vor ein paar Jahren nicht erkannt hatte, bevor er etwas so vollkommen Dämliches getan hatte, konnte er sich nicht erklären.

Aus seinen letzten Gesprächen mit Annie wusste er, dass seine Ex-Frau noch keinen anderen hatte. Was natürlich längst nicht bedeutete, dass sie *ihn* zurücknehmen würde. Wenn er wieder nach Serenity ginge, würde er alle Hände voll zu tun haben, um sie zurückzuerobern. Aber vielleicht hatten zwei Jahre gereicht, um ihre Wut ein wenig abklingen zu lassen. Vielleicht würde sie nicht sofort mit einer Schrotflinte auf ihn feuern. Hoffte er zumindest. Er wusste mit Sicherheit, dass sie eine Blechbüchse auf fünfzehn Meter Entfernung traf. Wenn sie auf ihn zielte, würde sie ihn nicht verfehlen.

Und selbst wenn sie auf ihn schösse: Solange sie nichts Lebenswichtiges träfe, wäre es halb so wild. Er hätte es verdient. *Und verdammt*, dachte er grinsend, *was wäre das Leben ohne ein wenig Aufregung und Risiko von Zeit zu Zeit?* Er brauchte nur einen Vorwand, um den Fuß in die Tür zu bekommen. Wenn es ihm vergönnt wäre, Dana Sue zurückzugewinnen, würde sich früher oder später eine Gelegenheit ergeben, dachte er.

Am Ende des Arbeitstags kletterte er vom Dach, griff sich eine Flasche Wasser, trank einen ausgiebigen Schluck und schüttete sich den Rest über den Kopf.

Thanksgiving, entschied er mit der ersten echten Vorfreude, die er seit zwei langen Jahren verspürte. Wenn das Schicksal ihm bis dahin keinen vernünftigen Vorwand geliefert hätte, würde er nach Hause fahren und es einfach darauf ankommen lassen.

Dana Sue und Maddie genossen ihren Eistee – Dana Sue ungesüßt, was in der Gegend praktisch als Verbrechen galt. Sie saßen auf der schattigen Backsteinterrasse hinter dem *Corner Spa*. Um acht Uhr morgens hatte es noch einigermaßen angenehme vierundzwanzig Grad, doch die Luftfeuchtigkeit und die strahlende Sonne versprachen für später einen sengend heißen Tag. Es würde noch Monate dauern, bis die Schwüle in South Carolina nachlassen würde, wahrscheinlich gerade rechtzeitig zu Thanksgiving.

Drinnen trainierten bereits sechs Frauen. Einige weitere befanden sich im Café und aßen Dana Sues fettfreie, ballaststoffreiche Rosinen-Muffins mit Kleie zu Schalen mit frischem Obst.

»Wo ist Helen?«, fragte Dana Sue, nachdem Maddie und sie sich gesetzt hatten.

»Oben beim Duschen«, erwiderte Maddie. »Sie hat schon trainiert, noch bevor wir geöffnet hatten.«

Dana Sue bedachte ihre Freundin mit einem ungläubigen Blick. »Helen? *Unsere* Helen?«

»Sie hatte gestern einen Termin bei Doc Marshall«, erklärte Maddie. »Und er hat ihr wieder einen Vortrag über ihren Blutdruck gehalten. Er ist viel zu hoch für eine erst einundvierzigjährige Frau. Der Doc hat sie daran erinnert, dass sie den Stress zurückschrauben und mehr Sport treiben soll. Deshalb ist sie zumindest heute fest entschlossen, ihr Trainingsprogramm einzuhalten.«

»Wollen wir drauf wetten, wie lang es diesmal anhält?«, fragte Dana Sue. »Vor ein paar Monaten war sie auch total engagiert. Aber dann hat sie zu viele Fälle übernommen und wieder vierzehn Stunden am Tag gearbeitet. Ein paar Wochen lang haben wir sie überhaupt nicht zu Gesicht bekommen.«

»Ich weiß«, sagte Maddie. »Sie ist eben durch und durch eine Typ-A-Persönlichkeit. Ich bin mir nicht sicher, ob sie sich ändern kann. Auf mich jedenfalls hört sie nicht. Ich hab mir bei ihr schon den Mund fusselig geredet.«

»Wer hört nicht auf dich?«, fragte Helen, griff sich einen Stuhl und setzte sich.

»Tja, du«, antwortete Maddie ohne die geringsten Schuldgefühle, weil sie hinter Helens Rücken über sie geredet hatte.

»Ich bin die letzte Stunde im Fitnessstudio gewesen, oder?«, brummte Helen, die ahnte, worum es ging. »Was willst du denn noch?«

»Wir wollen, dass du besser auf dich achtest«, warf Dana Sue mit sanfter Stimme ein. »Nicht für einen Tag oder eine Woche, sondern von jetzt an allgemein.«

Helen runzelte die Stirn. »Hast du da gerade im Glashaus mit einem Stein geworfen?«

»Ja«, gestand Dana Sue bereitwillig. Sie fand es so viel einfacher, Helens gesundheitliche Probleme anzugehen als ihre eigenen oder die ihrer Tochter.

»Darüber diskutiere ich nicht«, stellte Helen klar. »Doc Marshall hat mir die Meinung gegeigt. Das hab ich mir zu Herzen genommen. Ende der Geschichte.«

Dana Sue wechselte einen Blick mit Maddie, aber beide schwiegen. Wenn sie Helen zu sehr bedrängten, würde sie nur dichtmachen und sie beide meiden. Und damit hätte sie einen Vorwand, dem Fitnessstudio völlig fernzubleiben, obwohl sie eine wesentliche finanzielle Beteiligung daran hatte.

Helen nickte zufrieden über das Schweigen. »Danke. Dann zu einem viel erfreulicheren Thema: Ich hab mir gestern Abend die Bücher angesehen«, sagte sie. »Die Mitgliedschaftszahlen steigen.«

»Um zehn Prozent im letzten Monat«, bestätigte Maddie. »Die Wellnessbehandlungen haben sich fast verdoppelt. Und das Gastronomiegeschäft hat sich verdreifacht. Wir liegen deutlich über den Prognosen für unseren Businessplan.«

Dana Sue musterte sie überrascht. »Wirklich? Haben wir beim Frühstück oder beim Mittagessen mehr Geschäft im Café?«

»Den ganzen Tag lang«, antwortete Maddie. »Wir haben eine Gruppe von Frauen, die kommen dreimal die Woche um vier Uhr zum Training und trinken danach Tee. Sie haben mich geradezu angefleht, dich zu bitten, dass du dir kalorienarmes, fettarmes Gebäck für sie einfallen lässt. Vor ein paar Jahren waren sie alle zusammen in London, seither sind sie begeistert von Nachmittagstee. Sie betonen immer wieder, was für eine zivilisierte Tradition es ist, sich am späten Nachmittag einen Snack in angenehmer Gesellschaft zu gönnen.«

»Da wittere ich doch eine Idee«, meinte Helen nachdenklich. »Am späten Nachmittag ist wahrscheinlich oft tote Hose, oder?«

»Bisher schon. Und jetzt, da die Schule wieder angefangen hat, ist es noch schlimmer«, bestätigte Maddie.

»Ich nehme an, dass einige Frauen die Kinder von der Schule abholen«, fuhr Helen fort. »Andere sind bei der

Arbeit oder fangen um die Zeit an, das Abendessen vor-zubereiten. Eine Aktion für Training und Tee am Nach-mittag könnte Frauen, die denken, ein Fitnessstudio wäre nichts für sie, dazu ermutigen, es bei uns zu versuchen. Das könnte ansprechend für Rentnerinnen sein, die das Gefühl haben, nicht zu den jüngeren Leuten zu passen.«

»Gefällt mir!«, verkündete Dana Sue begeistert. »Viel-leicht können wir sogar eine Mutter-Tochter-Aktion hinzufügen. Das könnte einige der Mütter von Fahrge-meinschaften anlocken. So könnten sie es sich sparen, nach Hause zu fahren und einen Snack für die Kinder zu-zubereiten. Oder die Kinder allein zu lassen, die dann eine Handvoll Kekse oder Junkfood in sich reinstopfen wür-den. Wir könnten eine Kinderbetreuung anbieten, damit die Kleinen versorgt sind, während Mütter und Töchter zusammen trainieren.«

Maddie und Helen wechselten einen Blick.

»Geht dir durch den Kopf, dass Annie und du so was zusammen machen könntet?«, fragte Maddie.

»Warum nicht?«, gab Dana Sue zurück.

»Na, zum einen, weil der Nachmittag die wohl denkbar schlechteste Zeit für dich ist, um nicht im Restaurant zu sein«, sagte Maddie realistisch.

»Eine Stunde könnte ich schon abzweigen«, ließ sich Dana Sue nicht beirren. »Ich müsste nur am Vormittag mehr vorbereiten oder Erik und Karen ein bisschen mehr machen lassen. Sie ist zwar erst seit ein paar Wochen im Restaurant, mausert sich aber schon zu einer sehr ge-schickten Assistentin. Was immer ich ihr erkläre, verin-nerlicht sie im Nu. Und Erik könnte den Laden natürlich mit einer Hand auf den Rücken gefesselt schmeißen. Er tut es nur aus Rücksicht auf mich nicht.«

»Rücksicht auf dich?« Helen zog fragend eine Augenbraue hoch. »Oder Angst um sein Leben? Ich muss gestehen, ich kann mir nicht recht vorstellen, dass du so viel Kontrolle abgibst. Die Küche ist dein Revier. Du bist ausgeflippt, als jemand den Kühlschrank um zwei Zentimeter verschoben hat, während du nicht da warst. Du hast behauptet, es hätte dich aus dem Tritt gebracht, als du in Eile warst.«

»*So* ein Kontrollfreak bin ich auch wieder nicht«, entgegnete Dana Sue gereizt.

»Ach nein? Seit wann nicht?«, höhnte Helen.

»Na schön, vielleicht auch doch. Genau wie ihr beide«, räumte sie ein. »Aber es wäre das Opfer wert, wenn ich dadurch meiner Tochter zurück in die Spur verhelfen kann und wir wieder mehr miteinander reden.«

»Ich sage das echt ungern, aber ich bin mir nicht sicher, ob ein Mädchen im Teenageralter wirklich Zeit mit der Mutter im Fitnessstudio verbringen will«, gab Maddie zu bedenken.

»Auch nicht, wenn ein Mädchen besessen von seinem Gewicht ist?«, fragte Dana Sue enttäuscht, doch sie vertraute Maddies Instinkten in Hinblick auf ihre Tochter. Sowohl Maddie als auch Helen schienen Annie in letzter Zeit besser zu verstehen als sie selbst. Vielleicht lag es an ihrer Objektivität.

»Ganz besonders dann nicht«, antwortete Maddie. »Zum einen gibt's hier überall Spiegel. Das können Menschen mit Körperwahrnehmungsproblemen nicht ausstehen. Ich hab schon gesehen, wie Annie davor zurückschreckt, wann immer sie hier vorbeischaut.«

»Was soll ich dann tun?«, fragte Dana Sue. »Maddie, du hast doch mit Cal und mit Ty gesprochen, und beide haben gesagt, dass Annie nichts isst, richtig? Wenn sie zu Hause nichts isst und auch in der Schule nicht, dann hat sie ein Problem. Soll ich sie verhungern lassen, bevor ich irgendwas unternehme?«

»Natürlich kannst du das alles nicht ignorieren«, erwiderte Maddie beschwichtigend. »Aber du musst klug vorgehen. Du brauchst handfeste Beweise, bevor du sie damit konfrontierst.«

»Zusätzlich zu ihrem Gewicht?«, fragte Dana Sue. »Ich wette, sie bringt keine fünfzig Kilo auf die Waage. Ihre Kleidung hängt nur noch an ihr. Vielleicht sollte ich sie einfach zu Doc Marshall bringen und ihm den Umgang mit ihr überlassen. Vielleicht kann er sie einschüchtern und zur Vernunft bringen.«

»Hat er dich denn eingeschüchtert?«, fragte Helen pointiert. Ohne auf eine Antwort zu warten, fuhr sie fort: »Nein, weil du ihn schon ewig kennst. Wir alle kennen ihn schon ewig. Früher hat er uns sogar Lutscher geschenkt. Du hörst nicht auf ihn. *Ich* höre nicht auf ihn.«

»Das ist ein völlig anderes Thema«, merkte Maddie spitz an.

Helen tat den Einwand mit einem Schulterzucken ab. »Wie auch immer. Ich will darauf hinaus, dass er im Grunde ein großer Knuddelbär ist, der heimlich raucht und vermutlich Bluthochdruck, hohe Cholesterinwerte und all die anderen Dinge hat, vor denen er uns warnt. Wer würde ihn schon ernst nehmen?«

Maddie sah sie stirnrunzelnd an. »Dich schüchtert er vielleicht nicht ein, aber das heißt noch lange nicht, dass er bei Annie keine Wirkung erzielt. Allerdings könnte er leider genau wie wir nur darüber spekulieren, ob sie unter einer Essstörung leidet. Wir brauchen irgendeinen hieb-

und stichfesten Beweis. Dana Sue muss etwas in der Hand haben, das Annie unmöglich leugnen kann.«

»Zum Beispiel?«, fragte Dana Sue frustriert. »Reicht es nicht als Beweis, dass sie kein Essen anrührt, das ich ihr vorsetze?«

»Sie wird einfach behaupten, dass sie isst, wenn du nicht dabei bist«, sagte Maddie. »Vielleicht wirft sie es sogar in die Mülltonne, damit du denkst, sie hätte es gegessen. Bestimmt fallen ihr haufenweise gewiefte Möglichkeiten ein, um dich zu beruhigen. Außerdem bist du zur Essenszeit ja nicht immer da.«

»Die Waagen lügen nicht«, sagte Dana Sue. »Obwohl sie mich natürlich nicht in ihre Nähe lässt, wenn sie sich wiegt.«

Helens Gesichtsausdruck wurde nachdenklich. »Vielleicht gehen wir es völlig falsch an. Wir konzentrieren uns ausschließlich auf Annie. Dadurch kommt sie sich wahrscheinlich wie unter dem Mikroskop vor.«

Langsam nickte Maddie. »Ich glaube, du hast recht. Meinst du, Annies Freundinnen haben auch Essstörungen?«, fragte sie.

Dana Sue dachte darüber nach. Sie hatte zwar einige von ihnen gelegentlich über Diäten reden gehört, aber keine war so qualvoll dünn wie Annie. Ihrer Meinung nach schienen sie nicht besessener von ihrem Gewicht zu sein als Dana Sue und ihre Freundinnen.

»Davon hab ich nichts bemerkt«, antwortete sie schließlich. »Sarah Connors ist am häufigsten bei uns zu Hause, und sie sieht kerngesund aus. Annie und sie reden zwar über angesagte Diäten aus den Medien, aber Sarah isst die Mahlzeiten und Snacks, die ich für sie zubereite. Genau wie der Großteil der anderen Mädchen.«

»Bist du dir sicher?«, bohrte Maddie nach.

»Na ja, ich stehe nicht jede Sekunde daneben und beobachte sie, falls du das meinst.«

»Solltest du vielleicht«, konterte Helen.

»Bist du verrückt? Annie würde ausflippen, wenn ich ihr und ihren Freundinnen nicht von der Pelle rücke.«

»Gott weiß, *wir* wären auch ausgeflippt«, gab Maddie ihr recht. »Aber könntest du eine Übernachtung bei euch vorschlagen? Du könntest Pizzen bestellen, haufenweise Snacks vorbereiten, Brownies backen und beobachten, wie sie damit umgehen. So müsstest du nur ab und zu bei ihnen reinschauen, um zu sehen, wer gerade isst und wer nicht.«

Dana Sue sah sie ungläubig an. »Du willst, dass ich ihnen nachspioniere?«

»Na schön, es klingt vielleicht lächerlich«, räumte Maddie ein. »Aber es könnte dir einen Eindruck verschaffen, ob es Annies Problem ist oder ob sie auf einen Gruppenzwang reagiert. Und Nachspionieren ist ein weithin unterschätztes Werkzeug für Eltern. Wir müssen wissen, was mit unseren Kindern los ist. Basta.«

»Na schön, sagen wir mal, ich steige drauf ein«, erwiderte Dana Sue. »Was würde ich wirklich herausfinden? Wenn das Essen weg ist, klar, dann hat es jemand gefuttert. Oder sie haben es die Toilette runtergespült. Oder sie haben es in sich reingestopft und wieder rausgewürgt. Weißt du, es gibt mehr als eine Form von Essstörungen.«

»Ich stimme Maddie zu. Ich finde, es ist den Versuch wert«, meinte Helen. »Was hast du schon zu verlieren?«

Da Dana Sue tatsächlich wenig über die Essgewohnheiten von Annies Freundinnen wusste, würde sie so vielleicht dringend benötigte Erkenntnisse erlangen, entschied sie. »Na ja, es könnte wohl funktionieren«, räumte sie schließlich ein. Es mochte ein brüchiger Rettungsanker sein, aber sie war verzweifelt. Mittlerweile war sie bereit, sich an praktisch alles zu klammern.

Maddie strahlte sie an. »Das ist die richtige Einstellung. Und jetzt lass uns über dich reden.«

Dana Sue runzelte die Stirn. »Geht nicht. Ich muss los.«

»Nicht so schnell.« Helen hielt sie am Arm fest, bis sie wieder auf ihren Sitz sank. »Was hat Doc Marshall in letzter Zeit zu *dir* gesagt?«

»Dass ich immer noch diabetesgefährdet bin, Sport treiben muss, darauf achten soll, was ich esse, und meinen Blutzucker regelmäßig kontrollieren muss«, zählte sie pflichtbewusst auf.

»Und machst du das alles?«, hakte Maddie nach.

»Ja«, behauptete Dana Sue, sah dabei jedoch keiner der beiden in die Augen.

»Wirklich?« Helen machte keinen Hehl aus ihrer Skepsis. »Dann benutzt du all die schönen, teuren Trainingsgeräte, die wir gekauft haben, wohl nur dann, wenn ich nicht da bin.« Sie sah Maddie an. »Stimmt das? Ist Dana Sue am Vormittag hier? Am Nachmittag?«

»Vielleicht schleiche ich mich ja rein, nachdem wir geschlossen haben!«, brachte Dana Sue gereizt an. »Und ich weiß nicht, was dir das Recht gibt, meine Trainingsdisziplin in Frage zu stellen. Deine ist keinen Deut besser.«

»Punkt für dich«, gab Helen sofort zu. »Deshalb hab ich mir für uns eine geeignete Herausforderung ausgedacht.«

»Das klingt nicht gut«, murmelte Maddie.

Dana Sue grinste. »Was du nicht sagst.«

»Okay, ihr zwei, ich mein's ernst«, sagte Helen. »Ich finde, wir sollten alle unsere Ziele aufschreiben, ganz gleich, wie sie auch aussehen. Und einen Plan, um sie zu erreichen. Wer sich an den Plan hält und das Ziel erreicht, gewinnt etwas Spektakuläres, das die beiden anderen bezahlen müssen.«

Sofort leuchteten Maddies Augen auf. Wettbewerbe hatten sie schon immer begeistert. Und sie gewann fast genauso gern wie Helen. »Darf sich die Siegerin den Preis selbst aussuchen?«

Helen nickte. »Scheint mir nur fair zu sein, was meint ihr?«

»Gibt's ein Preislimit?«, fragte Dana Sue. »Du bist die Einzige von uns, die richtig viel verdient.«

Helen grinste. »Was eine hervorragende Motivation für euch beide sein sollte, mich zu schlagen. Aber zufällig weiß ich, dass es im *Sullivan's* blendend läuft. Und wenn's hier so weitergeht wie bisher, könnt ihr nicht mehr behaupten, ihr wärt ach so arm. Das *Corner Spa* wird uns alle reich machen. Wir haben's uns verdient, ein bisschen zu protzen. Davon geht keine von uns bankrott. Nicht mit den Gewinnen aus dem Laden hier.« Sie wandte sich an Maddie. »Also, was ist dein Traumpreis?«

»Und es ist wirklich alles erlaubt?«, vergewisserte sich Maddie mit nachdenklichem Blick.

»Warum nicht?« Helen zuckte mit den Schultern. »Die Idee dahinter ist ja, uns zu motivieren, richtig daran zu arbeiten. Dafür reicht die Aussicht auf ein neues Kleid oder Paar Schuhe nicht.«

»Dann wäre eine Reise nach Hawaii zu meinem ersten Hochzeitstag toll«, verkündete Maddie. »Wahrscheinlich würden wir es nicht vor den Frühjahrsferien schaffen, aber dafür wär ich gern bereit zu warten.«

Helen notierte es sich auf ihrem allgegenwärtigen Notizblock. »Also eine Reise erster Klasse für zwei. Oder lieber für drei. Ich kann mir nämlich nicht vorstellen, dass sich deine Mutter um ein Baby kümmern würde. Sie hat sich ja erst unlängst daran gewöhnt, auf deine anderen drei Kinder aufzupassen, und davon sind zwei schon Teenager.«

»Ja, es müsste definitiv für drei sein«, bestätigte Maddie. »Cal wäre nie damit einverstanden, Jessica Lynn zu Hause zu lassen. Er kann sich ja kaum überwinden, zur Arbeit zu gehen.«

Helen drehte sich Dana Sue zu. »Was ist mit dir? Irgendein Traumurlaub, den du dir bisher nicht gegönnt hast? Ein neues Auto? Eine schicke neue Küche für zu Hause?«

»Ich verbringe den ganzen Tag in einer schicken neuen Küche im Restaurant«, erwiderte Dana Sue. »Das ist genug Edelstahl für mich. Und ich persönlich finde, dass Reisen stark überbewertet werden.«

»Nur, weil du dich bei unserem Abschlussausflug nach Washington, D.C., verlaufen hast«, stichelte Maddie. »Damit bist du ewig aufgezogen worden, und du hast South Carolina seitdem nicht mehr verlassen.«

»Okay, keine Küche, keine Reise«, sagte Helen. »Was dann? Träum ruhig groß.«

Eigentlich wollte Dana Sue für sich nur eins: Sie wollte einen Mann in ihrem Leben. Den richtigen Mann, einen, der sie respektierte und so behandelte, als wäre sie das Beste, was ihm je passiert war. Und im tiefsten, dunkelsten Winkel ihres Herzens wollte sie, dass Ronnie Sullivan dieser Mann war. Sosehr Helen und Maddie sie auch liebten, leider konnten sie ihr das nicht geben. Und so wütend, wie sie auf ihn waren, würden sie diese spezielle Fantasie nie und nimmer fördern.

»Ich weiß, was sie will«, sagte Maddie leise.

»Was?«, fragte Helen.

Maddie sah Dana Sue in die Augen. »Sie will Ronnie zurück.«

»Ganz sicher nicht«, widersprach sie empört. Aus Gewohnheit. Vielleicht auch aus Selbstschutz oder Verlegenheit. Schließlich war es beschämend, dass sie immer noch einen Mann wollte, den sie mit so großem Tamtam aus dem Haus geworfen hatte. »Wie kannst du so was überhaupt sagen, Maddie? Du weißt, was der Mann mir angetan hat. Du warst da, hast die Scherben aufgeklaubt. Ronnie Sullivan ist das Letzte, was ich will. Ich wäre heilfroh, wenn ich sein jämmerliches Gesicht nie wieder sehen muss.«

Ihre beiden besten Freundinnen musterten sie mit wissenden Blicken.

»Klingt vehement«, befand Helen.

»Zu vehement?«, fragte Maddie.

Beide grinsten und wirkten überaus zufrieden mit sich.

Dana Sue schaute finster drein. »Tja, dazu kann ich nur sagen: Wenn Ronnie Sullivan eure Vorstellung von einem spektakulären Preis ist, dann kann ihn gern eine von *euch* haben. Ich will ihn nicht. Und die Aussicht darauf, ihn zurückzubekommen, würde mich höchstens dazu motivieren, mir für den Rest des Lebens jeden Abend eine riesige Pizza zu bestellen.«

»Vielleicht meint sie's ja doch ernst«, sagte Maddie, klang jedoch zweifelnd.

»Na schön, dann eben ein schickes kleines Cabrio«, schlug Helen vor. »Vielleicht rot?«

Dana Sue grinste und war erleichtert, das Thema Ronnie abgehakt zu haben. »Jetzt redest du meine Sprache. Und es muss unbedingt eine erstklassige Stereoanlage und ein Navi haben.«

»Das ist auf jeden Fall wichtig«, stimmte Maddie ihr zu. »Du hast nämlich null Orientierungssinn – daher auch dein Problem bei der Abschlussfahrt.«

»Hör auf, mich daran zu erinnern«, erwiderte Dana Sue gutmütig. »Ich komme immer ans Ziel.«

»Irgendwann«, merkte Helen an.

»Na schön, Klugscheißerin, was ist mit dir?«, fragte Dana Sue. »Was ist dein großer Preis?«

»Ein Einkaufsbummel«, antwortete Helen, ohne zu zögern.

»Haben daran je Zweifel bestanden?«, warf Maddie sarkastisch ein.

Helen sah sie mürrisch an. »In Paris«, fügte sie hinzu.

»In Ordnung!«, rief Maddie begeistert. »Und wir dürfen alle mit.«

Dana Sue lachte. »Allmählich gefällt mir die Sache mehr und mehr. Jetzt ist es mir fast egal, ob Helen gewinnt.«

»Unfair«, klagte Helen. »Ihr müsst versprechen, euch wirklich zu bemühen, eure eigenen Preise zu gewinnen.«

»Wann beginnt der Wettbewerb?«, fragte Maddie.

»Sobald wir unsere Ziele festgelegt haben«, sagte Helen. »Und es müssen sinnvolle Ziele sein – ehrgeizig, aber erreichbar, okay? Treffen wir uns morgen um die gleiche Zeit, sagen sie uns gegenseitig und entscheiden dann, wie lange wir dafür brauchen?«

»Bin dabei«, stimmte Maddie zu.

Dana Sue dachte an den schicken kleinen roten Sportwagen, den sie gesehen hatte, als sie zuletzt mit Annie nach Charleston gefahren war. Der Flitzer hatte sie an ein Auto erinnert, das Ronnie vor langer Zeit gehabt hatte, noch vor ihrer Hochzeit – lange, bevor es zwischen ihnen so schrecklich schiefgelaufen war.

»Ich auch«, sagte sie prompt.

Vielleicht würde sie nie wieder gertenschlank sein, aber mit etwas Glück könnte sie die Sorglosigkeit und das Selbstbewusstsein zurückerlangen, die sie mit achtzehn Jahren hatte, als in ihrer Welt noch alles in Ordnung war. Und wenn sie sich selbst besser fühlte, könnte sie unter Umständen eine Möglichkeit finden, Annie auch dazu zu verhelfen.

Kapitel 3

Jeder Gedanke daran, sich Ziele zu setzen, ging den Bach runter, als mitten in der Hektik des abendlichen Hochbetriebs ein Fettbrand in der Küche ausbrach.

Kaum hatte Karen »Feuer!« gebrüllt, schnappte sich Erik einen Feuerlöscher und begann zu sprühen. Gleichzeitig rannte Karen zum nächstbesten Telefon und wählte den Notruf, obwohl der kleine Brand bereits weitgehend eingedämmt war.

Mit der Gewissheit, dass Erik die Lage in der Küche unter Kontrolle hatte, ging Dana Sue in den Gastraum, um die verunsicherten Gäste zu beruhigen. Anschließend erklärte sie den Leuten auf der Gastterrasse, was passiert war, und wartete auf das Eintreffen der Feuerwehr. Dana Sue hoffte, die Männer davon abzuhalten, ihre Schläuche durchs Restaurant zu ziehen. Dank Eriks schneller Reaktion war es nicht nötig, dass all die Feuerwehrleute mit ihrer gesamten Ausrüstung durch das Lokal pflügten. Als die freiwillige Feuerwehr schließlich eintraf, gab es kaum noch Anzeichen eines Brands, abgesehen von erschütterten Nerven, anhaltendem Rauchgeruch und der Sauerei in unmittelbarer Nähe der in Brand geratenen Pfanne mit Öl.

Genauer würde es Dana Sue erst am nächsten Morgen feststellen können, doch es schien, als hätte der Gastraum mit seinen in hellem Pfirsichton gestrichenen Wänden und dunkelgrünen Verzierungen keine Rauchschäden erlitten. Ein Ausflug in die Wäscherei würde den Geruch beseitigen, der sich in den Tischtüchern und Servietten eingenistet hatte.

»Das war meine Schuld. Es tut mir so leid«, sagte Karen zum mindestens zehnten Mal, seit sich der Feuerwehrhauptmann abgemeldet hatte und sie alle wieder an die Arbeit gehen ließ.

Karen war alleinerziehende Mutter und Mitte zwanzig. Tränen kullerten über ihre blassen Wangen. Sie hatte als Schnellköchin in einem örtlichen Imbiss gearbeitet, als Dana Sue auf sie aufmerksam geworden war. Da sie Karens Talent zum Kochen dort vergeudet sah, hatte sie ihr angeboten, sie für die hochwertige Küche im *Sullivan's* auszubilden.

»Ich hab mich nur kurz weggedreht«, beteuerte Karen. »Mir ist nicht aufgefallen, dass die Flamme so hoch war. Dann bin ich in Panik geraten. So was hab ich vorher noch nie gemacht, ich schwör's.«

»Hey, schon gut«, beruhigte Dana Sue sie. »Ist uns doch allen schon passiert, nicht wahr, Erik? Und es ist ja kein echter Schaden entstanden.«

»Ich hatte zwar noch nie einen Fettbrand«, sagte Erik, »dafür hab ich schon reichlich Kuchen und Torten verbrannt und die Küche verraucht.«

»Ich bleibe länger und räume auf«, bot Karen an. »Wenn ihr morgen wiederkommt, wird man nicht mehr sehen, dass etwas passiert ist.«

»Wir packen alle mit an«, stellte Dana Sue klar. »Wir sind ein Team. Und jetzt alle wieder an die Arbeit, bevor die Gäste einen Aufstand veranstalten.«

»Ich muss irgendwas tun«, beharrte Karen. »Dann will ich wenigstens ein Glas Wein für jeden Gast übernehmen. Wird zwar eine Weile dauern, bis ich's abbezahlen kann, aber das ist wohl das Mindeste.«

»Das ist schon erledigt«, teilte Dana Sue ihr mit, »und du bezahlst nicht dafür. Das Geld kommt aus unserem PR-Budget. Jetzt koch. Wir sind zehn Bestellungen für den gegrillten Lachs im Rückstand, drei für die Schweinekoteletts und fünf für den gebratenen Wels. Schwingt die Kochlöffel, Leute.«

Die Teamarbeit, auf die Dana Sue und ihre Mitarbeiter so stolz waren, kam wieder in Schwung. Gegen neun Uhr abends waren sämtliche Gäste verköstigt, und die meisten verweilten noch bei Kaffee und einem von Eriks Desserts.

Als Dana Sue eine Runde um die Tische im Gastraum drehte, äußerten sich fast alle über das köstliche Essen. Vor allem aber gratulierte man ihr dazu, wie hervorragend ihre Mitarbeiter die Krise bewältigt hatten.

»Hätte ich die Sirenen nicht gehört und die Feuerwehr mit eigenen Augen gesehen, ich wäre nie auf die Idee gekommen, dass es in der Küche gebrannt haben könnte«, meinte der Bürgermeister zu ihr. »Du hast dich wirklich gut geschlagen, Dana Sue.«

»Danke«, sagte sie überrascht. Howard Lewis und sie waren nicht immer einer Meinung gewesen, vor allem während der Kontroverse um Maddies Beziehung mit dem wesentlich jüngeren Cal Maddox. Da die beiden inzwischen ehrbar miteinander verheiratet waren, hatte der Bürgermeister die alten Feindseligkeiten offenbar vergessen. Oder sein Verlangen nach gutem Essen hatte überwogen, dass er ihre Verbindung mit Maddie und Cal missbilligte.

»Na ja, klar hat sie die Krise gut gemeistert«, sagte Hamilton Rogers, der Vorsitzende des Schulausschusses.

»Die süßen Magnolien haben schon immer gewusst, wie man sich aus einer Zwickmühle windet.« Er zwinkerte Dana Sue zu. »Die Eigenschaft haben sie als Jugendliche auch dringend gebraucht.«

Dana Sue lachte. »Ja, das stimmt.«

»Wie oft hat man Ronnie und dich erwischt, wenn ihr die Schule geschwänzt habt?«, fragte Hamilton.

Dana Sue bedachte ihn mit einer Unschuldsmiene. »Also, ich kann mich nicht erinnern, dass wir je bei so was erwischt worden sind«, erwiderte sie.

Der Vorsitzende des Schulausschusses schmunzelte. »Jetzt kannst du es ruhig zugeben, Dana Sue. Wir nehmen dir dein Abschlusszeugnis schon nicht weg.«

Sie schüttelte den Kopf. »Ich sage trotzdem nichts.«

»Tja, du hast unser Essen heute Abend jedenfalls mit ein wenig Aufregung aufgepeppt«, meinte der Bürgermeister. »In letzter Zeit ist es fast ein bisschen zu ruhig in Serenity gewesen.«

Nachdem die letzten Gäste gegangen waren, schloss sich Dana Sue ihren Mitarbeitern in der Küche an und half beim Saubermachen. Zwei Stunden später war jede Oberfläche blitzblank, und jeder Quadratzentimeter Edelstahl glänzte. Selbst unter besten Umständen achtete sie geradezu fanatisch darauf, dass die Küche im *Sullivan's* jederzeit eine Überprüfung durch das Gesundheitsamt bestehen würde. An diesem Abend ging sie sogar doppelt so penibel vor. Als Dana Sue endlich nach Hause kam, war sie erschöpft.

Da sie in Annies Zimmer noch Licht sah, klopfte sie an die Tür. »Liebes, bist du noch wach?«

Annie schaute von ihrem Computer auf und blinzelte, dann sah sie auf die Uhr. »Mama, wo bist du gewesen? Es ist spät. Und du riechst wieder nach Rauch. Was hast du diesmal verkohlt?«

»Wir hatten heute Abend einen Fettbrand. Ist zwar harmlos verlaufen, hat aber in der Küche ein ziemliches Chaos verursacht.«

Erschrocken weiteten sich Annies Augen. »Geht's dir gut? Bist du sicher? Warum hast du mich nicht angerufen? Ich hätte kommen und beim Aufräumen helfen können.«

Dana Sue hörte die Besorgnis in der Stimme ihrer Tochter. Sie wusste, dass ein schwerwiegendes Unglück bei *Sullivan's* ihre Welt erneut auf den Kopf stellen könnte, deshalb versuchte Dana Sue, sie zu beruhigen. »Ich weiß, dass du gekommen wärst, aber Erik, Karen und ich hatten alles im Griff. Außerdem hast du morgen Schule. Bestimmt hattest du Hausaufgaben.«

»Ein paar«, bestätigte Annie.

»Hast du was gegessen?«

»Mama!«, protestierte Annie und fühlte sich sofort angegriffen.

»War nur eine Frage«, wiegelte Dana Sue ab und wurde selbst gereizt. »Du hast nach der Schule nicht im Restaurant vorbeigeschaut. Deshalb hab ich mich bloß gefragt, ob du dir zu Hause irgendwas gemacht hast.«

»Nein. Sarah und ich waren mit ein paar anderen Kids bei *Wharton's* und haben dort abgehangen«, erklärte Annie in ruhigerem Ton.

Dana Sue entspannte sich und grinste. Sie ließ sich auf der Bettkante nieder und hoffte auf ein Mädelsgespräch, wie sie und Annie es früher oft hatten. »Ich kann mich noch gut erinnern, wie ich das in deinem Alter gemacht habe. Wahrscheinlich ist kein Tag vergangen, an dem

Maddie, Helen und ich nicht dort waren, zusammen mit unseren jeweiligen festen Freunden von damals.«

»Du warst doch immer mit Papa zusammen, oder?«, fragte Annie. Dann zögerte sie, als wollte sie die Reaktion ihrer Mutter abwarten. Als Dana Sue nichts erwiderte, fuhr sie fort: »Ich meine, ihr wart schon ein Paar, als du jünger warst als ich, stimmt's?«

Dana Sue nickte und verlor sich einen Moment lang in den schönen Erinnerungen. Davon gab es viele, aber sie hatte die meisten unter der Wut begraben, die sie brauchte, um weiterzumachen, nachdem Ronnie gegangen war.

»Papa war ein Prachtkerl, hm?«

»Oh ja«, gestand Dana Sue. »Als ich ihn zum ersten Mal gesehen hab, nachdem er mit seiner Familie aus North Carolina hergezogen war, da hab ich ihn für den bestaussehenden Jungen gehalten, den ich je kennengelernt hatte. Alles an ihm hat *gefährlich* gewirkt, vom pechschwarzen langen Haar bis hin zur Lederjacke.«

»Hast du ihn nur deshalb gemocht?«, fragte Annie. »Weil er so sexy ausgesehen hat?«

»Nein, natürlich nicht«, entgegnete Dana Sue großmütig. »Er war auch süß, klug und witzig.«

Ihre Tochter grinste. »Ich dachte immer, der Grund war, dass jedes andere Mädchen in der Schule für ihn geschwärmt hat und du beweisen wolltest, *du* könntest ihn bekommen.«

Dana Sue lachte. »Hat dein Vater dir das erzählt?«

»Nein. Tante Maddie. Sie hat gesagt, du warst unheimlich zielstrebig dabei, Papa auf dich aufmerksam zu machen.«

»Ja, das war ich wohl«, räumte Dana Sue ein. »Er war der erste Junge, der mich anfangs keines zweiten Blickes gewürdigt hat. Natürlich hat ihn das zu einer unwiderstehlichen Herausforderung gemacht. Außerdem hab ich gewusst, dass er meine Eltern ein bisschen auf die Palme bringen würde.« Sie beugte sich näher zu ihrer Tochter und fügte verschwörerisch hinzu: »Weißt du, er hatte eine Tätowierung.«

Annie kicherte. »Tante Maddie hat gesagt, er hat es dir absichtlich schwer gemacht, weil du sonst das Interesse verloren hättest.«

Dana Sue versuchte sich vorzustellen, wie sie das Interesse an Ronnie verlor. Es gelang ihr nicht. Ihre Gefühle für ihn waren von Anfang an überwältigend gewesen. Nicht mal fast achtzehn Jahre Ehe hatten die Leidenschaft zwischen ihnen gedämpft. Eine Affäre und zwei getrennte Jahre hatten nur bewirkt, dass sie tief in sich vergraben hatte, wie hingezogen sie sich zu ihm fühlte.

»Ich weiß nicht recht«, sagte sie zu Annie. »Ich bin ihm damals ziemlich schnell und heftig verfallen.«

»Und du hast es nie bereut, oder?«, fragte ihre Tochter. »Ich meine, nicht bis zum Ende, als er mit dieser anderen Frau etwas hatte.«

Dana Sue wollte nicht mal flüchtig an den Tag denken, an dem sie von Ronnies Affäre erfahren hatte, geschweige denn sich ausführlich daran erinnern. Aber es ließ sich nicht übersehen, dass Annie ihr diese Fragen schon lange stellen wollte. Sie schien sie sich für den richtigen Moment aufgehoben zu haben. Ebenso offensichtlich hatte sie sich an Maddie gewandt, um zumindest einige der Antworten zu bekommen, die sie wollte. Dana Sue verspürte heftige Schuldgefühle, weil Annie nicht stattdessen ihre eigene Mutter danach fragen konnte, wie ihre Eltern einst ein Paar geworden waren.

»Stimmt. Bis zu dem Tag, an dem er mich betrogen hat – oder zumindest dem Tag, an dem ich's erfahren musste –, hab ich keine einzige Sekunde mit deinem Vater bereut.« Sie fand, dass Annie uneingeschränkte Ehrlichkeit verdiente, keine von Verbitterung und Groll aus jüngerer Vergangenheit beeinträchtigte Antwort.

»Also hat er diesen einen großen Fehler begangen, und das war's?« Annie legte die Stirn in Falten. »Alles andere hat nicht mehr gezählt?«

»So hab ich es gesehen«, bestätigte Dana Sue. »Es gibt Betrug, der einfach zu schlimm ist.«

»Denkst du immer noch so?«

Dana Sue musterte ihre Tochter mit verwirrtem Blick. »Wie kommst du darauf?«

»Ich hab mich nur gefragt, wie du dich fühlen würdest, wenn Papa in die Stadt zurückkäme. Könntest du ihm inzwischen verzeihen?«

Damit deutete zum zweiten Mal an diesem Tag ein von Dana Sue geliebter Mensch an, es wäre vielleicht an der Zeit, die Vergangenheit hinter sich zu lassen und nach vorn zu schauen. Und vielleicht sogar mit dem Abschaum der Welt, ihrem betrügerischen Ex-Mann. Sie sagte sich, dass es dazu nur kommen könnte, wenn sie ihr Herz – oder ihre Hormone – ihr Hirn ausschalten ließe. Gebranntes Kind scheut das Feuer, lautete ihr Motto.

»Tut mir leid, mein Schatz. Ich weiß, das hättest du gern, aber das wird nicht passieren«, sagte sie. »Wenn du ein bisschen älter bist und dich verliebt hast, wirst du vielleicht verstehen, warum manche Dinge einfach unverzeihlich sind.«

Bevor Annie darauf herumreiten konnte, stand Dana Sue auf. »Jetzt musst du schlafen, junge Dame. Und ich auch.« Sie hauchte Annie einen Kuss auf die Stirn. »Licht aus, okay?«

Zu ihrer Überraschung schlang ihre Tochter die Arme um ihre Taille. »Ich hab dich lieb, Mama.«

»Ach, Süße, ich dich auch«, flüsterte Dana Sue mit Tränen in den Augen. »Und dein Papa, wo immer er gerade ist, hat dich auch lieb. Mehr als alles andere.«

»Ich weiß.« Annie schniefte. »Weißt du, manchmal wünschte ich einfach, er wäre hier.«

Dana Sue unterdrückte ein Seufzen. »Ja«, sagte sie. »Ich weiß.«

Manchmal fühlte sie sich, als hätte ihr jemand das Herz herausgeschnitten und nur eine empfindungsleere Hülle zurückgelassen. Aber das verblasste im Vergleich zu der Wut, die in ihr aufgestiegen war, als sie von seiner Affäre mit einer Frau erfahren hatte, an deren Namen er sich nicht mal erinnerte. Nachdem sie die beiden Emotionen abgewogen und eine kräftige Prise Stolz hinzugefügt hatte, war ihr nur eine Wahl geblieben. Vielleicht würde sie sich eines Tages sogar daran gewöhnen, damit zu leben.

Das Telefon klingelte und weckte Dana Sue aus tiefem Schlaf. Sie klatschte auf den Wecker, weil sie ihn für das störende Geräusch verantwortlich machte. Als sich das schrille Klingeln fortsetzte, tastete sie nach dem Telefon.

»Wo bist du?«, verlangte Helen zu erfahren. »Es ist halb neun. Maddie und ich warten schon seit einer halben Stunde.«

Dana Sue setzte sich im Bett auf und rieb sich die Augen. »Warum?«, murmelte sie.

»Unser Wettbewerb«, erinnerte Helen sie. »Unsere Ziele.«

»Ich hab keine, außer weiterzuschlafen«, brummte Dana Sue und legte auf.

Natürlich klingelte das Telefon sofort wieder. »Steh auf. Wir sind unterwegs zu dir«, sagte Helen forsch. »Du hast zehn Minuten, um Kaffee aufzusetzen. Und vielleicht solltest du auch eine Dusche dazwischenquetschen. Du klingst, als könntest du einen kalten Guss gebrauchen, um dein Hirn in die Gänge zu bekommen.«

Als Dana Sue das Telefon zurück auf die Gabel knallte, fand sie sich damit ab, dass sie aufstehen musste. Helen hatte einen Schlüssel und keine Scheu, ihn zu benutzen. Ebenso wenig würde sie zögern, Dana Sue höchstpersönlich unter die eiskalte Dusche zu stecken.

Sie sparte sich die Mühe, einen Bademantel über ihr extragroßes T-Shirt mit dem Logo der Carolina Panthers anzuziehen – eines der wenigen Dinge von Ronnie, die sie behalten hatte. Sie redete sich ein, sie hätte bloß vergessen, es dem Haufen seiner Kleidung hinzuzufügen, die sie wahllos in Koffer gestopft und auf den Rasen vor dem Haus geworfen hatte. In Wirklichkeit jedoch hatte sie noch lange, nachdem er gegangen war, darin geschlafen, weil sein Geruch daran haftete. Nach etlichen Waschgängen traf das zwar nicht mehr zu, doch irgendeine Empfindung, die sie nicht näher erforschen wollte, ließ sie es trotzdem jede Nacht tragen.

Sie tappte in die Küche und setzte Kaffee auf, dann ging sie ins Bad, putzte sich die Zähne und spritzte sich Wasser ins Gesicht. Kaum hatte sie es zurück in die Küche geschafft, öffnete sich die Hintertür. Helen und Maddie schlenderten herein.

»Solltet ihr nicht beide bei der Arbeit sein?«, fragte Dana Sue spitz.

»Sollten wir«, bestätigte Helen. »Aber wir hatten heute Morgen um acht einen wichtigen Termin mit unserer dritten Partnerin. Herauszufinden, warum du nicht aufgetaucht bist, hatte unserer Meinung nach Vorrang gegenüber der Arbeit.« Sie rümpfte die Nase. »Und warum riecht's hier drin nach Rauch?«

Dana Sue zuckte zusammen. »Das geht von mir aus. Wir hatten gestern einen kleinen Fettbrand in der Restaurantküche. Nicht weiter schlimm, aber ich war bis spät in die Nacht dort, um das Chaos zu beseitigen. Ich bin noch nicht dazu gekommen, zu duschen und mir die Haare zu waschen.«

»Bei dir hat's gebrannt?« Maddie schaute erschrocken drein. »Warum hast du uns nicht angerufen?«

»Vor oder nach der Feuerwehr?«, gab Dana Sue zurück. »Oder vielleicht seid ihr ja beide zur freiwilligen Feuerwehr gegangen, ohne mir was zu sagen.«

»Warum hast du uns nicht *später* angerufen?«, fragte Maddie. »Wir hätten dir beim Aufräumen helfen können.«

»Das hat mein Personal gemacht«, sagte Dana Sue. »Und bevor ihr fragt, ich hatte noch nicht mal Zeit, über meine Ziele oder meinen Plan dafür nachzudenken.«

»Kein Problem«, sagte Helen forsch. Sie holte Becher heraus und schenkte für alle Kaffee ein. »Wir helfen dir.«

»Aber es sollen doch meine Ziele und mein Plan sein«, protestierte Dana Sue.

Helen warf ihr einen tadelnden Blick zu. »Du hast bestimmt nichts dagegen, wenn die zwei Menschen, die dich am besten kennen, etwas dazu beisteuern, oder?«

»Darf ich deine Pläne kritisieren?«, fragte Dana Sue argwöhnisch.

»Logisch.« Maddie nickte.

Im selben Moment sagte Helen: »Nein.«

Dana Sue grinste. »Dachte ich mir. Wenn das so ist, kannst du mir helfen, Maddie. Helen, du hältst den Mund.«

Maddie lachte. »Das träumst du nur. Schon vergessen? Helen ist der größte Kontrollfreak von uns allen.«

»Genau deshalb will ich, dass sie sich raushält«, sagte Dana Sue.

»Dieser Wettbewerb war meine Idee«, erinnerte Helen ihre Freundinnen. »Das gibt mir ein automatisches Mitspracherecht.« Zackig holte sie einen Notizblock aus ihrer Aktentasche. »Jetzt raus damit, was ist dein Hauptziel, Dana Sue? Abnehmen? Ausgewogener Blutzuckerspiegel?«

»Dich aus meiner Küche zu kriegen, damit ich mich für die Arbeit fertig machen kann«, konterte sie. »Wie du ja bei deinem Anruf angemerkt hast, bin ich spät dran. Ich kann meine Gäste nicht einfach zu McDonald's schicken, nur weil du eine Frist für den Start deines Wettbewerbs gesetzt hast. Warum hast du's überhaupt so eilig damit? Ist ja nicht so, als würden wir nicht schon seit Monaten Gesundheitsziele für uns brauchen.«

Helen errötete schuldbewusst. »Ich hab Doc Marshall versprochen, ihm bis nächste Woche einen konkreten Plan vorzulegen. Mit Beweisen, dass ich mich daran halte. Sonst hätte er darauf bestanden, mir Medikamente gegen meinen Bluthochdruck zu verschreiben. Ich dachte mir, mit einer schriftlichen Erklärung von euch beiden wird er sich zufriedengeben. Bei mir ist er mittlerweile ein bisschen skeptisch, aber euch beiden vertraut er.« Sie grinste Dana Sue an. »Na ja, Maddie zumindest.«

»Wäre vielleicht effektiver, wenn du einfach wirklich deinen Blutdruck senkst«, meinte Maddie sarkastisch. »Schon mal überlegt, dir gelegentlich einen Tag frei zu nehmen? Dir eine entspannende Massage im Spa zu gönnen? Oder ein bisschen zu meditieren?«

»Und wie soll ich das anstellen?«, konterte Helen. »Ich hab diesen Monat zwei Gerichtsverfahren geplant. Soll ich meinen Mandanten ein Attest von meinem Arzt in die Hand drücken und ihnen sagen, ich bin nicht vorbereitet, weil ich einen Tag frei gebraucht habe?«

»Weißt du, genau darüber hab ich neulich was gelesen«, sagte Maddie. »Darin ging es um das Gesamtkonzept des Sabbats. Nicht unbedingt in einem religiösen Kontext, eher darauf bezogen, dass sich die Menschen mehr denn je Zeit für sich selbst nehmen müssen, um in sich zu gehen und sich zu entspannen. Erinnert ihr euch noch daran, als wir Kinder waren und am Sonntag niemand was anderes gemacht hat, als in die Kirche zu gehen und anschließend Zeit mit der Familie und Freunden zu verbringen? Heute ist es nur ein weiterer Tag, der von morgens bis abends vollgestopft mit Erledigungen ist. Kein Wunder, dass wir uns nie richtig ausgeruht fühlen.«

»Maddie hat total recht«, fand Dana Sue. »Helen, wahrscheinlich könntest du viel klarer und schärfer denken, wenn du deinem Verstand hin und wieder eine Pause gönnst.« Sie zeigte auf den Notizblock. »Schreib das auf. Das muss eines deiner Ziele sein.«

»Wir wollten nicht über meine Ziele reden«, gab Helen zurück.

»Eigentlich schon«, stellte Maddie klar. »Und darüber, dass du sie festlegen musst, damit du bei Doc Marshall aus dem Schneider bist. Wenn du eine schriftliche Bestätigung von uns beiden willst, dann schreibst du besser ›einen Tag echte Entspannung pro Woche‹ auf und hältst dich daran.«

»Oh, um Himmels willen«, brummelte sie, aber sie kritzelte es hin.

»Sehr gut«, lobte Dana Sue. »Jetzt muss ich mich wirklich für die Arbeit fertig machen. Ich werd heute an meinen Zielen arbeiten, versprochen. Dann können wir unsere Notizen darüber morgen vergleichen, okay?«

»Wird wohl reichen müssen«, sagte Helen widerstrebend. »Ich muss selbst bald im Büro sein. Eine neue Mandantin kommt zu einem Beratungsgespräch vorbei.«

Dana Sue begleitete ihre beiden Freundinnen zur Tür. »Wir sehen uns morgen früh«, versprach sie.

Die beiden waren bereits draußen, als Maddie sich umdrehte. »Dann hattest du wohl auch noch keine Zeit, mit Annie wegen einer Übernachtungsparty zu reden, oder?«

»Nein, aber wir hatten gestern Abend eines der besten Gespräche seit Langem. Die Sache mit der Übernachtung spreche ich an, wenn ich sie heute Abend sehe.«

»Schieb es nicht auf«, betonte Maddie.

»Werd ich nicht.« Es war nicht nur wichtig, Dana Sue wusste auch, dass ihre zwei besten Freundinnen ihr so lange damit in den Ohren liegen würden, bis sie es täte. Allein deshalb wäre es einfacher, es gleich hinter sich zu bringen.

»Mama, das ist echt lahm«, erklärte Annie, als ihre Mutter ihr die verrückte Idee mit der Übernachtung vorschlug. »Ich meine, was glaubst du denn, wie alt ich bin – sechs?«

»Als ich in deinem Alter war, haben sich Mädels ständig so getroffen. Wir haben Pizza und Popcorn gegessen, mit Make-up experimentiert und über Jungs geredet.«

»Du mit Tante Maddie und Tante Helen?«, fragte Annie.

»Und ein paar andere«, sagte ihre Mutter. »Hat Spaß gemacht.«

»Was war mit Jungs?«, fragte Annie.

»Wir haben über sie geredet«, antwortete ihre Mutter mit leicht verwirrter Miene.

»Ich meine, könnten auch Jungs herkommen?«

»Für ein paar Stunden meinst du?«, hakte ihre Mutter nach.

»Nein, zum Übernachten. Wir könnten Musik hören, tanzen, was auch immer. Das wär echt cool.«

»Auf keinen Fall! Jedenfalls nicht unter meinem Dach.« Ihre Mutter hörte sich an, als hätte Annie eine Orgie oder so vorgeschlagen. »Bist du verrückt? Das schreit geradezu nach Ärger.«

»Mama, es ist ja nicht so, als würden wir irgendwas *machen*. Du wärst doch zu Hause.«

»Ist mir egal. Das ist eine miserable Idee. Ich kann mir nicht vorstellen, dass dabei irgendwelche anderen Eltern mitmachen würden.«

Annie musterte ihre Mutter. Seit ihr Vater gegangen war, konnte sie ihre Mutter zu viel überreden, wenn sie die Karten richtig ausspielte. »Und was, wenn es für die anderen Eltern in Ordnung ist?«, versuchte sie es. »Lässt du es uns dann machen?«

»Auf keinen Fall«, entgegnete ihre Mutter kompromisslos.

»Dann vergiss es! Ich hab keine Lust, die Nacht mit einem Haufen Mädchen zu verbringen. Wie gesagt, das ist total lahm.«

Plötzlich bedachte ihre Mutter sie mit einem merkwürdigen, neugierigen Blick. »Sag mal, als du vor ein paar Wochen bei Sarah warst, sind an dem Abend auch Jungs dort gewesen?«

Hoppla!, dachte Annie. Davon sollte eigentlich niemand erfahren. Jedenfalls keine Eltern. »Natürlich nicht«, log sie.

»Ich finde es heraus, wenn du mir nicht die Wahrheit sagst«, warnte ihre Mutter.

Annie verdrehte die Augen. Ihre Mutter war ahnungslos. Annie hatte mindestens ein Dutzend Dinge getan, wegen derer ihre Mutter ausrasten würde, wenn sie je davon erführe.

»Komm mir nicht mit diesem Blick«, sagte ihre Mutter. »Ich brauche nur ein paar Anrufe zu machen, dann ist die Katze aus dem Sack.«

»Wohl kaum«, gab Annie zurück. Sie konnte sich nicht vorstellen, dass irgendjemand auspacken würde. Aber sicherheitshalber wollte sie ihre Mutter trotzdem lieber ablenken. »Wenn Sarah herkommt, wär's ganz okay. Und Raylene«, fügte sie hinzu. »Aber sonst niemand.«

»Freitagabend«, schlug ihre Mutter vor und wirkte zufrieden. »Und falls du doch noch ein paar Mädels mehr einladen willst, ist das kein Problem.«

Perfekt, dachte Annie. Ihre Mutter kam freitags und samstags nie vor Mitternacht vom Restaurant nach Hause. Die Jungs könnten also ruhig vorbeischauen, sie mussten nur spätestens eine Viertelstunde vor Mitternacht wieder verschwunden sein. Und wenn sie Ty überreden könnte, auch zu kommen, würde ihre Mutter ihn vielleicht eher als Aufpasser betrachten, selbst wenn sie erwischt wurden. Sie meinte oft, Annie könnte sich glücklich schätzen, ihn als großen Ersatzbruder zu haben, obwohl Annie ihn überhaupt nicht so sah. *Von wegen,* dachte Annie.

Impulsiv umarmte sie ihre Mutter. Dabei fiel ihr auf, dass sie seit der Eröffnung des *Corner Spa* mit Maddie und Helen wahrscheinlich wieder zwei, drei Kilo zugenommen hatte. Annies Ansicht nach keine Empfehlung für den Fitnessclub.

»Mama, ich dachte, du wärst auf Diät«, sagte sie vorwurfsvoll.

»Bin ich auch. Aber in meinem Alter ist es nicht mehr so einfach abzunehmen.« Ihre Mutter ging sofort in die Defensive, wo Annie sie haben wollte.

»Ich dachte, ihr hättet das Fitnessstudio eröffnet, damit ihr trainieren und euren Stoffwechsel wieder in Schwung bringen könnt. Aber ich wette, du verbringst dort keine zehn Minuten pro Tag auf dem Laufband, oder?«

»Wenn ich kann, dann schon«, antwortete ihre Mutter mit undurchdringlicher Miene.

»Also, wenn du nicht abnimmst, wirst du krank und stirbst wie Oma«, sagte Annie. »Und ich will nicht wegziehen und bei Papa wohnen.« Obwohl sie die Worte nüchtern aussprach, hatte sie in Wahrheit eine Heidenangst davor – nicht davor, bei ihrem Vater zu leben, sondern davor, dass ihre Mutter sterben könnte.

»Ich denke nicht, dass du dir darüber Sorgen machen musst«, antwortete sie. »Ich hab nicht vor, in nächster Zeit zu sterben. Und wo sich dein Vater herumtreibt, wissen wir nicht mal.«

»*Ich* weiß es«, platzte Annie heraus, ohne nachzudenken. »Er arbeitet unten in Beaufort und wohnt in irgendeiner Bruchbude.«

Ihre Mutter wirkte fassungslos. »Woher weißt du das? Die Unterhaltsschecks lässt er über seinen Anwalt schicken.«

Als Annie die Bestürzung im Gesicht ihrer Mutter sah, fühlte sie sich auf Anhieb schuldig, weil sie ihr die Anrufe ihres Vaters verheimlicht hatte. »Er hat ein-, zweimal angerufen«, gestand sie, ohne zu erwähnen, dass er sich allein in den letzten Wochen oft gemeldet hatte. Ihre Mutter hatte ihr nie verboten, mit ihm zu reden oder ihn sogar zu sehen, wenn sie wollte. Nur hatte Annie anfangs vehement darauf bestanden, seine Anrufe nicht anzunehmen und ihn nicht zu besuchen. Deshalb wollte sie später nicht zugeben, dass sie letztlich angefangen hatte, mit ihm zu reden. Es hätte sich wie ein Verrat an ihrer Mutter angefühlt.

»Wann?«

»Während du bei der Arbeit warst. Er ruft mich meistens auf dem Handy an.«

»Ich verstehe.« Plötzlich wirkte ihre Mutter unheimlich erschöpft.

Annie merkte ihr an, dass sie noch mehr sagen wollte. Trotzdem wandte sie sich einfach ab und verließ das Zimmer … und so, wie Annie sie kannte, um sich etwas zu essen zu schnappen. Genau deswegen hatte Annie die Anrufe geheim gehalten.

»Ich schwöre, wenn ich Ronnie in der Sekunde in die Finger bekommen hätte, ich hätte ihn auf der Stelle erwürgt«, meinte Dana Sue am nächsten Morgen im Fitnessstudio zu Maddie. »Ich weiß, dass ich mich lächerlich aufführe und Annie das Recht hat, mit ihrem Vater zu reden. Aber bestimmt hat er sie dazu angestiftet, es mir zu verheimlichen.«

»Bist du dir sicher?«, fragte Maddie. »Vielleicht hatte Annie Angst, es würde dich verletzen, wenn du erfährst, dass sie wieder miteinander reden.«

Dana Sue schaute finster drein. »Also scheut sich meine eigene Tochter jetzt davor, ehrlich zu mir zu sein? Na toll. Noch eine riesige Kluft zwischen uns. Und bevor du fragst: Nein, ich hab meine Ziele noch nicht festgelegt. Ich war gestern Abend zu wütend, um mich hinzusetzen und darüber nachzudenken. Und heute Morgen bin ich direkt hergekommen. Meinetwegen kannst du Helen ruhig anrufen und es petzen. Ich bin nämlich nicht in Stimmung, mir deswegen einen Vortrag von ihr anzuhören.«

»Du musst ein wenig Dampf ablassen«, meinte Maddie in beschwichtigendem Ton. »Warum erzählst du mir den Rest nicht, während wir uns auf den Laufbändern austoben?«

»Ich hasse das verdammte Laufband!«, fauchte Dana Sue. »Ich hole mir einen Blaubeermuffin. Wenn du fertig damit bist, die Streberin zu sein, findest du mich draußen auf der Terrasse.«

Maddie seufzte nur. »Ich komme mit.«

Nachdem sie Platz genommen hatten, pfriemelte Dana Sue die Blaubeeren aus dem Muffin und aß sie. So gelang es ihr, den Großteil des Muffins auf dem Teller zu lassen. »Ich weiß, dass ich den nicht essen soll, brauchst es also nicht auszusprechen«, brummelte sie.

»Ich sag doch gar nichts«, erwiderte Maddie sanft.

Dana Sue schob den Teller weg. »Verdammt, es ist zwei Jahre her«, sagte sie hitzig. »Wie kann mir die bloße Erwähnung dieses Kerls immer noch so unter die Haut gehen?«

»Willst du eine ehrliche Antwort darauf, oder war das eine rhetorische Frage?«, wollte Maddie wissen.

»Eine ehrliche Antwort bitte.«

»Du liebst ihn noch.«

»Mach dich nicht lächerlich!«

Maddie zuckte mit den Schultern. »Du hast Ehrlichkeit verlangt. Versuch mal, ehrlich zu dir selbst zu sein. Und um brutal ehrlich zu sein: Ich würde sagen, deine Reaktion gestern Abend war simple Eifersucht.«

Dana Sue starrte ihre Freundin ungläubig an. »Du denkst, ich bin eifersüchtig, weil meine Tochter mit Ronnie redet?«

»Bist du's etwa nicht?«

Dana Sue verkniff sich den Drang, es barsch zu leugnen. Stattdessen sah sie Maddie stirnrunzelnd an. »Du kennst mich viel zu gut.«

Maddie grinste. »Und ob.« Sie musterte Dana Sue einen Moment lang. »Was willst du deswegen unternehmen?«

»Nichts. Bist du verrückt? Der Mann hat mich betrogen. Selbst wenn er auf Knien angekrochen käme, würde ich ihn nicht wieder in mein Leben lassen.«

»Ja, genau«, murmelte Maddie unverhohlen skeptisch.

»Ich habe meinen Stolz«, fügte Dana Sue hinzu.

»Und den im Überfluss«, pflichtete Maddie ihr bei.

»Tja, dann weißt du ja auch, dass ich meine, was ich sage.«

»Ich weiß, dass du es meinen *willst*«, schränkte Maddie ein. »Aber wenn Ronnie Sullivan jetzt so unverschämt sexy wie immer durch diese Tür käme, würde ich nicht gegen ihn wetten.«

Leider musste sich Dana Sue in aller Ehrlichkeit eingestehen, dass Maddie damit vermutlich recht hatte.

Allerdings würde sie zum Glück wohl kaum je auf diese Probe gestellt werden. Wenn Ronnie auch nur einen Funken Verstand im hübschen Kopf hatte, würde er nie wieder einen Fuß nach Serenity setzen.

Natürlich hätte er sie nie betrogen, wenn er sie so geliebt hätte, wie er immer behauptet hatte. Und – das war der springende Punkt, auf den sie immer wieder zurückkam – er wäre geblieben und hätte um sie gekämpft. Natürlich hatte sie klar und deutlich gemacht, dass sie ihn nicht mehr hierhaben wollte. Sie hatte Helen sogar alle möglichen Grundregeln aufstellen lassen, um seinen Kontakt mit Annie einzuschränken. Und der Idiot hatte ihnen tatsächlich zugestimmt. Er hätte wissen müssen, dass sie verletzt war und deshalb aus Affekt so unverschämte Forderungen stellte. Ronnie kannte sie besser als irgendjemand sonst, sogar besser als Maddie oder Helen, und das wollte etwas heißen. Er wusste, wie hoch ihr Temperament aufflammte, das eine Weile vor sich hin köchelte und dann wieder abkühlte. Trotzdem war er gegangen. Er hatte nicht gewartet, um herauszufinden, ob sie ihm eine zweite Chance geben würde. Und das hatte ihr alles verraten, was sie wirklich wissen musste. Er *wollte* damals gehen. Darauf lief es hinaus.

Obwohl sie es nie einer Menschenseele gegenüber zugeben würde, hatte sie das mehr als alles andere verletzt – dass Ronnie sie nicht genug geliebt hatte, um zu bleiben. Und das war seine unverzeihlichste Sünde von allen.

Kapitel 4

Ronnie saß in einer billigen Spelunke. Im Hintergrund lief ein Song von Toby Keith über einen Abschiedsbrief. Jedes Mal, wenn der Sänger mit tiefer, trauriger Stimme wiederholte »She's gone« – *sie ist weg* –, dachte Ronnie an Dana Sue. Auch sie war weg, und er hatte immer noch nicht die geringste Ahnung, wie er sie zurückgewinnen könnte. Seit zwei Jahren zerbrach er sich darüber den Kopf. Und abgesehen von seinem Entschluss, bis Thanksgiving etwas zu unternehmen, hatte er keinen konkreteren Plan als seit dem Tag, an dem er Serenity verlassen hatte.

Schon komisch: Vor siebenundzwanzig Jahren, als seine Familie nach Serenity gezogen war, hatte er genau gewusst, was er tun musste, um Dana Sues Herz zu erobern. Bereits im Alter von vierzehn Jahren hatte er bemerkt, wie die Jungs sie umschwärmten, angelockt nicht nur von ihren langen Beinen und ihrer frühreifen Oberweite, sondern auch von ihrem Temperament und ihrem Lachen. Außerdem hatte er erkannt, dass er sich nur von der Masse abheben konnte, indem er Gleichgültigkeit vortäuschte. Und tatsächlich hatte er damit ihre Aufmerksamkeit erregt. Nicht er hatte Dana Sue umworben, sie hatte sich an ihn herangemacht. Er fragte sich, ob das noch einmal funktionieren würde.

Wahrscheinlich nicht, entschied er traurig. Er war seit zwei Jahren weg, und soweit er es beurteilen konnte, verzehrte sie sich nicht gerade nach ihm. Jedenfalls war sie ihm eindeutig nicht nachgelaufen.

Während er weiter über eine Strategie nachdachte, schob sich eine Frau Mitte dreißig in enger Jeans, tief ausgeschnittenem Tanktop und Pfennigabsätzen auf den Hocker neben ihm. Sie hatte langes, glattes schwarzes Haar und trug Lippenstift so rot wie ihr Tanktop. Ein starker Kontrast zu Dana Sues langbeiniger, kurvenreicher Erscheinung. Die meisten Männer hätten sie wohl als sexy betrachtet, doch für Ronnie wirkte sie nur zu bemüht.

»Hey, Süßer. Du siehst aus, als könntest du Gesellschaft vertragen.«

Eigentlich hätte ihr sinnliches Säuseln seinen Puls zum Rasen bringen sollen.

Er begegnete ihrem Blick, trank langsam einen ausgiebigen Schluck Bier und versuchte, Begeisterung dafür aufzubringen, was sie ihm anbot. Aber so hübsch sie sein mochte, sie war nicht die Frau, die er wollte.

Dennoch rang er sich aus reiner Gewohnheit ein Lächeln ab. »Darf ich dich auf einen Drink einladen?«

»Gern«, antwortete sie. »Ein Leichtbier.«

Er winkte den Barkeeper herüber und gab die Bestellung auf. Dann schwenkte er das eigene Bier im Glas und fragte sich, warum er noch keine der Frauen, die ihn seit seiner Scheidung angemacht hatten, anziehend gefunden hatte. Vielleicht sollte er sich lieber fragen, warum es *eine* Frau geschafft hatte, ihn schwach werden zu lassen, als er noch verheiratet gewesen war. Zu seinem endlosen Bedauern konnte er sich nicht mal mehr daran erinnern, wie sie ausgesehen hatte oder wie genau ihre Unterhaltung verlaufen war.

»Willst du darüber reden?«, erkundigte sich die Frau neben ihm und trank einen Schluck von ihrem Bier. »Ich bin übrigens Linda. Man sagt mir nach, dass ich eine echt gute Zuhörerin bin.« Sie beugte sich näher. »Unter anderem.«

Ronnie unterzog sie einer weiteren Musterung. Immer noch blieb jegliche Anziehungskraft bei ihm aus.

»Komm schon«, ermutigte sie ihn. »Jeder Mensch hat eine Geschichte, die er unbedingt erzählen will.«

»Ich nicht«, beharrte er.

»Also ein gebrochenes Herz«, folgerte sie. »Männer können es nicht leiden, darüber zu reden, dass sie abserviert worden sind.«

»Nicht mir ist das Herz gebrochen worden«, stellte er klar, bevor er über seine Worte nachdachte. Das stimmte eigentlich nicht. Am Ende war sein Herz genauso gebrochen wie das von Dana Sue, und ihn hatte zudem eine gewaltige Ladung von Schuldgefühlen geplagt.

»Was hast du angestellt?«, fragte Linda. »Hinter ihrem Rücken herumgehurt?«

»So ähnlich«, gab er zu.

»Dann könnte ich mir denken, dass du's wieder tun wirst. Das machen Männer immer.«

»Tatsächlich?«

»Meiner Erfahrung nach jedenfalls.«

Belustigt von ihrem weltmüden Versuch, Weisheit zu verbreiten, meinte er: »Dann hast du bei Männern wohl einen ziemlich schlechten Geschmack.«

Sie lachte. »Sagt der Typ, mit dem ich seit fünf Minuten flirte.«

»Wie gesagt: schlechter Geschmack«, betonte er. »Aber du hast Glück. Ich tu dir nämlich einen Gefallen und verschwinde.« Damit legte er ein paar Scheine auf die Theke, bevor er ihrem enttäuschten Blick begegnete. »Und nur, damit du's weißt: Falls es mir je gelingt, meine Ex-Frau davon zu überzeugen, dass sie mich zurücknimmt, muss sie sich nie wieder Sorgen machen. Ich hab meine Lektion gelernt. Sie ist die Einzige für mich.«

»Versuchst du als Nächstes, mir das Sumpfland östlich von hier zu verkaufen?«

»Nein. Ich wünsch dir nur mehr Glück beim nächsten Kerl, der dir über den Weg läuft.« Damit stand er auf und ging davon.

»Ich frage mich, ob deine Ex weiß, wie glücklich sie sich schätzen kann«, rief sie ihm nach.

Darüber schmunzelte Ronnie. »Das bezweifle ich stark. Glücklich schätzt sie sich nur darüber, dass ich weg bin.«

»Dann ist sie dumm«, meinte seine neue Freundin.

Ronnie schüttelte den Kopf. »Nein«, entgegnete er mit einem Unterton, den sie nicht hören sollte. »Dumm war ich.«

Und irgendwann in den nächsten Monaten würde er versuchen, Dana Sue davon zu überzeugen.

Als sich Ronnie wieder in seinem schmuddeligen Zimmer des Motels befand, in dem sein Boss die auswärtige Bautruppe untergebracht hatte, sah er auf die Uhr. Um diese Zeit würde Dana Sue noch im Restaurant sein, also rief er Annie auf ihrem Handy an. Nachdem sie die ersten paar Monate immer wütend oder distanziert geklungen hatte – oder beides –, war sie letztlich zugänglicher geworden. Mittlerweile hatten sie beinah zu ihrer früheren Nähe zurückgefunden. Diese Telefonate bedeuteten ihm viel, und er war sich ziemlich sicher, dass für Annie dasselbe galt.

Seine Tochter fehlte ihm genauso sehr wie Dana Sue. Die Monate, in denen sich Annie von ihm abgekapselt hatte, waren ihm an die Nieren gegangen. Aber er war hartnäckig geblieben und hatte sie immer wieder angerufen.

»Papa!«, meldete sie sich freudig und klang dabei ganz wie früher. »Wie geht's dir?«

»Gut«, log er. Dann lauschte er den lauten Hintergrundgeräuschen an Annies Ende der Leitung. »Wo bist du denn, Liebes? Klingt, als wärst du auf 'ner Party.«

»Warte kurz. Ich geh ins andere Zimmer, damit ich dich besser höre«, sagte sie.

Plötzlich wurde es still am anderen Ende. »Wo bist du?«, wiederholte Ronnie.

»Zu Hause. Ich hab ein paar Freundinnen zu Besuch.«

Ronnie mochte kein Anwärter auf irgendeine Auszeichnung für den Vater des Jahres sein, aber das hörte sich nicht gut an. »Ist deine Mama nicht bei der Arbeit?«, fragte er.

Annie zögerte einen langen Moment. Schließlich antwortete sie: »Ja, aber sie hat gesagt, sie dürfen heute hier übernachten. Es war sogar ihre Idee.«

»Das ist ja toll«, meinte er. Dennoch nagte weiter der vage Verdacht an ihm, dass sich Annie die Wahrheit gerade zurechtbog. Schließlich sprach er seine Vermutung direkt aus. »Hab ich da vorhin nicht männliche Stimmen gehört?«

»Muss die Musik gewesen sein«, entgegnete seine Tochter aalglatt. »Wie geht's dir, Papa?«

»Mir geht's gut, und versuch nicht, das Thema zu wechseln, junge Dame. Ich kann mir beim besten Willen nicht vorstellen, dass deine Mutter erfreut über Besuch von Jungs wäre, wenn sie nicht da ist.«

»Ty ist hier«, sagte sie aufgeregt. »Ihn hast du immer gemocht.«

»Natürlich – aber nicht zu Hause bei meiner Tochter und ihren Freundinnen, wenn keine Erwachsenen im Haus sind«, konterte Ronnie. »Ist er der einzige Junge?«

»Nein«, gestand Annie.

»Liebes, das ist wirklich keine gute Idee. Weiß deine Mutter, dass die Jungs da sind?«

Ihr langes Schweigen auf die Frage beantwortete sie so ziemlich. Ronnie ließ es andauern. Er wusste, dass Annie ihn nicht belügen konnte. Sie würde vielleicht die Wahrheit umschiffen, aber nicht schamlos lügen.

Schließlich fragte sie: »Wirst du Mama anrufen und es ihr sagen?«

Obwohl sie sich bemühte, kleinlaut zu klingen, hörte Ronnie in ihrer Stimme unterschwellig einen wissenden Ton. Offenbar zählte sie darauf, dass er es nicht tun würde. Er spielte mit dem Gedanken, sie zu überraschen, indem er es doch täte. Nur würde Dana Sue weder über die Neuigkeit erfreut sein noch darüber, dass ausgerechnet er sie überbrachte. Vielleicht könnte er das selbst regeln und ihnen beiden eine Menge Kummer ersparen.

»Wenn du dafür sorgst, dass sie in den nächsten fünf Minuten weg sind, bleibt es unser Geheimnis«, bot er Annie an. »Abgemacht?«

»Aber, Papa …«

»Das ist der Deal. Nimm ihn an oder lass es.«

»Woher würdest du überhaupt wissen, ob sie dann weg oder noch hier sind?«

»Gar nicht mit Sicherheit. Aber ich vertraue darauf, dass du zu deinem Wort stehst. Gibst du es mir jetzt, oder soll ich deine Mutter anrufen?«

»Vielleicht sollte ich dich einfach bei ihr anrufen lassen«, meinte Annie. »Dann würdet ihr wenigstens wieder miteinander reden.«

»Soll mir recht sein«, gab er zurück. »Also, was darf's sein, Kleines?« Wieder ließ er die Stille andauern, weil er wusste, dass sie mit sich haderte, um das Richtige zu tun.

»Ich sag den Jungs, sie müssen gehen«, lenkte sie schließlich widerwillig ein. »Aber wir haben nichts gemacht, was sich nicht gehört, Papa. Ich schwör's. Du weißt, dass Ty immer auf mich aufpasst. Er würde nie zulassen, dass irgendwas außer Kontrolle gerät.«

»Du hast sie ohne die Erlaubnis deiner Mutter eingeladen«, rügte Ronnie. »Allein, dass du sie zur Tür hereingelassen hast, war falsch.«

»Seit wann bist du so streng?«, grummelte sie.

»Seit fünf Minuten«, antwortete er schmunzelnd. »Bis jetzt hast du mir nie einen Grund geliefert, streng zu sein.«

»Wenn du zu Hause wärst, wüsstest du immer, was ich so treibe«, sagte sie.

»Ich könnte mir vorstellen, dass du das in kürzester Zeit genauso sehr als Fluch wie als Segen sehen würdest«, antwortete er.

»Wahrscheinlich«, räumte sie ein. Dann fügte sie hinzu: »Aber das wär's mir wert, Papa. Du fehlst mir.«

»Du fehlst mir auch, mein Engel. Jetzt geh und schick die Jungs weg. Dann kannst du mit deinen Freundinnen die ganze Nacht über sie reden wie früher, als ihr ein paar Jahre jünger wart.«

»Habt Mama und du uns belauscht?«, fragte Annie empört.

»Nie«, erwiderte er fromm. »Wir haben nur das Kichern aus deinem Zimmer interpretiert. Das war ein ziemlich eindeutiger Hinweis, zumindest für deine Mutter. Vergiss nicht, dass sie auch mal so alt war wie du. Was immer du tust oder denkst oder welche Regeln du brichst, sie hat es lang vor dir getan.«

»Das glaubst du«, murmelte Annie.

»Was?«, hakte er scharf nach, weil ihm ihr Ton nicht gefiel.

»Hab dich lieb, Papa.«

Seufzend ließ er es dabei bewenden. Fernerziehung war ätzend. »Ich dich auch, Schatz. Pass auf dich auf und drück deine Mutter fest. Sag ihr nur nicht, dass es von mir kommt.«

»Ich wünschte, es wäre anders«, gestand Annie wehmütig. »Ich wünschte, es könnte so wie früher werden.«

»Ich auch. Jetzt geh und verscheuch die Jungs, bevor deine Mutter sie bei dir erwischt und wir beide unser Fett abkriegen.«

»Nacht, Papa.«

»Nacht, Engel.«

Nachdem Annie aufgelegt hatte, umklammerte Ronnie das Telefon noch eine lange Weile. Sie wurde so schnell erwachsen, und er verpasste es. Vielleicht war er selbst schuld daran. Vielleicht verdiente er es sogar, aus Annies Leben ausgeschlossen zu sein. Laut Helen hatte Dana Sue ihn vollständig aus ihrem Leben verbannen wollen, aber dagegen hatte er sich gewehrt. Er hatte ein Besuchsrecht gefordert. Nur hatte er nicht geahnt, wie schwer es sein würde, Annie dazu zu bringen, dabei mitzuspielen. Seine Tochter erwies sich als genauso stur wie ihre Mutter, aber wenigstens hatte sie letztlich eingelenkt.

Allmählich erkannte er, was ihm schon vor zwei Jahren hätte klar sein müssen: Er musste nicht zulassen, dass es für immer so blieb. Dana Sue würde vielleicht nicht erfreut darüber sein, wenn er zurück nach Serenity zöge, aber damit würde sie sich abfinden müssen, wenn er seine Beziehung zu Annie wieder festigen wollte. Und er mochte nicht allzu viel über Mädchen im Teenageralter wissen, doch er wusste eine Menge über Jungs im Teenageralter. Annie konnte einen Vater gebrauchen, der sie davor bewahrte, Fehler zu begehen, die ihr Leben ruinieren könnten.

Abermals nahm er sich fest vor, einen Weg zu finden, um nach Serenity zurückzukehren, bevor er noch mehr Erinnerungen verpasste.

Dana Sue war sich zu neunzig Prozent sicher, dass der Wagen, der von ihrem Haus wegfuhr, als sie sich näherte, vollgestopft mit Jungs im Teenageralter war. Mit einem leisen Fluch bog sie in die Einfahrt. Gut, dass sie beschlossen hatte, das Restaurant eine halbe Stunde früher als sonst zu verlassen. Annie hatte die Abfahrt der Jungs bestimmt mit der üblichen Zeit geplant, zu der ihre Mutter nach Hause kam.

Als sie die Küche betrat, schaute Sarah mit erschrockener Miene zu ihr. Ein Anflug von Schuldgefühlen lag darin. Da Sarah grundehrlich war und einen blassen, sommersprossigen Teint hatte, log sie schlecht und errötete leicht. Und im Augenblick schillerten ihre Wangen verräterisch rosig.

»Hi, Mrs. Sullivan«, grüßte sie sichtlich gezwungen vergnügt. »Tolle Party. Danke, dass wir hier übernachten dürfen.«

»Jederzeit«, gab Dana Sue zurück. »Ich bin froh, dass sich Annie doch noch für eine große Party entschieden hat, statt nur dich und Raylene einzuladen. Haben alle Spaß?«

»Total. Wir alle haben CDs mitgebracht und dazu getanzt. Später sehen wir uns wahrscheinlich eine DVD an. Annie sagt, Sie haben haufenweise romantische Komödien zu Hause.«

»Sind unsere Lieblingsfilme«, bestätigte Dana Sue. »Ist genug zu essen da?«

»Mehr als genug«, bejahte Sarah. »Ich kann mich gar nicht erinnern, wann ich mich das letzte Mal so mit Pizza vollgestopft hab. Und die Brownies, die Sie aus dem Restaurant mitgebracht haben, sind der Hammer. Ich hatte schon zwei.«

Dana Sue kämpfte gegen den Drang an nachzufragen, ob sich auch Annie Pizza oder Brownies gegönnt hatte. Sarah nahm es ihr ab.

»Sie wollen wissen, ob Annie was davon hatte, nicht wahr?«, fragte sie.

Dana Sue nickte. »Du weißt, warum es wichtig ist, nicht wahr, Sarah? Sonst würde ich auch nie von dir verlangen, sie zu verpetzen. Aber ich hab Angst, sie könnte ein ernstes Problem haben.«

»Ich weiß. Ich mach mir auch Sorgen um sie«, gab Sarah leise zu. »Ich glaube, sie ist ...«

»Sarah, was dauert denn so lang?«, rief Annie und kam in die Küche. Als sie die beiden zusammen sah, verengte sie sofort misstrauisch die Augen. »Hi, Mama. Du bist früh dran. Wieso das?«

»Erik hat gesagt, er kommt allein zurecht. Also hab ich beschlossen, früher Schluss zu machen«, erklärte Dana Sue, enttäuscht, weil Sarah durch Annies ungelegenes Hereinplatzen ihre Frage nicht beantworten konnte. Sie rang sich ein Lächeln ab. »Hast du Spaß, Liebes?«

»Jede Menge. Stimmt's, Sarah?«

»Auf jeden Fall«, bestätigte ihre Freundin und mied Dana Sues Blick.

»Du willst doch nicht etwa mit uns abhängen, oder?«, fragte Annie skeptisch.

»Natürlich nicht.« Dana Sue bemerkte die geröteten Wangen ihrer Tochter und fragte sich, ob es an Aufregung lag oder an Schuldgefühlen wegen der Jungs, die im Hause gewesen waren. »Ich geh nach oben und lege mich hin.«

Annie nickte. »Gut. Sarah, ich helfe dir mit den Limonaden. Allen ist schon ganz heiß vom Tanzen.«

Dana Sue wartete, während die Mädchen sechs Dosen zuckerfreie Limonade und Wasserflaschen aus dem Kühlschrank holten. Als sie den Raum verließen, schaute Sarah zurück und schüttelte unscheinbar den Kopf, um anzuzeigen, dass Annie nicht mit den anderen gegessen hatte. Am liebsten hätte sich Dana Sue an den Küchentisch gesetzt und geweint.

Sie hatte sich so sehr gewünscht, dass sich ihre Instinkte irrten und Annie doch nicht magersüchtig war. Das gesamte letzte Jahr hatte sie ihre Tochter aufmerksam im Auge behalten, umso mehr nach Annies Ohnmacht bei Maddies Hochzeitsempfang. Aber anscheinend war Annie geschickter darin, ihre Essstörung zu verstecken, als Dana Sue darin, sie aufzudecken. Vielleicht lag es daran, dass sie zu oft nicht zu Hause war und zu viele Mahlzeiten verpasste. Aber sie hatte versucht, Annies Ernährung zu überwachen. Das hatte sie wirklich. Sie hatte darauf bestanden, dass sie zum Abendessen ins Restaurant kam, hatte ihr nahrhafte Lunchpakete eingepackt. Doch in Wirklichkeit hatte sie schlicht und einfach nicht mitbekommen, was tatsächlich im Mund ihrer

Tochter landete. Und die offensichtlichen Anzeichen für Annies schwere Krise hatte sie standhaft verleugnet.

Damit war es vorbei. Sie beide würden sich dem Problem frontal stellen müssen. Es war höchste Zeit. Tatsächlich längst überfällig. Hinzu kam, dass Annie anscheinend trotz Dana Sues Verbot irgendwelche Jungs zu sich eingeladen hatte. Ihr stand ein harter Tag bevor. Ihre Tochter und sie würden sich gründlich aussprechen. Und das vorprogrammierte Ergebnis – ein Termin bei Doc Marshall und ein Monat Hausarrest – würde Annie ganz und gar nicht gefallen.

Während unten die Musik in ohrenbetäubender Lautstärke dröhnte, gelang es Dana Sue gegen zwei Uhr morgens irgendwie, in unruhigen, rastlosen Schlaf zu sinken. Sie hatte das Gefühl, die Augen kaum geschlossen zu haben, als jemand sie hektisch schüttelte.

»Mrs. Sullivan, wachen Sie auf!« Sarah klang panisch. Jäh riss Dana Sue die Augen auf. »Was ist los?«

»Es geht um Annie!« Dem Mädchen liefen Tränen über die Wangen. »Sie ist ohnmächtig geworden, und wir kriegen sie nicht wach. Bitte kommen Sie schnell.«

Dana Sue raste die Treppe hinunter, dicht gefolgt von der schluchzenden Sarah. Die anderen Mädels knieten um die auf dem Boden liegende Annie herum.

»Ich glaub, sie atmet nicht«, sagte Raylene und schaute mit weit aufgerissenen Augen zu Dana Sue auf. »Ich hab versucht, sie wiederzubeleben, wie wir's im Erste-Hilfe-Kurs gelernt haben.«

»Zur Seite«, sagte Dana Sue und zapfte eine innere Reserve der Ruhe an, obwohl sie panische Angst verspürte. »Und irgendjemand soll den Notruf wählen, ja?«

»Hab ich schon«, sagte eines der Mädchen und klang verängstigt.

»Danke. Hältst du bitte nach dem Krankenwagen Ausschau?«, bat Dana Sue, bevor sie sich auf Annies blasses Gesicht konzentrierte. Die Lippen ihrer Tochter verfärbten sich blau, und sie rührte sich nicht, lag beängstigend still. Dana Sue kniete sich neben sie und begann so mit einer Herzdruckmassage, wie sie es selbst im Erste-Hilfe-Kurs gelernt hatte. Dazwischen versuchte sie, Luft in ihre Lungen zu atmen. Die Mädchen standen betroffen schweigend um sie herum und hielten sich an den Händen. Ihre Gesichter glänzten feucht von Tränen.

Die Zeit schien stillzustehen, während Dana Sue verzweifelt versuchte, ihrer Tochter Leben einzuhauchen. Am Rande nahm sie Sirenen wahr, als der Krankenwagen eintraf. Dann drängten Sanitäter sie beiseite, übernahmen die Kontrolle und riefen in kaum verständlichem Fachjargon Informationen über Ruhepuls und andere Vitalwerte in ein Handy, das sie offenbar mit der Notaufnahme verband.

Sarah trat neben Dana Sue und umklammerte ihre Hand. »Sie wird wieder gesund«, flüsterte das Mädchen. »Sie wird wieder gesund.«

Dana Sue drückte ihre Finger. »Natürlich«, pflichtete sie ihr bei, obwohl sie alles andere als überzeugt davon war.

Raylene näherte sich. »Ich hab Mrs. Maddox angerufen«, verkündete sie. »Ist das okay? Sie hat gesagt, sie ruft Ms. Decatur an, damit sie uns abholt. Mrs. Maddox kommt gleich her und fährt mit Ihnen ins Krankenhaus.«

Dana Sue bedachte Raylene mit einem dankbaren Blick. »Das hast du goldrichtig gemacht«, lobte sie, beeindruckt von der Geistesgegenwart des Mädchens in einer solchen Stresssituation. Raylene hatte kühlen Kopf bewahrt und besaß gute Instinkte. »Danke.«

»Wir wollen ins Krankenhaus mitkommen«, sagte Sarah. »Geht das? Unsere Eltern erwarten uns sowieso nicht zu Hause. Bitte, Mrs. Sullivan. Ms. Decatur kann uns dorthin genauso gut bringen wie nach Hause.«

Dana Sue wusste, wie es sich anfühlte, auf Informationen über Schwerkranke zu warten. Als ihre Mutter das letzte Mal eingeliefert worden war, hatte sie ganz allein in der Notaufnahme des Krankenhauses gewartet. Damals war sie nur wenige Jahre älter gewesen als diese Mädchen. Annie war zu dem Zeitpunkt kaum mehr als ein Kleinkind gewesen. Ronnie war mit ihr zu Hause geblieben. Maddie und Helen waren sofort losgeeilt, als Dana Sue sie angerufen hatte, aber das Warten auf sie und auf Neuigkeiten hatte sich schier unendlich angefühlt. Vielleicht wäre es für Annies Freundinnen einfacher, zusammen im Krankenhaus zu bleiben, wo sie am schnellsten etwas erfahren würden.

»In Ordnung«, willigte sie schließlich ein. »Aber ich möchte, dass ihr morgen früh eure Eltern anruft und ihnen Bescheid gebt, wo ihr seid, okay? Dann liegt es an ihnen, ob ihr nach Hause müsst oder bleiben könnt.«

»Bestimmt geht's Annie bis dahin wieder gut«, meinte Sarah voll Überzeugung.

»Auf jeden Fall«, pflichtete Raylene ihr bei.

Die nächste halbe Stunde verging wie im Flug. Annie atmete zwar, blieb aber bewusstlos, als sie von den Sanitätern in den Krankenwagen geladen wurde. Helen verfrachtete die Mädchen zügig in ihr Auto, und Maddie vergewisserte sich, dass Dana Sue durchhielt, bevor sie ihr einen Arm um die Taille legte und sie zu ihrem Wagen führte. Sie trug immer noch Ronnies Shirt, war aber wenigstens in eine anständige Jeans geschlüpft.

»Annie wird wieder gesund«, beteuerte Maddie und drückte Dana Sues Hand noch einmal, bevor sie den Motor anließ und aus der Einfahrt zurücksetzte.

»Sie hat nicht geatmet«, sagte Dana Sue. Trotz der warmen Nacht lief ihr ein eiskalter Schauder über den Rücken. »Es war, als hätte ihr Herz einfach zu schlagen aufgehört. Das liegt an dieser verdammten Essstörung, ich weiß es. Gott, Maddie, was, wenn sie …« Sie konnte die Frage nicht mal aussprechen.

»Jetzt atmet sie ja wieder«, erinnerte ihre Freundin sie. »Konzentriere dich darauf. Du hast die Sanitäter gehört. Sie hat selbständig geatmet, als sie mit ihr das Haus verlassen haben.«

Dana Sue bedachte sie mit einem skeptischen Blick. »Spiel es nicht herunter, als wäre es harmlos. Es war nicht wie damals, als sie bei deiner Hochzeit ohnmächtig geworden ist. Wenn man das Bewusstsein verliert und nicht mehr atmet, dann ist es ernst. Sie könnte einen Herzstillstand oder einen Schlaganfall oder so erlitten haben. Was bin ich nur für eine Mutter, dass ich es so weit habe kommen lassen?«

»Hör auf, gleich das Schlimmste anzunehmen«, befahl Maddie. »Du bist eine wunderbare Mutter, und was immer ihr fehlt, sie ist jetzt in guten Händen. Im Krankenhaus stehen auf Abruf Spezialisten bereit. Bestimmt sind sie schon zur Stelle, wenn der Krankenwagen eintrifft.«

Dana Sue nickte zwar, fand darin jedoch keinen Trost. Was, wenn der Schaden bereits entstanden war? Was, wenn ihre wunderschöne Tochter etwas so Schlimmes erlitten hatte, dass sie sich nie vollständig davon erholen würde?

Dana Sue wollte beten, wollte mit Gott einen Pakt aushandeln, damit er ihr Baby rettete, doch sie fand dafür nicht die Worte, konnte nicht klar denken. Es fühlte sich an, als wäre sie aus dem Tiefschlaf erwacht und hätte sich in einem Albtraum wiedergefunden.

»Dana Sue?«, wiederholte Maddie, bis sie ihre Aufmerksamkeit erlangte.

»Wie bitte? Hast du was gesagt?«

»Ich hab dich gefragt, ob du daran gedacht hast, Ronnie anzurufen«, sagte ihre Freundin leise. »Er verdient es zu erfahren, was los ist. Annie ist auch seine Tochter, und was du auch von ihm halten magst, er hat sie immer vergöttert.«

»Ich weiß«, flüsterte Dana Sue. Tränen brannten ihr in den Augen, als sie daran zurückdachte, wie Ronnie seine Annie vom Moment ihrer Geburt an angehimmelt hatte. In den ersten Tagen war er genauso bereitwillig wie sie aufgesprungen, wenn sie nachts gefüttert werden wollte. Mehr als einmal hatte sie ihn dabei ertappt, wie er Annie wieder in den Schlaf wiegte und dabei so ehrfürchtig dreinschaute, dass sie vor Rührung weinen musste. Es gab ein ganzes Album nur mit Fotos von den beiden. Dana Sue hatte es hinten in einen Schrank verbannt und unter Decken vergraben, nachdem er gegangen war.

»Ich weiß, dass ich ihn anrufen sollte«, räumte sie ein. »Aber ich weiß nicht, ob ich das hier und ein Wiedersehen mit ihm gleichzeitig verkrafte.«

»Ich glaub nicht, dass du eine Wahl hast«, sagte Maddie. »Außerdem bist du stärker, als du denkst. Es zählt jetzt nur, dass Annie wieder gesund wird. Das musst du dir nur vor Augen halten, dann verkraftest du alles.«

»Es würde ihr unheimlich viel bedeuten, wenn ihr Vater hier wäre«, gab Dana Sue zu. Vor der Scheidung hatte diese innige Bindung zwischen Vater und Tochter zu den Dingen gehört, die sie am meisten an Ronnie geliebt hatte. Diese Verbundenheit hatte sich verstärkt, als Annie älter wurde und nicht mehr nur huckepack getragen werden wollte, sondern von ihm Fahrradfahren lernte oder wie man einen Baseball schlägt, um Ty zu beeindrucken. Den Bruch zwischen ihnen hatte Dana Sue verursacht. Sie hatte Annie mitten hinein in ihren eigenen Schmerz und ihre Verbitterung gezerrt. Und als sie eigentlich erleichtert hätte sein sollen, dass die beiden wieder miteinander sprachen, war sie stattdessen eifersüchtig gewesen, wie Maddie richtig bemerkt hatte.

»Ruf ihn an«, drängte ihre Freundin. »Weißt du, wie du ihn erreichen kannst?«

»Ich weiß, dass er irgendwo in der Nähe von Beaufort ist. Wahrscheinlich erreiche ich ihn auf dem Handy. Ich glaub kaum, dass er die Nummer geändert hat. Und falls es nicht klappt, hat Annie seine Nummer sicher irgendwo notiert.«

»Versuch's auf seinem Handy«, sagte Maddie. »Falls du nicht durchkommst, fahre ich zu dir nach Hause und sehe in Annies Adressbuch nach.«

»Ich will noch warten, bis wir im Krankenhaus sind und erfahren haben, wie's ihr geht.« Dana Sue wollte den Anruf so lang wie möglich vor sich herschieben. Sie wollte Ronnies Stimme nicht hören. Vor allem wollte sie von ihm nicht den geringsten Vorwurf hören, dass sie als Mutter irgendwie versagt hatte. Denn wie sonst hätte so etwas passieren können? Es war eine Sache, sich selbst die Schuld zu geben – aber dieselben Vorwürfe von Ronnie würden sie zerstören.

Maddie musterte sie mit enttäuschter Miene, schwieg aber.

Dana Sue seufzte über die unausgesprochene Missbilligung. »Na schön, ich versuch's jetzt gleich.«

Aber wie um alles in der Welt sollte sie Ronnie beibringen, dass sein geliebtes Mädchen in dieser Nacht beinah gestorben wäre – und immer noch sterben könnte? Bei all den Szenarien, die sie sich je dafür ausgemalt hatte, wieder mit ihrem Ex-Mann zu reden, war ihr ein solches nie in den Sinn gekommen. Vielleicht, weil es so schrecklich war, dass sie nie gewagt hätte, auch nur daran zu denken. Oder vielleicht, weil es ihn garantiert zurück in ihr Leben bringen würde …

Kapitel 5

Der Klingelton von Ronnies Handy riss ihn aus tiefem Schlaf und einem Traum über Dana Sue. Als er ihre Stimme am anderen Ende der Leitung hörte, dachte er, noch zu träumen. Er nahm nur vage wahr, dass er das Handy in der Hand hielt, als er die Augen schloss, das Kissen fester umklammerte und hoffte, wieder in dem Traum zu versinken. Das Telefon fiel ihm aus den Fingern.

»Verdammt, Ronnie Sullivan, wag es ja nicht, wieder einzuschlafen!«, brüllte Dana Sue ihm ins Ohr. »Ronnie, wach auf! Ich würde nicht anrufen, wenn es nicht wichtig wäre. Es geht um Annie.«

Obwohl ihre Rufe aus weiter Ferne zu kommen schienen, genügten sie, um ihn wachzurütteln. »Was ist mit Annie?«, murmelte er schlaftrunken und tastete auf der Decke herum, bis er das Telefon wiederfand. »Rede mit mir. Was ist mit Annie?«

Sein Herz hämmerte wild in der Brust, als ihm verschiedene schreckliche Möglichkeiten durch den Kopf gingen. Ein Unfall? Waren die Jungs zurück zum Haus gekommen und hatten Ärger gemacht? Wenn Dana Sue eine zweijährige Funkstille brach, um ihn anzurufen, musste etwas Schlimmes dahinterstecken.

Dana Sue konnte langsam wie Melasse säuseln, wenn sie ihn zu etwas Verruchtem überreden wollte. Umgekehrt jedoch konnte sie auch ein Zehn-Minuten-Gespräch in zehn Sekunden packen, wenn sie aufgeregt war. Und das war sie eindeutig. Sie plapperte so schnell, dass er kaum jedes fünfte Wort mitbekam.

»He, langsam, Süße«, bremste er sie. »Du hast mich grade aus dem Tiefschlaf geweckt. Ich versteh kein Wort.«

»Es geht um Annie!« Mittlerweile hörte sie sich hysterisch an. »Mir ist scheißegal, wo du bist, Ronnie, mit wem du gerade zusammen bist oder welche Prioritäten du derzeit hast. Deine Tochter braucht dich.«

Mehr brauchte er nicht zu hören. Den Rest könnte er auch herausfinden, wenn er dort wäre. Mit zwischen Kopf und Schulter geklemmtem Handy tastete er im stockfinsteren Zimmer herum, bis er den Schalter der Lampe neben seinem Bett fand. »Ich bin in höchstens einer Stunde da«, versprach er, »aber du wirst mir sagen müssen, wo ihr seid.«

»Im Regionalkrankenhaus«, brachte sie noch heraus, bevor sie unkontrolliert schluchzte.

Sein Herz drohte, in der Brust stehen zu bleiben. »Schatz, kannst du mir sagen, was passiert ist?«

»Ich weiß es nicht. Jedenfalls nicht genau. Sie hatte ein paar Freundinnen zum Übernachten da. Eigentlich sollten es nur Sarah und Raylene sein, aber dann hat sie doch mehr eingeladen. Ich hab gesagt, das wäre in Ordnung. Tatsächlich hab ich sie sogar dazu ermutigt. Hat alles zum Plan gehört, verstehst du?«

»Schatz, du schweifst ab«, sagte er. »Komm auf den Punkt.«

»Stimmt. Tut mir leid. Ich bin einfach so fertig.«

»Schon gut«, beruhigte er sie. »Atme tief durch und sag es mir.«

Ausnahmsweise hörte sie tatsächlich auf ihn. Sie atmete erst langsam ein, dann seufzte sie.

»Besser?«, fragte er.

»Nicht wirklich. Aber egal, vor Kurzem hat mich eines der Mädchen geweckt und gesagt, dass Annie zusammengebrochen ist. Raylene hat sie gerade wiederbelebt, als ich unten angekommen bin. Ich hab eine gefühlte Ewigkeit für sie übernommen, bis die Sanitäter eingetroffen sind.« Dana Sue verstummte kurz und gab einen erstickten Laut von sich, den Ronnie noch nie von ihr gehört hatte. »Ich hab's versucht und versucht, Ronnie, aber ich hab sie nicht wach bekommen.«

Auf einem Fuß balancierend, schlüpfte er in die Jeans, ohne das Telefon loszulassen. »Und jetzt? Ist sie inzwischen wach?«

»Nein«, antwortete Dana Sue. »Glaub ich jedenfalls. Ich bin gerade erst im Krankenhaus angekommen. Ich wollte dich schon anrufen, bevor ich reingegangen bin, aber ich hatte kein Signal, mein Handy hat eben erst wieder funktioniert.«

»Schon gut, Schatz. Es wird alles gut. Muss es. Ich bin unterwegs. Ist irgendjemand bei dir?«

»Maddie hat mich hergefahren, und Helen ist wahrscheinlich schon drin.«

Das klang nach einer Begegnung, die er lieber vermeiden würde. Die beiden hatten kein Blatt vor den Mund genommen, als sie dafür, was er Dana Sue angetan hatte, über ihn hergezogen waren. Andererseits wusste er, dass sie genau die Unterstützung verkörperten, die Dana Sue im Augenblick brauchte. Wenn er sie zurückhaben wollte, würde er sich den beiden früher oder später ohnehin stellen müssen. Zumindest Maddie würde vielleicht sogar vernünftig sein. Helen hingegen würde bestimmt die Krallen ausfahren, aber was sollte es?

»Gut«, sagte er zu Dana Sue. »Ich bin gleich da. Ich versprech's«, fügte er hinzu, obwohl er wusste, dass sie auf seine Versprechen vermutlich keinen Pfifferling mehr gab. Aber er wusste nicht, was er sonst sagen sollte.

»Beeil dich bitte einfach. Ich muss rein und nachsehen, ob mir die Ärzte schon irgendwas sagen können.« Damit legte sie auf.

Langsam ließ Ronnie das Handy sinken. *Tja, jetzt ist es passiert,* dachte er. *Das Schicksal hat gerade eingegriffen.*

Aber wenn seinem kleinen Mädchen etwas zustieße, wollte er gar nicht daran denken, was die Zukunft bringen könnte.

»So, ich hab ihn angerufen. Bist du jetzt zufrieden?«, wandte sich Dana Sue an Maddie.

Ihre Freundin war an ihrer Seite geblieben. Man konnte beinah meinen, sie hätte befürchtet, Dana Sue würde Ronnie doch nicht anrufen, um ihm den Ernst der Lage zu schildern.

»Kommt er her?«, fragte Maddie und folgte ihr in den Warteraum der Notaufnahme. Dort herrschte viel Betrieb, eine geradezu eisige Temperatur und der Geruch von Desinfektionsmittel.

»Hat er jedenfalls gesagt«, antwortete Dana Sue und wusste nicht recht, was sie davon halten sollte. Ronnie hatte sich aufrichtig bestürzt angehört. Und sie hatte keinen Grund, daran zu zweifeln. Sie hatte nie sein Engagement für ihre Tochter in Frage gestellt, nur das für sie. Für Annie hatte er Helen vor Gericht die Stirn geboten und auf Besuchsrecht bestanden. Sie wusste, wie sehr er sich bemüht hatte, mit Annie in Kontakt zu bleiben. Es musste ihn fast umgebracht haben, dass sie ihn anfangs wieder und wieder zurückgewiesen hatte. Mittlerweile war genug Zeit verstrichen, dass sie beinah Mitleid für ihn aufbrachte. Nun, da sie seine Stimme gehört hatte und seine Stärke brauchte, fielen ihr zu viele Dinge wieder ein, die sie krampfhaft zu vergessen versucht hatte.

»Ich finde gut, dass er kommt«, meinte Maddie. »Annie braucht euch jetzt beide.«

»Ich muss zu ihr.« Dana Sue steuerte den Empfang an und wollte um Erlaubnis bitten, die Kabine zu betreten, in der die Ärzte um das Leben ihres Babys kämpften.

Bevor sie den Schalter erreichte, fing Maddie sie ab. »Du musst die Ärzte ihre Arbeit machen lassen«, sagte sie und führte Dana Sue zu einem Platz abseits der anderen Familien im Warteraum. Erst, als sie überzeugt war, dass Dana Sue sitzen bleiben würde, ließ Maddie sie kurz allein und gab der diensthabenden Krankenschwester Bescheid, wo sie zu finden waren.

Bevor Dana Sue genug Energie für einen Verzweiflungssprint zum Behandlungsraum aufbrachte, war Maddie zurück. Dann traf Helen mit Annies Freundinnen ein und erklärte, sie hätte einen Umweg eingelegt, um eine von ihnen nach Hause zu bringen.

»Irgendwelche Neuigkeiten?«, fragte sie.

Dana Sue schüttelte den Kopf, bevor sie in Tränen ausbrach. Sie wandte sich von den offensichtlich verängstigten Teenagermädchen ab und vergrub den Kopf an Maddies Schulter. »Keine Ahnung, wie lang ich das noch durchhalte«, flüsterte sie.

»Ich weiß, dass es schwer ist«, sagte Maddie. »Am schlimmsten ist das Warten.«

»Was, wenn …«

Maddie schnitt ihr das Wort ab. »Wag ja nicht, es aus-zusprechen«, mahnte sie streng. »Nur positive Gedanken, hörst du?«

»Maddie hat recht«, kam von Helen, obwohl auch ihre sonst so gefassten Züge leichte Spuren derselben Angst zeigten, die Dana Sue zerfraß. Da Helen keine eigenen Kinder hatte, fühlte sie sich denen von Maddie und Dana Sue besonders verbunden. Und da Annie mittlerweile ein Teenager war, liebte es Helen, sie mit Einkaufsausflügen nach Charleston zu verwöhnen.

Dana Sue kämpfte gegen ihre Ängste an und ergriff Helens Hand. Ihre normalerweise unerschütterliche Freundin so erschrocken zu sehen, empfand sie als zu-tiefst beunruhigend.

»Warum geht ihr zwei nicht in die Kapelle und sprecht ein Gebet für Annie?«, schlug Maddie vor. »Ich bleibe hier bei den Mädchen.«

Dana Sue sah sie erschrocken an. »Aber was, wenn's Neuigkeiten gibt?«

»Die Kapelle ist gleich am Ende des Flurs. Ich hole dich sofort, wenn die Ärzte rauskommen«, versprach Maddie.

Dana Sue sah Helen an, bemerkte die Tränen, die ihr in den Augen standen, und erkannte, dass ihre Freundin kurz vor dem Zusammenbruch stand. Sie brauchte eine Ablenkung. Die brauchten sie beide.

»Komm, Helen«, sagte sie und stand auf. »Mal sehen, ob du deine überragende Überredungskunst auch für et-was einsetzen kannst, das wirklich zählt.«

Helen schenkte ihr ein mattes Lächeln. »Gott könnte ein bisschen schwieriger sein als eine typische Jury«, meinte sie. »Vor allem, weil wir uns in letzter Zeit nicht besonders gut verstanden haben.«

»Gilt für uns beide«, gab Dana Sue zu. »Hoffentlich verzeiht er uns unsere Verfehlungen.«

»Er wird unsere Sünden nicht an Annie auslassen«, sagte Helen zuversichtlich. »So viel weiß ich.«

Auf dem Weg zur winzigen Kapelle betete Dana Sue bereits und flehte Gott an, ihre Tochter zu heilen und ihr noch eine Chance zu geben, eine bessere Mutter zu werden. In dem stillen, schwach erhellten Raum, in dem es nach brennenden Kerzen roch, überkam sie unverhofft eine verblüffende Gelassenheit. Es fühlte sich beinah an, als hätte Gott ihr stummes Flehen erhört und sie beruhigend in die Arme geschlossen.

Sie sank mit Helen auf eine der harten Kirchenbänke aus Holz und schaute zu dem kleinen Buntglasfenster hinter dem Altar auf.

»Glaubst du, er erhört alle, die hierherkommen?«, fragte sie Helen.

»Keine Ahnung«, antwortete ihre Freundin. »Aber heute Nacht muss ich daran glauben. Ich muss glauben, dass er Annie nicht leiden lässt, sie gesund macht und uns zurückgibt.« Mit tränenfeuchten Wangen sah sie Dana Sue an. »Ich glaube, ich liebe dein Mädchen genauso sehr wie du. Wir dürfen Annie einfach nicht verlieren.«

Das Gefühl des Friedens, das beim Betreten der Kapelle über Dana Sue gekommen war, spendete ihr Trost. »Werden wir nicht«, sagte sie so zuversichtlich, dass es sie selbst verblüffte. »Wir verlieren sie nicht.«

Helen warf ihr einen verdutzten Blick zu. »Du klingst unheimlich sicher.«

»Bin ich auch. Ich weiß zwar nicht, warum, aber ich bin

es.« Sie seufzte. »Wenn ich recht habe, wird sich ab sofort einiges ändern. Ich werde wegen ihrer Essstörung nicht mehr den Kopf in den Sand stecken. Ich darf mir nicht mehr einreden, dass sie isst, obwohl ich tief im Herzen weiß, dass sie's nicht tut. Annie kriegt an Hilfe, was immer sie braucht. Sie verlässt dieses Krankenhaus erst, wenn wir genau wissen, was zu tun ist, damit sie gesund wird. Ich lasse sie nicht noch mal im Stich.«

Helen warf Dana Sue einen geradezu entsetzten Blick zu. »Du hast sie doch nicht im Stich gelassen.«

»Hab ich wohl«, widersprach Dana Sue mit Nachdruck. »Sie ist hier im Krankenhaus, oder? Wessen Schuld ist das, wenn nicht meine? Ich hab die Anzeichen gesehen. Das haben wir alle. Aber bin ich mit ihr zum Arzt gegangen? Nein. Hab ich erkannt, wie kritisch ihr Zustand war? Nein. Was stimmt nicht mit mir? War ich nur zu beschäftigt, um es zu merken?«

»Überhaupt nicht.« Helen schüttelte den Kopf. »Wie so viele Eltern wolltest du einfach nicht glauben, was du gesehen hast. Die Entscheidungen hat Annie selbst getroffen, Dana Sue. Sie ist keine fünf mehr, auch keine zehn. Sie ist fast erwachsen.«

»Trotzdem noch viel zu jung, um richtig zu begreifen, was für Konsequenzen ihre Handlungen haben«, argumentierte Dana Sue. »Ich hab es gewusst, aber ich hab's immer wieder vor mir hergeschoben, etwas zu unternehmen. Weil ich sie nicht mit meinem Verdacht konfrontieren und gegen mich aufbringen wollte. Ich wollte, dass sie mich mag, statt wie die verantwortungsvolle Mutter zu handeln, die sie gebraucht hätte. Wenn je eine Situation nach liebevoller Strenge verlangt hat, dann diese. Ich hab wahrscheinlich an die hundert Artikel gelesen und alle

Anzeichen und Symptome von Magersucht gekannt. Auch die Gefahren. Trotzdem hab ich mir weiter eingeredet, das könnte Annie nicht passieren – nicht dem Mädchen mit dem sonnigen Gemüt, das immer so voller Lebensfreude gewesen ist. Sie ist mit ihren Freundinnen ausgegangen, war aktiv. Ich wollte einfach nicht wahrhaben, dass wir ein so kritisches Stadium erreicht hatten.«

»Tja, das ist jetzt alles Vergangenheit«, sagte Helen pragmatisch. »Wir packen alle mit an und bringen es in Ordnung.«

Dana Sue schloss die Augen und versuchte, sich Ronnies Entsetzen vorzustellen, sobald er Annie zum ersten Mal seit zwei Jahren sehen würde. Sie hatte sich inzwischen irgendwie an den Anblick des dünnen Schattens der früheren Annie gewöhnt. Ronnie hatte nur Erinnerungen an ein überschwängliches, gesundes Mädchen im Teenageralter mit strahlender Haut, glänzendem Haar und den ersten Anzeichen weiblicher Kurven.

»Was ist?«, fragte Helen und musterte sie besorgt.

»Ronnie wird außer sich vor Wut sein, wenn er sie sieht«, sagte Dana Sue. »Er wird sich fragen, wie um alles in der Welt ich zulassen konnte, dass unserer Tochter so etwas passiert. Warum ich nicht versucht habe, dagegen anzugehen. Er wird mit Lehrern und Therapeuten reden und wissen wollen, warum sie es nicht bemerkt und eingegriffen haben.«

»Er war ja nicht hier, um seinen Beitrag zu leisten«, gab Helen hitzig zurück. »Da ist es natürlich leicht, mit Schuldzuweisungen um sich zu werfen.«

Dana Sue bedachte sie mit einem sarkastischen Blick. »Er war nicht hier, weil ich es so wollte, weißt du noch? Ich hab auf eingeschränktem Besuchsrecht bestanden und mich dann insgeheim gefreut, als Annie ihn überhaupt nicht sehen wollte.«

Ein schwacher Anflug von Schuldgefühlen blitzte in Helens Augen auf, trotzdem verteidigte sie Dana Sues Vorgehen weiter. »Hör auf, Liebes. Wag es ja nicht, ihn in Schutz zu nehmen und dir die ganze Schuld aufzuladen.«

»Ich hatte das volle Sorgerecht«, erinnerte Dana Sue sie. »Du hast dafür gekämpft und es mir verschafft.«

»War kein schwieriger Kampf«, erwiderte Helen abfällig. »Ronnie konnte es kaum erwarten, sich davonzumachen und nach vorn zu schauen. Er war nur zu gern bereit, Unterhaltsschecks zu schicken und seine Tochter zu vergessen.«

Normalerweise kannte Dana Sue keine Nachsicht mit Ronnie, nun jedoch schon. »Das stimmt nicht, und das weißt du auch, Helen. Unabhängig von seinen Problemen mit mir hat er Annie geliebt. Dem eingeschränkten Besuchsrecht hat er nur zugestimmt, weil du ihn überzeugt hast, es wäre für Annie das Beste, wenn sie nicht hin und her gerissen wird. Am Anfang hat er fast jeden Abend angerufen, nur hat Annie immer sofort aufgelegt. Er hat sie immer wieder eingeladen, ihn zu besuchen, und sie hat ihn abblitzen lassen. Sie hat es mir erzählt. Erst seit Kurzem haben sie wieder Kontakt. Wahrscheinlich sogar mehr, als ich weiß.«

»Hat Maddie erwähnt«, sagte Helen. »Warum verteidigst du ihn auf einmal?«

»Ich verteidige ihn nicht. Ich will mich nur darauf vorbereiten, wie er reagieren könnte, wenn er ankommt.« Dana Sue schauderte leicht. »Irgendwas sagt mir, dass hier bald die Hölle losbrechen wird.«

Tatsächlich bestand durchaus die Möglichkeit, dass Ronnie nach einem Blick auf seine Tochter zum Gericht marschieren und eine neue Sorgerechtsregelung beantragen würde. Eine, die ihm tägliche Verantwortung für seine Tochter zugestehen würde. Und angesichts der Ereignisse der Nacht war Dana Sue nicht sicher, ob sie die Kraft – oder das Recht – haben würde, dagegen anzukämpfen.

Kaum hatte Ronnie das Krankenhaus betreten, entdeckte er Maddie. Sie saß bei einem halben Dutzend Mädchen im Teenageralter, aber ihr Blick heftete sich sofort auf ihn. Zu seiner Überraschung sprachen aus ihren Augen Herzlichkeit und Mitgefühl.

Sie stand auf und kam durch das Wartezimmer auf ihn zu, während er unsicher an der Tür ausharrte. Orte wie diesen empfand er selbst unter besten Umständen als unangenehm. In der Nacht, in der Annie auf die Welt gekommen war, hatte er sich wie ein nervliches Wrack gefühlt – und dabei war ihre Geburt reibungslos verlaufen. Danach zu urteilen, was Dana Sue ihm erzählt hatte, bestand keine Garantie, dass diese Nacht genauso glücklich enden würde.

»Ronnie. Schön, dich zu sehen«, sagte Maddie und überraschte ihn damit erneut. »Ich wünschte nur, es wäre unter anderen Umständen.«

»Ich auch«, erwiderte er und riskierte einen Kuss auf ihre Wange, der sich noch vor ein paar Jahren selbstverständlich angefühlt hätte. Maddie hatte sich immer bei Dana Sue für ihn eingesetzt. Zumindest so lange, bis er seine Frau betrogen hatte. Dann hatte sie sich in eine beste Freundin mit ausgeprägtem Beschützerinstinkt verwandelt und kaum noch Gutes über ihn oder zu ihm zu sagen gewusst. Aber anscheinend hatte zumindest sie ihre starre Haltung stärker gelockert, als er zu hoffen gewagt hatte.

»Wie geht's Annie? Ist Dana Sue bei ihr?«

Maddie schüttelte den Kopf. »Wir wissen noch nichts. Dana Sue ist mit Helen in der Kapelle. Vielleicht solltest du hingehen und ihr Bescheid geben, dass du da bist.«

»Ich warte lieber hier«, erwiderte er, weil ihm vor dieser ersten Begegnung fast so sehr graute, wie er sich danach sehnte. »Hält sie sich einigermaßen? Sie war völlig fertig, als sie mich angerufen hat.«

»Ist sie immer noch, es sei denn, der Besuch in der Kapelle hat geholfen. Helen geht's auch nicht besser. Sie lässt ihre weiche Seite nicht oft durchscheinen, aber sie liebt Annie, als wäre sie ihr eigenes Kind.«

»Jedenfalls hat sie wie eine Glucke darum gekämpft, mich von ihr fernzuhalten«, merkte Ronnie verbittert an, bevor er mit den Schultern zuckte. »Ich hatte das Glück, ein Besuchsrecht zugesprochen zu bekommen. Damals hatte ich ja keine Ahnung, wie wütend Annie auf mich war. So wütend, dass sie fast ein Jahr lang überhaupt nicht mit mir geredet hat, von einem Besuch ganz zu schweigen.«

Maddie lächelte. »Na ja, das ist jetzt alles Vergangenheit. Sie hat dir verziehen, oder?«

»Zumindest redet sie wieder mit mir«, antwortete er. »Das ist immerhin etwas. Vielleicht hätte ich hierbleiben sollen, dann hätte Annie mir nicht aus dem Weg gehen können. Aber damals dachte ich, wenn ich so gehe, wie Dana Sue es wollte, würden mich beide nach einer Weile vermissen und mir noch eine Chance geben.«

»Und wie gut hat das geklappt?«, erwiderte Maddie sarkastisch.

Ronnie lächelte verkniffen. »Du kennst die Antwort.«

In dem Moment bemerkte er Dana Sue und Helen, die sich den Flur entlang näherten. Plötzlich schien sein Herz einen Schlag auszusetzen. Verdammt, sah sie gut aus. Obwohl ihr Haar zerzaust war, sie ein zerknittertes, zu großes T-Shirt mit dem Logo der Carolina Panthers trug – *sein* T-Shirt, wie er mit einem Stich im Herzen feststellte – und ihre Füße in alten, abgetragenen Turnschuhen steckten. Sie wirkte entschieden zu blass, und aus ihren unglaublichen, tiefgrünen Augen sprach Angst.

Ronnie wollte ihr instinktiv entgegengehen, doch er hielt sich zurück und wartete stattdessen auf sie.

»In einer solchen Nacht sind alte Muster vielleicht nicht ideal«, meinte Maddie mit vielsagendem Unterton. »Geh ihr entgegen, Ronnie. Sie braucht dich. Was immer passiert sein mag, das Kind da drin gehört zu euch beiden.«

Mehr Ermutigung brauchte Ronnie nicht. Er durchquerte den Empfangsbereich, und bevor er wusste, wie ihm geschah, lag Dana Sue in seinen Armen. Ihr gesamter Körper zitterte vor lauter Schluchzen, während sie sich an ihm festklammerte.

»Es tut mir leid«, wiederholte sie unablässig.

Wenngleich er nicht recht wusste, was ihr leidtat, hielt er sie einfach fest und bemühte sich, nicht selbst in Tränen auszubrechen.

»Sch-sch, Schatz, es wird alles gut«, versprach er, obwohl er es nicht wissen konnte. »Annie wird wieder gesund.«

Noch bevor die Worte vollständig seinen Mund verlassen hatten, löste sich Dana Sue aus seinen Armen, als wäre ihr plötzlich eingefallen, wie wütend sie auf ihn war. Sie stieß sich von ihm ab, schlang die Arme um sich und schlug die Augen nieder.

Besorgt musterte er sie. »Dana Sue, was verheimlichst du mir?«

»Nichts«, behauptete sie, doch ihre schuldbewusste Miene besagte etwas anderes.

»Sind die Ärzte schon herausgekommen? Haben sie dir gesagt, was los ist?«

Sie schüttelte den Kopf.

Ronnie bohrte nach, weil er spürte, dass sie ihm etwas vorenthielt. »Du weißt doch mehr, als du zugibst, oder? Was ist heute Nacht passiert?«

Dana Sue öffnete den Mund, aber bevor sie etwas sagen konnte, schob sich Helen zwischen sie beide. »Was stimmt nicht mit dir?«, fragte sie unwirsch. »Sie ist schon aufgeregt genug, ohne dass du ihr auf die Pelle rückst.«

Trotz seiner Frustration lenkte Ronnie sofort ein. »Du hast recht. Entschuldigung. Ich will nur wissen, was los ist.«

»Das wollen wir alle«, sagte Helen zu ihm.

»Tja, vielleicht kann ich Antworten beschaffen, die ihr noch nicht bekommen habt«, meinte er.

Ohne auf Helens skeptischen Blick und Dana Sues erschütterten Gesichtsausdruck zu achten, stapfte er zum Schalter hinüber und verlangte, einen Arzt zu sprechen.

»Er kommt raus, sobald er kann«, erwiderte die Krankenschwester mit so ernster Miene, dass Ronnie ein weiterer Anflug von Panik erfasste.

»Können Sie mir wirklich *gar nichts* sagen?«, hakte er flehentlich nach. »Das da drin ist meine Tochter.«

»Es tut mir leid«, gab die Frau zurück. »Wenn ich irgendetwas wüsste, würde ich es Ihnen sagen.«

»Wie lange wird's dauern, bis der Arzt rauskommt?«

»Das hängt davon ab, wie Ihre Tochter auf die Behandlung anspricht. Im Moment hat sie für ihn höchste Priorität.«

»Natürlich.« Ronnie gab sich geschlagen, obwohl er vor Frustration am liebsten geschrien hätte.

Maddie tauchte neben ihm auf. »Was hältst du davon, wenn wir Kaffee für alle holen?«, schlug sie vor. »Das wird eine lange Nacht.«

Ihm lag auf der Zunge, dass er keinen Kaffee wollte, sondern Antworten. Aber er bremste sich, bevor ihm die Worte herausrutschen konnten. Sie *alle* wollten Antworten.

»Okay«, willigte er schließlich ein. Dann warf er einen Blick auf seine Ex-Frau. »Vielleicht sollte ich doch lieber bei Dana Sue bleiben.«

»Gib ihr ein bisschen Zeit«, sagte Maddie. »Sie kämpft gerade mit einem Haufen widersprüchlicher Gefühle.«

»Und ich nicht?«, erwiderte er scharf und zuckte prompt zusammen. »Tut mir leid.«

Maddie lächelte nur. »Bei mir musst du dich nicht entschuldigen«, sagte sie. »Aber vielleicht überlegst du dir eine richtig gute Entschuldigung für Dana Sue. Auch wenn sie sich dir vor ein paar Minuten in die Arme geworfen hat, in der Stimmung zum Verzeihen ist sie noch nicht wirklich.«

Trotz der Anspannung und des Ernsts der Lage verzogen sich seine Lippen zu einem verhaltenen sarkastischen Lächeln. »Ach echt?«

Maddie hängte sich bei ihm ein und führte ihn in Richtung der Cafeteria. »Kann ich dich was fragen?«

»Konnte ich dich je davon abhalten?«

»Ich weiß, dass du wegen Annie hergekommen bist, aber was ist mit Dana Sue?«

Mitten im Schritt hielt er inne und sah sie an. »Worauf willst du hinaus, Maddie?«

»Wohl darauf, ob du sie noch liebst«, erwiderte sie unverblümt. »Tust du's?«

»Findest du wirklich, das ist der richtige Zeitpunkt, um darüber zu reden?«, fragte er.

Mit ernster Miene sah sie ihm direkt in die Augen. »Ja.«

»Na schön.« Er begegnete ihrem Blick. »Ich hab nie aufgehört, sie zu lieben. Keine Minute lang.«

Maddie schien erleichtert durchzuatmen.

»Das dachte ich mir.« Sie setzten sich wieder in Bewegung. Aber nach kaum fünf Schritten blieb sie stehen und knuffte ihn in den Arm. »Warum bist du dann kampflos gegangen?«

»Aus Dummheit?«, erwiderte er.

»War das eine Frage oder eine Feststellung? Falls dich meine Meinung interessiert: Nur ein Trottel würde die Frau verlassen, die er liebt, auch wenn sie sagt, er soll gehen. Und du, Ronnie Sullivan, bist nie ein Trottel gewesen. Ich konnte es gar nicht glauben, als ich erfahren hab, dass du weggezogen bist. Hätte ich gewusst, wo ich dich finden könnte, ich wäre zu dir gekommen und hätte versucht, dich zur Vernunft zu bringen.«

»Helen hat gewusst, wo ich war«, merkte er an.

Maddie bedachte ihn mit einem sarkastischen Blick. »Helen war zu der Zeit auch nicht in versöhnlicher Stimmung. Ihr wäre damals am liebsten gewesen, wenn du spurlos verschwunden wärst.«

»Hat sie deutlich zum Ausdruck gebracht«, bestätigte Ronnie. »Und ein Trottel war ich, wenn auch nur für eine Nacht. Der Fehler damals war wohl so schlimm, dass ich überzeugt davon war, keine zweite Chance zu verdienen. Wie schon gesagt – ich dachte, wenn ich gehe, würde Dana Sue mich über kurz oder lang vermissen. Hat mich überrascht, dass es nicht so war.«

»Und jetzt?«

»Jetzt will ich um eine zweite Chance bei meinen beiden Mädchen kämpfen.«

Maddie nickte zufrieden. »Wurde auch verdammt noch mal Zeit.«

Ronnie grinste. Wenn das mal nicht stimmte.

Kapitel 6

Dana Sue beschlich allmählich das Gefühl, seit einer Ewigkeit zu warten. Sie hatte gebetet, war durch die Gänge auf und ab gelaufen und hatte gegen mehr Tränen angekämpft, als sie zählen konnte. Nur einmal war sie eingeknickt und hatte sich in den Trost von Ronnies Armen geschmiegt. Aber kaum war ihr wieder eingefallen, wie wütend sie immer noch auf ihn war, hatte sie sich von ihm zurückgezogen. Sie wollte diesem Mann nicht den Irrglauben zugestehen, er dürfte oder könnte ihren Schmerz lindern.

Letztlich hatten er und sie sich auf gegenüberliegenden Seiten des Warteraums niedergelassen. Links und rechts neben ihr saßen Maddie und Helen, umgeben von Annies Freunden, die trotz der mittlerweile vergangenen Stunden nach wie vor nicht gehen wollten. Die Sonne war längst aufgegangen. Dana Sue sah sich schuldbewusst um, bemerkte, dass Ronnie ganz allein war und verspürte einen Moment lang Mitleid mit ihm. Dann erinnerte sie sich daran, dass er sich dazu *entschieden* hatte, ein Außenseiter zu werden.

»Meinst du nicht, du solltest mit Ronnie reden?«, schlug Maddie behutsam vor. »Er hatte vorhin recht. Du weißt mehr, als du ihm verraten hast. Wäre vielleicht gut, ihn darauf vorzubereiten, was der Arzt sagen könnte.«

Dana Sue schüttelte den Kopf. »Ich kann nicht einfach

rübergehen und ihm erzählen, dass Annie magersüchtig ist und wahrscheinlich ihren Körper geschädigt hat. Das hab ich schon versucht, und ich hab die Worte einfach nicht herausgebracht.«

»Es wird auch nicht einfacher, je länger du wartest«, warnte Maddie.

»Lass sie zufrieden!«, fauchte Helen. »Wenn's nach mir gegangen wäre, hätte sie ihn gar nicht erst angerufen.«

»Dann ist's ja gut, dass vorhin nicht du bei ihr warst«, konterte Maddie. »Ronnie hat ein Recht darauf zu wissen, dass Annie im Krankenhaus ist. Er ist ihr Vater.«

»Ich kann mich nicht erinnern, dass du so versessen darauf warst, Bill einzubeziehen, als Ty vor ein paar Monaten in Schwierigkeiten war«, erwiderte Helen.

»Ty hat damals Fehler begangen. Aber sein Leben war nicht in Gefahr«, feuerte Maddie scharf zurück.

»Aufhören!«, befahl Dana Sue. »Warum streitet ihr jetzt darüber? Ob gut oder schlecht, Ronnie ist hier.«

»Und wie findest du das?« Maddie musterte sie neugierig. »Gut oder schlecht?«

Dana Sue seufzte. »Eine Minute lang hat es sich richtig gut angefühlt, ihn wiederzusehen«, gab sie zu. »Er ist in Krisen schon immer so ruhig geblieben, so hilfsbereit gewesen. Als meine Mutter gestorben ist, hat er sich um alles gekümmert, obwohl auch er sie geliebt hat. Als ich ihn heute Nacht gesehen hab, wollte ich nur noch auf diese Kraft zurückgreifen.« Sie zuckte mit den Schultern. »Dann ist mir wieder eingefallen, wie wütend ich auf ihn bin.«

»Also hast du ihn selbst unter diesen Umständen weggestoßen, statt dich bei ihm anzulehnen.« Maddie schüttelte den Kopf. »Manchmal weiß ich echt nicht, wer von euch beiden bescheuerter ist.«

»Sehr hilfreich, Maddie«, merkte Helen zynisch an.

»Das reicht«, rief Dana Sue.

»Natürlich, du hast recht.« Helen klang überraschend kleinlaut. »Es tut mir leid. Du kannst es echt nicht gebrauchen, dass wir beide zanken.«

»Richtig«, pflichtete Maddie ihr bei. »Mir tut's auch leid.«

In dem Moment kam endlich ein erschöpft wirkender Arzt aus dem Behandlungsbereich. Er ging zur Schwesternstation, sprach kurz mit der Frau am Empfang, schaute dann in Richtung der Wartenden, nickte und kam auf sie zu. Seine verkniffene Miene ließ Dana Sue unwillkürlich nach Maddies Hand greifen.

»Ich bin Dr. Lane. Sind Sie für Annie Sullivan hier?«, fragte er.

»Ich bin ihre Mutter«, erklärte Dana Sue und drückte Maddies Hand fester.

»Und ich bin ihr Vater«, ergänzte Ronnie, stellte sich zu ihnen, mied jedoch Dana Sues Blick. »Wie geht es ihr?«

»Ich will Sie nicht belügen«, begann der Arzt. »Es war die ganze Nacht ein Tauziehen, aber sie hat das Alter auf ihrer Seite. Ich glaube, jetzt haben wir sie stabilisiert. Wir haben ihren Elektrolythaushalt vorerst ausgeglichen, und ihre Laborwerte werden besser, aber sie ist noch nicht über den Berg. Wenn sie vierundzwanzig Stunden durchhält und wir ihr Nahrung zuführen können, hat sie eine gute Chance, sich zu erholen.«

Alle Farbe war während der Worte des Arztes aus Ronnies Gesicht entwichen. Dana Sue fühlte sich so zittrig, dass sie kaum stehen konnte. Mit Maddie an der Seite sank sie auf den harten Plastikstuhl.

»Was um alles in der Welt ist passiert?«, fragte Ronnie. »Sie ist sechzehn. Jugendliche in dem Alter kriegen keinen ...« Er geriet ins Stocken. »Was hatte sie noch mal genau?«

»Einen Herzstillstand«, sagte der Arzt. »Einen ziemlich schweren. Bei ihrem Gesamtzustand dürfte sie schon länger unter Herzrhythmusstörungen gelitten haben. Hat sie mal etwas davon erwähnt? Irgendein merkwürdiges Gefühl in der Brust?«

Dana Sue schüttelte den Kopf. »Kein Wort.«

Sarah trat vor und meldete sich kleinlaut zu Wort: »Ich glaube, sie hatte Probleme im Sportunterricht. Sie war unheimlich schnell außer Atem. Und obwohl sie's nie gesagt hat, glaub ich, dass sie Schmerzen in der Brust hatte. Einmal hat sie zugegeben, dass ihr mulmig ist. Da hat sie gewirkt, als könnte sie gleich ohnmächtig werden. Aber dann hat sie sich hingesetzt, und ein paar Minuten später hat sie gemeint, es ginge ihr wieder gut.«

Der Arzt nickte. »Das passt ins Bild.«

Ronnie ließ den Blick verwirrt in die Runde wandern. »Warum sollte sie Herzrhythmusstörungen haben?«, fragte er. »Das ergibt überhaupt keinen Sinn. Sind Sie sicher?«

»Bin ich«, bekräftigte Dr. Lane. »Ich bin der diensthabende Kardiologe für solche Fälle. Und ich muss sagen, dass ich lange keinen Herzmuskel mehr in so schlechter Verfassung gesehen habe. Er war derart geschwächt, dass er kaum noch gepumpt hat.« Er schaute von Dana Sue zu Ronnie. »Sie hat geschlafen, als es passiert ist, richtig?«

»Sie hatte Freundinnen zum Übernachten eingeladen«, erwiderte Dana Sue. »Keine Ahnung, wie viel sie wirklich geschlafen haben.« Sie sah Sarah und Raylene an.

»Kurz bevor es passiert ist, hat sie gesagt, dass sie müde ist und ein kurzes Nickerchen machen will«, schilderte Sarah. »Aber sie wollte, dass wir sie wecken, wenn wir uns den Film ansehen.«

»Nur dann haben wir sie nicht wach bekommen«, warf Raylene ein.

»Weil ihre Herzfrequenz stark abgefallen war.« Der Arzt schaute verkniffen drein. »Ein Glück, dass diese Mädchen bei ihr waren. Wäre sie allein in ihrem Zimmer gewesen und hätte vor morgen früh niemand nach ihr gesehen, würden wir dieses Gespräch gar nicht führen.«

Dana Sue sackte gegen Maddie. »Sie meinen …«

»Sie hätte sterben können«, erwiderte der Arzt direkt.

Dana Sue schnappte nach Luft. Auch wenn ihr die Möglichkeit in den Sinn gekommen war, fühlte es sich niederschmetternd an, die Worte tatsächlich zu hören.

Ronnie schüttelte den Kopf, als könnte er die Information nicht recht verarbeiten. »Ich versteh das nicht. Sie ist sechzehn«, wiederholte er. »Sie hatte keine Geburtsfehler. Mit ihrem Herzen war immer alles in Ordnung. Sonst hätte doch der Kinderarzt irgendwas gesagt.«

Der Kardiologe musterte ihn mit mitfühlender Miene. »Offensichtlich wissen Sie nichts von ihrer Essstörung.«

»Ihrer was?«, hakte Ronnie ungläubig nach. Er heftete einen harten Blick auf Dana Sue. »Annie hat eine Essstörung?«

Auch der Arzt hatte den Blick auf Dana Sue gerichtet. »Ich vermute, sie ist magersüchtig. Richtig, Mrs. Sullivan?«

Dana Sue nickte nur wie betäubt. Nach diesem Abend konnte sie die Wahrheit nicht mehr leugnen, selbst wenn sie es gewollt hätte.

Ronnie sah aus, als würde er am liebsten etwas zertrümmern. »Wie zum Teufel konnte so was passieren?«, verlangte er eine Erklärung. »Ich kann zwar nicht behaupten, dass ich viel über Essstörungen weiß, aber so weit wie bei Annie kommt es doch nicht über Nacht, oder?«

Der Arzt schüttelte den Kopf. »Nein. Es dauert eine Weile, bis die Organe des Körpers so stark beeinträchtigt sind.«

»Verdammt, Dana Sue, ich bin seit zwei Jahren weg. Wo warst du, während das passiert ist?«, fragte Ronnie.

»Und wo warst *du*?«, fauchte Helen zurück, als Dana Sue offenbar keine Erwiderung einfiel.

Der Arzt hob die Hand. »Darum geht es im Augenblick nicht. Ich denke, wir müssen uns alle darauf konzentrieren, Annie durch diese Krise zu bringen, bis ihre Laborwerte wieder normal sind. Dann ziehen wir Experten hinzu. Magersucht ist eine komplizierte Störung. Es gibt keine schnelle, sichere Behandlung dafür. Wir entscheiden zusammen, was nötig ist, damit so etwas nicht noch mal passieren kann. Es könnte sein, dass wir empfehlen, Annie in eine Behandlungseinrichtung zu überstellen, wo man sie eingehender überwachen kann. Für diese Möglichkeit sollten Sie sich wappnen.«

Erschüttert nickte Dana Sue.

»Klar«, sagte Ronnie mit unverändert finsterer Miene. »Wird sie einen bleibenden Herzschaden davontragen?«

»Keinen, wie ihn ein Herzinfarkt durch einen Arterienverschluss verursacht hätte. Dabei können Teile des Herzgewebes zerstört werden. Bei Annie ist der Muskel nur geschwächt, und ihr Elektrolythaushalt war völlig aus dem Gleichgewicht. Das lässt sich alles beheben, wenn sie die eigentliche Ursache bekämpft – die Magersucht.«

Ronnie schien schwer damit zu kämpfen, alles zu verdauen. »Kann ich jetzt zu ihr?«

»Wir haben sie in ein Zimmer auf der Intensivstation verlegt. Sie und Mrs. Sullivan können für fünf Minuten hinein. Keine Sekunde länger«, betonte der Kardiologe streng. »Und welche Probleme Sie beide auch miteinander haben, die bleiben vor der Tür zurück, verstanden? Annie schläft zwar gerade, trotzdem könnte sie hören, was Sie sagen oder Spannungen zwischen Ihnen mitbekommen. Zusätzlichen Stress kann sie im Moment überhaupt nicht gebrauchen.«

Ronnie nickte. Sein Blick wurde etwas milder, als er sich Dana Sue zudrehte. »Bist du bereit?«

Sie zögerte kurz, doch dann streckte Ronnie ihr die Hand entgegen. Da konnte sie nicht widerstehen, ergriff sie und wappnete sich für den Anflug von Empfindungen, die der Kontakt zweifellos auslösen würde.

Dann zählte nur noch die Kraft, die in sie zu fließen schien, als sie zusammen dem Arzt zum Aufzug folgten. In diesem kurzen Moment schien es keine Rolle zu spielen, dass Ronnie sie erst betrogen und dann verlassen hatte. Es zählte nur Annie, und dass sie beide für ihre Tochter da waren … und füreinander.

Aber kaum fühlte sich Dana Sue gestärkt, zog sie die Hand zurück und ging voraus. Sie durfte sich nicht gestatten, auf Ronnies Unterstützung zu bauen. Immerhin hatte er sie betrogen, als sie ihm zuletzt vertraut, sich auf ihn verlassen hatte. Und wenn sie es sich tausendmal täglich vor Augen halten müsste, würde sie es tun. Sie würde nie wieder zulassen, dass ihr jemand so das Herz brach.

Nach allem, was Ronnie gerade in der Notaufnahme erfahren hatte, wäre er lieber allein zu Annie gegangen. Aber er konnte Dana Sue wohl kaum das Recht absprechen mitzukommen. Immerhin hatten sie beide die halbe Nacht auf die Chance gewartet, ihr kleines Mädchen zu sehen. Er wünschte, sie könnten sich zumindest gegenseitig stützen. Doch abgesehen von dem einen Moment der Schwäche bei seiner Ankunft und dem kurzen Körperkontakt im Aufzug, blieb Dana Sue auf Distanz. Im Augenblick ging sie voraus, schien fest entschlossen zu sein, Annie vor ihm zu erreichen, als wäre es eine Art Wettbewerb.

Er hatte so viele Fragen, dass es ihn jedes Quäntchen Selbstbeherrschung kostete, nicht damit herauszuplatzen. Aber der Arzt hatte recht. Fragen und Vorwürfe konnten warten, bis er Annie gesehen und sich ein richtiges Bild davon gemacht hätte, wie schlimm die Lage in seiner Abwesenheit geworden war.

An der Tür zu Annies Zimmer auf der Intensivstation blieb Dr. Lane stehen. »Vergessen Sie nicht, was ich gesagt habe«, mahnte er streng. »Fünf Minuten, und keine Diskussion darüber.«

Ronnie nickte. »Verstanden.«

Er hielt die Tür auf, und Dana Sue trat vor ihm ein. Mitten in der Bewegung schwankte sie rückwärts. Instinktiv stützte er sie mit einer Hand an ihrer Taille.

»Alles in Ordnung?«, fragte er und bedachte sie mit einem besorgten Blick.

Sie straffte die Schultern und sah ihm ins Gesicht. »Sicher«, behauptete sie und eilte zu Annies Bett.

Ronnie näherte sich langsamer. In dem Raum herrschte derselbe Geruch nach Desinfektionsmitteln wie in der Notaufnahme, was er beunruhigend fand. Und dieselbe unnatürliche Stille. Annie war nie still, verhielt sich nie ruhig. Die einzigen Geräusche waren das stete Piepen irgendeines Überwachungsgeräts und Dana Sues kaum unterdrücktes Seufzen, als sie sich neben das Bett setzte.

»Hallo, Schatz«, flüsterte sie und ergriff Annies Hand. »Mama ist hier. Und dein Papa auch.«

Endlich gelang es Ronnie, sich in Bewegung zu setzen. Aber als er das blasse, hagere Gesicht seiner Tochter, die in ihren Arm verlaufende Infusion und die Sauerstoffschläuche in ihrer Nase sah, wäre er beinah gestolpert.

»Oh mein Gott«, entfuhr es ihm. Ihn entsetzten nicht nur all die Schläuche und Monitore, sondern auch das so dünne Mädchen, dessen Körper kaum eine Erhebung im Laken bildete.

Dana Sue warf einen warnenden Blick in seine Richtung, und es gelang ihm, die anklagenden Worte hinunterzuschlucken, die ihm auf der Zunge lagen. Statt sie auszusprechen, trat er an die andere Seite des Betts und setzte sich. Wegen der an dieser Hand befestigten Infusion beschränkte er sich darauf, mit einem Finger über Annies dünnen, eiskalten Arm zu streicheln.

»Hallo, Engel. Du hast deiner Mutter und mir einen Mordsschrecken eingejagt, aber du wirst wieder gesund. Der Arzt sagt, du brauchst nur ein bisschen Ruhe. Mama und ich sind hier, okay? Gleich draußen im Warteraum. Wenn du uns brauchst, musst du's nur der Krankenschwester sagen, und sie holt uns. Und wir kommen jedes Mal rein, um mit dir zu reden, wenn man uns lässt.«

»Genau«, bestätigte Dana Sue. »Wir gehen nirgendwohin. Deine Freundinnen sind auch hier. Sarah ist richtig sauer auf dich, weil du die Übernachtungsparty verdorben hast. Sie erwartet von dir, dass du so bald wie möglich wieder eine schmeißt. Und Raylene hat gesagt, dass sie dir alle Aufgaben aus der Schule mitbringt, damit du nicht zurückfällst. Ich persönlich glaube ja, sie ist neidisch, weil du eine Weile nicht in den Unterricht musst. Deshalb will sie wohl dafür sorgen, dass du dich zumindest nicht vor den Hausaufgaben drückst.«

Ronnie konnte sich nicht sicher sein, aber er hatte beinah den Eindruck, dass Dana Sues Worte den kaum wahrnehmbaren Hauch eines Lächelns in Annies Gesicht bewirkten. Als er aufschaute, sah er, dass ihnen die Krankenschwester zuwinkte. Er ging ums Bett herum und legte Dana Sue die Hand auf die Schulter. Dann bückte er sich und drückte Annie einen Kuss auf die Stirn.

»Wir müssen gehen – die lassen uns nicht länger bleiben«, erklärte er ihr. »Bis später, Kleines.«

Dana Sue stand widerwillig und mit Tränen in den Augen auf. »Du wirst wieder gesund, Liebes. Versprochen. Wir sind bald wieder da.«

Draußen vor dem Zimmer wankte Dana Sue auf den Beinen. So wütend Ronnie über den Zustand seiner Tochter sein mochte, er packte seine Ex-Frau am Ellenbogen und stützte sie.

»Wir müssen reden«, verlangte er knapp.

»Nicht jetzt«, bat sie.

»Doch. Jetzt. Wir gehen in die Cafeteria. Du siehst aus, als könntest du gleich umkippen. Du brauchst was zu essen.«

»Ich kann jetzt nichts essen.«

»Oh doch«, widersprach er vehement. Als sie trotzig das Kinn vorreckte, fragte er: »Muss ich dich mir über die Schulter werfen und dich hintragen? Würde ich nämlich tun. So wütend, wie ich gerade bin, wär's mir echt schnurzegal, eine Szene zu verursachen.«

Ihr trotziger Blick kollidierte mit seinem, und eine Sekunde lang dachte er, sie würde ihn auf die Probe stellen. Schließlich jedoch bedachte sie ihn mit einem angewiderten Blick, bevor sie sich auf eigenen Beinen den Flur entlang in Bewegung setzte.

Er folgte ihr in die Cafeteria, holte ein Tablett und begann, es mit Essen zu beladen. Saft, frisches Obst, einen Bagel mit Frischkäse, Rührei, Pfannkuchen und zwei Tassen Kaffee.

»Willst du einen Holzfäller satt kriegen?«, fragte Dana Sue, als er nach einem zweiten Teller mit Pfannkuchen griff.

Ronnie betrachtete die Ansammlung auf dem Tablett und entschied, dass es für sie beide reichen würde. Er kannte Dana Sue. Auch wenn sie behauptete, keinen Hunger zu haben, in Stresssituationen aß sie immer. Und für ihn war seit der Fastfood-Mahlzeit vom vergangenen Abend eine Menge Zeit vergangen.

»Ich denke, das wird reichen«, räumte er ein und bezahlte an der Kasse. Dann ging er zu einem fensternahen Tisch voraus, der gerade frei wurde. Nachdem sich die letzten Stunden wie eine Ewigkeit angefühlt hatten, überraschte Ronnie, dass die Sonne bereits ein gutes Stück am Morgenhimmel stand.

In der Cafeteria sorgten Besucher und Personal für reges Treiben. Ein völlig anderes Bild als mit den wenigen erschöpften Gästen von vorhin, als Maddie und er hergekommen waren, um Kaffee zu holen.

Ronnie verlagerte die Teller auf den Tisch und stellte anschließend das leere Tablett auf den Nebentisch. Er teilte die Eier und Pfannkuchen zwischen ihnen auf, schob einen Teller vor Dana Sue und begann zu essen. Als sie nur regungslos dasaß und ihre Portion nicht anrührte, grinste er sie an.

»Um mit mir zu streiten, wirst du dich stärken müssen«, kommentierte er. »Iss. Die Pfannkuchen sind gut, die Eier genießbar. Aber nicht mehr, wenn sie kalt werden.«

»Wenn das mal nicht ein Grund ist reinzuhauen«, erwiderte Dana Sue sarkastisch, aber sie hob die Gabel auf und probierte die Pfannkuchen.

»Und?«, fragte er.

»Nicht so gut wie meine beim Sonntagsbrunch im *Sullivan's*.«

Er verkniff sich ein Lächeln. Sogar unter diesen Umständen schimmerte ihre ehrgeizige Ader durch.

»Sobald Annie wieder gesund ist, muss ich vorbeikommen und deine probieren«, meinte er und trank einen Schluck Orangensaft. »Ich glaube, mich zu erinnern, dass sie köstlich waren, wenn du sie für uns im Urlaub zum Frühstück zubereitet hast.«

»Fang nicht an, alte Geschichten auszugraben, Ronnie«, warnte sie. »Ich hab keine Lust, mit dir in Erinnerungen zu schwelgen.«

»Na schön, dann lass uns über Aktuelleres reden.« Ronnie sah ihr direkt in die Augen und zog die Samthandschuhe aus, mit denen er sie bisher angefasst hatte. »Wie zum Teufel konnte Annie in ihre jetzige Verfassung geraten?«

»Viele Mädchen im Teenageralter haben Essstörungen«, erwiderte Dana Sue defensiv.

»Mich interessiert erst mal nur *unsere* Tochter. Wie konnte es so schlimm werden, ohne dass du was unternommen hast?«

Dana Sue ließ die Gabel fallen und brach in Tränen aus. »Ich weiß es nicht«, flüsterte sie. »Ehrlich nicht. Ich dachte, ich hätte es im Griff, hab gesunde Kost für sie zubereitet. Sie hat mir geschworen, dass sie die Sachen gegessen hat. Ich wollte wohl einfach nicht wahrhaben, dass sie mich bei etwas so Wichtigem belügen könnte.«

Ronnie war zu wütend, um sich Mitgefühl für sie zu gestatten, obwohl sie sichtlich litt. »Du warst hier. Du musst doch mitgekriegt haben, dass da was nicht stimmt. Herrgott, sie bringt bestimmt keine fünfundvierzig Kilo auf die Waage.«

Mit funkelnden Augen starrte Dana Sue ihn an. »Glaubst du, ich wüsste das nicht? Glaubst du, ich hätte mich nicht tausendmal gefragt, warum ich das Thema nicht schon früher forciert habe? Ich hab mein Bestes gegeben, Ronnie. Ich hab mit ihr geredet. Die Übernachtungsparty sollte mir Erkenntnisse darüber liefern, ob es nur Annie betrifft oder ob ihre Freundinnen genauso diätbesessen sind wie sie.«

»Das war zu wenig und zu spät, verdammt!«

»Wag es ja nicht, die ganze Schuld auf mich zu schieben!«, konterte Dana Sue hitzig. »Wo bist du denn gewesen?«

Ronnie verdrängte einen kurzen Anflug von Schuldgefühlen und schlug mit einer eigenen Spitze zurück. »Dort, wo du mich haben wolltest – weg.«

»Weil du mich betrogen hast!«, spie sie ihm wutentbrannt entgegen. »Und das hat den ganzen Schlamassel überhaupt erst ausgelöst.«

Ungläubig starrte er sie an. »Du gibst mir die Schuld an Annies Magersucht, weil ich dich betrogen habe?«

»Ja, tu ich«, bestätigte sie vehement. »Sie hat sich eingeredet, du hättest mich nicht betrogen, wenn ich dünn gewesen wäre. Also hat sie beschlossen zu hungern, damit sie nicht irgendwann so allein endet wie ich.«

»Das ist lächerlich«, erklärte Ronnie. »Hat sie dir das gesagt?«

»Nicht wörtlich, aber es war jedes Mal unterschwellig da, wenn sie mir wegen meines Gewichts in den Ohren gelegen hat. Sie hat dich dafür verabscheut, dass du mich betrogen hast, Ronnie, aber mich genauso sehr, weil sie dachte, es wäre meine Schuld gewesen.«

Ronnie lehnte sich auf dem Stuhl zurück und fuhr sich mit der Hand über den Kopf. Eine automatische Geste, die er noch nicht hatte ablegen können, seit er sich den Schädel rasiert hatte. Manche Gewohnheiten wurde man schwer los.

Als Dana Sue ihn dabei beobachtete, ließ ihre tiefe Verzweiflung für einen kurzen Moment nach. »Der neue Look gefällt mir«, merkte sie an. »Bist du noch dabei, dich daran zu gewöhnen?«

Ronnie nickte. »Hätte nichts gebracht, so zu tun, als würde ich keine Glatze kriegen. Also dachte ich mir, was soll's?«

»Steht dir. Du bist mit Glatze sehr sexy.«

»Wirklich? Aus deinem Mund ist das ein ziemliches Kompliment.«

Prompt verfinsterte sich ihre Miene. »Lass es dir nicht in den kahlen Kopf steigen«, warnte sie.

»Würde mir im Traum nicht einfallen«, versicherte er ihr.

»Vielleicht sollten wir das Gespräch auf Annie beschränken«, schlug Dana Sue vor.

»Wäre wohl sichereres Terrain«, pflichtete er ihr bei. »Obwohl du früher nie den sicheren Weg gewählt hast, Süße.«

»Ich hab mich verändert«, gab sie knapp zurück. »Lass uns dabei bleiben, was Annie braucht.«

Obwohl er das Wortgefecht mit Dana Sue gern fortgesetzt hätte, und sei es nur, um etwas Farbe in ihre Wangen zu bringen, seufzte er. »Die arme Kleine«, murmelte er. »Ich dachte aufrichtig, es würde ihr gut gehen. Sie hat sich so angehört, wenn wir uns unterhalten haben.« Er warf Dana Sue einen argwöhnischen Blick zu. »Du hast doch gewusst, dass wir wieder miteinander geredet haben, oder?«

»Ich hab's erst vor ein paar Tagen erfahren«, gab sie zu. »Wie lange geht das schon so?«

»Ich hab sie von Anfang an regelmäßig angerufen.« Er zuckte mit den Schultern. »Früher hat sie immer aufgelegt. Vor einer Weile, vielleicht vor sechs Monaten, hat sie endlich angefangen, mit mir zu reden. Ehrlich gesagt, glaube ich, sie wollte nicht, dass du davon weißt.«

»Also war's nicht deine Idee, dass sie es vor mir verheimlichen soll?«

»Nein, natürlich nicht. Ich dachte mir, sie würde schon wissen, wie sie am besten damit umgeht.«

»Du hast einer Sechzehnjährigen die Entscheidung überlassen, ob sie ihre Mutter anlügen soll?«

»Sie hat nur die Wahrheit verschwiegen«, stellte er richtig. »Ich hab nicht gegen unsere Vereinbarung verstoßen, Dana Sue. Ich hatte von Anfang an das Recht, mit ihr zu reden und sie zu sehen. Wenn sie dir nichts davon erzählt hat, dann wahrscheinlich, weil sie dich nicht aufregen wollte.«

Dana Sue musterte ihn überrascht, als hätte sie nicht damit gerechnet, dass er es verstehen würde. »Du hast recht«, räumte sie sichtlich widerwillig ein. »Ich musste wohl auf irgendeiner Ebene glauben, dass wir dir beide nichts mehr bedeuten.«

»Tja, damit hast du dich gründlich geirrt«, erwiderte er schlicht.

Um sich Zeit zu verschaffen und über das Chaos nachzudenken, das sie beide angerichtet hatten, stach er mit der Gabel in ein Stück Melone und bot es Dana Sue an. Sie schüttelte den Kopf. Er steckte es sich selbst in den Mund und kaute.

»Nicht übel«, befand er und spießte ein weiteres Stück auf. »Probier mal.«

»Ronnie!«, protestierte sie.

Er hielt ihr die Gabel weiter entgegen, bis sie schließlich nachgab und die Melone probierte.

»Du hast recht. Ist wirklich gut.«

Er grinste über das Zugeständnis. »Hab ich ja gesagt«, meinte er, bevor er verstummte. Schließlich schaute er auf und sah ihr in die Augen.

»Was machen wir jetzt?«

»Wegen?«

»Annie natürlich.«

Sie betrachtete ihn mit ratloser Miene. »Weiß ich wirklich nicht. Ich denke, wir müssen uns von den Ärzten durch die nächsten Wochen leiten lassen.«

»Du bist bereit, die Kontrolle an die Ärzte abzutreten?« Sein Ton klang skeptisch.

»Wenn ich ratlos bin, dann schon«, sagte sie.

»Du hast dich *wirklich* verändert.«

»Überwiegend zum Besseren, denke ich.«

»Also, ich würde gerne hören, was sich bei dir so getan hat.« Ronnie wusste durchaus, dass er damit die Grenzen ihrer Vereinbarung auf die Probe stellte. »Ich kann's kaum erwarten, das Restaurant zu sehen. Annie sagt, es ist spitze. Sie hat mir eine Kritik aus der Zeitung in Charleston geschickt.«

Dana Sue schaute verblüfft drein. »Wirklich?«

»Ich war unheimlich stolz auf dich. Nicht nur wegen der überragenden Kritik, sondern auch, weil du so erfolgreich mit etwas bist, das du liebst.«

»Danke«, sagte sie und fühlte sich mit dem Lob sichtlich unwohl. »Wir sollten lieber nach oben gehen. Bald dürfen wir wieder zu Annie.«

»Geh du schon mal«, schlug er vor. »Nimm dir ein paar Minuten allein mit ihr. Ich trinke noch meinen Kaffee aus, räume hier alles weg und komme dann nach.«

»Bist du sicher?«

»Geh schon, Dana Sue.«

»Danke«, sagte sie, bevor sie sich eifrig auf den Weg machte.

Ronnie seufzte. Als er gerade den letzten Schluck Kaffee trank, drang ihm Maddies Stimme in die Ohren: »Das war sehr entgegenkommend von dir.«

Er schaute in ihre wissenden Augen auf. »Um ehrlich zu sein, ich weiß nicht, ob ich's durchstehe, sie noch mal zu sehen«, gestand er. »Wenn ich Annie so da liegen sehe, möchte ich am liebsten auf irgendwas eindreschen.«

»Willst du abhauen?«

Er runzelte die Stirn über die Frage. »Natürlich nicht. Wie kommst du darauf?«

»Musst du das wirklich fragen? Als es das letzte Mal schwierig geworden ist, bist du weggerannt.«

»Da wurde ich verjagt«, stellte er richtig, doch Maddie lächelte nur.

»Ist wohl Auslegungssache.«

»Tja, diesmal bleibe ich«, hielt er fest.

»Nur für Annie?«

Er grinste. »Musst du das wirklich fragen?«

Maddie ergriff über den Tisch seine Hand und drückte sie. »Dana Sue wird dich auffordern zu gehen«, warnte sie ihn.

»Davon bin ich fest überzeugt«, pflichtete er ihr bei. »Aber diesmal werd ich darauf hören, was sie *nicht* sagt, statt darauf zu *reagieren*, was sie sagt.«

»Guter Plan.«

»Tu mir nur einen Gefallen, okay?«

»Was immer du willst.«

»Wenn Dana Sue aus Annies Zimmer kommt, dann überrede sie, nach Hause zu fahren und ein bisschen zu schlafen. Sie ist am Ende. Wenn ich sie davon zu überzeugen versuche, wird sie nur denken, dass ich Zeit allein bei Annie will oder so.«

»Ich werd sehen, was ich tun kann«, versprach Maddie. »Aber dir muss klar sein, dass Dana Sue nirgendwo hingehen wird, solange Annie nicht endgültig über den Berg ist.«

Ronnie nickte. Er wusste, dass sie recht hatte. »Dann erkundige ich mich, ob's irgendwo ein freies Zimmer gibt, in dem sie sich für ein Nickerchen hinlegen kann.«

»Was ist mit dir? Du siehst selbst ziemlich erledigt aus.«

»Ich bin's gewohnt, mit wenig Schlaf auszukommen. Das geht schon. Ich kann zwischen den Besuchen auch sitzend im Warteraum ein bisschen dösen. Sobald man uns länger zu Annie lässt, bleib ich Tag und Nacht an ihrem Bett, bis sie wieder auf den Beinen ist.« Er bedachte Maddie mit einem langen Blick und kämpfte mit Tränen. »Ich liebe dieses Mädchen. Wenn ihr was passiert, weiß ich nicht, was ich machen soll.«

»Ihr wird *nichts* passieren«, gab Maddie vehement zurück.

»Hast du eine Abmachung mit dem großen Boss da oben?«, fragte Ronnie.

»Ich habe Gottvertrauen, ja«, erwiderte sie. »Solltest du auch haben.«

»Ich versuch's ja«, sagte er. »Aber es fällt mir verdammt schwer.«

»Dann halt dich an mich«, gab Maddie zurück. »Ich hab genug für uns beide.«

»Weißt du, Madelyn, ich glaube, dich hab ich fast so sehr wie meine Familie vermisst«, gestand er leise. »Obwohl du bei unserer letzten Begegnung stinksauer auf mich warst. In der Nacht damals hast du mir viel an den Kopf geworfen, das mich tief getroffen hat. Aber ich hatte jedes Wort verdient.«

»Das hattest du«, bestätigte sie ernst, bevor sie grinste. »Aber ich bin froh, dass du zurück bist. Ich kann's kaum erwarten, dir Cal vorzustellen.«

»Dein neuer Ehemann«, sagte er. »Annie hat mir von ihm erzählt. Ich hab ihn bei ein paar Spielen als Coach gesehen, bevor ich gegangen bin. Hast dir junges Gemüse gegönnt, was, Madelyn?«

Sie lachte. »Ja, nicht wahr? Das Gute daran ist, wenn ich alt und fußlahm bin, kann er immer noch meinen Rollator tragen.«

»Irgendwas sagt mir, dass du noch viele gute Jahre vor dir hast, bevor es dazu kommt. Freut mich, dass du glücklich bist. Ehrlich.« Ronnie lächelte sie an. »Ich hab gehört, du hast auch noch ein Kind bekommen.«

»Stimmt«, bestätigte sie mit strahlender Miene. »Und dass ich in meinem Alter noch ein Baby bekommen hab, sollte dir Beweis genug sein, dass Wunder durchaus möglich sind.«

»Meinst du, es wäre ein Wunder nötig, damit ich meine Familie zurückbekomme?«, fragte er.

»Ein Wunder wäre jedenfalls der einfache Weg«, erwiderte sie schelmisch. »Ich denke zwar, du wirst auf dich allein gestellt sein, aber der Ronnie, den ich gekannt habe, konnte so ziemlich jede Frau um den Finger wickeln. Ich glaub nicht, dass Dana Sue dagegen immun ist, und wenn sie's noch so gern wäre.« Maddie stand auf. »Komm jetzt, mein Lieber. Du hast das Unvermeidliche lang genug hinausgezögert. Du musst zurück zu deiner Tochter. Vertrau mir, es wird von Mal zu Mal leichter werden.«

Ronnie erhob sich und folgte ihr, aber an der Tür zu Annies Zimmer zögerte er und sah Maddie in die Augen. »Weißt du, mit etwas irrst du dich. Solange Annie in so schlechter Verfassung ist, wird es nicht leichter werden.«

Tatsächlich war er mittlerweile überzeugt davon, dass ein Herz mehr als einmal brechen konnte.

Kapitel 7

Dana Sue ging nach dem zu kurzen Besuch bei Annie, die immer noch die meiste Zeit schlief, zum Telefonieren nach draußen. Es hatte ihr schwer zugesetzt, dass ihre Tochter auf nichts reagierte. Deshalb war sie beinah erleichtert, als die Krankenschwester ihr mitteilte, dass die Zeit um war.

Außerdem musste sie sich bei Erik und Karen melden, um sich zu vergewissern, dass sie den Betrieb im Restaurant im Griff hatten. Und die beiden würden auch Neuigkeiten über Annies Zustand erfahren wollen, das wusste sie.

Erschöpft sank sie im Garten, wo die gepflegten Rosenstöcke noch in letzter sommerlicher Blüte standen, auf eine Betonbank. Ein örtlicher Gartenverein pflegte den sogenannten »Garten der Ruhe« vor dem Haupteingang in der Hoffnung, die beschauliche Umgebung würde den Angehörigen von Patienten ein wenig Trost spenden.

Dana Sue schloss die Augen und neigte das Gesicht der Sonne zu, um ihre Wärme auf sich wirken zu lassen. Es war heiß und schwül, was sich jedoch nach den vielen Stunden im klimatisierten Warteraum gut anfühlte. Und nach der sterilen Atmosphäre im Krankenhaus empfand sie die fröhlichen, duftenden Blumen und den kleinen Teich des Gartens als wohlig beruhigend. Wäre sie nicht so aufgekratzt und besorgt gewesen, sie wäre glatt im Sitzen eingeschlafen.

»Alles in Ordnung?«

Beim Klang von Eriks Stimme zuckte Dana Sue zusammen und schlug die Augen auf. Ihr erster Instinkt bestand darin, auf die Uhr zu sehen, bevor sie fragte: »Was machst du hier? Das Restaurant öffnet bald. Du weißt doch, wie voll wir samstags immer sind.«

»Kein Grund zur Sorge«, versicherte er ihr und setzte sich neben sie. »Ich bin gleich nach deinem Anruf hingefahren. Sämtliche Vorbereitungen sind erledigt. Das Servicepersonal und die Hilfskräfte sind früher gekommen und haben mit angepackt. Karen kann die Stellung halten, bis ich zurück bin. Ich bin hergekommen, weil ich hören wollte, wie es Annie geht, und um dir was zu essen zu bringen.«

»Ich hab mir vorhin etwas in der Cafeteria geholt«, sagte sie.

Erik verdrehte die Augen. »Und hast du's überlebt?« Er reichte ihr eine Frischhaltebox. »Risotto mit Waldpilzen, ein kleiner Salat mit Birnen und Walnüssen und ein Stück von einem der zuckerfreien Kuchen, an denen ich arbeite.«

Obwohl Dana Sue erst unlängst gegessen hatte und behauptete, keinen Hunger zu haben, konnte sie nicht widerstehen, einen Blick in die Box zu werfen. Die daraus aufsteigenden Aromen waren verlockend.

»Schokoladenkuchen?«, fragte sie und schnupperte geradezu ehrfürchtig.

»Mit Amaretto und Mandeln«, bestätigt er. »Saftig und dekadent, wenn ich mir das Eigenlob gestatten darf. Aber den darfst du erst anrühren, wenn du den Rest gegessen hast.«

»Wer will mich davon abhalten?«

Mit ernster Miene sah er sie an. »Niemand. Ich vertraue auf dein Urteilsvermögen.«

Grinsend ergriff sie die Gabel und nahm einen großen Bissen von dem Kuchen. »Oh, du lieber Himmel«, murmelte sie, als sich die Aromen auf ihrer Zunge explosionsartig entfalteten. »Vielleicht sollten wir uns einfach in eine Konditorei umwandeln. Du würdest uns alle reich machen.«

»Ein feines Dessert ist nur das Sahnehäubchen auf einem feinen Essen«, entgegnete er, strahlte jedoch vor Freude über ihr Lob. »Probier das Risotto«, drängte er. »Ich glaube, Karen hat sich den Umgang mit den Gewürzen inzwischen von dir abgeschaut.«

Dana Sue kostete das Risotto und seufzte. »Perfekt.« Sie genehmigte sich einen weiteren Happen davon, danach probierte sie den Birnensalat mit dem leichten Himbeer-Vinaigrette-Dressing. Ehe sie sich versah, hatte sie die von Erik mitgebrachten Gerichte bis auf den letzten Krümel aufgegessen.

»Ich war wohl hungriger, als mir bewusst war«, gab sie zu. »Oder deine Kochkünste sind einfach zu phänomenal, um ihnen zu widerstehen.«

»Unter starker Anspannung braucht man anständiges Essen, um bei Kräften zu bleiben.« Aus seinen grauen Augen sprach Besorgnis. »Kein Krankenhausessen mehr. Als Restaurantbesitzerin sollte es für dich wohl drin sein, in einer Krise vernünftiges Essen vor die Tür geliefert zu bekommen. Karen und ich sorgen dafür, dass du Frühstück, Mittagessen und Abendessen kriegst. Und sobald Annie essen kann, arbeiten wir daran, auch sie damit zu verlocken.«

Beim Anblick seines mitfühlenden Gesichtsausdrucks

traten Dana Sue Tränen in die Augen. »Du weißt, warum sie hier ist, oder?«

Erik legte ihr tröstend den Arm um die Schultern. »Ich hab schließlich Augen im Kopf. War nicht schwer, es sich zusammenzureimen.«

Sie entspannte sich in seiner Umarmung und flüsterte: »Ich muss eine schreckliche Mutter sein. Ich hatte keine Ahnung, dass es so schlimm um sie steht.«

»Du bist keine schreckliche Mutter«, widersprach er und schüttelte sie leicht. »Komm schon. Jedes Kind könnte sich glücklich schätzen, eine Mutter wie dich zu haben.«

Weitere Tränen kullerten über Dana Sues Wangen. »Du bist zu nett. So bringst du mich nur zum Weinen.«

Er lachte. »Süße, du weinst bei jeder Kleinigkeit, also gib nicht mir die Schuld an den Tränen. War wohl auch überfällig. Wahrscheinlich hast du dich die ganze Nacht lang zusammengerissen.«

»Weißt du, für jemanden, der nie Kinder hatte, bist du ziemlich weise«, meinte sie zu ihm. »Irgendeine Frau wird sich mal glücklich schätzen, dich zu bekommen.«

Sie vermeinte, einen Schatten über seine Züge huschen zu sehen. Dann jedoch begegnete er ihrem Blick mit einem Grinsen. »Vielleicht hab ich mich ja schon in jemanden verguckt, der ein bisschen älter ist. Könnte ja sein, dass ich wie Cal bin. Er scheint mit Maddie ziemlich glücklich zu sein. Vielleicht solltest du und ich …«

Dana Sue bedachte ihn mit einem Stirnrunzeln, bevor er den lächerlichen Gedanken beenden konnte. Erik war der beste männliche Freund, den sie je hatte. Das wollte sie auf keinen Fall durch eine Romanze verkomplizieren. »Denk nicht mal dran. Unsere Beziehung ist so perfekt, wie sie ist.«

»Stimmt«, pflichtete er ihr bei. »Trotzdem solltest du es vielleicht nicht ausschließen. Wie viele Frauen können schon ehrlich sagen, dass sich ihre Männer in der Küche genauso gut anstellen wie sie selbst?«

Dana Sue lachte. »Das hättest du wohl gern. Jetzt geh zurück an die Arbeit, bevor Karen den ganzen Mittagsansturm allein bewältigen muss. Sie wird zwar jeden Tag besser, aber dem ist sie noch nicht gewachsen.«

Erik nahm ihre Wangen in die Hände und musterte sie eingehend, bevor er nickte. »Ja, du hast wieder Farbe im Gesicht. Meine Arbeit hier ist getan. Einer von uns bringt dir später das Abendessen, okay? Sag Bescheid, ob du es hier haben willst oder ob du zu Hause sein wirst.« Er bedachte sie mit einem wissenden Blick. »Wenn du ein Dinner für zwei brauchst, lass es uns auch wissen.«

Dana Sue sah ihn stirnrunzelnd an. Hatte sich schon herumgesprochen, dass Ronnie zurück war? Höchstwahrscheinlich. Immerhin lebte sie in Serenity. »Eher friert die Hölle zu, als dass ich dich meinen Ex-Mann mit Essen versorgen lasse«, brummelte sie.

»Bist du dir da sicher?«, konterte Erik. »Wann immer sein Name fällt, hast du so ein Funkeln in den Augen ...«

»Das ist Wut«, versicherte sie ihm.

»Wut, Leidenschaft. Ist manchmal schwer, den Unterschied zu erkennen«, merkte Erik an.

»Ich kenne den Unterschied«, sagte sie.

»Wie du meinst.« Seine Skepsis klang überdeutlich durch. »Jedenfalls kannst du jederzeit anrufen, wenn du irgendwas brauchst.«

»Danke.« Wieder wurden Dana Sues Augen feucht. »Ich wüsste nicht, was ich ohne dich tun sollte. Das meine ich ernst.«

»Wahrscheinlich würdest du deinen Gästen Kuchen aus einer Backmischung servieren«, erwiderte er und schüttelte sich übertrieben. »Drück Annie von mir, ja?«

Dana Sue nickte und sah ihm nach, als er in Richtung des Parkplatzes lief. Nicht zum ersten Mal fiel ihr dabei auf, was für einen knackigen Hintern er hatte. Viel wichtiger als seinen sexy Körper jedoch fand sie sein wunderbar großzügiges Wesen. Sie kannte zwar kaum Einzelheiten aus Eriks Privatleben vor seinem Umzug nach Serenity, aber sie wusste, dass er zu den Guten gehörte, ein Mann, der sich um seine Freunde kümmerte und zu ihnen stand.

Womit verdiente sie so viel Glück? Mit Maddie und Helen hatte sie zwei der besten Freundinnen des Universums. Und auch Erik und Karen wurden für sie rasch wie eine Familie. Ironischerweise hätte sie die beiden ohne die Trennung von Ronnie vielleicht nie kennengelernt. Dadurch war sie nämlich gezwungen gewesen, sich Gedanken über die Zukunft zu machen und das *Sullivan's* zu eröffnen. Sie fand erstaunlich, dass etwas so Gutes aus etwas so Schlechtem entstehen konnte.

Dana Sue wandte das Gesicht noch einmal der Sonne zu und sprach ein stilles Dankgebet für alles, was sie hatte. Am Ende fügte sie die tiefempfundene Bitte hinzu, ihre Tochter möge wieder gesund werden und eines Tages erkennen, dass sie genauso gesegnet war.

Ronnie übernahm seine Schicht an Annies Seite und bemühte sich, nicht über ihre Verfassung zu weinen. Ein Teil von ihm wollte irgendwohin flüchten, wo er allein wäre und aus voller Kehle über die Ungerechtigkeit schreien könnte, die seinem kleinen Mädchen widerfuhr.

Ein anderer Teil hätte Dana Sue am liebsten in Stücke dafür gerissen, dass sie es so weit hatte kommen lassen. Aber auf rationaler Ebene wusste er, dass sie nur eine Teilschuld trug. Der Rest lag bei ihm. Er war nicht hier gewesen, um die Entwicklung aufzuhalten, bevor sie außer Kontrolle geraten war. Obwohl er in Wahrheit vermutlich genauso wenig auszurichten vermocht hätte wie Dana Sue. Aber wenn sie recht mit ihrer Vermutung hatte, was Annies Essstörung ausgelöst hatte, dann hätte seine Anwesenheit vielleicht etwas verändert.

»Mr. Sullivan?«

Er löste den Blick von Annies blassem Gesicht und sah eine Frau Anfang vierzig, etwa in seinem Alter. Sie trug einen weißen Arztkittel über einer schlichten hellrosa Bluse und einem pinkfarbenen Rock. Ihre unbändige braune Lockenpracht und die knallige Farbe des Rocks bildeten einen Widerspruch zu ihrem ansonsten nüchternen, professionellen Auftreten.

»Ich bin Ronnie Sullivan«, sagte er.

»Kann ich Sie kurz draußen sprechen?«, fragte sie und warf dabei einen vielsagenden Blick in Annies Richtung.

»Sicher.«

Er folgte ihr in den Gang.

»Ich bin Linda McDaniels«, stellte sie sich vor. »Annies Kardiologe hat mich gebeten, mir ihren Fall anzusehen und abzuwägen, ob ich ihr helfen kann.«

Ronnie spürte, wie sein Herz beklommen schneller schlug. »Geht es ihr schlechter? Gibt es Komplikationen?«

Mit einem Ausdruck von Mitgefühl im Gesicht berührte sie ihn zart am Arm. »Nein, nichts dergleichen. Tut mir leid. Ich hätte es erklären sollen. Ich bin Psychiaterin.

Ich behandle viele Mädchen mit Essstörungen wie Annie.«

Ronnie konnte sich einfach nicht daran gewöhnen, den Begriff in Verbindung mit seiner Tochter zu hören. Annie war immer so vernünftig gewesen. Sie hatte immer einen völlig normalen Appetit auf Pizza, Eiscreme, Hamburger, Pommes gehabt. Typisch für Jugendliche in ihrem Alter. Viel davon war wahrscheinlich nicht gut für sie, was Dana Sue jedoch stets mit gesunden Mahlzeiten ausgeglichen hatte. Es war ihr sogar gelungen, Annie davon zu überzeugen, dass Karottenstäbchen oder Weintrauben ein leckerer Snack wären. Und durch all ihre Aktivitäten hatte Annie nie ein Gramm zu viel zugelegt. Warum sie besessen davon geworden war zu fasten, überstieg seinen Verstand.

Als er nichts erwiderte, musterte Dr. McDaniels ihn mitfühlend. »Wissen Sie viel über Magersucht?«, erkundigte sie sich.

»Die Grundlagen, denke ich. Im Wesentlichen entwickelt jemand eine Abneigung gegen Essen. Scheint vor allem bei Mädchen im Teenageralter aufzutreten.«

»Das ist im Großen und Ganzen richtig. Obwohl die Patienten immer jünger werden, ein besorgniserregender Trend. Meist fängt es mit einer gewöhnlichen Diät an, entweder wegen einer beeinträchtigten Körperwahrnehmung oder durch den Gruppenzwang, ultradünn zu werden. Oder sogar, weil es ihnen wirklich nicht schaden würde, ein paar Kilo zu verlieren. Dann jedoch geht etwas schief, und es wird zu einer Obsession. Ein möglicher Grund kann sein, dass etwas im Leben der Betroffenen aus den Fugen gerät. Dann können sie nur noch die Nahrungsaufnahme kontrollieren und treiben es damit auf die

Spitze. Haben Sie irgendeine Ahnung, was in Annies Fall passiert sein könnte?«

Das ist einfach zu beantworten, dachte Ronnie schuldbewusst. »Ihre Mutter und ich haben uns vor ein paar Jahren scheiden lassen, und ich bin weggezogen.« Dann fiel ihm plötzlich noch etwas ein. »An dem Tag, als ich ihr gesagt habe, dass ich weggehe, ist sie vom Tisch aufgestanden, zur Toilette im Restaurant gerannt und hat sich übergeben. Könnte es damals angefangen haben?«

»Möglicherweise. Zumindest in dem Sinn, dass sie ein schweres Trauma in ihrem Leben mit Essen assoziiert. Jedenfalls liefert mir das einen Ansatzpunkt. Wenn Ihre Ex-Frau und Sie einverstanden sind, würde ich gern ein bisschen Zeit mit Annie verbringen, während sie noch hier im Krankenhaus ist. Es wäre wichtig, sich mit dem Problem sofort und in einer kontrollierten Umgebung auseinanderzusetzen.«

»Der Kardiologe hat erwähnt, dass sie vielleicht in eine Behandlungseinrichtung muss«, sagte Ronnie. »Wie wahrscheinlich ist das?«

»Ich würde lieber abwarten, wo wir stehen, nachdem die Ernährungsberaterin und ich ein paar Sitzungen mit ihr hatten. Wir haben hier zwar nicht dieselben Programme wie in einer großen medizinischen Einrichtung, aber durchaus Leute, die etwas von ihrem Handwerk verstehen. Wenn sich Annie kooperativ zeigt, wir Fortschritte erzielen, ihre Kalorienzufuhr erhöhen und sie ein paar Kilo zunimmt, besteht vielleicht die Möglichkeit, eine stationäre Therapie zu vermeiden. Manchmal hingegen ist das die beste Option, um eine Wiederholung extremer Verhaltensweisen zu verhindern. Bei Annie ist es schlichtweg noch zu früh, um es abzuschätzen. Wäre es für Ihre Ex-Frau und Sie denkbar, sie woanders hinzuschicken, falls wir das für das Beste halten?«

»Wir werden tun, was immer am besten für Annie ist«, versicherte Ronnie ihr. Und wenn er Dana Sue unter Druck setzen müsste, damit sie zustimmte, würde er das. Natürlich bestand die Möglichkeit, dass seine beachtliche Überzeugungskraft nicht mehr dieselbe Wirkung erzielen würde wie früher.

Dr. McDaniels bedachte ihn mit einem wissenden Blick. »Reden wir kurz über Sie«, schlug sie vor. »Sie haben gesagt, Sie sind seit der Scheidung weg gewesen.«

Er nickte.

»Ich könnte mir vorstellen, dass Sie gerade schwere Schuldgefühle erleben«, meinte sie.

»Natürlich. Wäre ich hier gewesen …«

»Hätte es sich genauso entwickeln können. Es sei denn, Ihr Bleiben hätte die Scheidung verhindert.«

Als Ronnie zu einer Erwiderung ansetzte, hob die Ärztin die Hand. »Spielt keine Rolle mehr«, erklärte sie. »Darüber zu spekulieren, was hätte sein können, ist Zeitverschwendung, Mr. Sullivan. Setzen wir uns lieber mit dem Istzustand auseinander und schauen nach vorn, in Ordnung? Wären Sie bereit, an einigen Sitzungen teilzunehmen, wenn ich es als nötig erachte? Ich weiß, dass Ihre Anwesenheit auch für die Ernährungsberaterin hilfreich wäre. Wir beziehen beide Eltern gern umfassend ein. Bleiben Sie dafür lange genug in der Stadt?«

»Ich bleibe unbegrenzt hier«, erwiderte er. »Und ich tue alles, was nötig ist.«

»Und Ihre Ex-Frau?«

»Sie auch.« Was Dana Sue an Vorbehalten haben mochte, sich mit ihm in einem Raum aufzuhalten, würde sie einfach beiseiteschieben müssen, bis Annie wieder gesund wäre. Dana Sue war eine zu gute Mutter, um dabei nicht mitzuspielen.

»Gut. Sobald Annie stabil und munter ist, fange ich schrittweise an, Zeit mit ihr zu verbringen. Danach gebe ich Ihnen Bescheid, wie wir weiter vorgehen sollten.«

»Danke.«

»Danken Sie mir noch nicht. Mit dem schwierigen Teil haben wir noch nicht mal angefangen«, warnte sie. »Ich gehe davon aus, dass Sie alle eine kräftige Abneigung gegen mich entwickeln werden, bevor wir fertig sind. Manche Emotionen, die wir wahrscheinlich ansprechen, werden ziemlich heftig und schmerzhaft sein. Und bei manchen Gelegenheiten werde ich mit Annie hart umspringen müssen. Machen Sie sich darauf gefasst.« Mit einem herzlichen Lächeln nahm sie ihrer Warnung die Schärfe. »Ich melde mich bald bei Ihnen.«

Er sah ihr nach, während sie davonging. Als er sich anschließend umdrehte, erblickte er Dana Sue, die ihn mit Wut in den Augen anstarrte. Als sie offensichtlich schmollend an ihm vorbeifegen wollte, packte er sie am Arm.

»Okay, was geht dir gerade durch den Kopf?«, wollte er wissen.

»Dass du ja keine Zeit verlierst, bei erstbester Gelegenheit mit jemanden zu flirten«, herrschte sie ihn an. »Lass mich los. Ich will zu Annie.«

»Willst du nicht erst hören, was Dr. McDaniels gesagt hat?«

Ihre Züge fielen in sich zusammen. »Sie ist Ärztin?«

»Psychiaterin«, bestätigte er. »Sie wird mit Annie arbeiten, sobald es ihr gut genug geht. Außerdem will McDaniels, dass wir an manchen Sitzungen teilnehmen. Sie sagt, eine Ernährungsberaterin wird unsere Mitarbeit auch wollen. Das war kein persönliches Gespräch, Dana Sue. Es hat sich ausschließlich um unsere Tochter gedreht.«

»Oh«, machte sie kleinlaut. »Na ja, sie ist eine attraktive Frau. Da kannst du mir wohl kaum einen Vorwurf machen, wenn ich voreilige Schlüsse ziehe.«

Er verkniff sich ein Lächeln. »Nein, kann ich wohl nicht.«

Aber er würde alles in seiner Macht Stehende tun, damit sie nie wieder einen Grund für solche voreiligen Schlüsse haben würde.

Die nächsten Tage wurden die längsten in Dana Sues Leben. Sie war nicht nur krank vor Sorge um ihre Tochter, sondern fand es auch nervend, ständig Ronnie um sich zu haben. Er sah besser aus als je zuvor, und er verhielt sich so verdammt süß und rücksichtsvoll, dass sie beinah vergaß, warum sie ihn vor die Tür gesetzt hatte. Der kurzzeitige Anflug von Eifersucht hatte sie deutlich an den Grund erinnert. Allerdings hatte er ihr den Wind aus den Segeln genommen, indem er ihr erklärt hatte, wer Dr. McDaniels war.

Hinzu kam, dass der Mann nie länger als ein paar Minuten von Annies Seite wich. Seine blauen Augen wirkten trüb vor Sorge und Erschöpfung. Aber jedes Mal, wenn Dana Sue vorschlug, er sollte schlafen, drehte er irgendwie den Spieß um und brachte Helen oder Maddie dazu, sie für ein Nickerchen nach Hause zu bringen.

»Was hat er vor?«, fragte sie Maddie, als ihre Freundin sie zum ersten Mal nach Hause fuhr. Maddie hatte Ronnie den Rücken gestärkt. Hauptsächlich deshalb hatte Dana Sue zugestimmt zu gehen. Ihr hatte schlichtweg die Kraft gefehlt, gegen beide zusammen anzukämpfen.

»Ich denke nicht, dass er irgendwas vorhat«, erwiderte Maddie. »Ich glaube, er macht sich bloß Sorgen um Annie.«

»Sicher, aber da ist noch was anderes im Busch«, ließ Dana Sue nicht locker. »Er wirft mir immer wieder so merkwürdige, abwägende Blicke zu, als würde er versuchen herauszufinden, was ich gerade denke.«

Maddie schmunzelte. »Glaub ich gern. Wahrscheinlich wartet er darauf, dass du zu dir kommst, dir wieder einfällt, was er getan hat, und du ihm dann das Fell über die Ohren ziehst. Ist ja nicht so, als hättest du damals einfach ›Tschüss‹ gesagt und ihn in die Wüste geschickt. Die Szene in deinem Garten war in der Stadt monatelang in aller Munde. Bei deinem sprunghaften Temperament rechnet er sicher damit, dass es jeden Moment wieder passieren könnte.«

Dana Sue verzog das Gesicht. »Einmal war genug. Das war demütigend.«

»Er hatte es verdient«, stellte Maddie richtig.

»Nein, ich meine, es war demütigend für mich, als ich später darüber nachgedacht habe. Wegen meiner öffentlichen Dramatik wusste die ganze Stadt, was er mir angetan hatte. Kein Wunder, dass Annie danach eine volle Woche lang die Schule geschwänzt hat. Ich hätte mich auch am liebsten verkrochen.«

»Tja, darüber ist längst Gras gewachsen«, tröstete Maddie sie.

»Meinst du nicht, dass sich die Leute daran erinnern werden, wenn er wieder hier ist?«

Maddie bedachte sie mit einem wissenden Blick. »Bereust du wirklich, dass du ihn angerufen hast?«

Dana Sue dachte darüber nach, dann schüttelte sie den Kopf. »So ungern ich es zugebe, er hat jedes Recht, hier zu sein. Und vielleicht dringt er ja wirklich zu Annie durch. Ich hatte jedenfalls kein Glück damit.«

»Vielleicht hat der Schreck gereicht, um einen Schalter umzulegen«, meinte Maddie. »Ohnmächtig zu werden ist eine Sache. Ein Herzstillstand in Annies Alter eine völlig andere.«

»Ich würde gern glauben, dass du recht hast. Aber Dr. McDaniels, die Psychiaterin, vermutet bestenfalls eine vorübergehende Wirkung, wenn sich Annie nicht mit den ursächlichen Problemen auseinandersetzt. Sie hat sowohl zu Ronnie als auch zu mir gesagt, dass sie Annie in Therapie haben will. Dem kann ich nicht widersprechen, aber irgendwas sagt mir, dass Annie ausrasten wird.«

»Lass sie ruhig, aber sorg dafür, dass sie trotzdem hingeht. Wenn die Alternative die Einweisung in eine stationäre Einrichtung ist, wird sie bestimmt bald mitspielen. Und es wird helfen, Ronnie als Unterstützung zu haben.«

Darüber blinzelte Dana Sue verdutzt. »Er bleibt nicht. Sicher wartet er nur darauf, von den Ärzten zu hören, dass Annie über'n Berg ist, damit er wieder abreisen kann.«

Maddie wirkte verdattert. »Er bleibt nicht in Serenity? Ich hatte den Eindruck …« Sie verstummte kurz. »Vielleicht hab ich was falsch verstanden.«

Panik breitete sich in Dana Sue aus. »Hat er dir was anderes erzählt, Maddie?«

»Rede mit ihm«, ermutigte ihre Freundin sie. »Das solltet ihr beide miteinander besprechen, nicht mit mir. Ich hab keine Lust, mich zwischen die Stühle zu setzen.«

»Oh, ich hab vor, mit ihm zu reden«, sagte Dana Sue mürrisch. »Dass ich ihn neulich Nacht angerufen habe, war keine Einladung, wieder herzuziehen.«

Maddie grinste. »Ich glaube, das sieht er anders.«

»Ach ja?«

»Ich glaube, er hat zu Helen etwas von einer Schicksalsfügung gesagt.«

Dana Sue setzte sich aufrechter hin, wirkte plötzlich neu belebt und streitlustig. »Von wegen Schicksalsfügung! Bring mich sofort zurück ins Krankenhaus. Ich muss ein ernstes Gespräch mit meinem Ex führen.«

»Bist du sicher, dass du diese Unterhaltung dort führen willst?«, fragte Maddie besorgt.

»Warum nicht?«

»Süße, weil's ein Krankenhaus ist. Dort wirst du leise reden müssen.«

Ein Nachteil, das musste Dana Sue zugeben, aber den konnte sie überwinden. Einmal hatte sie einen Obst- und Gemüsehändler zur Schnecke gemacht, ohne dass es im Restaurant jemand mitbekommen hatte. Natürlich stellte es sie vor eine völlig andere Herausforderung, ohne Gebrüll und zerbrochenes Geschirr irgendetwas in Ronnie Sullivans Dickschädel zu bekommen.

Annie war derart überrascht, ihren Vater neben ihrem Krankenhausbett sitzen zu sehen, dass sie beinah wieder das Bewusstsein verloren hätte.

»Daddy?«, flüsterte sie matt, um sich zu vergewissern, dass sie nicht halluzinierte.

Ein Lächeln breitete sich in seinem Gesicht aus. »Ich bin hier, Engel. Wie schön, deine großen blauen Augen wieder offen zu sehen.«

»Ich dachte mir, ich hätte dich mit mir reden gehört, aber ich war mir sicher, es müsste ein Traum sein. Wie lange bist du schon hier?«

»Seit der Nacht, in der du eingeliefert worden bist.«

Alles kam Annie so verschwommen vor. Sie erinnerte sich noch, dass sie beim Anblick all des Essens, das ihre Mutter für die Übernachtungsparty vorbereitet hatte, praktisch würgen musste. Dann hatten die anderen Mädchen und sie getanzt. Dabei schlich sich ein merkwürdiges Gefühl in ihrer Brust ein, als würde irgendetwas ihr Herz quetschen. Etwas Vergleichbares hatte sie noch nie zuvor im Leben gefühlt, nicht mal, wenn sie im Sportunterricht rennen musste. Sie hatte beschlossen, sich kurz hinzulegen. Und das war das Letzte, woran sie sich erinnerte.

»Wann war das?«

»Vor ein paar Tagen.«

»So lange? Warum kann ich mich nicht erinnern, wie ich hergekommen bin? Oder an irgendwas, das seither passiert ist? Und warum bin ich an den ganzen Krempel angeschlossen?«

»Die Geräte überwachen, wie's dir geht, und die Infusion führt dir Flüssigkeit und Medikamente zu. Seit der Nacht neulich hast du fast nur noch geschlafen. Und ich kann dir sagen, dass du uns allen einen Mordsschrecken eingejagt hast«, schimpfte er sanft.

»Das tut mir leid. Woher hast du gewusst, dass du herkommen sollst?«

»Deine Mutter hat mich angerufen.«

Dann musste ihre Mutter befürchtet haben, Annie könnte sterben. Sie konnte sich nicht vorstellen, dass sie ihren Vater aus einem anderen Grund angerufen hätte.

»Wie lang wirst du bleiben?«, fragte sie.

»Für immer«, antwortete er.

Annie starrte ihn an, während sich in ihrem Herzen ein schwacher Hoffnungsschimmer regte. »Weiß es Mama?«

»Noch nicht«, gestand er. »Meinst du, sie wird ausflippen?«

Annie rang sich ein mattes Grinsen ab. »Mit Sicherheit.«

Er seufzte. »Ja, glaub ich auch.«

Sie griff nach seiner Hand. »Lass es dir von ihr nicht ausreden, okay?«

»Keine Chance, Engel. Keine Chance.«

Annie sah ihrem Vater direkt in die Augen, um herauszufinden, ob er die Wahrheit sagte. Er zuckte mit keiner Wimper.

»Versprichst du's?«, fragte sie sicherheitshalber.

»Hoch und heilig«, gelobte er wie bei jedem Versprechen, das er ihr je gegeben hatte.

Annie dachte zurück. Er hatte noch nie eines davon gebrochen. Ihre Mutter mochte er betrogen haben, aber er war immer ehrlich zu *ihr* gewesen, auch wenn es geschmerzt hatte.

»Gut«, flüsterte sie.

Annie umklammerte immer noch seine Hand, als sie wieder einschlief.

Kapitel 8

Als Annie das nächste Mal erwachte, saß neben ihrem Bett eine Frau, die sie nicht kannte. Der weiße Kittel über der Straßenkleidung bedeutete wahrscheinlich, dass sie Ärztin war. Trotz ihres freundlichen Lächelns ließ der düstere Ausdruck in ihren Augen Annie nervös werden. Sie hatte das Gefühl, nicht hören zu wollen, was immer diese Frau zu sagen hatte. Und wenn sie ängstlich wurde, überspielte sie ihre Furcht immer mit einer aggressiven Haltung. Annie bemühte sich, die Frau in Grund und Boden zu starren, aber sie erwiderte den Blick ungerührt.

»Wo ist mein Vater?«, fragte Annie barsch. Argwohn schwang in ihrer Stimme mit, als wäre die Frau irgendwie für sein Verschwinden verantwortlich. »Er war eben noch hier.« Annie hatte keine Ahnung, ob es stimmte. So, wie die Zeit an ihr vorbeischlich, ohne dass sie es mitbekam, konnte er genauso gut vor *Stunden* gegangen sein.

»Ich weiß nicht, wo er gerade ist«, behauptete die Frau mit ärgerlich ruhigem Tonfall. »Er war nicht hier, als ich angekommen bin.«

Annie musterte sie mit wachsendem Misstrauen. »Wer sind Sie, und warum sind Sie in meinem Zimmer?«

»Ich bin Dr. McDaniels. Ich werde eine Zeit lang mit dir arbeiten.«

In Annies Kopf schrillten Alarmsirenen. »Wie mit mir arbeiten? Meinen Sie eine Physiotherapie oder so?«

Diesmal erreichte das Lächeln der Frau ihre Augen. »Ich fürchte nein. Ich bin Psychiaterin. Wir werden versuchen, an deiner Essstörung zu arbeiten.«

»Sie sind Seelenklempnerin!«, entfuhr es Annie entsetzt. Sie wollte auf keinen Fall, dass jemand in ihrem Kopf herumstocherte, als wäre sie verrückt. »Das glaub ich jetzt nicht.«

»Ich kann dir mein Diplom zeigen«, sagte die Frau, als wäre das der Beweis, den Annie wollte.

»Kein Interesse«, entgegnete sie stur. »Ich brauch keine Seelenklempnerin. Mit mir ist alles in Ordnung. Ich hab mit Sicherheit keine Essstörung.«

»Wirklich? Warum bist du dann im Krankenhaus?«

Annie wurde klar, dass sie längst nicht alle Einzelheiten darüber kannte, warum sie hier gelandet war. Vermutlich waren ihre Mutter und ihre Freundinnen bloß wegen irgendeiner Lächerlichkeit ausgeflippt. »Ich bin krank geworden. Nichts Tragisches«, behauptete sie gespielt unbekümmert. »Wahrscheinlich werd ich noch heute wieder entlassen.«

»Das bezweifle ich«, entgegnete Dr. McDaniels. »Ich würde auf eine Woche bis zehn Tage tippen, wenn du wirklich, wirklich hart arbeitest.«

Durch die Überzeugung in den Worten geriet Annie in Panik. »Ich sage doch, es ist nichts Schlimmes«, beharrte sie. »Es geht mir gut. Wahrscheinlich könnte ich heut Nachmittag einen Marathon laufen, wenn ich wollte.«

Die Ärztin beugte sich vor und sah ihr in die Augen. »Wirklich? Meinst du?«

»Klar«, gab Annie zurück. »Meine Mama hat neulich Nacht bloß überreagiert. Macht sie oft.«

»Diesmal nicht«, sagte Dr. McDaniels in sanftem Ton. »Du hast doch Dr. Lane kennengelernt, richtig?«

Annie nickte.

»Und weißt du auch, dass er Kardiologe ist?«

Vermutlich hatte er es erwähnt, aber es war nicht hängen geblieben. »Das ist ein Herzspezialist«, sagte Annie langsam. »Warum sollte ich einen Arzt für mein Herz brauchen?«

»Weil es dem Herzen schwer zusetzen kann, wenn man nicht isst. Das ist mit dir passiert. Du hast eine Arrhythmie entwickelt – das ist ein unregelmäßiger und zu schneller Herzschlag. Erinnerst du dich daran?«

Annie schluckte schwer. »Denke schon«, gestand sie. »Aber jetzt fühl ich mich wieder gut.«

»Weil das Personal hier hart gearbeitet hat, um deinen Elektrolythaushalt auszugleichen und dir Nährstoffe zuzuführen. Aber unseren Möglichkeiten sind Grenzen gesetzt. Die richtig harte Arbeit liegt an dir. Sonst hast du nächstes Mal vielleicht nicht so viel Glück.«

Bei der unausgesprochenen Andeutung zwischen den Zeilen begann Annie zu zittern. Bevor sie ihre Reaktion kontrollieren konnte, traten ihr Tränen in die Augen, lösten sich und kullerten über ihre Wangen. »Das sagen Sie doch bloß, um mir Angst einzujagen«, warf sie der Frau vor. »Meine Mutter hat Sie dazu angestiftet, weil sie's nicht leiden kann, dass ich abnehme und sie nicht.«

»Annie, ich sage das alles nicht, um dich zu verunsichern. Und deine Mutter hat mich zu gar nichts angestiftet. Du sollst nur verstehen, dass die Sache sehr, sehr ernst ist. Aber wir können sie in Ordnung bringen. Wenn du willst, kann ich Dr. Lane herholen, damit er dir genau erklärt, was neulich Nacht mit deinem Herzen passiert ist und warum«, bot Dr. McDaniels an. »Er kann dir erklären, wie schwach dein Herz ist und was für eine Katastrophe deine Kalium- und sonstigen Werte sind. Oder du kannst dich auf mein Wort verlassen, dass ich bei etwas so Wichtigem niemals lügen würde.«

Annie ließ den Kopf aufs Kissen plumpsen und schloss die Augen. Tatsächlich passte alles unerfreulich zusammen. Höchstens ein Herzinfarkt hätte ihre Mutter dazu gebracht, ihren Vater anzurufen – das fand Annie überzeugender als alles andere. Und sie war sich ziemlich sicher, dass er nicht überstürzt zurück nach Serenity gerast wäre, wenn sie bloß einen Ohnmachtsanfall erlitten hätte. Aber es klang so verrückt. Jugendliche bekamen keine Herzinfarkte.

Sie spürte eine kühle Berührung auf der Hand und schaute in Dr. McDaniels' einfühlsame Augen auf. »Ziemlich beängstigend, hm? Bestimmt hättest du nie gedacht, dass es solche Konsequenzen haben könnte, was du tust.«

»Ich hab nichts getan«, protestierte Annie erneut, diesmal jedoch mit deutlich weniger Überzeugung.

»Darüber reden wir, wenn ich das nächste Mal vorbeischaue«, sagte Dr. McDaniels. »Vorerst möchte ich, dass du aufgeschlossen bist, wenn Lacy Reynolds herkommt. Arbeite mit ihr, okay? Sie will nur das Beste für dich.«

»Wer ist sie?«

»Lacy ist Ernährungsberaterin und wird dabei helfen, dich wieder gesund zu bekommen. Sie wird deine Nahrungsaufnahme regulieren und dir etwas über Ernährung beibringen.«

»Meine Mama hat ein Restaurant. Sie weiß alles über Essen.«

»Ich kenne das *Sullivan's*«, sagte Dr. McDaniels. »Tolle Speisekarte. Schade nur, dass du nicht gegessen hast, was deine Mutter dort serviert.«

»Wer sagt das?«, gab Annie streitlustig zurück.

»Die Waage lügt nicht«, antwortete die Ärztin sanft. »Und der Umstand, dass du hier bist, besagt auch einiges.«

Annie musterte Dr. McDaniels eine Weile. Die Frau kam ihr nicht wie jemand vor, der vorsätzlich grausam sein oder etwas künstlich aufbauschen würde. Tatsächlich wirkte sie eher traurig als fies – als bedauerte sie, dass Annie hier sein musste, und als wollte sie aufrichtig helfen. Annie war zwar noch nicht bereit, ihr zu vertrauen, doch sie konnte sie auch nicht mehr kategorisch ablehnen, wie sie es anfangs wollte.

»Könnten Sie Mama oder Papa für mich suchen?« Ihr war bewusst, dass sie nicht mehr halb so tapfer klang wie vorhin.

»Natürlich. Ich sage ihnen, sie sollen herkommen, sobald dein Gespräch mit Lacy zu Ende ist«, versprach die Ärztin. »Hat mich sehr gefreut, dich kennenzulernen, Annie. Ich denke, wir werden zusammen große Fortschritte machen.«

Annie beobachtete, wie sie das Zimmer verließ, dann schloss sie wieder die Augen. Es musste ein Irrtum vorliegen, sagte sie sich. Es *musste* so sein. Aber irgendwo tief in ihrem Inneren wusste sie, dass Dr. McDaniels ihr die Wahrheit gesagt hatte.

Ohne auch nur von der Gefahr zu ahnen, hätte sich Annie beinah selbst umgebracht.

Als sich die Tür zu ihrem Zimmer wieder öffnete, hoffte sie, es würden ihre Eltern sein. Die Frau, die hereinkam, trug eine weiße Hose, ein bunt geblümtes Uniformoberteil und weiße Schuhe mit dicken Sohlen. Sie hatte eine schwarze Igelfrisur und eine gepiercte Augenbraue. Die Uniform und das Namensschild verrieten, dass sie im Krankenhaus arbeitete. Sonst hätte Annie sie eher für eine Studentin gehalten – oder vielleicht für das Mitglied einer Rockband.

»Hi, Annie«, grüßte die Frau fröhlich. »Ich bin Lacy Reynolds.«

»Die Ernährungsberaterin«, sagte Annie überrascht.

»Ah, wie ich sehe, hat Dr. McDaniels dir schon von mir erzählt.«

»Aber sie hat nicht erwähnt, dass Sie so jung und cool aussehen würden«, sagte Annie ehrlich. »Ich wünschte, Mama würde mir auch ein Piercing erlauben.«

»Wenn du mal in meinem Alter bist, kannst du machen, was du willst. Siehst du? Schon haben wir was, worauf du dich freuen kannst.« Die Frau grinste sie an. »Das heißt aber nicht, dass ich nicht streng sein kann, also sieh dich lieber vor. Wenn's darum geht, was hier in deinen Mund kommt, hab ich das Sagen. Und glaub mir, hier passiert nichts, was ich nicht rausfinde.«

Trotz der Warnung fand Annie sie auf Anhieb sympathisch. Wenigstens legte sie offen die Karten auf den Tisch, damit man die Regeln verstand.

»Dr. McDaniels hat gesagt, Sie werden mit mir über Essen reden wollen«, sagte Annie. »Meine Mutter weiß alles darüber, und ich bin oft bei ihr im Restaurant.«

»Dann weißt du ja bestimmt auch etwas über Essen«, meinte Lacy. Sie zog ein kleines Notizbuch aus der Tasche. »Reden wir darüber, was du in letzter Zeit so gegessen hast.«

Annie rutschte unbehaglich im Bett hin und her.

Die Ernährungsberaterin wartete mit dem Stift über ihrem Block. »Und?«, hakte sie nach.

»Ich esse viel Verschiedenes«, behauptete Annie schließlich.

Lacy bedachte sie mit einem enttäuschten Blick. »Hier kommt die erste Regel für den Umgang mit mir, Annie: Du musst ehrlich sein. Wenn ich nicht weiß, wo du stehst, dann weiß ich auch nicht, wie weit wir gehen müssen. Lass uns konkreter werden. Was hast du an dem Tag gegessen, an dem du hier gelandet bist?«

Annie versuchte, sich zu erinnern. Das Frühstück hatte sie an dem Tag ausgelassen, abgesehen von ein paar Schluck Wasser. In der Schule hatte sie sich einen Salat gekauft und ein paar der Karotten obendrauf gegessen. Als ihre Freundinnen zu Besuch gekommen waren, hatte sie so getan, als würde sie Pizza essen. Aber schon nach einem Bissen war ihr schlecht geworden.

»Ich hatte an dem Tag keinen großen Hunger«, sagte sie schließlich.

»Komm schon, Annie. Sei einfach offen zu mir.«

»Ich hatte einen Salat zum Mittagessen und Pizza, als meine Freundinnen bei mir zu Hause waren«, beschönigte sie die Wahrheit.

Lacy notierte nichts, starrte sie nur weiter an, bis Annie blinzelte und wegschaute.

»Na schön, ich hab was von den geriebenen Karotten auf dem Salat gegessen und einen Bissen Pizza.«

Lacy nickte und schrieb endlich mit. »Hast du irgendeine Vorstellung, wie viele Kalorien das sind?«

Annie zuckte mit den Schultern. »Wie gesagt, ich hatte keinen Hunger.«

»Höchstens einhundert, und selbst das nur, wenn du wirklich ehrlich zu mir bist. Niemand kann damit überleben, Annie. Das ist dir doch klar, oder?« Sie wartete, bis Annie nickte, bevor sie fortfuhr. »Okay, es wird folgendermaßen laufen: Du und ich arbeiten einen Plan aus. Während du hier bist, nimmst du täglich drei Mahlzeiten und drei Snacks zu dir. Anfangs werden sie sehr klein sein, nur ein paar Hundert Kalorien mehr, als du bisher gegessen hast. Aber wir erhöhen die Menge schrittweise, bis du auf die vollen Kalorien kommst, die du zu dir nehmen solltest.«

»Auf keinen Fall«, protestierte Annie. Beim Gedanken an so viel Essen wurde ihr schlecht.

»Die Alternative sieht so aus«, erklärte Lacy mit unerbittlichem Ton. »Du wirst unter meiner Aufsicht nicht verhungern, also hängen wir dich an eine Ernährungssonde und stellen so sicher, dass du die nötige Nahrung bekommst. Vorläufig musst du Essen als Medizin betrachten. Nur dadurch wirst du wieder gesund, kannst zurück nach Hause und ein erfülltes, glückliches Leben führen. Ich weiß, dass du das willst, und ich bin fest entschlossen, dafür zu sorgen. Die Entscheidung, auf welchem Weg wir es erreichen, liegt bei dir.«

Der Gedanke an eine Ernährungssonde ließ Annie erschaudern. »Was für Essen?«, fragte sie schließlich.

»Das entscheiden wir gemeinsam und hören uns dazu auch die Meinung deiner Eltern an. Am Anfang einfache, grundlegende Sachen. Vielleicht Obst, Cracker und Saft oder ein Stück Truthahnsandwich. Jemand vom Personal wird dabei anwesend sein und sich vergewissern, dass du alles isst. Falls du etwas gar nicht runterbekommst oder nicht aufessen kannst, bekommst du einen Ernährungsshake, der die Kalorien ersetzt. Sind vielleicht nur ein paar Schluck, je nachdem, wie viel von der Mahlzeit du übriglässt.«

Die Behandlung erfüllte Annie mit Grauen. Sie würde sich wie ein Tier im Zoo fühlen, wenn Leute jeden Bissen beobachteten, den sie sich in den Mund schob. »Und wie lange soll das so gehen?«

»So lang, wie es dauert, bis deine Laborwerte und deine Herzfrequenz wieder normal sind. Dein Betreuerteam trifft die Entscheidung. Das sind Dr. Lane, Dr. McDaniels und ich. Dein Essen wird aber auch nach deiner Entlassung von hier weiter überwacht. Ich werde mit deinen Eltern arbeiten, damit sie den Ernährungsplan verstehen.«

Annie spürte, wie ihr die Tränen in die Augen traten, und sie wandte den Kopf ab. »Ich glaube, das kann ich nicht«, flüsterte sie.

»Und ich denke, du kannst es«, widersprach Lacy. »Außerdem sind wir alle für dich da, um dir zu helfen. Wir haben eine andere junge Dame wie dich hier, die schon fast so weit ist, nach Hause entlassen zu werden. Du könntest mit ihr reden, wenn du willst. Dann würdest du dich vielleicht nicht so allein fühlen.«

»Nein.« Annie schüttelte vehement den Kopf. Sie wollte nicht, dass irgendeine außenstehende Person von ihren Angelegenheiten erfuhr.

»Okay«, sagte Lacy. »Gib einfach Bescheid, falls du's dir anders überlegst. Vorerst möchte ich, dass du mir ein paar deiner Lieblingsgerichte aufschreibst. Ich komme später wieder, dann planen wir das Menü für dein Abendessen und deinen Snack heute und für den ganzen Tag morgen, okay?«

»Wie Sie meinen«, brummte Annie und sah sie immer noch nicht an. Wie hatte sie bloß denken können, Lacy Reynolds wäre cool? Auch nur eine Erwachsene auf irgendeinem Machttrip. Vielleicht würden ihre Eltern sie hier rausholen, wenn sie ihnen davon erzählte.

Annie seufzte, als sie hörte, wie sich ihre Zimmertür schloss. Wem wollte sie etwas vormachen? Ihre Mutter und ihr Vater waren viel zu verängstigt, um sie nach Hause zu holen. Und irgendwo tief in ihrem Innersten hatte sie dieses nagende Gefühl, dass auch sie verängstigt sein sollte. Aber wenn sie es zugäbe, was dann? Essen war die einzige Sache in ihrem Leben, die sie kontrollieren konnte. Nur beim Fasten hatte sie sich richtig gut angestellt, obwohl ihr Körper immer noch nicht so perfekt war, wie er sein könnte. Nun wollten diese Leute, dass sie sich mit Essen vollstopfte und alles ruinierte.

Entsetzt über das Bild in ihrem Kopf, das sie fett und hässlich zeigte, vergrub sie das Gesicht in ihrem Kissen und ließ den Tränen freien Lauf.

Ronnie befand sich auf dem Rückweg aus der Cafeteria, als Linda McDaniels ihn im Gang anhielt.

»Annie hat nach Ihnen verlangt«, teilte sie ihm mit.

Er wollte schon an ihr vorbeistürmen, aber sie streckte die Hand aus, um ihn aufzuhalten.

»Annie weiß, dass sie ein Herzproblem hat und es durch ihre Essstörung verursacht wurde. Die Ernährungsberaterin war auch schon bei ihr. Annie ist noch in der Verleugnungsphase, drängen Sie Ihre Tochter deshalb nicht zu sehr, die Wahrheit zu akzeptieren. Sie wird allein darauf kommen.«

»Sie haben es ihr gesagt?«

»Einen Teil davon hatte sie sich schon zusammengereimt. Wie ich von Anfang an gesagt habe, manchmal besteht meine Rolle darin, die Böse zu sein und harte Wahrheiten auszusprechen. Es ist am besten, alles ans Licht zu holen und einen Plan dafür zu schmieden, wie es weitergeht.«

Ronnie fuhr sich mit der Hand über den Kopf. »Was soll ich zu ihr sagen?«

»Wenn sie Fragen hat, dann beantworten Sie, was Sie können. Den Rest überlassen Sie den Ärzten, der Ernährungsberaterin oder mir. In Wirklichkeit braucht sie in den nächsten Tagen vor allem die Sicherheit, dass Sie auf ihrer Seite stehen und dass sie wieder gesund wird. Der Rest ergibt sich mit der Zeit.«

»Haben Sie ihr von den Therapiesitzungen erzählt?«

»Nur, dass es welche geben wird. Nicht, wie schwierig oder intensiv sie sein werden.«

»Wie hat sie reagiert?«

Die Psychiaterin grinste. »Natürlich hat sie mir erklärt, dass sie keine Therapie braucht. Ein Teil meiner Aufgabe wird darin bestehen, sie vom Gegenteil zu überzeugen.«

»Gott, wie konnte es nur so weit kommen?«, klagte Ronnie.

»Das werden wir rausfinden«, versicherte ihm Dr. McDaniels. »Wir klären alles auf, Mr. Sullivan.«

Er warf ihr einen müden Blick zu. »Wissen Sie, Annie war immer ein so gutes Kind. Hervorragende Noten. Haufenweise Freunde. Zig verschiedene Aktivitäten.«

»Klingt nach einer ehrgeizigen Persönlichkeit«, meinte sie. »Ironischerweise kann es nach hinten losgehen, wenn sich dieselbe Entschlossenheit beispielsweise auf das Fasten richtet. Aber zerbrechen wir uns darüber jetzt nicht den Kopf. Sorgen wir erst mal dafür, dass sie körperlich gesund wird. Danach kümmern wir uns um die Probleme, die sie an den Punkt gebracht haben. Lacy Reynolds, die Ernährungsberaterin, hat ihr bereits die Grundlagen ihres Ernährungsplans erklärt, damit Annie anfangen kann, Essen in einem realistischeren Licht zu sehen – als Treibstoff für den Körper, nicht als Feind.«

Ronnie nickte und verspürte Dankbarkeit für McDaniels' ruhige, vernünftige Vorgehensweise. Er hatte das Gefühl, als hätte er ohne sie längst mit den Fäusten irgendeine Wand durchschlagen.

»Gehen Sie zu Ihrer Tochter«, ermutigte sie ihn. »Ich sehe zu, ob ich Ihre Ex-Frau aufspüren kann, dann schicke ich sie nach.«

»Ich glaube, sie ist nach Hause gefahren, um sich auszuruhen«, sagte er.

»Dann rufe ich sie dort an.«

»Versuchen Sie es auf ihrem Handy«, schlug Ronnie vor und schrieb ihr die Nummer auf. »Da geht sie eher ran.«

»Wird gemacht. Danke. Ich melde mich später bei Ihnen«, versprach die Frau und ging davon.

Ronnie sah ihr nach und wünschte, er wäre nur halb so zuversichtlich wie sie, dass Annie diese Krise gut überstehen würde. Ein Teil von ihm wünschte, Dr. McDaniels würde ihn zu Annie begleiten. Sie würde wissen, was sie zu seiner Tochter sagen sollte, er hingegen hatte keine Ahnung.

Die Situation erforderte wohl Ruhe, Diplomatie und Taktgefühl. Alles nicht seine Stärken. Da mittlerweile der erste Schock über Annies Aussehen abgeklungen war und die Ärzte sicherer waren, dass sie sich erholen würde, wollte er ihr für ihr dummes Verhalten gründlich den Kopf waschen. Allerdings sagte ihm sein Bauchgefühl, dass es kontraproduktiv wäre.

Mit hoffentlich neutralem Gesichtsausdruck kehrte er in ihr Zimmer zurück. Auf den ersten Blick schien Annie wieder zu schlafen. Erleichtert ließ er sich auf seinem gewohnten Platz nieder, dem Stuhl neben ihrem Bett. Dann dachte er daran zurück, wie sie ausgesehen hatte, als er sie vor seiner Abreise aus der Stadt zuletzt gesehen hatte.

Damals hatte sie zwar traurig und enttäuscht gewirkt, aber zumindest wie ein normaler Teenager. Sie hatte Farbe in den Wangen, eine Frisur, die ihr hübsches Gesicht umrahmte, und einen Körper, der gerade anfing, erste weibliche Kurven erahnen zu lassen. Zu dem Zeitpunkt hatte er eine Heidenangst davor gehabt, was passieren würde, wenn sie ernsthaftes Interesse an Jungs entwickelte, und wie er damit zurechtkommen würde. Aber als er an dem Tag vor zwei Jahren auf der Straße in seinem Auto gesessen hatte, war ihm klar geworden, dass er nicht mal da sein würde, um zu beeinflussen, welche Entscheidungen sie schon bald über Jungs treffen würde.

Hätte er damals – oder in all den Monaten danach – klar gedacht, er hätte sie nie ohne die Unterstützung eines Vaters durch dieses Minenfeld der Hormone gehen lassen. Ohne *seine* Unterstützung. Mittlerweile bereute er es zutiefst und würde bis zu seinem Tod damit leben müssen.

»Hi, Papa«, sagte Annie matt und riss ihn damit aus seinen Erinnerungen.

»Hallo, mein Schatz. Wie geht's dir?«

»Jetzt besser, weil du hier bist. Als ich vorhin aufgewacht bin und du weg warst, hatte ich Angst, du könntest es dir anders überlegt haben und gegangen sein.«

»Ich hab dir doch versprochen, dass ich nirgendwohin gehe, oder?«

Sie nickte.

»Darauf kannst du dich verlassen, Liebes. Ich bin für immer zurück.«

Lächelnd schloss sie die Augen wieder, und Ronnie widmete sich erneut seinen bittersüßen Erinnerungen.

Dana Sue stand vor Annies Zimmer und wollte gerade die Tür aufschieben, als sie Ronnies Stimme hörte. Sie biss sich auf die Unterlippe, als sich bestätigte, was Maddie ihr vorhin erzählt hatte. Ihr Ex-Mann hatte vor, auch nach dieser Krise in Serenity zu bleiben.

Sie wirbelte herum und marschierte durch den Flur zurück zum Warteraum, wo sie Maddie zurückgelassen hatte.

»Ronnie will bleiben. Ich hab gerade gehört, wie er Annie gesagt hat, dass er für immer zurück ist.« Aufgebracht lief sie auf und ab. »Warum sagt er so was und macht ihr Hoffnungen?«

»Vielleicht, weil er genau das vorhat«, meinte Maddie.

Dana Sue warf ihr einen finsteren Blick zu. »Was soll ich jetzt machen? Ich muss ihn davon abhalten.«

»Auch, wenn es das Beste für Annie ist?«, fragte Maddie vernünftig.

Dana Sue blieb vor ihr stehen. »Ronnie Sullivan wieder in ihrem Leben zu haben, ist *nicht* das Beste für Annie«, fauchte sie, bevor sie weiter auf und ab lief.

»Ich frage mich, ob Annie das auch so sehen würde.« Maddies Ton klang leicht vorwurfsvoll. »Ich glaube, du projizierst deine Gefühle auf Annie. *Du* willst Ronnie nicht hierhaben.«

Wieder schleuderte Dana Sue ihr einen mürrischen Blick entgegen und stapfte weiter hin und her.

»Setz dich«, befahl Maddie. »Sonst wird mir schwindlig. Lass es uns mal rational betrachten. Annie braucht ihren Vater in ihrem Leben. Sogar du hast gemutmaßt, dass er gegangen ist, könnte sie dabei beeinflusst haben, so besessen von ihrem Gewicht zu werden. Dann wäre doch nur logisch, dass seine Rückkehr …«

Als Dana Sue sie unterbrechen wollte, hob Maddie die Hand. »Dass seine Rückkehr Annie zum Umdenken bewegen könnte.«

Dana Sue sank auf einen der harten Plastikstühle. »Vielleicht«, räumte sie widerwillig ein. »Aber mir widerstrebt der Gedanke. Ich will ihn nicht hierhaben. *Ich* will das in Ordnung bringen.«

Maddie gelang es kaum, sich ein Lächeln zu verkneifen. »Ist wirklich wichtig, wer es in Ordnung bringt, solange Annie wieder gesund wird?« Sie verengte die Augen. »Wovor hast du wirklich Angst, Dana Sue? Davor, dass er so zu Annie durchdringen könnte, wie es dir nicht gelungen ist? So hört es sich nämlich an.«

»Nein«, widersprach Dana Sue sofort. »Das wäre egoistisch.«

Diesmal sparte sich Maddie die Mühe, ihr Grinsen zu verbergen. »Dann muss es die Angst sein, dass er zu *dir* durchdringen könnte.«

Dana Sue seufzte. Damit kam Maddie der Wahrheit näher, als sie zugeben wollte. Sie geriet in Versuchung, es zu leugnen, doch sie hatte Maddie vor sich, ihre beste Freundin. Und sie würde es ihr ohnehin nicht abkaufen.

»Und was, wenn's so wäre?«, grummelte sie.

»Dann sorg dafür, dass sich alles um Annie dreht. Leg

deine Grundregeln dafür fest, wie weit er in dein Leben darf. Halte du dich meinetwegen von Ronnie fern, aber versuch nicht, ihn von deiner Tochter fernzuhalten.«

»Warum musst du immer so verdammt rational und vernünftig sein und recht haben?«, klagte Dana Sue mürrisch.

»Das ist ein angeborenes Talent«, erwiderte Maddie lachend. »Vielleicht sollte ich dich daran erinnern, dass ich nichts davon war, als Cal ursprünglich in mein Leben getreten ist. Ich hab mich verbissen dagegen gewehrt, genau wie du zu verhindern versuchst, dass sich Ronnie wieder in dein Leben einschleicht.«

»Und wir wissen ja alle, wie gut das bei dir geklappt hat«, sagte Dana Sue müde. Sie war geliefert.

Es sei denn …, dachte sie und schöpfte Hoffnung. Es sei denn, sie nahm die Situation in die Hand, wie Maddie es vorgeschlagen hatte. Sie konnte Grundregeln aufstellen, und Ronnie würde einfach damit leben müssen. Er würde Zeit mit Annie nach *ihrem* Terminplan und unter *ihren* Bedingungen verbringen.

Dann fiel ihr ein, dass es zu Ronnies Lieblingsbeschäftigungen gehörte, Regeln zu brechen, und ein Teil ihrer Hoffnung verflüchtigte sich. Trotzdem konnte sie es zumindest versuchen. Sie konnte den Aufstand proben, ihn aus dem Gleichgewicht bringen und so viele Barrieren errichten, dass selbst ein Lineman der NFL sie nicht durchdringen könnte. Sie könnte verlangen, dass er abreiste, und dann einem Kompromiss zustimmen, damit sie als die Vernünftige dastehen würde. Tatsächlich könnte es geradezu unterhaltsam werden, sich wieder mit ihm zu messen.

»Wir müssen rausgehen und auf ihn warten«, sagte sie zu Maddie und sprang wieder auf. »Sofort.«

»Wie bitte?«

»Nein, warte.« Mitten im Schritt hielt Dana Sue inne. »*Ich* gehe nach draußen und warte auf ihn. Du sagst ihm, dass er eine Pause einlegen soll. Ich lauere ihm auf, sobald er das Gebäude verlässt.«

Maddie starrte sie an, als hätte sie den Verstand verloren. »Was hast du vor, Dana Sue?«

»Ich verbanne ihn. Natürlich wird er sich weigern zu verschwinden. Dann stimme ich einem Kompromiss zu, bei dem ich Grundregeln aufstelle, wie du es mir geraten hast«, erklärte sie mit einer Unschuldsmiene. »Ronnie wird gar nicht wissen, wie ihm geschieht.«

»Könntest du nicht einfach den Flur runtergehen und das Gespräch mit ihm hier drin führen?«, schlug Maddie vor. »So machen das reife Erwachsene. Sie finden zusammen eine Lösung.«

»Wir reden hier von Ronnie«, sagte Dana Sue. »Da bringen ruhige, vernünftige Gespräche nicht viel. Der Lautstärkepegel, der nötig ist, um in seinen Dickschädel durchzudringen, ist eher für draußen geeignet.«

Maddie runzelte die Stirn. »Hältst du das wirklich für eine gute Idee?«

»Für eine ausgezeichnete sogar«, versicherte Dana Sue ihr. »Erledige du einfach deinen Teil. Um den Rest kümmere ich mich.«

Als sie sicher war, dass Maddie es irgendwie hinbekommen würde, Ronnie aus Annies Zimmer zu locken, ging sie die Treppe hinunter und nach draußen, um ihm aufzulauern. Bei der Aussicht, ausnahmsweise die Oberhand zu haben, summte sie zufrieden vor sich hin.

Nach einer Weile erkannte sie, dass sie die Melodie ihres gemeinsamen Lieblingslieds von damals summte.

Mittendrin hörte sie auf und arbeitete daran, ihr Temperament wieder in die Gefahrenzone zu schrauben. Dafür genügte, sich vorzustellen, wie er sich mit einer Frau, die er kaum kannte, eng umschlungen im Bett irgendeines Motelzimmers vergnügte. Vielleicht würde sie später überlegen, warum sie dieses Bild selbst nach zwei Jahren immer noch auf Kommando heraufbeschwören konnte. Vielleicht, weil es so praktisch war, wann immer sie spürte, dass ihre Entschlossenheit schwächelte.

Ronnie döste halb neben Annies Bett, als Maddie das Zimmer betrat.

»Du siehst erledigt aus«, meinte sie und betrachtete ihn mitfühlend. »Warum gehst du nicht und ruhst dich selbst mal aus?«

»Jemand muss hier sein, wenn Annie wieder aufwacht«, erwiderte er.

»Ich bleibe. Und ich könnte mir denken, dass Dana Sue auch bald zurückkommt.«

»Hast du sie dazu gebracht, nach Hause zu fahren und sich hinzulegen?«

»Ich hab's versucht«, antwortete Maddie.

Ronnie musterte sie eingehend. »Aber?«

»Sie ist wieder da.«

»Muss ein kurzes Nickerchen gewesen sein.«

»Wir haben es nie zu ihr nach Hause geschafft. Sie hat beschlossen, dass sie hier etwas erledigen muss.«

»Was zum Beispiel?«

»Sie hat gemeint, sie sollte in der Nähe sein, falls Annie sie braucht.« Maddie klang ausweichend.

Ronnie sah sie fragend an. »Warum willst du's mir nicht sagen?«

»Ich denke, das lasse ich dich lieber allein rausfinden«, erwiderte sie. »Wichtig ist nur, dass ich eine Weile bei Annie sitzen kann.«

»Da du hier bist und Dana Sue nicht, vermute ich, sie treibt sich irgendwo in der Nähe herum und hofft, mir aufzulauern«, folgerte er. Ronnie wusste, wie die beiden Frauen als Team zusammenarbeiteten. Vermutlich sollte er dankbar sein, dass nicht Helen an dem Plan beteiligt war, den sie ausgeheckt hatten.

»Ich hab nicht gesagt, dass Dana Sue deinetwegen zurückgekommen ist«, entgegnete Maddie.

»Richtig, hast du natürlich nicht. Du würdest sie nie verraten.« Er grinste. »Aber mich würdest du in die Falle locken.«

Schuldbewusst errötete sie. »Kein Kommentar.«

Er ergriff ihre Hand. »Weißt du, ich muss wirklich mal eine Weile raus hier, das stimmt. Ich muss mir ein Motelzimmer besorgen, mich gründlich duschen und ein wenig ausruhen. Annie schläft gerade, warum kommst du also nicht einfach mit mir? Wir können zusammen einen kleinen Spaziergang unternehmen.«

An der Tür sträubte sich Maddie. »Ich sollte bleiben.«

»Annie schläft.«

»Noch vor zwei Minuten hast du gemeint, es muss jemand hierbleiben.«

Ronnie lachte. »Ich kann mir nicht vorstellen, dass es so lang dauern wird. Dana Sue lauert wahrscheinlich direkt vor der Haustür.«

»Wenn du's weißt, warum schleppst du mich dann mit?«

»Ich will eine Zeugin dafür, was sie vorhat«, erklärte er. »Komm schon, Madelyn. Beschütz mich.«

»Als ob«, grummelte sie, aber sie begleitete ihn.

Und tatsächlich, kaum hatten sie das Gebäude verlassen, trat Dana Sue vor ihn hin, die Hände in die Hüften gestemmt, im Gesicht einen überheblich-mürrischen Ausdruck voll Feuer. *Was die Frau allein mit einem Blick bei der Libido eines Mannes bewirken kann, sollte verboten sein!*, dachte Ronnie.

»Du«, begann sie und stupste ihn mit einem Finger in die Brust, »bleibst … nicht … hier …« Jedes nachdrückliche Wort wurde mit einem weiteren Stupsen betont. »Das lasse ich nicht zu, verstanden? Diese Kleinstadt ist nicht groß genug für uns beide. Ich bin mir nicht mal sicher, ob ganz South Carolina groß genug für uns beide ist.«

Ronnie konnte sich ein Lächeln kaum verkneifen. Ihm gelang ein Schulterzucken. »Ich fürchte, du wirst lernen müssen, dich damit abzufinden, Süße. Ich bleibe.«

»Hast du mich nicht gehört?«, fragte sie barsch.

»Ich bin sicher, sämtliche Patienten da drin haben dich gehört«, erwiderte er ruhig. Dann drehte er sich Maddie zu und murmelte leise: »Hab ich's dir nicht gesagt?«

Maddie schaute weg.

Dana Sue runzelte bei seiner Bemerkung über ihre Lautstärke die Stirn. Beim nächsten Mal sprach sie zwar leiser, aber genauso zornig und eindringlich. »Hätte ich geahnt, dass mein Anruf dich auf die verrückte Idee bringt, dauerhaft zurückzukommen, hätte ich nie zum Telefon gegriffen.«

»Und wäre mit Annie etwas passiert, ohne dass ich hier gewesen wäre, hätte ich dir das nie verziehen«, erwiderte er leise. »Lass uns eins klarstellen, Dana Sue: Ich liebe dieses Mädchen. Ich war ein Trottel, damals wegzugehen, nur weil du es wolltest. Und ich war ein noch größerer

Trottel, weil ich kein gemeinsames Sorgerecht statt Besuchsrecht verlangt habe. Aber jetzt geh ich nie wieder irgendwohin weg.«

Ronnie entschied, dass es wohl nicht der optimale Zeitpunkt wäre, um zu erwähnen, dass er auch Dana Sue immer noch liebte. Sie würde ihm die Worte bloß zusammen mit einer langatmigen Erinnerung an den Grund ihrer Scheidung zurück ins Gesicht schleudern.

Mit sichtlicher Anstrengung beruhigte sie sich schließlich ein wenig. »Ich weiß, dass du Annie liebst. Deshalb hab ich dich angerufen. Aber Ronnie, im Ernst, ich will nicht, dass du bleibst.«

»Hast du klar und deutlich zum Ausdruck gebracht.«

»Also gehst du?«

»Nein.«

»Verdammt noch mal, Ronnie. Du kannst doch nicht wieder hier leben wollen, obwohl du weißt, was ich für dich empfinde und dass es eine Menge unerfreulicher Erinnerungen und Klatsch aufwirbeln würde.«

Wieder musste er ein Grinsen unterdrücken. »Mit ein bisschen Klatsch kann ich locker leben, und ja, ich weiß, was du für mich empfindest«, erwiderte er. Allerdings bezweifelte er, dass sie es selbst nur halb so gut wusste wie er. Sie wollte glauben, dass er verabscheuungswürdig war – was er ihr nicht verdenken konnte. Aber das bedeutete noch lange nicht, dass sie ihn nicht nach wie vor liebte.

Wahrscheinlich hätte er es mit einem Kuss auch zu beweisen vermocht, nur würde sie ihn dafür allein aus Stolz grün und blau schlagen.

»Ich finde, wir sollten diese Diskussion vertagen, bis sich die Lage ein wenig beruhigt hat«, schlug er vor. Und weil er wusste, dass es sie provozieren würde, fügte er noch hinzu: »Bestimmt bist du dann vernünftiger.«

»Vernünftiger!«, entfuhr es ihr aufgebracht, sichtlich empört über die Andeutung, sie wäre gerade außer Kontrolle. »Du willst Vernunft? Wie wär's damit? Wenn du bleibst, Ronnie Sullivan, mache ich dir das Leben zur Hölle. Ich werde …« Abrupt verstummte sie, wohl um zu überlegen, welche Abscheulichkeiten sie ihm anzutun gedachte.

Wenn sie so in Fahrt kam, gab es nur eine Möglichkeit, sie zum Schweigen zu bringen, das wusste er. Also entschied er, Leib und Leben zu riskieren und sie doch zu küssen. Ansatzlos zog er sie an sich, drückte den Mund auf ihren und küsste sie, bis sie in seinen Armen erschlaffte. Er fühlte sich selbst etwas wackelig auf den Beinen. Dana Sue hatte eindeutig nicht die Fähigkeit verloren, ihn Sternchen sehen zu lassen.

Als er sich von ihr löste, ohrfeigte sie ihn dafür natürlich, genau wie er es geahnt hatte, doch er war darauf vorbereitet. Er grinste nur. »Wenn du mich das nächste Mal zur Schnecke machen willst, Süße, dann denk an diesen Kuss.«

»Auf keinen Fall!«, stieß sie wutentbrannt hervor. »Der hatte gar nichts zu bedeuten. Er war nicht mal ansatzweise denkwürdig.«

Ronnie zuckte mit den Schultern. »Dann bin ich wohl aus der Übung. Aber da ich ja weiß, wie gern du deine Wut an mir auslässt, kriege ich sicher noch etliche Gelegenheiten, es richtig hinzubekommen. Ein anständiger, den Atem verschlagender Kuss war immer die beste Art, die ich kenne, um dich zum Schweigen zu bringen.«

Kurz hielt er inne und zwinkerte Maddie zu. »Ich hab dir ja gesagt, meine Rückkehr würde noch interessant werden.«

Dana Sue starrte beide finster an. Sie kochte immer noch vor sich hin, als er sich an ihr vorbeischob und zu seinem Auto ging. Sein Lächeln wurde breiter, als er über die vielversprechende Leidenschaft bei dieser Konfrontation nachdachte. Verdammt, sogar unter diesen Umständen fühlte es sich gut an, wieder zu Hause zu sein!

Kapitel 9

»Also, das war … interessant«, sagte Maddie. Sie stellte sich zu Dana Sue und schaute Ronnie nach, als er vom Krankenhaus wegfuhr.

»Verkneif es dir«, warnte Dana Sue scharf.

»Ich will nur sagen …«

»Ich will weder deine Meinung noch deine Beobachtungen darüber hören, was gerade passiert ist«, schnitt Dana Sue ihr das Wort ab.

»Ich wollte dich nur zu deinem Händchen für Kompromisse beglückwünschen.« Maddie konnte sich ein Grinsen kaum verkneifen. »Beeindruckend.«

Dana Sue warf ihr einen mürrischen Blick zu. »Ja, reib's mir ruhig unter die Nase. Er hat mir keine Chance gelassen, einen Kompromiss zu schließen. Ronnie hat mich so auf die Palme gebracht, dass ich nur noch daran denken konnte, wie ich ihn schnellstmöglich aus der Stadt kriegen kann.«

»Jetzt verschwindet er nirgendwohin mehr, da bin ich mir ziemlich sicher«, meinte Maddie mit schelmischer Miene. »Welcher Mann würde nach so einem Kuss gehen?«

»Ach, halt die Klappe«, gab Dana Sue zurück. Noch nie im Leben hatte sie sich so gedemütigt gefühlt. Außer vielleicht an dem Tag, an dem sie Ronnie aus dem Haus geworfen hatte und die gesamte Nachbarschaft herausgekommen war, um zuzusehen. Das Erlebnis heute belegte knapp den zweiten Platz. Sie hob die Hand, um zu bremsen, was immer ihrer Freundin noch auf der Zunge liegen mochte. »Kein Wort mehr«, warnte sie.

Maddie grinste. »Okay.«

»Und erzähl Helen nichts davon.«

»Okay.«

»Oder Annie«, fügte Dana Sue hinzu. »Vor allem nicht Annie.«

»Verstanden«, bestätigte Maddie. Anscheinend konnte sie es einfach nicht dabei belassen, denn sie fügte hinzu: »Ich soll also die Klappe darüber halten, dass dein Ex-Mann dir einen Kuss gegeben hat, der beinah jedes Fenster im Staat beschlagen hätte.«

Trotz ihrer Verärgerung spürte Dana Sue, wie sich ein Grinsen an ihren Mundwinkeln regte. »War *wirklich* heiß, oder?«

»Das musst du schon selbst sagen«, erwiderte Maddie fromm. »Ich soll meine Beobachtungen ja nicht kommentieren.«

»Maddie, was soll ich nur machen?«, fragte Dana Sue und konnte nicht verhindern, dass sich eine verzweifelte Note in ihre Stimme schlich. Verflucht sollte der Mann sein, sie wollte ihn immer noch.

»Soll ich darauf wirklich antworten?«

»Bitte.«

»Wart's einfach ab, Süße. Vielleicht überlegt er es sich ja anders und verschwindet wieder, sobald er sicher ist, dass es Annie gut geht.«

Dana Sue begegnete ihrem Blick. »Wenn ich ehrlich bin, will ich das vielleicht gar nicht.«

Maddies entschieden ernster Gesichtsausdruck wich

einem strahlenden Grinsen. »Irgendwas sagt mir, dass er sich darauf verlässt.«

Wahrscheinlich hatte sie recht, dachte Dana Sue. Maddie kannte Ronnie in- und auswendig und verstand ihn auf einer Ebene, die sich ihr entzog. Wahrscheinlich, weil Dana Sue nie auf Logik setzte, wenn es um Ronnie ging. Sie hörte auf ihr Herz und ihre Hormone. Immerhin war sie seine Partnerin gewesen, seine Geliebte, seine große Leidenschaft. Maddie hingegen war seine platonische Freundin gewesen. In gewisser Weise war Dana Sue darauf neidisch. Wenn Ronnie und sie mehr geredet hätten, wenn ihre Beziehung ähnlicher der mit Erik gewesen wäre, hätten sie es vielleicht geschafft, ihre Probleme zu lösen. Stattdessen war die Trennung genauso leidenschaftlich und unüberlegt ausgefallen wie die Beziehung.

»Was, wenn da immer noch diese wilde, unkontrollierbare gegenseitige Anziehung ist, wir aber beide nichts dazugelernt haben?«

»Du wirst es überleben«, sagte Maddie. »Das letzte Mal hast du nicht nur überlebt, du bist sogar aufgeblüht.«

»Weil ich musste«, argumentierte Dana Sue. »Ich musste ja an Annie denken. Ich konnte nicht einfach zusammenbrechen und sie darunter leiden lassen. Sie hatte es so schon schwer genug.« Ihr Blick wanderte zum Krankenhaus. »Und sieh nur, wie gut *das* ausgegangen ist. Ich hab mich lausig dabei angestellt, sie zu beschützen.«

»Zum hundertsten Mal, du hast Annie nicht im Stich gelassen«, beharrte Maddie. »Eltern können sich nicht für jede einzelne dumme Entscheidung ihrer Kinder die Schuld aufbürden, sonst würden sie es morgens überhaupt nicht mehr aus dem Bett schaffen. Teenager begehen nun mal Fehler, und in der Regel jede Menge. Wir können nur für sie da sein, um die Scherben aufzusammeln, und gleichzeitig hoffen, dass sie daraus lernen.« Maddie bedachte sie mit einem nachdenklichen Blick. »Weißt du, es wäre vielleicht einfacher, das alles mit Annie durchzustehen, wenn du die Last mit jemandem teilst.«

»Ich hab dich und Helen«, erwiderte Dana Sue trotzig. »Und Erik ist auch ein Fels in der Brandung. Das genügt mir.«

»Aber Töchter und Väter«, gab Maddie zu bedenken, »haben eine besondere Verbindung.«

Dana Sue dachte an die viel zu kurze Beziehung zu ihrem eigenen Vater. Er war gestorben, als sie erst sieben Jahre alt gewesen war. Danach hatte sie sich lange Zeit nicht mehr völlig sicher und geborgen gefühlt. Vielleicht hatte sie deshalb so viel Vertrauen in Ronnie gesetzt. Bei ihm hatte sie wieder so empfunden.

»Du denkst, ich sollte ihn bleiben lassen, nicht wahr?«, fragte sie.

Maddie zog die Augenbrauen hoch. »Ich glaube kaum, dass die Entscheidung darüber, ob er bleibt oder geht, wirklich bei dir liegt. Ronnie hat seinen eigenen Kopf. Aber ich denke, du könntest einen Weg finden, es positiv zu sehen, wenn er bleibt.«

»Mehr Gelegenheiten, ihn umzubringen?«, schlug Dana Sue nur halb scherzend vor.

»Ich dachte eher daran, ihn an der Arbeit zu beteiligen, die nötig sein wird, um Annie wieder in die Spur zu bringen. Aber für dich hat es auch einen Vorteil.«

»Ach ja?«

»Zwischen euch gibt's noch eine Menge ungelöste Probleme. Weil er gegangen ist, hab ihr euch nie damit auseinandergesetzt.«

»Ich hab ihn rausgeworfen. Ich würde sagen, das war ziemlich endgültig«, argumentierte Dana Sue.

Maddie wirkte belustigt. »Du hast ihn in einem Wutanfall rausgeworfen, weil dein Stolz verletzt war. Das soll nicht heißen, es wäre nicht gerechtfertigt gewesen. Ich will damit nur sagen, dass es euch keine Gelegenheit gelassen hat, die wahren Probleme aufzuarbeiten. Zum Beispiel, warum er dich überhaupt betrogen hat. Oder ob er irgendwas tun könnte, um dir zu beweisen, dass es nie wieder passieren würde. Du hast ihm nicht mal die Chance gegeben, es zu erklären, oder?«

Dana Sue musterte sie ungläubig. »Was hätte es da zu erklären gegeben? Der Mann hat mich betrogen. Ende der Geschichte.«

»Bei manchen reifen Beziehungen«, meinte Maddie, »wäre das der Anfang harter Arbeit, nicht das Ende der Geschichte.«

»Ich kann mich nicht erinnern, dass du Bill unbedingt zurückhaben wolltest, als du herausgefunden hast, dass er dich betrügt«, konterte Dana Sue in Anspielung auf Maddies Ex-Mann. Noch während die Worte über ihre Lippen drangen, bereute sie es, eine alte Wunde aufzureißen. »Entschuldige. Das hätte ich nicht sagen sollen.«

»Schon gut.« Maddie wirkte nicht halb so aufgebracht, wie sie es wohl noch vor ein paar Monaten gewesen wäre. »Seine Freundin war schwanger, weißt du noch? Er wollte sie heiraten. War ein bisschen zu spät, um noch daran zu denken, wieder zueinanderzufinden.«

»Und wenn Noreen nicht schwanger gewesen wäre? Hättest du dann dafür gekämpft, Bill zu behalten, obwohl du von der Affäre gewusst hast?«

»Ja«, antwortete Maddie, ohne zu zögern. »Er ist der Vater meiner Kinder, und wir hatten zu dem Zeitpunkt eine zwanzigjährige Ehe. Ein Teil von mir wird immer bedauern, dass es nicht geklappt hat. Aber bin ich jetzt glücklich? Bin ich froh darüber, wie es sich entwickelt hat? Darüber, dass Bill gegangen ist und ich Cal gefunden habe? Natürlich. Cal ist unglaublich.« Ein Lächeln erhellte ihr Gesicht. »Wir haben ein Baby. Das wäre mir nie auch nur in den Sinn gekommen, wenn Bill und ich zusammengeblieben wären. Wenn es nach ihm gegangen wäre, hätten wir schon nach Kyles Geburt aufgehört. Katie war für uns beide eine Überraschung. Sie hat sich zwar als Segen erwiesen, trotzdem wollte er auf keinen Fall weitere Kinder. Und ich dachte, ich wäre ohnehin zu alt, um daran zu denken. Gott sei Dank findet Cal nicht, dass ich für irgendetwas zu alt bin, das ich tun möchte.«

Das kaufte Dana Sue ihr nicht ganz ab. »Etwas scheinst du zu vergessen.«

»Ach ja?«

»Bill und Noreen haben nie geheiratet. Er hat beschlossen, dass er dich zurückhaben will. Du hast dich für Cal entschieden.«

Maddies Wangen liefen rot an. »Stimmt, nur war da schon eine Menge Wasser den Bach hinuntergeflossen. Trotzdem hab ich kurz gezögert und überlegt, ob ich den Kindern zuliebe zu Bill zurückkehren soll. Dann hab ich der Tatsache ins Auge geblickt, dass ich mit Cal so glücklich war wie schon lange nicht mehr.«

»Vielleicht bin ich ja ohne Ronnie glücklicher«, meinte Dana Sue.

»Wirklich?«, fragte Maddie.

Dana Sue fand die Skepsis in ihrer Stimme irritierend. »Ich hab Annie. Ich hab das Restaurant. Und mehr zu tun als je zuvor.«

»Und du gehst nie mehr als zweimal mit demselben Mann aus«, fügte Maddie hinzu. »Den Einzigen, der vielleicht wirklich zu dir passen könnte, hältst du auf Abstand.«

Dana Sue runzelte die Stirn. »Wen meinst du?«, fragte sie, obwohl sie es bereits ahnte.

»Erik.«

»Ich nehme an, du hast auch dazu eine Theorie, stimmt's?«

»Natürlich«, sagte Maddie. »Dein Herz gehört immer noch jemand anderem.«

»Menschenskind, und ich dachte, weil die meisten Männer Idioten sind«, erwiderte Dana Sue und ergänzte: »Und weil Annie darüber ausgeflippt ist, dass ich überhaupt Dates hatte.«

»Nicht alle waren Idioten«, stellte Maddie richtig. »Helen hat dir ein paar grundsolide, intelligente Männer mit erfolgreichen Karrieren vorgestellt.«

»Stimmt«, räumte Dana Sue ein.

»Auch an denen hast du Fehler gefunden«, fuhr Maddie fort. »Vor allem, weil sie nicht Ronnie waren.«

»Nein, das war ein Pluspunkt«, beharrte Dana Sue.

Maddie verdrehte die Augen. »Wie du meinst. Und was ist mit Erik? Was sind seine Schwächen?«

»Er hat keine, die mir aufgefallen wären«, gab Dana Sue zu. »Er ist ein wunderbarer Mann. Ich empfinde einfach nicht so für ihn. Und ich würde nie das Risiko eingehen, unsere Freundschaft und Arbeitsbeziehung zu ruinieren.«

»Liegt's wirklich daran? Oder daran, dass Ronnie dein Seelenverwandter war und ist und du es weißt?«

Dana Sue bedachte Maddie mit einem verdutzten Blick. »Das versteh ich nicht. Ich dachte, du wärst genauso wütend wie ich darüber, dass Ronnie fremdgegangen ist.«

»War ich auch«, bestätigte Maddie.

»Aber ich hab dich die letzten Tage mit ihm beobachtet. Du hast ihm verziehen. Ihr seid wieder genauso gut befreundet wie vor Jahren.«

»Weil Ronnie Sullivan tief im Herzen ein anständiger Kerl ist. Er hat einen dummen Fehler begangen, aber einen, der vielen Männern irgendwann unterläuft. Er war nie ein Schwerenöter, der allem in Shorts und Tanktop hinterhergejagt ist. Das soll nicht heißen, dass er einen Persilschein verdient. Nur die Chance, es wiedergutzumachen.«

»Helen würde das anders sehen«, sagte Dana Sue.

»Helen ist Scheidungsanwältin. Sie ist viel abgestumpfter als ich«, antwortete Maddie. »Unterm Strich ist es dein Leben, deine Entscheidung. Ich sage nur, dass du vielleicht offener sein könntest. Wie du dich auch entscheidest, du weißt, dass ich hundertprozentig hinter dir stehe.«

»Auch wenn ich ihn verjage?«

»Auch wenn du *versuchst*, ihn zu verjagen.«

»Du glaubst nicht, dass ich es kann?«

Maddie hob die Hände. »He, wag es ja nicht, es als Herausforderung zu sehen, nur um zu beweisen, dass ich mich irre. Hier geht's um dein Glück.«

Richtig. Da lag der Hase im Pfeffer, gestand sich Dana Sue ein. Auf irgendeiner Ebene wusste sie, dass es keinen Mann auf der Welt gab, der sie glücklicher machen konnte als Ronnie Sullivan. Entsetzliche Angst jedoch jagte ihr ein, dass auch kein Mann sie unglücklicher machen konnte.

Annie beschlich allmählich das Gefühl, dass ihre Mutter sich absichtlich von ihr fernhielt. Sie ging zwar schon auf der Intensivstation ein und aus und beteuerte auch, wie lieb sie Annie hatte. Aber innige Gespräche, mit denen Annie gerechnet hatte, waren bisher ausgeblieben. Entweder, weil sich ihr Vater ständig in der Nähe aufhielt, oder weil ihre Mutter so wütend auf sie war, dass sie keinen Streit riskieren wollte, solange Annie noch im Krankenhausbett lag.

Hoffentlich war nicht die Rückkehr ihres Vaters der Grund. Falls doch, fürchtete Annie, ihre Mutter könnte ihm gegenüber eine Szene machen, und er würde doch wieder verschwinden. Annie glaubte nicht, dass sie es in einer so chaotischen Phase ihres Lebens ertragen könnte, wenn er noch einmal wegginge.

In dem Moment öffnete sich langsam die Tür zu ihrem Zimmer, und ihre Mutter spähte herein.

»Bist du wach?«, fragte sie leise.

»Wach und gelangweilt«, antwortete Annie.

Ihre Mutter kam herein, hauchte ihr einen Kuss auf die Stirn und zog sich einen Stuhl neben das Bett. »Wie fühlst du dich?«

»Mies«, erwiderte Annie.

Schlagartig hatte ihre Mutter Besorgnis in den Augen und sprang auf. »Was ist? Soll ich die Krankenschwester rufen? Oder den Arzt? Ist es dein Herz?«

Annie starrte sie an. »Mama, beruhig dich. Ich hab damit nur gemeint, wie satt ich's habe, dass dauernd Leute reinkommen, in meinem Kopf herumstochern und mir vorschreiben, was ich tun soll.«

Erleichtert sackten die Schultern ihrer Mutter herab. »Oh.« Man merkte ihr an, dass sie noch viel mehr sagen wollte. Stattdessen sank sie nur zurück auf ihren Sitz und rutschte unbehaglich umher.

Annie verlor die Geduld. Sie wollte nicht länger damit hinterm Berg halten, was ihnen beiden auf der Seele lag. »Mama, warum sprichst du's nicht einfach aus?«

»Was meinst du?«

Tränen traten Annie in die Augen. »Dass ich Mist gebaut hab und du sauer auf mich bist.«

»Ich bin nicht …«

Annie sah sie mit wässrigen Augen und einem Blick an, der besagte, dass sie ihr nicht glaubte. »Hör doch auf.« Sie wischte sich die Tränen weg. »Ich weiß, dass du mich am liebsten anschreien würdest. Du glaubst, dass ich bewusst gehungert habe, wie es alle hier behaupten. Warum gibst du's nicht zu? Du hast schon lang gedacht, dass ich magersüchtig bin. Jetzt kriegst du es bestätigt. Du kannst mir die nächsten hundert Jahre unter die Nase reiben, dass du's mir ja gesagt hast.«

Ihre Mutter bedachte sie mit einem müden Blick. »Mir wäre lieber, ich hätte mich geirrt, Schatz. Und ich bin nicht sauer auf dich. Eher auf mich, weil ich mich den Tatsachen nicht schon viel früher gestellt und dir Hilfe besorgt habe.« Auch ihre Augen wurden feucht vor Tränen. »Ich kann nicht fassen, dass ich so dumm war. Ich hab gedacht, ich hätte die Lage im Griff. Hab gedacht, du würdest erkennen, was du dir antust, nachdem du auf Maddies Hochzeit ohnmächtig geworden bist. Ich hab viel gedacht, was nicht gestimmt hat. Was mit dir los ist, verschwindet nicht einfach durch Wunschdenken.«

Die Tränen, die ihrer Mutter über die Wangen liefen, erschütterten Annie. Sie hatte sie noch nie zuvor weinen gesehen, nicht mal, als ihr Vater gegangen war. Gut, sie weinte zwar bei bestimmten Filmen, aber das war nicht dasselbe. Diese Tränen waren echt. Und Annies Schuld.

Sie griff nach ihrer Hand. »Es tut mir leid, Mama. Bitte hör auf zu weinen.«

Ihre Mutter schaute mit gequälter Miene auf. »Wir hätten dich verlieren können, Annie. Wenn Raylene und Sarah nicht bei dir gewesen wären …«

Annie erschauderte. Das Ausmaß dessen, was beinah passiert wäre, holte sie letztlich ein. Und schlimmer noch, wenn Dr. McDaniels ihr die Wahrheit sagte, gab es keine Gewissheit, dass es nicht erneut passieren könnte.

»Mama, ich hab Angst«, flüsterte sie. »Richtig Angst.«

Ihre Mutter rückte näher zum Bett und schloss sie in die Arme. »Ich auch, Schatz. Aber wir kriegen das wieder hin. Wir alle zusammen.«

»Mit Papa?«, fragte Annie zögernd.

Sie vermeinte zu spüren, wie ihre Mutter an ihrer Wange seufzte.

»Ja, Schatz. Mit Papa.«

Ronnie fand ein Zimmer in einem Motel, das auf halbem Weg zwischen dem Krankenhaus und dem Haus lag, in dem er einst mit Dana Sue gewohnt hatte. Schon als er auf den Parkplatz bog, ahnte er, was ihn erwartete. Die Besitzer des *Serenity Inn*, Maybelle und Frank Hawkins, hatten ihr gesamtes Leben in der Kleinstadt verbracht. Sie kannten jeden, der kam und ging, auch Leute, die nur für ein, zwei Tage auf der Durchreise waren. Sie hatten Ronnies Eltern gekannt und Dana Sues gesamte Familie. Sogar ihren Onkel, der als schwarzes Schaf galt, und seine Söhne, die außerhalb lebten und mit ihrer Schwarzbrennerei und illegalem Glücksspiel mehr Ärger verursachten, als den süßen Magnolien je eingefallen wäre. Maybelle und Frank besuchten jedes Football-, Basketball- und Baseballspiel der Highschool. Und sie waren Stammgäste im *Wharton's*, wo sich Klatsch schneller verbreitete als ein Winterschnupfen.

Aber das *Serenity Inn* mit seiner weißen Fassade und den großen Töpfen voll Geranien davor war sauber, preiswert und gemütlich. Außerdem beherbergte es einige liebe Erinnerungen ...

Obwohl Ronnie wusste, dass es die beste der begrenzten Möglichkeiten in Serenity darstellte, näherte er sich der Rezeption mit gemischten Gefühlen. Er setzte ein Lächeln auf und öffnete die Tür. Erleichtert stellte er fest, dass niemand am Schalter saß. Allerdings eilte beim Klang der Glocke über der Tür prompt Maybelle aus dem Hinterzimmer herein.

Ein Lächeln brachte all die Falten in dem runden mütterlichen Gesicht zur Geltung, als sie den Neuankömmling erkannte. »Ronnie Sullivan. Da brat mir doch einer 'nen Storch. Hätte nie gedacht, dich je wieder hier in der Gegend zu sehen.« Bevor er etwas auf die unerwartet herzliche Begrüßung erwidern konnte, wurde ihr Gesichtsausdruck ernst und ihr Blick frostiger. »Überrascht mich, dass du dich traust, dich hier blicken zu lassen. Nach allem, was du Dana Sue angetan hast. Aber ich vermute mal, du bist wegen Annie zurückgekommen.« Besorgnis verdrängte ihre eisige Haltung. »Wie geht's ihr? Besser?«

Ronnie schwirrte der Kopf von Maybelles rasanten Stimmungsschwankungen. Er nickte und antwortete. »Sie wird wieder gesund. Ist schön, Sie zu sehen, Mrs. Hawkins. Haben Sie ein Zimmer frei?«

Sie musterte ihn abwägend wie eine Mutter ein missratenes Kind. »Für wie lange?«

»Bis ich eine eigene Bleibe finde«, erwiderte er.

Seine Worte schienen sie zu überrumpeln. »Du bleibst?«

»Das ist der Plan.«

»Und was hält Dana Sue davon?«

Ronnie grinste und dachte an den Kuss zurück. »Sie muss sich noch an die Vorstellung gewöhnen.«

Maybelle musterte ihn einige Herzschläge lang. Schließlich nickte sie und schob ein Anmeldeformular vor ihn hin. »Füll das aus. Ich gebe dir erst mal den Wochentarif.« Warnend wedelte sie mit dem Zeigefinger vor ihm. »Aber wenn ich ein Wort darüber höre, dass du das Mädchen aufregst, werfe ich dich ohne Zögern raus. Verstanden?«

Ronnie nickte. »Ja, Ma'am«, sagte er kleinlaut.

Schließlich lächelte sie wieder. »Warte nur, bis ich Frank erzähle, dass du zurück bist. Er redet immer noch von dem Touchdown-Lauf über achtundneunzig Yards, mit dem du der Mannschaft in deinem Abschlussjahr den Sieg im Endspiel gesichert hast. Meine Güte, war das damals was. Wir dachten alle, du würdest mal ein Star am College werden oder sogar bei den Profis landen.«

»Sie haben ein gutes Gedächtnis, Mrs. Hawkins.« Er beugte sich näher. »Sagen Sie's nicht weiter, aber der Touchdown war ein Glücksfall. Ich wusste, dass es völlig aussichtslos war, je wieder so einen Lauf zu schaffen. Also hab ich beschlossen, auf dem Höhepunkt aufzuhören.«

»Du hast aufgehört, weil du die Finger nicht von Dana

Sue lassen konntest«, berichtigte sie ihn wissend. »Kaum hattest du das Mädchen gesehen, hattest du nur noch im Kopf, sie zu heiraten. Und damit du nicht denkst, mir würde was entgehen: Ich weiß genau, dass ihr zwei euch gelegentlich hergeschlichen habt, wenn die Nachtschicht Dienst hatte und ich nicht da war.« Bedauernd schüttelte sie den Kopf. »Warum du so etwas vergeigt hast, ist mir unbegreiflich.«

»Mir auch«, gestand Ronnie. »Aber es ist nie zu spät, einen Fehler zu beheben, richtig?«

»Es ist nie zu spät, es zu versuchen«, pflichtete sie ihm bei. Allerdings ließen die unterschwelligen Zweifel in ihrem Ton erahnen, dass sie nicht wirklich glaubte, Dana Sue würde aufgeschlossen für seine Versuche sein. »Hier ist dein Schlüssel. Wir dulden keine wilden Partys, also benimm dich.«

»Wilde Partys würden mir wohl kaum helfen, Dana Sue zu beweisen, dass ich wieder auf dem Pfad der Tugend wandle, oder?«, meinte er und zwinkerte ihr zu. »Sie werden nicht mal merken, dass ich hier bin.«

So erschöpft, wie Ronnie war, bezweifelte er, dass die nächsten vierundzwanzig Stunden ein lauteres Geräusch als ein gelegentliches Schnarchen aus seinem Zimmer dringen würde.

Nach der verstörenden Begegnung mit Ronnie und dem kräftezehrenden Gespräch mit Annie fühlte sich Dana Sue zu rastlos, um zwischen ihren Besuchen bei ihrer Tochter auf der Intensivstation im Warteraum des Krankenhauses zu sitzen. Sie musste sich beschäftigen, irgendetwas tun, um die Erinnerung an den Kuss aus dem Kopf zu bekommen.

Ein Blick auf die Uhr verriet ihr, dass es auf vier Uhr zuging. Im Restaurant würden die Vorbereitungen für den Abendansturm auf Hochtouren laufen. Sie gab an der Schwesternstation Bescheid, wie man sie erreichen könnte, falls Annie sie brauchte, dann machte sie sich auf den Weg zur Arbeit. Ein paar Stunden lang mit einem scharfen Messer Gemüse zu hacken würde ihr vielleicht beim Stressabbau helfen. Sie könnte sich Ronnies Hals unter der Klinge vorstellen.

Im *Sullivan's* ging sie kurz in ihr Büro, um einen Blick auf neue Nachrichten zu werfen. Dann schnappte sie sich eine makellose weiße Kochjacke, die in wenigen Minuten bespritzt sein würde, und trat den Weg in Richtung des beruhigend vertrauten Lärms der Küche an.

Erik bemerkte sie als Erster. »Aber hallo, was willst du denn hier? Dich vergewissern, dass wir dir nicht den Laden ruinieren?«

»Überhaupt nicht«, erwiderte sie. »Ich muss nur mal für ein paar Stunden was Normales machen. Mir ist klar, dass Karen und du die Arbeit wahrscheinlich längst aufgeteilt habt, aber irgendwas muss für mich übrig sein.«

Grinsend schaute Karen von den Salatblättern auf, die sie gerade auf Tellern verteilte. »Ich trete gern die Salatvorbereitung ab. Die vielleicht langweiligste Arbeit aller Zeiten.«

Dana Sue beäugte die Teller. »Schlichter Haussalat?«

Karen nickte. »Keine Zeit für etwas Ausgefalleneres.«

»Haben wir Birnen da? Walnüsse? Blauschimmelkäse?«, erkundigte sich Dana Sue.

»Natürlich«, sagte Erik. »Ich gebe die Bestellungen anhand der Listen in deinem Büro raus. Du bist so gut organisiert, dass der Laden glatt ein Jahr lang laufen könnte, ohne dass du einen Fuß hineinsetzt.«

»Ich weiß nicht recht, ob mir die Vorstellung gefällt«, sagte Dana Sue.

»Tja, die letzten Tage war's jedenfalls ein Segen«, versicherte er ihr. »Das heißt aber nicht, dass wir dich nicht brauchen. Wenn du also fantasievollere Salate zaubern willst, dann nur zu. Ich schreibe einen Vermerk auf die Spezialitätentafel und gebe dem Servicepersonal Bescheid.«

Als Dana Sue begann, die Birnen in hauchdünne Scheibchen zu schneiden und sie auf dem Gemüse anzurichten, schnupperte sie. In der Luft lag das unverwechselbare Aroma von Zimt. Es roch himmlisch.

»Was ist das Spezialdessert heute Abend?«, fragte sie Erik, als er zurückkam.

»Apfelkuchen nach Großmutters Art.«

»Ist schon was davon fertig?« Ihr lief das Wasser im Mund zusammen.

»Ein paar kühlen gerade auf dem Gestell ab«, antwortete Erik. »Willst du eine Kostprobe?«

»Ich will ein ganzes Stück«, erwiderte sie sofort. »Mit Vanilleeis obendrauf.«

Er warf ihr einen besorgten Blick zu. »Dana Sue …«, begann er.

Sie hob die Hand. »Ist nicht deine Aufgabe, mich darüber zu belehren, was ich essen soll. Ich bin am Verhungern und will Apfelkuchen mit Eiscreme. Muss ich erst die Chefin raushängen lassen?«

Anstatt prompt den Kuchen zu holen, zog er einen Hocker neben sie und setzte sich. »Was ist los?«

»Es ist nur ein Kuchen, um Himmels willen. Was ist schon groß dabei?«

»Das weißt du genau«, sagte er leise. »Deine Tochter ist wegen einer Essstörung im Krankenhaus. Willst du im Bett neben ihr landen, weil du nicht auf deinen Blutzucker achtest?«

Dana Sues Temperament regte sich. Zornig drehte sie ihm den Kopf zu. Doch als sie in seinen Augen nur aufrichtige Besorgnis erkannte, lenkte sie ein. »Schon gut, ich weiß ja, dass du recht hast. Ich brauch nur gerade ein Trostessen.«

»Heute Abend haben wir Hackbraten auf der Karte. Wie wär's mit einer Scheibe davon mit etwas Pilzsauce?«, schlug er vor.

Dana Sue entspannte sich ein wenig und grinste. »Kriege ich nachher wenigstens einen Bissen von dem Kuchen?«

»Kriegst du.« Damit ging er los, um einen Teller für sie zu richten. Als er damit zurückkam, sah er sie neugierig an. »Ist heute Nachmittag was passiert, worüber du reden willst?«

Dana Sue kostete vom Hackbraten, um die Antwort hinauszuzögern.

»Mein Gott, der ist ja besser als meiner. Was hast du gemacht?«

Er deutete durch den Raum. »Frag Karen. Sie hat ihn zubereitet.«

Dana Sue starrte ihre Küchenhelferin an. »Der ist von dir? Er ist unglaublich.«

»Ich hab das Rezept nur eine Spur angepasst«, sagte Karen mit geröteten Wangen. »Ich hoffe, du bist nicht sauer deswegen.«

»Sauer? Soll das ein Scherz sein? Ich ahne jetzt schon, dass er heute Abend ausverkauft sein wird. Unsere Gäste werden verlangen, dass wir ihn dauerhaft auf die Speisekarte setzen.«

»Ist das dein Ernst?«, fragte Karen.

»Natürlich ist das mein Ernst«, erwiderte Dana Sue. »Wenn du Ideen für andere Gerichte hast, dann besprich sie mit Erik. Oder mir, wenn ich da bin. Und du kannst gern experimentieren.«

»Danke.« Karen strahlte übers ganze Gesicht. »Ich wollte dir nicht auf die Zehen treten.«

»Wir sind ein Team. Mir gehört der Laden vielleicht, aber wenn das Essen gut ist, profitieren wir alle davon. Der Ruf des *Sullivan's* soll jedes Jahr besser werden. Ich will nicht, dass wir uns auf unseren Lorbeeren ausruhen.«

Sie wandte sich wieder Erik zu, der sie nach wie vor aufmerksam beobachtete. Er senkte die Stimme. »Hat ihr gutgetan, das zu hören«, meinte er. »Jetzt zurück zu meiner Frage von vorhin. Ist heute Nachmittag was passiert, das dich aufgeregt hat? Geht's Annie gut?«

»Von Tag zu Tag besser«, antwortete Dana Sue. »Sie hatte inzwischen ihre ersten Sitzungen mit der Psychiaterin und der Ernährungsberaterin. Soweit ich es mitbekommen habe, war's zwar nicht gerade Liebe auf den ersten Blick, aber beide Frauen denken, dass sie kooperieren wird.«

»Wenn Annie auf dem richtigen Weg ist, dann muss dich was anderes hergetrieben haben, um dich mit Trostessen vollzustopfen.«

»Erik, mich und meine Stimmungsschwankungen im Auge zu behalten, ist nicht dein Job.«

»Das tu ich, weil ich dein Freund bin.« Er wirkte etwas gekränkt. »Hätte man zumindest nach deiner netten Rede vorhin meinen können.«

Dana Sue spürte, wie sich ihr Magen zusammenkrampfte. »Ich habe den Kuchen doch nicht gegessen, oder? Was willst du denn noch?«

Er zuckte mit keiner Wimper. »Eine Erklärung«, erwiderte er leise. »Hat es was mit dem Kuss zu tun, den dir dein Ex-Mann vor dem Krankenhaus auf den Mund gedrückt hat?«

Dana Sue spürte, wie ihr alle Farbe aus dem Gesicht entwich. »Du weißt davon?«

»Grace Wharton war auf dem Weg hinein, um sich nach Annie zu erkundigen«, verriet er. »Anscheinend hat sie prompt eine Kehrtwende hingelegt und ist zu Serenitys Informationszentrale zurückgeeilt. Fünf Minuten später war es das Thema schlechthin beim Getränkespender in der Apotheke.«

»Du warst dort?«

Er schüttelte den Kopf. »Karen.«

Dana Sue vergrub das Gesicht in den Händen. »Ich hasse das. Ganz ehrlich. Ich sollte in einer Großstadt leben, wo kein Mensch weiß, wer ich bin.«

»Dort würdest du dich elend fühlen«, sagte Erik. »Willst du jetzt über den Kuss reden oder nicht?«

»Nein.«

»Auch gut. Aber wenn er dich so aufgewühlt hat, dass du dich in Apfelkuchen und Eiscreme flüchten willst, solltest du das vielleicht nicht allzu oft wiederholen«, riet er.

»Oh, in der Hinsicht kann ich dich beruhigen«, sagte sie. »Ronnie Sullivan wird sich mir nie wieder auf weniger als dreißig Meter nähern.«

Erik grinste. »Tatsächlich?«

»Ja, ganz sicher«, beharrte sie.

»Dann solltest du vielleicht in Erwägung ziehen, es schriftlich festzuhalten«, schlug er vor und deutete hinter sie.

Dana Sue wirbelte herum und blickte geradewegs ins belustigte Gesicht ihres Ex-Manns.

»Redet ihr über mich?«, erkundigte er sich vergnügt.

»Geh weg«, erwiderte sie. »Ich dachte, du hättest dich in irgendeiner Höhle zum Schlafen verkrochen.«

»Wie sich herausgestellt hat, hab ich nur ein kleines Nickerchen gebraucht«, antwortete er. »Außerdem ist mir in dem Moment, als ich im *Serenity Inn* ins Bett gekrochen bin, wieder eingefallen, wann ich zuletzt darin geschlafen hatte – in der Abschlussnacht vor zweiundzwanzig Jahren.«

»Du hast dir das gleiche Zimmer genommen?«, platzte sie heraus. »Das, in dem wir …« Mit einem Blick zu Eriks und Karens gespannt lauschenden Mienen verstummte sie abrupt und seufzte schwer. »Ich hätte jetzt bitte gern den Apfelkuchen.«

Diesmal gab es keine Widerrede von Erik. Aber er ließ das Eis weg.

Kapitel 10

Annies erste sogenannte Mahlzeit wurde zur reinen Folter. Auf dem Tablett, das ihr die Krankenschwester brachte, schien sich das Essen zu türmen, obwohl es sich in Wirklichkeit nur um einen kleinen Salat mit einer winzigen Schale voll Dressing und eine Packung Cracker handelte. Dazu gab es ein wässriges orangefarbenes Getränk.

»Das wird helfen, deinen Elektrolythaushalt zu stabilisieren«, erklärte die Krankenschwester fröhlich.

Annie hatte keine Ahnung, was Elektrolyte waren, und das Getränk sah einfach nur widerlich aus. »Muss ich das trinken?«, fragte sie und betrachtete mit entsetztem Blick die Flasche.

»Es steht auf deinem Krankenblatt«, erklärte die entschieden zu lebhafte Pflegerin. »Lacy hat gesagt, sie kommt gleich und setzt sich zu dir, während du isst.«

Na toll, dachte Annie. Offensichtlich traute ihr niemand hier zu, dass sie auch wirklich essen würde.

Da die Krankenschwester nicht die Absicht zu haben schien, in absehbarer Zeit zu gehen, ließ sich Annie reichlich Zeit dabei, das Dressing auf den Salat zu leeren und über die Blätter zu verteilen. Dann öffnete sie die Packung mit Crackern, die sie nebeneinander auf das Tablett legte. Zuletzt entfernte sie vorsichtig den Deckel von der Trinkflasche. Als es nichts mehr zu tun gab, außer zu essen, zwang sie sich, die Gabel in die Hand zu nehmen und sich etwas Salat in den Mund zu schieben. Auf halbem Weg dorthin verursachte ihr der Geruch von Essig und Öl plötzlich Übelkeit.

»Mir wird schlecht«, sagte sie, ließ die Gabel fallen und wandte sich von der Mahlzeit ab.

Zwei Sekunden später stand die Pflegerin mit einer ekligen kleinen Plastikschüssel neben ihr bereit, falls sich Annie wirklich übergeben müsste. Natürlich kam Lacy ausgerechnet in dem Moment herein.

»Wie läuft's hier drin?«, erkundigte sie sich und nahm den Platz der Krankenschwester ein. »Danke, Brook. Ich übernehme jetzt.«

Nachdem die Pflegerin gegangen war, ließ sich Lacy auf dem Stuhl neben dem Bett nieder. »Weißt du, bei mir wird das nicht funktionieren«, sagte sie ruhig.

Annie runzelte die Stirn. »Was?«

»So zu tun, als würde dir vom Essen schlecht.«

»Ist aber so«, gab Annie barsch zurück. »Das Salatdressing ist nicht annähernd wie das von meiner Mutter. Es riecht furchtbar.«

»Soll ich deine Mutter bitten, für morgen welches mitzubringen?«, fragte Lacy.

Tränen traten Annie in die Augen, als ihr klar wurde, dass Lacy genauso unerbittlich war, wie sie vorgewarnt hatte. »Mir egal«, murmelte sie.

»Du hast dreißig Minuten, um aufzuessen«, verkündete Lacy. »Weil es das erste Mal ist, starten wir die Zeit erst jetzt statt ab dem Eintreffen des Tabletts.«

Panik bahnte sich in Annie an, als sie zu der Ernährungsberaterin schaute. »Sie setzen mich unter Zeitdruck? Sie wollen echt, dass ich das alles in einer halben Stunde esse?«

»So lautet die Regel«, bestätigte Lacy, ohne mit der Wimper zu zucken. Sie warf einen demonstrativen Blick auf die Armbanduhr. »Ab jetzt.«

»Aber …« Annie fiel kein einziges Argument ein, das die resolute Ernährungsberaterin ihr abkaufen würde. Also steckte sie sich ein kleines Salatblatt in den Mund, kaute so lange wie möglich darauf herum und hoffte, Lacy würde wegschauen, damit sie es in eine Serviette spucken könnte. Als offensichtlich wurde, dass es dazu nicht kommen würde, schluckte sie und würgte, als der Bissen ihre Speiseröhre hinunterglitt.

»Ich glaube, mehr kann ich nicht«, flüsterte sie.

»Klar kannst du«, widersprach Lacy. »Probier einen Cracker oder das Getränk.«

»Das Getränk sieht eklig aus.«

Lacys Mundwinkel zuckten zwar, doch sie gestattete sich kein Lächeln. »Schmeckt eigentlich ganz gut. Probier's mal.«

Annie nahm einen winzigen Schluck und musste erneut beinah würgen.

»Gut«, lobte Lacy, als wäre Annie nicht um ein Haar daran erstickt. »Jetzt der Cracker.«

So ging es weiter, Bissen für Bissen, Schluck für Schluck, bis die halbe Stunde um war. Annie betrachtete das Tablett und stellte fest, dass sie nur einen Cracker und nicht mal die Hälfte des Salats geschafft hatte. Sie wagte einen Blick zu Lacy und rechnete mit Enttäuschung. Stattdessen schenkte die Ernährungsberaterin ihr ein ermutigendes Lächeln.

»Nicht übel fürs erste Mal. Ich hole dir den Energieshake, von dem ich dir erzählt habe. Damit gleichen wir aus, was du nicht aufgegessen hast.«

Annie spürte, wie ihr wieder Tränen in die Augen stiegen. »Ich muss einen ganzen Shake trinken? Das kann ich nicht.«

»Keinen ganzen. Nur sechzig Milliliter. Das schaffst du mit ein paar Zügen. Denk dran, was ich dir darüber gesagt hab, den Shake als Medizin zu betrachten. Schluck ihn einfach runter, dann bist du fertig, bis es Zeit für deinen Snack ist.«

»Noch mehr Essen?« Annie sackte auf die Kissen zurück. Sie hatte keine Ahnung, wann Essen zu einer so unerträglichen Folter geworden war.

»Wird nicht so schlimm«, versprach Lacy. »Nur eine halbe Banane. Bananen waren auf der Liste, die du mir gegeben hast.«

Das stimmte. Allerdings nur, weil Annie irgendetwas aufschreiben musste, sonst hätte sie Lacy die Entscheidung überlassen. Die Liste zusammenzustellen hatte ihr das Gefühl gegeben, wenigstens noch ein wenig Kontrolle zu haben.

»Aber dafür werden Sie nicht wieder bei mir sitzen, oder?«, fragte sie hoffnungsvoll.

»Ich nicht«, erwiderte Lacy. »Aber irgendjemand schon.«

»Oh«, machte Annie mit tonloser Stimme. »Mir vertraut wohl niemand, was?«

»Sollten wir?«

»Wohl eher nicht«, gab sie widerwillig zu. Denn sie wusste genauso gut wie Lacy, dass sie bei der ersten Gelegenheit das gesamte Essen einfach die Toilette runterspülen würde.

Ronnie war beeindruckt vom *Sullivan's*. Das Restaurant strahlte ein gemütliches, einladendes Flair aus. Elegant, aber nicht prätentiös. Und nach der noblen Spezialitätentafel am Empfang zu urteilen gab es ein abwechslungsreiches Angebot an Gerichten, die einerseits ansprechend für Einheimische sein und gleichzeitig ihren kulinarischen Horizont erweitern würden. Natürlich hatte er das Essen aus der Krankenhauskantine mittlerweile so satt, dass ihm im Vergleich dazu alles wie Gourmetkost vorkam.

»Krieg ich was zu essen, Schatz, oder wartest du drauf, dass ich bettle?«, fragte er, während Dana Sue ein Stück Apfelkuchen genoss, bei dessen Anblick ihm das Wasser im Mund zusammenlief.

»Wir haben noch nicht geöffnet«, erwiderte sie mit grimmiger Entschlossenheit und schob sich einen weiteren Bissen Kuchen in den Mund.

»Nicht mal für die Familie?«

»Du gehörst nicht zur Familie.«

»Ich bin der Vater deiner Tochter und der beste Ehemann, den du je hattest«, hielt er fest.

»Gott sei's geklagt, du bist der *einzige* Ehemann, den ich je hatte«, konterte sie.

Nach einer gefühlt endlosen, stummen Pattsituation, während der Ronnie nur abwartete, begegnete sie endlich seinem Blick. »Du hast nicht vor zu gehen, oder?«

»Nicht, bevor ich was zu futtern kriege«, bestätigte er unbekümmert und ignorierte die faszinierten Blicke, die ihm die Frau am Herd zuwarf. Vermutlich könnte er sie mit ein wenig Charme auf seine Seite ziehen. Mehr Kopfzerbrechen bereitete ihm die steife Haltung des Mannes, der so dicht an Dana Sue klebte, dass sich Ronnie unwillkürlich fragte, ob zwischen den beiden mehr als eine Arbeitsbeziehung bestand.

»Na schön.« Dana Sue rutschte von ihrem Hocker und stapfte an ihm vorbei. »Gebt ihm was vom Hackbraten«, rief sie über die Schulter zurück. Gleich darauf fügte sie hinzu: »In einer Box zum Mitnehmen. Wir warten draußen.«

Ronnie grinste. »Leidet die Klasse deines Lokals darunter, wenn ich hier esse?«

»Nein, aber es würde die Gerüchte befeuern, die so schon durch die Stadt schwirren«, erwiderte sie. »Und darauf kann ich echt verzichten. Außerdem müssen wir zurück zum Krankenhaus. Für dich hat doch Annie oberste Priorität, oder?«

Die Herausforderung in ihrem Blick ließ sich nicht übersehen. »Natürlich«, sagte er. »Ich hab angerufen, um mich nach ihr zu erkundigen, bevor ich hier angekommen bin. Die Pflegerin hat gesagt, dass sie gerade ihre erste Mahlzeit unter Aufsicht der Ernährungsberaterin beendet. Sie hat gemeint, gegen halb sieben können wir wiederkommen.« Ronnie sah demonstrativ auf die Armbanduhr. »Es ist noch kaum halb sechs.«

»Ich will aber sofort zurück«, sagte Dana Sue stur.

»Na dann, meinetwegen«, lenkte er mit Belustigung in der Stimme ein. »Nimmst du dein eigenes Auto, oder kann ich dich mitnehmen?«

Er konnte ihr ansehen, wie sie mit sich rang, weil es absurd wäre, mit zwei Autos zu fahren, obwohl sie zu Orten zurückkehren würden, die gerade mal einen Kilometer voneinander entfernt lagen.

»Ich fahre«, erklärte sie schließlich. »Dann kannst du im Auto essen.«

»Du musst immer noch alles kontrollieren, was, Schatz?«

Sie zuckte mit den Schultern. »So ziemlich. Hab mir die Finger verbrannt, als ich das letzte Mal lockergelassen und jemandem vertraut habe.«

Die Spitze saß. »Solltest du inzwischen nicht darüber hinweg sein?«, fragte er.

Sie durchbohrte ihn mit einem Blick, der Stahl durchdrungen hätte. »Nur zu deiner Information, Ronnie, über so was kommen Frauen nicht hinweg. Sie werfen sich in einen Panzer und schauen nach vorn.«

Er nickte. »Werd's mir merken.« Als Erik mit der Box zum Mitnehmen aus der Küche kam, nahm Ronnie sie entgegen. »Wie viel?«

»Geht aufs Haus«, sagte Dana Sue knapp. »Und jetzt los.«

»Bevor du mich deinem Freund vorgestellt hast?« Eriks Namen kannte er bereits von Annies schwärmerischer Beschreibung. Und gesehen hatte er ihn flüchtig im Krankenhaus mit Dana Sue, einmal im Warteraum, einmal draußen.

»Oh, er weiß genau, wer *du* bist«, sagte sie in einem Ton, der Ronnie überlegen ließ, ob er das Essen auf Arsen untersuchen sollte. »Ich vermute, du wirst im örtlichen Klatsch ziemlich unverkennbar beschrieben.« Fragend sah sie Erik an.

Er nickte bestätigend, bevor er Ronnie mit einem ansatzweise mitfühlenden Blick von Mann zu Mann bedachte. »Ich bin Erik Whitney, Dana Sues Patissier und Stellvertreter hier.«

»Freut mich, dich kennenzulernen.« Ronnie war erleichtert, dass bei der Vorstellung des Mannes nichts auf eine intime Beziehung mit Dana Sue schließen ließ.

»Außerdem bin ich ihr Freund«, fügte Erik pointiert hinzu. »Wir passen aufeinander auf.«

Ronnie nickte. »Gut zu wissen. Ich hab vor, selbst ein bisschen auf sie aufzupassen.«

»Seid ihr dann bald fertig damit, eure Reviere abzustecken?«, fragte Dana Sue gereizt. »Wir müssen los.«

Erik lachte, und Ronnie schmunzelte.

»Vielleicht tauschen wir unser lieber ein andermal aus«, schlug Ronnie vor.

»Davon rate ich ab«, warf Dana Sue barsch ein. »Zumindest, wenn euch beiden euer Leben lieb ist.«

Erik zuckte mit den Schultern. »Sie ist der Boss.«

»War sie schon immer«, bestätigte Ronnie.

Im Auto begegnete er ihrem Blick. »Muss schön sein, einen so entschlossenen Beschützer um sich zu haben. Er ist ganz schön in dich verknallt.«

Ungläubig starrte sie ihn an. »Ist er nicht. Er ist ein Freund und arbeitet für mich. Gehört sich nicht, sich mit einem Mitarbeiter einzulassen.«

»Das würde manche Frauen nicht aufhalten.«

»Tja, mich schon«, gab sie nüchtern zurück.

Ronnie verkniff sich ein erleichtertes Lächeln und sagte: »Auch das ist gut zu wissen.«

Er fand, dass er bereits beträchtliche Fortschritte dabei erzielt hatte herauszufinden, wie Dana Sues Leben neuerdings lief und wer – außer Maddie und Helen natürlich – ihre Freunde waren. Wenn es so weiterginge, würde er nicht lange brauchen, um für sich zu entscheiden, wie er hineinpassen könnte.

Im Krankenhaus lief Dana Sue den Flur vor Ronnie entlang, fest entschlossen, Annies Zimmer als Erste zu erreichen. Sie wusste, wie lächerlich es war, bei solchen Belanglosigkeiten zu wettern. Aber seit er seine Absicht erklärt hatte, in der Stadt zu bleiben, schien er diese Seite an ihr hervorzulocken. Sie wollte nicht, dass er bei irgendetwas die Oberhand hatte, ganz gleich, was es sie kostete, ihn zu übertrumpfen.

Als sie die Tür zu Annies Zimmer auf der Intensivstation öffnete und ein leeres Bett erblickte, schnappte sie unwillkürlich nach Luft. Sie wirbelte herum und umklammerte Ronnies Arm. »Sie ist weg!«

»Wie meinst du das, weg?«, fragte er und spähte an ihr vorbei.

»Sieh doch«, sagte Dana Sue. »Sie ist nicht in ihrem Bett. Das Zimmer ist leer. Ronnie, wenn ihr irgendwas passiert ist, während du und ich weg waren, kann ich mir das nie verzeihen.«

Er trat einen Schritt zurück, fasste sie an den Schultern und sah ihr tief in die Augen. »Beruhig dich, Dana Sue. Als ich vor weniger als einer Stunde mit der Krankenschwester telefoniert hab, ist es Annie bestens gegangen. Bestimmt gibt's eine logische Erklärung. Ich frage mal an der Schwesternstation nach.«

»Ich komme mit«, sagte Dana Sue und folgte ihm auf den Fuß. Falls es schlechte Neuigkeiten gab, wollte sie, dass sie gemeinsam davon erfuhren. Sie wollte es nicht durch Ronnie gefiltert erfahren.

Hinter dem Schalter saß eine schlanke blonde Pflegerin mit rosa Schmollmund. Natürlich gelang es Ronnie, ihr das ihm eigene schelmische Lächeln zu schenken, um sie zu bezirzen. *Muss der Mann wirklich mit jeder Frau flirten, die seinen Weg kreuzt?*, fragte sich Dana Sue irritiert. *Ausgerechnet jetzt?*

»Wo ist unsere Tochter?«, verlangte sie zu erfahren, bevor Ronnie etwas sagen konnte.

Die Krankenschwester – laut ihrem Namensschild Brook – strahlte sie an. »Gute Neuigkeiten«, beruhigte sie. »Der Kardiologe war vor Kurzem bei ihr und hat entschieden, dass sie in ein normales Zimmer verlegt werden kann.« Kurz betrachtete sie einen Zettel auf ihrem Schreibtisch. »Sie ist unten im zweiten Stock, Zimmer 206.«

Dana Sue seufzte vor Erleichterung. »Gott sei Dank.«

Ronnie legte ihr einen Arm um die Schultern. »Siehst du? Alles in Ordnung. Gehen wir zu unserem Mädchen.«

Dana Sue ließ seinen Arm geschlagene fünf Sekunden verharren und schöpfte Kraft aus der Berührung. Dann schüttelte sie ihn mit einem Schulterzucken ab. »Du gehst. Ich will Helen und Maddie anrufen und ihnen Bescheid geben, dass sie unten nach uns Ausschau halten sollen, wenn sie später vorbeikommen.«

Er sah sie mit vager Enttäuschung im Gesicht an, bevor er sagte: »Wie du willst.«

Sie beobachtete, wie er auf den Aufzug zusteuerte. Erst als er weg war, holte sie tief Luft und entspannte sich. Dana Sue nahm den nächsten Aufzug nach unten und ging zum Telefonieren nach draußen. Sie erreichte keine ihrer beiden Freundinnen, also hinterließ sie ihnen Nachrichten. Danach wollte sie sich bestmöglich sammeln, bevor sie wieder hineinginge, um nach Annie zu sehen.

Dana Sue setzte sich auf eine Bank in der Nähe des Springbrunnens, aus dem Wasser in den kleinen Teich plätscherte. Sie ließ sich von dem Geräusch einlullen. Das Rauschen der Brise durch die kleinen Palmen steuerte seine eigene beruhigende Melodie bei. Dort fand Helen sie ein paar Minuten später.

»Alles in Ordnung?« Ihre Freundin ließ sich auf der Bank neben ihr nieder.

»Ich hab dir gerade eine Nachricht hinterlassen. Sie haben Annie in ein normales Zimmer verlegt.«

»Das ist ja großartig«, sagte Helen. Als Dana Sue nichts erwiderte, verengte sie die Augen. »Oder nicht?«

»Irgendein Gefühl sagt mir, dass noch ein weiter Weg vor uns liegt, bis wieder alles großartig ist.«

»Mit Annie? Oder hat es was mit Ronnie zu tun?«

Tränen traten Dana Sue in die Augen und ergossen sich über ihre Wangen.

»Alles zusammen«, flüsterte sie und wischte die Tropfen halbherzig weg.

»He, komm schon«, beschwichtigte Helen sie. »Annie wird wieder gesund. Konzentrier dich darauf. Alles andere ergibt sich schon.«

»Sicher«, meinte Dana Sue skeptisch. »Nur würde das bedeuten, dass mein Ex-Mann wieder dorthin verschwindet, wo er hingehört. Und das wird laut ihm nicht passieren.«

Helen zuckte zusammen. »Das hab ich befürchtet. Ich könnte Schritte einleiten, um seinen Kontakt mit dir zu beschränken. Wahrscheinlich könnte ich ihn auch von Annie fernhalten.«

»Damit sie mich dafür hasst?«, erwiderte Dana Sue. »Vergiss es. Ich muss einfach einen Weg finden, damit umzugehen.«

»Ich könnte mit ihm reden und ihm erklären, dass er alles noch schlimmer macht«, schlug Helen ein wenig zu bereitwillig vor. »Ich könnte mir schon vorstellen, dass es mir gelingt, ihn umzustimmen. Zumindest, wenn diese Ausnahmesituation vorbei ist.«

»Ändert nichts am Problem«, meinte Dana Sue bedauernd. »Das würde Annie uns beiden nie verzeihen.«

Helen wirkte enttäuscht darüber, ihre legendäre Überredungskunst nicht einsetzen zu dürfen. »Damit hast du wohl recht«, räumte sie schließlich ein. »Jedenfalls ist es eindeutig nach hinten losgegangen, als es mir zuletzt gelungen ist, ihn aus Annies täglichem Leben zu verbannen.« Sie musterte Dana Sue. »Und was hast du jetzt vor?«

»Ich wünschte, ich wüsste es. Vielleicht muss ich einfach aufhören, so viel darüber nachzudenken.«

»Klingt nach einem Anfang«, stimmte Helen ihr zu. »Und falls du's dir anders überlegst und ich doch was Offizielles unternehmen soll, brauchst du's nur zu sagen. Ein Wort genügt, und es wird erledigt.«

Dana Sue schenkte ihr ein gequältes Lächeln. »Danke. Jetzt lass uns nicht mehr über Ronnie reden. Erzähl mir, wie es bei dir läuft. Trainierst du noch? Hast du deine Ziele aufgeschrieben und sie Doc Marshall gegeben?«

Helen errötete. »Nicht ganz.«

Dana Sue sah sie bestürzt an. »Helen! Doc Marshall war bestimmt außer sich. Hat er dir wie angedroht Medikamente gegen deinen hohen Blutdruck verordnet?«

»Äh … nein.« Helen mied ihren Blick.

»Du hast den Termin abgesagt, stimmt's?«, riet Dana Sue.

Helen nickte, schuldbewusst und kaum merklich.

»Bist du verrückt?«, fragte Dana Sue barsch. »Das ist wichtig, Helen. Du kannst es nicht weiter ignorieren und hoffen, dass sich dein Blutdruck von selbst regelt. Hast du dir wenigstens einen Tag zum Entspannen frei genommen, wie du's versprochen hast?«

»War diese Woche unmöglich drin«, antwortete ihre

Freundin defensiv. »Ich war jede Sekunde hier, wenn ich nicht im Büro oder im Gericht war.«

»Okay, das reicht«, sagte Dana Sue verbissen. »Morgen früh um acht treffen wir uns alle im *Corner Spa*. Wenn du willst, schwinge ich mich sogar zwanzig Minuten auf das olle Laufband. Abgemacht?«

Helen sah sie sichtlich zögerlich an, bevor sie schließlich nickte. »Na schön. Abgemacht.«

»Danach legen wir unsere Ziele fest«, fuhr Dana Sue fort. »Maddie kann sie später für uns abtippen, damit wir alle Kopien davon haben. So können wir uns selbst und gegenseitig motivieren. Ich finde, wir sollten sogar Strafen vorsehen, falls eine von uns nachlässig wird.«

»Meinst du nicht, dass die große Belohnung als Motivation genügt?«, stichelte Helen. »Ich dachte, du willst dieses Cabrio unbedingt.«

»Schon, aber das ist eine langfristige Belohnung. Ich hab so eine Ahnung, dass wir unterwegs den einen oder anderen Ansporn brauchen werden. Wenn die obsessivste Frau, die ich kenne, einen Trainingsplan nicht länger als zwei Tage am Stück einhalten kann, sind wir anderen hoffnungslos zum Scheitern verurteilt.«

»Ich kann alles einhalten, was ich will«, erklärte Helen.

»Dann willst du es offenbar nicht.«

»Und du schon?«, fragte Helen.

Dana Sue begegnete ihrem Blick, dann seufzte sie. »Nicht besonders, wenn ich ganz ehrlich sein soll. Aber zu wissen, dass ich muss, ob ich will oder nicht, macht einen großen Unterschied.«

»Gilt für mich auch«, räumte Helen ein. »Ich dachte wirklich, der Wettbewerb würde mich dazu anspornen dabeizubleiben.«

»Und dann ist Annie krank geworden«, sagte Dana Sue. »Wir brauchen den festen Vorsatz, dass wir uns von *nichts* dazwischenfunken lassen, okay? Keine Ausreden wegen der Arbeit für dich, keine Ausreden wegen Annie für mich.«

»Du hast recht.« Helen nickte. »Jetzt lass uns nach oben zu Annie gehen.«

»Ronnie ist bei ihr«, sagte Dana Sue.

Die Augen ihrer Freundin funkelten verschmitzt. »Dann verscheuchen wir ihn. Könnte lustig werden.«

Unwillkürlich lachte Dana Sue. »Du hast eine seltsame Vorstellung von Unterhaltung.«

»Willst du behaupten, dass dich die Idee nicht auch reizt?«, fragte Helen herausfordernd.

»Na schön, doch«, gestand Dana Sue. »Zumindest ein bisschen. Nur …«

»Was?«

»Wie soll er zurück zum Motel kommen? Ich hab ihn hergefahren.«

»Umso besser«, meinte Helen. »Ein langer Spaziergang wird ihm guttun. Verschafft ihm vielleicht Zeit, es sich anders zu überlegen und doch nicht in Serenity zu bleiben.«

»Oder er wird so wütend, dass er einen teuflischen Weg ausheckt, um es mir heimzuzahlen«, sagte Dana Sue.

»Keine Sorge. Wann ist es einem Mann je gelungen, den süßen Magnolien eins auszuwischen?«, fragte Helen selbstbewusst.

»Nicht oft, das stimmt«, musste Dana Sue zugeben. Was jedoch nicht bedeutete, dass es ihr Ex-Mann nicht versuchen würde. Bei der Aussicht darauf durchlief ein kleiner Schauder ihren Körper. Am beunruhigendsten jedoch fand sie, dass sie nicht zu sagen vermochte, ob es sich bei der Reaktion um Beklommenheit oder Vorfreude handelte.

Obwohl es vorhin ein Kampf gewesen war, auch nur eine kleine Portion ihrer Mahlzeit hinunterzubekommen, fühlte sich Annie mittlerweile in ihrem Krankenhausbett so gut wie seit Monaten nicht mehr. Ihr Vater befand sich direkt neben ihr, und Sarah und Raylene waren sofort herbeigeeilt, als sie erfahren hatten, dass Annie Besuch empfangen durfte. Sie hatten ihr erzählt, dass auch Ty kommen wollte, nach dem Essen mit seiner Mutter. Annie war sich nicht sicher, was sie davon halten sollte, dass er sie so sehen würde. Dann jedoch hielt sie sich vor Augen, dass er sie im Verlauf der Jahre schon unter allen möglichen peinlichen Umständen gesehen hatte und immer noch ihr Freund war. Vorfreude verdrängte die Scheu.

Dem Großteil der anderen Neuigkeiten, die Sarah und Raylene ihr berichteten, lauschte sie nur mit halbem Ohr. Es handelte sich lediglich um einen Haufen Klatsch aus der Schule, und davon schien ihr im Augenblick nichts wichtig zu sein. Noch vor einer Woche hätte sie jedes Wort hören wollen und wäre überzeugt davon gewesen, ihr Leben wäre vorbei, wenn sie irgendeine brandheiße Neuigkeit über angesagte Kids verpasste. Mittlerweile hatte sie begriffen, was es wirklich bedeutete, wenn ein Leben vorbei war. Sie fühlte sich um hundert Jahre älter als ihre beiden besten Freundinnen.

»Hörst du uns überhaupt zu?«, fragte Sarah. »Du siehst aus, als wärst du mit den Gedanken kilometerweit weg.«

»Ich hab zugehört«, beteuerte Annie. Dann grinste sie. »Na ja, zumindest teilweise.«

»Wirst du zu müde?« Raylene schaute zu Annies Vater, fragte ihn stumm um seine Meinung. »Sollen wir lieber gehen?«

Ihr Vater sah sie an. »Annie, es ist deine Entscheidung. Geht's dir noch gut genug?«

»Vielleicht bin ich wirklich ein bisschen müde«, meinte sie schließlich. Das fand sie besser, als zu gestehen, dass es sie langweilte, den ewig gleichen Klatsch zu hören. »Aber kommt morgen wieder vorbei, okay?«

»Gleich nach der Schule«, versprach Sarah. »Meine Mutter hat gesagt, sie bringt uns her, wann immer wir wollen.«

»Meine auch«, fügte Raylene hinzu.

Die beiden Mädchen hatten die Tür schon fast erreicht, als Sarah noch einmal zurückeilte und Annie so fest drückte, dass sie ihr beinah die Luft aus der Lunge presste.

»Du hast uns einen Mordsschrecken eingejagt«, sagte sie mit verärgertem Unterton. »Mach so was nie wieder, hörst du?«

»Hab ich nicht vor«, versicherte Annie ihr.

»Aber Ms. Franklin hat im Sportunterricht gesagt, dass Essstörungen nicht einfach so verschwinden.« Sarahs Miene wirkte besorgt. »Du musst etwas ändern *wollen*, Annie.«

Verlegen errötete Annie. Anscheinend wurde sie in der Schule als eine Art schlechtes Beispiel herangezogen. »Ms. Franklin hat im Unterricht über mich gesprochen?«

»Sie hat dich nie namentlich erwähnt«, sagte Raylene schnell. »Aber alle haben Bescheid gewusst. Sie dachte wohl, die Gelegenheit, uns zu belehren, wäre zu günstig, um sie sausen zu lassen.«

»Ich weiß nur, dass ich dich ab sofort verpfeife, wenn du nicht anständig isst, wie du solltest«, warnte Sarah. »Ist mir egal, ob du mich dafür hasst.«

»Mir auch«, kam von Raylene.

Nachdem die beiden gegangen waren, schloss Annie die Augen und schämte sich. Ihr war nie klar gewesen, welchen Tribut ihre Entscheidungen ihren Freundinnen abverlangten.

»Alles gut, Schatz?«, fragte ihr Vater.

»Sicher«, antwortete sie schniefend.

»Die zwei sind gute Freundinnen«, meinte er.

»Ich weiß. Und ich hab sie wohl in eine ziemlich unangenehme Lage gebracht, was?«

»Du hast sie ganz schön erschreckt, keine Frage.«

Annie schüttelte den Kopf. »Ich meine mehr als das. Sarah hat Bescheid gewusst, auch wenn ich nie zugeben wollte, was los war. Wenn sie mit mir darüber reden wollte, habe ich sie immer abblitzen lassen. Genau, wie ich's bei Mama gemacht hab.«

»Ich glaub nicht, dass sie dir das noch mal durchgehen lassen würden«, meinte er.

»Mich überrascht, dass Sarah überhaupt noch meine Freundin sein *will*«, sagte Annie.

»Wieso sollte sie es nicht mehr sein wollen?«

»Weil ich so verkorkst bin.« Annie drängte ein Schluchzen zurück.

»Du bist nicht verkorkst.« Ihr Vater rückte näher zur Bettkante und nahm sie in die Arme. »Du hast einen Fehler gemacht, Liebes. Einen schweren Fehler, aber wir kriegen das wieder hin.«

Mit dem Gesicht an seiner Schulter murmelte Annie: »Ich weiß nicht, ob ich das kann.«

»Du kannst«, erwiderte er voller Zuversicht. »Deine Mutter und ich helfen dir genau wie Dr. McDaniels und die Ernährungsberaterin.«

Sie wusste, dass es sinnlos wäre, sich über die Ernährungsberaterin zu beschweren. Aber sie musste einen weiteren Versuch unternehmen, wenigstens die Psychiaterin loszuwerden. »Ich will nicht mit einer Seelenklempnerin reden.«

»Musst du aber«, entgegnete ihr Vater rundheraus. »Allein kriegst du das nicht hin.«

»Aber du und Mama …«

»Haben keine Ahnung, was wir machen sollen. Wir sind auch auf die Hilfe von Dr. McDaniels und Ms. Reynolds angewiesen. Annie, wir sitzen dabei alle im selben Boot. Du musst das nicht allein durchstehen.«

»Aber die Betroffene bin ich. Nur ich kann es in Ordnung bringen, und ich glaub nicht, dass ich es schaffe.«

Ihr Vater ergriff ihre Schultern und hielt sie so, dass er ihr in die Augen blicken konnte. »Doch, du schaffst das«, betonte er. »Du bist ein kluges Mädchen, Annie. Du kannst alles schaffen, was du dir vornimmst. Es wird zwar nicht über Nacht gehen, aber es wird passieren. Du wirst nach und nach ändern, was nötig ist. Deine Essgewohnheiten, deine Sicht auf dich selbst.«

»Ich muss dir was beichten«, flüsterte sie von Schuldgefühlen geplagt.

»Ach ja?«

»Ich wollte nicht essen, was man mir gebracht hat, als ich noch oben in der Intensivstation war. Hätte ich die Möglichkeit gehabt, ich hätte alles die Toilette runtergespült.« Ihre Stimme wurde brüchig und stockte mit einem weiteren Schluchzen, als sie die Bestürzung in den Augen ihres Vaters sah. »Es tut mir leid.«

Wieder zog er sie fest an sich. »Schon gut, Schatz. Der springende Punkt ist doch, dass du es *nicht* runtergespült hast, oder?«

»Nur, weil Lacy – Ms. Reynolds – mich mit Argusaugen beobachtet hat. Hätte ich die Gelegenheit, würde ich es wahrscheinlich tun«, gestand sie niedergeschlagen.

»Genau deshalb brauchst du jetzt ein Gerüst starker Unterstützung um dich herum«, argumentierte er vernünftig. »Es wird einfacher werden. Versprochen.«

Annie wollte ihm gern glauben. Das wollte sie wirklich. Doch im Moment fühlte sie sich so verängstigt, dass sie nur wegrennen und sich irgendwo verstecken wollte. Was, wenn man sie zum Essen zwang und sie davon fett wurde? Oder was, wenn sie wieder anfing, gern zu essen und nicht mehr aufhören konnte? Bei dem Gedanken hätte sie sich am liebsten sofort übergeben.

Als ihr Vater sie schließlich losließ, fühlte sie sich wie an dem Tag, an dem er gegangen war – verlassen, obwohl er sich direkt neben ihr befand.

»Ich hab 'ne Idee«, sagte er. »Wenn ich mich recht erinnere, hat deine Mama immer ein kleines Schminkset in der Handtasche. Was hältst du davon, wenn ich sie suche und es dir bringe? Dann kannst du dich aufhübschen, bevor Ty vorbeikommt.«

Obwohl Annie nicht wollte, dass er auch nur für eine Minute ging, nickte sie. »Gern. Das wär spitze.«

Er drückte ihr einen Kuss auf die Stirn. »Ich bin im Handumdrehen wieder da«, versprach er.

Damit eilte er aus dem Zimmer, als könnte er gar nicht schnell genug verschwinden. Als sich die Tür hinter ihm schloss, vermeinte Annie, ihn weinen zu hören, was ihr mehr Angst als alles andere einjagte. Ihr Vater war der stärkste Mann, den sie kannte. Wenn er sich fürchtete, musste es wirklich schlimm sein. Vielleicht sogar schlimmer, als sie gedacht hatte.

»Es tut mir leid, Papa«, flüsterte sie. »Ich bringe das wieder in Ordnung. Das schwöre ich. Aber bitte verlass mich nicht wieder.«

Kapitel 11

Annie war in guter Verfassung gewesen, als Ronnie das Krankenhaus am Abend zuvor verlassen hatte. Während Tys Besuch hatten sich ihre Wangen gerötet, und sie hatte tatsächlich das eine oder andere Mal gelacht wie das sorglose Mädchen, das er aus der Zeit vor der Scheidung in Erinnerung hatte. Sie so zu sehen hatte sich erleichternd angefühlt. Endlich begann er zu glauben, dass sie die Kurve gekriegt hatte, nicht nur körperlich, sondern auch emotional.

Die Überzeugung spornte ihn dazu an, am nächsten Morgen den Krankenhausbesuch auszulassen und stattdessen nach Beaufort zu fahren. Er musste dort seinen Job kündigen und die wenigen Habseligkeiten holen, die noch in seinem Motelzimmer auf ihn warteten. Beides würde nicht lange dauern. Sein Chef mochte ihn zwar, weil er zuverlässig und erfahren war und gute Arbeit für Thompson & Thompson Construction geleistet hatte, aber es gab um die fünfzig andere Jungs, die den Job genauso gut erledigen konnten. Ronnie bezweifelte, dass sein abrupter Abgang großen Wirbel verursachen würde, erst recht nicht, wenn er erklärte, dass er in der Nähe seiner Tochter sein wollte, während sie sich erholte.

»Hast du vor, dich in Serenity nach der gleichen Arbeit umzusehen?«, fragte Butch Thompson, zog die ausgebleichte Jeans über den Ansatz eines Bierbauchs hoch und rückte seine abgewetzte John-Deere-Mütze zurecht.

Als Besitzer eines der größten Bauunternehmen im Staat mochte Butch ein wohlhabender Mann sein, trotzdem war er in keiner Weise abgehoben. Wann immer er konnte, arbeitete er an der Seite seiner Männer, und an Freitagabenden nach der Arbeit kippte er zusammen mit ihnen Bierchen. Mit den Werkzeugen konnte er genauso gut umgehen wie jeder andere in der Mannschaft, was bewies, dass er das Handwerk in seinen Anfangsjahren buchstäblich von der Pike auf gelernt hatte. Ronnie hatte ihn noch nie in Anzug und Krawatte gesehen.

»Hab von neuen Bauprojekten in dem Teil des Staats gehört«, fügte Butch mit nachdenklicher Miene hinzu. »Ich könnte ein paar Anrufe machen und mich für dich umhören. Kannst dich natürlich auf eine Empfehlung von mir verlassen.«

»Ich hab auch von dem Bauboom dort gehört«, erwiderte Ronnie. »Und danke für das Angebot, aber ich denke, ich werd mich nach was anderem umsehen. Ich hab genug davon, Leitern raufzuklettern und auf Dächern herumzuturnen.«

»Kennst du dich denn mit was anderem aus?«, fragte Butch mit skeptischem Gesichtsausdruck. »Gefällt mir gar nicht, dass du der Baubranche den Rücken zukehren willst. Nach all unseren Gesprächen hatte ich den Eindruck, du liebst diese Arbeit genauso sehr wie ich.«

»Tu ich auch«, bestätigte Ronnie. »Aber ich hab da eine Idee, wie ich mein Wissen und meine Erfahrung vom Bau mit etwas anderem kombinieren könnte.« Kurz zögerte er, dann beschloss er, Butch um seine Meinung zu bitten. Immerhin hatte der Mann Thompson &

Thompson vor vierzig Jahren im Alleingang gegründet und zu einem profitablen Unternehmen aufgebaut. Vielleicht wäre er bereit, Ronnie ein paar Ratschläge zur Selbständigkeit mit auf den Weg zu geben. »Wenn du ein paar Minuten Zeit hast, würde ich dir die Idee gern vorstellen.«

Butch sah auf die Armbanduhr. »Wir haben Mittag. Lädst du mich ein?«

Ronnie grinste. »Wäre ein Schnäppchenpreis für deinen Rat.«

»Nicht, wenn ich mich für ein riesiges T-Bone-Steak entscheide«, entgegnete Butch grinsend.

»Was immer du willst«, betonte Ronnie.

Der ältere Mann musterte ihn eine Weile, bevor er den Kopf schüttelte. »Keine Ahnung, ob meine Meinung wirklich so viel wert ist, aber ich nehme das Steak trotzdem. Meine Frau ist auf dem vegetarischen Trip. Muss mir Fleisch heimlich genehmigen, wenn sie mich nicht dabei erwischen kann. Sie hat sogar meine Tochter drauf angesetzt, mir nachzuspionieren.« Wieder schüttelte er den Kopf. »Schon heftig, wenn man von der eigenen Tochter an die Ehefrau verpetzt wird. Ich hätte das Mädchen nie in die Firma holen sollen.«

»Terry am Unternehmen zu beteiligen war das Klügste, was du je getan hast. Und das weißt du auch«, widersprach Ronnie.

Butch strahlte zwar vor Stolz, trotzdem gab er es nicht zu.

Sie fuhren zu einem knapp zwei Kilometer von der Baustelle entfernten Lokal, wo das zarte Rindfleisch dick und blutig mit einem Teller voll Zwiebelringen und Pommes als Beilage serviert wurde. Die Mahlzeit enthielt wahrscheinlich genug Cholesterin, um einem Mann auf einen Schlag die Arterien zu verstopfen.

Nachdem sie bestellt und von der Kellnerin gesüßten Tee serviert bekommen hatten, lehnte sich Butch zurück und musterte Ronnie. »Na schön, raus mit der Sprache. Du siehst aus, als könntest du gleich platzen. Wie verrückt genau ist deine Idee?«

»Ich hoffe, das kannst du mir sagen«, erwiderte Ronnie.

Er nahm sich kurz Zeit, um die Gedanken zu ordnen, die ihm bereits im Kopf herumschwirrten, seit er bei seiner Rückkehr zum ersten Mal durch die Innenstadt von Serenity gefahren war. Der Anblick des von leerstehenden Gebäuden umgebenen Stadtparks hatte ihn traurig gestimmt. Früher hatten diese Häuser florierende Geschäfte beherbergt. Der alte Ramschladen, in dem Dana Sue einst ihr Taschengeld für Süßigkeiten ausgegeben hatte, war ebenso mit Brettern vernagelt wie das Bekleidungsgeschäft, in dem seine Mutter den Großteil ihrer Garderobe gekauft hatte. Den Friseursalon, in dem sich am Samstagmorgen die Männer zu treffen pflegten, gab es nicht mehr, seit der Besitzer gestorben war.

Einzig das *Wharton's* war noch übrig, und auch das nur, weil Grace und ihr Mann hartnäckige Sturköpfe waren und mit dem Getränkespender samt Gastroecke genug einnahmen, um den sinkenden Umsatz der Apotheke aufzufangen. Seit keine Autostunde entfernt ein Einkaufszentrum mit Filialen großer Ketten eröffnet hatte, mussten das Bekleidungsgeschäft, der Ramschladen und andere familiengeführte Fachgeschäfte eines nach dem anderen schließen. Die Hauptstraße war nicht mehr das belebte Zentrum der Kleinstadt, das Dana Sue und Ronnie als Teenager gekannt hatten. Und er glaubte, eine Möglichkeit erkannt zu haben, wie sich das ändern ließe.

»Also gut, ich hab mir Folgendes überlegt«, sagte er zu Butch. »Ich will in Serenity einen Eisenwarenladen aufmachen.«

Der Bauunternehmer starrte ihn an, als hätte Ronnie gerade seine Absicht verkündet, einen Stripclub zu eröffnen. Nein, vermutlich würde Butch einem Stripclub mehr Erfolgsaussichten einräumen.

»Hör mich zu Ende an«, sagte Ronnie, bevor der ältere Mann zum Ausdruck bringen konnte, wie wenig er davon hielt. »Nicht irgendeinen Eisenwarenladen. Mir ist klar, dass man mit dem Verkauf von Schraubenziehern und Hämmern in einer Kleinstadt mit gerade mal vier- bis fünftausend Einwohnern nicht viel Profit erzielen kann. Wahrscheinlich musste der alte Eisenwarenladen deshalb das Handtuch werfen.«

»Wie kommst du dann überhaupt auf so eine Schnapsidee?«, wollte Butch wissen.

»Na ja, du hast es selbst gesagt: In der Ecke wird demnächst viel gebaut«, begann Ronnie.

»Und es wird Jahre dauern, bis sich dadurch genug Leute in der Gegend ansiedeln, um dich mit Hämmern und Schraubenziehern reich zu machen«, warf Butch abfällig ein.

»Ich hab nicht vor, Geld mit Werkzeug für Heimwerker oder mit Zehn-Kilo-Säcken Blumenerde für Gärtner zu machen«, erklärte er. Nun, da er die Idee endlich jemandem vortragen konnte, der vielleicht das Potenzial darin erkennen würde, erwärmte er sich zunehmend dafür. »Natürlich versorge ich auch die, aber eigentlich will ich an die Baufirmen verkaufen, die all die neuen Aufträge abwickeln. Meinst du nicht, sie würden sich für mich entscheiden, wenn ich ihnen einen besseren und schnelleren Service für ihr Holz, ihr Dämmmaterial, ihr Werkzeug, ihre Nägel und dergleichen biete und direkt um die Ecke bin statt eine Stunde oder noch weiter entfernt wie die großen Anbieter? Viele der neuen Bauprojekte liegen westlich von Serenity. Die großflächigen Baumärkte sind weit im Osten. Ich wäre direkt auf dem Weg dorthin.«

Butchs Skepsis ließ nach. Mit eindringlichem Blick beugte er sich vor. »Und meinst du, dass du preislich mit den Großen mithalten kannst?«

»Bei genug Umsatz könnte ich zumindest nah dran sein«, antwortete Ronnie zuversichtlich. »Tatsache ist, dass ich was von der Baubranche verstehe, wie du's selbst gesagt hast. Ich kann abschätzen, was wann gebraucht wird, indem ich einfach regelmäßig bei den Baustellen vorbeischaue. So muss ich keine Unsummen an herumliegende Lagerbestände binden. Ich kann die Ware ranschaffen, wenn sie gebraucht wird, und schnell wieder absetzen. Der Umschlag ist in jeder Branche entscheidend, richtig?«

»Mit anderen Worten, du bietest einen garantierten, persönlichen Kundendienst«, sagte Butch langsam. »Was heutzutage in praktisch jeder Branche eine Seltenheit geworden ist.«

»Genau«, bestätigte Ronnie und lehnte sich zurück. »Also, was denkst du? Würdest du bei einer solchen kleinen lokalen Firma kaufen, wenn sie deine Anforderungen versteht und erfüllen kann?«

»Und ob ich das würde«, antwortete Butch, ohne zu zögern. »Sogar, wenn's etwas teurer wäre. Dafür würde ich mir einen Haufen Zeit und Scherereien sparen. Unter dem Strich würde es sich wohl ausgleichen. Außerdem gefällt mir die Vorstellung, zur Abwechslung mal ein lokales Unternehmen zu unterstützen. Wäre für einen klugen Bauherrn oder Generalunternehmer 'ne gute Möglichkeit, sich in die Gemeinschaft zu integrieren, statt als Profitgeier gesehen zu werden, die nur hier sind, um sich dumm und dämlich zu verdienen.«

Eine Weile wirkte er gedankenverloren, dann jedoch sah er Ronnie direkt in die Augen. »Der Start wäre nicht gerade billig. Hast du schon einen Geschäftsplan aufgestellt?«

Ronnie schüttelte den Kopf. »Ich spiele erst mit dem Gedanken, seit ich wieder in Serenity bin und bemerkt habe, dass der alte Eisenwarenladen geschlossen ist. Jetzt muss ich die Idee zu Papier bringen und rausfinden, was die Immobilien in der Stadt kosten. Viel davon steht schon eine ganze Weile leer, sollte also günstig zu haben sein. Mir ist aufgefallen, dass im alten Eisenwarenladen noch einiges an Lagerbeständen ist. Die würde man wahrscheinlich ohne Aufpreis mit dazupacken. Ich muss mich erst informieren, welche Kredite ich überhaupt bekommen könnte. Ein paar Ersparnisse hab ich zwar, aber die werden kaum für einen neuen Innenanstrich und neue Regale reichen. Mir ist klar, dass ich bestimmt tausend Sachen noch nicht bedacht hab, aber irgendwie fühlt es sich richtig an. Weißt du, was ich meine? Wie mehr als nur die Gründung eines kleinen Geschäfts. Es könnte einen Beitrag für die Gemeinde leisten.«

Butch bedachte ihn mit einem nachdenklichen Blick. »Und deine Ex-Frau beeindrucken?«

Ronnie grinste. »Das auch.« Es würde Dana Sue ein für alle Mal beweisen, dass er nicht mehr wegziehen würde. Dann würde sie sich endgültig damit abfinden müssen.

»Es geht also nicht nur darum, in der Nähe deiner Tochter zu sein, oder?«, fragte Butch. »Du willst deine Familie zurück.«

Ronnie nickte. »Wollte ich immer.«

»Tja, weißt du was? Ruf mich an, wenn du deinen Plan zu Papier gebracht hast. Dann reden wir weiter.«

»Dein Beitrag heute war schon mehr als genug.« Ronnie fühlte sich dafür dankbarer, als er ausdrücken konnte. »Ich will deine Zeit nicht über Gebühr beanspruchen.«

»Wer redet denn von Zeit?« Butch schwenkte wegwerfend die Hand. »Ich will vielleicht bei dir einsteigen, wenn die Zahlen gut aussehen, sobald du sie ausgearbeitet hast.«

Ronnie starrte ihn mit großen Augen an. »Das meinst du nicht ernst.«

Sein ehemaliger Boss schmunzelte. »Junge, du solltest inzwischen wissen, dass ich nie scherze, wenn's Geld zu verdienen gibt. Ich erkenne eine solide Investition, wenn ich von einer höre. Außerdem kann ich dich gut leiden. Du warst ein guter Mitarbeiter. Und wir wissen beide, dass du wesentlich mehr wert bist, als ich dir für die Arbeit zahlen konnte, die ich zu vergeben hatte, als du damals in Beaufort aufgetaucht bist. Du hast viel mehr auf dem Kasten. Ich wünschte, ich hätte dich zum Vorarbeiter befördern können. Aber dafür hatte ich schon gute Männer eingesetzt. Abgesehen von all dem, bist du ein anständiger Familienvater, der einen dummen Fehler begangen hat, soweit du's mir erzählt hast. Einen Fehler, den du höchstwahrscheinlich nicht wiederholen wirst. Wenn ich einen Sohn hätte statt einer Horde von Töchtern, hätte ich mir gewünscht, dass er so wird wie du.«

Ronnie grinste. Butchs älteste Tochter wäre wohl kaum erfreut über die Andeutung, dass ein Sohn irgendetwas besser gekonnt hätte als sie. Ronnie persönlich fand, dass Terry Thompson genauso viel vom Bauwesen verstand wie ihr Vater. Wahrscheinlich, weil sie ihn schon auf Baustellen begleitet hatte, seit sie laufen und einen Schutzhelm tragen konnte. Sowohl die Mitarbeiter als auch die Kunden respektierten sie.

»Was wird Terry davon halten, wenn du so eine Entscheidung im Alleingang triffst?«, fragte Ronnie.

»Das geht sie nichts an«, erwiderte Butch lapidar. »Das ist was zwischen dir und mir. Hat mit der Firma nichts zu tun. Außerdem werd ich nur als stiller Teilhaber dabei sein. Dein Plan. Deine Umsetzung. Ich will nur eine vernünftige Rendite für meine Investition. Wenn du mir einen Plan vorlegst, der das verspricht, sind wir im Geschäft.«

»Ehrlich gesagt, weiß ich nicht, was ich sagen soll.« Ronnie wagte kaum zu glauben, wie gut das Gespräch verlief.

Butch schnitt in sein Steak, aß genüsslich einen Bissen davon und zeigte dann auf den Teller. »Das Steak ist mir Dank genug. Zum ersten Mal seit Wochen weiß ich, was zum Teufel ich gerade esse. Versuch du mal, dich eine Weile nur von Soja-dies und Soja-das zu ernähren. Dann weißt du, was ich meine.«

»Du musst mal nach Serenity kommen und im Restaurant meiner Ex-Frau essen. Dort steht garantiert nichts mit Soja auf der Speisekarte«, meinte Ronnie zu ihm.

Butchs Augen leuchteten auf. »Warte mal. Redest du vom *Sullivan's*? *Das* ist der Laden deiner Ex-Frau?«

Ronnie nickte und verspürte einen Anflug von Stolz. »Du hast davon gehört?«

»Darüber *gelesen*«, sagte Butch. »In der Zeitung aus Charleston, wenn ich mich recht erinnere. Ehrliche Südstaatenküche, so wurde es beschrieben, aber mit ein paar interessanten Eigenheiten. Solang die Eigenheiten nichts mit Soja zu tun haben, bin ich dabei. Dort feiern wir unsere Partnerschaft.«

»Du hast wohl nicht vor, deine Frau mitzunehmen, oder?«, fragte Ronnie.

»Na, und ob.« Ein verschlagener Schimmer trat in Butchs Augen. »Bis sie auf diesen verrückten Gesundheitstrip gegangen ist, hat Jessie normales, anständiges Essen gemocht. Tatsächlich war sie selbst die beste Köchin der Südstaatenküche weit und breit. Ihre Brötchen zergehen auf der Zunge, und ihr Brathähnchen würde Kentucky Fried Chicken vor Neid erblassen lassen. War einer der Gründe, warum ich sie geheiratet habe. Vielleicht erinnert sie das daran, was ihr entgeht.«

»Wie wär's, wenn ich für sie einen Gutschein von Dana Sues anderem Unternehmen obendrauf lege?«, bot Ronnie an. »Es heißt *The Corner Spa*, und ich hab gehört, dass es dort richtig gute Massagen gibt.«

»Ich hab mich schon immer gefragt, wie so 'ne Massage wohl sein würde«, sagte Butch mit ernster Miene.

Ronnie schmunzelte. »Tut mir leid. Das wirst du dort nicht rausfinden. Ist nur für Frauen.«

»Also, das kommt mir nicht richtig vor«, sagte Butch sichtlich enttäuscht. »Aber was soll's? Wenn es Jessie glücklich macht, kann ich mich wohl kaum beschweren. Jetzt geh ich lieber wieder an die Arbeit, bevor alle den Nachmittag verbummeln, weil der Boss nicht da ist.«

»Niemand bummelt unter Terrys Aufsicht«, erinnerte ihn Ronnie.

Kurz schaute Butch verdutzt drein, dann strahlte er übers ganze Gesicht. »Ihr Apfel ist wirklich nicht weit vom alten Stamm gefallen, was?«

»Kannst du laut sagen, Butch. Aber geh du nur. Ich übernehme die Rechnung, danach fahr ich zurück nach Serenity.«

»Melde dich bald, hörst du?«, erwiderte Butch und schüttelte Ronnie die Hand.

»Bald«, versprach er, dann lehnte er sich zurück, als Butch ging. »Tja, wer hätte das gedacht.«

Ronnie warf einen Blick auf die Rechnung für die beiden Steaks, warf vierzig Dollar auf den Tisch und schätzte sich glücklich. Die beste Investition in seine Zukunft, die er je getätigt hatte.

Dana Sue saß an einem Tisch auf der Terrasse des *Corner Spa*. Die durch eine alte Sumpfeiche scheinende Sonne warf ein geschecktes Lichtmuster auf die zartrosa Ziegel. Eine sanfte Brise wehte durch das Louisianamoos. Klassische Musik dudelte leise aus den Lautsprechern, eine Neuerung, die Maddie seit Dana Sues letztem Besuch eingeführt hatte.

»Was hältst du von der Musik?«, fragte Maddie, als sie sich zu ihr gesellte.

»Ist beruhigend«, antwortete Dana Sue, obwohl sie keine Ahnung von Bach, Beethoven oder Mozart hatte. Country-Musik wie von George Strait und Kenny Chesney entsprachen viel eher ihrem Geschmack.

Maddie nickte zufrieden. »Dachte ich auch.«

»Und es hat Stil«, fügte Dana Sue hinzu. »Noch etwas, wodurch wir uns von allen anderen unterscheiden.«

»Ich bin froh, dass es dir gefällt«, sagte Maddie. »Und

verrätst du mir jetzt, warum du so nachdenklich drein-schaust? Du siehst aus, als hättest du gerade deinen besten Freund verloren.«

Ausnahmsweise verzichtete Dana Sue darauf, ihre Stimmung zu leugnen. Sie musste mit jemandem darüber reden, bevor sie sich in völlige Panik hineinsteigerte. »Bevor ich hergekommen bin, hat mich Dr. McDaniels angerufen.«

»Sie ist Annies Psychiaterin, richtig?«, fragte Maddie.

»Na ja, das sollte sie eigentlich sein. Aber jedes Mal, wenn sie bisher bei Annie war, hat sie ihr eine Ausrede aufgetischt, warum sie nicht reden will. Inzwischen ist über eine Woche vergangen, und sie haben keine Fortschritte erzielt.«

Maddie wirkte nicht sonderlich überrascht. »Ich könnte mir vorstellen, dass eine Therapie für eine Sechzehnjährige ziemlich beängstigend sein muss. Die meisten Jugendlichen in dem Alter wollen ja nicht mal damit herausrücken, ob sie ihre Hausaufgaben gemacht haben.«

»Das hat Dr. McDaniels auch gesagt. Sie hat mir erklärt, dass Verleugnung in dem Alter nicht ungewöhnlich ist.«

»Warum bist du dann so besorgt?«, fragte Maddie.

»Weil's hier um Annies Leben geht«, erwiderte Dana Sue frustriert. »Wenn sie nicht redet und wir nicht herausfinden, was mit ihr los ist, könnte sie prompt wieder auf der Intensivstation landen. Und nächstes Mal haben wir vielleicht nicht so viel Glück. Ich weiß, dass Dr. McDaniels besorgt darüber ist, auch wenn sie es nicht ausspricht. Annie muss anfangen zu kooperieren, statt so tun, als wäre alles in bester Ordnung.«

»Hast du ihr das gesagt?«, fragte Maddie.

»Nein.«

»Wieso um alles in der Welt nicht?«

»Ich wollte wohl nicht noch mehr Druck auf sie ausüben«, gab Dana Sue zurück. »Offensichtlich war das der falsche Ansatz.«

»Vielleicht ist Serenity nicht der beste Ort für ihre Behandlung, wenn sie sich hier so leicht herausreden kann«, deutete Maddie behutsam an. »Vielleicht wäre es an der Zeit, eine stationäre Einrichtung in Betracht zu ziehen.«

Dana Sue runzelte besorgt die Stirn. »Nein. Ich könnte es nicht ertragen, sie wegzuschicken, schon gar nicht, während sie so verletzlich ist.«

»Nicht mal, um ihr Leben zu retten?«, fragte Maddie.

Dana Sue starrte ihre Freundin an. »Oh Gott, Maddie, was soll ich nur tun? Offensichtlich braucht sie Hilfe.«

»Was sagt Ronnie dazu?«

»Bisher noch gar nichts. Ich hab versucht, ihn nach dem Gespräch mit Dr. McDaniels anzurufen, aber er ist nicht ans Handy gegangen. Im Krankenhaus ist er auch nicht.« Nach einer kurzen Pause fügte sie hinzu: »Vielleicht ist ihm alles zu viel geworden, und er ist wieder abgehauen.«

»Das weißt du doch besser«, tadelte Maddie sie. »Er taucht schon wieder auf, dann könnt ihr darüber reden. Vorerst kommt da gerade Helen. Und sie hat diesen Blick drauf, der besagt, dass sie sich was in den Kopf gesetzt hat und kein Erbarmen kennt.«

Unwillkürlich grinste Dana Sue. »Ein Jammer, dass wir hier nichts Stärkeres als Kaffee servieren.«

»Ich hab im Büro noch eine Flasche Champagner von der Eröffnung übrig. Aber die Korken knallen zu lassen, wäre wohl eine schlechte Idee«, meinte Maddie mit sehnsüchtiger Miene.

»Es sei denn, wir gehen in dein Büro, sperren Helen aus und trinken ihn, bevor wir sie reinlassen«, schlug Dana Sue vor.

Offenbar hatte Helen genug gehört, um es zu missbilligen. »Niemand geht irgendwohin, um zu trinken«, sagte sie, setzte sich, öffnete ihre allgegenwärtige Aktentasche und verteilte Notizblöcke an alle. »Also gut, meine Damen, wir haben den ersten Tag vom Rest unseres Lebens. Legen wir los. Zehn Ziele in zehn Minuten. Fangt an zu schreiben. Wir haben nicht den ganzen Tag Zeit.«

Dana Sue warf ihr einen mürrischen Blick zu. »Ich schlage vor, du setzt ganz oben auf deine Liste in fetten Großbuchstaben: NICHT MEHR HERRISCH SEIN.«

Helen schaute genauso finster zurück. »Nicht witzig.«

Dana Sue zwinkerte Maddie zu. »Hast du gedacht, dass ich damit witzig sein wollte?«

»Überhaupt nicht«, sagte Maddie.

»Reißt euch zusammen, ihr zwei Scherzkekse. Ihr habt versprochen, es ernst zu nehmen. Wir brauchen Ziele. Wir brauchen einen Plan.«

»Hast du zufällig deinen Termin bei Doc Marshall verschoben?«, erkundigte sich Dana Sue.

»Der ist morgen früh, wenn du's genau wissen willst.«

»Das erklärt, warum du's so eilig damit hast, es zu Papier zu bringen«, folgerte Maddie. »Ich könnte mir gut vorstellen, dass du einen Notar parat hast, der unsere Unterschriften beglaubigt, wenn wir fertig sind.«

Helen errötete schuldbewusst. »Tatsächlich hat Patty Markham zufällig ihr Notarsiegel dabei. Sie hat gesagt, sie trainiert bis Viertel vor neun. Auch ein Grund, warum wir uns beeilen müssen. Wir haben schon Viertel nach acht und müssen uns noch auf unsere Ziele einigen, sobald wir sie aufgeschrieben haben. Legen wir uns ins Zeug.«

Dana Sue wechselte einen Blick mit Maddie. »Ein hoffnungsloser Fall.«

»Typ A, durch und durch«, pflichtete Maddie ihr bei.

Helen bedachte beide mit einem mürrischen Blick. »Deshalb brauche ich diese Ziele noch dringender als ihr zwei. Helft mir lieber, statt euch über mich lustig zu machen.«

Dana Sue seufzte. »Damit hat sie nicht unrecht. Wir sind nicht gerade hilfreich.« Damit nahm sie ihren Stift in die Hand und versuchte, ihre Gesundheitsziele und einen realistischen Zeitplan dafür zu formulieren. Leider gelang es ihr nicht wirklich, sich auf die eigene Gesundheit zu konzentrieren, während ihre Tochter in einer so prekären Lage steckte und fest entschlossen zu sein schien, mit aller Kraft gegen ihre Genesung anzukämpfen.

Stattdessen schrieb sie wieder und wieder »Annie gesund machen«, als hätte es ihr eine Lehrerin aufgetragen, um ihr eine besonders wichtige Lektion einzubläuen.

Exakt zehn Minuten später sah Helen auf die Armbanduhr und verkündete: »Die Zeit ist um. Was habt ihr?«

Dana Sue blinzelte. Als sie den Blick auf das Papier vor ihr senkte, spürte sie, wie ihr Tränen in die Augen stiegen.

Sofort griff Helen nach ihrer Hand. »Was ist?«, fragte sie eindringlich. »Was hast du, Süße?«

Dana Sue schüttelte den Kopf, brachte kein Wort heraus. Maddie zog den Notizblock zu sich und betrachtete ihn, dann kam sie um den Tisch herum und kauerte sich neben Dana Sue. »Annie steht das durch«, sagte sie zuver-

sichtlich. »Sie hat uns. Sie hat ihren Papa. Sie hat Dr. Mc-
Daniels und die Ernährungsberaterin.«

»Was, wenn das nicht reicht?«, flüsterte Dana Sue und
wischte ungeduldig die Tränen von ihren Wangen.

Sie bemerkte, wie Maddie und Helen einen besorgten
Blick wechselten, bevor Helen ihre Hand drückte und in
überzeugtem Ton erklärte: »Es *wird* reichen. Dafür sorgen wir schon.«

Dana Sue schenkte ihr ein unsicheres Lächeln und betete, dass Helen, die immer alles besser wusste, auch diesmal richtigliegen würde.

Zwei Stunden später wurden Dana Sue und Ronnie in
Dr. McDaniels' Büro bestellt.

»Hast du eine Ahnung, worum's geht?«, fragte Ronnie,
während sie draußen auf die Ankunft der Ärztin warteten.

Dana Sue nickte. »Sie hat mich heute Morgen angerufen. Annie legt sich bei ihren Sitzungen quer. Die meiste
Zeit weigert sie sich, überhaupt irgendwas zu sagen. Dr.
McDaniels hat mir zwar erklärt, das wäre nicht weiter ungewöhnlich, aber es ist beunruhigend.«

Ronnie schaute fassungslos drein. »Ich dachte, es würde
ihr besser gehen. Gestern Abend hat sie gelacht und dabei
fast wie früher geklungen.«

»Das ist Verleugnung«, erklärte Dana Sue müde. »Kein
Anzeichen dafür, dass sie geheilt ist. Sie will uns glauben
lassen, dass alles in Ordnung ist.«

»Sie muss sich ans Programm halten«, sagte Ronnie
hitzig.

»Und weiter? Willst du in ihr Zimmer gehen und sie
anschreien?«, fragte Dana Sue sarkastisch. »Damit er-
reichst du bestimmt viel.«

Ronnie sah sie bestürzt an. »Das hab ich nicht gesagt. Ich weiß, dass Anschreien nichts bringt. Weißt du, es ist nur so verdammt frustrierend.«

»Glaub mir, das weiß ich«, erwiderte Dana Sue und dachte an ihren Zusammenbruch vorhin zurück.

In dem Moment traf Dr. McDaniels ein. »Tut mir leid, dass ich mich verspäte«, entschuldigte sie sich, während sie die Tür aufschloss und sie hereinwinkte. »Eine unerwartete Krise bei einer meiner Patientinnen.«

Dana Sue musterte die abgehärmten Züge der Psychiaterin und entschied, dass sie erschöpft aussah. Waren etwa alle ihre Patientinnen wie Annie? Der Umgang mit problembehafteten Teenagern musste entsetzlich anstrengend sein.

Statt sich hinter ihren Schreibtisch zu setzen, zog Dr. McDaniels einen Stuhl neben sie beide. »Also gut, Folgendes: Nach unserem Gespräch heute Morgen, Dana Sue, war ich wieder bei Annie und bin keinen Schritt weitergekommen. Sie leugnet immer noch, dass irgendetwas nicht stimmt, obwohl ich gehört habe, dass sie bei Lacy ein bisschen kooperativer geworden ist. Andererseits kann Lacy ihr sehr spezifische Zielvorgaben setzen und sie überwachen, damit Annie sie auch einhält. Es ist schwieriger, sie zum Reden zu bringen, wenn sie nicht will. Ich glaube, sie fürchtet, wenn sie zugibt, was sie getan hat, muss sie sich damit auseinandersetzen. Und sie glaubt nicht, dass sie das kann.«

Ronnie nickte. »Das hat sie neulich sogar zu mir gesagt.«

Dr. McDaniels wirkte überrascht. »Wirklich? Ich wünschte, Sie hätten mir davon berichtet.«

Er verlagerte unbehaglich sein Gewicht auf dem Stuhl. »Tut mir leid. Daran hab ich nicht gedacht.«

»In dieser Phase ist alles wichtig, was Annie durch den Kopf geht. Ich muss davon erfahren«, erklärte Dr. McDaniels.

Ronnie nickte, dann sagte er: »Wenn das so ist, sollten Sie vielleicht noch etwas wissen. Sie hat mir erzählt, dass sie ihr Essen die Toilette runterspülen wollte. Davon abgehalten hat sie nur, dass Lacy ihr während der Mahlzeit zugesehen hat.«

»Was?«, rutschte Dana Sue heraus, die ihn ungläubig anstarrte. »Und dir ist nicht in den Sinn gekommen, das könnte wichtig sein?«

»Sie hat gewusst, dass ihre Einstellung falsch war«, rechtfertigte er sich. »Ich glaube aufrichtig, dass sie inzwischen vernünftiger ist und diesem Impuls nicht nachgeben würde.«

»Dann hast du immer noch nicht kapiert, dass sie beim Thema Essen ständig lügt«, herrschte Dana Sue ihn an.

Dr. McDaniels hob beschwichtigend die Hände. »Okay, das reicht. Gegenseitige Schuldzuweisungen bringen uns nicht weiter.«

»Tut mir leid«, entschuldigte sich Dana Sue. »Was können wir tun?«

»Wegen Ihrer Scheidung haben Sie beide jeweils eine einzigartige Beziehung zu Annie«, sagte die Psychiaterin. »Sie sucht bei Ihnen nach emotionaler Unterstützung. Ich kenne die Dynamik Ihrer Beziehung seit der Scheidung nicht, aber ich möchte, dass Sie sich ab sofort als geschlossene Einheit vor ihr präsentieren.«

Dana Sue spürte, wie ihr das Herz in die Kehle kroch. »Sie wollen damit doch nicht etwa sagen ...«, begann sie, konnte den absurden Gedanken jedoch nicht mal aussprechen.

Die Psychiaterin bedachte sie mit einem verwirrten Blick. »Was sagen?«

»Dass Ronnie und ich ...« Wieder zögerte sie und schluckte schwer, bevor sie damit herausplatzte. »Dass wir wieder zusammenkommen sollten.«

Ronnie bedachte sie mit einem eindringlichen Blick, als wäre die Vorstellung nicht völlig verrückt oder abstoßend. Dr. McDaniels' Gesichtsausdruck blieb vollkommen unverbindlich.

»Ich würde mir nie anmaßen, Ihnen in dieser Hinsicht irgendetwas nahezulegen«, versicherte Dr. McDaniels. »Ich rede lediglich von Ihrem Auftreten gegenüber Annie. Wenn wir uns auf einen Plan einigen, müssen Sie beide ihn unterstützen. Für das Spiel ›guter Bulle – böser Bulle‹ ist kein Platz, weder zwischen Ihnen beiden untereinander noch zwischen Ihnen beiden und mir. Wir müssen alle auf der gleichen Seite stehen. Können wir uns darauf verständigen?«

»Natürlich«, sagte Dana Sue sofort.

Ronnie nickte, sah dabei jedoch sie an. Sie konnte ihm an den Augen ablesen, was in seinem Kopf vorging.

»Also gut«, sagte Dr. McDaniels forsch. »Ich habe mit Dr. Lane gesprochen, und er und ich sind uns einig. Auch wenn er sagt, dass es Annie körperlich gut genug geht, um sie nach Hause zu lassen, werde ich sie morgen mit ein paar kalten, harten Fakten konfrontieren. Ich werde ihr erklären, dass sie nicht nach Hause darf, bevor sie mit Lacy und mir zusammenarbeitet. Basta. Können Sie damit leben?«

»Auf jeden Fall«, sagte Ronnie.

Dana Sue wollte zwar protestieren, wusste aber, dass sie nicht konnte. Nicht, wenn sie wollte, dass Annie gesund wurde. »Einverstanden«, willigte sie zögernd ein. »Aber was, wenn das nicht reicht?«

»Dann müssen wir stationäre Behandlungseinrichtungen ins Auge fassen«, erwiderte Dr. McDaniels mit verkniffener Miene. »Auf lange Sicht könnte das die beste Option sein.«

»Was sollen wir ihr sagen?«, fragte Ronnie.

»Sie wird wollen, dass Sie mich zurückpfeifen«, erwiderte die Psychiaterin. »Sie wird Sie anflehen, sie mit nach Hause zu nehmen, weil der Kardiologe gesagt hat, dass es ihr besser geht. Sie wird Ihnen alle möglichen Versprechungen geben, dass sie zu Hause tun wird, was immer sie muss. Und Sie müssen mir dabei den Rücken stärken – keine Fortschritte, keine Entlassung. Basta. Wir sind in einer Situation, die nach liebevoller Strenge verlangt. Kommen Sie damit zurecht?«

»Müssen wir wohl«, sagte Dana Sue und sah dabei Ronnie in die Augen. Trotz seiner Beteuerungen, alles zu tun, was getan werden musste, und trotz ihrer eigenen Unzulänglichkeiten verkörperte er das schwache Glied. Wenn jemand einknickte, würde er es sein. Er konnte es nicht ausstehen, sein Baby unglücklich zu sehen.

Schließlich krümmte er sich unter ihrem bohrenden Blick.

»Ich schaffe das«, murmelte er.

»Auch wenn sie weint?«, fragte Dana Sue skeptisch.

»Auch dann«, erwiderte er überraschend entschlossen. »Ich weiß, dass ich sonst immer zu nachsichtig bei ihr bin, aber nicht dabei, Dana Sue. Diesmal nicht.«

»Ich hoffe, du meinst es ernst«, sagte sie zu ihm.

Dr. McDaniels nickte zufrieden. »Gut. Halten Sie sich etwas vor Augen, wenn Sie auch nur in Versuchung geraten nachzugeben: Annie braucht Sie beide jetzt als ihre Eltern, nicht als Freunde.«

»Und wann sollen wir mit dieser liebevollen Strenge anfangen?«, fragte Ronnie.

»Am besten sofort«, antwortete Dr. McDaniels. »Vielleicht ist sie dann schon offener, wenn ich sie morgen früh besuche.«

Dana Sue bedachte die Ärztin mit einem schiefen Blick. »Darauf würde ich nicht hoffen. Sie hat die Sturheit ihres Vaters geerbt.«

»Glashaus und Steine und so«, konterte Ronnie. »Gehen wir, Schatz. Fangen wir lieber damit an, solange wir noch das Rückgrat dafür haben.«

Darüber schmunzelte Dr. McDaniels. »Falls Ihr Rückgrat zu schwächeln beginnt, denken Sie einfach daran, dass ich immer für Sie da bin. Und noch etwas sollen Sie wissen: Ich hatte schon mit härteren Fällen als Annie zu tun. Wir werden zu ihr durchdringen und sie gesund machen.«

Dana Sue wollte ihr glauben. Sie *musste* ihr glauben.

Kapitel 12

Ronnie und Dana Sue hatten den Aufzug beinah erreicht, als er in Panik geriet. Er schob die Hand unter ihren Ellenbogen und zog sie in Richtung des Krankenhausausgangs.

»Ronnie, was ist in dich gefahren?«, fragte sie. »Ich dachte, wir wollten zu Annie.«

»Wollten wir auch. Machen wir noch«, sagte er. »Nur nicht jetzt sofort.«

Verwirrt starrte sie ihn an. »Warum nicht jetzt sofort?«

»Weil ich nicht weiß, ob ich es jetzt gerade schaffe. Deshalb«, gestand er. »Du hattest recht damit, mich vorhin in Frage zu stellen. Wenn Annie mich mit diesen großen Augen ansieht und zu weinen anfängt, werd ich ihr geben, was immer sie will.«

»Nicht mit mir im Zimmer«, widersprach Dana Sue hitzig. »Du *hast zugestimmt*, dass wir hart sein müssen, Ronnie.«

»Und ich weiß, dass es das Richtige ist«, räumte er ein. »Aber wir reden hier von Annie. Sie ist noch ein Kind.«

»Sie ist sechzehn und hätte sich fast umgebracht«, hielt Dana Sue ihm mit belegter Stimme vor Augen.

Ihre Wut war berechtigt, aber irgendwie konnte Ronnie die Worte nicht mit seiner wunderschönen Tochter unter einen Hut bringen. »Es war ein Versehen«, sagte er.

»Wenn du damit meinst, dass ihr nicht klar war, sie könnte sterben, wenn sie nicht isst, dann ja. Das war ein

Versehen«, räumte Dana Sue in ruhigerem, jedoch unverändert leidenschaftlichem Tonfall ein. »Aber nicht zu essen war eine *Entscheidung*, Ronnie. Mag sein, dass viele Faktoren zusammengespielt haben, die wir noch nicht verstehen. Aber sie hat sich jeden einzelnen Tag ihr Essen angesehen und bewusst entschieden, es nicht anzurühren. Auch nicht, nachdem sie auf Maddies Hochzeit ohnmächtig geworden ist und uns alle damit zu Tode erschreckt hat.«

»Sie ist schon vorher ohnmächtig geworden?« Er klang entsetzt. »Warum hast du mir nichts davon gesagt? Ist mir egal, wie sauer du auf mich warst, ich hätte ein Recht darauf gehabt, es zu erfahren.«

Dana Sue schaute leicht schuldbewusst drein. »Wahrscheinlich, aber damals war ich selbst noch in der Verleugnungsphase. Ich habe mir erfolgreich eingeredet, es wäre harmlos. Genau, wie du es gerade tust. Viele Menschen lassen Mahlzeiten ausfallen. Viele Menschen werden ohnmächtig. Das heißt noch lange nicht, dass ihnen etwas Ernstes fehlt. Kommt dir das bekannt vor?«

Dana Sues Worte klangen ein wenig zu deutlich bei Ronnie nach. All das hatte er tatsächlich gedacht, auch nachdem er Annie im Krankenhausbett gesehen hatte, nur noch ein Schatten ihrer selbst. Auch nachdem er mühsam verdaut hatte, dass sie durch einen Herzstillstand hier gelandet war.

»Ich hasse das«, flüsterte er. »Ich hasse es so sehr.«

Dana Sue legte ihm die Hand auf die Wange. »Ich weiß. Ich auch.« Dann entfernte sie sich und steuerte zurück zu den Aufzügen. »Gehen wir einfach zu ihr, okay?«

»Nein!«, widersprach Ronnie scharf. »Wir müssen darüber reden, Dana Sue. Ich will alles wissen. Vielleicht werd ich dann irgendwie schlau daraus.«

»Ich weiß es seit Monaten und werde nicht schlau daraus«, erwiderte sie. »Wie kommst du darauf, dass es dir nach einem Gespräch gelingen könnte?«

»Bitte. Lass uns nur für eine Stunde von hier verschwinden und was essen gehen. Danach kommen wir zurück und reden mit Annie.«

»Aber Dr. McDaniels hat gesagt …«

»Sie weiß nicht alles«, fiel Ronnie ihr schroff ins Wort. »Ich anscheinend auch nicht. Das muss sich ändern.«

Dana Sues Züge fielen in sich zusammen. Schließlich nickte sie. »Na schön, wohin willst du?«

»Soweit ich weiß, gibt's in der Stadt nur ein Lokal, wo es sich zu essen lohnt«, sagte er. Da sie eingelenkt hatte und seiner Bitte nachkommen würde, legte sich seine Anspannung ein wenig. »Gib's zu. Du wirst dich ohnehin besser fühlen, wenn du nachschaust, wie's im *Sullivan's* läuft.«

Nach kurzem Zögern nickte sie. »Wenn ich fünf ungestörte Minuten in der Küche bekomme, um nach dem Rechten zu sehen«, feilschte sie. Dann überlegte sie kurz. »Sagen wir lieber zehn Minuten.«

Ronnie schmunzelte. »Nimm dir so viel Zeit, wie du willst, Süße. Ich werd immer noch auf dich warten, wenn du fertig damit bist, dich zu verstecken.«

»Nach dem Rechten zu sehen«, korrigierte sie ihn.

»Nenn es, wie du willst, solange dir klar ist, dass ich nicht verschwinden werde.«

Dana Sue verdrehte die Augen. »Ich weiß. Langsam kriege ich den Eindruck, du bist wie Pilzbefall. Beim zweiten Mal noch schwieriger loszuwerden als beim ersten Mal.«

»Redet man so über den Mann, den man versprochen

hat, für immer zu lieben?« Trotz ihres Beleidigungsversuchs war er belustigt.

»Dieser Mann ist für mich tot und begraben«, behauptete sie.

Vielleicht trug Ronnie auch dabei Scheuklappen und sah nicht klar. Aber das glaubte er nicht. Er zwinkerte ihr zu. »Wir werden sehen, Schatz. Wir werden sehen.«

Dana Sue konnte gar nicht schnell genug in die Küche des Restaurants flüchten. Sosehr sie sich bemühte, Ronnie auf Abstand zu halten und ihn ihre Verachtung spüren zu lassen, er ging ihr unter die Haut. Seine aufrichtige Sorge um Annie spielte dabei mit. Aber sie hatte immer gewusst, dass er mit Begeisterung Vater war und Annie ihm die Welt bedeutete. Was ihre Verteidigung wirklich allmählich untergrub, war seine Hartnäckigkeit. Eine hinterhältige Gehirnzelle begann tatsächlich zu glauben, er könnte sich geändert haben, wollte die Vergangenheit wiedergutmachen, sie zurückhaben und würde nicht aufhören, bis er sie hätte.

Natürlich verblieben immer noch etwa fünfzig Milliarden Zellen, die es ihm nicht abkauften. Aber diese eine empfängliche Zelle schien sich zu teilen und rasant zu vermehren. Das musste sie verhindern. Dafür brauchte sie ein paar Stunden mit Helens Zynismus, aber den würde sie heute nicht bekommen. Eriks tief verwurzelter Beschützerinstinkt würde reichen müssen.

»Habe ich das richtig gesehen, dass du mit deinem Ex-Mann reingekommen bist?«, fragte er, als Dana Sue die Küche betrat.

Sie nickte.

»Du hast ihn hergebracht? Freiwillig?«

»Genau genommen, ist er gefahren, aber im Grunde ja«, sagte sie und fühlte sich schon besser, weil Erik ihr prompt die Daumenschrauben anlegte. Er mochte zum Zeitpunkt der Scheidung noch nicht in der Stadt gewesen sein, trotzdem kannte er genug Einzelheiten, um dafür zu sorgen, dass sie Ronnie gegenüber keine Milde walten lassen würde.

Erik betrachtete sie mit der typischen Verwirrung eines Mannes, wenn er mit widersprüchlichen Handlungen einer Frau konfrontiert wurde. »Warum? Ich dachte, du kannst ihn nicht ausstehen.«

Dana Sue sank auf einen Hocker, der nicht im Weg der Abräumer stand, die mit Tabletts voll schmutzigem Geschirr hereinkamen. Sie spielte mit dem Gedanken an Verleugnung, nur bei Annie hatte das nicht funktioniert. Es würde auch in dem Fall nichts bringen. Sie bedachte Erik mit einem resignierten Blick. »Anscheinend doch nicht so sehr.«

Er wirkte verblüfft. Oder vielleicht war es auch Enttäuschung, die seinen Blick verdüsterte. Das konnte sie nachvollziehen. Ihre Schwäche enttäuschte sie selbst.

»Bist du dabei, dich wieder in ihn zu verlieben?« Erik klang, als könnte er nicht glauben, dass ihr ein so dummer Fehler unterlaufen könnte.

»Vielleicht.« Sie zeigte mit Daumen und Zeigefinger einen Abstand von vielleicht einen halben Zentimeter an. »Ein kleines bisschen.«

»Lieber Gott im Himmel. Was soll ich nur machen? Einen Exorzisten für dich auftreiben?«

Dana Sue lachte. »Also, darauf bin ich noch nie gekommen. Ich frage mich, ob es funktionieren würde.« Wenn sie eine Chance dafür sähe, würde sie es vielleicht versuchen. Aber wie sollte sich eine Frau von den Gefühlen befreien, die sie den Großteil ihres erwachsenen Lebens für einen Mann gehabt hatte? Wenn dafür nicht ausgereicht hatte, dass er sie betrogen und gedemütigt hatte, was vermochte es dann?

»Ich bin dafür, dass du ihm sagst, er soll sich vom Acker machen, und dass du es ernst meinst«, erklärte Erik rundheraus.

»Nicht, solange Annie krank ist.«

Schlagartig veränderte sich Eriks Gesichtsausdruck. »Stimmt, im Moment kannst du das natürlich nicht. Wie geht's ihr?«

»Sie ist stur und unkooperativ.«

»Klingt ganz nach Annie.« Er grinste. »Und ihrer Mutter.«

»Ha-ha«, gab Dana Sue freudlos zurück. »Deshalb sind Ronnie und ich hier. Wir versuchen, uns etwas einfallen zu lassen, um zu ihr durchzudringen. Und er will jede Einzelheit darüber erfahren, wie sie überhaupt erst in diesen Zustand kommen konnte. Wird ihn nicht freuen, wenn ich ihm sage, dass ich nicht alle Antworten kenne.«

»Dann seid ihr nicht hier, um an einem lauschigen Tisch hinten in der Ecke zu turteln?«, scherzte Erik. »Das erleichtert mich schon mal.«

Sie runzelte die Stirn. »Ich schwanke vielleicht ein bisschen, aber ich bin noch nicht umgefallen.«

»Dann lass mich dir helfen, standhaft zu bleiben, da Helen und Maddie ja nicht hier sind«, bot er an. »Der Mann hat dich betrogen. Ist das nicht so ziemlich die Quintessenz von Ronnie Sullivan?«

Dana Sue nickte. »Sehr lange hat für mich nur der Teil gezählt.«

»Und warum ziehst du jetzt auch nur in Betracht, dich wieder auf ihn einzulassen? Das kapier ich einfach nicht. Das hast du nicht nötig, Dana Sue. Du verdienst verdammt viel mehr von dem Mann in deinem Leben.«

»Du kennst ihn nicht richtig«, begann sie.

»Ich weiß genug«, gab er knapp zurück. »Ich weiß, dass er dich und Annie verletzt hat.«

»Das kann ich nicht leugnen«, räumte Dana Sue ein. »Aber ich fange gerade an, mich daran zu erinnern, dass noch viel mehr in ihm steckt.«

Was ihr beinah genauso viel Angst wie Annies Zustand einjagte.

Ronnie plauderte gerade mit der Kellnerin über die Spezialitäten des Abends, während er auf Dana Sues Rückkehr wartete, als er Mary Vaughn Lewis durch die Tür hereinkommen sah. Als er damals die Stadt verlassen hatte, war sie mit dem Sohn des Bürgermeisters verheiratet und die führende Immobilienmaklerin in der Region gewesen. Wie er ihren Ehrgeiz kannte, der dem von Helen kaum nachstand, vermutete er, dass sie es nach wie vor war.

»Entschuldige«, sagte er zur Kellnerin, einer kessen Teenagerin, die sich als Brenda vorgestellt hatte. »Ich denke, ich warte mit dem Bestellen, bis Dana Sue frei ist. Ich sehe gerade jemanden, mit dem ich reden muss.«

»Gern«, gab Brenda zurück. »Ich sage Dana Sue Bescheid.«

»Danke.« Ronnie stand auf und steuerte auf den Tisch zu, an dem sich Mary Vaughn mit dem Handy am Ohr niedergelassen hatte.

Kaum hatte sie ihn erkannt, sagte sie etwas Knappes zu ihrem Gesprächspartner am Telefon und klappte es zu.

Dann stand sie auf und warf ihm die Arme um den Hals. »Ronnie Sullivan, wenn du mal nicht eine Augenweide bist«, sagte sie und drückte ihm einen Schmatz auf die Lippen. Sie senkte die Stimme. »Du weißt schon, dass Dana Sue wahrscheinlich irgendwo in der Nähe ist, oder? Willst du echt riskieren, dass sie mit dem Fleischermesser auf dich losgeht?«

Er lachte. »Danke für die Warnung, aber sie weiß, dass ich hier bin. Wahrscheinlich ist sie deshalb immer noch nicht aus der Küche zurück. Und weil sie weiß, dass ich noch reichlich Fragen über Annie an sie habe.«

Mary Vaughns Gesichtsausdruck wurde ernst. »Die arme Kleine. Wie geht's ihr?«

»Besser«, antwortete Ronnie ausweichend. Auf die Diskussion wollte er sich lieber nicht einlassen. »Hast du einen Moment Zeit? Ich hätte da was, worüber ich gern mit dir reden würde.«

»Setz dich«, lud sie ihn prompt ein. »Ich bin zwar mit jemandem verabredet, aber er kommt immer zu spät. Heute Abend wird wohl keine Ausnahme sein.«

Ronnie zog ihren Stuhl für sie heraus, bevor er neben ihr Platz nahm. »Du siehst übrigens toll aus«, meinte er zu ihr. Sie hatte den schlanken Körperbau einer begeisterten Tennisspielerin. Mit dem Sport hatte sie angefangen, als sie entschieden hatte, der Country Club wäre der ideale Ort, um reiche potenzielle Kunden kennenzulernen.

»Und?«, fragte er. »Bist du immer noch eine große Nummer in der Immobilienbranche der Gegend?«

Sie lachte. »Die größte. Warum?«

»Betreust du zufällig das Objekt, das an der Main Street verfügbar ist? Ich hab nicht mitgekriegt, wessen Schilder in den Fenstern sind.«

»Den Großteil davon«, sagte sie. »Und die ein, zwei Angebote, die nicht von mir sind, kann ich vermitteln. Wieso?«

»Das muss vorerst zwischen dir und mir bleiben, okay?«, bat er.

»Du kennst mich doch. Ich bin die wandelnde Diskretion«, behauptete sie.

Ronnie lachte. »Muss harte Arbeit für dich gewesen sein, das zu werden«, zog er sie auf. »Früher an der Highschool hat's nichts gegeben, was du nicht gewusst und weitererzählt hast.«

Bei der Erinnerung zuckte sie leicht zusammen. »Das funktioniert in meiner Branche nicht. Ich weiß zwar so einiges …« Sie bremste sich. »Aber wenn ich es ausplaudere, würde ich wohl nur bestätigen, worauf du angespielt hast, oder? Du kannst mir vertrauen, Ronnie. Ich schwör's.«

Er nickte. »Ich würde mir gern den alten Eisenwarenladen ansehen. Wann ist er auf den Markt gekommen?«

»Erst vor ein paar Monaten«, antwortete sie. »Hat mir das Herz gebrochen, mit ansehen zu müssen, wie ein weiteres Unternehmen die Segel streichen musste. Rusty hatte einen Herzinfarkt. Dora Jean musste ihn pflegen und dafür sorgen, dass er sich an die ärztlichen Anweisungen hält. Deshalb konnte sie sich nicht ums Geschäft kümmern. Gut gelaufen ist es zu dem Zeitpunkt ohnehin nicht mehr. Jedenfalls hat sie einfach das ›Geschlossen‹-Schild ins Fenster gehängt, mich angerufen und damit beauftragt, den Laden mit allem Drum und Dran zu verkaufen.«

»Wann kann ich ihn mir ansehen?«

Sie holte einen Terminplaner hervor, der vor Visitenkarten und Zetteln strotzte. Als sie ihren Plan für die nächsten Tage fand, fuhr sie mit dem Finger über die

Einträge. »Morgen früh um acht«, sagte sie schließlich. »Sonst erst nach sechs. Der Tag morgen ist vollgepackt mit Terminen. Um neun Uhr treffe ich mich mit einem Bauträger. Ich will mit ihm über einen Exklusivvertrag für den Verkauf der Häuser in der neuen Trabantenstadt reden, die er plant. Sechshundert Häuser. Ist das zu fassen? Danach steht ein Mittagessen bei der Handelskammer an, das sich bestimmt bis zwei hinzieht. Und anschließend hab ich Hausbesichtigungen mit einem Paar, das aus Michigan herziehen will.« Sie verdrehte die Augen. »Denen hab ich schon zweimal alles gezeigt. Allmählich glaube ich, die wollen sich einfach nur umsehen.«

»Trag mich für acht ein«, sagte Ronnie sofort.

Wenn ihm gefiele, was er bei der Besichtigung hörte und sah, könnte er Mary Vaughn vielleicht überreden, ihn zu einem Treffen mit dem Bauträger mitkommen zu lassen. Zumindest sollte es möglich sein, ihr das Versprechen abzuringen, ihn zu einem späteren Zeitpunkt vorzustellen. Dann könnte er sein Angebot den Bauunternehmern anpreisen, sobald er den Laden eröffnet hätte. Wieder fühlte es sich an, als würde das Schicksal eingreifen.

In dem Moment traf Mary Vaughns Verabredung ein. Es handelte sich um einen gut gekleideten, älteren Mann, den Ronnie nicht kannte. Ronnie stand auf und schüttelte ihm die Hand, als sie einander vorgestellt wurden. Obwohl er Anzug und Krawatte trug, vermittelte er den Eindruck, viel Zeit auf dem Golfplatz zu verbringen.

»Dave Carlson, Ronnie Sullivan, ein alter Schulfreund«, stellte Mary Vaughn vor.

»Ich werde nicht weiter stören«, versicherte Ronnie dem Mann. »Ich hab nur rasch einen Termin mit Mary Vaughn für morgen vereinbart.«

Carlson zuckte mit den Schultern. »Ich bin daran gewöhnt. Sie ist eine meiner besten Maklerinnen, also beschwere ich mich nie, wenn sie was macht, das mehr Umsatz einspielen könnte.«

»Ah, also sind Sie ihr Boss«, folgerte Ronnie.

Mary Vaughn sah den Mann stirnrunzelnd an. »Und seit meiner Scheidung der Mann, zu dem ich abends nach Hause gehe«, sagte sie. Pointiert fügte sie hinzu: »Derzeit zumindest.«

Plötzlich fühlte sich Ronnie, als wäre er in ein Minenfeld gestolpert. Waren die beiden verheiratet oder nicht? Es hörte sich an, als gäbe es wegen des Themas Spannungen.

Er bückte sich und drückte ihr einen harmlosen Schmatz auf die Wange. »Wir sehen uns morgen früh. Einen schönen Abend noch.«

»Danke«, sagte sie.

Ronnie brauchte kaum mehr als zwei Sekunden, um sich den Weg zurück zu seinem Tisch zu bahnen, die Speisekarte zu ergreifen und sich dahinter zu verstecken.

Gleich darauf ließ sich Dana Sue ihm gegenüber nieder. »Warum genau hast du mit Mary Vaughn geknuddelt?«, fragte sie, drückte die Speisekarte nach unten und sah ihm in die Augen.

»Geschäftlich«, antwortete er ausweichend.

Aus dem Blick, mit dem sie ihn bedachte, sprach Unbehagen. »Willst du anfangen, dir Häuser anzusehen, Ronnie?«

»Wenn's so wäre, würde es dich stören?«

»Das weißt du genau«, sagte sie.

»Warum? Weil es bedeuten würde, dass ich bleibe, wie ich's dir ohnehin schon gesagt hab?« Er bedachte sie mit einem wissenden Blick. »Oder weil es bedeuten würde, dass ich nicht darauf warte, bis du mich einlädst, zurück nach Hause zu kommen?«

Sie schaute finster drein. »Siehst du dir jetzt Häuser an oder nicht?«

»Nein«, antwortete er knapp und betrachtete demonstrativ wieder die Speisekarte. »Was empfiehlst du heute Abend, Süße? Den gebratenen Wels oder die Jakobsmuscheln?«

Sie sah aus, als wollte sie ihn auffordern, etwas physisch Unmögliches zu tun, besann sich jedoch eines Besseren. »Der Wels gehört zu unseren beliebtesten Gerichten«, sagte sie verkniffen.

»Dann nehme ich ihn«, entschied er beschwingt. »Mit ein paar Auskünften als Beilage.«

Ihr Blick wurde argwöhnisch. »Über Annie?«

»Nein. Eigentlich würde ich gern etwas über dein Sozialleben erfahren«, verriet er, womit er sie sichtlich erschreckte. »Gibt's jemand Besonderen in deinem Leben, seit ich weg bin?«

»Das geht dich nichts an«, erwiderte sie barsch.

»Ich will nur ein Gefühl für die Konkurrenz kriegen«, erklärte er und genoss, wie schnell ihr die Röte in die Wangen stieg.

»Du bist so was von nicht im Rennen«, behauptete sie.

»Und du solltest mich so was von nicht herausfordern«, konterte er belustigt. »Außer, du bist bereit für die Konsequenzen.«

»Welche Konsequenzen?« In ihrer Stimme schwang ein Hauch von Beunruhigung mit.

Sein Knie berührte unter dem Tisch das ihre. Sie konnte ihm am Tisch nicht ausweichen, jedenfalls nicht, ohne geräuschvoll zurückzurutschen und eine Szene zu verursachen. Sein Blick heftete sich auf ihren Mund. Und bevor sie die Hand zurückziehen konnte, ergriff er sie. Er strich mit dem Daumen über ihre Knöchel, dann hob er sie an seine Lippen und hauchte ihr einen Kuss auf die Haut, die schon unzählige Male Bekanntschaft mit einem Schälmesser gemacht hatte. Obwohl sie sich bemühte, Gleichgültigkeit vorzutäuschen, konnte er an ihrem Handgelenk spüren, wie sich ihr Puls beschleunigte, und er sah, wie sich in ihren Augen die ersten Anzeichen von Verlangen regten.

Zufrieden damit, die gewünschte Reaktion erzielt zu haben, ließ er ihre Hand auf den Tisch sinken und zwinkerte ihr zu. »Das war die Vorspeise.«

Ihre Hand zitterte, als sie ihr Glas mit Wasser anhob. Sie trank einen ausgiebigen Schluck und schien mit dem Gedanken zu spielen, ihm den Rest ins Gesicht zu schütten. Schließlich murmelte sie stattdessen nur: »Du bist ein Schwein.«

»Du hast mich schon Schlimmeres genannt«, merkte er an.

»Du verdienst Schlimmeres.«

»Da hast du recht«, bestätigte er. »Und da wir das jetzt geklärt haben, können wir uns wieder deinem Sozialleben widmen. Mit wem teilst du neuerdings das Bett, Dana Sue?«

»Darüber rede ich nicht mit dir«, entgegnete sie hitzig. »Entweder bestellen wir auf der Stelle, oder ich bin weg.«

»Dann bestellen wir«, sagte er sofort. »Ich kann gleichzeitig essen und dir Fragen stellen. Vielleicht hebt das Essen ja deine Stimmung. Früher war das so.«

Sie funkelte ihn an, als sie der Kellnerin winkte. Brenda eilte prompt herbei, um sich ihrer Chefin von der besten Seite zu präsentieren. Dana Sue bestellte für sich den Schokogenusskuchen, sonst nichts. »Er nimmt den Wels«, sagte sie, bevor sie zynisch hinzufügte: »Und Rattengift als Beilage, falls Erik weiß, wo es ist.«

Der Stift der Teenagerin hielt in der Luft inne, und ihre Augen wurden groß. »Wie bitte?«

Dana Sue schenkte ihr ein mattes Lächeln. »Nur ein Scherz. Einfach den Wels, Pommes und Gemüse.«

»Okay.« Brenda eilte davon.

Gefühlte zwei Sekunden später stürmte Erik aus der Küche und baute sich mit beängstigend finsterer Miene an ihrem Tisch auf.

»Was zum Teufel ist hier los?«, verlangte er zu erfahren, den Blick auf Ronnie gerichtet.

»Deine Chefin schmollt bloß«, antwortete er. »Kein Grund zur Sorge. Ich bin an ihre Launen gewöhnt.«

»Wenn sie den Schokogenusskuchen für sich bestellt, dann schmollt sie nicht nur. Sie versucht, sich umzubringen.«

»Erik!«, warnte Dana Sue.

Ihr Ton ließ sogar Ronnie erkennen, dass ihre Geduld überstrapaziert war. Aber Erik zeigte sich davon unbeeindruckt, was in Ronnies Augen für den Mann sprach.

»Tja, pfeif drauf. Ich trage nicht zu deinem Untergang bei, indem ich dir den Kuchen bringe«, erklärte Erik. Sein Blick schwenkte zu Ronnie. »Und wenn dir auch nur das Geringste an ihr läge, hättest du gar nicht erst zugelassen, dass sie ihn bestellt.«

Ronnie spürte, dass ihm irgendetwas entging. Etwas Wichtiges. Er sah Dana Sue an. »Wovon redet er?«

»Von etwas, das weder ihn noch dich was angeht«, fauchte sie und warf die Serviette auf den Tisch. »Männer!«, brummelte sie, als wäre es ein wüstes Schimpfwort. Damit stand sie auf und stapfte davon.

Erleichtert stellte Ronnie fest, dass sie die Küche ansteuerte, nicht die Ausgangstür.

»Vielleicht erklärst du mir, was hier los ist«, wandte er sich an Erik.

»Ja, sollte ich vielleicht. Aber ich muss wieder rein und sie davon abhalten, irgendwas Dummes anzustellen. Dein Wels kommt gleich.«

Ronnie starrte den beiden nach und überlegte, ob er ihnen folgen sollte. Er war sich nicht sicher, ob er gerade einen eigenartigen Streit zwischen Liebenden oder etwas völlig anderes bezeugt hatte. Was immer es gewesen sein mochte, es ließ sich nicht übersehen, dass zwischen den beiden irgendeine Verbindung bestand. Ronnie glaubte nicht wirklich, dass es sich um eine Beziehung handelte, jedenfalls nicht um eine sexuelle. Aber sie standen sich eindeutig nah genug, dass sie sich einander anvertrauten und gegenseitig beschützten.

Welches Geheimnis also hatte Dana Sue, das sie nicht mit ihm teilen wollte? Bis vor einigen Jahren hatte Ronnie alles über sie gewusst, was es zu wissen gab. Zum Beispiel, dass sie ihre Tage nicht ohne Kaffee beginnen konnte. Oder dass sie mit Socken ins Bett ging, wenn das Wetter kühl wurde. Er wusste sogar genau, wo sich jede ihrer erogenen Zonen befand, darunter jene, die kein ihm bekannter Sexratgeber aufführte.

Und obwohl sie nie ein Wort darüber verloren hatte, wusste er, wie sehr sie ihre Mutter vermisste und sich davor fürchtete, eines Tages selbst an Diabetes zu erkranken.

Bei dem Gedanken ging ihm ein Licht auf. Diabetes! Kein Wunder, dass Erik so ausgeflippt war, als sie den Kuchen und sonst nichts bestellt hatte. Seit Ronnie gegangen war, hatte Dana Sue anscheinend Probleme mit dem Blutzucker bekommen – Probleme, von denen er nichts erfahren sollte.

Er konnte sie entweder darauf ansprechen oder so tun, als hätte er sich bei ihrer Auseinandersetzung mit Erik nichts weiter gedacht. Vorläufig hielt er Letzteres für besser. Er wollte ihr Zeit einräumen, es ihm von selbst zu sagen. In der Zwischenzeit würde er ein Auge auf sie haben und beobachten, ob sie gut auf sich achtete. Zwar wusste er nicht genau, was dafür nötig wäre, aber das konnte er herausfinden. Das Internet kam einem Geschenk des Himmels gleich, um derlei Themen zu recherchieren. Und in der Bibliothek von Serenity gab es Computer, die man dafür benutzen konnte. Gestiftet ausgerechnet von der alten Mrs. Harrington, der knausrigsten Witwe, die je auf Erden gewandelt war. Damit hatte die Frau alle überrascht.

Ronnie stellte fest, dass sich bei der Erinnerung an Dana Sues Mutter und die Diabeteskomplikationen, die zu ihrem Tod geführt hatten, sein Appetit verflüchtigt hatte. Als seine Mahlzeit kam, hätte sie ebenso gut Sägemehl sein können. Er aß trotzdem. So stolz, wie Dana Sue unübersehbar auf die Küche des *Sullivan's* war, wollte er ihr nicht erklären müssen, warum er auch nur einen Bissen übriggelassen hatte.

Danach pappte er sich ein Lächeln ins Gesicht und riskierte es, den Kopf in die Küche zu stecken. Auf den ersten Blick sah er Dana Sue nicht, aber Erik deutete stumm zum Herd.

Dort entdeckte er sie mit dem Rücken zu ihm. Sie hatte sich eine Schürze umgebunden und briet fünf verschiedene Gerichte gleichzeitig an, die sie anschließend auf bereits vorgarnierten Tellern anrichtete. Nachdem sie einen dekorativen Klecks Soße hinzugefügt hatte, tippte sie auf eine Glocke, um jemanden vom Servicepersonal zu rufen.

Dann griff sie sich drei weitere Bestellungen, die in Form von Zetteln direkt über ihrem Kopf hingen, und fing von vorn an. Sie arbeitete hochkonzentriert, mit schnellen und effizienten Handgriffen.

Ronnie schlich zu Erik hinüber. »Brauchst du sie hier?«

Erik schüttelte den Kopf. »Karen hat sich darum gekümmert, bis Dana Sue reingekommen ist. Sie macht nur gerade Pause.«

»Gut. Ich werd sie nämlich hier rausholen. Wir müssen zurück ins Krankenhaus zu Annie.« Als Ronnie dem besorgten Blick des Patissiers begegnete, entschied er, es wäre an der Zeit für den Versuch, ihn zu einem Verbündeten statt zu einem Feind zu machen. »Hat sie gegessen?«

Erik wirkte überrascht von der Frage. »Ich hab sie dazu überredet, sich noch mal was vom Hackbraten zu nehmen.« Er zuckte mit den Schultern. »Normalerweise funktioniert Trostessen bei ihr.«

Ronnie beschloss, vorerst nicht weiter darauf einzugehen, aber seinem Gefühl nach wusste Erik, dass er sich zusammengereimt hatte, was mit Dana Sue nicht stimmte.

»Ich rege sie nicht noch mal so auf«, versprach er mit vielsagendem Unterton, bevor er seufzte. »Na schön, vielleicht doch. Aber ich halte sie von allem fern, was sie nicht essen soll.«

Erik verengte zwar die Augen, doch er verriet ebenso wenig wie Ronnie. Stattdessen nickte er nur. »Ich hoffe, du hältst dich dran.«

»Werd mich bemühen.«

Plötzlich schnitt Dana Sues Stimme durch den Lärm um sie herum. »Seid ihr zwei dann bald mal fertig mit dem Tuscheln?«, fragte sie barsch, immer noch mit dem Rücken zu ihnen. »Das geht mir nämlich auf die Nerven.«

Erik grinste. »Dann halten wir lieber die Klappe. Wenn ich was in der Küche nicht leiden kann, dann eine nervöse Frau mit einem Messer in der Hand.«

Sie übergab die nächsten fertigen Bestellungen an Karen, bevor sie zu den beiden Männern herüberkam. »Daran solltest du vielleicht öfter denken«, schlug sie Erik vor und tätschelte ihm die Wange. Dann drehte sie sich Ronnie zu. »Bereit, zurück ins Krankenhaus zu fahren?«

»Klar. Und du?«

»So bereit, wie ich je sein werde.«

Das Gefühl konnte Ronnie nachvollziehen. Jedes Mal, wenn er an Annies harten Kampf dachte, wollte er sich am liebsten hinsetzen und weinen. Und da nun auch noch Dana Sues heimlicher Kampf hinzukam, fragte er sich unwillkürlich, ob für sie je irgendetwas wieder normal sein würde.

Kapitel 13

Dana Sue empfand Erleichterung darüber, Annie umgeben von ihren Freundinnen zu sehen, als Ronnie und sie ins Krankenhaus zurückkehrten. So konnten sie die von Dr. McDaniels vorgeschlagene Standpauke aufschieben. Vielleicht würde Gesellschaft – vor allem die von Ty, der auf einem Stuhl in der Ecke saß und Annie mit besorgt gerunzelter Stirn beobachtete – Annies Stimmung sogar so sehr bessern, dass sie später empfänglich für die Worte ihrer Eltern sein würde.

Dana Sue spähte zu Ronnie. Sie stellte fest, dass er genauso erleichtert aussah, wie sie sich fühlte.

»Wahrscheinlich sollten wir ihre Freunde rauswerfen, damit wir mit ihr reden können«, meinte er ohne große Begeisterung.

»Sie werden auch so früh genug gehen«, erwiderte Dana Sue. »Wenn wir sie vertreiben, wird sie nur zu aufgebracht sein, um sich anzuhören, was wir zu sagen haben.«

»Warum steht ihr zwei vor Annies Tür und tuschelt?«, fragte Helen, als sie wenige Minuten später eintraf.

»Strategiebesprechung«, erklärte Dana Sue.

»Ach ja?« Helen schaute von ihr zu Ronnie und wieder zurück. »Schlechte Neuigkeiten?«

»Nur wenn Annie nicht darauf hört, was wir zu sagen haben.« Ronnies Miene wirkte verkniffen.

Besorgnis flammte in Helens Augen auf. »Hat sich ihr Zustand verschlechtert?«

Dana Sue schlang einen Arm um ihre Taille. »Nein. Immer noch dasselbe, was ich dir heute Morgen im Spa erzählt habe. Sie macht der Psychiaterin nach wie vor das Leben schwer.«

»Verleugnung«, sagte Helen wissend. »Wer hatte damit nicht schon mal zu kämpfen?«

Dana Sue musterte ihre Freundin und bemerkte die Anspannung in ihrer Haltung. Sie vermutete, dass nicht alles davon auf Sorge um Annie zurückging. »Geht's dir gut? Warst du heute bei Doc Marshall?«

Bei der Frage schaute Helen zerknirscht drein, bevor sie einen vielsagenden Blick auf Ronnie warf.

Dana Sue verstand den Wink. »Entschuldige uns«, sagte sie zu ihrem Ex-Mann und zog Helen in Richtung des Warteraums. Kaum hatten sie sich in einer relativ ungestörten Ecke niedergelassen, verlangte sie: »Erzähl mir, was passiert ist.«

Helen öffnete die Schnallen ihrer Aktentasche und holte eine Flasche mit verschreibungspflichtigen Pillen heraus. »Das ist passiert«, sagte sie missmutig.

»Blutdrucktabletten?«, riet Dana Sue.

»Wassertabletten«, stellte Helen richtig und betrachtete die Pillen voll Abscheu. »Die nimmt man eigentlich erst, wenn man alt ist. Wer will schon den ganzen Tag ständig auf die Toilette rennen? Stell dir nur vor, wie ich eine Verhandlung alle zehn Minuten unterbreche und sage: ›Entschuldigung, Euer Ehren, aber ich muss *schon wieder* auf die Toilette.‹ Ich werd die Lachnummer schlechthin bei Gericht sein.«

Dana Sue biss sich fest auf die Unterlippe, um nicht zu

kichern. Offensichtlich ging es Helen eher ums Altern als darum zuzugeben, dass sie ihren Bluthochdruck aggressiver behandeln musste.

»Dein Blutdruck ist nicht hoch, weil du alt bist, um Himmels willen«, sagte Dana Sue. »Er ist zu hoch, weil du hoffnungslos überfordert bist, zu viel arbeitest, keinen Sport treibst und dich nicht richtig ernährst.« Sie bedachte ihre Freundin mit einem eindringlichen Blick. »Aber das weißt du ja, nicht wahr?«

»Natürlich weiß ich es«, gab Helen ungeduldig zurück. »Ich hab Doc Marshall auch gesagt, dass ich daran arbeite. Ich hab ihm meine Ziele gezeigt, die Maddie und du heute Morgen abgezeichnet habt. Ein freier Tag pro Woche. Eine Stunde Aerobic an drei Tagen die Woche, zwei Stunden Krafttraining. Anmeldung für einen Meditationskurs. Jeden Abend ein gesundes Essen zu einer festen Zeit. *Und so weiter und so fort.* Zehn Ziele waren auf dem Zettel. Sogar *notariell beglaubigt.* Was braucht er denn noch von mir?«

»Hat er dir das nicht gesagt?«

»Eigentlich hat er nur gesagt, es wäre zu wenig und käme zu spät«, grummelte Helen. »Er hat gemeint, mein Blutdruck wäre seit meinem letzten Besuch gestiegen. Und bis ich mit einem niedrigeren Blutdruckwert bei ihm aufkreuze und beweise, dass ich die Ziele erreiche, wären sie nur Worte auf einem Stück Papier.« Helen bebte förmlich vor Empörung. »Als würde ich über meine Absicht lügen, sie einzuhalten.«

»Hast du schon mal«, hielt Dana Sue ihr in sanftem Ton vor Augen.

Helen sah sie mürrisch an. »Auf wessen Seite stehst du eigentlich?«, fragte sie gereizt.

»Immer auf deiner. Trotzdem hat er nicht unrecht«, erwiderte Dana Sue und sah über die Ironie hinweg, dass ausgerechnet sie die strenge Haltung des Arztes verteidigte. Immerhin hatte sie selbst auf keines seiner Worte gehört und erst recht nicht danach gehandelt. »Wie lang versprichst du schon, dass du das Problem in Angriff nimmst, indem du trainierst und anständig isst?«

»Ich trainiere doch. Und ich esse anständig«, behauptete Helen, bevor sie unter Dana Sues skeptischem Blick einknickte. »Na schön, meistens jedenfalls. Sieh mich an. Ich hab kein Gramm Übergewicht.«

»Weil du die meiste Zeit arbeitest und gestresst bist, wenn du mal *nicht* arbeitest«, sagte Dana Sue. »Er hat dir die Pillen nicht verschrieben, um dich zu beleidigen oder deine Absichten anzuzweifeln. Doc Marshall will dich gesund machen. Das ist alles.«

»Ich an deiner Stelle würde ihn nicht so vorschnell verteidigen«, erwiderte Helen. »Dich nimmt er wahrscheinlich als Nächste ins Visier.«

Helen würde mit ihrer Vorhersage zweifellos ins Schwarze treffen. Deshalb hatte Dana Sue auch noch keinen Termin mit ihm vereinbart. Sie wollte sich nicht mit ihm auseinandersetzen und erfahren, dass sie einen Schritt näher davorstand, Tabletten oder Insulin zum Regulieren ihres Blutzuckers zu brauchen. Immerhin fühlte sie sich gut – meistens jedenfalls. Und wenn sie daran dachte, ihren Blutzucker zu überprüfen, war der Wert in der Regel nicht allzu schlecht.

Als ihr klar wurde, dass sie es sich nach Belieben schönredete, zuckte sie innerlich zusammen. Müde gelangte sie zu dem Schluss, dass sowohl Helen als auch sie armselig waren. Sie zogen es beide vor, ihre Probleme zu ignorieren, statt sich ihnen frontal zu stellen. Wie sollte sie mit Annie hart ins Gericht gehen, wenn sie selbst keinen Deut besser war? Ihr selbst mochte Verleugnung im Blut liegen, aber für Annie war sie gefährlich und für Helen selbst im besten Fall riskant. Vorerst musste sich Dana Sue auf die beiden konzentrieren.

»Lass mich dir eine Frage stellen«, sagte sie. »Wenn sich ein Mandant mit einem Problem an dich wendet, was machst du dann?«

»Ich gebe ihm den bestmöglichen Rat«, antwortete Helen mit verwirrtem Blick. »Worauf willst du damit hinaus?«

»Geduld«, erwiderte Dana Sue. »Und gehst du davon aus, dass er den Rat annimmt?«

»Natürlich«, antwortete sie, als wäre alles andere unvorstellbar.

»Wenn du zu Doc Marshall gehst, erwartest du, dass er dir seinen fachmännischen Rat erteilt, richtig? Nicht, dass er dir bloß sagt, was du hören willst. Du würdest deinen Mandanten auch nicht einfach sagen, was sie von dir hören wollen.«

Helens Stirnrunzeln wurde tiefer. »Du klingst allmählich so unausstehlich vernünftig wie Maddie«, klagte sie.

Dana Sue grinste. »Das betrachte ich als Kompliment.« Sie nahm Helen die Flasche mit den Tabletten aus der geballten Faust. »Eine pro Tag«, las sie. »Scheint mir ein geringer Preis zu sein, wenn es hilft, deinen Blutdruck in den Griff zu kriegen.«

»Es geht ums Prinzip«, protestierte Helen, offensichtlich noch nicht bereit einzulenken.

»Nein, das ist dein sturer Stolz«, stellte Dana Sue richtig. »Du willst nur nicht zugeben, dass du Hilfe brauchst.

Denk einfach daran, wie toll du dich an dem Tag fühlen wirst, an dem du die Dinger für immer in den Müll werfen kannst.«

Seufzend griff Helen nach der Flasche. »Na schön. Ich werde die verflixten Pillen nehmen. Aber komm ja nicht meckernd bei mir angerannt, wenn er *dir* Medikamente gegen Diabetes verschreibt. Sonst kriegst du den ganzen ruhigen, logischen Mist prompt von mir zurück.«

Dana Sue lachte. »Nur zu.« Erst nachdem Helen gegangen war, um bei Annie vorbeizuschauen und ihr eine gute Nacht zu wünschen, sank Dana Sue auf dem unbequemen Plastikstuhl zurück und seufzte. Sie war so eine Heuchlerin. Wenn es hart auf hart käme und sie mit einem Rezept konfrontiert wäre, weil sie ihren Blutzuckerspiegel nicht selbst kontrollieren konnte, würde sie sich genauso unmöglich aufführen wie Helen. Sogar noch schlimmer.

Aber so, wie sie diesmal für Helen da gewesen war, würden Helen und Maddie für sie da sein, um sie an das Ziel zu erinnern – am Leben und gesund zu bleiben.

Der Gedanke rief ihr ins Gedächtnis, dass Ronnie und sie noch an diesem Abend dasselbe für Annie tun mussten. Sie riss sich zusammen und marschierte den Flur hinunter. Innerlich wappnete sie sich dafür, Tränen und Wut zu ertragen – oder was immer sonst ihre Tochter ihnen entgegenschleudern mochte.

Sie fand Ronnie allein im Zimmer mit Annie. Die beiden spielten Dame. Das war früher ihr Lieblingszeitvertreib nach dem Abendessen gewesen, seit Annie alt genug war, um die Regeln zu verstehen.

»Sie schlägt mich immer noch haushoch«, sagte er, als Dana Sue einen Stuhl neben seinen zog.

Annie strahlte. »Stimmt, aber ich glaub, du konzentrierst dich nicht richtig«, vermutete sie. Dann stürzte sie sich auf seine verbliebenen drei Spielsteine und gewann eine weitere Partie.

Ronnie seufzte dramatisch. »Siehst du, was ich meine?« Er wandte sich an Dana Sue. »Sie ist skrupellos.«

»Das hat sie von dir, also fang jetzt nicht an, dich darüber zu beschweren«, sagte Dana Sue. Als Annie das Brett für eine weitere Runde vorbereiten wollte, hielt Dana Sue sie auf. »Legen wir es für heute Abend weg, Süße. Wir müssen reden.«

Annies Gesichtsausdruck wurde argwöhnisch. »Worüber?«

»Deine Sitzungen mit Dr. McDaniels«, antwortete Ronnie.

Dana Sue warf ihm einen dankbaren Blick zu und verspürte Erleichterung darüber, dass er die Gesprächsführung nicht ihr allein überlassen wollte.

Annies gute Laune verflog schlagartig. »Ich brauch keine Seelenklempnerin«, erklärte sie mürrisch. »Ich weiß nicht, warum sie immer wieder herkommt. Ich hab ihr mehrfach gesagt, dass es mir gut geht.«

»Es geht dir *nicht* gut«, widersprach Dana Sue. »Sieh nur, wo du bist, Schatz. Ein Mädchen in deinem Alter landet nur dann mit Herzproblemen im Krankenhaus, wenn etwas schwer im Argen liegt.«

»Aber jetzt geht's mir doch wieder gut«, beharrte Annie. »Ich esse, was Lacy und ich vereinbart haben, außer wenn es total eklig ist. Und dann trinke ich zum Ausgleich diese blöden kleinen Shakes. Fragt sie ruhig. Sie wird euch sagen, dass sie meine Kalorien fast auf ein normales Maß gebracht hat. Oder was in ihrer Welt als normal gilt. Ich fühle mich blendend. Dr. Lane sagt, ich werde jeden Tag kräftiger. Ich wette, er wird mich morgen oder übermorgen entlassen.«

»Die Entscheidung liegt nicht bei ihm allein«, erklärte Ronnie in einem Ton, der keinen Widerspruch duldete. »Und nur, damit du's weißt, er stimmt Dr. McDaniels zu, dass du erst entlassen werden kannst, wenn du anfängst, mit ihr zu arbeiten.«

»Sie stecken unter einer Decke?«, fragte Annie ungläubig. »Das ist ätzend.«

»Du solltest ihnen dankbar sein«, sagte Ronnie. »Wenn du nicht die Ursache bekämpfst, wirst du wieder hier landen, Annie – und nächstes Mal hast du vielleicht nicht so viel Glück.«

Annie begegnete dem Blick ihres Vaters, und Tränen traten ihr in die Augen. »Aber es geht mir wieder gut, ehrlich. Bitte, Papa, bring mich einfach nach Hause. Das wird nie wieder passieren. Ich schwör's.«

Dana Sue sah, wie Ronnies Kiefermuskeln arbeiteten, und sie wusste, wie sehr er mit sich haderte.

»Dich nach Hause zu holen, bevor Dr. McDaniels grünes Licht dafür gibt, kommt nicht in Frage«, verkündete er schließlich. »Ist mir egal, wie viele Tränen du vergießt oder wie viele Versprechungen du abgibst. Solange wir nicht mit absoluter Sicherheit wissen, dass du nicht wieder zu essen aufhörst, können wir das nicht riskieren, Annie.«

Sie wirkte fassungslos über seine Ablehnung. »Du kannst nicht einfach zurückkommen, nachdem du mich verlassen hast, und mir vorschreiben, was ich tun soll«, spie sie ihm verbittert entgegen. »Hättest du mich wirklich lieb, wärst du nie gegangen und würdest mich jetzt nicht dazu zwingen hierzubleiben.«

Obwohl ihn ihre Anschuldigungen sichtlich erschütterten, geriet Ronnies Entschlossenheit nicht ins Wanken. »Deine Mutter und ich lieben dich sehr wohl, mehr als alles andere auf der Welt. Und ich denke, das weißt du auch. Wir wollen dich nicht verlieren, Schatz.«

»Aber mir geht's bestens«, protestierte Annie mit anschwellender Stimme. »Na schön!« Sie sprang aus dem Bett. »Hier, ich beweise es euch«, sagte sie, drehte sich im Kreis und tanzte zu einer Melodie, die nur in ihrem Kopf ablief.

»Hör sofort auf damit!«, befahl Dana Sue. »Geh zurück ins Bett.«

Der unerbittliche Tonfall ließ Annie abrupt innehalten. Sie blinzelte frische Tränen weg und setzte sich auf die Bettkante. Dana Sue ging zu ihr und ließ sich neben ihr nieder. Sie dachte daran zurück, was Ronnie zuvor an dem Tag berichtet hatte. »Ich muss die Wahrheit über etwas wissen. Isst du die Mahlzeiten, die man dir bringt? Nimmst du wirklich die vorgesehenen Kalorien zu dir?«

»Ich spüle nichts die Toilette runter, falls du das meinst«, sagte Annie ausweichend. »Es sitzt immer jemand neben mir, der dafür sorgt.«

»Das hab ich damit nicht gemeint«, erwiderte Dana Sue sanft. »Isst du jeden Bissen?«

Annie wich ihrem Blick aus.

»Na?«, bohrte sie nach.

»Es ist zu viel«, klagte Annie, schien sich aber zu schämen.

»Isst du überhaupt etwas davon?«, ließ Dana Sue nicht locker.

»Ein bisschen«, antwortete Annie.

»Und was ist mit dem Rest? Lässt du ihn auf dem Tablett, damit die Krankenschwestern entscheiden können, ob du dich an die Regeln hältst? Und bevor du antwortest: Vergiss nicht, dass ich weiß, wie durchtrieben du sein kannst, wenn du jemanden glauben lassen willst, dass du anständig isst.«

Annies Kinnpartie versteinerte, und sie schwieg beharrlich.

»Das dachte ich mir«, sagte Dana Sue müde.

»Ich hab doch gesagt, dass sie mich mit Argusaugen beobachten«, grummelte Annie. »Ich hätte keine Chance zu schummeln. Kein Wunder, dass ich keinen Appetit hab.«

Dana Sue kaufte ihrer Tochter nicht ab, dass sie keinen anderen Weg gefunden hatte, die Regeln zu umgehen. »Wenn du's nicht die Toilette runterspülst, was dann? Versteckst du es irgendwo, bis sie weg sind?«

Sie stand auf und streckte die Hand nach dem Mülleimer aus. Doch bevor sie darin herumwühlen konnte, fing Annie schluchzend zu weinen an.

»Mama, hör auf«, flehte sie. »Nicht auch noch du. Traut mir denn gar niemand mehr?«

Auf dem Boden des Mülleimers fand Dana Sue eine Serviette und darin eingewickelt ein halbes Truthahnsandwich. Ihr Herz zog sich schmerzhaft zusammen, als sie den vernichtenden Beweis hochhielt. »Liebes, verstehst du denn nicht? Genau deshalb musst du mit Dr. McDaniels reden. Du bist noch kaum eine Woche aus der Intensivstation raus, und schon fällst du in das alte Muster zurück.«

»Und was ist mit dir?«, konterte Annie in schneidendem Ton. »Wie oft hast du schon Eis aus dem Kühlschrank geholt, seit Papa wieder in der Stadt ist? Wenn wir schon von alten Mustern reden.«

Dana Sue spürte, wie ihr die Hitze in die Wangen stieg. »Darum geht's hier nicht«, sagte sie und mied Ronnies Blick. »*Du* steckst gerade in einer Krise, nicht ich.«

»Deine Mutter hat recht«, warf Ronnie mit überraschend schroffer Stimme ein. »Und ich will nie wieder hören, dass du so mit ihr sprichst. Verstanden?«

Annie sah aus, als wollte sie beiden harsche Worte an den Kopf schleudern. Stattdessen nickte sie. »Es tut mir leid, Mama«, sagte sie kleinlaut.

»Entschuldigung angenommen.« Dana Sue strich Annie die Haare aus dem Gesicht. Falls sie eine Erinnerung daran brauchte, wie schlimm die Dinge standen und warum sie das taten, genügte eine Berührung dieser brüchigen Strähnen, um es zu verdeutlichen.

»Ich bin müde«, verkündete Annie, kroch zurück unter die Decke und drehte sich von ihnen weg.

»Dann lassen wir dich jetzt schlafen.« Dana Sue fühlte sich selbst erschöpft. »Bitte denk darüber nach, was wir gesagt haben. Wenn Dr. McDaniels morgen kommt, dann rede mit ihr. Sie ist nicht der Feind. Sie ist auf deiner Seite.«

Annie erwiderte nichts.

Dana Sue warf Ronnie einen hilflosen Blick zu, dann stand sie auf und wartete, während er sich bückte, um Annie einen Kuss zu geben.

»Nacht, Spätzchen«, sagte er. »Hab dich lieb.«

»Ich dich auch«, murmelte Annie mit einem Schluchzen.

Dana Sue musste weg aus dem Zimmer, bevor auch sie in Tränen ausbrechen würde. Als Ronnie ihr nach draußen folgte, blickte sie in sein bestürztes Gesicht.

»Glaubst du, irgendwas davon ist zu ihr durchgedrungen?«, fragte sie ihn.

»Ich wünschte, ich wüsste es«, sagte er. »Jedenfalls haben wir unser Bestes gegeben.«

Sie begegnete seinem Blick und sprach ihre schlimmste Befürchtung aus. »Was, wenn das nicht reicht?«

»Muss es«, erwiderte er schlicht. »Muss es einfach.«

Obwohl sich Ronnie darauf freute, sich den alten Eisenwarenladen anzusehen, um dessen Potenzial abzuschätzen, bekam er die Szene mit Annie nicht aus dem Kopf. Würde es diesmal besser laufen als bei ihren bisherigen Sitzungen mit Dr. McDaniels? Und wenn nicht, was würde als Nächstes passieren? Die Möglichkeit, Annie wegschicken zu müssen, schwebte wie ein Damoklesschwert über allem. Er wusste, dass es Dana Sue ebenso sehr davor graute wie ihm. Sie beteten beide, dass es nicht dazu kommen würde.

Vorerst verdrängte er diese Sorge, während er auf dem Bürgersteig vor dem Eisenwarenladen auf und ab lief, da er fünfzehn Minuten zu früh für seinen Termin mit Mary Vaughn eingetroffen war. Als sie schließlich vorfuhr und direkt hinter seinem Auto parkte, war er ein nervöses Wrack. Es hing viel davon ab, was ihn drinnen erwartete und welche Zahlen sie ihm vorlegen würde.

»Ich mag übereifrige Kunden«, verkündete sie ihm mit einem Lächeln, während sie den richtigen Schlüssel aus der Handtasche kramte und die Tür aufschloss. »Normalerweise ist das ein Zeichen, dass ich einen besseren Deal für den Verkäufer aushandeln kann.«

Ronnie lachte über ihre Offenheit. »Ich bin interessiert, nicht dumm«, klärte er sie auf. »Wenn ich mich zum Kauf entscheide – und dahinter steht noch ein großes Fragezeichen –, dann zu so fairen Bedingungen für Dora Jean und Rusty, wie es mir mit meinen begrenzten Mitteln möglich ist.«

»Klingt vernünftig«, befand sie. »Soll ich dich rumführen und dir alles anpreisen, oder willst du dich lieber allein umsehen?«

»Allein, wenn's dir nichts ausmacht. Danach können wir die Fragen durchgehen, die ich habe.«

Sie nickte. »Dann warte ich draußen. Ich muss ohnehin noch ein paar Anrufe erledigen. Hier in der Gegend kriegt man nur auf der Straße ein vernünftiges Signal fürs Handy. Gestern Abend im *Sullivan's* ist die Verbindung dreimal mittendrin abgebrochen. Ich hätte wissen müssen, dass ich's gar nicht erst zu versuchen brauche.«

»Mach du nur deine Anrufe. Ich komme schon zurecht.« Ronnie konnte es kaum erwarten hineinzugehen.

Drinnen erwies es sich als muffig, weil mehrere Monate lang nicht mehr gelüftet worden war. Ronnie schlenderte die Gänge auf und ab. Tausend Erinnerungen bestürmten ihn, als er daran zurückdachte, wie oft er hergekommen war und Rusty um Ratschläge für Werkzeuge und seine verschiedenen Projekte im Haus seiner Eltern gebeten hatte. Das vierzig Jahre alte Gemäuer hatte zwar durchaus seinen Charme, aber es ging immer irgendetwas kaputt oder musste neu gestrichen oder geflickt werden. Sein Vater war ahnungslos gewesen und seine Mutter ungeduldig. Ronnie hatte Freude an der Arbeit gehabt und damit zusätzlich bewirkt, dass seine Mutter nicht seinem Vater damit in den Ohren lag, was alles gerichtet werden musste. Er hatte einen hübschen Batzen Taschengeld von seinem dankbaren Vater verdient, der darauf bestanden

hatte, im Ruhestand in eine wartungsarme Eigentums-
wohnung in Columbia zu ziehen.

Mittlerweile erwiesen sich die Regale nicht mehr als so
prall gefüllt wie früher. Und überall lag so viel Staub! Dennoch erwies sich der verbliebene Warenbestand als quali-
tativ hochwertig und würde ihm einen Startvorteil verschaffen. Ronnie war überzeugt davon, dass Rusty für ihn
gern den Kontakt mit Lieferanten herstellen würde. Vielleicht würde er sogar gelegentlich herkommen und mit
anpacken wollen, wenn es seine Gesundheit zuließ. Ronnie gefiel die Idee, den alten Mann um sich zu haben. Es
würde dem Laden ein Flair von Beständigkeit verleihen.

Das große Hinterzimmer des Gebäudes enthielt einen
begrenzten Vorrat an Holz, Dämmmaterial und Baustof-
fen, doch Ronnie wusste, dass er für den Betrieb, der ihm
vorschwebte, eine Lagerhalle brauchen würde. Trotzdem
konnte dieser Ort als Zentrale dienen, denn er bot reichlich Platz für das Geschäft mit Kleinmengen.

Er ging hinter die Ladentheke und strich mit den Fingern über die alte, kunstvoll gestaltete Registrierkasse aus
Messing. Wahrscheinlich würde er sie durch etwas Mo-
derneres, Elektronischeres ersetzen müssen, aber der
Charme, den sie versprühte, ließ ihn wünschen, er könnte
sie behalten.

Durch das verdreckte Fenster sah er draußen den
Hauptplatz der Stadt. Er stellte sich vor, wie das Glas in
der Sonne funkelte, dazu eine ansprechende Auslage auf
der eingebauten Stellage darunter oder Lichterschmuck
zu Weihnachten. Der Ort fühlte sich so richtig an, dass
Ronnie vielleicht jeglichen Bedingungen blind zugestimmt hätte, wenn Mary Vaughn in der Sekunde hereingekommen wäre.

Zum Glück befand sie sich nach wie vor mit dem Handy am Ohr draußen in ihrem Auto. Als Ronnie hinausging und auf sie zusteuerte, beendete sie das Gespräch sofort. Und als sie aus dem Wagen stieg, fiel ihm auf, dass sie sich Zeit dabei ließ, damit er einen ausgiebigen Blick auf ihre wohlgeformten Beine werfen konnte. Unwillkürlich fragte er sich, ob das zu ihrer Verkaufsstrategie gehörte oder ob ihre aktuelle Beziehung so wackelig war, wie er am Vorabend vermutet hatte. Mary Vaughn auf Männerjagd wäre eine Komplikation, die er nicht gebrauchen konnte.

»Und?«, fragte sie und musterte ihn aufmerksam.

»Da drin rumzugehen hat eine Menge Erinnerungen wachgerüttelt«, sagte er. »Hast du die Daten und die Preisvorstellung dabei?«

Sofort nickte sie und zog die Unterlagen aus ihrer Aktentasche. »Ich hab auch einen Vertrag dabei, falls du ein Angebot unterbreiten willst.«

Ronnie geriet dermaßen in Versuchung, dass er alle Willenskraft aufbieten musste, um nicht darauf einzugehen. Letztlich jedoch schüttelte er den Kopf. »Ich muss mir erst die Unterlagen ansehen«, erklärte er. »Und ich möchte die Sache noch mit jemandem besprechen.«

»Lass dir nicht zu lange Zeit«, warnte sie, obwohl sie beide wussten, dass es keinen Andrang um die Immobilie geben würde. Jedenfalls nicht, bis irgendjemand die Initiative ergriff und der Innenstadt wieder Leben einhauchte.

»Ich melde mich«, versprach Ronnie. »Wie geht's Rusty jetzt? Ich würde gern mit ihm reden, falls er sich gut genug für einen Besuch fühlt.«

Mary Vaughn verengte misstrauisch die Augen. »Du willst doch nicht etwa hinter meinem Rücken direkt mit ihm etwas aushandeln, oder?«

Ronnie erwiderte ihren Blick ungerührt. »Du solltest mich eigentlich besser kennen.« Er ließ seine Verärgerung darüber durchklingen, dass sie sich überhaupt bemüßigt fühlte, die Frage zu stellen.

Bei seinem Tonfall zuckte sie zusammen. »Tut mir leid. Ich werd einfach automatisch nervös, wenn Käufer einen kleinen Plausch unter vier Augen mit Verkäufern vereinbaren wollen.«

»Verständlich«, räumte Ronnie ein. »Aber ich könnte mir vorstellen, dass Rusty mir über den Laden Dinge erzählen kann, die du nicht weißt. Außerdem würde ich gern mit ihm über alte Zeiten quatschen.«

Mary Vaughn entspannte sich sichtlich. »Wahrscheinlich wäre ihm ein bisschen Gesellschaft mittlerweile nur mehr als recht. Dora Jean hält ihn ziemlich kurz an der Leine.«

Ronnie nickte. »Dann schaue ich bei ihm vorbei. Wir zwei hören voneinander.«

»Irgendeine Ahnung, wann?«

Ronnie musste erst Rusty einen Besuch abstatten und dann noch mal mit Butch reden. Und da er auch reichlich Zeit für Annie vorsehen musste, würde es mindestens einige Tage dauern. »Ende der Woche«, schlug er vor. »Vielleicht auch erst Anfang nächster.«

Die Maklerin wirkte etwas enttäuscht, als sie eine Notiz in ihren Tagesplaner kritzelte. »Ich werd dich anrufen, falls ich bis dahin nichts von dir gehört habe.«

»Natürlich wirst du das«, erwiderte er sarkastisch, bevor er ihr einen keuschen Schmatz auf die Wange hauchte. »Du bist schließlich nicht ohne Grund zur Königin der Immobilienmakler in der Gegend geworden.«

Als er schon gehen wollte, fiel ihm ihr anderes Treffen

an diesem Vormittag ein. Dass er etwas so Wichtiges um ein Haar vergessen hätte, bewies deutlich, wie sehr ihn Annies rebellisches Verhalten beschäftigte und ablenkte.

»Würdest du mir 'nen Gefallen tun?«, fragte er Mary Vaughn.

»Natürlich.«

»Wenn du heute Morgen mit diesem Bauträger redest, dann sei so gut und erwähne meinen Namen, ja?«

»Darf ich fragen, warum?«

»Sagen wir einfach, es gehört mit zu dem Plan, den ich im Hinterkopf habe.«

Als ob sie spürte, dass es dabei helfen könnte, den Verkauf des Eisenwarenladens zum Abschluss zu bringen, sagte sie: »Du könntest auch gleich mitkommen. Ich bin sicher, er hätte nichts dagegen. Er ist ein ziemlich entspannter Typ.«

Ronnie überlegte hin und her, entschied sich jedoch letztlich dagegen. »Ich muss erst alles auf die Reihe kriegen«, erklärte er ihr. »Lass einfach ein paar nette Worte über mich fallen, wenn sich die Gelegenheit ergibt.«

»Geht klar«, versprach sie prompt. »Jetzt sollte ich mich besser beeilen. Kommt nie gut, wenn man sich verspätet.«

Ronnie beobachtete, wie sie in ihren cremefarbenen Lexus stieg und davonfuhr. Als er einen letzten Blick zurück zum Eisenwarenladen warf, verspürte er wieder diesen Anflug von Begeisterung tief in seinem Innersten. Er steckte die Unterlagen von Mary Vaughn in die Tasche und kehrte schnurstracks zurück zum Motel. Es war an der Zeit, Zahlen zu wälzen, um herauszufinden, ob für seinen Traum überhaupt Erfolgsaussichten bestanden.

Annie starrte Dr. McDaniels finster an und bemühte sich, ihre Wut zu bändigen. Sie wusste, dass die Frau sie bei ihren Eltern verpfiffen hatte. Nun würden sie beide so lange auf sie einwirken, bis sie mitspielte. Was sie so was von ätzend fand.

Annie schwieg stoisch, während die Psychiaterin sie mit erwartungsvollem Blick beobachtete und darauf wartete, dass sie sich öffnete und ihr Herz ausschüttete. Gut möglich, dass ihre Eltern die Wahrheit gesagt hatten und man Annie nicht aus dem Krankenhaus entlassen würde, bevor sie zu reden anfinge. Und die Wahrheit war, dass sie Angst hatte. Was, wenn sie ihre tiefsten, dunkelsten Geheimnisse ausplauderte und die Ärztin entschied, sie wäre ein Fall für die Klapsmühle? Nein, das Risiko konnte Annie nicht eingehen.

»Ich hab nichts für Sie«, verkündete sie der Frau schließlich. »Ich esse nicht, weil ich keinen Hunger hab.«

»Nie?«, fragte Dr. McDaniels skeptisch.

»Nein, nie.«

»Und doch weißt du, dass der menschliche Körper Nahrung braucht, um zu überleben«, sagte Linda McDaniels. »Du weißt, wie wichtig es ist, genug Flüssigkeit zu trinken, um nicht zu dehydrieren. Bestimmt hat man dir das in der Schule beigebracht.«

»Klar«, gab Annie zurück. Sie verkniff sich die Anmerkung, dass Lacy und Dr. McDaniels ihr dasselbe in der vergangenen Woche zigfach gepredigt hatten. Allmählich nervte es.

»Dann ist es eine bewusste Entscheidung von dir, nicht zu essen und zu trinken. Offenbar hast du die Entscheidung getroffen, dich zu Tode zu hungern. Warum?«

Annie zuckte mit den Schultern. »Keine Ahnung.«

»Ich denke doch«, meinte die Psychiaterin mit tadelndem Unterton.

»Vielleicht sollten Sie's mir einfach sagen«, erwiderte sie. Die Frau sollte ruhig für ihren fürstlichen Stundenlohn arbeiten!

Als hätte sie Annies unausgesprochene Herausforderung vorausgeahnt, lächelte Dr. McDaniels nur. »Ich denke, ich überlasse es dir, selbst auf die Antworten zu kommen, Annie. Denk darüber nach, und wir sprechen morgen weiter darüber. Gleiche Zeit.«

»Ich dachte, ich würde morgen nach Hause entlassen«, sagte Annie, obwohl man ihr erklärt hatte, dass es dazu nicht kommen würde, solange sie nicht mit der Psychiaterin redete.

Dr. McDaniels schüttelte den Kopf. »Erst wenn ich das Gefühl habe, dass du uneingeschränkt mit mir arbeitest. Lacy sagt, dass du immer noch versuchst, die Krankenschwestern darüber zu täuschen, wie viel du isst. Ich hab auch von dem Truthahnsandwich gehört, das du irgendwie im Mülleimer versteckt hast, Annie. Wenn du so was machst, während du noch im Krankenhaus bist, hast du den Ernst der Lage eindeutig nicht begriffen.«

»Haben meine Eltern gepetzt?«, fragte Annie aufgebracht.

Dr. McDaniels bedachte sie mit einem steten Blick. »Das mussten sie nicht. Es gibt wenig, was uns hier entgeht. Stell dir das Krankenhaus als Miniaturausgabe von Serenity vor. Auch in der Gerüchteküche hier verbreiten sich Neuigkeiten rasant.«

»Das ist ätzend«, sagte Annie mürrisch.

»Nein. Es zeigt lediglich, wie vielen Leuten hier aufrichtig etwas daran liegt, dass du gesund wirst. Aber du musst es auch wollen, Annie. Du musst akzeptieren, dass du ein Problem hast, bevor wir es in Angriff nehmen können.«

»Was passiert, wenn ich nicht rede?«, fragte sie. »Wollen Sie mich dann für immer hier einsperren?«

»Haben dich deine Eltern nicht über die Alternative aufgeklärt?«

Annie schüttelte den Kopf. »Nein.«

»Verstehe. Also, ich habe ihnen Folgendes gesagt«, verkündete sie und bedachte Annie dabei mit einem Blick, bei dem sich ihr alles zusammenzog. »Wenn du nicht vernünftig mit der Lage umgehst, bleibt mir keine andere Wahl, als deine Überstellung in eine stationäre Behandlungseinrichtung zu empfehlen.«

»Kommt nicht in Frage!«, rief Annie.

»Kommt sehr wohl in Frage«, entgegnete die Psychiaterin. »Das also sind deine Alternativen, Annie. Wenn wir hier Fortschritte erzielen und du alles isst, was du und Lacy vereinbaren, entlasse ich dich nach Hause und wir haben weiterhin jeden Tag nach der Schule eine Sitzung. Oder du kommst in eine auf Essstörungen spezialisierte Behandlungseinrichtung. Wir haben im Staat ein paar, die ich empfehlen kann.«

»Ich müsste weg aus Serenity und von meinen Freunden?«, fragte Annie ungläubig. »Für wie lange?«

»So lange es dauert.«

Annie schüttelte den Kopf. »Meine Eltern würden nie zustimmen, dass ich weggeschickt werde.«

»Haben sie schon«, widersprach Dr. McDaniels. »Also, was soll's sein?«

Annie starrte sie bestürzt an. »Ich hätte jeden Tag nach der Schule so eine dämliche Sitzung?«

»Ja. Bis du begreifst, warum du dich so verhältst. Wir können das Problem erst beheben, wenn du es akzeptierst und verstehst. Dann können wir einen Plan entwickeln, wie du wieder gesund wirst. Je schneller wir damit anfangen, desto schneller wirst du gesund und bist mich los.«

Den Teil der Abmachung hatte ihr noch niemand erklärt. Annie war alles andere als erfreut darüber. »Und was, wenn ich so was wie einen Durchbruch schaffe?«

»Das würde die Sache beschleunigen«, räumte die Psychiaterin ein. »Ich denke, wir werden alle viel ruhiger schlafen, sobald du verstehst, was dich überhaupt erst auf diesen Weg gebracht hat. Dadurch würde erheblich unwahrscheinlicher, dass es je wieder passiert. Nun denn, wir machen morgen um die gleiche Zeit weiter. Wenn sich deine Einstellung bessert und du auch bei Lacy wirklich mitspielst, können wir darüber reden, ob du nach Hause darfst.«

»Ja, ja, schon recht«, grummelte Annie. Ihre Chancen, aus dem Krankenhaus rauszukommen, gingen gegen null, solange sie nicht redete. Damit sollte sie sich vielleicht abfinden. Ihre Eltern standen auf der Seite der Ärzte. Ausnahmsweise schienen sie sich vollkommen einig zu sein.

Was Annie in gewisser Weise erfreulich fand, denn sie spürte: Wenn es lang genug so weiterginge, würden ihnen irgendwann die Scheuklappen abfallen, und sie würden erkennen, was Annie bereits wusste – dass sie sich immer noch liebten. Das Licht war ihr aufgegangen, als sie nach dem Aufwachen zum ersten Mal bemerkt hatte, wie sie sich gegenseitig ansahen. Vielleicht würde sie am Ende ihre Familie zurückbekommen. Wenn das funktionierte, würde sich dieser total ätzende Aufenthalt im Krankenhaus gelohnt haben.

Kapitel 14

»Wie hat sich Annie bei der Therapiesitzung heute angestellt?«, wollte Maddie von Dana Sue wissen, die am nächsten Morgen im *Corner Spa* vorbeischaute. »Falls du Zeit für einen Tee hast, können wir uns draußen auf die Terrasse setzen. Das Wetter ist herrlich, und du siehst aus, als könntest du eine Pause gebrauchen.«

»Ich weiß ehrlich nicht mehr, wo mir der Kopf steht«, gestand Dana Sue, schenkte sich aus einer der Kannen im Café eine Tasse starken Earl Grey Tee ein und steuerte damit auf die Terrasse zu. »Ich schaue morgens eine Zeit lang im Krankenhaus vorbei, dann noch mal am Nachmittag und am Abend. Dazwischen versuche ich, irgendwie mit dem Papierkram im Restaurant hinterherzukommen.«

»Ist Ronnie nicht auch oft im Krankenhaus?«

Dana Sue nickte. »Und glaub mir, das macht mir nur noch mehr Stress.« Sie schloss die Augen und drehte das Gesicht der durch die Bäume gefilterten Sonne zu. Die Wärme fühlte sich himmlisch an. Wenn es ihr möglich gewesen wäre, hätte sie gern den ganzen Tag hier verbracht.

»Ihr könntet euch die Besuchszeiten aufteilen, damit ihr beide nicht so viel Zeit dort verbringen müsst«, schlug Maddie vor und musterte Dana Sue dabei aufmerksam. »Und ihr würdet euch auch nicht so oft über den Weg laufen.« Ihre Miene wurde selbstgefällig. »Wenn du das wirklich willst.«

»Theoretisch eine tolle Idee«, erwiderte Dana Sue. »Aber derzeit scheint es so zu sein, dass wir Annie gleichzeitig bearbeiten müssen, um irgendwas zu erreichen. Sonst versucht sie nur, uns gegeneinander auszuspielen. Verdammt, sie versucht es ja sogar, wenn wir beide bei ihr im Zimmer sind. Sie greift mich an, um Schuldgefühle bei mir loszutreten, dann drückt sie für Ronnie auf die Tränendrüse.«

»Würdest du einknicken, wenn er nicht als Rückhalt dabei wäre?«

»Nein«, antwortete Dana Sue. »Ich bin fertig damit, so zu tun, als würde sich schon alles von selbst einrenken.«

»Und würde Ronnie einknicken, wenn du nicht dabei wärst?«

»Das ist die große Preisfrage«, meinte Dana Sue. »Bisher ist er zwar erstaunlich streng mit ihr, aber ich weiß, dass es ihn innerlich umbringt.« Sie schüttelte den Kopf und beschloss, ihm einen Vertrauensvorschuss einzuräumen. »Nein, er würde nicht einknicken. Er weiß, wie wichtig das ist.«

»Hat er eine Ahnung, unter welchem Stress du stehst und wie schlimm das alles für dich ist?«, fragte Maddie besorgt.

Dana Sue schüttelte den Kopf. »Nein. Jedenfalls hab ich ihm nichts von meinem Gesundheitszustand erzählt. Leider hat Erik neulich im Restaurant alle möglichen Andeutungen fallen gelassen. Ich bin mir nicht sicher, ob Ronnie was davon mitbekommen hat oder nicht. Hin und wieder hat er einen Ausdruck in den Augen, der mich stutzig macht. Und er führt sich merkwürdig auf, wenn er denkt, ich hätte nicht drei Mahlzeiten am Tag gehabt.

Falls er sich was zusammengereimt hat, will ich's nicht wissen. Ich könnte mich nicht zusätzlich zu allem anderen auch noch mit seinem Mitleid auseinandersetzen.«

»Es könnte auch echte *Besorgnis* statt Mitleid sein«, gab Maddie zu bedenken. »Er hat immer noch Gefühle für dich, Dana Sue. Das weißt du genau.«

»Auch damit kann ich mich im Moment nicht befassen.« Sie bedachte ihre Freundin mit einem erschöpften Blick. »Ich bin einfach so verdammt müde. Was würde ich nicht für eine Nacht mit anständigem Schlaf geben. Nur wird es das wohl nicht geben, bis Annie wieder zu Hause ist.«

»Irgendeine Ahnung, wann das sein wird?«

»Wenn sie endlich aufwacht und sich ans Programm hält, dann morgen oder übermorgen. Aber sie ist unfassbar stur«, antwortete Dana Sue zerknirscht. »Laut Dr. McDaniels war sie heute nur unwesentlich kooperativer, obwohl Ronnie und ich sie gestern Abend in die Zange genommen haben.«

Als Maddie zu einer Erwiderung ansetzte, hob Dana Sue die Hand. »Ich kann jetzt nicht mehr darüber reden, okay? Ich bin mit meinen Kräften am Ende. Außerdem bin ich eigentlich hergekommen, um dir zu danken, dass du Ty dazu bequatschst, sie so oft zu besuchen. Bestimmt wäre er lieber praktisch überall anders als in einem Krankenhaus. Trotzdem schaut er regelmäßig bei ihr vorbei.«

»Er ist krank vor Sorge um sie«, gestand Maddie. »Tatsächlich hat mich seine Reaktion überrascht. Ich glaube, er hat aus irgendeinem Grund ein schlechtes Gewissen. Ich hab versucht, mit ihm darüber zu reden. Cal auch. Wir haben ihm gesagt, dass nichts davon seine Schuld war.«

»Das stimmt, aber er war an dem Abend da, an dem es passiert ist«, erklärte Dana Sue. »Hast du das gewusst?«

Maddie schaute fassungslos drein. »Nein, ich hatte keine Ahnung.«

»Nicht zu dem genauen Zeitpunkt, als es passiert ist, aber davor«, stellte Dana Sue klar. »Annie hatte diese Pyjamaparty, über die wir beide geredet hatten. Ty und ein paar andere Jungs haben bei uns vorbeigeschaut, obwohl ich Annie strikt verboten hatte, Jungs einzuladen. Ich hab gesehen, wie sie weggefahren sind. Wegen all dessen, was seither passiert ist, hab ich sie deswegen noch nicht zur Rede gestellt.«

»Aber ich rede heute Abend mit Ty«, versprach Maddie mit gerunzelter Stirn. »Er weiß genau, dass er nichts auf irgendeiner Party zu suchen hat, bei der keine Eltern zu Hause sind.«

»Na ja, er sieht in Annie so was wie eine weitere kleine Schwester. Wahrscheinlich hatte er das Gefühl, er müsste an dem Abend auf sie aufpassen«, dachte Dana Sue laut nach. »Keine Ahnung, was sich abgespielt hat, während er bei uns war – ich nehme an, es ist viel getanzt worden. Jedenfalls könnte er sich deswegen verantwortlich dafür fühlen, was später passiert ist. Obwohl er zu dem Zeitpunkt schon längst weg war. Bitte erklär ihm noch mal, dass nichts davon seine Schuld war. Das Übel hat schon lang vor jener Nacht damals angefangen.«

Maddie nickte. »Ich denke, es braucht auch noch mal ein ernstes Gespräch mit ihm darüber, dass er sich nicht bei Freunden herumzutreiben hat, wenn die Eltern nicht zu Hause sind. Jugendliche in seinem Alter brauchen die Aufsicht von Erwachsenen. Er kennt die Regel. Und die gilt sogar dann, wenn's um dein Haus geht, das er schon immer als zweites Zuhause angesehen hat.«

»Halt ihn nur nicht davon ab, Zeit mit Annie zu verbringen«, bat Dana Sue eindringlich. »Sie betet ihn geradezu an. Er ist im Moment ein wichtiger Teil ihres Unterstützungsgerüsts.«

Maddie lächelte. »Ich weiß. Mir ist schon öfter aufgefallen, wie verträumt sie ihn anhimmelt.«

»Ich wünschte nur, er würde sie auch so ansehen«, meinte Dana Sue, bevor sie sehnsüchtig hinzufügte: »Wär's nicht super, wenn die beiden irgendwann zusammenkämen?«

»Irgendwann in *ferner* Zukunft«, gab Maddie zurück. »Aber ja, das wäre spitze. Im Moment interessiert sich Ty allerdings nur für Baseball. Und mich interessiert nur, ihn an einem guten College unterzubringen. Darüber sind uns Cal und ich immer noch nicht einig. Er ist nämlich der Meinung, Ty hätte das Zeug dazu, direkt nach der Highschool Profi zu werden. Und der Scout, den er eingeladen hat, um ihn spielen zu sehen, gibt ihm recht. Bill ist bisher neutral. Also bleibt's an mir hängen, Ty davon zu überzeugen, wie wichtig das College ist. Man sollte meinen, dass gerade Cal es wissen müsste. Immerhin war seine College-Ausbildung verdammt praktisch für ihn, als seine Karriere als Profi so abrupt geendet hat.«

Dana Sue sah sie mit geradezu wehmütiger Miene an. »Ich wünschte, ich müsste mich bei Annie gerade mit solchen Dingen herumschlagen – mit harmlosem normalem Teenagerkram.«

»Ach Süße, diese Krise geht vorbei«, beteuerte Maddie und schenkte ihr einen mitfühlenden Blick. »Irgendwann wirst du dir nur noch darüber Sorgen machen, ob Annie wohl pünktlich von einem Date nach Hause kommt. Oder ob ihre Noten gut genug für das College sind, das sie sich ausgesucht hat.«

»Der Tag kann für mich nicht früh genug kommen«, sagte Dana Sue ernst. »So, jetzt muss ich los. Ich will noch im Restaurant vorbeischauen, bevor ich zurück zum Krankenhaus fahre. So wie Erik und Karen für mich einspringen, schulde ich ihnen eine mächtige Gehaltserhöhung. Aber ein paar Dinge muss ich selbst erledigen. Dabei würde ich praktisch alles dafür geben, wieder selbst einen Abend lang zu kochen. Das fehlt mir.«

»Na ja, wenn du schon keine Zeit zum Kochen hast, dann iss wenigstens anständig, wenn du schon dort bist«, riet Maddie. »Ich hab gehört, die Küche soll sogar dann erstklassig sein, wenn die Chefin nicht da ist.«

Dana Sue lächelte. »Na, Gott sei Dank.« Sie beugte sich vor und umarmte ihre Freundin innig. »Danke fürs Zuhören.«

»Jederzeit«, sagte Maddie. »Weißt du, Ronnie ist auch ein ziemlich guter Zuhörer. Und ihm liegt genauso viel wie dir daran, wie das alles ausgeht.«

»Ich weiß«, murmelte Dana Sue. Aber sie wollte sich nicht auf ihn verlassen und später feststellen, dass sein Versprechen, in Serenity zu bleiben, genauso viel wert war wie sein gebrochenes Ehegelübde.

Annie fühlte sich nach einer weiteren unproduktiven Sitzung mit Dr. McDaniels ziemlich fertig. Es wurde zunehmend schwieriger, dem Drängen der Psychiaterin standzuhalten. Vor allem, da Annie wusste, dass sie vielleicht noch tagelang festsitzen würde, wenn sie nicht kooperierte. Oder schlimmer noch, dass sie in irgendeiner Klapse weit weg von zu Hause landen würde, wo man ihr so lange zusetzen würde, bis sie nachgab. Es musste doch Gesetze gegen die Folterung Jugendlicher geben, oder? Vielleicht sollte sie sich bei Tante Helen erkundigen.

Ein zögerliches Klopfen ertönte an der Tür ihres Zimmers, bevor sie sich langsam öffnete. Ty steckte zaghaft den Kopf herein.

»Darf ich reinkommen?«

Annies Miene erstrahlte bei seinem Anblick. Er sah umwerfend aus, besonders in Jeans und einem alten T-Shirt mit dem Logo der Atlanta Braves. »Klar«, antwortete sie eifrig und wünschte, sie hätte sich ein bisschen zurechtgemacht. Wahrscheinlich sah sie regelrecht widerlich aus. »Solltest du nicht in der Schule sein?«

»Ich schwänze«, gestand er und zog sich einen Stuhl neben ihr Bett.

Verblüfft starrte sie ihn an. »Um mich zu besuchen?«

Er nickte und wirkte verlegen. »Jedes Mal, wenn ich bisher hier gewesen bin, waren andere Kids und deine Eltern oder meine Mutter da. Ich wollte mit dir allein reden.«

»Weißt du, deine Mutter wird ausrasten, wenn sie davon erfährt. Coach Maddox wohl auch. Besteht er nicht voll streng darauf, dass die Spieler seiner Mannschaft im Unterricht zu erscheinen haben?«

»Und wie«, bestätigte Ty. »Aber inzwischen ist er mein Stiefvater. Wahrscheinlich kann ich ihn dazu bringen, dass er bei mir nachsichtiger ist.«

»Träumer«, zog sie ihn auf. »Er dürfte wohl eher denken, dass er zu dir noch strenger sein muss, damit du als Exempel für die anderen dienst, auch wenn du sein bester Spieler bist.«

Ty zuckte mit den Schultern. »Wie auch immer. Ich muss mit dir darüber reden, was passiert ist.«

»Du meinst die Nacht, in der ich krank geworden bin.«
Ihre Begeisterung über seinen Besuch ließ schlagartig
nach.

»Genau«, bestätigte er. »Und darüber, dass an dem
Abend ich und die anderen Jungs bei dir zu Hause waren.
Ich hab das Gefühl, wir haben dazu beigetragen, was pas-
siert ist.«

»Das ist doch verrückt«, widersprach Annie. »Ihr wart
schon längst weg, als ich ohnmächtig geworden bin.«

»Vielleicht, aber das war das zweite Mal, dass ich in der
Nähe war, als du umgekippt bist.«

»Es war nicht dasselbe wie bei der Hochzeit deiner
Mutter«, betonte Annie. »Damals ist mir nur ein bisschen
schwindlig geworden.«

»Weil du nichts gegessen hattest«, sagte Ty. »Und wir
wissen inzwischen beide, dass es keine harmlose Kleinigkeit war. Wir haben in der Schule alles über Magersucht
erfahren, Annie. Das ist kein Spaß. Ich mach mir Sorgen
um dich.«

Fassungslos über seine Offenheit starrte sie ihn an.
»Warum?«

»Verdammt, weil du fast gestorben wärst. Deshalb«, erwiderte er mit lauter Stimme. »Kriegst du gar nicht mit,
wie verängstigt alle um dich herum sind? Sarah und Raylene sind krank vor Sorge. Mir wird richtig schlecht, wenn
ich dran denke, was hätte passieren können. Und wir alle
fühlen uns schuldig, weil wir gesehen haben, was du gemacht hast, und weil keiner von uns was gesagt hat.« Sein
düsterer Blick prallte auf ihren. »Deshalb tu ich's zumindest jetzt. Du bist meine Freundin. Ach was, du gehörst
praktisch zur Familie. Wir kennen uns schon, seit wir Babys waren.«

»Ich weiß«, flüsterte sie, erschüttert von der kaum verhohlenen Wut und Angst in seiner Stimme.

»Also, es sieht so aus«, kündigte er mit entschlossenem Blick an. »Entweder du nimmst ab sofort die Hilfe an, die man dir bietet, oder ich dränge dich so lange morgens, mittags und abends dazu, bis du's tust.«

Tränen traten Annie in die Augen und liefen ihr über die Wangen. »So wichtig ist dir das?«

»*Du* bist mir so wichtig. Und nicht nur mir, sondern einem ganzen Haufen Leuten.«

Ungläubig starrte sie ihn an. »Aber ich bin so fett«, flüsterte sie. »Keine Ahnung, wie du's überhaupt aushältst, mich anzuschauen.«

Völlig verdattert und ungläubig glotzte Ty sie an. »Bist du irre?« Er sprang auf, riss eine Nachttischschublade auf und kramte darin herum, bis er eine Puderdose mit Spiegel fand. »Sieh dich an«, forderte er sie auf und hielt den winzigen Spiegel hoch. »Sieh genau hin, Annie. Du warst mal so wunderschön. Aber jetzt erinnerst du eher an ein Skelett.«

Annie ertrug es nicht, in den Spiegel zu schauen. Bei den harschen Worten begann sie, bitterlich zu weinen.

Ty warf die Puderdose zurück in die Schublade, dann ergriff er ihre Hand. »Ich will die alte Annie zurück. Ich will deine Grübchen wieder sehen. Ich will dich wieder lachen hören. Ich möchte, dass wir alle zusammen Pizza und Burger essen gehen, ohne dass du deine Portion auf dem Teller herumschiebst und nur so tust, als würdest du essen.«

Annie umklammerte seine Hand und konnte nicht fassen, dass ihm daran so viel lag. »Ich weiß nicht, ob ich wieder so werden kann«, gestand sie ihm.

»Doch, kannst du«, entgegnete er zuversichtlich. »Und ich wette, die Psychiaterin denkt wie ich, sonst würde sie ihre Zeit nicht mit dir vergeuden. Aber du musst es wollen, Annie. Genug, um dafür zu kämpfen. Ich weiß, dass sich die Ärztin im Moment die Zähne an dir ausbeißt. Mama hat Cal gestern Abend beim Essen davon erzählt. Du tust so, als wäre das alles nicht weiter schlimm, aber das *ist* es.«

Annie schloss die Augen, damit sie seine Enttäuschung nicht sehen musste. Dass Ty ihr eine solche Standpauke hielt, überrumpelte sie völlig. Annie wünschte, sie könnte ihm sagen, was er hören wollte. Dachte er etwa, sie wollte sterben?

»He«, sagte er und drückte ihre Hand. »Schau mich an.« Geduldig wartete er, bis sie sich fügte und seinem Blick begegnete. »Ich weiß, dass du Angst hast. Und ich weiß auch, was wir im Gesundheitsunterricht über Magersucht gelernt haben. Dass es ein schräger Kontrollwahn ist.« Er lächelte sie an. »Also, ich seh das so: Wenn du stark genug warst, deinen Hunger so zu kontrollieren, dann bist du auch stark genug, um es rückgängig zu machen. Du musst es nur *wollen*.«

Sein Lächeln wurde breiter. »Und bis du es selbst genug willst, kannst du mich als dein Gewissen betrachten. Ich werd an dir drankleben wie das Weiß am Reis.«

Annie konnte auf die Schnelle keinen Nachteil daran erkennen, ahnte aber, dass es einen geben musste. Ty zu sehen, wann immer sie über die Schulter schaute, klang mehr nach einem wahrgewordenen Traum. Doch zu wissen, dass er nur aus einem Grund da sein würde, nämlich um dafür zu sorgen, dass sie aß … na ja, das fand sie weniger toll. Tatsächlich sogar irgendwie demütigend.

»Ich schaffe das auch allein«, ließ sie ihn wissen. Er sollte nicht merken, wie sehr sie sich davor fürchtete, es vielleicht doch nicht zu können.

Ty nickte. »Das glaub ich dir. Trotzdem behalte ich dich lieber im Auge, bis wir das Gröbste hinter uns haben.«

»Hat dich deine Mutter hergeschickt?«, fragte Annie.

Die Frage ließ ihn verdutzt blinzeln. »Nein, wieso?«

»Meine Mutter?«

Er schüttelte den Kopf.

Annie lehnte sich auf die Kissen zurück und freute sich darüber, dass er es aus eigenem Antrieb getan hatte. Vielleicht lag ihm *doch* etwas an ihr, zumindest ein bisschen. Nicht dass er in sie verliebt wäre oder so, aber es schien wenigstens der Anfang zu sein, nach dem sie sich schon lang gesehnt hatte.

Zum ersten Mal, seit ihr Leben aus dem Ruder gelaufen war, verspürte sie Motivation, es wieder in Ordnung zu bringen. Wenn Dr. McDaniels das nächste Mal käme, würde sie ihr vielleicht etwas zu sagen haben.

Ronnie war gerade den Flur entlanggegangen, als er gesehen hatte, wie Ty in Annies Zimmer gehuscht war. Angesichts der Tageszeit stand fest, dass der Junge gerade die Schule schwänzte. Dafür musste er einen triftigen Grund haben.

Ronnie hatte sich Zeit damit gelassen, den Flur entlang zur Tür zu schlendern, vor der er in Stellung gegangen war. Obwohl er nur bruchstückhaft aufschnappen konnte, was Ty zu Annie sagte, und von ihren Antworten so gut wie nichts mitbekam, hörte er genug für einen Anflug von Bewunderung für Ty.

Er stand immer noch an der Tür, als der Junge schließlich herauskam.

»Ronnie«, stieß Ty hervor und schaute etwas schuldbewusst drein. »Ich wusste nicht, dass du hier bist.«

»Bin gerade erst gekommen«, flunkerte Ronnie. »Ich bin dir dankbar, dass du vorbeigeschaut und Annie ein bisschen Gesellschaft geleistet hast.«

»Ich mach mir halt Sorgen um sie«, erwiderte der Teenager mit einem Schulterzucken.

»Ich auch.« Ronnie überlegte, ob er mehr hinzufügen sollte und entschied, der Junge sollte wissen, wie dankbar er für einige der Dinge war, die er zu Annie gesagt hatte – harte Wahrheiten, vor denen Dana Sue und er sich gewissermaßen gedrückt hatten. »Also, Ty, ich wollte echt nicht lauschen, aber ich hab zum Teil gehört, was du da drin gesagt hast. Ich glaube, du bist auf eine Weise zu ihr durchgedrungen, wie es uns allen bisher nicht gelungen ist. Ich kann dir gar nicht sagen, wie dankbar ich dafür bin.«

Ty straffte die Schultern. »Ich hab jedes Wort ernst gemeint«, betonte er.

»Das weiß ich. Deshalb bin ich auch so beeindruckt. Du bist zu einem sehr reifen jungen Mann geworden.«

Ty grinste verlegen. »Bin mir nicht so sicher, ob Mama das auch so sieht, wenn sie rausfindet, dass ich die Schule geschwänzt hab, um herzukommen.«

Ronnie legte ihm den Arm um die Schultern. »Lass mich das mit deiner Mutter regeln.«

Ty warf ihm einen erleichterten Blick zu. »Mit meinem Stiefvater auch? Er ist unser Baseballtrainer und hat echt strenge Regeln übers Schwänzen.«

»Ich rede auch mit ihm«, versprach Ronnie. »Was hältst

du davon, wenn wir uns gleich darum kümmern? Hast du heute Nachmittag noch Unterricht?«

Ty schüttelte den Kopf.

»Dann rufe ich jetzt deine Mutter an und frage sie, ob sie und dein Stiefvater sich mit uns auf einen Milchshake bei *Wharton's* treffen können. Klingt das gut?«, fragte er und trat den Weg zum Ausgang an.

»Klar«, erwiderte Ty. Kurz schaute er weg, bevor er Ronnie mit einem verhaltenen Blick bedachte. »Ich weiß nicht über alles Bescheid, was passiert ist, als du die Stadt verlassen hast, aber ich bin froh, dass du zurück bist. Dana Sue und du habt immer so gut zueinander gepasst. Für mich wart ihr wie zweite Eltern, verstehst du?«

Bei der Äußerung verspürte Ronnie ein warmes Brennen von Tränen der Rührung. »Danke. Hab ich umgekehrt auch immer so empfunden.« Bevor er sich oder Ty in Verlegenheit bringen konnte, indem er tatsächlich eine Träne vergoss, zückte er sein Handy. Dann wurde ihm klar, dass er die Nummer des *Corner Spa* nicht kannte. Er hielt Ty das Telefon hin. »Warum rufst du deine Mutter nicht an?«

Ty betrachtete das Gerät, als wäre es verstrahlt. »Geht nicht. Die Schule ist erst in zehn Minuten vorbei.«

»Ah«, machte Ronnie. »Dann sag mir die Nummer.«

»Gefällt mir *viel* besser«, erwiderte Ty.

Als Maddie ranging, schmunzelte Ronnie über die Ungeduld in ihrer Stimme. Was immer sie dort tat, sie war offensichtlich gerade hoffnungslos überfordert. »Klingt, als würde ich genau zur rechten Zeit anrufen«, meinte er zu ihr.

»Ronnie?«

»Volltreffer.«

»Hier geht's schon den ganzen Nachmittag zu wie in einem Irrenhaus. Tut mir leid, wenn ich knurrig geklungen hab.«

»Kein Problem. Kannst du dich ein Weilchen davonstehlen?«, fragte er und grinste dabei verschwörerisch Ty an.

»Höre ich mich etwa so an?«, fragte sie sarkastisch.

»Nein. Und genau deshalb solltest du eine Pause einschieben. Wenn du zurückkommst, wird dir alles viel weniger stressig vorkommen.«

»Ich weiß nicht recht«, erwiderte sie. »Auf meinem Schreibtisch stapelt sich alles.«

»Und ändert sich daran was, wenn du für ein Stündchen verschwindest?«

»Wahrscheinlich nicht«, räumte sie ein.

»Dann treffen wir uns bei *Wharton's*. Ich hab Lust auf 'nen Schokomilchshake. Dein Sohn auch.«

Einige Herzschläge lang herrschte Stille am anderen Ende der Leitung, bevor Maddie verhalten sagte: »Wie bitte?«

»Wir treffen uns in zehn Minuten im *Wharton's*, Madelyn«, wiederholte er. »Bring ruhig deinen neuen Mann mit.«

»Du willst, dass ich Cal mitbringe, obwohl mein Sohn heute anscheinend die Schule geschwänzt hat? Bist du verrückt?«

»Ich glaub nicht. Wir sehen uns in zehn Minuten.« Damit legte Ronnie auf, bevor sie ihn mit weiteren Fragen löchern konnte.

Ty bedachte ihn mit einem besorgten Blick. »Glaubst du wirklich, dass du's hinkriegst? Mir Schwierigkeiten vom Hals zu halten, mein ich.«

»Keine Sorge. Wenn ich fertig mit meiner Ansprache bin, wirst du wie 'ne Mischung aus Mutter Teresa und Dalai Lama dastehen.«

Ty starrte ihn eine Weile an, dann grinste er. »Cool.«

Ronnie schob Ty im *Wharton's* am Tisch auf eine Bank an der Wand und rutschte neben ihn, damit der Junge nicht abhauen konnte. Ein kluger Schachzug, fand er, als Maddie hereinstürmte und halb wie eine Glucke, halb wie der Terminator wirkte.

»Kommt Cal auch?«, fragte er unbekümmert, als sie ihm gegenüber Platz nahm. Neben ihm rutschte Ty auf dem Sitz und mied den grimmigen Blick seiner Mutter.

»Jemand sollte mir besser schleunigst erklären, was hier los ist«, gab Maddie barsch zurück. »Je eher, desto besser.«

Ronnie war froh, dass er gleich bei der Ankunft bestellt hatte. Er schob Maddies Milchshake näher zu ihr. »Trink einen Schluck. Danach wirst du dich besser fühlen.«

»Mich mit Eiscreme zu besänftigen wird nicht funktionieren«, grummelte sie, nahm aber trotzdem einen Schluck.

Milchshakes oder Eis mit heißer Karamellsoße konnte sie noch nie widerstehen. Wenn Ronnie sich recht erinnerte, diente ihr beides als Beruhigungsmittel ihrer Wahl, wenn sie aufgebracht war. Die Chancen standen gut, dass sie jeden Moment entspannter werden würde.

Und tatsächlich: Nachdem sie erst Ronnie und dann Ty eine Weile angestarrt hatte, als überlegte sie, wen von beiden sie zuerst erwürgen sollte, hellte sich ihre Miene etwas auf.

»Hallo, Schatz«, sagte der Mann, den sie in Ronnies

Abwesenheit geheiratet hatte. Er drückte ihr einen Kuss auf die Wange, bevor er einen deutlich gefährlicheren Blick auf Ty richtete. »Tyler.«

»Oh-oh«, murmelte Ty neben Ronnie.

»Maddie, stellst du mich deinem Mann vor?«, fragte Ronnie hastig.

»Ronnie Sullivan, Cal Maddox«, sagte sie knapp. »Und jetzt rede. Warum war mein Sohn heute nicht in der Schule, und warum ist er bei dir?«

Ronnie warf Ty einen aufmunternden Blick zu, dann sah er Maddie in die Augen. »Eigentlich war er bei Annie.«

Maddie wirkte verdattert. »Im Krankenhaus?« Sie richtete den Blick auf Ty. »Du bist sonst immer am späten Nachmittag hingegangen. Warum schwänzt du auf einmal den Unterricht dafür?«

»Weil am späten Nachmittag immer zu viele Leute dort sind«, erklärte Ty. »Ich dachte mir, wenn ich ungestört und schonungslos mit ihr reden kann, dann kann ich ihr vielleicht begreiflich machen, wie verkorkst sie ist.«

Maddie lehnte sich zurück, sichtlich verblüfft. Cal wirkte neben ihr hin und her gerissen zwischen Irritation und Stolz. Schließlich brach er das Schweigen.

»Und?«, fragte er. »Wie ist es gelaufen?«

Ty schaute hilfesuchend zu Ronnie. »Ziemlich gut, würde ich sagen. Ich glaub, sie hat mir wirklich zugehört.«

»Er war spitze«, warf Ronnie ein. »Ich war im Gang und hab einen Teil mit angehört. Du solltest sehr stolz auf ihn sein, Maddie. Er hat Annie wirklich nicht geschont, hat zu ihr Dinge gesagt, vor denen ich mich gedrückt habe.« Er sah Cal an. »Und er hat sein in der Schule gelerntes Wissen über Magersucht eingebracht.«

Langsam nickte Cal. »Schön zu hören, dass davon was hängen geblieben ist, aber …«

Ronnie fiel ihm ins Wort. »Hör zu, Cal, es war falsch von Ty zu schwänzen, das ist mir klar. Aber ich finde, diesmal hat er's aus den richtigen Gründen getan. Könntest du ausnahmsweise Milde walten lassen?«

Cal war eindeutig hin- und hergerissen zwischen den Regeln und seinem Verständnis für Tys gute Absichten.

Anscheinend war er zu einer Entscheidung gelangt, denn er lächelte Ty an. »Ich kann zwar nicht gutheißen, wie du's getan hast …«, sagte er zu ihm.

»Ich auch nicht«, fügte Maddie streng hinzu.

»… aber ich bin unheimlich stolz auf dich«, fuhr Cal fort. »Und da die eigentliche Baseballsaison erst in ein paar Monaten beginnt, muss ich dich auch nicht wegen eines Regelverstoßes von einem Spiel suspendieren.«

Maddies Züge wurden milder. »Außerdem gebe ich dir ein Schreiben für deinen Lehrer mit. Ich erkläre ihm, dass du die Erlaubnis hattest, wegen einer Familienangelegenheit dem Unterricht fernzubleiben, und dass ich vergessen hab, dir die Entschuldigung im Voraus mitzugeben.«

Tys Erleichterung ließ sich nicht übersehen. »Danke. Ich mach so was auch nie wieder, versprochen. Ich dachte mir nur, dass es wichtig ist, und ich hatte Angst, ihr könntet nein sagen, wenn ich frage.«

»Es war *wirklich* wichtig, deshalb lassen wir dich so leicht damit davonkommen«, erklärte Cal. »Aber bilde dir nicht ein, dass du so 'ne Nummer noch mal abziehen kannst. Nächstes Mal fragst du.«

»Ja, Sir«, gelobte Ty feierlich. »Kann ich vielleicht 'nen Burger kriegen? Ich hab das Mittagessen fürs Krankenhaus sausen lassen.«

»Sag Grace, dass ich bezahle«, lud Ronnie ihn ein und stand auf, um ihn von der Bank zu lassen.

Nachdem er gegangen war, wandte sich Ronnie an Maddie. »Er ist richtig erwachsen geworden, seit ich gegangen bin.«

Ihr Blick folgte Ty, bevor sie sich wieder ihm zudrehte. »An manchen Tagen bedauere ich das, aber heute muss ich sagen, dass ich noch nie so stolz auf ihn gewesen bin.«

»Geht mir genauso«, sagte Cal. »Glaubst du wirklich, er ist zu Annie durchgedrungen?«

»Genaueres weiß ich nach ihrer nächsten Sitzung mit Dr. McDaniels«, erwiderte Ronnie. »Aber ich denke schon, dass er's geschafft hat. Und wenn's so ist, stehe ich für den Rest meines Lebens in seiner Schuld.«

Maddie ergriff seine Hand und drückte sie. »Wir alle.«

Nachdem Ronnie geholfen hatte, für Ty die Wogen zu glätten, lehnte er sich zurück und bedachte Cal Maddox mit einem langen, nachdenklichen Blick. »Sag mal, Coach, erzählst du mir, wie du dir die zweitbeste Frau von Serenity geangelt hast?«

»Zweitbeste?«, protestierte Maddie.

Ronnie grinste sie an. »Tut mir leid, ganz oben auf *meiner* Liste steht Dana Sue. Aber du kommst knapp dahinter.«

Cal sah Maddie so voll heißer Leidenschaft an, dass Ronnie wünschte, Grace Wharton würde die Klimaanlage einschalten. »Tut mir leid, da muss ich dir widersprechen«, wandte er sich an Ronnie. »Aber bei jeder Reihung, die ich vornehme, landet *Maddie* an der Spitze.«

Sie hängte sich bei Cal ein und grinste Ronnie an. »Und in Kurzzusammenfassung hat er mich damit im Sturm erobert.«

»Schätze, wir müssen mal abwarten, ob er dich meiner Meinung nach verdient«, sagte Ronnie.

Maddie lachte. »Du hast kein Mitspracherecht.«

Cal beugte sich über den Tisch und begegnete seinem Blick. »Vielleicht sollten wir uns lieber darüber unterhalten, warum du dir eine Frau wie Dana Sue hast durch die Lappen gehen lassen.«

Ronnie hielt Cals direktem Blick stand. »Das ist leicht zu beantworten: Dummheit, schlicht und ergreifend.« Er zwinkerte Maddie zu. »Und nur fürs Protokoll, inzwischen bin ich viel schlauer. Das passiert mir kein zweites Mal.«

Mit ernster Miene sagte Maddie zu ihm: »Darauf zähle ich, Ronnie Sullivan. Ich kann nämlich keine Verantwortung dafür übernehmen, was ich mit dir mache, wenn du ihr noch mal das Herz brichst.«

»Und ich gehe ihr dabei zur Hand«, fügte Cal hinzu.

Ronnie grinste die beiden an, beeindruckt von der vereinten Front, die sie bildeten. »Keine Sorge. Ich hab einen Plan.«

»Verrätst du ihn?« Offensichtlich hatte er Maddies Neugier geweckt.

»Erst, wenn ich alles fein säuberlich in trockenen Tüchern habe«, antwortete Ronnie. »Und selbst dann finde ich, dass Dana Sue als Erste davon erfahren sollte.«

»Gehört zu deinem Plan zufällig der alte Eisenwarenladen?«, fragte Maddie.

Ronnie runzelte die Stirn. »Woher um alles in der Welt weißt du davon?«

»Süßer, wir sind hier in Serenity. Hast du vergessen, dass sich Klatsch bei uns mit Lichtgeschwindigkeit verbreitet?«

Hätte er eigentlich nicht vergessen sollen, musste Ronnie zugeben. Jedenfalls hatte sich sein Seitensprung damals rasant herumgesprochen. Natürlich hatte er Mary Vaughn diesmal ausdrücklich um Verschwiegenheit gebeten.

»Schau nicht so finster drein«, sagte Maddie. »Mary Vaughn hat kein Wort gesagt. Mindestens ein halbes Dutzend Leute sind vorbeigefahren, als du dir den Laden neulich angesehen hast. Und Grace' Radar hat voll angeschlagen, als sie dich und Mary Vaughn ein Stück die Straße runter aus den Autos steigen gesehen hat. Wenn du's geheim halten wolltest, hättest du es dir mitten in der Nacht ansehen müssen.«

»Das nächste Mal werd ich daran denken«, sagte Ronnie. »Ich bezahle dann mal besser bei Grace und mache mich auf den Weg. Da die Katze jetzt zumindest teilweise aus dem Sack ist, sollte ich meinen Zeitplan ein bisschen straffen. Ich muss noch ein paar Anrufe erledigen.«

»Lass Dana Sue nicht mehr zu lang im Dunkeln tappen. Sie hat bestimmt die gleichen Gerüchte gehört wie ich«, warnte Maddie.

Und wahrscheinlich mutierte sein Stillschweigen in ihrem Kopf bereits zu einer großen Verschwörung, um sie zu hintergehen, vermutete Ronnie. »Ich erzähl ihr sofort davon, wenn's etwas zu erzählen gibt«, versprach er.

Maddie verzog das Gesicht. »Ihr könntet unterschiedliche Auffassungen davon haben, wann das ist.«

Ronnie seufzte. »Gut möglich, aber mehr kann ich nicht tun. Falls sie etwas zu dir sagt …«, begann er.

Grinsend hob Maddie die Hände. »Ich weiß von nichts.«

Cal, der bisher dazu geschwiegen hatte, meldete sich zu Wort. »Willst du meinen Rat hören?«

»Gern«, erwiderte Ronnie.

»Sag ihr gleich, was immer es zu erzählen gibt. Ich kenne Dana Sue vielleicht nicht so lang wie du, aber die meisten Frauen nehmen es einem übel, wenn sie irgendwas als Letzte erfahren. Umso mehr, wenn es jemanden betrifft, der sich eigentlich mit ihnen versöhnen will.«

»Auch, wenn es noch nichts Festes ist?«, fragte Ronnie zweifelnd. »Auch, wenn schon morgen alles in sich zusammenfallen könnte?«

»Auch dann«, antwortete Cal und sah Maddie mit der stummen Aufforderung an, es zu bestätigen.

»Er hat recht«, sagte Maddie. »Sprich sofort mit ihr, Ronnie. Je eher du sie in deinen Plan einbeziehst, desto eher kriegt sie das Gefühl, dass ihr wieder ein Team seid.«

»Gutes Argument.« Er nickte. »Ich rede bei der erstbesten Gelegenheit mit ihr.« Mit etwas Glück würde es noch nicht zu spät sein.

Kapitel 15

Als Dana Sue gegen vier Uhr die Küche im *Sullivan's* betrat, begrüßte sie Erik mit einem gehetzten Blick.

»Was ist los?«, fragte sie sofort.

»Karens Babysitterin hat abgesagt«, sagte er, während er krampfhaft versuchte, fünf Dinge auf einmal zu erledigen. Er zog Wels durch eine würzige Maisgrießmischung und legte ihn in eine Pfanne, die er im Kühlschrank verstaute, bevor er das Salatgemüse herausholte. Vorgeschnittene grüne Bohnen lagen für den Dampfgarer bereit, gehackte Mandeln in einer Schüssel warteten darauf, zum Garnieren benutzt zu werden, und auf dem Herd köchelte Okra.

Dana Sue schob ihn sofort aus dem Weg. »Ich übernehme die Salate. Was haben wir heute als Abendspezialitäten?«

»Gott sei Dank haben wir Mitte der Woche. Ich denke, da kommen wir mit einem Gericht durch. Mir schweben Scampi auf Linguine vor«, sagte er. »Das geht schnell und einfach.«

»Perfekt. Dessert?«

Erik sah sie bestürzt an. »Ich hab nichts. Ist mir nicht mal in den Sinn gekommen. Musste mich zu sehr auf meine gedankliche Checkliste für die Hauptgerichte und Beilagen konzentrieren.«

Dass ein Patissier den Nachtisch vergaß, zeugte überdeutlich davon, wie gestresst er war. »Warme Walnuss-Brownies mit Eis«, schlug Dana Sue vor, weil sie wusste, dass Erik sie im Schlaf zubereiten konnte. »Ein großes Blech, aufschneiden in Quadrate, und gut ist. Ich glaube, wir haben auch noch einen deiner Apfelkuchen im Gefrierschrank. Den hole ich am besten gleich, damit er auf Zimmertemperatur kommt, bis wir abends aufsperren. Du schiebst einfach eine Scheibe in den Ofen, packst eine Kugel Zimteis drauf, und schon passt es.«

Erik widersprach nicht, obwohl er sich normalerweise dagegen gewehrt hätte, etwas zu servieren, das nicht frisch am selben Tag zubereitet worden war. »Haben wir überhaupt noch Zimteis?«, fragte er.

»Falls nichts, tut's auch Vanille, und das haben wir mit Sicherheit da«, sagte Dana Sue. Vanilleeis brauchten sie derart regelmäßig, dass sie darauf achtete, es nie ausgehen zu lassen. Trotzdem überprüfte sie es, während sie am Gefrierschrank war.

»Warum hast du mich nicht sofort angerufen, als du das von Karen erfahren hast?«, fragte sie, während sie den Kuchen herausholte und zum Auftauen auf die Dessertablage stellte.

»Du hast genug um die Ohren«, erwiderte Erik. »Ich dachte, ich könnte es allein stemmen. Ist ja nur ein Abend, und nicht mal einer mit Hochbetrieb. Sollte kein großes Problem sein.«

Sie grinste ihn an. »Weißt du, es hat schon einen Grund, warum wir Helfer haben«, merkte sie an. »Manchmal haben wir sogar zu dritt alle Hände voll zu tun. Das weißt du genau. Du bist nicht Mister Superkoch. Und verantwortlich bin ich für den Laden. Wenn das nächste Mal eine Krise eintritt, rufst du mich an.«

»Werd ich, das kannst du mir glauben«, gab er zurück und wirkte etwas weniger gehetzt, als er mit geübten Handgriffen begann, die Zutaten für seine saftigen, köstlichen Brownies zu mischen. »Da ist noch was, das du vielleicht wissen solltest.«

»Ja?«

»Zwei Minuten, bevor du zur Tür hereingekommen bist, hat sich jemand vom Servicepersonal krankgemeldet. Ich hatte noch keine Zeit, um Ersatz herumzutelefonieren.«

»Wer?«, fragte sie.

»Paul.«

Dana Sue zuckte zusammen und rief sich den Personalplan ins Gedächtnis. Unter der Woche kamen sie oft mit nur zwei Leuten im Service und den Tischabräumern aus. Paul konnte einen vollen Gastraum im Alleingang bewältigen. Was niemand sonst hinbekam. »Das heißt, wir haben nur Brenda, richtig? Sie ist zwar schon eine Weile bei uns, aber nur in Teilzeit. Und sie arbeitet sonst immer mit jemandem zusammen, der mehr Erfahrung hat. Verflixt, da Karen auch nicht da ist, hätte das kaum an einem schlechteren Abend passieren können. So kann ich draußen nicht mithelfen.«

»Wem sagst du das«, pflichtete Erik ihr bei.

»Ich lass mir was einfallen«, versprach Dana Sue. In dem Moment schaute sie auf und erblickte Ronnie an der Tür. Nachdem sie ihn kurz mit verengten Augen gemustert hatte, traf sie eine impulsive Entscheidung, die ein wenig Zeit sparen würde. Ob sie auch klug war, würde sie später evaluieren.

»Ich weiß, du hast das nicht mehr gemacht, seit wir Teenager waren, aber weißt du noch irgendwas übers Kellnern?«, fragte sie ihn.

»Die Bestellungen nicht verwechseln und kein Essen auf die Gäste kippen«, erwiderte er mit verwirrtem Blick. »Ist das so was wie ein Test? Hab ich bestanden?«

»Nah genug dran«, gab Dana Sue zurück. »Schnapp dir eine Speisekarte und präg sie dir ein. In ein paar Minuten zeige ich dir, für welche Tische du zuständig bist.«

»Du willst, dass ich hier den Kellner spiele? Heute Abend?«, fragte er ungläubig. Aber er ergriff nicht die Flucht.

Erik wirkte genauso verdattert. »Bist du sicher, Dana Sue?«

»Er ist gesund und munter, und er ist hier«, gab sie forsch zurück. »Außerdem schuldet er mir was.«

»Also, das hab ich echt noch nie als Einstellungskriterium für Personal gehört«, merkte Erik an, bevor ihn ein vernichtender Blick von Dana Sue abrupt verstummen ließ.

»Wieso?«, fragte Ronnie, hatte sich jedoch bereits eine Speisekarte von einer Ablage an der Tür geschnappt. Er zog eine Lesebrille aus der Hemdtasche und setzte sie auf.

»Notfall«, antwortete Dana Sue und verkniff sich eine Bemerkung über die Brille. »Falls du dir bei irgendwas unsicher bist, frag mich. Oder besser noch, frag Brenda.«

»Das Mädchen, das uns bedient hat, als ich das letzte Mal hier war?«, hakte er nach.

Dana Sue grinste. »Heute Abend steht das Mädchen nur eine Stufe unter mir in der Nahrungskette, Freundchen. Du tust, was immer sie dir sagt.«

Ronnie zuckte mit den Schultern. »Wie du meinst.«

Ausnahmsweise war Dana Sue dankbar für seine entspannte Persönlichkeit.

Als die Vorbereitungen schließlich einigermaßen unter Kontrolle waren und Erik nicht mehr so gehetzt wirkte, stahl sich Dana Sue in ihr Büro davon und rief Annie an.

»Hallo, Schatz«, sagte sie, als ihre Tochter ranging.

»Hi, Mama. Wo bist du?«

»Im Restaurant. Wir haben heute Abend einen kleinen Notfall. Deshalb werd ich wohl nicht vorbeikommen und dich besuchen können. Es tut mir so, so leid. Bestimmt schauen später noch Helen oder Maddie vorbei. Wie geht's dir?«

»Besser«, antwortete Annie, und ausnahmsweise klang es nach der Wahrheit. »Ty hat heute vorbeigeschaut.«

»Wirklich?«

»Ich erzähl dir davon, wenn wir uns sehen«, versprach Annie. »Er hat eine Menge gesagt, das total Sinn ergibt.«

»Das freut mich.«

»Weißt du, wo Papa ist? Er ist heute Nachmittag auch noch nicht hier gewesen.«

»Tatsächlich ist er gerade bei mir«, sagte Dana Sue. »Ich lasse ihn kellnern.«

Annie lachte. »Das ist jetzt ein Scherz, oder?«

»Nein. Er sieht irgendwie süß aus mit einer Schürze um die Taille.« Sie senkte die Stimme. »Und soll ich dir noch was sagen?«

»Was?« Annie klang neugierig.

»Er hat eine Lesebrille aufgesetzt, um sich die Speisekarte anzusehen«, vertraute Dana Sue ihrer Tochter an.

»Im Ernst?«

»Hat auch süß ausgesehen.«

»Wirklich?« Annie hörte sich ermutigt an. Dana Sue überlegte, ob sie sich zurückhalten sollte, um ihrer Tochter keine falschen Hoffnungen zu machen. Aber sie entschied, ausnahmsweise vollkommen offen zu sein. »Auch wenn er dein Vater ist und ich immer noch wütend auf ihn bin, heißt das noch lange nicht, dass ich übersehe, was für ein heißer Typ er ist.«

Annie kicherte. »Mama, du bist so witzig.«

Erfreut darüber, dass sie Annie zum Lachen gebracht hatte, sagte sie: »Ich muss jetzt auflegen, Süße. Falls es dann nicht zu spät ist, ruf ich dich noch mal an, sobald sich der Betrieb legt. Sonst melde ich mich gleich morgen früh.«

»Hab dich lieb«, sagte Annie. »Richte Papa aus, dass ich ihn auch lieb hab.«

»Mach ich«, versprach Dana Sue, bevor sie auflegte. Zum ersten Mal seit langer Zeit verspürte sie einen Hoffnungsschimmer. Vielleicht, weil ihre Tochter so beschwingt geklungen hatte. Oder vielleicht, weil sie sich darauf freute, einen Abend lang Seite an Seite mit Ronnie zu arbeiten. Woran es auch liegen mochte, es fühlte sich verdammt gut an.

Ronnie war nicht der schnellste Kellner auf Erden. Was er teilweise darauf schob, dass alle, die ihn erkannten, mit ihm darüber plaudern wollten, warum er wieder in der Stadt war. Während er Tabletts voll Wassergläsern, Brot und Getränken balancierte, redete er immer wieder mit alten Bekannten. Im Verlauf des gesamten Abends verwechselte er nur zwei Bestellungen. Recht ordentlich, wenn man bedachte, dass er seit über zwanzig Jahren nicht mehr gekellnert hatte.

Er hatte auch Spaß dabei. Und er fand es aufschlussreich zu beobachten, wie mühelos Dana Sue sowohl ihre Aufgaben in der Küche als auch charmanten Smalltalk mit den Gästen bewältigte. Wann immer sich ihre Wege kreuzten und sie kurz miteinander redeten, meist nur darüber, ob es die Abendspezialität noch gab, wurden spekulative Blicke in ihre Richtung geworfen.

Gegen neun Uhr abends wurde es ruhiger. Ronnie wollte gerade eine Verschnaufpause einlegen, als Helen hereinstürmte und geradewegs auf einen der Tische in seinem Bereich zusteuerte.

»Ich bin hergekommen, um zu sehen, ob die Gerüchte stimmen«, verkündete sie mit zusammengekniffenen Augen, als er sich ihrem Tisch näherte.

»Und welche Gerüchte wären das?«, erkundigte er sich.

»Dass Dana Sue neuerdings den Mann beschäftigt, der sie betrogen hat«, erwiderte sie. »Wie tief willst du eigentlich noch sinken, Ronnie?«

Die Anschuldigung verärgerte ihn. »Was du gerade gesagt hast, ist in so vieler Hinsicht falsch, dass ich gar nicht weiß, wo ich anfangen soll. Vielleicht sollte es lieber Dana Sue erklären. Mir würdest du ja doch kein Wort glauben.«

»Ich wittere eine Lüge aus hundert Meter Entfernung«, konterte Helen. »Ich will deine Version hören.«

»Erstens: Ich arbeite hier nicht«, sagte er. »Ich bin nur eingesprungen, um Dana Sue in einer Notlage auszuhelfen. Über Bezahlung ist kein Wort gefallen. Ich brauche ihr Geld nicht. Also, bestellst du jetzt oder nicht? Die Küche schließt gleich. Und bevor du fragst: Die Spezialität des Abends ist aus. Falls du deswegen hier bist, solltest du das nächste Mal vielleicht früher kommen.«

Sein rasant vorgetragener Konter brachte Helen zum Blinzeln. Dann seufzte sie.

»Tut mir leid«, entschuldigte sie sich und überraschte ihn damit. »Als Annie mir erzählt hat, dass Dana Sue dich arbeiten lässt, hab ich voreilige Schlüsse gezogen.«

»Ja, hast du wohl«, bestätigte er. »Darauf solltest du vielleicht besser achten. Ist eine schlechte Angewohnheit, vor allem für eine Anwältin, die sich ihr Urteil aufheben sollte, bis alle Fakten auf dem Tisch liegen.«

»Du hast recht«, pflichtete sie ihm bei. »Tut mir wirklich leid.«

Ronnie sah sich um und vergewisserte sich, dass es an keinem seiner Tische etwas zu tun gab, bevor er sich einen Stuhl herauszog. »Hör mal, wir zwei müssen Frieden schließen. Ich weiß zu schätzen, dass du auf Dana Sue aufpassen willst, aber ich bin nicht der Feind. Nicht mehr.«

»Darüber behalte ich mir ein Urteil noch vor«, murmelte sie trocken.

»Auch gut.«

Bevor er etwas hinzufügen konnte, kam Dana Sue aus der Küche geeilt und steuerte direkt auf ihren Tisch zu. »Brenda hat mir gesagt, dass du hier bist«, wandte sie sich an Helen. Sie schaute mit besorgtem Blick zwischen den beiden hin und her. »Gut. Es ist noch kein Blut geflossen.«

»Nicht heute Abend«, sagte Helen.

»Wir verhandeln gerade über einen Waffenstillstand«, fügte Ronnie hinzu.

Dana Sue schaute zweifelnd drein. »Wie geht's damit voran?«

Er grinste. »So gut, wie man's bei Helen als Verhandlungsgegnerin erwarten kann. Sie ist zäh.«

»Das ist 'ne gute Eigenschaft«, rechtfertigte sich Helen.

»Meistens«, schränkte Dana Sue ein.

»Irgendjemand muss ihm doch Feuer unter dem Hintern machen«, sagte Helen.

»Das schaffe ich durchaus selbst«, versicherte Dana Sue ihr.

»Stimmt«, bestätigte Ronnie.

Schließlich lehnte sich Helen zurück und entspannte sich. »Vergiss nur nicht, dass ich dich trotzdem im Auge behalte«, warnte sie.

Er zwinkerte Dana Sue zu. »Ich hätte nichts anderes erwartet. Isst du jetzt was oder nicht?« Er sah seine Ex-Frau an. »Was ist mit dir? Hast du schon gegessen?«

Sie zuckte mit den Schultern. »Keine Zeit. Hab ohnehin keinen Hunger.«

»Du musst was essen«, sagte Helen streng. »Ich nehme den Lachs. Bring ihr auch eine Portion.«

In der Küche gab Ronnie bei Erik die Bestellungen auf, stellte Wasser und Brot auf ein Tablett und ging dann zurück zum Herd, wo Erik bereits Gemüse auf die Teller schöpfte, bevor er den mit Olivenöl und Kräutern beträufelten Lachs hinzufügte.

»Die letzten Gäste?«, fragte er Ronnie.

»Dana Sue und Helen.« Kurz verstummte er. »Kann ich dich was fragen?«

Erik betrachtete ihn argwöhnisch. »Na schön.«

»Ich kenne Dana Sues Familiengeschichte«, begann Ronnie. »Ich war da, als ihre Mutter an Komplikationen mit Diabetes gestorben ist. Ich weiß, dass Dana Sue immer eine Heidenangst davor hatte, ihr könnte es genauso ergehen. Hat man bei ihr Diabetes diagnostiziert?«

Erik schüttelte den Kopf. Doch bevor bei Ronnie Erleichterung einsetzen konnte, fügte der Mann hinzu: »Aber der Arzt hat sie gewarnt, dass sie vorsichtig sein, richtig essen und Sport treiben muss. Sonst braucht sie bald Medikamente, um ihren Blutzucker zu regulieren.

Sie steuert bereits auf gefährliches Terrain zu. Eigentlich sollte sie den Wert mindestens einmal täglich überprüfen, ein Protokoll darüber führen und es ihm einmal im Monat zeigen. Aber ich glaube, das macht sie nicht, zumindest nicht täglich. Und wahrscheinlich umso weniger, seit Annie im Krankenhaus ist.«

»Bist du deshalb neulich so ausgerastet, als sie den Schokokuchen wollte?«

Erik nickte. »Und das ist alles, was ich dazu sage. Wenn du mehr wissen willst, frag Dana Sue.«

»Danke. Das bestätigt nur, was ich schon vermutet hatte. Und nur, damit du's weißt, ich werd auf sie aufpassen.«

Erik schenkte ihm das erste echte Lächeln seit dem Tag, an dem sie sich kennengelernt hatten. »Hast du bisher schon gemacht. Ist mir aufgefallen. Nur deshalb hab ich dich nicht längst schon grün und blau geprügelt.«

»Eine Frage noch«, sagte Ronnie. »Ihr zwei … scheint euch nahzustehen.«

»Tun wir auch«, bestätigte Erik. »Ich könnte das jetzt so stehen und dich hineininterpretieren lassen, dass da was zwischen uns läuft. Mach ich aber nicht. Dana Sue und ich sind hier drin ein Team, damit hat es sich. Und nur, damit du's weißt: Ich hab durchaus schon das eine oder andere Mal versucht, sie rumzukriegen.«

»Wir werden uns doch nicht im Morgengrauen duellieren müssen, oder?«, fragte Ronnie.

Erik hob die Hände. »Nein. Ich bin Pazifist. Solange du gut zu ihr bist, hab ich kein Problem mit dir.«

Ronnie nickte. Er schätzte die Offenheit und Direktheit des Mannes. »Ich bringe das Essen mal besser raus, bevor die Besitzerin noch den Service bemängelt. Andererseits weiß sie wahrscheinlich, dass man immer das kriegt, wofür man zahlt. Und da ich gar nicht bezahlt werde …«

Erik schmunzelte. »Sorg dafür, dass Dana Sue nicht noch mal reinkommt, um aufzuräumen. Das hab ich allein im Griff.«

»Ich komme wieder und helfe dir.«

»Nicht nötig. Setz dich ruhig zu ihr und Helen.«

»Irgendwas sagt mir, dass es vielleicht klüger wäre, wenn ich mich hier drin verstecke, bis Helen weg ist«, gab Ronnie zurück. »Sie ist nicht mein größter Fan.«

»Und du glaubst nicht, dass du sie für dich gewinnen kannst?« Erik wirkte sichtlich belustigt.

»Nicht an einem Abend«, antwortete Ronnie. »Als ich damals noch hier war und mich tadellos benommen hab, hatte ich dafür Jahre, und sie war trotzdem nie begeistert von mir.«

Und obwohl er langsam Fortschritte bei Dana Sue erzielte, ahnte er, dass sie am Ende noch schwieriger zu überzeugen sein würde als ihre beste Freundin. Zumindest, wenn es darum ging, den letzten Sprung zu wagen.

Annie freute sich zwar nicht unbedingt darauf, Dr. McDaniels am Morgen zu sehen, aber zum ersten Mal krampfte sich vor einer Sitzung mit der Psychiaterin zumindest nicht ihr Magen schmerzhaft zusammen. Vielleicht könnte sie ihr ein paar Dinge erzählen. Und wenn ihr die Ärztin dann nicht komisch käme, würde Annie vielleicht sogar mit mehr herausrücken. Es führte zu nichts, weiterhin zu leugnen, dass sie magersüchtig war. Jeder wusste es, sogar Ty. Dass er sie damit konfrontiert hatte, ohne ihr das Gefühl zu vermitteln, sie wäre ein

Freak, hatte ihr endlich den Mut gegeben, es laut auszusprechen. Wenn sie allein war, hatte sie es sogar tatsächlich geübt. Nach mehreren Anläufen konnte sie es sagen, ohne dass ihr davon speiübel wurde.

Als sich die Tür zu ihrem Zimmer öffnete, hoffte sie halb, es würde ihre Mutter sein. Aber es war die Seelenklempnerin, pünktlich auf die Minute.

»Guten Morgen, Annie«, grüßte Dr. McDaniels in demselben fröhlichen Ton, der Annie jedes Mal auf die Nerven ging. »Du siehst heute besser aus.«

Annie sah sie mit einem verhaltenen Lächeln an. »Die Krankenschwester hat mir geholfen, die Haare zu waschen und zu föhnen.«

»Sieht gut aus. Du hast auch wieder ein bisschen Farbe in den Wangen.«

»Rouge«, gestand Annie.

»Ist nichts verwerflich an ein wenig Make-up«, gab Dr. McDaniels zurück. »Und es zeigt mir, dass du wieder anfängst, dich für dein Aussehen zu interessieren. Gibt's dafür einen besonderen Grund?«

»Ty – ein Freund – war gestern hier und hat mich dazu gebracht, ein paar Dinge aus einer anderen Perspektive zu betrachten«, erklärte Annie.

»Wie das?«

»Na ja, er hat mir sehr deutlich gemacht, wie dumm ich bin und dass ich nicht genug auf mich achte.«

Dr. McDaniels bemühte sich sichtlich, ein Grinsen zu unterdrücken. Annie merkte ihr an, wie sie damit kämpfte, aber ihre Mundwinkel krümmten sich unwillkürlich nach oben.

»Sehr deutlich gemacht, ja? Vielleicht hätte *ich* das versuchen sollen.«

Annie schüttelte den Kopf. »Ich glaube, ich musste es von ihm hören. Ty ist dieser richtig tolle Typ. Star der Baseballmannschaft. Wir kennen uns schon ewig. Er hat mir gesagt, was für Angst er um mich hatte. Das hat mich dazu gebracht, alles auch aus anderer Sicht zu sehen, nicht nur aus meiner. Klar, das hatte ich vorher schon von meinen Eltern gehört, auch von Sarah und Raylene – das sind meine besten Freundinnen. Aber irgendwie hat's diesmal geklickt.«

»Ty hat dir klargemacht, dass sich deine Handlungen auf die Menschen auswirken, denen etwas an dir liegt«, meinte Dr. McDaniels.

Annie nickte. »Und er hat noch was gemacht. Er hat mir einen Spiegel vorgehalten und verlangt, dass ich reinschaue.«

»Und?«

»Hat mir gar nicht gefallen, was mich erwartet hat, weil ich mich durch seine Augen gesehen hab. Im Gegensatz zu mir hat er kein fettes Mädchen gesehen. Er hat mich erkennen lassen, dass ich überhaupt nicht gut aussehe.«

»Klingt, als hättest du einen ziemlichen Durchbruch gehabt«, meinte Dr. McDaniels sichtlich erfreut. »Bist du bereit, das Verhalten zu ändern, das dich hierhergebracht hat?«

Annie wusste genau, was die Frau hören wollte. Sie wollte mehr als ihre Zustimmung zu einer Veränderung. Sie wollte die Bestätigung, dass Annie ihr Problem zur Kenntnis nahm.

Sie zwang sich, der Psychiaterin in die Augen zu sehen. »Sie meinen daran, dass ich magersüchtig bin?«

Dr. McDaniels strahlte. »Haargenau das meine ich.«

Annie schluckte schwer. »Was, wenn ich's nicht ändern kann?«

»Kannst du«, widersprach die Ärztin mit Nachdruck. »Ich glaube fest daran. Das solltest du auch. Der schwerste Schritt besteht darin, sich das Problem einzugestehen. Ich will nicht behaupten, es würde nicht hart werden. Und es wird Tage geben, an denen du mich, Lacy und jede Krankenschwester hassen wirst, die deine Kalorienaufnahme überwacht. Tage, an denen dir vorkommen wird, es wäre einfacher, die Sitzungen auszulassen. Oder Tage, an denen du etwas zu essen ansiehst und dir bei der Vorstellung schlecht wird, auch nur einen einzigen Bissen davon zu nehmen. Aber du kannst es schaffen, Annie. Ich bin hier, um dir dabei zu helfen. Lacy ist auch an deiner Seite. Deine Eltern werden alles tun, um dich zu unterstützen. Und so, wie es klingt, hast du auch deine Freunde Ty, Sarah und Raylene an Bord.«

Annie grinste. »Ty hat gesagt, er wird wie das Weiß am Reis an mir drankleben, um dafür zu sorgen, dass ich esse.«

»Bravo. Also, ich möchte, dass du für morgen über Folgendes nachdenkst«, sagte Dr. McDaniels. »Du kannst nur dann verhindern, dass du in dein altes Muster zurückfällst, wenn du herausfindest, wie du überhaupt dort gelandet bist. Deshalb möchte ich, dass du daran zurückdenkst, wie alles angefangen hat. Vielleicht wolltest du vor einem wichtigen Ball ein paar Kilos verlieren. Vielleicht war es auch etwas Bedeutenderes als das. Denk angestrengt nach und versuch, ob du den Wendepunkt herausarbeiten kannst, an dem Essen plötzlich zum Feind geworden ist. Kannst du das?«

Annie nickte. Sie hätte die Frage auch sofort beantworten können, doch ihr war nicht danach zumute, darüber zu reden. Tatsächlich wollte sie nicht mal darüber nachdenken.

Dr. McDaniels musterte sie aufmerksam. »Annie, kennst du die Antwort schon? Willst du gleich darüber reden? Ich kann länger bleiben.«

»Nein«, antwortete sie hastig. »Will ich nicht.«

Die Psychiaterin wirkte zwar leicht enttäuscht, bedrängte sie aber nicht. »Na schön. Dann unterhalten wir uns morgen weiter«, sagte sie. In dem Moment öffnete sich die Tür zu Annies Zimmer.

Als Annie dort ihre Mutter erblickte, atmete sie erleichtert auf. Damit war sie endgültig aus dem Schneider. Abgesehen davon, dass ihr fast vierundzwanzig Stunden voll Grauen vor der nächsten Sitzung bevorstanden.

Als Dana Sue unverhofft Dr. McDaniels in Annies Zimmer vorfand, fühlte sie sich sofort schuldig, weil sie gestört hatte.

»Tut mir leid. Ich wusste nicht, dass gerade eine Sitzung ist.« Sie versuchte, am Gesichtsausdruck der Psychiaterin abzulesen, wie es lief. »Ich gehe ins Wartezimmer, bis Sie fertig sind.«

»Nicht nötig«, entgegnete Dr. McDaniels. »Kommen Sie ruhig rein. Wir sind gerade fertig geworden.«

»Sind Sie sicher?«, vergewisserte sich Dana Sue. »Sie müssen meinetwegen nicht früher Schluss machen.«

»Tu ich nicht. Annie und ich haben schon ein Weilchen geplaudert«, berichtete die Ärztin mit einem herzlichen Lächeln. »Wir haben heute einige Fortschritte geschafft, nicht wahr, Annie?«

Die junge Patientin nickte, wenngleich sie nicht ganz so erfreut aussah wie die Psychiaterin.

»Das ist ja wunderbar«, befand Dana Sue.

»Tatsächlich haben wir so viele Schritte in die richtige

Richtung hingelegt«, verkündete McDaniels, »dass ich denke, wir können Annie morgen aus dem Krankenhaus entlassen, sofern sie einverstanden ist, mich weiterhin täglich in meiner Praxis zu besuchen.«

Annies Züge hellten sich auf. Offensichtlich hörte sie die Neuigkeit gerade zum ersten Mal. »Wirklich? Ich darf nach Hause?«

»Wenn Lacy und Dr. Lane einverstanden sind, kannst du gleich nach unserer Sitzung morgen gehen«, bestätigte Dr. McDaniels.

Sie wandte sich an Dana Sue. »Und für übermorgen würde ich gern eine Familiensitzung anberaumen, wenn das für Sie in Ordnung ist. Können Sie und Mr. Sullivan es einrichten?«

Sofort nickte Dana Sue. »Auf jeden Fall.«

»Wir gehen dann alle Richtlinien durch, die für Annies Genesung nötig sind, und reden ein wenig darüber, was Sie beide tun können, um ihr zu helfen, auf dem richtigen Weg zu bleiben«, erklärte sie. »Ich denke, ich werde die Ernährungsberaterin bitten, auch bei der Sitzung dabei zu sein.«

»Was ist mit ihrem ersten Tag zu Hause?«, erkundigte sich Dana Sue. »Müssen wir dafür irgendwas Besonderes beachten?«

Dr. McDaniels sah Annie an. »Sagst du es deiner Mutter, nachdem Lacy und ich morgen alles mit dir durchgegangen sind?«

Annie nickte eifrig, sichtlich erfreut darüber, dass die Ärztin ihr dabei vertraute, die Regeln ehrlich weiterzugeben.

Dr. McDaniels stand auf. »Du hast heute gut mitgearbeitet, Annie. Ich bin stolz auf dich.«

»War nicht so schwer, wie ich dachte.«

»Es wird noch schwerer«, warnte die Ärztin vor. »Und es wird Rückschläge geben. Das musst du wissen, damit du nicht einfach aufgibst.«

Annie nickte. »Okay.«

»Dann bis morgen früh«, sagte sie.

Nachdem sie gegangen war, eilte Dana Sue zu ihrer Tochter und umarmte sie innig. »Ich bin ja so stolz auf dich, mein Schatz. Und ich kann's kaum erwarten, dich wieder zu Hause zu haben. Ich hab das Gefühl, nicht eine Nacht richtig geschlafen zu haben, seit du weg bist.«

»Obwohl keine laute Musik aus meinem Zimmer gedröhnt hat?«

Dana Sue zuckte mit den Schultern und gab reumütig zu: »Ich hab wohl sogar das vermisst.«

Sie setzte sich neben Annie aufs Bett. »Willst du eine kleine Feier zur Rückkehr schmeißen? Nur Maddie, Helen, dein Papa und vielleicht Ty, Sarah und Raylene?«

»Das wär spitze«, erwiderte Annie. »Aber Mama, nicht zu viel zu essen, okay? Könntest du sie so einladen, dass sie erst nach dem Abendessen kommen? Ich fühl mich komisch, wenn mir alle dabei zuschauen, was ich mir in den Mund stecke.«

»Ganz wie du willst«, stimmte Dana Sue zu. Vermutlich war es noch zu früh, um von Annie zu erwarten, sich bei einem Anlass mit Essen wohlzufühlen.

Oder vielleicht, dachte sie dann mit einem Anflug von Besorgnis, war es ein Zeichen dafür, dass sie bereits plante, wieder in ihr Muster zu verfallen, Essen mit anderen zu meiden, damit niemand merkte, ob sie überhaupt etwas aß.

Es widerstrebte Dana Sue zutiefst, dass sie den Motiven ihrer Tochter nicht trauen konnte. Sie beschloss, sich bei Dr. McDaniels zu erkundigen, welche Erwartungen sie an das Verhalten ihrer Tochter stellen durfte und auf welche Warnzeichen für einen Rückfall sie achten musste. Diesmal war Dana Sue fest entschlossen, keinen einzigen Hinweis zu ignorieren.

Kapitel 16

Ronnie hatte gerade eine Stunde am Telefon mit Butch Thompson verbracht. Er hatte zugestimmt, am nächsten Morgen nach Serenity zu kommen, um sich den Eisenwarenladen und Ronnies Geschäftsplan anzusehen.

»Und danach will ich das Essen im Restaurant deiner Frau, das du mir versprochen hast«, hatte Butch gemeint.

»Und bringst du *deine* Frau mit?«

»Diesmal nicht. Das machen wir, sobald wir den Papierkram erledigt haben und alles unterschrieben ist. Sollte nicht länger als ein oder zwei Wochen dauern.«

Dass sich Butch anhörte, als wäre ihr Deal bereits beschlossene Sache, hatte Ronnie in Euphorie versetzt. Als das Telefon erneut klingelte, ging er deshalb so fröhlich wie schon lange nicht mehr ran.

»Ronnie?« Dana Sue klang, als wäre sie nicht sicher, ob sie ihn in der Leitung hatte.

»Hi, Schatz. Wie geht's dir?«

»Gut«, antwortete sie. »Du klingst ja auch ziemlich beschwingt. Ist irgendwas los?«

»Ich erzähl dir später davon«, versprach er. Dann fiel ihm ein, dass er am vergangenen Abend eigens ins Restaurant gefahren war, um genau das zu tun. Nur als er in ihren Personalnotstand hineingezogen worden war, hatte er es völlig vergessen. Er wollte es aufrichtig nicht länger vor sich herschieben, aber er musste es ihr von Angesicht zu Angesicht sagen, damit er ihre Reaktion abschätzen konnte.

»Warum rufst du an?«, fragte er.

»Kannst du in einer Stunde bei mir zu Hause sein?«

»Sicher«, erwiderte er, obwohl ihn die Einladung überraschte. Musste wichtig sein, wenn sie bereit war, ihn wieder über diese Schwelle treten zu lassen. »Verrätst du mir auch, warum?«

Dana Sue zögerte, doch sie war nie gut darin gewesen, Geheimnisse für sich zu behalten. Ronnie brauchte nur zu warten, bis es aus ihr herausplatzte.

»Annie kommt morgen nach Hause!«, verkündete sie schließlich. »Ist das nicht fantastisch?«

Erleichterung durchflutete ihn, begleitet von ein wenig Zurückhaltung. »Fantastisch beschreibt es nicht ansatzweise«, gab er zurück. »Sind die Ärzte sicher, dass sie dafür bereit ist?«

»Ich hab Dr. McDaniels erst vor ein paar Minuten persönlich gesprochen. Sie scheint zu glauben, dass Annie endlich einen Durchbruch geschafft hat. Sie hat übermorgen einen Termin für eine Familiensitzung mit uns allen eingetragen.«

»Tys Besuch muss das bewirkt haben«, mutmaßte Ronnie.

»Was für ein Besuch?« Dana Sue klang verwirrt. »Ich meine, Annie hat erwähnt, dass er gestern vorbeigekommen ist. Aber bei all dem Trubel im Restaurant gestern Abend hab ich's völlig vergessen.«

»Und ich hab aus demselben Grund vergessen, es zu erwähnen«, sagte er. »Ich erzähl dir alles, sobald ich bei dir bin.«

»Oh, und ob du das wirst.« Plötzlich klang sie grimmig

und entschlossen. »Wenn es unsere Tochter betrifft, erwarte ich von dir, dass du mir *alles* erzählst, was du weißt.«

»Ich hab's dir nicht absichtlich vorenthalten«, sagte er, weil er wusste, wie sie tickte. Sie konnte sowohl das als auch sein Versäumnis, ihr von seinen Plänen mit dem Eisenwarenladen zu erzählen, im Handumdrehen zu einer schweren Verfehlung aufbauschen.

»Na schön, wenn du das sagst«, lenkte sie schließlich ein, obwohl sie nach wie vor unterkühlt klang. »Ich weiß, dass ich wahrscheinlich überreagiere. In einer Stunde sehen wir uns, dann klären wir das.«

Erst, nachdem Ronnie aufgelegt hatte, erinnerte er sich an seinen geplanten Termin morgen früh mit Butch. Noch vor wenigen Jahren hätte er versucht, alles irgendwie unter einen Hut zu bringen. Doch da seine Prioritäten mittlerweile zurechtgerückt waren, wusste er: So wichtig dieses Treffen sein mochte, Annies Heimkehr war wichtiger. Er rief den Mann auf dem Handy an.

»Butch, ich noch mal. Können wir's um ein paar Tage nach hinten schieben? Ich hab gerade erfahren, dass meine Tochter morgen aus dem Krankenhaus entlassen wird. Da will ich bei ihr sein. Und übermorgen haben wir einen Termin bei ihrer Ärztin. Ich weiß noch keine Einzelheiten, deshalb wär's vielleicht einfacher, den Termin gleich auf Ende der Woche zu verschieben.«

»Kein Problem«, sagte Butch sofort. »Dann am Freitag um die gleiche Zeit. Wie klingt das?«

»Perfekt. Danke.«

»Brauchst mir nicht zu danken. Wie du dich um das Mädchen kümmerst, ist einer der Gründe, warum ich dich so mag.«

Ronnie war erleichtert darüber, dass er das Richtige getan hatte und es gut ausgegangen war. Er pfiff vor sich hin, während er duschte und sich frische Sachen anzog, bevor er den Weg zu dem Haus antrat, das fast zwanzig Jahre lang sein Zuhause gewesen war. Ronnie wusste nicht recht, was er dabei empfinden würde, nach all der Zeit wieder über diese Schwelle zu treten. Aber er war froh, dass Dana Sue ihn endlich wieder hineinlassen wollte, anstatt ihn auf dem Rasen mit einer gusseisernen Pfanne in der Hand zu empfangen.

Dana Sue schätzte, dass ihr zehn Minuten blieben, um das Haus einigermaßen vorzeigbar zu machen, bevor Ronnie es wiedersehen würde.

Seit Annie im Krankenhaus war, hatte sie ihre Schuhe immer direkt an der Haustür ausgezogen und dort stehen gelassen. Teller und Gläser von spätabendlichen Snacks standen verstreut herum. Eine Staubschicht bedeckte alles. Sie war selbst unter besten Umständen nicht die penibelste Haushälterin, aber derzeit herrschte sogar für ihre Maßstäbe blankes Chaos.

Sie schaffte es gerade, die Schuhe in den Schrank zu werfen, das Geschirr in die Küche zu bringen und in die Spülmaschine zu räumen, bevor sie Ronnies Pick-up in die Einfahrt rollen hörte. Um die peinliche Frage zu vermeiden, ob er einfach reinkommen oder anklopfen und an der Tür des Hauses warten sollte, in dem er einst gelebt hatte, trat sie ihm am Eingang entgegen.

»Danke fürs Herkommen«, sagte sie und rückte beiseite, um ihn reinzulassen.

Als er sich an ihr vorbeischob, drückte er ihr einen flüchtigen Kuss auf die Stirn, der sie völlig verwirrt zurückließ.

Die Geste war so unschuldig, so beiläufig gewesen, als wäre sie eine entfernte Cousine. Kein Vergleich dazu, wie innig sie sich früher immer geküsst hatten, kaum dass er durch die Tür hereingekommen war. Die fehlende Leidenschaft in diesem Schmatz rüttelte die Draufgängerin in ihr wach – die Frau, die sich einst einfach genommen hatte, was sie wollte, und es nicht mehr losgelassen hatte.

Offenbar verwirrt, weil sie ihm nicht ins Haus gefolgt war, drehte sich Ronnie um und starrte sie an. »Alles in Ordnung?«

Ist es das?, fragte sie sich. War es in Ordnung, dass sie mit dem Wunsch kämpfte, die Faust in sein Shirt zu krallen und sein Gesicht zu sich nach unten zu ziehen, um die Lippen auf seine zu pressen? Oder war es Wahnsinn?

Obwohl Hitze und Verlangen sie durchströmten, redete sie sich fest ein, es wäre verrückt. Nur eine instinktive Reaktion darauf, ihn wieder unter diesem Dach zu haben, wieder in diesem Raum, in dem sie sich öfter geliebt hatten, als sie zählen konnte, weil sie beide zu ausgehungert und begierig gewesen waren, um zu warten und die Treppe in ihr Schlafzimmer hinaufzusteigen. Natürlich waren sie vorsichtiger geworden, seit Annie auf der Welt war, trotzdem barg dieser Raum eine verblüffende Anzahl lustvoller Erinnerungen.

»Dana Sue?«, fragte Ronnie, der sie immer noch mit verwirrter Miene musterte.

Sie schüttelte die Erinnerungen ab und zwang sich zu einem strahlenden Lächeln. »Tut mir leid. Nur ein kurzer Aussetzer.«

Sie wollte an ihm vorbei in die Küche flüchten, aber er hielt sie am Arm zurück und sah ihr in die Augen. »Ich erinnere mich auch«, sagte er leise.

»Woran?«, fragte sie mit gezwungen unbekümmerter Stimme.

Er grinste über ihren Versuch, so zu tun, als hätten sie nicht gerade dasselbe gedacht. »An alles«, erwiderte er knapp, ohne den Blick von ihrem zu lösen. »Ich hab so oft nachts wach in meinem Motelzimmer gelegen und daran zurückgedacht, wie wir zusammen waren. Es war nie mehr als ein Blick oder eine beiläufige Berührung nötig, um uns in Leidenschaft zu versetzen.«

»Nicht«, flehte sie.

»Nicht davon reden oder nicht daran erinnern?«, fragte er.

»Beides nicht«, flüsterte sie. »Wir können nicht zurück, Ronnie.«

»Stimmt«, pflichtete er ihr bei und sah ihr immer noch tief in die Augen. »Aber wir können von vorn anfangen und neue Erinnerungen schaffen.«

»Wie? Dieses lästige Bild in meinem Kopf ist nicht so schön.«

»Der Seitensprung«, sagte er unverblümt.

»Ja, der Seitensprung.«

»Das war ein einmaliger, bedeutungsloser Fehltritt«, erklärte er ihr. »Dadurch ist es natürlich nicht in Ordnung. Aber muss es wirklich ein Grund sein, uns für immer aufzugeben?«

»Das dachte ich immer«, sagte sie. Plötzlich wurde ihr klar, dass sie die Vergangenheitsform benutzt hatte, was er vielleicht als Ermutigung auffassen würde. »Tue ich noch«, fügte sie rasch hinzu. »Du anscheinend auch, immerhin hast du damals die Stadt verlassen.«

»Das kannst du dir schenken«, entgegnete er leise. »Ich bin gegangen, weil du mir keine große Wahl gelassen hast.«

»Oh bitte, ich hab dich wohl kaum verbannt.«

»Das nicht, aber du hast überdeutlich gemacht, wie unglücklich du wärst, wenn ich bleibe. Ich bin gegangen, weil mich so schon genug Schuldgefühle deswegen geplagt haben, wie weh ich dir getan hatte. Ich wollte das auf keinen Fall in die Länge ziehen und es für dich und Annie noch schwerer machen.«

»Warum bist du dann jetzt so versessen darauf zu bleiben?«

»Weil ich endlich eingesehen hab, was für ein Fehler es war, dass ich damals gegangen bin«, erwiderte er, bevor er grinste. »Und trotz allem, was du sagst, glaub ich nicht, dass du mich aus der Stadt weghaben willst.«

»Doch«, sagte sie. Aber es klang halbherzig.

»Wirklich?«, bohrte er nach. »Wirst du nicht allmählich ein bisschen weicher? Hast du nicht bemerkt, wie gut wir letzte Nacht zusammengearbeitet haben, als könnten wir die Gedanken des anderen lesen? Ist dir nicht aufgefallen, wie gut wir eine vereinte Front vor Annie gebildet haben? Wir sind einzeln schon ziemlich gute Eltern, aber zusammen sind wir fantastisch.«

Das alles hatte Dana Sue sehr wohl bemerkt, doch sie traute dem nicht. Das konnte sie nicht. »Auf die Diskussion lasse ich mich nicht mit dir ein«, entschied sie und schaute abrupt weg, bevor sie seinem Bann erliegen konnte und ihm in die Arme fallen würde. »Im Moment bist du nur wegen Annie hier. Ich dachte mir, du könntest helfen, ihre Heimkehr zu planen.«

Sofort steckte er zurück. Offensichtlich spürte er, dass er ihre Geduld ausgeschöpft hatte. »Liebend gern. Und ich würde dir gern was erzählen, falls Zeit dafür ist.«

»Setzen wir uns in die Küche«, schlug sie in der Hoffnung vor, dass dort weniger Erinnerungen über sie herfallen würden, weil der Raum von jeher ihr Hoheitsgebiet gewesen war. »Konzentrieren wir uns auf Annies Heimkehr, okay? Ich mache uns süßen Tee.«

Wie er die Augen verengte, verriet ihr, dass er Bescheid wusste und fand, sie sollte so etwas nicht trinken. »Ich nehme Zuckerersatz«, fügte sie hinzu.

»Hast du mich was sagen gehört?«, fragte er.

»Nein, aber wir wissen beide, dass du etwas weißt – oder zu wissen glaubst. Und da ich nicht darüber reden will, wirst du mir einfach glauben müssen, dass ich weiß, was ich zu mir nehmen darf und was nicht.«

»Davon bin ich überzeugt«, beschwichtigte er. »Und bestimmt bist du auch so klug, dich an die ärztlichen Anweisungen zu halten.«

»Bin ich«, bekräftigte sie. Zumindest dann, wenn sie daran dachte. Oder wenn ihre Verärgerung über diesen Mann sie nicht dazu trieb, sich Trostessen zu gönnen.

Sie setzte Wasser zum Kochen auf, holte Teebeutel aus dem Schrank und schnappte sich eine Handvoll Süßstofftüten. »Zufrieden?«, fragte sie, riss sie auf, kippte den Inhalt ins Wasser und fügte dann die Teebeutel hinzu.

»Total«, erwiderte er ironisch.

Mit finsterer Miene sah sie ihm in die Augen. »Etwas an dir hat sich nicht verändert, wie ich feststelle.«

»Ach ja?«

»Du nervst immer noch unheimlich.«

Er grinste. »Ich betrachte mich lieber als Anreger deines Stoffwechsels.«

»Das hättest du wohl gern«, gab sie spöttisch zurück, musste sich aber dabei ein Kichern verkneifen. Obwohl sie lieber Dreck fressen würde, als es zuzugeben, erinnerte sie Ronnies Gegenwart nach seiner Rückkehr manchmal daran, wie sie sich gefühlt hatte, als sie noch uneingeschränkt lebendig gewesen war. Zu ihrem Leidwesen hatte sie so nicht mehr empfunden, seit er damals gegangen war. Kein einziges Mal.

Rasch verdrängte sie derlei Gedanken.

Annie wusste nicht recht, worüber sie glücklicher war: darüber, wieder zu Hause zu sein; oder darüber, ihre Eltern wieder unter einem Dach zu sehen. Die beiden bemühten sich sogar aufrichtig, miteinander auszukommen, wenn auch nur Annie zuliebe.

Sie waren kurz vor Mittag zu Hause eingetroffen, und ihre Mutter hatte darauf bestanden, dass sie sich alle zu Sandwiches und Tee zusammensetzten. Sie hatte Truthahn auf Vollkornbrot gemacht und dann schräg geviertelt, wie Annie die Sandwiches gemocht hatte, als sie klein gewesen war. Instinktiv hatte sie die aufgeschnittenen Brote auf einem Teller in die Tischmitte gestellt, statt Annie ein riesiges Sandwich vorzusetzen.

Annie wusste, dass ihre Eltern sie mit Argusaugen beobachteten, als sie sich ein Brotstück nahm und es auf ihren Teller legte, bevor sie eine winzige Portion vom Kartoffelsalat ihrer Mutter hinzufügte. Früher einmal hätte sie die ganze Schüssel allein essen können. Nun jedoch traute sie sich höchstens eine Kostprobe zu, ohne dass sie vom Tisch wegrennen und sich übergeben müsste. Trotzdem war es ein Fortschritt, und die Mienen ihrer Eltern ließen erahnen, dass sie es beide verstanden. Zu ihrem Verdruss wusste Annie, dass Lacy ihnen eine sehr detaillierte Liste gegeben hatte, was sie wann essen sollte, und zwar an jedem einzelnen Tag. Daran würde sich nichts ändern, nur weil sie sich nicht mehr unter der wachsamen Obhut der Pflegerinnen im Krankenhaus befand.

»Erik hat für später etwas von seinem Zimteis geschickt«, verriet ihre Mutter. »Er dachte, wir könnten es uns vielleicht gönnen, wenn alle da sind.«

»Spitze.« Überrascht stellte Annie fest, dass die Vorstellung tatsächlich einen gewissen Reiz hatte. Eriks selbstgemachtes Eis war unglaublich. Als er im Restaurant daran gearbeitet hatte, das Rezept richtig hinzubekommen, hatte Annie nur davon probiert, aber sie hätte gewettet, dass ihre Mutter 15 Liter davon verspachtelt hatte. »Du hast doch nicht viele Leute eingeladen, oder?«

»Nur die, über die wir gesprochen haben«, versicherte ihre Mutter ihr. »Und sie bleiben auch nicht lange. Sie kommen gegen sieben, nach dem Abendessen, wie du es wolltest.«

»Danke.« Sie nahm einen Bissen von dem Sandwich und zwang sich, ihn hinunterzuschlucken. Überraschenderweise schmeckte es ihr – irgendwie besser als die Sandwiches im Krankenhaus. Vielleicht, weil ihre Mutter sie zubereitet hatte. Annie nahm einen weiteren Bissen.

»Nach dem Mittagessen solltest du dich ein bisschen ausruhen«, schlug ihr Vater vor. »An deinem ersten Tag zu Hause solltest du es nicht gleich übertreiben.«

Annie sah ihn stirnrunzelnd an. »Ich bin doch nur vom Auto ins Haus gegangen«, protestierte sie. »Und im Krankenhaus durfte ich gar nicht gehen, sondern musste in dem blöden Rollstuhl sitzen. Total ätzend.«

Ihr Vater grinste. »Als wir dort waren, hast du dich nicht beschwert. Mir ist aufgefallen, dass der Pfleger ziemlich attraktiv war.«

Annie verdrehte die Augen, während sie einen weiteren Bissen aß und mit dem kleinen Brötchen fertig wurde. »Oh bitte! Kenny muss um die dreiundzwanzig sein. Ich bin mir ziemlich sicher, dass er die Highschool abgebrochen hat. Das ist wahrscheinlich der beste Job, den er je haben wird.«

»Schön zu wissen, dass du hohe Maßstäbe anlegst«, zog Ronnie sie auf. »Du solltest dabei nur nicht vorschnell über Leute urteilen. Man weiß nie, welche versteckten Talente sie haben könnten.«

»Falls Kenny irgendwelche Talente hat, dann so tief versteckt, dass niemand sie je finden wird, glaub mir«, erwiderte sie abschätzig, bevor sie bemerkte, dass sie sich geistesabwesend ein weiteres Stück des Sandwiches auf ihren Teller gelegt hatte. Schulterzuckend nahm sie einen Bissen davon.

»Bist du dir da bei Kenny ganz sicher?«, fragte ihr Vater.

Annie musterte ihn eingehend. »Was weißt du über ihn, das ich nicht weiß?«

»Nur, dass er ein talentierter Schreiner ist«, antwortete ihr Vater. »Er zimmert schon lange Möbel und verkauft sie in Galerien, die sich auf handgefertigte Stücke von regionalen Kunsthandwerkern spezialisiert haben. Ich sage voraus, dass man über kurz oder lang noch Großes über Kenny hören wird.«

Ihre Mutter wirkte genauso überrascht, wie Annie sich fühlte. »Woher weißt du das?«, fragte Dana Sue.

»Ich habe mir einfach die Zeit genommen, mit ihm zu reden«, erwiderte Ronnie. »Er ist schüchtern, nicht dumm.« Er bedachte Annie mit einem pointierten Blick. »Wieder was gelernt, hm?«

»Willst du mich mit ihm verkuppeln oder so?«, fragte sie, nachdem sie geschluckt und den Happen mit ungesüßtem Tee hinuntergespült hatte.

»Natürlich nicht«, antwortete ihr Vater sofort. »Er ist zu alt für dich.«

»Warum reden wir dann überhaupt darüber?«, wollte sie wissen, leicht irritiert darüber, dass sie die Chance verpasst hatte, einen jungen Mann kennenzulernen, der viel interessanter klang, als sie vermutet hatte. Vielleicht war sie so hochnäsig, wie ihr Vater angedeutet hatte.

»Ich glaube, ich weiß es.« Ihre Mutter betrachtete ihren Vater mit belustigter Miene. »Er lenkt dich ab, damit du nicht ans Essen denkst, sondern es einfach tust. Hat auch wunderbar geklappt.«

Annie starrte sie an. »Wie meinst du das?«

»Du hast ein ganzes Sandwich gegessen, Spätzchen.«

Annie starrte auf den Teller und stellte fest, dass alle Stücke verschwunden waren. Ihr Vater hatte vielleicht auch einige gehabt, aber nicht alle. Und ihre Mutter *mochte* Truthahnsandwiches gar nicht.

»Ich hab ein ganzes Sandwich gegessen?« Annie zweifelte immer noch daran, obwohl es ihr Vater mit einem zufriedenen Nicken bestätigte. Aber hätte ihr davon nicht schlecht werden sollen? Nur spürte Annie davon nichts. Es ging ihr gut. Sie hatte tatsächlich eine vollständige Mahlzeit zusammen mit anderen gegessen und war dabei nicht ausgeflippt. Ein seltsames Triumphgefühl überkam Annie. Sie grinste ihren Vater an. »Cool. Hinterhältig, aber cool.«

»Ich finde, das beschreibt deinen Papa insgesamt recht gut«, meinte ihre Mutter, lachte dabei aber, wodurch es in keiner Weise gemein klang.

Annie erinnerte sich an viele Mahlzeiten an diesem Tisch. Fast alle waren so gewesen, begleitet meist von scherzhaften Unterhaltungen, manchmal auch von ernsteren Gesprächen über das Leben. Das hatte sie mehr als alles andere vermisst, seit ihr Vater gegangen war. Gemeinsame Mahlzeiten mit ihrer Mutter, wenn sie sich überhaupt dazu aufrafften, verliefen still und fühlten sich einsam an. In letzter Zeit hatte ihre Mutter fast jeden Abend im Restaurant verbracht und nie Zeit gehabt, sich mit Annie zum Essen hinzusetzen.

»Ich bin so froh, dass du hier bist«, sagte sie zu ihrem Vater, ohne sich darum zu scheren, was ihre Mutter von den Worten halten mochte. Wenn sie endlich erkannte, wie viel es Annie bedeutete, ihren Vater wieder in ihrem Leben zu haben, würde sie vielleicht etwas dafür tun, dass er blieb.

»Bin ich auch«, sagte er. »Hat mir gefehlt, in Serenity zu sein.«

»Nicht nur das.« Annie wollte unbedingt klarstellen, worum es ihr wirklich ging. »Ich hab gemeint, hier bei uns.«

»Annie …« Ihre Mutter klang warnend.

»Ich sage ja nur, wie toll ich es finde, dass er hier ist.« In Annies Ton schlich sich ein Hauch Streitlust. »So empfinde ich es halt. Dr. McDaniels sagt, ich muss zu meinen Gefühlen stehen.«

Sie stand auf. »Ich mach jetzt ein Nickerchen. Weckt mich früh genug, bevor die Gäste kommen, vor allem, wenn wir vorher noch zu Abend essen wollen. Ich will mich ordentlich herrichten, damit sich niemand Sorgen macht, ich könnte zusammenklappen oder so.«

»Ich sorge dafür, dass du rechtzeitig aufstehst«, versprach ihre Mutter.

Annie sah ihren Vater an. »Und du wirst dann immer noch da sein, oder?«

»Ich werd da sein«, bestätigte er.

»Könntest du nicht einfach *hierbleiben*?«, fragte sie. Noch während sie die Worte aussprach, wusste sie, dass ihre Mutter darüber ausrasten könnte.

»Ich bin ganz in der Nähe«, erwiderte ihr Vater. »Wir werden uns ständig sehen.«

Offensichtlich wollte er ihre Mutter nicht in Zugzwang bringen, aber Annie scheute sich nicht davor. Und sie glaubte, die perfekte Möglichkeit zu kennen, wie es ihr gelingen könnte. Sie würde es bei der Familiensitzung mit der Psychiaterin am nächsten Tag zur Sprache bringen. Annie hatte das Gefühl, dass ihre Eltern ihr beide nicht verweigern würden, was sie wollte, wenn sie bei Dr. McDaniels nur intensiv genug darauf pochte. Gut, das mochte manipulativ sein. Aber damit konnte sie leben, wenn es ihre Eltern einen Schritt näher dazu führte, vielleicht wieder zueinanderzufinden. Manchmal brauchten Erwachsene einen kräftigen Schubs, damit sie endlich taten, was sie insgeheim ohnehin wollten.

»Denk nicht mal daran«, murmelte Dana Sue finster, sobald Annie den Raum verlassen hatte.

»Woran soll ich nicht denken?«, fragte Ronnie unschuldig, obwohl er haargenau wusste, was sie meinte.

»Du ziehst hier nicht wieder ein, und das ist endgültig«, stellte sie klar. »Nicht mal Annie zuliebe.«

»Sie wird es morgen bei der Familiensitzung ansprechen«, prophezeite Ronnie.

Dana Sue starrte ihn geradezu erschrocken an. »Das würde sie nicht wagen.«

»Natürlich würde sie das«, widersprach er. »Hast du nicht den Glanz in ihren Augen gesehen? Unsere Annie hat sich was in den Kopf gesetzt, und ihr ist bewusst, dass sie ein Druckmittel hat.«

Dana Sue sank auf dem Stuhl zurück, griff nach einem Löffel und begann, den restlichen Kartoffelsalat zu essen.

»Solltest du …«, begann Ronnie, verstummte jedoch bei ihrem vernichtenden Blick abrupt. Aber sie warf den Löffel zurück in die Schüssel.

»Tja, diesmal kriegt sie ihren Willen nicht«, sagte Dana Sue hitzig – obwohl sie nicht allzu überzeugt von den eigenen Worten wirkte. »Du wirst mir dabei den Rücken stärken müssen.«

»Und was, wenn ich finde, dass sie nicht unrecht hat?«, fragte er.

»Dann bist du verrückt«, erwiderte sie unumwunden. »Es wäre blanker Wahnsinn, wenn du unter irgendwelchen Umständen wieder hier einziehst.«

»Hier gibt's ein Gästezimmer«, erinnerte er sie. »Und im Motel verschwende ich nur Geld.«

»Das Gästezimmer ist aber ungefähr fünfhundert Kilometer näher an meinem Zimmer, als du es sein solltest«, herrschte sie ihn an. »Wär's nicht an der Zeit für dich, nach Beaufort zurückzukehren … oder wo auch immer du gewesen bist?«

»Ich fürchte nein«, antwortete er. »Hab meinen Job dort gekündigt.«

Bestürzt starrte sie ihn an.

»Warum machst du so was?«

»Wäre nicht fair gewesen, meinen Boss zu bitten, auf mich zu warten, obwohl ich nicht die Absicht habe zurückzugehen.«

»Aber du musst zurück.« Allmählich klang Dana Sue verzweifelt.

»Weil?«

»Du weißt ganz genau, warum. Du hast mich betrogen, Ronnie. Ich will dir nicht ständig über den Weg laufen und daran erinnert werden.«

Offensichtlich war es immer noch nicht der richtige Zeitpunkt, den Eisenwarenladen zu erwähnen. »Was meinst du, woran sich die Leute in Serenity mehr erinnern – daran, dass ich dich betrogen habe? Oder daran, dass du mein ganzes Zeug auf den Rasen geworfen und mich zum Teufel gejagt hast, bevor ich auch nur die Hälfte davon einsammeln konnte?«

Sie zuckte zusammen. »Wird sich wahrscheinlich die Waage halten«, sagte sie stur, obwohl sie beide wussten, dass es nicht stimmte. Die Schwächen eines Mannes konnten die Menschen vergessen, nicht aber den ziemlich lauten Tobsuchtsanfall einer rachsüchtigen Frau. Ein solcher Aufruhr hinterließ einen bleibenden Eindruck.

Er grinste sie an. »Wollen wir eine Umfrage machen?«

Sie starrte ihn an. »Wovon redest du?«

»Gehen wir spazieren und fragen wir unterwegs alle, die uns begegnen, woran sie sich von uns beiden am meisten erinnern.«

Sie schüttelte den Kopf. »Du bist erbärmlich.«

»Wieso ist das erbärmlich?«

»Du weißt genau, dass um die Zeit nur Frauen nicht bei der Arbeit sind. Also müsstest du bloß ein bisschen von deinem Charme versprühen, und schon hättest du sie alle auf deiner Seite. Wenn du richtig Glück hast, lädt dich vielleicht sogar eine von *denen* ein, bei ihr einzuziehen.«

»Ich dachte, Frauen halten bei solchen Dingen zusammen.«

»Tun sie auch.« Dann schränkte sie ein: »Meistens. Aber sieh dir nur Maddie an. Mit ihr bist du schon wieder bestens befreundet. Sie hatte immer eine Schwäche für dein schiefes Lächeln. Wenigstens lässt sich Helen nicht so leicht um den Finger wickeln.«

»Helen wird in Hinblick auf Männer immer verbitterter«, bemerkte Ronnie. »Sie sollte besser bald den Richtigen finden, bevor sie durch all die hässlichen Scheidungen zu zynisch wird.«

Dana Sue zeigte sich verärgert. »Das ist eine ziemlich gemeine Aussage.«

»Willst du ernsthaft behaupten, dir wäre nicht schon dasselbe durch den Kopf gegangen?«, fragte er herausfordernd. »Du bist eine viel zu gute Freundin, um nicht mitzukriegen, was mit ihr passiert.«

Dana Sue seufzte. »Na schön, Punkt für dich. Sie ist tatsächlich ein wenig abgestumpft und bräuchte jemanden im Leben, durch den sie wieder lockerer wird. Ich bin mir nur nicht sicher, ob's den Richtigen für sie in Serenity überhaupt gibt.«

»Sie arbeitet überall im Staat«, hielt Ronnie ihr vor Augen, erleichtert, dass er Dana Sue vorläufig von ihrer eigenen Beziehung abgelenkt hatte. »Irgendwo in South Carolina gibt's bestimmt einen geeigneten Anwärter, der intelligent und mutig genug ist, es mit ihr aufzunehmen.«

»Sie lernt schon nette Männer kennen«, räumte Dana Sue ein. »Mit ein paar davon wollte sie mich sogar verkuppeln.«

Ein Anflug reiner Eifersucht durchzuckte Ronnie, als er sich Dana Sue mit irgendeinem spießigen Anzugträger vorstellte. »Helen und du habt bei Männern nicht den gleichen Geschmack«, merkte er düster an.

»Und sieh nur, was es mir eingebracht hat«, sagte sie.

»Über zwanzig glückliche Jahre, wenn man die Highschool mitrechnet«, erwiderte er vom Seitenhieb vollkommen unbeeindruckt.

»Und zwei Jahre pures Elend«, konterte sie.

Ronnie verkniff sich ein Lächeln. »Hättest du mir nur eine winzige Chance gegeben, dann hätte das Elend nicht so lang dauern müssen.«

Sie knüllte ihre Serviette zusammen und warf sie nach ihm. »Das wird nicht passieren.«

»Wir werden sehen«, murmelte er. »Wir werden sehen.«

Dana Sue wollte es vielleicht nicht zugeben, aber sie erzielten bereits Fortschritte.

Kapitel 17

Dana Sue beobachtete im Esszimmer fasziniert Ronnie und Cal. Die beiden saßen in einer Ecke wie alte Freunde und unterhielten sich über Sport oder so. Mit Bill, Maddies erstem Ehemann, hatte sich Ronnie nie so gut verstanden, obwohl er ihn seit der Highschool kannte. Tatsächlich hatte Ronnie als Erster durchschaut, dass Bill für Maddie der völlig Falsche war. Wie sich herausgestellt hatte, war sein Eindruck, Bill wäre egoistisch und gefühllos, vollkommen zutreffend gewesen.

Obwohl er es damals nicht laut ausgesprochen hatte, wie sich Dana Sue erinnerte. Jedenfalls nicht Maddie gegenüber. Und auch Dana Sue gegenüber hatte er nur ungern davon gesprochen.

»Maddie ist mit ihm verheiratet«, hatte Ronnie mehr als einmal gemeint. »Was ich von Bill halte, spielt keine Rolle. Ihr zuliebe bemühe ich mich, mit ihm auszukommen, genau wie Helen.«

Damals hatte Dana Sue die Andeutung überrascht, dass Helen von Bill genauso wenig hielt wie Ronnie. Später hatte sich gezeigt, dass auch sie tatsächlich nur Maddie zuliebe geschwiegen hatte. Bei Ronnie war sie nie so zurückhaltend gewesen. Praktisch seit ihrer ersten Begegnung war Helen bei ihm immer vom Schlimmsten ausgegangen und hatte mit ihrer Meinung nicht hinterm Berg gehalten.

Nur Dana Sue hatte gesehen, dass es Ronnie unheimlich gestört hatte, wie Maddie von Bill behandelt wurde. Ihr Bauchgefühl sagte ihr, dass Ronnie als Einziger nicht überrascht davon gewesen wäre, dass Bill eine Affäre mit einer Sprechstundenhilfe aus seiner Praxis hatte. Aber natürlich war Ronnie zu dem Zeitpunkt längst weg gewesen.

Während sie ihn beobachtete, fiel ihr auf, dass er mit Cal offenbar kein Problem hatte, trotz dessen Altersunterschieds zu Maddie, der vor ungefähr einem Jahr in der Stadt für gehörige Aufregung gesorgt hatte.

Als Ronnie aufschaute und Dana Sue in seine Richtung schauen sah, zwinkerte er ihr zu. Ein paar Minuten später durchquerte er den Raum und gesellte sich zu ihr.

»Cal und du scheint ja eine Menge Gesprächsstoff zu haben.« Sie war sich nicht ganz sicher, was sie davon halten sollte, dass sich die beiden anfreundeten. Es wäre nur ein weiterer Faden, der Ronnie mit dem Geflecht ihres Lebens verwob.

»Ich mag ihn«, sagte Ronnie. »Ein direkter, bodenständiger Kerl. Er vergöttert Maddie und ihr gemeinsames Baby, und es lässt sich nicht übersehen, wie Ty, Kyle und Katie zu ihm aufschauen. Offensichtlich tut er ihnen allen gut.«

»Dann bist du diesmal mit ihrer Wahl einverstanden?«

»Geht mich zwar nichts an, aber ja. Er hat mir erzählt, Bill wollte Maddie zurückhaben, als seine Beziehung mit der Sprechstundenhilfe in die Brüche gegangen ist. Stimmt das wirklich?«

Dana Sue nickte. »Zum Glück hat Maddie ihn abblitzen lassen. Sie ist mit Cal glücklicher, als sie es mit Bill je war.«

Ronnie blickte suchend durch den Raum, bis er Maddie entdeckte. »Sie strahlt richtig, oder? Bekommt ihr, dass sie mit Cal verheiratet und noch mal Mutter geworden ist. Bei den anderen Kindern hat sie einfach nur müde ausgesehen, weil Bill von ihr erwartet hat, dass sie zu Hause allein den Laden schmeißt, während er sich ganz auf seine Karriere konzentriert hat. Ich kann mir nicht vorstellen, dass der Mann je eine Windel gewechselt oder mit einem kranken Kind aufgeblieben ist. Und das, obwohl er Kinderarzt ist.«

Als sich Ronnie wieder Dana Sue zudrehte, wurden seine Züge milder. »Du warst wunderschön, als du mit Annie schwanger warst. Damals hast du auch regelrecht gestrahlt.«

Sie bedachte ihn mit einem zweifelnden Blick. »Das muss während der fünf Sekunden am Tag gewesen sein, in denen mir nicht speiübel gewesen ist.«

Er streichelte ihre Wange. »Tu das nicht, Dana Sue.«

»Was tun?«

»Dein Licht unter den Scheffel stellen. Du bist eine umwerfend schöne Frau. Die Schwangerschaft hat es nur zusätzlich betont.«

Instinktiv fasste sich Dana Sue an die fülligen Hüften. »Jetzt hab ich wieder die zusätzlichen Kilos, nur wird's kein weiteres Baby geben, das sie rechtfertigt.«

Ronnie musterte sie mit gerunzelter Stirn. »Mir gefällt, wie du aussiehst.«

»Genau«, gab sie spöttisch zurück. »Weil ja jeder Mann nur davon träumt, dass seine Frau zunimmt.«

Sein Gesichtsausdruck wirkte plötzlich aufrichtig bestürzt. »Keine Ahnung, wo das jetzt herkommt. Hast du erwartet, dein Leben lang Größe XS zu tragen? Noch dazu bei deiner Körpergröße? Du siehst wie eine Frau aus, Dana Sue. Eine gesunde, attraktive Frau, die halt ein paar Kurven hat. Wenn du mich fragst, soll eine Frau so sein.«

Sie hätte ihm gern geglaubt und sich durch seine Augen gesehen, konnte aber nur an die zusätzlichen Kilos denken, die sie jedes Mal sah, wenn sie sich auf die Waage traute. An diesem Morgen waren es anderthalb mehr gewesen. Da Ronnie zurück war und ihr so unter die Haut ging, hatte sie sich in letzter Zeit ein bisschen zu oft in Trostessen geflüchtet.

»Das kannst du nicht ernst meinen«, warf sie ihm vor.

Leidenschaft flammte in seinen Augen auf, und er trat näher. Dana Sue wich instinktiv zurück. Er folgte ihr, bis sie mit dem Rücken gegen die Wand stieß. Weiter konnte sie nicht zurück, und das entschlossene Funkeln in seinen Augen jagte ihr einen Schauder über den Rücken.

»Du bist immer noch die begehrenswerteste Frau, die ich je gekannt habe«, sagte er leise mit dem Mund knapp über ihrem. »Und ich will dich immer noch.«

Die Aufrichtigkeit in seiner Stimme brachte Dana Sue schwer zum Schlucken. Ein sinnlicher Ausdruck trat in seine Augen. Sie kannte diesen Blick und wusste, wohin er normalerweise führte. Aber sie hatten das Haus gerade voller Leute. Bestimmt würde er nicht …

Er kesselte sie ein, indem er die Hände links und rechts von ihr an die Wand stützte. Dann beugte er sich vor. Ihr Mund wurde trocken. Als sie ihn öffnete, um zu protestieren, bedeckte er ihn. Das elektrisierende Kribbeln des Kusses fühlte sich vertraut an. Die Empfindungen rasten durch ihr Innerstes. Mit wackeligen Knien griff sie nach ihm und klammerte sich an ihm fest, als seine Zunge ihren Mund eroberte und ihr den Atem raubte.

In einem letzten Versuch, an Vernunft festzuhalten, schoss ihr durch den Kopf: *Es kann nicht immer noch so zwischen uns sein ...* Sie hielt es für falsch, ihn so sehr zu wollen, sich so sehr zu wünschen, dass seine Hände die Versprechungen seiner Küsse einlösten, dass er in ihr wäre und dass er jeden Teil von ihr wieder zum Leben erweckte.

Aber sie musste zugeben, dass es sich unheimlich richtig anfühlte, als sich sein Körper an ihren presste, sie seine Leidenschaft und den untrüglichen Beweis spüren ließ, dass sein Verlangen genauso stark war wie ihres.

Viel zu früh für ihren Geschmack löste er sich mühsam von ihr und wirkte genauso benommen, wie sie sich fühlte.

»Denk daran, wenn du dich das nächste Mal fragst, wie ein Mann – wie *ich* dich wollen kann«, sagte er. Seine Stimme ertönte als leises Grollen an ihrem Ohr.

»M-hm«, machte sie, derart durcheinander, dass ihr sonst nichts einfiel.

Dann war er weg, und Dana Sue sank auf den nächstbesten Stuhl. Sie griff sich eine Flasche Wasser aus der mit Eis gefüllten Kühlbox. Wären nicht so viele Leute in der Nähe gewesen, sie hätte sich das Wasser direkt über den Kopf gekippt, ohne einen Gedanken an den Schaden zu verschwenden, den es auf dem Parkettboden anrichten würde. Stattdessen begnügte sie sich mit einem ausgiebigen, langsamen Schluck, der jedoch in keiner Weise die immer noch in ihr schwelende Hitze abkühlte.

»Was für eine Vorstellung«, kommentierte Maddie, zog sich einen Stuhl heran und setzte sich neben sie. »Diese heißen Küsse werden allmählich zur Gewohnheit. Einen Moment lang dachte ich glatt, ich müsste das Eis da über euch beide kippen.«

»Warum hast du's nicht getan?«, fragte Dana Sue mit einer kläglichen Note in der Stimme. »Hätte mich vielleicht wieder zur Vernunft gebracht.«

»Das bezweifle ich«, entgegnete Maddie. »Es braucht schon mehr als Eis, um abzukühlen, was da zwischen euch beiden abgeht.«

»Sag das nicht«, flehte Dana Sue.

»Stimmt aber. Warum akzeptierst du es nicht und gibst nach? Du weißt doch selbst, dass du ohne ihn nicht glücklich gewesen bist.«

»Und seinetwegen war ich unglücklich«, entgegnete Dana Sue.

»Er hat einen schrecklichen, gedankenlosen Fehltritt begangen«, sagte Maddie. »Ronnie hat seine Lektion gelernt.«

»Und wie kann ich mir da sicher sein?«

Maddie setzte zu einer Erwiderung an, dann zuckte sie mit den Schultern. »Süße, vielleicht kann man sich nie über etwas sicher sein.« Sie sah sich um, bis ihr Blick auf Cal fiel, der sich gerade mit Erik unterhielt, während Katie auf seinem Schoß schon halb schlief. »Vielleicht musst du dir einfach das schnappen, was dich jetzt gerade glücklich macht, und dann wie verrückt daran arbeiten, es zu behalten.«

»Ich dachte, das hätte ich getan, als wir geheiratet haben«, gab Dana Sue zurück. »Und trotzdem hat er mit einer anderen Frau geschlafen.«

»Hast du ihn je gefragt, warum?«, erkundigte sich Maddie.

Dana Sue schüttelte den Kopf. »Ich bin mir nicht sicher, ob ich es wissen will. Was würde es schon für einen Unterschied machen?«

»Es könnte dir die Gewissheit geben, dass es nichts mit dir zu tun hatte«, sagte Maddie.

»Er war mein Ehemann. Ich würde sagen, es hatte eine Menge mit mir zu tun«, gab Dana Sue in sarkastischem Ton zurück.

»Ich meine damit, dass es sich vielleicht überhaupt nicht um dich gedreht hat. Manchmal verlieren Männer einfach vorübergehend den Kopf und stellen dann etwas unglaublich Dämliches an.«

»Und dadurch ist es in Ordnung?«

»Natürlich nicht. Aber muss man deshalb gleich seine Ehe aufgeben? Würde man ja auch nicht, wenn einer der Partner das Familienauto schrottet, oder?«

Dana Sue bedachte sie mit einem skeptischen Blick. »Das ist wohl kaum dasselbe.«

Maddie seufzte. »Irgendwie erkläre ich das nicht besonders gut. Was ich damit sagen will, ist: Für Ronnie könnte dieser einmalige Seitensprung nicht mehr langfristige Bedeutung gehabt haben als ein Unfall, bei dem er ein Auto schrottet. Es ist passiert. Und damit ist es vorbei. Keine anhaltende Affäre, keine Gefühle im Spiel wie bei Bill und Noreen. Ronnies One-Night-Stand hat sich ausschließlich um Sex gedreht. Bei Bill und Noreen war es eine Beziehung mit echter, andauernder Intimität zwischen den beiden, durch die das ausgehöhlt wurde, was Bill und ich hatten.«

»Stimmt vielleicht«, räumte Dana Sue ein, wenngleich nicht völlig überzeugt. »Trotzdem hat's wehgetan.«

»Natürlich hat es das. Und es war völlig falsch, keine Frage. Aber Süße, versuch mal, es gegen das Gesamtbild abzuwägen. Ronnie liebt dich mit allem, was in ihm steckt. Was passiert ist, war ein flüchtiger Ausrutscher, der kaum auffällt, wenn du über zwanzig gemeinsame Jahre zurückblickst.« Maddie tätschelte ihre Hand. »Denk einfach darüber nach, okay? Lass dir von deinem Stolz nicht das vorenthalten, was du wirklich willst.«

»Es geht nicht um meinen Stolz«, entgegnete Dana Sue abwehrend.

Maddie zog die Augenbrauen hoch. »Wirklich nicht?«

Dana Sue wandte sich von ihrem wissenden Blick ab. »Ich muss nach Annie sehen. Sie könnte müde werden.«

»Annie geht's gut.« Maddie deutete in Richtung der Veranda. »Sie ist mit Ty, Sarah und Raylene draußen. Aber wir sollten uns wohl trotzdem auf den Weg machen. Wann habt ihr morgen eure Familiensitzung?«

»Um zehn«, antwortete Dana Sue. »Und ich muss zugeben, ich hab Angst.«

»Wovor?«

»Davor, was dabei ans Licht kommen wird«, gestand sie. »Was, wenn sich herausstellt, dass alles meine Schuld ist?«

»Ich kann mir nicht vorstellen, dass es um Schuldzuweisungen geht. Ich denke, es wird eher nach vorn geschaut werden, damit Annie nicht in dasselbe zerstörerische Muster zurückfällt.«

»Bestimmt hast du recht«, gestand Dana Sue ihr zu.

»Worüber machst du dir dann wirklich Sorgen?«

»Annie will, dass Ronnie und ich wieder zusammenkommen. Und im Augenblick würde ich fast alles tun, um sie glücklich zu machen«, erklärte Dana Sue. »Aber das?« Sie schüttelte den Kopf. »Ich kann mich nicht wieder auf Ronnie einlassen, nur weil Annie es will.«

Maddie grinste. »Vielleicht solltest du's tun, weil *du* es willst.«

Bevor Dana Sue erneut protestieren konnte, drückte Maddie ihr einen Schmatz auf die Wange. »Wir hören uns morgen. Ich trommle jetzt meine Rasselbande zusammen, dann sind wir weg. Das sollte als Wink für die anderen genügen, dass es auch für sie Zeit zum Gehen ist.«

»Danke«, sagte Dana Sue aufrichtig.

Natürlich konnte auch niemand mehr als Puffer zwischen Ronnie und ihr dienen, wenn alle weg wären. Allein die Erinnerung an den Kuss brachte ihr Blut wieder in Wallung.

Aber als sie sich umsah, während alle aufbrachen, fehlte von ihm jede Spur. Sie sah Annie an, als sie die Eingangstür hinter dem letzten Gast schloss.

»Wo ist dein Papa?«

»Er hat die Küche aufgeräumt, dann ist er gegangen«, antwortete Annie mit wissender Miene, während sie Dana Sues Reaktion beobachtete. »Enttäuscht, Mama?«

»Nein, natürlich nicht«, behauptete sie. Aber das war sie, und das verhieß eindeutig nichts Gutes.

»Lügnerin«, warf Annie ihr grinsend vor. »Wenn du ihn wieder einziehen lassen hättest, wäre er noch da.«

»Kommt nicht in Frage«, gab Dana Sue kurz angebunden zurück.

»Vielleicht sollte es das ja doch«, stichelte Annie. »Nacht, Mama. Bis morgen.«

»Gute Nacht, Süße. Ich bin so froh, dass du wieder zu Hause bist.«

»Bin ich auch.«

Annie setzte sich in Richtung der Treppe in Bewegung, kehrte jedoch noch mal um, kam zurück und schlang die Arme um Dana Sues Taille. »Hab dich lieb. Danke, dass du zu mir hältst.«

»Immer«, antwortete sie. »Egal, was passiert.«

Innerlich betete sie, dass sie nie wieder eine solche Krise durchstehen mussten und sie in den bevorstehenden Monaten alle die Kraft haben würden, die Hürden auf dem Weg zu Annies Genesung zu überwinden.

Ronnie hatte sich am vergangenen Abend mit Absicht so überstürzt aus dem Staub gemacht. Er wusste, wie sehr sein Kuss Dana Sue erschüttert hatte. Ihm selbst war es genauso ergangen. Er hatte auch gewusst, dass es nicht in Frage gekommen wäre, zu dem Zeitpunkt mehr zu erwarten. Deshalb hatte er es für besser gehalten, sich davonzustehlen, bevor er ihren Fortschritt mit unbedachter Überstürzung ruinierte.

Außerdem wollte er für die große Familiensitzung bei der Psychiaterin ordentlich ausgeschlafen sein. Er hatte keine Ahnung, was ihn erwartete. Oder wie viel von der Schuld an Annies Problemen auf ihn entfallen würde. Er war durchaus bereit, einen Teil der Verantwortung zu übernehmen, aber auch Dana Sue war nicht völlig unschuldig. Tatsächlich schien seine Ex-Frau, sich die gesamte Schuld aufzubürden. Zusätzlich zu den Vorwürfen, die sie sich machte, weil sie zugenommen hatte.

Eine Stunde vor dem Termin rollte sein Auto in die Einfahrt des Hauses. Dabei fiel Ronnie auf, dass die Fensterumrandungen einen neuen Anstrich vertragen könnten. Vielleicht könnte er das am Wochenende erledigen. Als weiteres Friedensangebot an Dana Sue.

Die Küchentür öffnete sich, und Dana Sue trat heraus. »Kommst du rein?«, rief sie herüber.

Er stieg aus und steuerte auf sie zu.

Sie bedachte ihn mit einem misstrauischen Blick, als er eintrat. »Hast du gefrühstückt? Ich könnte dir ein paar Eier machen.«

»Nein, danke. Ich hab heute Morgen keinen Appetit.« Langsam ließ er den Blick über sie wandern. »Außer auf etwas, worauf ich ihn nicht haben sollte.«

Sofort färbten sich ihre Wangen rosa. »Ronnie!«

»Stimmt aber. Ich hab die ganze Nacht über den Kuss nachgedacht.«

»Hättest du nicht sollen.«

»Dann hättest du ihn nicht so denkwürdig werden lassen sollen«, konterte er, bevor er das Thema wechselte. »Wo ist Annie?«

»Zieht sich gerade an.«

»Hast du auch so Bammel vor dem Termin wie ich?«, fragte er und erkannte einen Anflug von Erleichterung in ihren Augen.

Sie nickte. »Verrückt, oder? Als würde man ins Büro des Schuldirektors gerufen.«

Ronnie lachte. »Das kenne ich eindeutig besser als du. Aber ja, genau so fühlt es sich an.«

»Sollte es aber nicht, glaub ich«, sagte sie. »Ich meine, wir wollen doch alle das Gleiche, oder?«

»Denke schon«, pflichtete er ihr bei. »Gehst du rauf und sagst Annie, sie soll einen Zahn zulegen, damit wir loskönnen? Je eher wir dort sind, desto schneller ist es vorbei.«

»Gute Idee«, sagte sie sofort und stieg die Treppe hinauf. Während sie weg war, schenkte sich Ronnie einen Becher Kaffee ein und trank einen ausgiebigen, befriedigenden Schluck. Dana Sue bereitete immer noch den besten Kaffee zu, den er je gekostet hatte.

Zwei Minuten später kam sie zurück und wirkte erschüttert.

»Was ist«, fragte er sofort. »Geht's Annie gut?«

»Sie war auf der Toilette«, antwortete Dana Sue mit brüchiger Stimme. »Ronnie, sie hat sich übergeben. Ich hab's gehört. Sie hatte jeden Bissen von ihrem Frühstück aufgegessen. Ich hab bei ihr gesessen, um mich davon zu überzeugen. Dann ist sie nach oben gegangen und hat sich übergeben.« Panik sprach aus Dana Sues Augen, als sie seinem Blick begegnete. »Was sollen wir machen?«

Ronnie schlang die Arme um sie und hielt sie fest. Er fühlte sich genauso hilflos wie damals, als er Annie zum ersten Mal im Krankenhaus gesehen hatte. »Was immer nötig ist«, sagte er grimmig. »Hast du sie damit konfrontiert?«

Er spürte, wie Dana Sue an seiner Brust knapp den Kopf schüttelte. »Nein«, flüsterte sie.

»Ist wahrscheinlich auch besser so. Wir klären das bei Dr. McDaniels. Bleib du hier. Ich geh nach oben, seh nach, ob es ihr gut geht, und hole sie.«

Er eilte die Treppe zwei Stufen auf einmal hinauf. Ein Teil von ihm war wütend – so wütend, dass er am liebsten auf etwas eingeschlagen hätte. Aber das Gefühl wurde bei Weitem von der nackten Angst davor überschattet, dass sie mit Annie in eine völlig neue Gefahrenzone steuerten. War sie im Begriff, eine Essstörung durch eine andere zu ersetzen? Kam das bei Jugendlichen vor?

Bevor er sich mit weiteren unbeantwortbaren Fragen verrückt machen konnte, entdeckte er Annie, die gerade aus dem Badezimmer kam. Sie schenkte ihm ein halbherziges Lächeln.

»Hi, Papa.«

Beim kläglichen Ausdruck in ihrem Gesicht zog sich sein Herz gequält zusammen. »Hi, Schatz. Alles in Ordnung?«

Sie bedachte ihn mit einem wissenden Blick. »Mama hat mich gehört, stimmt's? Ich weiß, dass sie vor ein paar Minuten raufgekommen ist.«

Er nickte.

»Ich hab mich nicht absichtlich übergeben«, stieß sie hervor. Ihr Blick flehte ihn an, ihr zu glauben. »Wirklich nicht! Ich hab bloß auf einmal Angst bekommen, und dann ist mir schlecht geworden.«

»Schon gut«, beruhigte er sie. »Fühlst du dich jetzt wieder besser?«

»Denke schon.«

»Wir reden noch ausführlicher darüber, wenn wir bei Dr. McDaniels sind.«

Sie schaute betrübt drein. »Du glaubst mir nicht, oder?«

Er legte ihr die Hand unters Kinn, hob es an und sah ihr in die Augen. »Ich will dir glauben, Schatz. Wirklich.«

»Ich sag die Wahrheit. Ehrlich, ich schwör's. Ich könnte mich gar nicht dazu überwinden, so was zu tun«, beteuerte sie und schüttelte sich. »Könnte ich einfach nicht.«

Darauf wusste Ronnie nichts zu erwidern.

Annie sah ihn bedauernd an. »Ich weiß, ich muss mir euer Vertrauen erst wieder verdienen, aber das ist echt hart.«

»Ich weiß. Irgendwas sagt mir, dass es wie so viele Dinge ist, die einfach ihre Zeit brauchen. Wir müssen einen Schritt nach dem anderen machen.«

»So wie Mama und du?«, fragte sie.

Ronnie lächelte. »Ja, genau wie deine Mutter und ich.«
Plötzlich grinste Annie, und bei dem wunderschönen Anblick verpuffte sein Kummer auf einen Schlag.

»Ich hab gesehen, wie du sie gestern Abend geküsst hast«, verriet sie ihm. »Gut gemacht, Papa!«

Er zwinkerte ihr zu. »Wie gesagt, ein Schritt nach dem anderen.«

»Ich weiß nicht recht«, erwiderte sie mit einem schelmischen Funkeln in den Augen. »So ein Kuss sollte wohl mindestens ein Riesensprung sein.«

»Deine Mutter ist eine sture Frau, und mein Fehler war eine Riesendummheit«, erinnerte er sie. »Es wäre nicht klug, jetzt schon zu glauben, dass alles geritzt ist.«

»Gib nur ja nicht auf, okay?«, bat Annie.

»Niemals«, versicherte er ihr. »Weder bei ihr noch bei dir. In tausend Jahren nicht.«

Annie wurde schon wieder übel. Alle starrten sie so erwartungsvoll an, als wollten sie, dass sie etwas Tiefgründiges von sich gab, durch das alles in Ordnung kommen würde. Aber es war gar nichts in Ordnung. Nicht mehr, seit ihr Vater weggezogen war.

Konnte sie das sagen? Würde es nicht nur alles verschlimmern, wenn sie gestand, dass Essen in ihrem Kopf mit den Gefühlen durcheinandergeraten war, die sie damals an jenem Tag bei *Wharton's* empfand? Dem Tag, an dem er ihr gesagt hatte, dass er wegziehen würde? Was, wenn sie sagte, dass sie zu essen aufgehört hatte, um nicht zuzunehmen wie ihre Mutter? Auch das bildete einen Teil davon. Glaubte sie jedenfalls.

Aber wenn sie etwas davon ausplauderte, würden sie sich dann nicht nur noch schlechter fühlen? Würde es irgendetwas lösen? Immerhin war das ihr Problem, nicht das ihrer Eltern.

»Annie«, sagte Dr. McDaniels und nickte ihr ermutigend zu. »Was immer dir durch den Kopf geht, du kannst es ruhig aussprechen. Nur so kannst du die Vergangenheit hinter dir lassen und nach vorn schauen.«

»Vielleicht können wir stattdessen erst mal über heute Morgen reden«, sagte Annie zögerlich.

Dr. McDaniels wirkte überrascht, nickte aber. »Wenn du das willst. Was ist denn heute Morgen passiert?«

»Mama hat gehört, wie ich mich übergeben hab, und ich weiß, dass sie deswegen ausgeflippt ist, weil sie Papa nach oben geschickt hat. Er hat total besorgt und verängstigt ausgesehen.«

»Und kannst du es ihm verübeln?«, fragte die Psychiaterin.

Annie schüttelte den Kopf. »Aber ich hab's nicht mit Absicht gemacht«, sagte sie und sah unverwandt ihre Mutter an. »Ich war einfach so nervös vor dem heutigen Termin und mir ist schlecht geworden. Ich will nicht, dass ihr jedes Mal durchdreht, wenn ich mich übergeben muss. Was, wenn ich mir je die Grippe einfange? Schickt ihr mich dann in irgendeine Behandlungseinrichtung?«

»Ist dir oft schlecht geworden, bevor du die Essstörung entwickelt hast?«, fragte Dr. McDaniels.

Annie nickte. »Immer, wenn ich mich in der Schule vor die Klasse stellen und ein Referat halten musste. Da musste ich mich morgens jedes Mal übergeben. Weißt du noch, Mama?«

Ihre Mutter nickte langsam. Aus ihren Augen sprach ein schwacher Anflug von Erleichterung. »Stimmt«, bestätigte sie.

Auch Dr. McDaniels nickte. »Dann nehmen wir mal vorläufig an, es hat an Nervosität gelegen, nicht am Essen. Annie, wenn es dir das nächste Mal so geht, könntest du ja vielleicht um Ginger Ale oder Cracker oder so bitten. Um irgendwas, das deinen Magen beruhigen könnte. Okay? Dadurch würdest nicht nur du dich vielleicht besser fühlen, es könnte auch deine Eltern beruhigen.«

Plötzlich hatte Annie das Bild vor Augen, wie ihre Mutter aß, wenn es ihr nicht gut ging. Dann stopfte sie alles in sich hinein, was sie in die Finger bekam. »Nein!«, protestierte sie scharf, bevor sie sich bremsen konnte. »Das mach ich nicht!«

»Was machst du nicht?«, hakte Dr. McDaniels nach, trotz Annies offensichtlicher Aufregung völlig ruhig.

»Das wäre wie bei Mama«, platzte Annie heraus.

Als sie sah, wie ihrer Mutter die Röte ins Gesicht schoss, wusste sie, dass sie etwas Falsches gesagt hatte, auch wenn es die Wahrheit war.

»Was meinst du damit, Annie?«, bohrte die Psychiaterin nach und bremste Dana Sue mit einer Handbewegung, als sie antworten wollte.

»Wenn sie sich aufregt, dann isst sie. Mama hat viel zugenommen, wahrscheinlich um die zehn Kilo, schon bevor mein Papa weggegangen ist. Seither noch mehr.«

»Für mich sieht deine Mutter völlig in Ordnung aus«, meinte die Psychiaterin. »Warum regt dich so auf, dass sie zugenommen hat?«

Annie wurde bewusst, dass sie etwas losgetreten hatte, das sie nicht mehr aufhalten konnte, selbst wenn sie es wollte. Nun konnte sie nur noch mit allem herausrücken. »Wenn sie nicht so zugenommen hätte, dann hätte Papa nicht mit einer anderen Frau geschlafen, und Mama hätte ihn nicht rausgeschmissen«, stieß sie trotz des entsetzten Gesichtsausdrucks ihrer Mutter hervor. »Ich hasse es, dass du das getan hast! Ich hasse es!«

»Aufhören«, ging Ronnie dazwischen. Seine Stimme klang rauer, als Annie sie je gehört hatte. »Ich hab nicht mit einer anderen Frau geschlafen, weil deine Mutter ein bisschen zugenommen hatte.«

»Warum dann?«, gab Annie zurück. »Es muss ja schließlich an *irgendetwas* gelegen haben, was sie getan hat.«

Ihr Vater schaute von ihr zu ihrer Mutter, dann schüttelte er den Kopf. »Ich kann dir ehrlich nicht erklären, warum. Aber ich weiß mit Sicherheit, dass es nicht das Geringste mit dem Gewicht deiner Mama zu tun hatte. Ich finde, sie sieht unverschämt gut aus.«

Erst kaufte Annie es ihm nicht ab. Dann jedoch dachte sie an den Kuss zurück, den sie am vergangenen Abend gesehen hatte. Darin hatte unverkennbare Leidenschaft gelegen. Er hatte dabei eindeutig so gewirkt, als fände er ihre Mutter unheimlich heiß. »Wirklich?«, fragte sie unsicher. »Es hatte nichts damit zu tun?«

»Kein Stück«, betonte er mit Nachdruck. »Das ist so ziemlich das Einzige, was ich hundertprozentig weiß.«

»Annie, meinst du, das könnte mit deiner Entscheidung zu tun gehabt haben, nicht mehr zu essen?«, fragte Dr. McDaniels. »Oder wolltest du deine Mutter dafür bestrafen, dass sie sich in deinen Augen gehen gelassen hat?«

Annie ließ sich beide Möglichkeiten durch den Kopf gehen. »Ich weiß es nicht«, antwortete sie schließlich. »Vielleicht.«

»Klingt das nicht ziemlich selbstzerstörerisch?«, hakte

die Psychiaterin sanft nach. »Wer wurde dadurch am meisten verletzt?«

»Ich«, gab Annie zu.

»Genau«, bestätigte Dr. McDaniels. »Denk bis morgen darüber nach. Wir machen dann da weiter, wo wir jetzt aufhören.«

»Sollen wir wieder mitkommen?«, fragte ihre Mutter.

»Nein, ich denke, die nächsten paar Sitzungen halten Annie und ich allein. Ich schlage vor, wir planen eine weitere Familiensitzung in zwei Wochen ein.«

Annies Eltern wirkten beide erleichtert. Woraus sie ihnen keinen Vorwurf machen konnte. Ihr war klar, dass sie ihnen gerade ein schlechtes Gewissen gemacht hatte. Sie hatte den Verdacht, dass die Fahrt nach Hause ziemlich angespannt verlaufen würde.

»Übrigens«, fügte Dr. McDaniels hinzu, als sie schon zur Tür hinausgehen wollten, »bleibt vorerst ausschließlich in diesem Raum, was gesagt wurde.«

»Sie wollen nicht, dass wir darüber reden?«, fragte ihre Mutter ungläubig. »Wäre das nicht so, als hätten wir einen Elefanten im Raum, und alle tun so, als würden sie ihn nicht bemerken?«

Dr. McDaniels lächelte. »Höchstwahrscheinlich. Aber das ist besser, als im Eifer des Gefechts zu reagieren und etwas zu sagen, was man später vielleicht bereut. Vorläufig behandeln wir alle Probleme nur hier.«

Annie warf ihr einen erleichterten Blick zu. »Danke.«

»Freu dich nicht zu früh«, warnte Dr. McDaniels. »Ich möchte zwar, dass du hier alles sagen kannst, was dir auf dem Herzen liegt, ganz gleich, wie verletzend es sein mag. Aber deine Eltern kriegen noch die Gelegenheit, darauf zu antworten. Das Ziel besteht darin, alles unzensiert und

ohne Konter ans Licht zu bringen, damit wir einen ge-
sünderen Weg finden können, mit Problemen umzugehen, wenn sie auftauchen. Wir müssen dieses verheddderte
Knäuel aus Emotionen und Essen entwirren. Und ich
denke, das geht am besten in einem strukturierten Rah-
men. In Ordnung?«

Sie bedachte Annie mit einem strengen Blick. »Und
vergiss nicht, dass du morgen gleich nach unserer Sitzung
einen Termin mit Lacy hast. Sie wird dein Essensproto-
koll sehen wollen – vergiss nicht, dass deine Mutter oder
dein Vater jede Seite abzeichnen muss, ja?«

Annie verdrehte die Augen. »Echt jetzt, müssen sich
wirklich gleich *zwei* Leute gegen mich zusammenrot-
ten?«, fragte sie, nur halb im Scherz. »Kommt mir unfair
vor.«

»Zwei?« Ihre Mutter lächelte wieder. »Vergiss nicht
deinen Papa, mich, Maddie, Helen, Ty und Erik. Du hast
keine Chance, Kleines. Gewöhn dich dran.«

Zu ihrer Überraschung verspürte Annie keine Verärgerung, zumindest kaum. Tatsächlich fand sie es irgendwie
schön zu wissen, dass so viele Menschen auf ihrer Seite
standen. Sie hoffte nur, sie würde sie nicht enttäuschen,
denn irgendein Gefühl verriet ihr, dass der schwierigste
Teil noch vor ihr lag.

Kapitel 18

Als Ronnie anbot, Annie nach Hause zu bringen und den Tag über bei ihr zu bleiben, willigte Dana Sue ein. Sie brauchte Zeit für sich, um zu verarbeiten, was Annie während der Sitzung gesagt hatte. Unterschwellig hatte sie von Anfang an geahnt, dass Annie ihr die Schuld an Ronnies Seitensprung und Verschwinden aus ihrem Leben gab. Aber es tatsächlich aus ihrem Mund zu hören, hatte sie erschüttert.

Statt ins Restaurant zu fahren, steuerte Dana Sue das *Corner Spa* an. Aber ausnahmsweise ging sie nicht in Maddies Büro, um sich trösten zu lassen. Stattdessen marschierte sie schnurstracks in den Umkleideraum und warf sich in die Trainingssachen, die sie dort aufbewahrte, aber viel zu selten trug. Fest entschlossen, einige der Veränderungen auf ihrer Liste von Zielen endlich in Angriff zu nehmen, steuerte sie auf das verhasste Laufband zu, schaltete es ein und setzte sich in Bewegung.

Sie hatte eine Viertelstunde langsamen stetigen Gangs hinter sich, als die beschauliche Aussicht auf den Wald und den Bach im Hintergrund ihren Zauber entfaltete. Obwohl ihre Beine und Gelenke zu schmerzen begannen, fühlte sie sich viel ruhiger als bei ihrer Ankunft. Sie überwand sich, noch ein wenig länger zu laufen.

Tatsächlich hatte sie drei Kilometer geschafft, als Maddie auf sie stieß. Mit einem Triumphgefühl hielt Dana

Sue die Maschine an. »Schau her«, sagte sie und zeigte auf die computergesteuerte Anzeige, die alles von der Entfernung bis hin zu den verbrannten Kalorien und der Herzfrequenz überwachte. »Drei Kilometer. Das muss für mich ein neuer Rekord sein.«

»Glückwunsch!«, sagte Maddie. »Normalerweise krieg ich dich nicht mal in die Nähe der Maschinen. Was ist heute anders? Bist du auf einmal doch scharf drauf, das Cabrio zu gewinnen? Vielleicht hatte Helen recht damit, dass die Preise eine gute Motivation sind. Obwohl sie selbst immer noch nicht so regelmäßig hier ist, wie sie sein sollte.«

»Die Liste war nur ein Teil davon«, antwortete Dana Sue.

»Was ist der Rest?«, bohrte Maddie nach. »Hattest du plötzlich den Drang herzukommen, um dich an Elliotts Anblick zu weiden? Wäre ich nicht mit dem heißesten Mann der Stadt verheiratet, ich würde selbst viel mehr Zeit damit verbringen, den knackigen Körper unseres Personal Trainers anzuglotzen.«

Dana Sue tupfte sich die Stirn ab und verdrehte die Augen. »Nein, hier geht's auch nicht um Elliott, so heiß er sein mag«, erwiderte sie mit einem Blick in seine Richtung. »Die Wahrheit ist, dass meine Tochter heute bei ihrer Sitzung verkündet hat, ich wäre fett und Ronnie hätte mich deshalb betrogen.«

Maddie musterte sie mitfühlend. »Das muss wehgetan haben.«

Dana Sue zuckte mit den Schultern. »Ist ja nicht so, als hätte sie es nicht schon mal gesagt. Jedenfalls den Teil mit meinem Gewicht. Aber sie aussprechen zu hören, dass sie denkt, Ronnie wäre deshalb fremdgegangen, hat mich trotzdem innerlich zerfetzt. Wenn sie das wirklich glaubt, verblüfft mich, dass sie mich nicht hasst.«

»Du weißt, dass Annie dich nie hassen könnte«, wandte Maddie ein. »Was hat Ronnie dazu gesagt?«

»Er war eigentlich echt toll. Ronnie hat ihr erklärt, dass sein Seitensprung damit nichts zu tun hatte, und dass er findet, ich sehe unglaublich gut aus. Heute hat er ziemlich überzeugend geklungen, und er hat es mir schon mal gesagt.«

»Hab ich auch«, erinnerte Maddie sie. Dann tätschelte sie die Pölsterchen an ihrem Bauch, die seit der Schwangerschaft nicht verschwunden waren. »In unserem Alter gibt es kaum jemanden, der nicht das eine oder andere Kilo loswerden könnte, um gesünder zu sein. Aber deswegen sind wir auf keinen Fall fett oder unattraktiv. Jedenfalls bin ich das zusätzliche Gewicht von der Schwangerschaft diesmal eindeutig nicht so schnell losgeworden wie bei meinen ersten drei Kindern.«

Dana Sue musterte sie neugierig. »Und das macht dir keine Sorgen?«

»Wenn Cal mich wunderschön gefunden hat, als ich im neunten Monat schwanger war, mit Krähenfüßen um die Augen und einem Bauch wie ein Wal, dann lässt er sich bestimmt nicht von ein paar zusätzlichen Kilos an meinen Hüften abschrecken«, erwiderte Maddie zuversichtlich und mit unbekümmerter Miene. »Das heißt nicht, dass ich sie dort haben will. Aber ich mache mich deswegen auch nicht verrückt. Die Liste mit Zielen hab ich nur für mich aufgestellt.« Sie grinste. »Und weil ich wirklich, wirklich gern mit meinem Mann nach Hawaii fliegen würde.«

»Ich wünschte, ich hätte deine Körperwahrnehmung und dein Selbstbild«, klagte Dana Sue. »Ich fürchte, ein Teil von mir sieht es so wie Annie.«

»Obwohl Ronnie etwas völlig anderes gesagt hat?«, fragte Maddie.

Dana Sue wischte die Frage weg. »Er sagt, er hat keine Ahnung, warum er mit der Frau geschlafen hat. Wie also soll ich glauben, dass ihn nicht doch unterbewusst mein Übergewicht gestört und er mich nicht mehr so attraktiv gefunden hat?«

»Weil er gesagt hat, dass es das Einzige ist, worüber er sich hundertprozentig sicher ist«, schlug Maddie vor. »Warum sollte er lügen?«

»Weil er versucht, mich zurückzugewinnen«, erwiderte Dana Sue prompt. »Also würde er so was jetzt wohl kaum zugeben, oder?«

Maddie musterte sie nachdenklich. »Weißt du, dir zuzuhören, hat mich auf eine Idee gebracht.«

»Ach ja?«

»Ich rufe die Psychiaterin an, die euch betreut, und frage sie, ob sie interessiert wäre, hier Kurse über Körperwahrnehmung und Selbstbild zu halten.«

Dana Sue zeigte sich skeptisch. »Glaubst du, dafür würde sich jemand anmelden?«

Maddie grinste. »Du schon, denn dir werde ich gar keine Wahl lassen.«

»Ah, die herrische Maddie ist zurück«, sagte Dana Sue und lachte. »Schön, dich wiederzusehen. Ich hatte schon Angst, deine neue Ehe würde dich verweichlichen.«

Maddie bedachte sie mit einem strengen Blick. »Wohl kaum. Ich hab immer noch am Ende jedes Tags geschwollene Knöchel und ein unbändiges Verlangen nach Nachos mit Jalapeños, das nicht verschwunden ist, seit das Baby auf der Welt ist.«

»Das kann doch nur ein Scherz sein! Du hast Nachos

und Jalapeños gegessen, während du schwanger warst? Dabei hab ich dich nie gesehen. Das könnte übrigens die geschwollenen Knöchel erklären. Zu viel Salz.«

»Glaub mir, das weiß ich. Und gesehen hast du mich nie dabei, weil ich Cal dazu gebracht hab, sie mir mitten in der Nacht zu bringen.« Maddie zuckte mit den Schultern. »Ich will gar nicht daran denken, was das für Jessica Lynns Persönlichkeit bedeuten könnte. Cal schaudert immer noch jedes Mal, wenn er sie für mich zubereitet.«

»Trotzdem tut er es?«

Maddie lächelte selbstzufrieden. »Was soll ich sagen? Er ist ein sehr hingebungsvoller Ehemann. Wenn ich um drei Uhr morgens Pizza wollte … Na ja, hast du je den Werbespot dieser Fluggesellschaft gesehen, in dem ein Ehemann extra nach Chicago fliegt, um für seine schwangere Frau eine Pizza zu holen? So ist Cal. In Anbetracht seiner Rolle bei der Erzeugung dieses Babys scheint er es als seine Pflicht anzusehen, mich bei Laune zu halten.«

»Einen Mann, der so denkt, könnte man nur allzu leicht ausnutzen«, meinte Dana Sue. »Und gibt's irgendwas, das du unbedingt haben willst? Irgendein unbefriedigtes Bedürfnis?«

Maddies Miene nahm leicht verruchte Züge an. »Glaub mir, meine Bedürfnisse werden neuerdings vollauf befriedigt. Auch *das* sieht er als seine Verantwortung an. Der er mit Feuereifer nachkommt, wie ich hinzufügen möchte. Und er geht so süß mit dem Baby um. Jedes Mal, wenn er die Kleine hält, hat er diesen fassungslosen, ehrfürchtigen Ausdruck im Gesicht. Als er damals ein gemeinsames Kind vorgeschlagen hat, war ich anfangs zögerlich. Aber inzwischen bin ich heilfroh, dass wir es gewagt haben.«

Dana Sue seufzte. »Ich beneide dich.«

Maddies Züge wurden ernst. »Um das Baby?«

»Nein, weil du einen Mann im Leben hast, der dich anbetet. Helen ist neidisch auf das Baby.«

Maddie runzelte die Stirn. »Wirklich? Davon hat sie nie was gesagt.«

»Sie will nicht in irgendeiner Weise einen Schatten auf dein Glück werfen, aber ich denke, sie erkennt allmählich, was sie verpasst«, sagte Dana Sue. »Um ehrlich zu sein, glaube ich, dass in Wirklichkeit das hinter ihren Zielen steckt. Sie will gesund werden, damit sie ein Baby bekommen kann. Nicht dass sie es zugeben würde, aber ich seh es ihr an den Augen an, wenn sie Jessica Lynn betrachtet.«

»Unglaublich«, sagte Maddie. »Wie konnte mir das entgehen?«

Dana Sue grinste. »Du bist zu beschäftigt damit, daran zu denken, wie neidisch deine Freundinnen auf dein Glück sind.«

»Also, du hast mit Sicherheit keinen Grund dazu. Du könntest einen Mann im Leben haben, wenn du wolltest«, hielt Maddie ihr vor Augen. »Du müsstest nur dein Herz für die Möglichkeiten öffnen.«

»Leichter gesagt, als getan«, erwiderte Dana Sue. Sie fragte sich, ob sie je einen Punkt erreichen würde, an dem sie Ronnie genug vertraute, um ihn zurück in ihr Herz und in ihr Leben zu lassen.

Am Freitagmorgen konnte Ronnie es kaum erwarten, seine Besprechung mit Butch Thompson hinter sich zu bringen. Er hatte mit Zahlen jongliert, bis sie ihn in den Schlaf verfolgten. Außerdem hatte er einen Geschäftsplan entworfen und ihn anschließend mit Annies Computer zu Papier gebracht. Vermutlich nicht so professionell, wie Butch es kannte, aber Ronnie hatte sich redlich bemüht, Realität und seine Vision in Einklang zu bringen.

Nervös wartete er im *Wharton's* auf Butchs Ankunft, als Mary Vaughn hereinkam. Als sie ihn bemerkte, steuerte sie sofort auf seinen Tisch zu.

»Ich hab eigentlich damit gerechnet, inzwischen von dir zu hören«, sagte sie. »Du hast nicht auf meine Anrufe reagiert.«

»Geduld, Mary Vaughn«, tadelte er sie. »Ich melde mich, wenn ich etwas Konkretes weiß. Hoffentlich noch heute.«

Ihre Züge hellten sich auf. »Ach ja? Soll ich dich später anrufen?«

Er grinste über ihren Eifer. »Nein, ich rufe *dich* an. So oder so. Versprochen. Und jetzt husch. Ich hab ein Geschäftstreffen mit dem Mann, der gerade hereingekommen ist.«

Kaum hatte sich Mary Vaughn umgedreht, breitete sich ein herzliches Lächeln in ihrem Gesicht aus. »Hi, Onkel Butch. Was machst du denn in Serenity?«

Ronnie beobachtete verdutzt, wie sie die Arme um Butch warf und ihm enthusiastisch einen Kuss auf die Wange drückte. »Ihr zwei kennt euch?«, fragte er.

Butch grinste. »Die Kleine hier ist meine Lieblingsnichte.«

»Ich bin deine *einzige* Nichte«, merkte sie an.

»Trotzdem meine Lieblingsnichte«, sagte Butch. »Ihre Mama ist meine große Schwester.«

Ronnie schüttelte den Kopf. »Die Welt ist echt klein, oder?«

Als sich Butch setzte, zog sich Mary Vaughn uneingeladen einen Stuhl an den Tisch. »Na schön, raus damit. Was für Geschäfte habt ihr miteinander vor? Ich frage das als Angehörige.«

Butch warf ihr einen tadelnden Blick zu. »Und ich sage dir als Angehöriger, dass du Leine ziehen und uns Männer unser Ding machen lassen sollst.«

»Wenn ich nicht wüsste, dass du keinen sexistischen Knochen im Leib hast, würde ich daran Anstoß nehmen«, brummelte sie, aber sie stand auf. An Ronnie gewandt fügte sie hinzu: »Wir reden später, ja?«

»Mit Sicherheit«, erwiderte er grinsend.

Nachdem sie gegangen war, musterte Butch ihn neugierig. »Wo kommt meine Nichte bei deiner Idee ins Spiel?«

»Sie ist die Maklerin der Immobilie, die ich hier im Ort kaufen will«, erklärte Ronnie.

»Ah, also rennt sie einem großen Deal hinterher«, meinte Butch anerkennend. »Das Mädchen war schon immer unheimlich tatkräftig. Überrascht mich, dass sie einfach so gegangen ist.«

»Mich auch, um ehrlich zu sein«, erwiderte Ronnie. »Aber ich denke, wir können getrost davon ausgehen, dass sie nicht lockerlassen wird.«

In dem Moment kam Grace Wharton an ihren Tisch, um ihre Bestellung aufzunehmen. »Kaffee für dich, nehme ich an«, sagte sie zu Ronnie. Dann lächelte sie Butch an. »Was ist mit Ihnen? Lust auf Frühstück? Wir machen hier fabelhaftes Omelett.«

»Ich hab schon vor Stunden gefrühstückt«, klärte Butch sie auf. »Kaffee reicht.«

Grace rührte sich nicht von der Stelle. »Gehen Dana

Sue und du dieses Wochenende zum Herbstfest?«, fragte sie Ronnie.

Mit ausdrucksloser Miene starrte er sie an. »Ehrlich gesagt, hab ich darüber nicht mal nachgedacht. Seit Annie krank ist, hab ich so ziemlich alles andere aus den Augen verloren.«

»Ihr solltet zu dritt hingehen«, riet Grace. »Weißt du noch, wie Annie euch dazu überredet hat, praktisch von jedem Standbesitzer dort was zu kaufen, weil sie Mitleid mit ihnen hatte, wenn's so ausgesehen hat, als wäre bei ihnen nicht viel los?«

Ronnie grinste. »Auf die Weise hat das Kind eine Menge Krempel bekommen. Die Hälfte davon ist immer bei unserem nächsten Garagenverkauf gelandet«, erinnerte er sich.

»Du hast recht, Grace. Ich rede mit Dana Sue und Annie darüber, ob sie hingehen wollen.«

Grace strahlte ihn an. »Der Kaffee kommt sofort«, kündigte sie an und eilte davon.

Nachdem sie den Kaffee gebracht hatte, lehnte sich Butch zurück. »Hast du ein paar Zahlen und Fakten für mich?«, fragte er.

Ronnie ergriff den Ordner vom Sitz neben ihm und reichte ihn über den Tisch. Nervös schweigend saß er da, während Butch die Unterlagen durchging.

An einer Stelle wurden die Augen des älteren Mannes groß. »So viel wird in der Gegend gebaut?«

Ronnie nickte. »Das ist eher vorsichtig geschätzt. Die Zahlen berücksichtigen nur die Projekte, die bereits eine behördliche Genehmigung haben. Die Liste hab ich aus dem Rathaus. Noch mindestens zwei weitere liegen der Planungskommission zur Begutachtung vor.«

»Beeindruckend«, sagte Butch. »Und du meinst, du kannst mit denen ins Geschäft kommen?«

»Zumindest mit einigen«, erwiderte Ronnie. »Mehr weiß ich, sobald ich mit den Bauträgern direkt geredet habe. Nur will ich das nicht, bevor ich weiß, ob ich meine Idee umsetzen kann.«

Butch nickte. Er erreichte das letzte Blatt Papier in der Akte. »Das also ist dein Kapitalbedarf?«

Ronnie nickte. Er hatte sich bemüht, auch diese Zahl so niedrig wie möglich zu halten. Trotzdem war es eine Menge Geld – wenngleich vielleicht nicht für jemanden wie Butch.

Der ältere Mann schaute auf und musterte Ronnie. »Du hast die Zahl gedrückt, damit ich's mir nicht anders überlege und den Hut draufwerfe, stimmt's?«

»Ich hab versucht, realistisch einzuschätzen, mit wie viel als Anfangsinvestition ich über die Runden kommen könnte«, stellte Ronnie richtig.

»In sechs Monaten wärst du am Ende«, sagte Butch sachlich. »Eine Unternehmensgründung läuft nie so reibungslos, wie erwartet. Die Kunden zahlen nie so pünktlich, wie man's gern hätte. Du brauchst ein Polster, damit du nicht pleite bist, bevor du die Chance hattest, dich zu beweisen. Der schlimmste Fehler, den ein Jungunternehmer machen kann, ist, zu wenig Kapital zu haben.«

»Ich wollte nicht …«

Butch fiel ihm ins Wort. »Du wolltest unsere Freundschaft nicht ausnutzen, schon klar«, sagte er. »Aber hier geht's ums Geschäft, Ronnie. Wenn sich meine Investition für uns beide lohnen soll, müssen wir es richtig angehen. Ohne Abkürzungen. Ohne den Versuch, mit weniger auszukommen, als du in Wirklichkeit brauchst.«

Er zückte einen Stift, schrieb etwas unten auf die Seite und schob die Akte dann über den Tisch. »Ich würde sagen, das ist eine realistischere Zahl, oder?«

Ronnie starrte ihn mit großen Augen an. Der Wert lag bei vierzig Prozent über seiner eigenen Schätzung und stellte mehr dar, als er sich je auch nur im Traum zu verlangen getraut hätte. »Bist du dir sicher?«

»Ich bin mir sicher, dass so viel nötig ist, wenn du's richtig angehen willst«, antwortete Butch. »Damit hast du genug Polster für ein, zwei Jahre, bis du fest auf den Füßen stehst.«

»Du hast so viel Vertrauen in die Idee?« Ronnie wagte kaum zu glauben, dass Butch ihm so viel Rückhalt bieten wollte.

»Und in dich«, bestätigte er. »Sag, wo ist das Gebäude, das du kaufen willst? Nah genug, dass wir einen Blick daraufwerfen können?«

»Einen Block weiter auf der anderen Straßenseite.« Ronnies Gedanken überschlugen sich. »Ich bezahle nur rasch den Kaffee, dann können wir's uns ansehen. Natürlich können wir ohne Mary Vaughn nicht rein.«

»Ruf sie an«, schlug Butch vor. »Spann sie nicht länger auf die Folter. Dann kann sie auch gleich den Papierkram aufsetzen.«

Die nächsten zwei Stunden rasten verschwommen an Ronnie vorbei. Butch agierte schnell, wenn er ein Ziel verfolgte. Im alten Eisenwarenladen warf er mit Vorschlägen zu sofortigen Änderungen um sich, die Ronnie in Betracht ziehen sollte. Mary Vaughn nannte er eine Zahl deutlich unter dem geforderten Preis, die sie den Eigentümern vorlegen sollte.

Ronnie zuckte zusammen, als er das Angebot hörte. »Ich will Rusty und Dora Jean nicht übervorteilen«, protestierte er. »Sie haben ihr gesamtes Leben diesem Laden gewidmet.«

»Das ist 'ne Lektion, die du noch lernen musst«, erwiderte Butch. »Im Geschäftsleben ist kein Platz für Sentimentalitäten. Ich glaube an Fairness, nicht an Gefühlsduselei. Das Angebot ist tausendmal mehr, als sie für den Laden bezahlt haben, und tausendmal mehr, als sie im Moment in der Tasche haben. Sämtliche Fixkosten loszuwerden, die sie noch haben, sollte die Differenz zwischen ihrer Preisvorstellung und unserem Angebot locker ausgleichen.«

Mary Vaughn begegnete Ronnies Blick. Zu seiner Überraschung nickte sie. »Er hat recht. Das ist ein gutes Angebot.«

»Na schön«, sagte Ronnie. »Aber Mary Vaughn, bevor du damit zu Rusty gehst, will ich noch kurz unter vier Augen mit deinem Onkel reden, okay?«

»Ich fülle inzwischen draußen den Papierkram aus«, sagte sie. Nachdem sie gegangen war, sah Ronnie dem älteren Mann fest in die Augen. »Ich dachte, du wolltest bei der Sache nur stiller Teilhaber sein.«

Sofort schien sich Butch über sich zu ärgern. »Du hast völlig recht. Ich bin bloß so daran gewöhnt, das Zepter in die Hand zu nehmen und meinen Willen durchzusetzen, dass ich mich hab hinreißen lassen. Kommt nicht wieder vor, versprochen.«

Ronnie musterte ihn skeptisch.

»Na schön, wahrscheinlich doch«, räumte Butch ein. »Aber du kannst mir jederzeit gern sagen, ich soll mich raushalten. Das gebe ich dir auch schriftlich, wenn du willst. Ich hab nicht vor zu versuchen, die Kontrolle über dein Geschäft an mich zu reißen.«

»Ich denke, das hätte ich wirklich gern schriftlich«, sagte Ronnie. »Nur sicherheitshalber.«

»Du kriegst das sehr gut alleine hin«, sagte Butch anerkennend. »Also, was ist jetzt mit dem Essen, das du mir versprochen hast? Vielleicht hat Mary Vaughn ja schon Neuigkeiten für uns, bevor wir damit fertig sind.«

»Willst du dich nicht erst um die Verträge für unsere Abmachung kümmern, bevor sie das Angebot den Besitzern vorlegt?«, fragte Ronnie.

»Ich steh zu meinem Wort«, erwiderte Butch. »Und du auch. Wir bringen schon noch alles zu Papier, damit die Anwälte zufrieden sind. Aber soweit es mich angeht, haben wir in diesem Moment einen Deal, mit dem du auch vor Gericht ziehen könntest.« Er kritzelte seine Unterschrift unten auf Ronnies Unterlagen neben die von ihm ergänzte Zahl. »Unterschreib du auch. Dann lassen wir die Anwälte alles fein säuberlich aufsetzen.«

Ronnie nickte. »Ich freu mich darauf, als Geschäftspartner mit dir zusammenzuarbeiten, Butch. Wirklich. Und obwohl ich grad darauf gepocht hab, dass du stiller Teilhaber bist, werd ich dich so oft um Rat fragen, dass du gar nichts mehr von mir hören wollen willst, das weiß ich jetzt schon.«

»Kann gar nicht passieren«, versicherte Butch ihm. »Ich rede mit Vorliebe übers Geschäft, wenn jemand aufrichtig was dazulernen möchte. Aber jetzt sagen wir meiner Nichte erst mal, sie kann ihr Ding machen, und wir gehen etwas essen. Vom Geldausgeben werde ich immer hungrig.«

Ronnie stellte fest, dass auch er sich geradezu ausgehungert fühlte. »Wir nehmen mein Auto. Zum *Sullivan's* sind's ungefähr anderthalb Kilometer.«

Während der kurzen Fahrt wurde Ronnie klar, dass sich noch immer keine Gelegenheit ergeben hatte, Dana Sue in seine Pläne einzuweihen. Sobald Mary Vaughn das Angebot für den Eisenwarenladen vorgelegt hätte, würde sich die Neuigkeit wie ein Lauffeuer verbreiten. Er konnte nur beten, dass er Dana Sue davor erreichte.

Als Dana Sue die Küche des *Sullivan's* durch den Hintereingang betrat, sah Erik sie überrascht an. »Ich dachte, du kommst erst später.«

»Zu Hause bin ich rastlos geworden, und ich glaube, Annie konnte auch eine Pause von mir vertragen«, erklärte sie. »Ich hab dafür gesorgt, dass sie ihr Mittagessen verputzt hat, dann hab ich mich davongestohlen, um hier nach dem Rechten zu sehen.«

»Dein Ex-Mann isst gerade draußen zu Mittag«, sagte Erik.

»Allein?«

Erik schüttelte den Kopf. »Er ist mit einem Mann zusammen, den ich noch nie gesehen habe. Und vor ungefähr fünf Minuten hat sich Mary Vaughn zu ihnen gesetzt.«

Verärgerung regte sich in Dana Sue. Sie kannte Mary Vaughn schon den Großteil ihres Lebens. Normalerweise kamen sie miteinander aus. Aber seit Mary Vaughns Scheidung von Howard Lewis jr., dem Sohn des Bürgermeisters, war die Frau auf Männerjagd. Zuletzt hatte sie mit ihrem Boss zusammengelebt, doch es wurde gemunkelt, dass es in der Beziehung bereits kriselte. Bei ihren letzten paar gemeinsamen Abendessen im *Sullivan's* hatte so dichte Anspannung geherrscht, man hätte sie mit dem Messer schneiden können. Plötzlich hatte Dana Sue das Bild vor Augen, wie sich Mary Vaughn als Nächstes an Ronnie heranmachte. Und es gefiel ihr gar nicht. Und da Dana Sue jedem, der es hören wollte, vehement erklärte, dass sie Ronnie nicht zurückwollte, würde Mary Vaughn ihn als Freiwild betrachten.

»Bin gleich wieder da«, sagte sie knapp, stapfte in den Gastraum und ließ den Blick über die Anwesenden wandern, bis sie Ronnie entdeckte. Ihre Blicke begegneten sich kurz. Er winkte ihr abwesend zu, dann drehte er sich wieder um und lauschte aufmerksam Mary Vaughn. Auf einmal verspürte Dana Sue den Drang, ein Fleischermesser ins Herz der Frau zu rammen. Oder vielleicht in das von Ronnie.

Ihre Reaktion war derart intensiv, dass sie ihr Angst einjagte. Nicht, weil sie glaubte, sie würde je tatsächlich danach handeln, sondern weil sie überhaupt daran *dachte*. Es bedeutete, dass ihr Ronnie allmählich wieder wichtig wurde. Und es bedeutete auch, dass sie ihm immer noch nicht vertraute.

Sie verfluchte sich für ihre Dummheit, verdrängte die Versuchung, in ihren kleinen Plausch hineinzuplatzen, ging stattdessen in ihr Büro und schloss die Tür. Wenigstens besaß sie die Geistesgegenwart, sie nicht zuzuknallen und Ronnie und alle anderen merken zu lassen, wie wütend sie war. Drinnen vergrub sie das Gesicht in den Händen.

»Idiotin, Idiotin, Idiotin«, murmelte sie. Offensichtlich konnte sie sich nicht wieder mit Ronnie einlassen, ohne sich in eine misstrauische, eifersüchtige Furie zu verwandeln. Nicht zum ersten Mal betete sie, dass er das Problem für sie lösen würde, indem er die Stadt wieder verließe.

Gleichzeitig stimmte sie der Gedanke schier unerträglich traurig.

Sie raffte sich dazu auf, einige entgangene Anrufe zu beantworten und sich um den Stapel Papierkram auf ihrem Schreibtisch zu kümmern. Nach etwa einer Stunde öffnete sich die Tür zu ihrem Büro, und Ronnie steckte den Kopf herein. Seine Züge wirkten so freudig erregt, wie sie ihn seit Jahren nicht mehr erlebt hatte. Wenn das auch nur das Geringste mit Mary Vaughn zu tun hatte, würde sie beide umbringen müssen, dachte Dana Sue zerknirscht.

»Störe ich?«, fragte er und trat ein, ohne eine Antwort abzuwarten. Er sah sich nach einem Sitzplatz um, schüttelte den Kopf über die Unordnung, schob einen Stapel Kataloge beiseite und kauerte sich auf die Kante ihres Schreibtischs. Sein Knie stieß dabei gegen ihren Oberschenkel.

»Was ist?«, fragte sie ungeduldig. Verdammt! Der Mann ließ sie immer so verflixt hibbelig werden.

»Ich dachte mir, du solltest von mir erfahren, was ich vorhabe, bevor es sich in der ganzen Stadt herumspricht«, sagte er schließlich.

»Deine Abreise?«, fragte sie hoffnungsvoll.

»Ich hab dir schon gesagt, dass es dazu nicht kommen wird.«

»Du hast über die Jahre viel gesagt und es dir dann anders überlegt. Alles einfach hinter dir zu lassen war auch so ein Beispiel.« Es gelang ihr nicht, die Verbitterung aus ihrer Stimme herauszuhalten.

»Das ist Schnee von gestern«, meinte er unbekümmert.

»Aber nicht vergessen«, entgegnete sie. »Hör mal, ich hab zu tun. Spuck einfach aus, was du auf dem Herzen hast, und dann verschwinde.«

»Ich hab gerade den alten Eisenwarenladen gekauft«, verkündete er, als wäre es nicht bedeutender als der Erwerb einer neuen Jeans.

Verdutzt starrte Dana Sue ihn an. »Den Eisenwarenladen? Warum?«

»Ich werd ihn wieder eröffnen«, erklärte er.

»Bist du verrückt? Sie haben den Laden geschlossen, weil die großen Ketten sie umgebracht haben.«

»Sie haben ihn geschlossen, weil Dora Jean ihn nicht mehr allein stemmen konnte, als Rusty krank geworden ist«, stellte er richtig. »Und ich könnte mir vorstellen, dass der Stress durch den Kampf gegen die großen Ketten nicht ganz unschuldig daran war, also hast du wahrscheinlich halb recht.«

»Wie kommst du darauf, dass du es besser könntest? Und woher hast du überhaupt das Geld dafür? Ich dachte, du hast weiter auf dem Bau gearbeitet, nachdem du weggezogen bist. Hast du im Lotto gewonnen, ohne dass ich davon erfahren hab? Und was hat Mary Vaughn damit zu tun? Bitte sag mir, dass sie nicht deine Partnerin ist.« Sonst würde Dana Sue wirklich sie oder ihn umbringen müssen.

Ronnie hob die Hand. »He, eins nach dem anderen. In den nächsten Jahren wird in der Gegend unheimlich viel gebaut. Ich hab tatsächlich auf dem Bau gearbeitet, seit ich weggezogen bin. Deshalb denke ich, dass ich weiß, wie man mit den Bauträgern und Bauunternehmern umgeht, die hier bald überall herumschwirren werden. Wenn ich sie mit allem, was sie brauchen, zu einem konkurrenzfähigen Preis versorge und ihnen zusätzlich den Vorteil biete, ein bisschen näher zu sein – vor allem bei den hohen Spritkosten heutzutage –, dann bin ich im Geschäft.

Und einen Laden an der Hauptstraße wiederzubeleben leistet obendrein einen Beitrag für die Gemeinde. Was das Kapital angeht, hab ich einen Geldgeber. Mein früherer Boss Butch Thompson aus Beaufort sieht echtes Potenzial in der Idee. Er wird bei der Sache mein Partner. Und Mary Vaughn wickelt den Verkauf des Ladens ab. Das ist alles. Ach ja, sie ist auch Butchs Nichte, aber das wusste ich bis vor ein paar Stunden nicht. Hab ich was vergessen?«

Dana Sue war derart verdattert, dass sie ihn nur anstarren konnte. Der Plan erschien ihr weit ehrgeiziger als alles, was sie sich je für Ronnie vorgestellt hätte. Und er verhieß eine langfristige Verpflichtung, wozu sie ihn nicht fähig hielt. Offenbar hatte er vor, ihr das Gegenteil zu beweisen.

»Willst du gar nichts dazu sagen?«, fragte er schließlich.

»Ich halte dich trotzdem für verrückt«, brachte sie schließlich hervor, allerdings ohne große Überzeugung in der Stimme. Wenn sie ehrlich sein wollte, bewunderte sie vielmehr seinen Wagemut.

»Warum? Du hast dieses Restaurant zum Erfolg geführt, obwohl dir alle gesagt haben, dass sich niemand hier für gehobene Küche interessieren würde. Mit dem *Corner Spa* hast du zusammen mit Helen und Maddie auch was Großartiges erschaffen. Die Hälfte der Männer in der Stadt murren, weil sie nicht reindürfen. Warum soll ich nicht auch an der Wiederbelebung von Serenity mitwirken?«

»Weil ein eigenes Unternehmen so … so spießig und traditionell klingt«, sagte sie schließlich. »Du wirst gebunden sein.«

Ronnie grinste. »Hast du Angst, dass ich dich nicht mehr mit meiner verruchten Unberechenbarkeit aus den Socken hauen werde, Süße?«

Sie begegnete seinem Blick. »Vielleicht«, erwiderte sie, obwohl die Wahrheit komplizierter aussah.

Er stand auf, drückte ihr einen Kuss auf den Mund, der ihre Angst betäubte, dann verschwand er durch die Tür hinaus. Als Dana Sue nach Luft zu schnappen begann, steckte er den Kopf wieder herein.

»Hab ich in letzter Zeit erwähnt, dass ich dich liebe?« Er zwinkerte ihr zu. »Dachte mir, das solltest du wissen.« Abermals wandte er sich zum Gehen, drehte sich aber noch einmal um. »Morgen ist das Herbstfest. Ich finde, wir sollten hingehen. Ich hole dich und Annie um neun ab.« Und damit war er weg.

Dana Sue blieb völlig durcheinander zurück, und ihre Entschlossenheit, ihm aus dem Weg zu gehen, lag in Scherben auf dem Boden.

Kapitel 19

Zum ersten Mal seit Ronnies Rückkehr nach Serenity fürchtete Dana Sue wirklich, er könnte seine Drohung verwirklichen zu bleiben. Den Eisenwarenladen zu kaufen, ein Unternehmen zu gründen – das waren keine bloßen Launen. Beides erforderte Geld. Und vor allem Engagement. Insbesondere Letzteres hatte sie seit einiger Zeit nicht mehr mit Ronnie in Verbindung gebracht. Sie hatte es vorgezogen, die vielen gemeinsamen Jahre zu vergessen, die er ihr treu gewesen war. Erinnert hatte sie sich stattdessen nur an jene eine Nacht, in der er es nicht gewesen war.

Nachdem Ronnie ihr Büro verlassen hatte, wählte sie Helens Nummer und erreichte ihre Freundin zwischen zwei Besprechungen.

»Können wir uns heute Abend treffen?«, fragte sie. »Bei dir.«

»Sicher«, stimmte Helen sofort zu. »Verrätst du mir auch, was los ist? Du klingst ein bisschen verzweifelt. Und warum bei mir? Solltest du nicht in Annies Nähe bleiben?«

»Ich kümmere mich darum, dass jemand bei Annie ist, aber ich will nicht, dass sie irgendwas davon hört«, antwortete Dana Sue. »Ich brauche einen Rat.«

»Kommt Maddie auch?«

»Sie rufe ich als Nächstes an. Wollte mich nur erst vergewissern, dass du Zeit hast.« Dana Sue brauchte beide

Perspektiven, wenn sie je schlau aus den eigenen gemischten Gefühlen werden wollte – Maddies romantische Sicht auf ihre Beziehung zu Ronnie und Helens wesentlich skeptischere. »Ist halb acht in Ordnung?«

»Soll mir recht sein«, sagte Helen. »Mein Mandant ist gerade gekommen, also muss ich auflegen. Wir sehen uns dann heute Abend.«

Fünf Minuten später hatte Dana Sue auch Maddies Zusage, sich mit ihr bei Helen zu treffen. Außerdem versprach ihre Freundin, dass Ty und Cal bei Annie vorbeischauen, ihr Lieblingsessen vom Chinesen mitbringen und dafür sorgen würden, dass sie jeden laut Plan vorgesehenen Bissen essen würde. Zufrieden lehnte sich Dana Sue zurück und versuchte, sich zu entspannen. Sie konnte nicht das Geringste unternehmen, um Ronnie davon abzuhalten, den Eisenwarenladen zu kaufen oder das Geschäft an der Hauptstraße wieder zu eröffnen. Aber vielleicht könnten Helen und Maddie ihr sagen, wie sie es verhindern könnte, auf diesen neuesten Beweis hereinzufallen, dass sich ihr Ex-Mann geändert hatte. Und sie musste es heute Abend wissen, damit sie darauf vorbereitet wäre, morgen den ganzen Tag mit ihm beim Herbstfest zu verbringen. Was sich nicht umgehen ließ, denn ihr fiel keine Möglichkeit ein abzusagen, ohne Annie bitter zu enttäuschen.

Als sie konzentriert über seinen großen Plan nachdachte, versuchte sie, sich zu erinnern, ob Ronnie in all den Jahren, die sie ihn kannte, auch nur ein einziges Mal angedeutet hatte, er könnte ein eigenes Unternehmen betreiben wollen. Er war immer damit zufrieden gewesen, auf dem Bau zu arbeiten, was gutes Geld einbrachte, ihn aber nicht band.

Natürlich hätte er dasselbe über sie sagen können. Sie hatte von Zeit zu Zeit in verschiedenen Restaurants gearbeitet, in manchen als Kellnerin, in anderen als Empfangsdame, bevor es sie schließlich in die Küche gezogen hatte. Dort hatte es sich vom ersten Versuch an richtig angefühlt. Sie hatte das Handwerk buchstäblich von der Pike auf gelernt und endlich einen Weg gefunden, von all den Jahren zu profitieren, die sie ihrer Großmutter und Mutter in der Küche über die Schulter geschaut hatte, wenn sie altmodische Südstaatengerichte für Familienfeiern auf den Tisch brachten. Dana Sue hatte sich das Kochen selbst beigebracht und nicht nur ein Gespür für Essen entwickelt, sondern auch Geschäftssinn.

Sie bezweifelte, dass sie ohne die Trennung von Ronnie je den Mut aufgebracht hätte, sich selbständig zu machen und das *Sullivan's* zu eröffnen. Erst nachdem Helen und Maddie sie ermutigt hatten, das Risiko einzugehen, mit ihr an ihrem Geschäftsplan gearbeitet und ihr geholfen hatten, sich die nötigen Darlehen zu sichern, hatte sie genug Selbstvertrauen gefasst, um es zu versuchen. Der Erfolg seither hatte ihre kühnsten Hoffnungen und Träume überstiegen. Warum sollte Ronnie nicht bereit für dieselben Risiken und denselben möglichen Lohn sein? Und warum fand sie die Vorstellung so beunruhigend?

Diese Fragen stellte sie Helen und Maddie, als sie sich am Abend alle auf Helens Terrasse niedergelassen hatten. Dana Sue und Helen nippten Margaritas, dem Getränk ihrer Wahl für ernste Gespräche, während Maddie an einem alkoholfreien Fruchtcocktail mit Eis nippte, weil sie das Baby noch stillte.

»Er wird es wirklich tun?«, hakte Maddie nach und wirkte erfreut. »Das ist ja fantastisch. Genau der Impuls, den die Hauptstraße braucht. Jetzt, wo's dort eigentlich nur noch das *Wharton's* gibt, sieht die Straße richtig traurig aus.«

»Ich glaube, du verstehst nicht, worum es mir geht«, klagte Dana Sue. »Das bedeutet, dass er definitiv bleibt.«

Maddie grinste. »Und das überrascht dich? Hat er dir das nicht schon gesagt, seit er wieder hier ist?«

»Ich hab ihm nicht geglaubt«, gab Dana Sue zu, bevor sie sich korrigierte. »Ich *wollte* ihm nicht glauben.«

»Oder vielleicht hattest du bloß Angst davor, ihm zu glauben«, schlug Maddie in sanftem Ton vor.

Dana Sue zuckte mit den Schultern. »Das auch.« Sie wandte sich an Helen. »Was hältst du davon?«

»Ich muss zugeben, dass er mich damit überrumpelt hat. Sein Plan ist aufregend, ehrgeizig und könnte sogar funktionieren. Woher bekommt er das Geld? Hat er es schon?«

»Anscheinend. Er hat gesagt, sein Partner ist sein ehemaliger Boss aus Beaufort und gleichzeitig Mary Vaughns Onkel.«

Helen schaute überrascht drein. »Wenn du sie direkt vor der Nase hattest, warum bist du dann nicht zum Tisch gegangen und hast nachgefragt, was los ist?«

»Mary Vaughn«, erwiderte Dana Sue kurz und bündig. »Hat mich ein bisschen zur Raserei gebracht, sie zusammen mit Ronnie zu sehen. Da wusste ich natürlich noch nichts davon, dass sie über Immobilien geredet haben. Trotzdem würde ich es ihr ohne Weiteres zutrauen, ihn ins Visier zu nehmen.«

Maddie verdrehte die Augen. »Würdest du dir mal

selbst zuhören?«, fragte sie ungeduldig. »Du erfindest Ausreden, um dir den Mann nicht zu schnappen, obwohl du weißt, dass du ihn zurückhaben willst. Ronnie ist nicht an Mary Vaughn interessiert. War er nie, nicht mal früher, als sie sich ihm in der Highschool an den Hals geworfen hat. Er wollte schon damals nur dich, und er will jetzt nur dich. Du bist als Einzige zu blind, das zu erkennen.«

»Also, ich bin mir auch nicht sicher, ob ich's glaube«, warf Helen ein.

Maddie sah sie mürrisch an. »Weil du abgestumpft bist. Du solltest dringend dein Fachgebiet wechseln. Durch die vielen Scheidungen hast du eine entschieden zu zynische Sicht auf die Liebe. Wenn das so weitergeht, wirst du einer Beziehung nie auch nur den Funken einer Chance geben.«

»Ich glaube sehr wohl, dass Cal dich liebt«, erwiderte Helen mit einer defensiven Note in der Stimme. »Davon abgesehen, geht's hier nicht um mich. Ich denke, ich habe guten Grund, Ronnies Gefühlen für Dana Sue zu misstrauen. Genau wie sie.«

Maddie stöhnte. »Menschen machen Fehler. Menschen bereuen sie. Menschen ändern sich. Zeig du mir einen Menschen ohne Schwächen, und ich zeig dir die langweiligste Person im Universum.«

Dana Sue beobachtete Helen, die um eine Erwiderung darauf zu ringen schien. Sie beschloss auszusprechen, was ihrer Freundin durch den Kopf ging. »Helen hält sich selbst für perfekt«, sagte sie. »Hab ich nicht recht, Süße? Und wir wissen beide, dass sie nicht langweilig ist.«

Dafür erntete sie einen stirnrunzelnden Blick von Helen. »Natürlich bin ich nicht perfekt. Mir sind auch schon Fehler unterlaufen.«

»Wirklich?« Dana Sue täuschte Verblüffung vor. »Ist nicht wahr!«

»Schon gut, hör auf zu sticheln«, grummelte Helen. »Ich weiß, dass niemand perfekt ist. Aber manche Fehler wiegen schwerer als andere und verdienen keine Vergebung.«

Maddie stupste sie mit dem nackten Fuß. Während der Schwangerschaft hatte sie sich angewöhnt, die Schuhe wegen der geschwollenen Füße abzustreifen. Mittlerweile tat sie es aus reinem Vergnügen, wie sie ihnen erzählt hatte. »Das ist in dem Fall nicht deine Entscheidung. Die liegt bei Dana Sue.« Sie wandte sich an sie. »Willst du wirklich weiter an der Wut und dem Groll festhalten?«

»Nein«, antwortete Dana Sue müde, bevor sie sich korrigierte. »Doch.«

Maddie lächelte. »Also was jetzt?«

»Ich weiß es nicht, verdammt. Es ist schwer, daran festzuhalten, vor allem, weil er sich so verhält. Aber davon abzulassen, ist beängstigend.«

»Das Leben ist nun mal beängstigend«, erinnerte Maddie sie. »Das ist es nur dann nicht, wenn man aufhört, Risiken einzugehen.« Sie beugte sich vor. »Natürlich kann ich dir nicht garantieren, dass Ronnie dich nie wieder verletzen wird. Ich bezweifle, dass er selbst es dir garantieren könnte. Aber ist die langweilige, sichere Existenz, die du dir aufgebaut hast, seit er weg ist, ein lohnender Ausgleich für die Aufregung und Spontanität, die du zusammen mit ihm hattest?«

»Mein Leben ist nicht langweilig oder sicher«, protestierte Dana Sue. »Ich hab mein Restaurant gegründet. Hab neue Freundschaften geschlossen. Wir haben den Fitnessclub eröffnet. Mein Leben ist auch ohne ihn verdammt gut gewesen.«

»Richtig«, steuerte Helen ihre Meinung bei. »Eine Frau braucht nicht unbedingt einen Mann für ein zufriedenes Leben.«

»Natürlich nicht«, räumte Maddie ein. »Aber ich sage dir, dass all so was tausendmal schöner ist, wenn man es mit jemandem teilen kann – jemandem, der einem spätnachts den Rücken krault oder einem zuhört, wenn mal was nicht nach Wunsch läuft.« Sie bedachte Dana Sue mit einem eindringlichen Blick. »Kannst du mir ehrlich sagen, dass es nicht einfacher war, mit Annies Krise umzugehen, weil Ronnie hier ist, mithilft und du deine Ängste und Sorgen mit ihm teilen kannst?«

»Er ist schon eine unglaubliche Stütze«, räumte Dana Sue zähneknirschend ein. »Und ja, es ist schön zu wissen, dass ich dabei nicht allein dastehe.«

»Aber du hast immer noch Angst, dich auf ihn zu verlassen«, vermutete Maddie.

Dana Sue nickte.

»Dann tu's nicht«, riet Maddie. »Nimm jeden Tag so, wie er kommt. Ist ja nicht so, als hätte er dich gebeten, ihn noch mal zu heiraten. Er will nur eine zweite Chance, um dir zu beweisen, dass es auch anders sein könnte. Kannst du ihm nicht wenigstens so viel zugestehen?«

Bei Maddie klang es so vernünftig. Jeden Tag so nehmen, wie er kam. Keine große Sache. Aber darin steckte ein Schönheitsfehler. Ein großer. Dana Sue war immer noch in ihn verliebt. Jeder Tag, den sie Ronnie zurück in ihr Leben ließ, jede Sekunde, die sie mit ihm verbrachte, führte sie näher zu dem Punkt, an dem es kein Zurück mehr geben würde.

Und wenn Ronnie sie noch einmal im Stich ließe, war sie sich nicht sicher, ob sie sich erneut aufrappeln könnte.

Außerdem war da noch Annie. Wenn Ronnie und Dana Sue es versuchten und scheiterten, würde ihre Tochter ein zweites Mal am Boden zerstört sein.

»Ich kann das Risiko nicht eingehen«, entschied Dana Sue. »Es geht nicht nur um mich und darum, was ich will. Annie wäre wegen dem, was zwischen mir und ihrem Vater passiert ist, fast gestorben. Ich hab Angst, sie würde es vielleicht nicht überleben, wenn Ronnie und ich wieder zusammenkämen und es nicht funktioniert.«

Darauf schien nicht mal die ewig optimistische Maddie eine Antwort zu finden. Und weil sie es nicht konnte, wusste Dana Sue, dass sie die richtige Wahl getroffen hatte. Ganz gleich, wie sehr sie wünschte, es wäre anders, sie durfte Ronnie nicht zurück in ihr Leben lassen. Leider bedeutete das nicht, dass sie ihn aus dem von Annie heraushalten konnte. Also musste Dana Sue einen Weg finden, eine Mauer um ihr Herz zu errichten.

Das jährliche Herbstfest war vom Hauptplatz in den Park verlegt worden, seit Ronnie damals gegangen war. Einst war es für die örtlichen Geschäfte ebenso sehr ein Segen wie für Künstler, Obst- und Gemüsebauern und Essensstände. Aber durch die geänderten Zeiten hielten es die Stadtväter für sinnlos, die Veranstaltung in der Innenstadt abzuhalten, da nur noch *Wharton's* davon profitieren konnte. Und wie Ronnie von Annie wusste, bot der Park viel mehr Platz für die wachsende Zahl der Leute, die von außerhalb zu dem Fest in die Stadt kamen.

»Papa, da ist Sarah. Kann ich ein bisschen mit ihr und Raylene herumspazieren?«, bettelte Annie, kaum dass sie angekommen waren.

Ronnie warf einen Blick zu Dana Sue und versuchte,

ihre Reaktion abzuschätzen. Sie war an dem Morgen unübersehbar widerwillig mitgekommen, und er rechnete damit, dass sie jeden Moment einen Vorwand vorbringen würde, um zum *Sullivan's* zu fahren. Wenn Annie sie beide allein ließe, hätte es Dana Sue umso leichter, sich aus dem Staub zu machen. Trotzdem wollte Ronnie seine Tochter nicht benutzen, um dafür zu sorgen, dass Dana Sue blieb.

»Das liegt bei deiner Mutter«, sagte er schließlich.

Dana Sue wirkte überrascht, aber sie nickte. »Geh ruhig«, sagte sie zu Annie. »Aber vor dem Mittagessen suchst du uns. Wir essen alle zusammen.«

Annie stöhnte. »Ihr wollt mich sogar heute überwachen?«

»Du kennst die Regeln«, sagte Ronnie. »Aber Sarah und Raylene können sich uns gern anschließen, wenn du willst.«

Annies mürrische Züge hellten sich auf. »Cool! Okay, dann zu Mittag beim Pavillon – dort sind die ganzen Essensstände.«

Nachdem sie davongelaufen war, schaute Ronnie zu Dana Sue und ertappte sie dabei, wie sie ihn mit nachdenklicher Miene musterte. »Das hast du echt gut gehandhabt.«

»Indem ich sie an die Regeln erinnert habe?«, fragte er.

»Nein, indem du ihre Freundinnen zum Essen eingeladen hast. Ich wünschte, es wäre mir eingefallen.«

Er grinste. »Wahrscheinlich warst du zu abgelenkt von der Aussicht darauf, ein paar Stunden mit mir allein zu verbringen. Hast du Angst, ich könnte mitten in der Öffentlichkeit irgendwas Unerhörtes tun, Süße?«

Dana Sue zuckte mit den Schultern. »Würde ich dir ohne Weiteres zutrauen.«

»Tut mir leid, Schatz, aber ich hab vor, mich von meiner besten Seite zu zeigen. Ich will dir keine Ausrede dafür liefern, dass du abhaust.«

»Eigentlich wollte ich mit dir reden.« Ihre Züge wurden ernst.

Ronnie kannte diesen Ausdruck. Er verhieß, dass ihm nicht gefallen würde, was auch immer sie zu sagen hatte. Umgehen ließ sich das nur, indem er sie davon abhielt, es auszusprechen.

»Nicht bevor wir uns das Kunstangebot angesehen haben.« Er griff sich ihre Hand und zog sie zum ersten Stand.

»Ronnie …« Ihr lag offensichtlich ein Protest auf der Zunge.

»Wir sind beim Herbstfest«, sagte er. »Das Wetter ist herrlich. Kein Wölkchen am Himmel. Wir sind von Leuten umgeben, die wir kennen. Annie wird allmählich wieder sie selbst. Also keine ernsten Gespräche heute.« Er deutete in Richtung der ausgestellten Aquarelle. »Was denkst du?«

»Ich denke, dass du unmöglich bist«, grummelte sie, aber sie wandte die Aufmerksamkeit den Kunstwerken zu. »Hübsch, aber nichtssagend.«

»Finde ich auch. Glaubst du, dass Maddies Mutter dieses Jahr einen Stand hat? Ich könnte mir vorstellen, dass sich ein paar botanische Drucke von Paula Vreeland hervorragend im Foyer des *Sullivan's* machen würden.«

Dana Sue bedachte ihn mit einem verblüfften Blick. »Weißt du, damit hast du völlig recht. Keine Ahnung, warum ich nie draufgekommen bin. Bei der Eröffnung musste ich mit einem Sparbudget dekorieren. Aber mittlerweile kann ich mir mehr leisten, und sie würden perfekt zur dunkelgrünen Wand gleich beim Eingang passen.«

Ronnie zwinkerte ihr zu. »Siehst du? Entgegen der landläufigen Meinung hab ich ja doch ein wenig Geschmack.«

Während sie zwischen den Ständen umherschlenderten und nach Maddies Mutter suchten – die man landesweit für ihre Kunst kannte und im Ort für ihre Exzentrik – hielt Ronnie fest Dana Sues Hand. Ausnahmsweise versuchte sie nicht, sich ihm zu entziehen.

Kaum hatte Paula Vreeland sie entdeckt, unterbrach sie ihr Gespräch mit dem Künstler vom Nebenstand und eilte herbei, um sie zu begrüßen. »Ronnie, schön, dich wieder in der Stadt zu haben«, sagte sie. »Und dich mit Dana Sue zu sehen.«

»Danke, Mrs. Vreeland. Sie sind ja noch schöner geworden, seit ich damals gegangen bin«, fügte er hinzu. »Und nur, falls Sie's nicht wissen, Ihre Kunst findet man in Beaufort überall. Ich kann gar nicht sagen, in wie vielen Häusern ich war, die eins Ihrer Bilder an der Wand hatten.«

»Und Ronnie findet, ich beweise einen erstaunlichen Mangel an gesundem Menschenverstand, weil ich nicht längst ein paar Drucke im Foyer des *Sullivan's* hängen habe«, verriet Dana Sue. »Und dabei muss ich ihm ausnahmsweise recht geben.«

»Sieh dich ruhig um«, erwiderte Paula Vreeland. »Und falls du hier nichts findest, was dir gefällt, dann schau nächste Woche bei mir im Studio vorbei. Dort hab ich mehr. Die Originale nehme ich nicht mit hierher, weil sie für das Publikum hier unerschwinglich sind. Aber bei den Sonderpreisen, die ich dir gebe, könntest du sie dir fürs *Sullivan's* schon leisten.«

Dana Sue sah sie bestürzt an. »Ich würde nie um einen Sonderpreis bitten«, protestierte sie.

»Hast du ja auch nicht«, hielt Mrs. Vreeland fest. »Ich habe ihn dir angeboten. Und nicht nur, weil du meiner Tochter eine so wunderbare Freundin bist. Meine Bilder in deinem Restaurant würden mir haufenweise neue Verkäufe einbringen. Du hast dir sehr stilvolle Stammgäste erarbeitet, Dana Sue. Ich bin so stolz auf dich, als wärst du mein eigenes Kind.«

Ronnie bemerkte, dass Dana Sue mit Tränen zu kämpfen hatte, also zog er sie zu einem erlesenen Gemälde einer Magnolienblüte. Er konnte beinah die samtige Beschaffenheit der cremefarbenen Blütenblätter fühlen. »Das wäre doch perfekt für einen Laden, der einer der süßen Magnolien gehört«, meinte er. »Was hältst du davon?«

Dana Sue betrachtete das Werk eingehend, dann nickte sie. »Es ist perfekt«, sagte sie mit belegter Stimme.

»Dann betrachte es als mein Geschenk an dich. Ich war bei der großen Eröffnung nicht dabei, also schulde ich dir noch eins.«

»Ronnie, bitte, das musst du nicht tun. Schon gar nicht bei all den Ausgaben, die dir bevorstehen, wenn du dein neues Geschäft eröffnest«, sagte sie.

»Vielleicht hoffe ich ja, dass du mir beim Catering für die Eröffnungsfeier entgegenkommst«, neckte er sie. »Diskutier nicht mit mir, Süße. Ich will das tun. Jetzt sieh dich um, ob du noch andere willst.«

Während sie sich die anderen Bilder ansah, unterhielt sich Ronnie mit Maddies Mutter und bezahlte schließlich das Bild, das er als Geschenk für Dana Sue ausgesucht hatte. Sie selbst stellte einen Scheck für zwei andere aus, die ihr gefielen.

»Können wir sie später abholen?«, fragte Ronnie. »Wenn wir nach Hause aufbrechen?«

»Natürlich«, antwortete Mrs. Vreeland. »Ich mache gleich Aufkleber daran fest, dass sie verkauft sind. Geht ihr ruhig und amüsiert euch.«

Von da an kamen sie nur noch langsam voran, denn mittlerweile hatten sich mehr Leute eingefunden. Zudem schien es, als hätten bereits alle in der Stadt von Ronnies Plänen für den Eisenwarenladen gehört. Viele wollten ihm gratulieren und ihm dafür danken, dass er seinen Teil dazu beitrug, die Innenstadt als Mittelpunkt der Gemeinde wiederzubeleben. Sogar der Bürgermeister steuerte seine Meinung bei und lud Ronnie ein, sich bei ihm zu melden, falls die Gemeinde etwas tun könnte, um das Geschäft zu unterstützen.

»Die Leute sollen einfach dort kaufen«, sagte Ronnie zu Howard Lewis. »Und ihren Bekannten davon erzählen.«

»Wann rechnen Sie mit der Eröffnung?«, erkundigte sich der Bürgermeister.

»Sofern wir alle Einzelheiten klären können, würde ich gern vor Weihnachten aufmachen«, antwortete Ronnie, womit er für einen weiteren erschrockenen Blick bei Dana Sue sorgte.

Nachdem Howard weitergezogen war, beäugte sie Ronnie misstrauisch. »Schaffst du das so schnell?«

»Wenn ich mich die nächsten sechs Wochen oder so voll ins Zeug lege, dann schon«, sagte er.

»Das heißt dann wohl, du wirst nicht viel Zeit für Annie haben.«

Ronnie sah sie stirnrunzelnd an. »Für Annie werd ich mir immer Zeit nehmen. Und für dich. Du weißt selbst, dass es harte Arbeit ist, ein Unternehmen auf die Beine zu stellen. Aber ich habe fest vor, es mit den anderen wichtigen Dingen in meinem Leben in Einklang zu bringen.«

»Klar.« Die Skepsis stand ihr ins Gesicht geschrieben. »Das sagst du jetzt. Aber wenn die Zeit dann knapp wird, bin ich sicher, dass die Zeit mit Annie das Erste sein wird, was du opferst.«

Ronnie blieb unvermittelt stehen und bedachte sie mit einem durchdringenden Blick. »Willst du unbedingt einen Streit mit mir anzetteln?«

Die Schärfe in seiner Stimme ließ sie blinzeln. Schließlich seufzte sie. »Wahrscheinlich«, gestand sie.

»Erklärst du mir auch, warum?«, fragte er.

»Du musst für mich wieder der Böse werden«, sagte sie. »Das würde mein Leben so viel einfacher machen.«

Ronnie entspannte sich. »Das wird nicht passieren, Schatz. Komm, suchen wir uns ein paar Kürbisse aus. Ich schnitze den mit dem fröhlichen Gesicht, du kannst den gruseligen mit der finsteren Miene machen.«

Sie warf ihm einen mürrischen Blick zu. »Soll das witzig sein?«

Ronnie zuckte mit den Schultern. »Ich dachte, es hätte das Potenzial, dir ein Lächeln zu entlocken. Schätze, ich muss es wohl weiter versuchen.«

»Obwohl es mich in den Wahnsinn treibt, wenn du nett bist?«, fragte sie.

Er nickte. »Ja, ich fürchte schon.«

Ihre Lippen zuckten bei seiner Antwort, aber sie wandte sich rasch ab, bevor er sehen konnte, ob sie unwillkürlich ein vollwertiges Lächeln zeigte. Es spielte aber auch keine Rolle, denn er würde nicht aufgeben, bis sie wieder ständig so lachen würden wie früher einmal.

Nach zwei Wochen zu Hause entschied Annie, dass sich zwischen ihren Eltern etwas Seltsames abspielte. Sie beobachteten Annie immer noch auf Schritt und Tritt, achteten darauf, dass bei jeder Mahlzeit jemand bei ihr war, und sorgten dafür, dass sie sich an die mit der Ernährungsberaterin ausgearbeitete Routine hielt. Aber die beiden waren nie gleichzeitig da. Sie schienen ein geradezu unheimliches Gespür dafür zu haben, sich gegenseitig aus dem Weg zu gehen. Beinah so, als hätten sie hinter Annies Rücken einen Zeitplan ausgearbeitet.

An diesem Abend war ihr Vater noch kaum zur Tür hinaus verschwunden, als ihre Mutter hereinkam. Annie bedachte sie mit einem verdutzten Blick. »Hast du ein Stück die Straße runter gewartet, bis Papa gegangen ist, bevor du nach Hause gekommen bist?«, fragte sie.

»Warum sollte ich?«, gab ihre Mutter zurück. Doch ihr schuldbewusster Gesichtsausdruck verriet die Wahrheit.

»Weil du ihn nicht sehen willst«, erwiderte Annie nüchtern. »Was hat er jetzt wieder angestellt?«

»Gar nichts«, sagte ihre Mutter. »Er hat nur gerade viel zu tun. Genau wie ich. Du weißt ja, dass ich das Restaurant und den Fitnessclub vernachlässigt habe. Ich muss die versäumte Zeit aufholen.«

Obwohl sie es vernünftig klingen ließ, kaufte Annie es ihr nicht ab. »Kommt ihr beide zur Familiensitzung morgen?«

Als ihre Mutter sie erschrocken ansah, wusste Annie, dass sie es völlig vergessen hatte. »Davor kannst du dich nicht drücken«, erklärte Annie. »Der ganze Sinn der Familiensitzung ist doch, dass wir alle dabei sind. Papa kommt. Ich hab ihn heute daran erinnert.« Tatsächlich hatte er genauso freudlos darüber gewirkt wie ihre Mutter, aber er hatte zugestimmt.

Ihre Mutter seufzte. »Natürlich komme ich. War mir bloß entfallen, das ist alles.«

Die Einzelsitzungen, die Annie mit der Psychiaterin hatte, waren bisher gar nicht so schlimm gewesen. Dr. McDaniels hatte sich doch noch als recht cool erwiesen. Sie verstand die Dinge, die Annie ihr zu erklären versuchte, und sie fällte selten ein Urteil. Stattdessen wirkte sie nur subtil auf Annie ein, bis sie anfing, bestimmte Situationen anders zu betrachten.

Zum Beispiel die Ehe ihrer Eltern. Wahrscheinlich hätten sie alle nicht verhindern können, dass sie in die Brüche gegangen war, nachdem ihr Vater seine Frau betrogen hatte, das wusste Annie inzwischen. Aber warum auch immer er wirklich mit dieser Tussi geschlafen hatte, es war *sein* Problem, nicht das ihrer Mutter und schon gar nicht Annies. Und nichts mehr zu essen war ein ziemlich dummer Protest dagegen gewesen, dass ihr Vater weggezogen war.

Natürlich war ihr damals nicht bewusst gewesen, dass es sich um so etwas wie einen unvernünftigen Hungerstreik gehandelt hatte, doch unter dem Strich lief es darauf hinaus. Zwar traute sie sich noch nicht ganz zu, immer richtig zu essen, aber sie konnte sich nicht vorstellen, je wieder eine solche Dummheit zu begehen.

Über den Versuch herauszufinden, was zwischen ihrer Mutter und ihrem Vater vor sich ging, hatte Annie völlig vergessen, die guten Neuigkeiten zu teilen, die sie an diesem Morgen erhalten hatte.

»Weißt du was?«, sagte sie und konnte sich ein Grinsen nicht verkneifen. »Dr. McDaniels hat gesagt, wenn der

Kardiologe beim Termin übermorgen sein Okay gibt, kann ich nächste Woche wieder zur Schule gehen.«

Ihre Mutter strahlte. »Wow, das sind mal gute Neuigkeiten! Du hast auch wirklich hart gearbeitet. Bestimmt wird's toll, wieder im Unterricht und bei deinen Freunden zu sein.«

Annie fand, das Beste daran wäre, Ty wieder jeden Tag zu sehen. Aber das erwähnte sie ihrer Mutter gegenüber nicht. Er war oft vorbeigekommen, während sie zu Hause war, aber sie konnte es kaum erwarten herauszufinden, ob er sich auch in der Schule mit ihr abgeben würde. Nicht dass er sich in irgendeiner Weise wie ein fester Freund verhalten hätte. Er hatte sie noch nie geküsst, nur auf die Wange, wie er es bei ihrer Mutter tat. Aber Annie fand, es würde schon viel aussagen, wenn er sie vor den Jungs aus der Baseballmannschaft und den anderen älteren Schülern wie eine Freundin behandelte. Als wäre sie etwas Besonderes.

»Hast du den Rückstand bei den Hausaufgaben aufgeholt?«, erkundigte sich ihre Mutter.

Annie nickte. »Sarah und Raylene haben sie mir immer mitgebracht, und ich hab ihnen die fertigen wieder mitgegeben. Ein paar versäumte Tests muss ich vielleicht noch nachholen. Sollte aber nicht allzu schwer sein, mich wieder einzufinden. Außerdem hat Ty gesagt, er gibt mir Nachhilfe, falls es nötig ist.«

Ihre Mutter musterte sie aufmerksam. »Das war nett von ihm. Er ist ein guter Freund, nicht wahr?«

»Der Beste«, bestätigte Annie und spürte, wie ihr Hitze in die Wangen kroch.

»Du rechnest doch nicht etwa mit mehr, oder?« Plötzlich schaute ihre Mutter besorgt drein.

Annie wusste, was sie damit sagen wollte – dass Ty ein Freund war, nicht ihr fester Freund. Aber daran musste Annie nicht ständig erinnert werden. »Auf keinen Fall«, erwiderte sie. »Wieso reitest du so darauf herum?«

»Ich will nur nicht, dass du enttäuscht wirst.«

»Wäre ja nicht das erste Mal in meinem Leben«, konterte Annie.

Darüber runzelte ihre Mutter die Stirn. »Redest du von deinem Vater und mir?«

»Genau«, bejahte Annie.

Plötzlich wirkte ihre Mutter müde und unglaublich traurig. »Und schau dir nur an, wie du damit umgegangen bist«, sagte sie sanft. »Ich könnte es nicht ertragen, wenn Ty dir wehtut und du dann wieder diesen Weg einschlägst.«

»Ist dir je in den Sinn gekommen, dass er mich vielleicht *nicht* enttäuschen würde?«, fragte Annie hitzig. »Schönen Dank auch, dass du so an mich glaubst, Mama.« Schmerz und Wut vermischten sich in ihr, als sie die Treppe zu ihrem Zimmer hinaufstürmte und die Tür hinter sich zuschlug.

Sie hörte ihre Mutter nach ihr rufen, vergrub aber nur das Gesicht im Kissen. Annie wusste, wie gemein ihre Worte gewesen waren. Und obendrein stimmte es noch nicht mal. Nicht wirklich. Ihre Mutter hatte immer an sie geglaubt. In Wahrheit war sie immer ihr stärkster Rückhalt gewesen. Tief in ihrem Herzen wusste Annie, dass sie selbst sich nicht gut genug für Ty hielt. Deshalb hatte die Warnung ihrer Mutter einen Nerv getroffen.

Als Ronnie am nächsten Morgen die Praxis von Dr. McDaniels betrat, lag spürbare Spannung in der Luft. Annie und Dana Sue sahen sich kaum an, und Dana Sue mied auch bewusst seinen Blick. Ronnie entschied, sich neben seiner Tochter niederzulassen.

Er beugte sich dicht zu ihr und flüsterte: »Hattest du Streit mit deiner Mutter?«

Sie zuckte mit den Schultern. »Irgendwie schon.«

»Wegen?«

»Egal.«

Mit einem Seufzen lehnte sich Ronnie zurück und sah Dana Sue an. Ihre Haltung wirkte steif wie ein Brett. »Was ist mit dir? Willst du mir sagen, worum es bei dem Streit gegangen ist?«

»Nicht wirklich.«

»Dann wird die nächste Stunde wohl ein Heidenspaß«, brummte er und verspürte Erleichterung, als Dr. Mc-Daniels hereinkam und die Tür schloss. Vielleicht würde eine neutrale Partei das Problem klären können.

»Wie geht's denn allen?«, erkundigte sich die Psychiaterin und warf einen fröhlichen Blick in die Runde.

Die gemurmelten Antworten links und rechts von Ronnie klangen so lustlos, dass er sich genötigt fühlte, selbst herzlich zu antworten. Dr. McDaniels bedachte ihn mit einem dankbaren Blick.

»Ich spüre hier gewisse Spannungen«, sagte sie.

»Ach echt?«, grummelte Annie sarkastisch.

Dana Sue seufzte schwer. »Ich hab ihr nur gesagt, sie soll sich keine Hoffnungen auf einen jungen Mann machen, den sie mag. Weil ich nicht will, dass sie enttäuscht ist, falls er ihre Erwartungen nicht erfüllt.«

Daran also lag es, dachte Ronnie. Es ging um Ty. Und – darauf hätte Ronnie gewettet – zumindest indirekt um ihn selbst. Er sah Dana Sue unverwandt in die Augen und sagte: »Geht's wirklich darum, dass Annie ihre Gefühle bei Ty keinem Risiko aussetzen soll? Oder darum, dass du Angst davor hast, deine bei mir aufs Spiel zu setzen?«

Dana Sue schaute finster drein. »Dein Name ist nie gefallen«, sagte sie verkniffen.

»Glaub ich sofort«, erwiderte er. »Was aber noch lange nicht heißt, dass du deine Ängste nicht auf Annie und Ty projizierst.«

»Okay, Moment«, ging Dr. McDaniels dazwischen. »Irgendjemand muss mich aufklären. Wer ist Ty? Ich glaube, du hast ihn schon mal erwähnt, Annie. Erzählst du mir ein bisschen mehr über ihn?«

Eifrig beugte sich Annie vor und beschrieb Ty mit begeisterten Worten. »Ich mag ihn«, schloss sie mit einem trotzigen Blick zu ihrer Mutter. »Sehr sogar.«

»Deshalb bin ich besorgt«, merkte Dana Sue an. »Ty ist älter. Er hat einen eigenen Freundeskreis, eigene Interessen. Auch wenn er sich Annie gegenüber wundervoll verhält, bin ich nicht sicher, ob ihre Gefühle füreinander dieselben sind.«

»Sie wollen sie also davor schützen, verletzt zu werden«, hielt die Psychiaterin fest.

»Na ja, sicher. Ich bin ihre Mutter«, sagte Dana Sue.

»Man kann Kinder nicht davor schützen, erwachsen zu werden und eigene Fehler zu begehen«, erklärte Dr. McDaniels. »Und wenn Annie verletzt wird? Davon wird die Welt auch nicht untergehen. Jedem Mädchen wird irgendwann das Herz gebrochen.«

»Nicht ausgerechnet jetzt, verdammt«, entgegnete Dana Sue hitzig. »Sie ist zu zerbrechlich. Sie muss erst wieder gesund und stark werden, bevor sie sich mit so was auseinandersetzen kann.«

Die Psychiaterin wandte sich an Annie. »Du weißt, dass du damit ein Wagnis eingehst, oder? Du weißt, dass es riskant sein kann, dein Herz aufs Spiel zu setzen?«

»Klar«, gab Annie zurück. »Aber das ist schon in Ordnung. Wie würde ich mich später fühlen, wenn ich auf Nummer sicher gehe und gar nie die Chance ergreife, mit Ty glücklich zu werden?«

»Da spricht jemand ein wahres Wort gelassen aus«, murmelte Ronnie mit einem Blick zu Dana Sue.

Dr. McDaniels griff seinen Kommentar auf. »Sie sehen darin Parallelen zu Ihrer Beziehung mit Dana Sue.«

»Aber so was von deutlich«, bestätigte er.

»Was ist mit Ihnen?«, fragte sie Dana Sue. »Denken Sie, Ronnie hat recht? Projizieren Sie die eigenen Unsicherheiten auf Ihre Tochter?«

»Überhaupt nicht!«, entgegnete Dana Sue scharf, bevor sie die Augen schloss. »Vielleicht«, räumte sie flüsternd ein.

Statt sie weiter zu bedrängen, wandte sich die Ärztin wieder an Annie. »Was ist das Schlimmste, das passieren könnte, wenn du dein Herz bei Ty aufs Spiel setzt?«

»Dass er meine Gefühle nicht auf dieselbe Weise erwidert«, antwortete sie prompt.

»Und könntest du damit zurechtkommen?«

»Besser als damit, es nie zu erfahren«, erklärte Annie.

»Das klingt für mich nach einer ziemlich reifen Einstellung«, lobte Dr. McDaniels. »Was denken Sie, Dana Sue?«

»Ich denke, sie hat keine Ahnung, wie verheerend es sein kann, wenn er ihre Hoffnungen nicht erfüllt.«

»Und das wissen Sie aus eigener Erfahrung, richtig?«, hakte die Psychiaterin nach.

Dana Sue nickte.

»Trotzdem haben Sie überlebt, oder? Sie haben den Kummer überstanden und sich ein neues Leben aufgebaut. Mir scheint, Sie haben dabei eine Menge erreicht, worauf Sie stolz sein können.«

»Ja, schon. Bin ich.« Dana Sue schaute verwirrt drein.

»Wie kommen Sie dann darauf, dass Annie nicht genauso stark sein könnte?«

»Sie ist magersüchtig«, sagte Dana Sue.

»Und sie arbeitet daran, das zu ändern«, konterte die Ärztin. »Sonst noch ein Grund?«

»Nein«, gestand Dana Sue.

»Und was ist mit Ihnen? Wären Sie vielleicht nicht mehr stark, wenn Sie ein Risiko eingingen und es nicht klappt?« Bevor Dana Sue antworten konnte, hob die Psychiaterin die Hand. »Lassen Sie mich das anders formulieren. Wenn ich das richtig verstanden habe, waren Sie nach der Trennung von Ronnie ziemlich aufgebracht, richtig?«

»Natürlich.«

»Haben Sie gedacht, Ihr Leben wäre vorbei?«

»In gewisser Weise, ja«, gab Dana Sue zu.

»Und doch haben Sie viel riskiert, um das *Sullivan's* zu eröffnen«, erinnerte die Ärztin sie. »Waren Sie für die Möglichkeit gewappnet, dass es schiefgehen könnte?«

Dana Sue nickte.

»Aber das hat Sie nicht davon abgehalten, es zu versuchen, oder? Warum?«

»Weil ich gewusst habe, dass ich stark genug bin, es zu verkraften, falls es schiefgeht«, antwortete Dana Sue.

»Aber Sie haben auch gesagt, dass Sie sich zu der Zeit ziemlich zerbrechlich gefühlt haben«, gab Dr. McDaniels zu bedenken.

Dana Sue begegnete ihrem Blick. »Ich verstehe, worauf Sie hinauswollen.«

»Wirklich? Sie verstehen, dass das Leben nun mal voll von Risiken ist? Wenn man sich ihnen nicht frontal stellt und es einfach versucht, zieht man sich automatisch an die Seitenlinie zurück und ist nur noch Zuschauer.«

Ronnie wartete mit angehaltenem Atem. Ihn beschlich die Ahnung, dass seine gesamte Zukunft davon abhing, welchen Schluss Dana Sue gerade zog.

»Sie haben recht«, räumte sie schließlich ein und wirkte regelrecht erschrocken über das Zugeständnis.

»Tja, dann fällt mir kein Grund ein, warum Sie nicht nach dem greifen sollten, was Sie im Leben haben wollen«, sagte Dr. McDaniels.

Dana Sue musterte sie argwöhnisch. »Wollen Sie damit sagen, ich sollte Ronnie noch eine Chance geben?«

»Nur, wenn Sie das wollen«, erwiderte die Ärztin unparteiisch. »Es ist Ihre Entscheidung, nicht meine. Auch nicht die von Annie. Genauso wenig wie es Ihre Entscheidung ist, ob Annie ihr Herz bei diesem jungen Mann, den sie so mag, aufs Spiel setzen will.«

Plötzlich grinste Annie ihre Mutter an. »Gar nicht so einfach zu verdauen, dass man das Schicksal selbst in der Hand hat, was, Mama?«

Dana Sue schmunzelte. »Im Grunde ist es ätzend«, bestätigte sie.

»Aber finden Sie es nicht auch ein bisschen beflügelnd?«, fragte Dr. McDaniels.

Endlich wagte Dana Sue einen Blick in Ronnies Richtung. Er vermeinte, ein Aufblitzen der Draufgängerin von früher in ihren Augen zu erkennen, und schöpfte daraus Mut.

»Wissen Sie«, sagte sie schließlich, »ich denke, Sie haben recht. Das könnte sogar lustig werden.«

»Ich bin mir nicht sicher, ob mir gefällt, wie das klingt«, brummte Ronnie, allerdings größtenteils scherzhaft.

»Tja, gewöhn dich dran, Freundchen«, riet Dana Sue. »Eine neue Zeit bricht an.«

Annie strahlte die beiden an. »Cool.«

Ja, dachte Ronnie. Es war sogar sehr cool. Und vielleicht auch ein bisschen beängstigend zu wissen, dass es ab sofort allein an ihm lag, nicht die zweite Chance zu vermasseln, die Dana Sue ihm endlich geben wollte.

Kapitel 20

Dana Sue fühlte sich dank ihres Durchbruchs bei der Familiensitzung ziemlich gut. Sie war endlich bereit, nach vorn zu schauen, weil sie überzeugt davon war, sie könnte bewältigen, was immer als Nächstes kommen mochte. Wenn Ronnie und sie es versuchten und es nicht klappte, dann sollte es eben nicht sein. Aber sie war schon einmal – einigermaßen jedenfalls – über ihn hinweggekommen. Das könnte sie wieder. Und nachdem sie Annies reife Bemerkungen in der Sitzung gehört hatte, glaubte sie allmählich, auch ihre Tochter könnte einen Fehlschlag verdauen.

Nachdem sie Annie zu Hause abgesetzt hatten, schlug sie einen Spaziergang vor. Während Ronnie und sie ziellos umherschlenderten, setzte sie bewusst ihre Sonnenbrille auf – vermutlich, um die Augen vor Ronnies intensiven Blicken zu schützen. Schließlich sah sie ihn an. »Und was jetzt?«, fragte sie.

Ronnies schiefes Lächeln breitete sich langsam in seinem Gesicht aus. »Ich hab keinen Plan. Du etwa?«

Dana Sue sah ihn stirnrunzelnd an. »Das ist so typisch«, beschwerte sie sich. »Seit Wochen deutest du an, dass du mich zurückhaben willst. Und wenn ich dich beim Wort nehmen will, hast du keine Ahnung, wie's weitergehen soll.«

»Süße, du hast mich vorhin überrumpelt. Ich war so daran gewöhnt, dass du Mauern zwischen uns errichtest, die ich mit allen möglichen raffinierten Taktiken umgehen musste, dass ich gar nicht drüber nachgedacht hab, was ich tun würde, wenn du beschließt, sie einfach einzureißen.«

»Ich hab sie nicht eingerissen«, konterte sie. »Ich hab nur einen winzigen Spalt geschaffen. Jetzt musst du rausfinden, wie du dich da durchschlängeln kannst. Gib Bescheid, wenn du eine Strategie hast.«

Damit wirbelte sie herum und ging davon. Keinen Plan! Der Mann war unmöglich. Vielleicht hatte sie nur eine Herausforderung für ihn verkörpert, etwas, das er haben wollte, weil er es nicht haben konnte. Und nun, da das Spiel vorbei war, wollte er sie wahrscheinlich gar nicht mehr. Immerhin hatte er sein neues Unternehmen. Seine Tochter zurück im Leben. Und Mary Vaughn, die ihm schöne Augen machte. Flirten erforderte wesentlich weniger Engagement als eine echte Beziehung. Ihm war das vermutlich mehr als genug.

Dana Sue hatte mit steifem Rückgrat und brodelndem Temperament die Hälfte des Blocks zurückgelegt, als er sie einholte. Er wirbelte sie herum und eroberte ihren Mund mit einem Kuss, heißer als die Mittagssonne von South Carolina. Er fegte damit jeden Gedanken, jede Spur von Wut direkt aus ihrem Kopf.

Als er sich schließlich von ihr löste, musste sie sich an seinen Schultern festklammern, um sich auf den Beinen zu halten. Und das durch sie pulsierende Verlangen schürte erneut ihren Zorn. Prompt herrschte sie ihn an.

»Einen öffentlichen Skandal mit mir zu veranstalten ist nicht die Antwort«, warf sie ihm gereizt vor.

Ronnie grinste und hatte die eigene Sonnenbrille aufgesetzt, wodurch sie nicht die Belustigung sehen konnte, die zweifellos in seinen Augen funkelte. »Das war kein

Skandal, Schatz. Das war eine öffentliche Erklärung, dass wir wieder zusammen sind.«

Dana Sue reagierte verärgert. »Du drückst mir dein Brandzeichen auf, als wäre ich ein Stück Vieh?«, polterte sie empört.

Seine Lippen zuckten. »Ganz so würd ich's nicht ausdrücken.«

»Ja, das würde ich auch nicht zugeben wollen«, sagte sie. »Aber darauf ist es doch hinausgelaufen, oder?«

»Weißt du«, meinte er unbekümmert, »das ist keine Einbahnstraße. Du hast den Kuss erwidert, also weiß jetzt alle Welt, dass umgekehrt ich dir gehöre.«

»Auch Mary Vaughn?«, fragte Dana Sue, die sich für den Gedanken erwärmte. Wenn er dachte, sie würde diese aufkeimende Freundschaft oder Zusammenarbeit oder was auch immer tolerieren, hatte er sich gründlich geschnitten.

Verständnislos starrte er sie an. »Was hat Mary Vaughn denn damit zu tun?«

»Ich sehe doch, wie sie sich in deiner Nähe aufführt«, sagte Dana Sue. »Sie will dich, Ronnie. Jeder in der Stadt weiß, dass ihre aktuelle Beziehung zum Scheitern verurteilt ist und sie auf der Suche nach Ersatz ist. Mir scheint, sie hat dich dafür ausgewählt.«

Er wirkte nach wie vor verwirrt. »Lebt sie nicht mit diesem Kerl zusammen? Ich glaub, sie hat erwähnt, dass er ihr Boss ist.«

»Eigentlich ja«, räumte Dana Sue ein.

»Was soll das heißen, ›eigentlich‹? Entweder ja oder nein.«

»Ähnlich ›eigentlich‹ wie du mit mir verheiratet warst, als du dir eine andere aufgegabelt und mit ihr geschlafen hast«, entgegnete sie. »Wie gesagt, die Beziehung ist am Ende, auch wenn er noch nicht ausgezogen ist.«

»Okay, das reicht.« Wie zu erwarten, schluckte Ronnie den Köder. »Gehen wir.« Er packte sie am Arm und schleifte sie beinah den Bürgersteig entlang.

Dana Sue versuchte zwar, sich dagegen zu sträuben, aber er war nicht nur größer und stärker, sondern offensichtlich auch irritierter als sie. »Was ist los mit dir?«, fragte sie. »Wohin willst du mit mir?«

»In mein Motelzimmer«, antwortete er.

»Ich komme *nicht* mit in dein Motelzimmer.« Die Vorstellung, wie sich diese Neuigkeit bis zum Mittag in der gesamten Stadt verbreiten würde, entsetzte sie.

»Willst du wirklich zurück nach Hause und den Streit vor Annie austragen?«

»Ich will überhaupt nicht mit dir streiten!«

»Tja, wenn wir mit dem Streiten fertig sind und uns versöhnen, sollten wir auch das nicht vor Annie tun, finde ich«, sagte er.

Die Hitze, die Dana Sue durchzuckte, hatte diesmal nichts mit Wut, dafür alles mit freudiger Erwartung zu tun. Was sie beinah ärgerlicher als alles andere fand. In den vergangenen zwei Jahren sollte sie wirklich mehr Abwehrkräfte gegen diesen Mann entwickelt haben.

»Wieso klingst du so sicher, dass wir uns überhaupt versöhnen *werden*?«, wollte sie wissen.

»Weil das bei uns nun mal so ist«, erwiderte er trocken. »Wir streiten uns. Wir versöhnen uns. Das ist wie ein Kreislauf, auch wenn wir überlegen sollten, vielleicht demnächst daraus auszubrechen. Aber ich bin gern bereit, das später in Angriff zu nehmen, wenn du mitmachst.« Sein Blick forderte sie heraus. »Kommst du jetzt freiwillig mit, oder muss ich dich mir über die Schulter werfen?«

Verdattert starrte sie ihn an. »Das würdest du nicht wagen«, begann sie. Dann schüttelte sie den Kopf. »Doch, natürlich würdest du das. Na schön, ich komme mit. Aber nur zum Reden.«

»Genau«, erwiderte er unverhohlen sarkastisch.

Als Dana Sue im Serenity Inn stehen bleiben wollte, um mit den Besitzern zu plaudern, schob Ronnie sie mit der Hand auf ihrem Rücken geradewegs an ihnen vorbei in Richtung seines Zimmers.

»Das war unhöflich«, schimpfte sie.

»Wolltest du wirklich stehen bleiben und dich mit ihnen unterhalten, damit sie noch mehr brandheiße Neuigkeiten zum Verbreiten hätten, wenn sie zum Mittagessen ins *Wharton's* gehen?«

»Und glaubst du wirklich, einfach an ihnen vorbeizulaufen würde sie davon abhalten? Jetzt werden sie bloß allen erzählen, wir hätten es so eilig gehabt, in dein Zimmer zu kommen, dass wir kaum hallo gesagt haben. Daraus ziehen die Leute mit Sicherheit ihre eigenen Schlüsse.«

»Lass sie doch«, erwiderte Ronnie knapp, als er die Tür seines Zimmers aufstieß. »Da du ja so überzeugt davon bist, dass Mary Vaughn es auf mich abgesehen hat, treibt ihr die Neuigkeit von unserer Wiedervereinigung vielleicht die Schnapsidee aus.«

»Unwahrscheinlich«, konterte Dana Sue, als sie ihm ins Zimmer folgte. »Dadurch wirst du nur eine noch reizvollere Herausforderung. Kennst du sie denn überhaupt nicht?«

Er grinste. »Nicht halb so gut, wie ich dich kenne.«

Dana Sue richtete das Augenmerk auf das Zimmer. Zu ihrer Überraschung erwies es sich als recht ordentlich. Keine verstreuten Klamotten, keine achtlos nach dem

Duschen auf den Boden geworfenen Handtücher. Das Dekor fand sie ein wenig blumig und feminin, wodurch Ronnie nur umso männlicher zur Geltung kam.

Aus einem Impuls heraus setzte sich Dana Sue auf die Bettkante statt auf den einzigen Stuhl im Zimmer. Da sie bereits eine Ahnung hatte, wie es ablaufen würde, konnte sie sich ruhig den späteren Weg zum Bett ersparen.

»Na schön, worüber wolltest du reden?« Sie faltete die Hände züchtig auf dem Schoß.

Nun, da Ronnie sie in seinem Zimmer hatte, wirkte er verblüffend unsicher. Sein Blick wanderte langsam über sie und wurde dabei zunehmend sinnlicher vor Leidenschaft.

»Willst du was zu trinken?«, fragte er mit seltsam erstickter Stimme. »Gleich draußen ist ein Automat.«

Sie schüttelte den Kopf. »Ich möchte nichts.«

»Was Süßes? Chips?«

Damit wusste sie endgültig, dass er nervös war. Sonst würde er ihr nie Junkfood anbieten. Ironischerweise fand sie diesen ungewohnten Anflug von Verunsicherung charmant. Ihre Verärgerung legte sich allmählich.

»Vielleicht sollten wir den Plan ändern«, schlug sie vor.

Argwöhnisch verengte er die Augen. »Ach ja?«

»Statt dich an der Tür herumzudrücken, könntest du zu mir aufs Bett kommen, und wir könnten uns lieben. Reden können wir auch später.« Sie zuckte mit den Schultern. »Du weißt schon, darüber, was du auf dem Herzen hattest, als du mich hergeschleppt hast.«

Er schüttelte den Kopf. »Nein. Ich nähere mich dem Bett nicht, bevor du dir angehört hast, was ich zu sagen habe. Ich will diesen Seitensprung ein für alle Mal beerdigen.«

Bedauernd sah sie ihn an. »Das ist vielleicht nicht möglich.«

»Dann haben wir vielleicht doch keine Zukunft zusammen, Dana Sue«, sagte er so unverblümt, dass es sie erschütterte. »Ich will nicht, dass du mir das für den Rest unseres Lebens jedes Mal ins Gesicht schleuderst, wenn du sauer auf mich bist. Ich will nicht, dass du ausrastest und jedes Mal vom Schlimmsten ausgehst, wenn eine Frau mich zweimal anschaut.«

»Ich weiß, dass du recht hast«, gestand Dana Sue und fühlte sich so verängstigt wie seit Jahren nicht mehr. Konnte die Versöhnung, der sie so nah gekommen waren, tatsächlich daran scheitern, dass sie vor lauter Sturheit die Vergangenheit nicht hinter sich lassen konnte? »Ich weiß nicht, warum ich es einfach nicht abhaken kann.«

»Ich könnte mir denken, weil ich dir nie erklärt hab, warum es überhaupt passiert ist«, mutmaßte er. »Und das liegt wohl daran, dass ich's nicht kann. Ich hab schon mal versucht, es dir zu sagen, aber ich mache noch einen Anlauf. Es gibt keine Entschuldigung dafür, Dana Sue. Ich hab mich gehen lassen. Offenbar war ich auf der Suche nach einem Kick, ohne dass es mir bewusst war. Nach irgendwas. Ehrlich, ich kann es nicht besser erklären. Ich hab dich von ganzem Herzen geliebt. Ich hab unser Leben geliebt. Und Annie vergöttere ich. Aber als die Frau mich an dem Abend angebaggert hat, da hab ich einen Funken von irgendwas gespürt, das ich schon lange nicht mehr hatte. Vielleicht war's ja die Gefahr, das Risiko, erwischt zu werden. Ich weiß, dass es weder mit ihr noch mit dir zu tun hatte. Es war, als hätte sie ein Streichholz angezündet und an etwas gehalten, von dem ich nicht mal wusste, dass es brennbar ist. Das war das erste und einzige

Mal, dass ich auch nur ansatzweise in Versuchung war, dir untreu zu werden.«

Dana Sue wusste nicht, was sie dazu sagen sollte. Durch nichts davon fühlte sie sich besser. »Wenn du nicht weißt, warum es an dem Abend so anders war, wie kannst du dir dann sicher sein, dass es nie wieder passiert?«

»Weil ich in den letzten zwei Jahren gründlich zu schätzen gelernt habe, was wir hatten, statt es als selbstverständlich zu betrachten«, antwortete er geradeheraus. »Ich wusste praktisch von unserer ersten Begegnung an, dass du verrückt nach mir warst. Vermutlich dachte ich unterbewusst, du würdest mir alles verzeihen. Oder vielleicht wollte ich rausfinden, ob du's würdest.« Er zuckte mit den Schultern. »Ich weiß es einfach nicht. Ich weiß nur, dass ich nie wieder unsere Beziehung aufs Spiel setzen würde. Ich will unser Leben zurück, Dana Sue. Ich will *dich* zurück.«

Die Aufrichtigkeit hinter seinen Worten war echt. Sie glaubte ihm, dass er das wollte. Heute jedenfalls. Aber was war mit morgen und übermorgen? Wenn ihre Beziehung damals so fantastisch war und er sie trotzdem betrogen hatte, was würde dann erst passieren, wenn sie schlechte Zeiten durchmachten?

Andererseits drehte sich das ganze Leben darum, Risiken einzugehen, hielt sie sich vor Augen. Sie musste nicht gleich vom Zehnmeterbrett ins Ungewisse springen, nur ein kleines Risiko heute eingehen und ein weiteres kleines morgen, bis es zu etwas wurde, dem sie vertraute. Vielleicht wäre sie dazu in der Lage. Gegenüber Dr. McDaniels hatte sie vor kaum einer Stunde beteuert, dass sie es könnte. Wollte sie sich selbst als Lügnerin abstempeln?

Sie streckte die Hand aus. »Komm her«, sagte sie leise.

Ronnie rührte sich nicht von der Stelle und sah sie besorgt an.

»Sind wir fertig mit Reden?«

Sie lächelte. Vielleicht war er im Grunde doch genauso risikoscheu wie sie. »Du wirst es einfach drauf ankommen lassen müssen«, sagte sie, die Hand nach wie vor ausgestreckt. »Komm her und finde es heraus.«

Die Matratze sank ein, als er sich neben sie setzte und darauf achtete, etwas Platz zwischen ihnen zu lassen.

Sie hob die Hand, die er ignoriert hatte, an seine Wange, und spürte, wie sich rasant Hitze darin ausbreitete und wie darunter ein Kiefermuskel zuckte.

»Wenn du mich nicht sofort küsst, Ronnie Sullivan, explodiere ich«, stieß sie mit stockendem Atem hervor.

»Und ich hab Angst zu explodieren, wenn ich's tu. Vor allem, falls du's dir anders überlegst.«

»Das wird nicht passieren«, sagte sie voll Überzeugung. Jedenfalls nicht heute. Ihr wurde bewusst, dass sie ihm das Morgen ebenso wenig versprechen konnte wie er ihr. Und das war in Ordnung. Im Grund zählte für jeden Menschen nur der Augenblick.

»Ich liebe dich«, flüsterte sie.

Erleichterung färbte sein Lächeln. »Ich dich auch«, gab er zurück.

Dann senkte sich sein Mund auf ihren, seine Hände glitten unter ihre Bluse, und die gesamte Welt begann sich zu drehen.

Ronnie wurde daran erinnert, warum sich Dana Sue für immer in sein Herz gebrannt hatte. Keine Frau konnte im Bett selbstloser, leidenschaftlicher, ausgelassener sein. Sobald sie diesen Punkt erreichte, gab es bei ihr kein Halten mehr. Sie war ebenso begierig wie er, ihre Hände wanderten über seinen Körper, ihre Lippen neckten seine Haut.

In diesem Moment, als sie sich wieder zusammen im Bett befanden, zwar noch vollständig angezogen, aber dicht aneinandergeschmiegt, die Körper so perfekt aufeinander eingestimmt, dass es ihm den Atem verschlug, konnte sich Ronnie beim besten Willen nicht vorstellen, warum er je nach etwas anderem gesucht hatte. Nicht mal der Nervenkitzel des Unbekannten konnte dem auch nur annähernd das Wasser reichen.

Dana Sue schien zu zögern, als er nach den Knöpfen ihrer Bluse griff. Er zog eine Augenbraue hoch. »Sinneswandel?«

Sie schüttelte den Kopf, und er erkannte, dass die Röte in ihren Wangen diesmal von Verlegenheit herrührte, nicht von Leidenschaft. Es ging wieder um ihr Gewicht. Ronnie sah sie ihr deutlich an, die unterschwellige Angst, ihm könnte der Körper nicht gefallen, den sie mittlerweile hatte.

Er sah ihr tief in die Augen, als er die Hand erneut nach dem obersten Knopf ihrer Bluse ausstreckte. Diesmal strich er mit einem Finger über die nackte Haut an ihrem Hals und spürte, wie sich ihr Puls jäh beschleunigte. »Nur einen Knopf?«, schlug er vor.

»Du hörst nie mit nur einem auf«, gab sie etwas atemlos zurück.

Ronnie grinste. »Dann lass mich weitermachen«, erwiderte er. »Ich liebe *dich*, Dana Sue. Jeden Zentimeter von dir, jedes Kilo. Wenn ich ein dünnes, junges Ding wollte, wäre ich jetzt bei ihr statt hier bei dir.«

Trotzdem wischte sie seine Hände von ihrer Bluse. »Ich hätte nie zulassen dürfen, dass mein Gewicht so außer Kontrolle gerät«, sagte sie. »Vor allem, da ich weiß, dass es schlecht für meine Gesundheit ist.«

Ronnie schob die Hand unter ihr Kinn und zwang sie, ihn anzusehen. »Wenn du mit deinem Aussehen so unglücklich bist, kannst du was tun, um es zu ändern. Und ich stehe dabei voll hinter dir. Aber tu es nicht meinetwegen, Schatz. Ich liebe es, dich anzusehen. Ich liebe es, dich zu berühren und zu beobachten, wie du dich fallen lässt. Du warst ein sexy, begehrenswertes Mädchen, als ich dich kennengelernt habe. Du warst eine sexy, begehrenswerte Frau, als ich dich geheiratet habe. Und daran hat sich in den letzten zwanzig Jahren nichts geändert. *Gar nichts.*«

Aus ihren Augen sprach so viel Hoffnung, während sie ihm zuhörte, dass es Ronnie das Herz brach. »Wenn du mir nicht glaubst, was ich sage, dann lass es mich dir zeigen«, bat er.

Schließlich nickte sie, und als er diesmal langsam die Knöpfe ihrer Bluse öffnete und den Stoff zur Seite schob, erschauderte sie, versuchte aber nicht mehr, ihn aufzuhalten. Ronnie schien den Blick nicht von ihr lösen zu können. Seiner Meinung nach war ihr Körper höchstens noch üppiger und weiblicher als früher geworden. Er fuhr die Kurven mit den vernarbten, von der Arbeit rauen Fingern nach und spürte, wie er ihre Haut mit seiner Berührung in Brand setzte. Zarter Lavendelduft stieg ihm zu Kopf, so vertraut und berauschend wie das Gefühl ihrer Haut.

Sie trug einen schmucklosen weißen BH, unter dessen Material sich ihre Nippel bereits aufgerichtet hatten. Er stülpte den Mund über einen und hörte, wie Dana Sue lustvoll aufschrie. Dann stöhnte sie, als er sich dem anderen widmete. Sie protestierte nicht, als er den Verschluss vorne öffnete und den BH entfernte, damit er ihren vollen Brüsten noch mehr Aufmerksamkeit schenken konnte. Es hatte eine Zeit gegeben, da konnte sie allein davon kommen – durch seinen Mund, der ihre empfindsamen Brustwarzen liebkoste und reizte. Und auch nun wölbten sich ihre Hüften von der Matratze.

Er verlagerte das Gewicht, bis er sie ganz bedeckte. Ihre Bewegungen schürten seine Erregung, aber er wartete damit, nach dem Druckknopf ihrer Hose zu greifen. Er wartete, bis sie beinah darum bettelte, bevor er den Reißverschluss aufzog und hineinfasste, um ihre heiße, feuchte Mitte zu berühren. Als sie sich diesmal aufbäumte, spürte er, wie ein Orgasmus durch sie fegte, der ihn beinah selbst die Kontrolle verlieren ließ.

Grinsend begegnete er ihrem Blick. »Jetzt können wir uns Zeit nehmen und es richtig machen«, zog er sie auf, während er sie von Hose und Slip befreite. Anschließend liebkoste er genüsslich ihre vollen Hüften und Schenkel, um keinerlei Zweifel daran aufkommen zu lassen, dass er sie immer noch unheimlich begehrte und für alles hielt, was eine Frau sein sollte.

Erst danach stand er auf und entledigte sich der eigenen Kleidung. Im Handumdrehen kehrte er zu ihr zurück und sank mit einem Stoß in sie, der sich anfühlte, als würde er nach langer, langer Abwesenheit nach Hause kommen. Ronnie sah ihr in die Augen, als er sich langsam in Bewegung setzte. Er beobachtete, wie ihr Blick wieder sinnlich wurde, spürte, wie ihr Körper auf ihn reagierte, und wusste genau, wann sich ihr Höhepunkt anbahnte und was er tun musste, um ihn herbeizuführen. »Ich liebe dich«, sagte er zu ihr, als er fühlte, wie die Wellen eines weiteren Orgasmus sie durchströmten und seinen eigenen auslösten.

Und zum ersten Mal seit zwei Jahren verspürte Ronnie mit Dana Sue in den Armen einen inneren Frieden, als hätte sein Leben wieder einen Sinn.

Ronnie schlief noch, als Dana Sue aus dem Bett kroch und sich mit ruckartigen Bewegungen hastig anzog. Nun hatte sie es geschafft. Sie hatte endgültig den Verstand verloren und war mit ihrem Ex-Mann wieder ins Bett gestiegen. Noch dazu hellwach, stocknüchtern und mitten am Tag. Somit hatte sie nicht mal eine Ausrede, keine einzige.

So hätte dieser Versöhnungsversuch nicht ablaufen sollen. Sie hatte gedacht, sie würden eine Weile miteinander ausgehen, und er würde vielleicht Zeit mit Annie und ihr bei ihr zu Hause verbringen. Erst nach wochenlanger Überzeugung davon, dass er sich geändert hatte, wollte sie ihm endgültig ihr Vertrauen gewähren und ihn wieder in ihr Bett lassen.

Eine törichte Vorstellung, wie ihr im Nachhinein klar wurde. Dieser Nachmittag war von dem Moment an unvermeidlich gewesen, als er im Krankenhaus aufgetaucht war. Obwohl sie zwei vermeintlich reife Erwachsene waren, hatten sie sich nie dabei zurückhalten können, miteinander zu schlafen. Dana Sue war nur deshalb bis zum Abschluss der Highschool Jungfrau geblieben, weil Maddie und Helen sie bis dahin so gut wie nie mit Ronnie allein gelassen hatten. Denn beide wussten schon damals, dass Dana Sue in seiner Nähe keinerlei Willenskraft besaß. Und natürlich auch, weil Maddie ihm geflüstert hatte, dass er Dana Sue am sichersten damit behalten würde, ihr nie die Oberhand zu überlassen, wie ihr reumütig einfiel. Und er hatte seinen Teil dazu beigetragen, sie auf Abstand zu halten, zumindest bis zur Abschlussnacht, in der sie in eben dieses Motelzimmer gekommen waren.

Dana Sue schlich sich zur Tür hinaus, schloss sie leise hinter sich und rannte die Straße beinah hinunter, weil sie hoffte, so neugierigen Blicken zu entgehen.

Wie konnte sie nur so dumm sein? Sie hatte versprochen, Ronnie eine Chance zu geben, keine Einladung zurück in ihr Bett – oder genauer gesagt in seines.

Vielleicht verhielt sie sich lächerlich. Der Mann konnte immer noch dafür sorgen, dass sich alles in ihr zusammenzog – warum gestand sie es sich nicht einfach ein?

Und es *war* beruhigend gewesen – mehr als beruhigend sogar –, dass sich daran nichts geändert hatte, obwohl sie selbst sich nicht mehr sexy fühlte. Trotzdem hatte sie gehofft, sie würden sich diesen Schritt aufsparen, bis sie abgenommen hätte und straffer geworden wäre.

Instinktiv trat sie den Weg zum *Corner Spa* an. »Das ist, als würde man das Scheunentor schließen, nachdem die Kuh abgehauen ist«, brummelte sie, als sie an Maddies Büro vorbeimarschierte, um sich in ihre Trainingsklamotten zu werfen.

Diesmal steuerte sie statt des Laufbands die Kraftmaschinen an. Leider hatte sie nicht die geringste Ahnung, wie man sie richtig bediente. Wahrscheinlich würde sie sich die Muskeln eher zerren, als sie zu straffen, entschied sie.

Frustriert sah sie sich um, bis sie Elliott entdeckte, den einzigen Mann, der die Schwelle des ausschließlich Frauen vorbehaltenen Fitnessclubs überschreiten durfte. Als Personal Trainer mit Bauchmuskeln aus Stahl, dunklem Haar und schokoladenbraunen Augen arbeitete er individuell mit etlichen Mitgliedern des Fitnessclubs und bot eine wahre Augenweide für alle anderen. Bis zu jenem Moment hatte Dana Sue der letzteren Gruppe angehört.

Sie durchquerte den Kraftraum und wartete, bis er mit seiner aktuellen Kundin fertig wurde, einer Siebzigjährigen mit weißem Haar, die fünf Kilo schwere Gewichte stemmte, als wären es Federn. Elliott zwinkerte ihr zu, als sie die vorgegebenen Wiederholungen beendet hatte.

»Gute Arbeit, Hazel«, lobte er. »Wir sehen uns nächste Woche.«

Die gute Hazel drückte ihm einen Schmatz auf die Wange und strich dabei mit der Hand über seine harten Unterarmmuskeln. »Elliott, bei dir fühle ich mich wieder wie ein junges Mädchen«, meinte sie neckisch. »Ich schwöre, wenn ich vierzig Jahre jünger wäre, würde ich dir die Tür einrennen.«

Elliott lachte. »Und was würde dein Mann dazu sagen?«

»Ach, der alte Kauz«, sagte sie abschätzig. »Sein grauer Star ist so schlimm, dass er nicht mal sehen kann, was direkt vor seiner Nase passiert. Er würde gar nichts merken.« Sie drehte sich Dana Sue zu. »Pass auf den hier gut auf, Süße. Er ist eine wandelnde Versuchung.«

Dana Sue grinste sie an. Der einzige Mann, der sie in Versuchung führte, schlief gerade tief und fest in einem Motelzimmer. »Ich werd's mir merken«, versprach sie trotzdem.

Elliott richtete die Aufmerksamkeit auf sie. »Was gibt's, Dana Sue? Lässt du mich endlich mal mit dir arbeiten?«

Sie wusste, dass er sie nur aufziehen wollte, denn sie hatte noch jedes einzelne Mal abgelehnt, wenn er ihr kostenlose persönliche Trainingsbetreuung als Dank dafür angeboten hatte, dass der Fitnessclub ihn empfahl.

»Tatsächlich ja«, bestätigte sie und überraschte ihn damit sichtlich.

»Jetzt sofort?«, schlug er mit einem Eifer vor, der Dana Sue belustigte.

»Hast du Angst, dass ich's mir anders überlege, wenn wir warten?«, fragte sie.

»Würde mich nicht überraschen.«

»Tja, dann mal los«, sagte sie. »Vergiss nur nicht, dass ich keine nennenswerten Muskeln habe.«

»Deshalb brauchst du meine Hilfe ja«, erwiderte er. »Fangen wir mit freien Gewichten an. Probier ein paar verschiedene Hanteln aus und sag mir, was sich angenehm anfühlt.«

Automatisch griff Dana Sue nach einer Ein-Kilo-Hantel. »Oh nein, das kannst du vergessen«, rügte er sie. »Versuch es mit mindestens zwei Kilo. Du hast ja gesehen, dass Hazel gerade mit fünf gearbeitet hat. Willst du dich von einer Seniorin demütigen lassen?«

»Ich bin nicht stolz darauf«, brummelte Dana Sue, aber sie hob das von ihm vorgeschlagene Gewicht auf.

Dreißig Minuten später hatte sie beschlossen, dass sie Hazel und Elliott genauso sehr hasste wie Helen und Maddie. Sämtliche Muskeln schmerzten, sogar solche, von denen sie nicht mal gewusst hatte, dass es sie gab.

»Warum tun sich die Leute das an?«, fragte sie stöhnend, setzte sich auf eine Bank und wischte sich die Stirn mit einem Handtuch ab, das Elliott ihr reichte.

»Um in Form zu kommen und länger zu leben«, antwortete er. »Nächstes Mal wird es einfacher.«

»Vielleicht gibt's kein nächstes Mal«, erwiderte sie.

Er setzte sich aufs gegenüberliegende Ende der Bank. Unter seiner straffen Haut zeichneten sich pralle Muskeln ab. »Was hat dich heute hergeführt?«, fragte er. »Ich liege dir schon in den Ohren, seit ihr hier eröffnet habt, und du hast mich bisher jedes Mal abblitzen lassen.«

Sie dachte an die Scham zurück, die sie empfunden hatte, als Ronnie sie nackt gesehen hatte. Zwar hatte er nicht den leisesten Hauch von Abscheu gezeigt, aber sie hatte tief in sich Selbsthass verspürt. Nur durch Ronnies Zärtlichkeit und ihre grimmige Entschlossenheit, nicht zu flüchten, war sie in jenem Bett geblieben. Na schön, und auch durch das Verlangen, das in ihr gelodert hatte.

»Ich hab einfach entschieden, dass es an der Zeit ist«, sagte sie schließlich.

»Ich hab von dem Wettbewerb gehört, den du mit Maddie und Helen veranstaltest. Und ich weiß, dass regelmäßiges Training auf der Liste deiner Ziele steht. Maddie hat mich einen flüchtigen Blick darauf werfen lassen. Hast du beschlossen, dass du gewinnen willst?«

Dana Sue dachte an das Cabrio, auf das sie in dem Fall Anspruch hätte, und schüttelte den Kopf. »Eigentlich spielt das die geringste Rolle.«

»Ich verstehe.« Elliott bedachte sie mit einem wissenden Blick. »Ein neuer Mann in deinem Leben?«

»Der alte, wenn du's unbedingt wissen musst«, verriet sie, da sie wusste, dass sich die Neuigkeit ohnehin im Nu in der gesamten Stadt herumsprechen würde.

»Eine Motivation ist so gut wie die andere, solange du nicht aufgibst«, meinte er. »Besser wär's trotzdem, wenn du es für dich selbst tust, um gesünder und fitter zu werden.«

»Vielleicht konzentriere ich mich vorerst lieber auf Ronnie«, entgegnete sie rundheraus. »Denn wenn's gerade nur um mich ginge, würdest du mich nie wiedersehen.«

»Auch gut«, gab er unbekümmert zurück. »Dann eben Ronnie. Damit kann ich leben. Montag um dieselbe Zeit?«

Prompt kamen Dana Sue um die tausend Ausreden in den Sinn, doch sie drängte alle beiseite. »Sicher«, willigte sie freudlos ein. »Aber es ist doch in Ordnung, wenn ich dich hasse, oder?«

»Damit bist du nicht die Erste«, versicherte er ihr. »Du sollst nur wissen, dass ich für den Tag lebe, an dem sich diese Einstellung ändert. Und das wird sie, Dana Sue. Das wird sie.«

»Noch in diesem Leben?«, fragte sie zweifelnd.

»Gib der Sache zwei Monate«, ermutigte er sie. »Bis Weihnachten wirst du mich für das Beste halten, was dir seit Annies Geburt im Leben passiert ist. Und ich hab dich schon mit deiner Tochter gesehen. Ich weiß, wie unheimlich lieb du sie hast.«

»Im Moment muss ich dir sagen, dass die Schmerzen, die ich deinetwegen gerade leide, locker mit Wehen mithalten.«

»Zwei Monate«, wiederholte er. »Dann begleite ich dich persönlich zum Shoppen, um dir ein schickes neues Kleid auszusuchen.«

Dana Sue blieb zwar skeptisch, aber sie dachte noch einmal an die Wette, die sie mit Helen und Maddie abgeschlossen hatte. Wenn Elliott recht behielte, wäre das Cabrio vielleicht doch nicht so unerreichbar, wie sie gedacht hatte. Sie malte sich aus, wie ihr schlankes neues Ich mit offenem Verdeck und Ronnie an der Seite durch die Stadt brauste. Ja. Vielleicht konnte sie es doch schaffen.

Kapitel 21

Als es Annie wesentlich besser ging und sie nach sechs Wochen Pause wieder zur Schule gehen sollte, wurde die Küche im *Sullivan's* zu Dana Sues Zuflucht. Sie war froh, in eine vertraute Routine zurückzukehren, und verbrachte zunehmend mehr Zeit dort, wenn sie nicht gerade im Fitnessstudio mit Elliott arbeitete oder sich mit Helen und Maddie traf. Die drei Freundinnen setzten sich mindestens dreimal die Woche zu Kaffee oder Tee zusammen und tauschten sich über die Fortschritte auf dem Weg zu ihren Zielen aus. Manchmal brachte Maddie auch Jessica Lynn mit, wenn sie sich nicht überwinden konnte, das Baby bei einem Aufpasser zurückzulassen.

Mittlerweile kamen sie alle beim Erreichen ihrer Trainingsziele besser voran. Dana Sue hatte über zwei Kilo abgenommen, und Maddie hatte ihren Bauch gestrafft.

An diesem Morgen spät im Oktober lag das Hauptaugenmerk auf Helen. Sie hatte gerade verkündet, dass sie eine Mandantin in Charleston abgelehnt hatte, weil der Fall zu viel Zeit in Anspruch genommen hätte.

Maddie und Dana Sue starrten sie zunächst erstaunt an, bevor sie mit hohen Gläsern voll ungesüßtem, koffeinfreiem Eistee darauf anstießen.

»Gut gemacht, Helen!«, lobten sie sie im Chor.

»Wie hat es sich angefühlt, nein zu sagen?«, fragte Maddie.

»Ich hab davon Bauchschmerzen gekriegt«, gab Helen zu. »Was, wenn sich rumspricht, dass ich keine neuen Fälle annehme, und ich am Ende gar keine Mandanten mehr habe?«

»Was, wenn dein Ruf noch besser wird, weil du nur noch ausgewählte Mandanten annimmst?«, konterte Dana Sue. »Wer die Beste braucht, wird sich künftig darum reißen, dich zu kriegen. Du wirst ein Vermögen verlangen können.«

»Das mache ich jetzt schon.« Unwillkürlich krümmten sich Helens Mundwinkel zu einem verhaltenen Lächeln.

»Trotzdem ist das sehr, sehr gut«, meinte Maddie zu ihr. »Wir helfen dir und lassen uns zusammen genau den richtigen Marketingslogan dafür einfallen.«

Und bevor sich Dana Sue zu bequem darauf ausruhen konnte, nicht mehr im Blickpunkt zu stehen, wandte sich Maddie ihr zu. »Und du – wie viel hast du abgenommen?«

»Nichts mehr seit dem letzten Mal«, gestand Dana Sue. Dabei versuchte sie, sich nicht ihre Enttäuschung darüber anmerken zu lassen, dass sich die Waage standhaft weigerte, unter die etwa zweieinhalb Kilo zu sinken, die sie ziemlich schnell verloren hatte. »Aber ich merke sehr wohl, dass ich straffer werde. Elliott erinnert mich immer wieder daran, dass Muskeln mehr wiegen als Fett, und dass es nicht allein auf die Kilos, sondern auch auf die Zentimeter ankommt. Meine Kochjacken sitzen immer lockerer. Bald werden sie mir zu groß sein. Ich werd wohl mit Nähen anfangen müssen.«

»Kauf dir lieber neue, wenn du welche brauchst«, schlug Maddie vor. »Ich erinnere mich noch an das Desaster, das du in der Highschool mit dem Rock damals angerichtet hast. Von daher würde ich dir raten, Nadel und Faden nicht erneut in die Hand zu nehmen.«

Dana Sue lachte. »Mrs. Watkins hat gesagt, sie hätte noch nie einen schieferen Saum gesehen, und ich hab den Reißverschluss nie so hinbekommen, dass man ihn zuziehen konnte.«

»Genau das meine ich«, sagte Maddie. »Du brauchst professionelle Arbeitskleidung, um deine Gäste zu beeindrucken. Und übrigens siehst du toll aus! Ich könnte mir vorstellen, dass sich Ronnie über dein neues Selbst ziemlich freut.«

Dana Sue errötete. »Ihm scheine ich auch vorher gut gefallen zu haben.«

»Habt ihr schon darüber geredet, wie's mit euch beiden weitergeht?«, fragte Maddie, bevor sie wegschaute, weil Jessica Lynn in ihrer Babyschale wimmerte. Sie hob das Baby heraus und tätschelte der Kleinen den Rücken.

Dana Sue schüttelte den Kopf. »Es ist wie ein Zwölf-Schritte-Programm der Anonymen Alkoholiker im Rückwärtsgang. Wir nehmen einen Tag nach dem anderen, nur statt zu versuchen, *ohne* etwas auszukommen, versuchen wir eben, *miteinander* zu leben.«

Helen bedachte sie mit einem eindringlichen Blick. »Wenn es so gut läuft, warum versteckst du dich dann dauernd im *Sullivan's?*«

»Der Laden gehört mir. Ich verstecke mich dort nicht«, verteidigte sich Dana Sue sofort. »Ich hab mich schon viel zu lange zu sehr auf Erik und Karen verlassen. Da es Annie jetzt ein bisschen besser geht, muss ich wieder an die Arbeit. Außerdem scheint Karen ständig kleine Krisen mit ihren Kindern zu haben. So ist das nun mal, wenn man eine alleinerziehende Mutter in der Mannschaft hat, das ist mir klar. Aber allmählich bereitet mir ihr häufiges Fehlen trotzdem Kopfzerbrechen. Erik schafft nicht alles allein. Ich muss also wirklich dort sein.«

Helen schüttelte den Kopf. »Das kauf ich dir nicht ab. Ich glaube, du gehst Ronnie aus dem Weg. Nur verstehe ich nicht, warum.«

»Vielleicht geht ja er mir aus dem Weg«, gab Dana Sue kurz angebunden zurück.

»Warte mal.« Maddie schaute von der einen zur anderen. »Ich dachte, es läuft gut. Die ganze Stadt weiß, dass ihr wieder zusammen seid.« Kurz verstummte sie und zog eine Augenbraue hoch. »Na ja, außer Mary Vaughn vielleicht, aber sie neigt allgemein zu Wahnvorstellungen, wenn sie es auf einen Mann abgesehen hat. Solange Ronnie dein Ex ist und nicht dein Ehemann, wird sie ihn als Freiwild betrachten.«

Helen runzelte die Stirn. »Mann, muss für Dana Sue ja unheimlich beruhigend sein, das zu hören.«

»Tut mir leid«, sagte Maddie. »Aber wir alle wissen, wie Mary Vaughn vorgeht. Auch Ronnie. Ich kann mir nicht vorstellen, dass er darauf hereinfällt.« Sie wandte sich wieder an Dana Sue. »Außerdem waren Ronnie und du ein paar Wochen lang unzertrennlich. Was hat sich geändert?«

Dana Sue blinzelte unerwartete Tränen weg. »Ich hab keine Ahnung. Plötzlich dreht sich alles um sein neues Geschäft. Er ist jeden Tag stundenlang im Eisenwarenladen. Und da Annie wieder auf den Beinen ist, treibt sie sich viel dort herum und hilft ihm. Wenn er nicht gerade ausmalt, putzt und Großhandelskataloge durchblättert, läuft er mit Mary Vaughn herum.«

Maddie und Helen wechselten einen Blick.

»Wusste ich's doch, dass es darum geht«, sagte Maddie. »Du bist eifersüchtig. Du hast Angst, Mary Vaughn könnte die Krallen in Ronnie schlagen. Und statt dein Revier zu verteidigen, gehst du dem Kampf aus dem Weg. Warum lässt du ihn nicht einfach wieder bei dir einziehen?«

»Dafür ist es zu früh«, sagte Dana Sue. Dann seufzte sie. »Außerdem würde das nichts lösen. Jedes Mal, wenn ich die beiden die Köpfe zusammenstecken sehe, drehe ich durch. Wenn ich im *Sullivan's* in der Küche bin, bekomme ich nicht mit, was vor sich geht.«

»Und wie gut klappt das für dich?«, fragte Helen. »Bist du dadurch weniger eifersüchtig? Weniger verängstigt? Also, *wenn* zwischen den beiden irgendwas liefe, dann bestimmt nicht direkt vor deiner Nase, ist dir der Gedanke schon mal gekommen? Ronnie mag viel sein, aber dumm ist er nicht. Nach dem Vorfall vor zwei Jahren würde er dir doch niemals mit einer anderen Frau vor dem Gesicht herumwedeln. Ich mag nicht sein größter Fan sein, aber selbst ich muss zugeben, dass nichts dahintersteckt, zumindest aus seiner Sicht. Abgesehen davon, hast du grade selbst gesagt, dass Annie ständig dabei ist. Glaubst du echt, er würde eine heimliche Beziehung mit Mary Vaughn vor ihr zur Schau stellen?«

»Da könntest du recht haben«, räumte Dana Sue widerwillig ein.

»Vielleicht solltest du einfach rüber zum Eisenwarenladen gehen und fragen, wie du helfen kannst«, schlug Maddie vor. »Um dich in seinen Traum einzubringen.«

»Ich hab nicht die leiseste Ahnung von Hämmern, Schrauben und Toilettenreparatursets«, sagte sie.

»Das könntest du lernen«, erwiderte Maddie. »Ich bezweifle stark, dass Mary Vaughn beim Gedanken an

Werkzeug ganz warm ums Herz wird. Dafür ist sie offensichtlich umso schärfer auf deinen Ex-Mann.«

Helen warf ihr einen warnenden Blick zu. »Das ist nicht hilfreich«, sagte sie. »Sonst läuft Dana Sue gleich mit einem Tranchiermesser rüber.«

»Glaub mir, in Versuchung bin ich«, gab sie zu.

»Was hält dich davon ab, mal abgesehen vom Gesetz?«, fragte Helen.

»Wie du gesagt hast, hat Ronnie mir geschworen, dass Mary Vaughn ihm nicht das Geringste bedeutet und ihm lediglich hilft, Geschäftskontakte zu knüpfen. Ich bin vielleicht verunsichert, aber ich versuche aufrichtig, darauf zu vertrauen.«

»Vertrauen ist ja schön und gut, aber ich würde mich selbst davon überzeugen wollen«, warf Helen ein. »Ich würde ihnen rund um die Uhr folgen, wenn das nötig wäre, um mich zu vergewissern, dass die beiden wirklich rein geschäftlich zusammenarbeiten.«

Dana Sue schüttelte den Kopf. »Irgendwann muss ich anfangen, ihm zu vertrauen, sonst klappt das zwischen uns nie.«

Aber noch während sie die Worte aussprach, merkte sie, dass sie einfach noch nicht so weit war. Da sie sich keine Sekunde länger mit ihrer Unsicherheit auseinandersetzen wollte, wandte sie sich Maddie zu.

»Und wie fühlst du dich? Sieht so aus, als hättest du ein paar Kilo von den Schwangerschaftsrückständen verloren.«

Maddie zuckte mit den Schultern. »Es geht sehr langsam voran, aber ich versuche, mich davon nicht entmutigen zu lassen. Ich halte mir vor Augen, dass die noch nicht gepurzelten Kilos schon verschwinden werden, wenn ich erst einem aufgeweckten Kleinkind hinterherhetzen muss.« Sie hob Jessica Lynn in die Luft. »Und das ist das einzige Krafttraining, das ich mache. Stimmt's, meine Süße?«

Das Baby gluckste vergnügt.

»Ich hab immer gedacht, ich würde inzwischen auch ein paar Windelflitzern hinterherjagen«, gestand Helen mit überraschend wehmütiger Miene.

Dana Sue warf Maddie einen Blick zu, aus dem sprach: *Ich hab's dir ja gesagt.*

»Du hast noch nie darüber geredet, dass du Kinder willst«, merkte Maddie an. »Kein einziges Mal in all den Jahren, die wir dich schon kennen.«

»Was hätte das gebracht?«, argumentierte Helen. »Jeder weiß, dass ich mit meiner Karriere verheiratet bin. Jetzt ist es zu spät.«

»Es ist definitiv *nicht* zu spät, ein Baby zu bekommen, wenn du eines willst«, sagte Maddie sanft zu ihr. »Schau mich an.«

»Aber du hast einen Mann im Leben«, erwiderte Helen. »In meinem gibt's nur eine Mandantenliste.«

»Wenn du wirklich ein Baby willst, kannst du das verwirklichen«, beharrte Maddie. »Dafür gibt's mehrere Möglichkeiten. Du könntest einen willigen Partner finden, auf künstliche Befruchtung zurückgreifen oder adoptieren.«

Helen schüttelte den Kopf. »Ich wollte es eigentlich immer auf die altmodische Art. Nur irgendwie ist mir die Zeit davongelaufen.«

Das konnte Dana Sue nachempfinden. Sie legte die Hand auf die von Helen. »Gib noch nicht auf. Der Richtige könnte gleich um die Ecke warten. Bei dir ist die

Lage anders als bei mir. Ronnie und ich könnten kein weiteres Kind bekommen, selbst wenn wir es wollten. Es wäre zu gefährlich.«

»Wegen Diabetes«, sagte Maddie. »Daran hab ich gar nicht gedacht.«

»Das Risiko ist immer vorhanden gewesen«, gab Dana Sue zu. »Schon als ich Annie bekommen hab, war es nicht unbedenklich. Damals ist mein Blutzuckerspiegel in die Höhe geschnellt. Aber man dachte, es läge an der Schwangerschaft, und es wurde unter Kontrolle gebracht. Nur inzwischen ist es eine echte Bedrohung, und ich kann auf keinen Fall eine weitere Schwangerschaft riskieren. Und bei allem, was sich sonst noch tut – Ronnies neues Geschäft, das *Sullivan's*, Annie im Auge behalten –, wäre ein weiteres Baby sowieso nicht drin.«

Dana Sue war bis gerade eben gar nicht bewusst gewesen, wie sehr sie das bedauerte. Sie streckte die Arme aus. »Lass mich den süßen kleinen Wonneproppen mal halten.« Kaum hielt sie Jessica Lynn in den Armen, fühlte sie sich sechzehn Jahre in die Vergangenheit zurückversetzt. Es war, als wiegte sie wieder die kleine, frisch gebadete und gepuderte Annie. »Gott, was das für Erinnerungen wachruft.«

»Ich bin dran.« Eifrig streckte Helen die Arme nach der Kleinen aus. Jessica Lynn gluckste mit großen blauen Augen vergnügt zurück, dann schnappte sie sich eine Strähne von Helens Haar und zerrte daran. Geduldig löste Helen die kleine Faust davon.

»Das will ich haben«, flüsterte sie mit unverfälschten Emotionen im Gesicht. »Wieso ist mir nicht längst schon klar geworden, wie sehr?«

»Weil du dir jahrelang nicht gestattet hast, an irgendwas anderes als an deine Karriere zu denken«, sagte Maddie. »Und jetzt, wo du versuchst, ein wenig Gleichgewicht in dein Leben zu bringen, öffnest du dich für andere Möglichkeiten und erkennst es.«

Sie streckte sich und tätschelte Helens Hand. »Gib nicht auf. Viele Menschen schieben Träume aus jungen Jahren auf die lange Bank, wachen eines Tages auf und erkennen, dass es vielleicht zu spät dafür ist. Ich war am College und hab einen Abschluss in Betriebswirtschaft. Aber fast zwanzig Jahre lang war das nur ein Blatt Papier, weil ich die ganze Zeit Bills Karriere unterstützt und eine Familie großgezogen hab.« Maddie deutete um sie herum. »Jetzt bin ich dank euch beiden ein Teil hiervon. Ist zwar nicht dasselbe wie zu erkennen, dass man sich ein Baby wünscht, trotzdem kann ich nachvollziehen, wie es dir geht.«

Helen erwiderte ihren mitfühlenden Blick mit verletzter Miene. »Warum habt ihr nichts gesagt? Warum habt ihr mir nicht schon längst die Augen geöffnet?«

Dana Sue konnte kaum das zynische Lachen unterdrücken, das in ihr aufstieg. »Was hättest du getan, wenn wir's versucht hätten?«

»Was wir übrigens *haben*«, ergänzte Maddie. »Bei wie vielen Männern haben wir dazu angeregt, dass du sie ernster nehmen oder zumindest mehr als einmal mit ihnen ausgehen sollst?«

Helen sank auf dem Stuhl zurück. »Ich hab euch gesagt, ihr sollt euch raushalten, oder?«

»So ungefähr tausendmal«, bestätigte Maddie.

»Weißt du, manchmal kannst du ein bisschen stur sein«, kommentierte Dana Sue.

»Ein bisschen?«, sagte Maddie.

Helen sah sie beide mit einem schwachen Anflug von Hoffnung in den Augen an. »Meint ihr wirklich, es ist noch nicht zu spät?«

Maddie bedachte sie mit einem ironischen Blick. »Ich würde einfach nicht das nächste Jahr damit verbringen, eine Pro- und Contra-Analyse zu erstellen, wie du's normalerweise machst. Für welchen Ansatz du dich auch entscheidest, das Projekt muss an erster Stelle stehen. Mach einen Termin bei Doc Marshall.«

Helen schaute geradezu entsetzt drein. »Mit ihm kann ich nicht darüber reden. Er ist immer noch außer sich wegen meines Blutdrucks. Er würde sagen, es kommt nicht in Frage.«

»Wenn es wirklich ein Problem ist, wird dir jeder andere Arzt dasselbe sagen«, argumentierte Dana Sue vernünftig.

Helen spannte entschlossen die Kieferpartie an. »Ich wende mich an einen Spezialisten für Risikoschwangerschaften«, entschied sie und reichte Jessica Lynn zurück an Maddie. Dann zückte sie ihren Tagesplaner und kritzelte eine Notiz. »Das mache ich, sobald ich im Büro bin.«

»*Kennst* du denn einen Spezialisten für Risikoschwangerschaften?«, erkundigte sich Maddie taktvoll.

»Nein, aber ich kann einen finden. Falls du's noch nicht gehört hast, Recherchieren gehört zu meinen Spezialitäten.«

Dana Sue grinste Maddie an. »Bis zum Mittag kennt sie sämtliche Gynäkologen im Staat, die schon mal ein Verfahren wegen ärztlicher Kunstfehler hatten.«

»Und bis am Nachmittag hat sie die Referenzen für alle anderen«, fügte Maddie hinzu.

»Macht euch ruhig lustig«, brummelte Helen und trank einen letzten Schluck von ihrem Eistee. »Ich merke immer noch, dass er koffeinfrei ist«, sagte sie und verzog das Gesicht. Schließlich seufzte sie. »Erinnert mich morgen daran, komplett auf Koffein zu verzichten. Sogar auf die eine Tasse Kaffee am Morgen, die ich mir bisher genehmigt habe. Koffein ist wahrscheinlich nicht gut für ein Baby, oder?«

»Damit greifst du vielleicht ein bisschen zu weit vor«, meinte Dana Sue. Aber als Helen sie herausfordernd ansah, hob sie die Hand. »Kein Koffein mehr. Verstanden. Ist so oder so nicht gut für dich.«

Nachdem Helen wild entschlossen aus dem Spa gefegt war, wechselte Dana Sue einen Blick mit Maddie. »Glaubst du, es ist ihr wirklich ernst damit?«

»Ich glaube, sie hat heut Morgen die Paniktaste an ihrer biologischen Uhr gedrückt.« Maddie schaute besorgt drein. »Und so, wie ich Helen kenne, wird der Alarm jetzt immer wieder losgehen, bis sie das Problem zu ihrer Zufriedenheit gelöst hat.«

»Was erst der Fall ist, wenn sie ein quietschfideles Baby aus dem Krankenhaus mit nach Hause nimmt«, folgerte Dana Sue.

»Kommt mir auch so vor.«

»Vielleicht sollten wir sie daran erinnern, dass sie noch vor ein paar Wochen nur eine wilde Shoppingtour in Paris im Kopf hatte«, schlug Dana Sue vor.

»Also, ich finde, wir müssen einfach abwarten und sie unterstützen, ganz gleich, wofür sie sich entscheidet«, meinte Maddie. »Das hat sie für uns auch getan.«

Dana Sue nickte. »Da hast du schon recht, aber ich stelle mir dauernd einen Zweijährigen mit einer Aktentasche in einer Hand und einem Handy in der anderen vor.«

Das beunruhigende Bild brachte beide zum Lächeln.

Ronnie hatte vor zwei Wochen einen Termin mit Helen vereinbart. Er hatte so das Gefühl, dass er nie in ihrem Terminkalender gelandet wäre, wenn er direkt mit ihr gesprochen hätte. Aber ihre Sekretärin schien von den Spannungen zwischen ihnen nichts zu wissen.

Als er endlich in ihr Büro gelassen wurde, wusste er nicht recht, mit welcher Begrüßung er rechnete, aber sicherlich nicht mit dem fieberhaften, zerstreuten Ausdruck im Gesicht der Anwältin, als sie ihn zu einem Stuhl winkte.

»Ich muss nur eben diese Suche beenden«, murmelte sie. Ihr Blick kehrte sofort zum Computer auf ihrem Schreibtisch zurück.

Ronnie setzte sich hin und wartete. Und wartete.

»Äh, Helen, soll ich vielleicht lieber ein anderes Mal wiederkommen?«, fragte er, nachdem er fünfzehn Minuten lang nur das Tippen ihrer Finger auf der Tastatur gehört hatte.

Sie blinzelte und schaute überrascht zu ihm auf. »Ronnie? Was machst du denn hier?«

Auch damit hatte er nicht gerechnet. »Wir haben einen Termin, schon vergessen?«

Wieder blinzelte sie. »Warum? Ich bin Dana Sues Anwältin. Also kann ich dich nicht vertreten.«

»Auch nicht bei einer rein geschäftlichen Transaktion?«, fragte er.

»Warum solltest du dafür mich wollen?«, fragte sie. »Du bist nicht gerade mein Lieblingsmensch.«

»Ich würde sagen, das ist noch untertrieben, aber ich hab gehofft, das könnte sich allmählich ändern. Außerdem bist du die beste Anwältin weit und breit, und genau das brauche ich.«

Das Kompliment schien ihre Aufmerksamkeit zu erregen. »Na schön, schieß los. Ich sage nicht ja, nur, dass ich dir zuhöre. Du hast zehn Minuten. Um 15:30 Uhr hab ich den nächsten Termin.«

»Da du fünfzehn Minuten meines Termins am Computer vergeudet hast, macht's dir sicher nichts aus, wenn wir ein bisschen überziehen«, gab er zurück.

Zuerst sah sie ihn verblüfft an, dann grinste sie. »Du hast dich verändert. Bist härter geworden.«

»Ich sehe es eher als geschäftstüchtiger. Was gerade du zu schätzen wissen solltest.«

»Tu ich auch. Also gut, leg los.«

Er erklärte ihr seine Vereinbarung mit Butch Thompson, bevor er ihr eine Akte überreichte. »Das sind die Verträge, die sein Anwalt aufgesetzt hat. Ich vertraue Butch zwar bedingungslos, trotzdem bin ich schlau genug, nichts zu unterschreiben, bevor es jemand geprüft hat, der meine Interessen vertritt.«

»Völlig richtig«, sagte sie.

»Und damit du's weißt, das ist keine einmalige Sache. Wenn alles so läuft, wie ich es mir erhoffe, müssen demnächst Verträge mit Bauunternehmen überall in der Region aufgesetzt werden. Das hätte ich gern auch von dir abgewickelt.«

Helen nickte und wandte die Aufmerksamkeit dem Vertrag zu. Während sie las, kritzelte sie Notizen. »Ist ein fairer Deal«, verkündete sie schließlich. »Oberflächlich zumindest. Ich würde das gern heut Abend noch mal genauer durchgehen. Kann ich dir den Vertrag morgen zum Eisenwarenladen bringen? Ich würde mir ohnehin gern ansehen, was du daraus machst.«

»Klar«, erwiderte er und war erleichtert, dass sie ihn nicht abblitzen ließ. »Nur so nebenbei, darf ich fragen, was du gemacht hast, als ich reingekommen bin? Du warst ja total vertieft in deine Internetsuche. Großer Fall?«

Zu seiner Verblüffung stieg ihr Röte in die Wangen. Die allzeit selbstbewusste, oft geradezu arrogante Helen wirkte tatsächlich verlegen. Versuchte sie sich etwa an Online-Dating?

»Nur ein persönliches Projekt«, gestand sie, wodurch die Vermutung mit Online-Dating umso wahrscheinlicher wurde, so unerwartet es sein mochte.

»Okay«, sagte er nur und bohrte nicht nach. Allerdings fragte er sich schon, ob Dana Sue darüber Bescheid wusste, was Helen vorhatte.

Als hätte sie seine Gedanken gelesen, warf sie ihm einen strengen Blick zu. »Versuch ja nicht, es aus Dana Sue rauszukriegen. Es ist was Persönliches.«

»Verstanden«, gab er grinsend zurück. »Was immer es ist, es hat ein echtes Funkeln in deine Augen gezaubert. Ich hoffe, es klappt.«

Überrascht musterte sie ihn. »Das klingst ja fast, als ob du's ernst meinst.«

»Tu ich auch. Warum denn nicht?«

»Ich war hart zu dir während der Scheidung und seit du wieder in der Stadt bist«, räumte sie ein.

»Du hast Dana Sue beschützt«, erwiderte er. »Das kann ich respektieren. Und im Übrigen hab ich nicht vor, ihr je wieder wehzutun.«

Helen lehnte sich zurück und sah ihn eingehend an, bevor sie fragte: »Na schön, mal angenommen, ich gebe dir einen Vertrauensvorschuss. Wie passt Mary Vaughn ins Bild?«

»Gar nicht«, antwortete er, ohne zu zögern.

»Wirklich? Wie ich höre, verbringt sie viel Zeit im Eisenwarenladen.«

»Sie hat freiwillig angeboten, mir zu helfen. Und wenn ich noch vor Weihnachten eröffnen will, kann ich jede Hilfe brauchen, die ich kriegen kann. Hätte ich sie abweisen sollen?«

»Das kommt drauf an, wie ernst es dir damit ist, Dana Sue nie wieder wehzutun. Willst du einen kleinen Rat? Wenn Mary Vaughn wirklich kein Thema ist, solltest du dir vielleicht ein bisschen mehr Mühe geben, es Dana Sue merken zu lassen«, sagte Helen. »Und Mary Vaughn auch. Sonst fürchte ich, dass ich deine Ex-Frau demnächst gegen eine Klage wegen Körperverletzung verteidigen muss.«

»Wirklich?«, fragte er verblüfft. »So eifersüchtig ist sie?«

»Das hast du nicht von mir gehört«, warnte Helen. »Und an deiner Stelle würde ich den selbstgefälligen Gesichtsausdruck verschwinden lassen, bevor du was zu ihr sagst.«

»Ist vermerkt«, versicherte er ihr. »Ich kümmere mich heute Abend darum.«

»Wahrscheinlich wirst du es mehrmals wiederholen müssen. Immerhin reden wir hier von Dana Sue.«

Ronnie lachte. »Von jetzt an bis zum Jüngsten Tag, wenn's nötig ist.«

Helen lächelte tatsächlich. »Irgendwas stimmt wohl nicht mit mir«, sagte sie. »Ich fange tatsächlich an, dich zu mögen, Ronnie Sullivan.«

»Dito, Helen Decatur.«

»Wir sehen uns morgen«, versprach sie. »Sag meiner Sekretärin, sie soll den nächsten Mandanten reinschicken. Sonst sitze ich wieder bis Mitternacht hier, und ich hab geschworen, das nicht mehr zu tun.«

»Und wer kontrolliert dich dabei?«, fragte er neugierig.

»Zum einen deine Ex-Frau. Zum anderen Maddie.«

»Lass dir was von einem Mann gesagt sein, der selbst das eine oder andere über Schwüre gelernt hat«, sagte er. »Sie funktionieren besser, wenn du anfängst, dir selbst die Daumenschrauben anzulegen.«

Annie kam sich wie eine Idiotin vor. Heute ging sie wieder zur Schule, und ihre Mutter stellte sich an, als würde sie eine Reise zum Mars antreten.

»Mama, es ist doch nicht mein erster Tag im Kindergarten«, protestierte sie. »Ich war schon in der Schule. Ich kenne die Kids. Ich kenne die Lehrer. Ich hab meine Hausaufgaben nachgemacht. Also chill mal, okay?«

»Es ist schon ein großer Tag«, beharrte ihre Mutter. »Du bist sechs Wochen nicht mehr dort gewesen.«

»Die Sommerferien sind länger, und du führst dich nicht so auf, wenn die Schule im September wieder anfängt.«

»Das ist was anderes«, ließ ihre Mutter nicht locker.

»Alle Ärzte sagen, dass ich bereit bin«, führte Annie gereizt an. »Sogar Dr. McDaniels. Und du weißt genau, dass sie mir nichts durchgehen lässt. Du bist die Einzige, die nicht bereit dafür ist.«

»Dein Vater ist auch ein bisschen nervös«, entgegnete ihre Mutter. »Er wird jeden Moment hier sein.«

Annie sah sie bestürzt an. »Und was dann? Wollt ihr mich an den Händen in die Schule begleiten?«

Ihre Mutter grinste. »Komm mir lieber nicht trotzig, sonst entscheiden wir womöglich, das wäre eine tolle Idee.«

»Mama!«

»Wir dachten uns nur, es wäre nett, zusammen als Familie zu frühstücken, bevor du gehst.«

Annie spürte, wie sich ihr Magen zusammenkrampfte. »Du musst nicht überwachen, ob ich genug esse«, sagte sie verärgert. »Das haben wir so was von hinter uns.«

»Hier geht's nicht um deine Magersucht. Es geht darum, dass wir drei an einem wichtigen Tag zusammen sind«, antwortete ihre Mutter. »Du weißt, dass wir so was immer zelebriert haben.«

Annie musterte sie misstrauisch. »Und das ist wirklich alles?«

»Ich schwör's.« Sie zeichnete ein Kreuz über ihr Herz. »Übrigens siehst du toll aus. Das Blau steht dir hervorragend. Passt zu deinen Augen.«

»Findest du nicht, dass es zu eng ist?«, fragte Annie besorgt. »Ich habe ein bisschen zugenommen, seit ich's gekauft habe.«

»Nein, es passt jetzt perfekt. Sehr vorteilhaft.«

Annie drehte sich vor dem Ganzkörperspiegel an der Rückseite ihrer Schlafzimmertür, was sie noch vor wenigen Monaten um keinen Preis getan hätte. Sie verspürte einen kurzen Anflug von Unsicherheit, ein schwaches Aufflackern der alten Angst, zu dick zu sein. Aber dann sah sie genauer hin, betrachtete sich richtig – so, wie Ty ihr im Krankenhaus den Spiegel vorgehalten hatte. Es stand außer Frage, dass sie deutlich gesünder aussah. Sie mochte immer noch ein wenig dünn wirken, aber sie hatte mehr Farbe im Gesicht. Und seit ihre Mutter ihr in einem von Helen empfohlenen Frisiersalon in Charleston eine Rundumbehandlung bezahlt hatte, sah ihr Haar glänzender und seidiger aus. Sie waren zu dritt hingefahren. Ihre Mutter hatte sich sogar selbst ein paar Strähnchen machen lassen. Damit sah sie jünger aus.

Impulsiv drehte sich Annie um und drückte ihre Mutter innig. »Ich weiß, ich werd zornig, wenn Papa und du mir auf die Pelle rückt, aber hört nicht damit auf, okay?«

»Wir werden nie aufhören, auf dich aufzupassen«, versprach ihre Mutter und erwiderte die Umarmung.

Annie trat zurück und musterte sie voll Interesse. »Du hast abgenommen.«

»Mehr an Zentimetern als an Gewicht«, stellte ihre Mutter richtig, dann hob sie den Arm und spannte den Bizeps an. »Schau, ein echter Muskel.«

Annie lachte. »Hammer. Trainierst du im Spa?«

»Jeden Tag außer Sonntag«, gestand ihre Mutter. »Drei Tage auf dem Laufband, die anderen drei mit Gewichten. Elliott nimmt mich hart ran.«

»Der Personal Trainer?«

»Ja.«

»Oha!«, entfuhr es Annie. »Hat Papa den Mann schon gesehen?«

Ihre Mutter wirkte verwirrt über die Frage. »Nein, wieso?«

»Weil er echt heiß ist. Ich weiß nicht recht, ob Papa wollen würde, dass du mit ihm abhängst.«

»Das hat dein Vater nicht zu entscheiden«, entgegnete ihre Mutter.

Annie ließ es sich noch einmal durch den Kopf gehen. »Weißt du, könnte auch gut so sein. Falls Papa mal zufällig einen Blick auf Elliott erhascht, gibt er vielleicht endlich Gas und fragt dich, ob du ihn wieder heiraten willst.«

»Langsam«, protestierte ihre Mutter. »Dein Papa und ich sind noch nicht annähernd so weit, darüber zu reden, ob wir wieder heiraten.«

»Solltet ihr aber sein«, verkündete Annie. »Jeder weiß, dass ihr zusammengehört. Ihr verschwendet nur Zeit.«

»Wir sind vorsichtig«, konterte ihre Mutter. »Wäre vielleicht gut gewesen, wenn wir es schon damals langsamer angegangen wären.«

»Aber dann hättet ihr vielleicht mich nicht. Oder ich wäre jetzt zwölf oder so.«

»Stimmt«, räumte ihre Mutter ein. »Am Ende hat sich alles genau so entwickelt, wie es sollte. Und«, fügte sie mit Betonung hinzu, »das wird es auch diesmal.«

»Ich finde immer noch, du solltest dafür sorgen, dass Papa mal Elliott zu Gesicht bekommt«, meinte Annie. »Könnte die Sache beschleunigen.«

Da ihre Mutter so zögerlich wirkte, kam ihr der Gedanke, dass vielleicht *sie* etwas tun könnte, um Bewegung in die Sache zu bringen. Wenn Leute so alt wurden wie ihre Eltern, hatten sie keine Zeit zu verlieren.

Kapitel 22

Alle Gedanken daran, ihre Eltern zu verkuppeln, ver-
flüchtigten sich in dem Moment, als Annie die Schule
betrat. Irgendwie fühlte sie sich tatsächlich wie am ersten
Tag im Kindergarten. Und sie wünschte fast, ihre Eltern
hätten doch darauf bestanden, sie zu begleiten. Alles
wirkte irgendwie surreal und ungewohnt, als wäre sie von
diesen Leuten noch nie jemandem begegnet oder noch
nie im Unterricht gewesen. Sogar die Gerüche kamen ihr
anders vor, obwohl nach wie vor Bohnerwachs und Krei-
destaub die Luft beherrschten.

Schlimmer noch, sie hatte das Gefühl, dass alle sie an-
starrten und tuschelten. Tatsächlich *wusste* sie es durch
das Schweigen, das sie im Vorbeigehen begleitete. Sie
sagte sich, es wäre egal, weil die Kids, die sie kannten und
denen etwas an ihr lag, ihre Unterstützung bereits bekundet hatten. Die anderen konnten es kaum erwarten, sich
über etwas Neues das Maul zu zerreißen – das Mädchen,
das vor lauter Hungern fast gestorben wäre. An diesem
Tag wurde eben sie zur großen Neuigkeit – die beängsti-
gender als die meisten anderen waren, denn es hätte auch
jedem anderen Mädchen passieren können. Obwohl sie
das alles verstand, geriet sie schwer in Versuchung, die
Flucht zu ergreifen, um den Blicken zu entkommen.
Kaum hatte sie mit dem Gedanken gespielt, es in die Tat
umzusetzen, tauchten Sarah und Raylene neben ihr auf.

»Bist du auf den Geschichtstest vorbereitet?«, fragte Sarah, als wäre es ein Tag wie jeder andere, nicht der erste seit sechs Wochen, an dem Annie wieder in den Unterricht kam.

»Ich nicht«, antwortete Raylene und stöhnte. »Ich hasse Geschichte. Wer kann sich schon all diese Daten merken? Und warum soll das überhaupt wichtig sein?«

Annie sah Sarah grinsend an, und zusammen zitierten sie den Lieblingsspruch des Lehrers: »Wer die Geschichte nicht versteht, ist dazu verdammt, sie zu wiederholen.«

Raylene verdrehte nur die Augen. »Als ob ich je in einer Position sein werde, jemandem den Krieg zu erklären.«

»Du könntest irgendwann im Kongress sitzen«, meinte Annie. »Klug genug dafür bist du.«

»Oh, bitte«, sagte Raylene abfällig, warf die Haare zurück und grinste dann. »Natürlich könnte ich mal mit einem Kongressabgeordneten *verheiratet* sein.«

»Du hast die gesamte Frauenbewegung gerade um zwanzig Jahre zurückgeworfen.« Sarah stöhnte. »Hast du denn selbst gar keine Ambitionen?«

»Gut zu heiraten«, betonte Raylene. »Frag meine Mutter. Nur das zählt. Deshalb muss ich auch bei dieser blöden Debütantinnensache mitmachen.« Sie steckte sich einen Finger in den Mund. »Würg.«

Annie sah sie überrascht an. »Du gehst zu einem Ball und so was alles?«

»Hat man mir gesagt. Meine Großeltern in Charleston arrangieren alles. Ich muss sogar Benimmunterricht nehmen, was auch immer das sein soll.«

Sarah kicherte. »Haben sie eigentlich eine Ahnung, was für eine Herausforderung es sein wird, dich in eine Dame zu verwandeln?«

Raylene warf ihr einen mürrischen Blick zu. »Ach, Klappe.«

»Könnte lustig werden«, meinte Annie nachdenklich. »Ich würd's machen, wenn ich die Chance hätte.«

»Auf keinen Fall«, sagte Sarah.

Raylene grinste. »Nur weil sie dann Gelegenheit hätte, Ty zu einem schicken Ball einzuladen.«

Sarah nickte. »Also, das glaub ich schon eher.«

Annie grinste die beiden an. »Jetzt könnt *ihr* mal die Klappe halten«, sagte sie und fühlte sich plötzlich wieder wie eine normale Jugendliche.

»Ich wünschte, wir könnten's gemeinsam machen«, meinte Raylene wehmütig. »Dann könnte ich es vielleicht überstehen, ohne kotzen zu müssen.«

Sarah grinste sie an. »Ich könnte mir vorstellen, dass man dir gleich als Erstes eintrichtert, nicht in der Öffentlichkeit übers Kotzen zu reden.«

»Immer noch besser, als es in der Öffentlichkeit *zu tun*«, konterte Raylene. »Kommt jetzt, gehen wir besser in den Unterricht. Mr. Grainger zieht uns Punkte ab, wenn wir zu spät kommen. Und ich brauch alle Punkte, die ich für den Test zusammenkratzen kann.«

Beide Mädchen hängten sich bei Annie ein, als sie zusammen den Flur hinuntereilten. Annie fand es dadurch tausendfach leichter, die Klasse zu betreten, und sie verspürte Dankbarkeit für ihre Freundinnen.

»Willkommen zurück«, sagte Mr. Grainger, als Annie ihren Platz einnahm.

Damit hatte es sich. Danach teilte er die Tests aus, und Annie war offiziell zurück in der Schule. Zwar sollte sie während des restlichen Tags durchaus noch starrende Blicke und Getuschel wahrnehmen, doch das Schlimmste lag hinter ihr. Als Höhepunkt sollte sie zudem beim Mittagessen Ty über den Weg laufen. Und ihr Vater war für immer zurück in der Stadt. Das Leben war besser, als sie es sich noch vor ein paar Monaten hätte vorstellen können.

Dana Sue starrte Ronnie über den Küchentisch an. »Was meinst du, wie's ihr in der Schule geht?«, fragte sie zum bestimmt zehnten Mal.

»Wahrscheinlich viel besser als noch vor einer Stunde. Da hast du ja wie eine Glucke an ihr geklebt«, erwiderte er.

»Natürlich hab ich das«, gab sie aufgebracht zurück. »Versuch nicht, mir einzureden, du hättest sie nicht lieber hier behalten, wo wir ein Auge auf sie haben könnten.«

»Das hab ich nie geleugnet«, sagte er. »Aber da sie jetzt weg ist, könnten wir die Zeit nutzen, um etwas für uns zu tun.«

Sie bedachte ihn mit einem verkniffenen Blick. »Zum Beispiel?«, fragte sie argwöhnisch. »Wenn du um neun Uhr morgens an Sex denkst, kann irgendwas mit dir nicht stimmen.«

»Ich denke immer an Sex, wenn ich dich sehe«, erwiderte er. »Spielt keine Rolle, wie spät es ist. Aber eigentlich dachte ich mir eher, wir könnten in den Laden gehen, und du könntest Farbe für die Fensterumrandungen hier aussuchen.«

Mit ausdrucksloser Miene und unterschwellig enttäuscht, starrte sie ihn an. Trotz ihres Kommentars lauerten Gedanken an Erotik auch bei ihr in letzter Zeit immer dicht unter der Oberfläche. »Für dieses Haus? Du willst die Fensterumrandungen an diesem Haus streichen?«

»Sie haben's nötig, falls es dir nicht aufgefallen ist.«

»Aber das ist nicht deine Aufgabe«, sagte sie. »Ich bin bloß noch nicht dazu gekommen, jemanden damit zu beauftragen.«

»Warum einen Maler engagieren, wenn ich hier bin und es gern mache? Noch dazu hab ich einen Eisenwarenladen, über den ich die Farbe zum Großhandelspreis bekomme.«

»Da steckt zu viel Logik dafür drin, dass es von dir kommt«, sagte sie. »Das macht mich nervös.«

»Mein Angebot, das Haus zu streichen, macht dich nervös? Warum?«

»Weil mir irgendein Gefühl sagt, dass du damit wie ein Klinkenputzer den Fuß in die Tür zwängen willst. Als Nächstes kommt dann wohl, dass auch das Schlafzimmer gestrichen werden müsste, und gleich danach willst du die Matratze testen.«

Ronnie lachte. »Seit ich zurück bin, hast du mich nicht mal in die Nähe unseres Schlafzimmers gelassen. Ich hab keine Ahnung, ob es gestrichen werden muss oder nicht.«

»Muss es, aber nicht von dir«, erwiderte Dana Sue stur. »Irgendwann komme ich schon dazu.«

»Irgendwann ist vielleicht früh genug fürs Schlafzimmer, aber nicht für außen. Hör auf, dich wegen ein paar Dosen Farbe so anzustellen, und komm mit, um dir welche auszusuchen.«

»Du bist fest entschlossen, was?«

»Ja, bin ich«, bestätigte er ernst. »Sehr fest entschlossen.«

»Du könntest sie auch selbst aussuchen«, schlug sie vor.

»Und deine Wut riskieren, falls ich die falsche nehme?

Lieber nicht«, konterte er. »Außerdem solltest du vielleicht darüber nachdenken. Sei mutig. Lass sie mich knallrosa oder so streichen.«

Obwohl sie nach wie vor keine große Lust auf das Projekt verspürte, stellte sich eine Erinnerung an das erste Mal ein, als Ronnie und sie Seite an Seite am Haus gearbeitet hatten. Unwillkürlich musste sie lächeln. »Ich meine, mich zu erinnern, dass wir selbst bei unserem ersten Versuch, die Fensterumrandungen zu streichen, mehr Farbe abbekommen haben als das Haus.«

»Deshalb streiche ich diesmal auch allein«, zog er sie auf. »Du warst in deinen süßen knappen Shorts und dem Tanktop entschieden zu ablenkend.«

Dana Sue verdrehte die Augen. »Na schön, du kannst sie streichen. Aber knallrosa ist vielleicht doch ein bisschen übertrieben.«

»Ah, du bist noch in deiner spießigen, traditionellen Phase«, merkte Ronnie an. »Eigentlich dachte ich, du wärst darüber hinaus, unser Haus wie jedes andere im Block aussehen zu lassen.«

»Ich bin nicht spießig«, behauptete Dana Sue.

»Oh bitte, wen willst du denn veralbern? Annie musste erst auf Knien rutschen, bevor du zugestimmt hast, die Fensterläden hellblau statt schwarz zu streichen.«

Dana Sue runzelte die Stirn. »Daran kann ich mich nicht erinnern.«

»Dann hast du es bequem aus dem Gedächtnis gestrichen«, sagte er. »Komm schon, Süße, im Laden hab ich eine ganze Farbpalette, die nur auf dich wartet. Außerdem hast du dir noch gar nicht die Veränderungen angesehen, die ich vorgenommen habe. Ich will wissen, was du davon hältst.«

Ein unterschwelliger Anflug von Kränkung in seiner Stimme überraschte sie. »Wirklich? Das ist das erste Mal, dass du mich einlädst.«

»Was bin ich für ein Trottel«, erwiderte er. »Ich dachte doch tatsächlich, du wärst vielleicht interessiert genug, um mit Annie mal vorbeizuschauen.«

»Vielleicht sollten wir beide damit aufhören, Dinge vorauszusetzen, und einfach aussprechen, was wir wollen«, sagte sie.

»Dann will ich, dass du aufhörst herumzutrödeln und endlich mitkommst.«

Sie grinste. »Na schön, dann gehen wir uns eben Farbe ansehen. Und nur, damit du beruhigt bist, ich werde mich sehr zusammenreißen, dir nicht dabei reinzureden, wie du die Auslagen anordnen solltest, sobald ich sie gesehen habe.«

»Gott sei Dank«, sagte er übertrieben erleichtert. »Dazu hat mir schon Helen ihre Meinung angeboten. Sie hätte den ganzen Laden zerlegt und umgestaltet, wenn Annie sie nicht zur Tür hinausgescheucht hätte.«

»Helen hat den Laden schon gesehen?«, fragte Dana Sue überrascht.

»Sie hat mir neulich ein paar Unterlagen vorbeigebracht«, sagte er. »Hab ich nicht erwähnt, dass sie sich um den juristischen Kram für die Firma kümmert?«

Dana Sue runzelte die Stirn. »Hast du nicht, und sie auch nicht.«

»Du hast doch nichts dagegen, oder?«

»Nein, warum sollte ich?«

»Du klingst ein bisschen irritiert«, sagte er.

»Weil ihr es beide nicht für nötig gehalten habt, mir davon zu erzählen«, erklärte sie. »Hat Maddie auch irgendwie die Hand im Spiel? Denkst du vielleicht dran, sie als Geschäftsführerin einzustellen?«

Ronnie bückte sich und küsste sie leidenschaftlich. »Maddie wäre zwar als Geschäftsführerin spitze, aber ich kann sie mir nicht leisten. Hör auf, dich zurückgesetzt zu fühlen. Du bist die Einzige mit einer persönlichen Einladung zur Besichtigung vor der Eröffnung. Und die Einzige, für die der Besitzer höchstpersönlich ein Haus streicht.«

»Ist wohl auch was wert, denke ich.«

»Ziemlich viel sogar, wenn man bedenkt, was die Arbeit nach üblichen Tarifen kosten würde«, stichelte Ronnie. Er hielt die Küchentür auf und wartete ungeduldig, während Dana Sue nach ihrer Handtasche suchte. Schließlich folgte sie ihm nach draußen. »Leg einen Zahn zu, Süße. Wenn wir uns nicht beeilen, bleibt mir keine Gelegenheit mehr, das Angebot umzusetzen. Ich hab jetzt schon fast keine Zeit mehr für mich, und wenn ich erst eröffnet habe, wird's eine Zeit lang noch stressiger.«

»Verstehe«, sagte sie knapp, etwas niedergeschlagen von der Neuigkeit und davon, dass ihn kein bisschen zu enttäuschen schien, wie wenig Zeit für sie beide bleiben würde.

Er sah sie an, nachdem er sich hinters Steuer seines Pick-ups gesetzt hatte. »Schau nicht so zerknirscht drein, Dana Sue. Annie und du werden für mich trotzdem höchste Priorität haben.«

»Bist du dir sicher?«, fragte sie zweifelnd.

»Ach stimmt, ich hatte ja vor, mich mit Mary Vaughn für ein paar Wochen nach Myrtle Beach davonzustehlen«, sagte er.

Dana Sue schaute noch finsterer drein. »Du bist so was von nicht witzig.«

»Und du hast so was von gar nichts zu befürchten«, konterte er. »Ich ... liebe ... dich. Nur dich, okay?«

Schließlich entspannte sie sich ein wenig. »Okay«, sagte sie kleinlaut. »Falls sich das ändert ...«

»Wird es nicht«, schnitt er ihr das Wort ab. »Niemals.«

Impulsiv fasste er über die Mittelkonsole und verflocht die Finger mit ihren. Etwas von seiner Stärke und Überzeugung schien auf sie überzugehen.

»Weißt du«, begann sie und zeichnete einen langsamen, betörenden Kreis in die Mitte seiner Handfläche. »Die Farbe wird in einer Stunde auch noch da sein, oder?«

Er warf ihr einen verdutzten Blick zu. »Du willst ...«

»Oh ja«, fiel sie ihm ins Wort.

Ronnie fegte mit seinem Pick-up so schnell um die Kurve zum Serenity Inn, dass Dana Sue um ein Haar vom Sitz geschleudert worden wäre.

»Das fasse ich als Zustimmung auf.« Sie grinste, als er vor seinem Zimmer zum Stehen kam.

Ein Tag, der voll Sorgen und Ungewissheit begonnen hatte, wendete sich soeben zum Besseren.

Wie von Ronnie prophezeit, war er so damit beschäftigt, zugleich Annie im Auge zu behalten und sein Geschäft auf die Beine zu stellen, dass er Dana Sue in den ersten beiden Novemberwochen kaum über den Weg lief. Wenn sie sich trafen, zwang er sich, nicht mehr zu tun, als sie um den Verstand zu küssen und weiterzugehen. Die Küsse dienten als Erinnerung an alles Gute zwischen ihnen. Vermutlich würde er erst den Laden eröffnen und zum Laufen bringen müssen, um ihr endgültig zu beweisen, dass er nie wieder weggehen würde. Ihre Beziehung mochte wieder deutlich heißer geworden sein, doch er war klug genug, um zu wissen, dass leidenschaftlicher Sex allein nicht reichen würde, damit sie ihn dauerhaft zurück in ihr Leben ließ.

Irgendwie musste er sie davon überzeugen, dass er alles, was er brauchte, hier in Serenity hatte: eine Karriere, die ihn begeisterte, eine Tochter, nach der er verrückt war, und die einzige Frau, die er je mit jeder Faser seines Wesens begehrt hatte. Und diese Frau war ganz sicher *nicht* Mary Vaughn.

Indem er praktisch rund um die Uhr selbst arbeitete und viel Hilfe von Annie bekam – und von der allgegenwärtigen Mary Vaughn, die sich von seinen eindeutigen Hinweisen nicht entmutigen ließ –, lag er sogar vor dem Zeitplan. Daher konnte er den Laden am Samstag eröffnen, fast eine ganze Woche vor Thanksgiving statt, wie ursprünglich geplant, erst kurz vor Weihnachten. Vielleicht könnte er sich nach diesem Wochenende ernsthaft Dana Sues Rückeroberung widmen.

»Papa, wann fragst du Mama, ob sie dich wieder heiraten will?«, streute Annie beiläufig ein, während sie Kreppluftschlangen aufhängte, die sie für die große Eröffnung unbedingt anbringen wollte.

»Vielleicht hab ich mir ja gedacht, ich warte, bis sie mich fragt«, neckte er sie.

»Bist du verrückt?« Annie bedachte ihn mit einem durch und durch ablehnenden Gesichtsausdruck. »Kennst du sie denn gar nicht? Das wird sie nie tun. Es ist nicht romantisch genug. Du musst sie aus den Socken hauen.«

Er grinste seine Tochter an und verspürte Dankbarkeit darüber, dass sie nicht mehr nur aus Haut und Knochen bestand. Sie hatte ein paar Kilo zugenommen, und ihre Wangen besaßen wieder einen gesunden Glanz. Der sich tausendfach zu verstärken schien, wann immer Ty in der Nähe war – was er jeden Moment sein würde. Anscheinend hatte sie ihn dazu genötigt, ihr beim Dekorieren zu helfen. Ronnie hätte ja einfach ohne großes Trara die Türen geöffnet, aber Annie und Dana Sue hatten sich zu ordentlicher Dekoration und Catering verschworen.

»Du irrst dich damit, was deine Mama von mir braucht«, sagte er zu Annie. »Keine großen Gesten und Romantik. Sie muss davon überzeugt sein, dass ich dauerhaft bleibe. Und sie muss mir endlich glauben, dass ich mich nie woanders umsehen würde, nur weil sie ein bisschen zugenommen hat – oder aus sonst irgendeinem Grund.«

Annie sah ihn stirnrunzelnd an. »Ist dir denn gar nicht aufgefallen, dass sie straffer geworden ist?«

»Klar doch«, erwiderte er, hatte jedoch nicht vor, seiner sechzehnjährigen Tochter zu erklären, dass ein Mann über den Körper seiner Frau so ziemlich alles wusste, was es zu wissen gab. Na schön, Ex-Frau. Aber das war eine Formalität, die er beheben würde, sobald die Zeit reif dafür wäre.

»Hast du ihren Personal Trainer schon gesehen?«, fragte Annie und mied vorsichtig seinen Blick. »Mama arbeitet viel mit ihm. Er hat ziemliche Muckis.«

»Tatsächlich?« Ronnie bemühte sich um einen unverbindlichen Ton, obwohl sein Blutdruck in die Höhe schoss.

»Ein total heißer Feger«, bestätigte Annie verschmitzt.

»Du versuchst doch nicht etwa, mich eifersüchtig zu machen, oder?«, erkundigte er sich und musterte sie amüsiert. »Eifersucht kann nämlich ziemlich verheerend für eine Beziehung sein, vor allem bei deiner Mutter und mir.«

»Warum?«, fragte Annie mit gerunzelter Stirn.

»Wegen dem, was damals passiert ist«, erinnerte er sie. »Vertrauen ist bei uns derzeit ein heikles Thema. Daran würde ich an deiner Stelle lieber nicht herumpfuschen.«

Annie sah ihn schuldbewusst an. »Daran hab ich gar nicht gedacht. Entschuldige.«

Er drückte ihre Schulter. »Schon gut. Du solltest nur dran denken, bevor du das nächste Mal jemanden verkuppeln willst.«

»Ich will bloß, dass ihr zwei wieder zusammenkommt, bevor ihr zu alt werdet, verstehst du?«

Ronnie hätte bei der Äußerung beinah geprustet, bekam sich jedoch schnell in den Griff, ohne sich etwas anmerken zu lassen. »Ich denke, darüber musst du dir keine Sorgen machen«, sagte er, als er die Worte herausbekam, ohne lachen zu müssen.

»Na ja, woran hapert's dann?«, fragte sie und reichte ihm das Ende einer Luftschlange, während sie geschickt eine Leiter hinaufkletterte. »Du liebst sie doch, oder? Und ich weiß, dass sie dich immer noch liebt.« Annie streckte sich, klatschte die Luftschlange mit etwas Klebeband an die Wand und stieg flink wieder herunter.

»Wir arbeiten noch an der Sache mit dem Vertrauen«, erklärte er. »Und sie muss wissen, dass ich nie wieder irgendwo anders hingehen werde, jedenfalls nicht ohne euch zwei.«

Annie nickte mit ernster Miene. »Ah, ich verstehe. *Deshalb* eröffnest du den Laden hier, statt dir wieder einen Job am Bau zu suchen.«

»Genau.«

»Ich glaub, ein Blumenladen hätte sie mehr beeindruckt. Sie liebt Blumen. Aber ich glaub nicht, dass sie sich für Hämmer und Farbe sonderlich begeistern kann«, meinte Annie mit zweifelnder Miene, während sie sich im Laden umsah. »Ich meine, hier ist es beige gestrichen, um Himmels willen. Wie langweilig ist das denn?«

»Was hättest du denn vorgeschlagen? Lila?« Er grinste. »Und was einen Blumenladen angeht, kannst du dir echt vorstellen, wie ich Sträuße binde?«

Plötzlich lachte Annie und wirkte dabei unbeschwerter, als Ronnie sie seit Jahren erlebt hatte. Seine Rückkehr in die Stadt hatte ihr eindeutig gutgetan.

Und sehr bald, dachte er hoffnungsvoll, würde Dana Sue vielleicht einsehen, dass es auch gut für sie war.

Dana Sue ordnete gerade die Horsd'œuvres auf den in verschiedenen Winkeln von Ronnies Laden dezent aufgestellten Tischen an, als die Glocke über der Eingangstür bimmelte. Von ihrer Stelle aus konnte sie zwar nicht sehen, wer eingetreten war, aber gleich darauf hörte sie Mary Vaughns vergnügte Stimme.

»Ronnie, Süßer, ich bin da«, rief sie. »Bin früher gekommen, falls ich noch bei irgendwas helfen kann.«

Dana Sue stellte den Korb mit hauchzarten Käsestangen mit dumpfem Knall ab und marschierte um das Ende der Auslage herum. »Hallo, Mary Vaughn.«

Die Augen der Maklerin wurden groß, aber sie war eine zu kompetente Verkäuferin, um verunsichert zu wirken. »Dana Sue«, sagte sie herzlich und hauchte einen angedeuteten Kuss in die Nähe von Dana Sues Ohr. »Ich hatte ja keine Ahnung, dass du hier sein würdest.«

»Das *Sullivan's* sorgt für das Catering«, sagte Dana Sue ohne nähere Erklärung. Irgendein teuflischer kleiner Dämon in ihr wollte absichtlich den Eindruck erwecken, sie wäre nicht mehr als eine bezahlte Lieferantin.

Mary Vaughn schien sich zu entspannen. »Ach ja, richtig. Ich glaube, Ronnie hat was davon erwähnt, dass du die Bewirtung für die große Eröffnung übernimmst. Ich dachte wohl, du würdest das Essen nur abliefern und wieder gehen. Oder vielleicht Erik damit schicken. Muss ja unangenehm für dich sein.«

Lebt die Frau in einer Höhle?, fragte sich Dana Sue irritiert. Die gesamte Stadt spekulierte seit Wochen über die Versöhnung zwischen Ronnie und ihr. Mary Vaughn hatte sich anscheinend dafür taub gestellt, weil es ihr nicht in den Kram passte. Oder vielleicht war sie so überzeugt von ihren Verführungskünsten, dass sie davon ausging, Dana Sue hätte keine Chance gegen sie. Wie sie Mary Vaughns Ego kannte, fiel es ihr nicht schwer, sich vorzustellen, die Frau würde das Gerede ringsum als voreilig oder falsch abtun.

»Warum sollte das unangenehm für mich sein?«, erkundigte sich Dana Sue unschuldig. »Ronnie und ich waren viele Jahre verheiratet. Wir haben eine Tochter. Wir verbringen viel Zeit miteinander, seit er wieder in der Stadt ist.«

»Wegen Annie natürlich«, sagte Mary Vaughn, obwohl sie allmählich ein wenig verunsichert wirkte.

»Natürlich«, bestätigte Dana Sue in zuckersüßem Ton.

In dem Moment tauchte Ronnie aus dem Hinterzimmer auf, erblickte die zwei einander wie Kampfhennen gegenüberstehenden Frauen und wurde blass. Man musste ihm zugutehalten, dass er die Lage offenbar mit einem Blick erfasste, denn er schlenderte herüber, bückte sich und küsste Dana Sue so leidenschaftlich heiß, dass sie sich sorgte, einige der Horsd'œuvres in der Nähe könnten versengt werden.

Mit dem Arm fest um ihre Taille, als fürchtete er, sie könnte sich aus dem Staub machen wollen, lächelte er Mary Vaughn herzlich an. »Danke fürs Kommen. Hast du schon was vom Essen probiert? Dana Sue und Erik haben sich selbst übertroffen.«

Anscheinend brauchte Mary Vaughn doch keine leichten Schläge auf den Hinterkopf mit einem Baseballschläger, um den Wink mit dem Zaunpfahl zu kapieren, der ihr präsentiert wurde. Sie rang sich ein verhaltenes Lächeln ab und sagte: »Mir ist grade durch den Kopf gegangen, wie gern ich eine von den Käsestangen probieren würde. Ohne sie würde bei einer Party im Süden einfach irgendwas fehlen.«

»Stimmt«, bestätigte Dana Sue und nahm keinen Anstoß an der unterschwelligen Andeutung, sie wären unoriginell. »Ich denke, du wirst feststellen, dass meine eine leichte Abwandlung der traditionellen Käsestangen sind.«

Nur mit Müh und Not konnte sie sich ein Grinsen verkneifen, als sich Mary Vaughn nach dem ersten Bissen beinah verschluckte und hastig nach einer Flasche Wasser griff. »Jalapeños«, flüsterte sie und fächelte mit der Hand vor dem Gesicht.

»Hab ich das nicht erwähnt?«, sagte Dana Sue. »Tut mir leid. Praktisch jeder in der Stadt weiß, dass Ronnie es gern scharf mag.«

Ronnie warf ihr einen Blick zu, dann schob er sie mit sanftem Druck vorwärts. »Lassen wir Mary Vaughn erst mal zu Atem zu kommen«, schlug er vor. »Du kannst mir helfen, die Gäste zu begrüßen.«

»Ganz wie du willst«, erwiderte Dana Sue und bedachte die andere Frau mit einem selbstgefälligen Blick.

An der altmodischen Registrierkasse, die Ronnie unbedingt hatte behalten wollen, musterte er sie mit belustigter Miene. »Ich dachte, nur Männer markieren ihr Revier«, sagte er.

»Das soll wohl ein Scherz sein«, antwortete Dana Sue. »Frauen gehen dabei bloß subtiler vor.«

Darüber lachte er. »Liebling, wenn das subtil war, will ich mir gar nicht vorstellen, was du tun würdest, wenn du dich noch deutlicher ausdrücken willst.«

»Beschwerst du dich etwa, dass ich dich mit meinem Brandzeichen versehen habe?«, fragte sie.

»Kein bisschen. Ich wünschte nur, du würdest es nicht für nötig halten.«

»Deinetwegen vielleicht nicht«, räumte sie ein. »Aber Mary Vaughn versteht sozusagen nichts anderes als ein Kantholz mitten zwischen die Augen.«

»Ist mir aufgefallen«, bestätigte Ronnie ironisch. »Und bei der Menge an Kantholz da hinten bin ich froh, dass du entschieden hast, ihr die Botschaft nicht buchstäblich zu übermitteln. Kannst du dich jetzt entspannen und die Eröffnung genießen?«

»Absolut«, versicherte sie ihm. »Aber ich denke, ich behalte sie trotzdem weiter im Auge.«

Ronnie nahm Dana Sues Gesicht in die Hände und küsste sie erneut. »Nur, damit du auch meine Botschaft verstehst«, erklärte er, als er sie losließ. »Wegen Mary Vaughn brauchst du dir wirklich keine Sorgen zu machen.«

»Vielleicht sollte ich aber«, meinte Dana Sue grinsend. »Vor allem, wenn du mich dann weiterhin so küsst.«

»Schatz, das würde ich sowieso tun. Jederzeit und überall, wo du willst.«

Bevor sie etwas erwidern konnte, öffnete sich die Eingangstür. Herein kamen Maddie und Cal, gefolgt von Annie und Ty.

»Das Gespräch setzen wir später fort«, sagte Dana Sue zu Ronnie. »Jetzt geh und begrüß deine ersten Kunden. Cal könnte wahrscheinlich Beratung bei Werkzeug brauchen. Er muss noch die ganzen Babymöbel zusammenbauen, die er neulich gekauft hat. Er hat entschieden, dass seine Tochter mehr als einen Stubenwagen braucht. Danach hat er prompt die Babyabteilung in einem schicken Laden in Charleston praktisch leergekauft.«

»Du willst doch nur vor Maddie damit prahlen, wie du Mary Vaughn in die Schranken gewiesen hast«, stichelte Ronnie leise, bevor er losging, um Cal zu begrüßen.

»Natürlich will ich das«, rief sie ihm hinterher. »Was ist ein Sieg, wenn man ihn nicht mit seinen Freundinnen teilen kann?«

Maddie runzelte die Stirn, als sie sich zu Dana Sue gesellte. »Worüber freust du dich so diebisch?«

»Darüber kann ich hier nicht reden«, erwiderte Dana Sue mit einem vielsagenden Blick nach hinten. »Kann ich dich vielleicht für ein paar Nägel oder Schrauben oder so begeistern?«

»Nein, aber für das Essen«, gab Maddie zurück. »Du hast versprochen, dass es was zu futtern geben wird.«

Dana Sue lachte. »Irgendwann wirst du die zügellose Völlerei bereuen, der du dich immer noch hingibst. Nachos mitten in der Nacht, und jetzt das. In unserem Alter kriegt man den Speck nicht mehr so leicht runter. Willst du Helen und mir wirklich so einen Vorteil bei unserem Wettbewerb verschaffen? Du sollst wissen, dass *ich* mir keine einzige kleine Kostprobe meiner Horsd'œuvres genehmigt hab.«

»Schön für dich«, sagte Maddie unbekümmert. »Und mach dir keine Sorgen, dass ich zu weit hinter dich und Helen zurückfalle. Ich hab mir fest vorgenommen, mich zusammenzureißen, sobald ich nicht mehr stille. Aber bis dahin genieße ich weiterhin jeden Bissen.«

»Und was ist mit unseren Zielen? Weiß Helen, dass du dich heimlich gehen lässt?«

Auf einmal wirkte Maddie etwas unbehaglich. »Nein. Deshalb muss ich sofort ans Essen ran, bevor sie kommt und mir einen Vortrag hält.«

»Dann empfehle ich dir, mit den Krabbenhäppchen anzufangen«, riet Dana Sue. »Damit hat sich Erik selbst übertroffen. Er hat darauf bestanden, das Krabbenfleisch von unserem Lieferanten in Maryland einzufliegen. Weil gerade keine Saison ist, hat es eine Unsumme gekostet. Die Häppchen werden als Erstes weg sein.«

Maddie schnappte sich drei und legte sie auf einen Teller, dann fügte sie noch einige Käsestangen hinzu. »Für wann hat sich Helen angekündigt?«, fragte sie mit einem nervösen Blick zum Eingang.

Dana Sue grinste. »Dafür solltest du dich lieber setzen.«

Maddie sah sie erschrocken an. »Warum? Ist ihr was passiert?«

»Nicht ganz«, erwiderte Dana Sue. »Aber sie hat sich freiwillig gemeldet, Erik heute in der Küche im *Sullivan's* zu helfen, weil sich Karen wieder mal mit einem Notfall gemeldet hat und ich hier sein muss.«

»Und du hast sie gelassen?«, fragte Maddie ungläubig.

»Eigentlich war's sogar meine Idee«, verriet Dana Sue vergnügt. »Ist ja nur für ein paar Stunden. Wie viel Schaden kann sie am Ruf meines Lokals in der Zeit schon anrichten? Außerdem hat Erik ja ein Auge auf sie.«

»Aber wer hat ein Auge auf Erik, um sicherzustellen, dass er überlebt?«, fragte Maddie. »Du weißt ja, wie Helen ist. Noch mehr Kontrollfreak als du. Spielt keine Rolle, ob sie eine Ahnung hat, wovon sie redet. Wahrscheinlich fängt sie an, ihm vorzuschreiben, wie er dies oder jenes tun soll. Und wer weiß, wozu das führen könnte? Mord? Totschlag?«

Dana Sue grinste. »Ich weiß. Übersteigt irgendwie den Verstand, oder?«

»Und du bist einverstanden mit möglichem Blutvergießen?«, hakte Maddie nach.

»Solange sie aufräumen, bevor ich zurückkomme, finde ich, es kann beiden nicht schaden, wenn sie mal auf ein unverrückbares Hindernis prallen.«

»Dafür hat Erik schon dich«, erinnerte Maddie sie. »Das könnte mehr sein, als er verkraftet.«

»Nie und nimmer«, widersprach Dana Sue. »Bei einem Willenskampf der beiden würde ich mein Geld jederzeit auf Erik setzen.«

Maddie starrte sie an und wirkte plötzlich argwöhnisch. »Was hast du wirklich vor, Dana Sue?«

»Gar nichts«, beteuerte sie unschuldig. »Ich hab nur dafür gesorgt, dass der Betrieb im Restaurant ein paar Stunden über die Runden kommt.«

Wenn es dabei in der Küche hitzig wurde, tja, dann war das nur die Natur, die ihren Lauf nahm.

Kapitel 23

Seit der Eröffnung seines Ladens arbeitete Ronnie praktisch Tag und Nacht. Er hatte keine Ahnung gehabt, wie zeitaufwendig ein eigenes Unternehmen sein würde, vor allem, da er sich mehrmals die Woche mit Bauträgern treffen musste. Er bemühte sich, die Treffen zum Essen so einzuplanen, dass er wenigstens abends ein bisschen Zeit mit Dana Sue und Annie verbringen konnte. Aber das klappte nicht immer. Zu oft vergingen mehrere Tage, ohne dass er auch nur einen Blick auf eine der beiden erhaschen konnte. Allmählich fragte er sich, ob er nicht zu ehrgeizig gewesen war.

Wie sollte er Dana Sue etwas beweisen, wenn er ihr so gut wie nie über den Weg lief? Sogar Annie schien die Geduld zu verlieren, weil er immer wieder wegen unverhoffter Geschäftstreffen mit potenziellen Kunden Pläne mit ihr absagen musste.

Serenity Hardware & Supplies hatte seit drei Wochen geöffnet und lag selbst vor Ronnies optimistischsten Prognosen, als Butch am Dienstag anrief, um ein Treffen mit ihm zum Essen am Freitagabend in Dana Sues Restaurant zu vereinbaren.

»Ich weiß, dass Weihnachten vor der Tür steht und du wahrscheinlich tausend Dinge um die Ohren hast, aber wir müssen reden«, erklärte der ältere Mann mit einer Stimme, die keine Ausreden zuließ.

Der unerwartete Befehlston ließ Ronnie ausgesprochen nervös werden. War Butch mit irgendetwas unzufrieden? Nach dem bisherigen Geschäftsverlauf fiel Ronnie dafür kein Grund ein. Aber bis sie sich gegenübersäßen, er Butch in die Augen schauen und dessen Stimmung abschätzen könnte, würde er ein nervliches Wrack sein.

Vielleicht bereute Butch bereits seine Zusage, sich als stiller Teilhaber im Hintergrund zu halten. Falls Butch nicht gefiel, was er unter dem Strich sah, würde er dann versuchen, Ronnie mehr Kontrolle abzuringen? Helen hatte zwar alle möglichen Schlupflöcher in ihrem Vertrag gestopft, durch die das möglich gewesen wäre, trotzdem saß Ronnie wie auf Nadeln.

Während er an jenem Abend darauf wartete, dass Dana Sue das Restaurant schloss, saß er an einem Tisch und nippte an einem Bier. Annie machte neben ihm ihre Hausaufgaben. Neuerdings bestand sie darauf, jeden Abend im Restaurant zu essen und anschließend bis zur Sperrstunde zu bleiben. Ronnie kam so oft wie möglich her, wenngleich nicht annähernd so oft, wie er gern wollte.

Er wusste, dass es Annie nach wie vor widerstrebte, wie sie ihre Essgewohnheiten überwachten, aber sie schien sich damit abgefunden zu haben. Und offenbar war sie bereit, ihre Verärgerung über die gefühlte Überfürsorglichkeit ihrer Eltern hinter ihrem Verlangen nach Familienzeit anzustellen. Die Feiertage waren für sie alle immer etwas Besonderes gewesen, und dieses Gefühl wollte sie unverkennbar wiederhaben.

Das *Sullivan's* präsentierte sich weihnachtlich geschmückt. Weiße Lichter funkelten auf der Außenterrasse. Drinnen zierten mehrere Bäume verschiedene

Ecken, jeder mit weiteren winzigen weißen Lichtern und Goldschmuck. Den Empfang umgab ein Meer von leuchtend roten Weihnachtssternen mit weiteren Lichtern zwischen den Blüten. Alles wirkte überaus festlich und geschmackvoll. Ronnie beeindruckte Dana Sues Talent, das Restaurant so einladend zu gestalten.

Die Hauptstraße präsentierte sich nach mehreren Jahren der Vernachlässigung wieder hell erleuchtet. Ronnie hatte mit den Whartons gesprochen. Zusammen hatten sie sich an den Bürgermeister gewandt und ihn ermutigt, wieder Lichterketten in die Bäume auf dem Hauptplatz flechten und die riesigen Schneeflocken aus der Versenkung holen zu lassen, die einst an den Laternenpfählen gehangen hatten. Nächstes Jahr wollte Ronnie versuchen, genug Unterstützung für einen Weihnachtsmarkt zusammenzutrommeln. Oder zumindest für eine Wiederbelebung der Zeremonie zum Anzünden des Weihnachtsbaums auf dem Hauptplatz. Die Innenstadt brauchte solche Gemeinschaftsveranstaltungen, um wieder mehr Geschäfte anzulocken.

Während er über sein Treffen mit Butch und all die Energie nachgrübelte, die zur Wiederbelebung der Innenstadt von Serenity nötig sein würde, fiel ihm auf, dass Annie ihn skeptisch beobachtete.

»Papa, ist alles in Ordnung?«, fragte sie schließlich. »Du siehst irgendwie nervös aus.«

»Nichts, worüber du dir Sorgen machen musst«, versicherte er ihr. »Wie kommst du mit deinem Aufsatz voran?«

»Ist fertig. Jetzt mach ich Algebra«, sagte sie naserümpfend. »Hast du irgendeine Ahnung, warum ich Algebra lernen muss?«

»Irgendwann wird es sich als nützlich erweisen, da bin ich mir sicher«, sagte er so zu ihr, wie man es einst zu ihm gesagt hatte.

»Du hattest doch auch Algebra, oder?«

Er nickte.

»Und du bist über vierzig. Ist es dir *jemals* nützlich gewesen?«

Ronnie lachte. »Von Zeit zu Zeit haben mir die Gleichungen und Formeln schon geholfen, ja.«

Sie musterte ihn skeptisch. »Du nimmst mich auf den Arm.«

»Nein. Wenn ich zum Beispiel ein Budget von zehntausend Dollar für Bauholz habe, und die Vierkanthölzer kosten pro Stück einen bestimmten Betrag, wie viele kriege ich dann für mein Geld?«

»Das ist wie Textaufgaben in Mathe«, stellte Annie verblüfft fest.

»Genau. Und ich glaube, Verkehrsermittler benutzen ähnliche Formeln, um zu berechnen, wie schnell an einem Unfall beteiligte Autos gefahren sind. Du siehst also, es gibt alle möglichen praktischen Anwendungen.«

Ihr Gesichtsausdruck wurde nachdenklich. »Ist vielleicht doch keine so üble Zeitverschwendung.«

»Ich glaube, der Staat gibt sich grundsätzlich alle Mühe, dass Bildung keine Zeitverschwendung ist. Und selbst, wenn du dir sicher bist, dass dir irgendetwas nie nützlich sein wird, könnte es dir zumindest irgendwann in einem Kreuzworträtsel unterkommen«, zog er Annie auf. »Das allein wär's schon wert, es gelernt zu haben.«

»Papa!«, protestierte sie kichernd.

»Wie läuft's so zwischen dir und Ty?«, erkundigte er sich. »Ich hab ihn in letzter Zeit nicht viel gesehen.«

Ihre Augen leuchteten auf. »Er ruft mich fast jeden Tag nach der Schule an. Momentan büffelt er für die ganzen Tests, die wir vor Weihnachten noch haben. Er hat zwar eine vorläufige Zusage von der Duke University gekriegt, aber die brauchen dort noch die Halbjahresnoten, bevor seine Annahme endgültig ist.«

»Also ist die Duke seine erste Wahl?«

Sie schüttelte den Kopf. »Seine erste Wahl wär's, zu einem Profi-Baseballteam zu gehen. Cal sagt, er ist gut genug dafür, und ein Scout von den Atlanta Braves bestätigt es. Aber seine Mama sagt, er muss erst aufs College.«

»Und sein Vater?«, fragte Ronnie. Bill Townsend, Maddies Ex-Mann, hatte bei Ty immer Baseball forciert. Es war eine Leidenschaft gewesen, die Vater und Sohn geteilt hatten.

»Ty denkt, sein Vater würde ihn schon Profi werden lassen, will aber seiner Mutter nicht widersprechen. Du weißt schon, genau wie du und Mama euch gegen mich zusammenrottet.«

»Zu deinem eigenen Besten«, sagte Ronnie.

»Ja, genau.« Annie verdrehte die Augen. »Das sagen Eltern immer.«

»Weil Eltern weise sind«, erklärte er.

»So schlau können Mama und du nicht sein. Ihr lebt immer noch nicht unter demselben Dach.«

Auch Ronnie frustrierte die Situation. Nicht dass es sich im Serenity Inn in irgendeiner Weise unangenehm lebte, nur ein bisschen so wie in einem Fischglas. Jedes Mal, wenn sich Dana Sue in sein Zimmer schlich, sprach man zu Mittag bei *Wharton's* darüber. Ronnie wäre nicht überrascht, wenn die Stammgäste dort Wetten darauf abschlossen, wann sie abends hineinhuschte und wann sie sich morgens wieder davonstahl. Und wenn nicht, dann hatten sie bestimmt eine Dauerwette darüber laufen, wann er endlich die große Frage stellen würde.

»Manche Dinge kann man nicht überstürzen«, erklärte er Annie.

Dana Sue kam gerade rechtzeitig aus der Küche, um seine Äußerung mitzubekommen. »Was kann man nicht überstürzen?«, fragte sie. »Tut mir leid, wenn ich zu lang gebraucht habe.«

»Nicht du«, sagte Annie zu ihr. »Papa und du. Ihr kriecht wie zwei Schnecken auf die Ziellinie zu. Wenn ihr so weitermacht, kommt ihr dort an, wenn ihr sechzig oder so seid.«

Dana Sue errötete. »Siehst du uns denn nicht beide jeden Tag?«

»Dich schon. Papa nicht immer.«

Dana Sue wischte den Einwand weg. »Na schön, aber es ist ja nicht so, als wäre er nicht da. Und du weißt, dass wir dich lieben. Dir fehlt es doch an nichts, oder?«

»Mir geht's nicht um mich«, entgegnete Annie und beugte sich mit intensivem Blick vor. »Mir geht's um euch beide, Mama. Ihr tut so, als hättet ihr alle Zeit der Welt.«

Dana Sue bedachte sie mit einem skeptischen Blick. »Wer sagt denn, dass wir die nicht haben?«

Plötzlich traten Annie zu Ronnies Entsetzen Tränen in die Augen. Wie so oft bei Teenagern war ihre Stimmung blitzartig von unbeschwert zu ernst umgeschlagen. Offensichtlich zerbrach sie sich darüber schon eine ganze Weile den Kopf.

Annie stand vom Tisch auf. »Was, wenn es bei dir wie bei Oma wird?«, fragte sie Dana Sue mit kleinlauter, banger Stimme, als sie mit anklagendem Blick neben dem Tisch stand. »Was, wenn du *stirbst*? Überleg mal, wie viel Zeit ihr dann verschwendet habt.«

»Annie, ich sterbe doch nicht«, sagte Dana Sue und griff nach ihrer Hand. »Noch lange nicht.«

»Könntest du aber, wenn du nicht auf dich achtest«, argumentierte Annie. Damit zog sie jäh die Hand zurück, stapfte zur Tür hinaus und ließ ihre Eltern fassungslos schweigend zurück.

Ronnie warf einen besorgten Blick zu Dana Sue, die blass geworden war. »Alles in Ordnung?«, erkundigte er sich.

Sie nickte. »Alles gut. Geh ihr nach. Ich hatte keine Ahnung, dass ihr das so zu schaffen macht. Sie hat noch nie ein Wort gesagt.«

»Ich hole sie zurück«, versprach er. »Iss inzwischen was. Du siehst aus, als könntest du gleich umkippen.«

»Geh einfach«, forderte sie ihn auf.

Draußen musste Ronnie nicht lange suchen, um Annie zu finden. Sie kauerte auf dem Beifahrersitz seines Pickups und hatte die Knie ans Kinn gezogen.

»Es tut mir leid«, flüsterte sie schniefend, als er die Tür öffnete und sich hinters Lenkrad schob. »Das hätte ich alles nicht sagen sollen. Ist Mama richtig wütend?«

»Besorgt um dich«, stellte Ronnie richtig. »Sie hat nicht gemerkt, dass dir das im Kopf herumspukt. Du hast es noch nie erwähnt.«

»Hab ich schon, aber sie blockt es ab. Ich weiß, dass sie nicht darüber reden will.« Annie zuckte mit den Schultern. »Es ist nur so, dass ich manchmal an Oma denke, und ich weiß, dass Mama nicht so auf sich achtet, wie sie es sollte, und dann kriege ich Angst.«

»Deine Mutter wird nicht sterben«, sagte Ronnie mit Nachdruck.

»Könnte sie aber«, beharrte seine Tochter stur. »Bei Oma war es so. Diabetes kann echt schlimm werden, und die Komplikationen können einen umbringen. Wir haben's in der Schule durchgenommen, außerdem hab ich im Internet recherchiert, nachdem ihr mir erzählt habt, wie Oma gestorben ist.«

Ronnie fragte sich, ob wirklich er dieses Gespräch mit Annie führen sollte. Vielleicht lieber später und zusammen mit Dana Sue. Aber im Augenblick war nun mal er hier, und Annie wirkte zu aufgebracht, um sich vertrösten zu lassen.

»Es stimmt, dass deine Großmutter an Komplikationen durch Diabetes gestorben ist«, begann Ronnie langsam. »Aber sie hatte die Krankheit schon viele Jahre und hat nie auf sich geachtet. Sie hat nicht auf die Ärzte gehört, hat gegessen, was sie wollte. Ihr Blutzucker war andauernd außer Kontrolle, deshalb musste sie regelmäßig ins Krankenhaus eingeliefert werden. Deine Mama ist nicht so.«

»Noch nicht«, erwiderte Annie düster. »Aber sie hat zugenommen, und das ist schlecht. Ich weiß, sie hat in letzter Zeit ein bisschen an Gewicht verloren und trainiert. Aber sie schnappt sich immer noch irgendwas Süßes, wenn sie nervös oder wütend ist. Du warst nicht da, Papa. Nachdem du weggegangen bist, hat sie alles in Sichtweite in sich hineingestopft. Pizza, Kuchen, Eiscreme, Pommes – was auch immer, sie hat alles verputzt. Ihr tut alle so, als wäre ich die Einzige in der Familie mit einer Essstörung. Wenigstens hab ich Hilfe bekommen. Mama ist seit Monaten nicht bei Doc Marshall gewesen.

Ich hab gehört, wie er versucht hat, sie zu überreden, einen Termin für sich selbst zu vereinbaren. Tut sie aber nicht. Wenn wir hingehen, dann immer nur meinetwegen.«

Ronnie war beunruhigter, als er zugeben wollte, trotzdem musste er Dana Sue verteidigen. Er wusste genau, wie sie argumentieren würde – nämlich damit, dass sie in erster Linie Mutter war und gute Mütter ihre Kinder an die erste Stelle setzten. »Weil du eine große Krise hattest, Annie. Das konnten wir nicht ignorieren.«

»Aber jetzt geht's mir besser«, sagte Annie vernünftig. »Warum liegt niemand Mama wegen ihrer Probleme in den Ohren? Erik versucht zwar, ein Auge auf sie zu haben. Nur wenn er ihr zu sehr damit auf den Wecker geht, blockt sie ihn einfach ab. Tante Helen und Tante Maddie reden zwar mit ihr darüber, und sie haben im Spa irgendeine Wette am Laufen, aber das reicht einfach nicht.«

Ronnie verstörte das Bild, das Annie von Dana Sues Gesundheit zeichnete. Gleichzeitig beunruhigte ihn, wie aufgebracht seine Tochter darüber war. Als sie das letzte Mal eine Möglichkeit finden musste zu kontrollieren, was in ihrem Leben vor sich ging, war sie magersüchtig geworden. Inzwischen mochte es ihr besser gehen, aber sie war noch nicht über den Berg. Sorgen um ihre Mutter konnte sie überhaupt nicht gebrauchen, dafür war ihre eigene Genesung noch zu wackelig.

»Was hältst du davon?«, schlug er schließlich vor. »Ich verspreche dir, darauf zu bestehen, dass deine Mama zu Doc Marshall geht und sich untersuchen lässt. Wenn's sein muss, schleppe ich sie zu ihm.«

Annie warf ihm einen ironischen Blick zu. »Viel Glück dabei.«

»Das hab ich wörtlich gemeint, Schatz. Wenn's sein muss, trage ich sie zu ihm.«

Ronnie hatte auf ein Lächeln gehofft, aber Annie wirkte nur erleichtert.

»Wann?«, bohrte sie nach.

»Sobald wir einen Termin kriegen.«

Sie lehnte sich über die Mittelkonsole und warf ihm die Arme um den Hals. »Danke.«

»Ich sollte dir danken. Ich hab zwar gewusst, dass deine Mama auf ihren Blutzucker achten muss – Erik und ich haben sogar darüber gesprochen. Aber ich hatte keine Ahnung, dass es so schlimm sein könnte.«

»Vielleicht ist es das auch nicht«, meinte Annie mit einer wehmütigen Note in der Stimme. »Ich will ja nicht, dass sie krank ist. Aber wär's nicht besser, es zu wissen?«

Ronnie nickte. Es wäre eindeutig besser, es zu wissen. Er würde jede Überzeugungstaktik einsetzen müssen, die er kannte, um Dana Sue zur Einsicht zu bringen. Oder vielleicht würde sogar reichen, dass sie an diesem Abend gesehen hatte, wie Annie deswegen ausgerastet war.

»Gehen wir wieder rein und holen deine Mutter«, sagte er schließlich. »Ist an der Zeit, nach Hause zu gehen.«

»Wär's okay, wenn ich mit Erik fahre?«, fragte sie. »Wird ihm nichts ausmachen, mich abzusetzen. Dann hätten Mama und du noch Zeit zum Reden.«

Ronnie nickte. »Lauf in die Küche und frag nach, ob's für ihn in Ordnung ist. Dann gib uns Bescheid, wenn du gehst.«

»Okay.« Damit öffnete sie die Beifahrertür und eilte zum Hintereingang des Restaurants.

Ronnie verließ den Pick-up langsamer. Er ahnte, dass Dana Sue über seinen Versuch, sich in ihr Leben einzumischen, alles andere als erfreut sein würde. Und obwohl er versprochen hatte, sie bei Bedarf zum Arzt zu schleppen, wollte er es gerade jetzt, da ihre Beziehung in friedlichere Gewässer steuerte, nicht zu einem Streitpunkt zwischen ihnen werden lassen. Nur wenn es hart auf hart käme, würde er nicht zögern zu tun, was nötig wäre, um eine Gefährdung ihrer Gesundheit zu verhindern.

Dana Sue aß von dem Teller mit Käse und Gemüse, den Erik ihr statt des von ihr gewünschten Schokoladenkuchens gebracht hatte. Er hatte mit keiner Wimper gezuckt, als sie ihm einen finsteren Blick zugeschleudert hatte. Stattdessen hatte er nur kehrtgemacht und war wieder in die Küche verschwunden.

Warum hatte sie nicht bemerkt, wie besorgt Annie wegen ihres Diabetes war? Vielleicht, weil sie selbst so beharrlich versuchte, das Problem zu ignorieren. Als würde es davon verschwinden. Offensichtlich beherrschte Dana Sue bei der Gesundheit ihrer Tochter und ihrer eigenen meisterlich die hohe Kunst der Verleugnung. In Bezug auf Annie hatte sie versucht, die Scheuklappen abzulegen. Vielleicht war es an der Zeit, auch bei ihrer eigenen Gesundheit den Tatsachen ins Auge zu blicken.

Als Ronnie schließlich zurückkam und sich ihr gegenüber hinsetzte, schob sie den Teller mit Snacks in seine Richtung.

»Wie ist es gelaufen? Wo ist Annie?«

»In der Küche. Sie fragt Erik, ob er sie nach Hause fahren kann.«

»Wieso kann sie nicht mit mir fahren?«, fragte Dana Sue.

»Sie will, dass wir Zeit für ein Gespräch unter uns haben.«

Argwöhnisch verengte sie die Augen. »Worüber?«

»Wie schlimm ist die Sache mit dem Blutzucker, Dana Sue?«

»Ist kein großes Ding«, behauptete sie stur. »Ich hab immer gewusst, dass ich gefährdet bin. Doc Marshall behält es im Auge.«

»Hat er dir irgendwelche Medikamente verschrieben?«

Sie schaute in Richtung der Küche, als die Tür dort aufschwang, weil sie hoffte, Erik oder Annie würden herkommen und sie vor dieser Diskussion mit Ronnie bewahren. Stattdessen winkte Annie nur. »Erik nimmt mich mit«, verkündete sie und ließ die Tür wieder zuschwingen.

»Also?«, bohrte Ronnie nach.

»Ich brauche kein Insulin.« Dana Sue mied seinen Blick.

»Sonst irgendwelche Medikamente?«

»Noch nicht«, sagte sie mit einem Anflug von Trotz. »Ich überwache meinen Blutzucker. Das ist alles.«

»Tust du's auch wirklich?«, fragte er so skeptisch, dass sich ihr die Nackenhaare sträubten.

»Warum sollte ich lügen?«, konterte sie gereizt.

»Weil's bequem ist«, gab er zurück. »Du willst dich damit nicht auseinandersetzen. Also tischst du mir Lügen oder Halbwahrheiten auf, damit ich dich in Ruhe lasse.«

»Vielleicht, weil es nicht dein Problem ist!«, herrschte sie ihn an.

Ronnie warf ihr einen ruhigen Blick zu, unter dem sie innerlich zusammenzuckte.

»Ich liebe dich«, sagte er leise. »Damit ist es sehr wohl mein Problem. Annie liebt dich auch. Und dadurch ist es auch ihr Problem. Und nur, falls du's noch nicht bemerkt hast, offen gestanden kann Annie im Moment keine zusätzlichen Probleme gebrauchen.«

»Es geht mir gut«, beteuerte Dana Sue.

»Ich denke, Annie und ich würden uns beide viel besser fühlen, wenn wir das von Doc Marshall hören könnten«, ließ Ronnie nicht locker.

»Oh, um Himmels willen. Wenn das nötig ist, damit ihr Ruhe gebt, dann vereinbare ich eben einen Termin.«

»Morgen«, drängte er.

»Sobald er mich einschieben kann«, sagte sie.

»Morgen«, wiederholte Ronnie. »Verstanden?«

»Schon gut.«

Er begegnete ihrem Blick. »Dana Sue, nimm das nicht auf die leichte Schulter«, bat er sie eindringlich. »Annie ist echt verängstigt. Und da sie mir jetzt erklärt hat, warum, muss ich zugeben, dass es mir ähnlich geht. Das darfst du nicht einfach ignorieren. Gerade du müsstest doch wissen, was für eine ernste Angelegenheit unkontrollierter Diabetes ist.«

»Tu ich auch, und ich sage dir, dass ihr euch umsonst sorgt«, behauptete sie hartnäckig, obwohl sie es besser wusste. In Wirklichkeit hatte sie nur geringfügig mehr Ahnung als ihre Mutter damals. Dafür war sie fast genauso stur, wie es diese Frau gewesen war. Dana Sue verdrängte die Erinnerung daran, wie diese Einstellung für ihre Mutter geendet hatte, weil sie den Gedanken daran nicht ertragen konnte.

Tja, bei ihr würde es anders sein. Sie würde keinen ausgewachsenen Diabetes bekommen und schon gar nicht an Komplikationen sterben. In dem Moment hasste sie ihre Tochter und ihren Ex-Mann beinah dafür, dass sie die Möglichkeit überhaupt angesprochen und sie gezwungen hatten, sich ihr zu stellen. Sie brauchte ihre Unterstützung und keine Zweifel an jeder ihrer Entscheidungen.

Stirnrunzelnd sah sie Ronnie an. »Ist dir nicht aufgefallen, dass ich mich in den letzten Wochen strikt an mein Trainingsprogramm im Spa gehalten habe? Und ich achte darauf, was ich esse.«

»Sag mir, dass du dir nicht Kuchen, eine Torte oder Eiscreme bestellt hast, sobald ich Annie nachgegangen bin«, erwiderte er in mildem Ton.

Sie zeigte auf den Käse und das Gemüse. »Offensichtlich hab ich davon nichts gekriegt.«

Er bedachte sie mit einem sarkastischen Blick. »War das deine Entscheidung oder die von Erik?«

»Hör mal, ich gebe mein Bestes«, argumentierte sie. »Warum reicht dir das nicht?«

»Es reicht mir dann, wenn Doc Marshall sagt, dass es reicht«, erklärte Ronnie. »Ruf mich morgen früh an und sag mir, wann dein Termin ist. Ich hole dich dann ab und begleite dich.«

»Das ist lächerlich«, sagte Dana Sue. »Ich bin durchaus in der Lage, allein zum Arzt zu gehen.«

»Es geht nicht darum, ob du dazu in der Lage bist oder nicht«, erwiderte er. »Es geht darum, ob du's auch tust.«

»Ich muss schon sagen, ich bin nicht begeistert davon, wie du mich behandelst. Ich bin kein verantwortungsloses Kind, Ronnie.«

Sein harter Blick blieb unbeirrt. »Dann benimm dich nicht wie eines.« Er streckte die Hand aus. »Komm, ich fahr dich nach Hause. So aufgebracht, wie Annie war, als sie gegangen ist, sollte sie heute Abend nicht allein sein. Ihr beide müsst reden.«

»Mit Annie hast du recht, aber ich bin mit dem Auto hier«, sagte sie. »Ich kann selbst nach Hause fahren.«

»Tu mir den Gefallen«, bat er. »Dann musst du mich morgen früh anrufen, weil du eine Mitfahrgelegenheit brauchst.«

»Du bist nicht der Einzige in der Stadt, den ich anrufen und bitten kann, mich mitzunehmen«, grummelte sie.

»Aber der Einzige, der sich auf die Suche nach dir macht und dich aufspürt, wenn ich nichts von dir höre«, warnte er.

Seufzend ging sie mit ihm, schaltete die Innenbeleuchtung aus und schloss die Eingangstür hinter ihnen ab. Auf der Veranda hielt sie inne. Normalerweise brachte das bezaubernde Lichtermeer sie zum Lächeln. An diesem Abend jedoch war ihre Stimmung zu düster, um den Moment zu genießen.

Als sie den Parkplatz überquerten, legte Ronnie ihr den Arm um die angespannten Schultern. Und als sie seinen Pick-up erreichten, drängte er sie gegen die Seite des Wagens und nahm ihr Gesicht in die Hände.

»Ich liebe dich, Dana Sue. Ich will dich noch lange, lange um mich haben. Ich lasse nicht zu, dass du irgendwas tust, was diese Zeit verkürzen könnte.«

Dana Sue bedachte ihn mit einem müden Blick. »Das klingt, als ob du denkst, ich hätte vor, mich umzubringen.«

»Du hast es nicht vor«, entgegnete er. »Du tust nur nicht alles, was du kannst, um es zu verhindern. Wenn's sein muss, setze ich dich so unter Druck, wie wir Annie unter Druck setzen müssen.«

»Was leicht damit enden könnte, dass ich dich dafür hasse«, drohte Dana Sue.

Er grinste. »Das hat Annie auch das eine oder andere Mal gesagt. Hat uns aber nicht abgeschreckt. Manche Dinge sind einfach zu wichtig, um einen Gedanken daran zu verschwenden, wie wütend du werden könntest.«

Genau wie Annie hätte Dana Sue am liebsten verbal um sich geschlagen. Aber es war eine Sache, wenn ihre Sechzehnjährige einen Tobsuchtsanfall bekam, eine völlig andere jedoch für eine reife Frau.

»Ich vereinbare den Termin«, versprach sie.

»Und du rufst mich gleich morgen früh an, damit ich weiß, wann ich dich abholen soll«, erinnerte er sie erneut.

»Ja, schon gut«, willigte sie ungeduldig ein. Sie wusste, dass sie eigentlich dankbar für seine Besorgnis – und die von Annie – sein sollte, doch in dem Moment verspürte sie nur Druck. Und Angst. Was, wenn es *doch* Grund zur Sorge gab? Was, wenn sie kränker war, als sie dachte?

Ronnie zwinkerte ihr zu, ein offensichtlicher Versuch, die Spannung aufzulockern. »Wenn du ganz brav bist, bring ich dir einen zuckerfreien Lutscher mit.«

Dana Sue verdrehte die Augen. »Glaub mir, dir wird schon eine bessere Belohnung als das einfallen müssen.«

»Na ja, eine andere Möglichkeit wüsste ich«, sagte er. »Und da du gerade so kompromissbereit bist, könnte ich dir heut Abend eine Kostprobe davon geben.«

Trotz ihrer Verärgerung sah sie ihn voll aufrichtigem Bedauern an. »Annie«, erinnerte sie ihn. »Allein zu Haus.«

»Verflixt, ich wusste doch, dass ich irgendwas vergesse. Schade, dass ich nicht einfach mit zu dir nach Hause kommen kann.«

»Könntest du, aber ich hab gehört, die Matratze im Gästezimmer ist ziemlich unbequem. Hast nicht du extra darauf bestanden, damit deine und meine Eltern bei Besuchen nicht zu lange bleiben würden?«

»Was hab ich mir nur dabei gedacht?«, grummelte er gutmütig.

»Wahrscheinlich, dass du nie selbst darauf schlafen müsstest«, sagte Dana Sue, als sie vor dem Haus anhielten.

Durch das Fenster zeichnete sich das Funkeln der bunten Lichter an dem riesigen Baum ab, den Ronnie mit ihnen zusammen nach Hause geschleppt und geschmückt hatte. Ein weiterer Anblick, der Dana Sue normalerweise aufmunterte, an diesem Abend jedoch seine Wirkung verfehlte.

»Gute Nacht, Ronnie.«

»Nacht, Süße. Schlaf gut.«

Ronnie wartete, bis sie das Haus betreten und das Verandalicht ausgeschaltet hatte, bevor er aus der Einfahrt zurücksetzte.

Als er außer Sicht verschwunden war, lehnte sich Dana Sue seufzend an die Tür. Von einem Abend mit Ronnie nach Hause zu kommen, als wären sie siebzehn und hätten gerade ein Date gehabt, nervte sie allmählich.

Vor diesem Abend hätte sie gesagt, dass er kurz davorstand, sie beide von ihrem Elend zu erlösen, indem er um ihre Hand anhielt. Nun jedoch, da er von ihren gesundheitlichen Problemen wusste, war sie sich nicht mehr so sicher. Was, wenn sie ihn abschreckten? Ein Grund mehr, Doc Marshall so lange wie möglich zu meiden.

Natürlich würde es erheblich heikler werden, Ronnie aus dem Weg zu gehen, sobald er herausfände, dass sie keinen Termin vereinbart hatte.

Kapitel 24

Annie konnte es kaum erwarten, ihre Sitzung mit Dr. McDaniels hinter sich zu bringen. Ty hatte sie zur Praxis der Psychiaterin gefahren und wartete draußen auf sie. Danach wollten sie für Weihnachtseinkäufe nach Charleston.

»Du scheinst es ja gar nicht erwarten können, hier rauszukommen«, stellte Dr. McDaniels mit einem belustigten Blick fest. »Das hat nicht zufällig etwas mit dem jungen Mann zu tun, den ich mit dir auf dem Parkplatz gesehen habe, oder?«

Annie strahlte. »Das ist Ty.«

»Das dachte ich mir schon. Wie läuft es mit ihm?«

»Na ja, wir hatten zwar noch kein richtiges Date, aber wir reden fast jeden Tag. Und ich glaube, er könnte mich über die Feiertage zu einer Party einladen.«

»Wär's für dich in Ordnung, wenn er es nicht tut?«, fragte Dr. McDaniels.

»Ja, ich denke schon«, antwortete Annie. Dann sah sie der Psychiaterin in die Augen. »Kann ich Sie was fragen, das nichts mit Essen zu tun hat?«

»Natürlich.«

»Warum sind Jungs so schwer zu verstehen?«

Dr. McDaniels lachte. »Weißt du, dasselbe sagen sie über Mädchen.«

Das konnte sich Annie beim besten Willen nicht vorstellen. »Ich mein's ernst. Ich versteh nicht, warum Ty noch nicht erkannt hat, wie toll wir als Paar wären. Wir können über alles reden. Wir kennen uns schon ewig. Wir sind praktisch beste Freunde.«

Diesmal lachte Dr. McDaniels nicht. Sie lächelte nicht mal, sondern nahm die Frage äußerst ernst. Das gefiel Annie an den Gesprächen mit ihr.

»Manchmal ist es schwer, alte Muster zu ändern«, erklärte sie Annie. »Oder vielleicht fürchtet Ty, eure Freundschaft zu ruinieren, wenn ihr miteinander geht und es nicht funktioniert. Wenn man bedenkt, wie nah sich eure Familien stehen, könnte das wirklich unangenehm werden.«

Langsam nickte Annie. »Ich versteh, was Sie meinen. Heißt das, ich soll einfach aufgeben?«

»Auf keinen Fall. Du solltest nur deine Erwartungen zügeln und es nicht zu eilig damit haben, etwas zu verändern. Beste Freunde haben auf lange Sicht oft die besten Beziehungen. Waren nicht auch deine Eltern lang miteinander befreundet, bevor es ernster zwischen ihnen wurde?«

Annie grinste. »Aber nur, weil mein Papa gewusst hat, dass es der beste Weg war, sich das Interesse meiner Mutter zu sichern.«

»Tja, jedenfalls hat es bei den beiden gut funktioniert, es langsam anzugehen. Vielleicht schlagen Ty und du ja den gleichen Weg ein. Bis es eines Tages einfach funkt. Kannst du geduldig sein und darauf warten?«

»Ich kann so lang auf Ty warten, wie es eben dauert«, erwiderte Annie. »Er ist es definitiv wert.«

»*Du* bist es definitiv auch wert. Vergiss das nicht«, sagte Dr. McDaniels. »Noch eine letzte Sache, bevor du gehst. Hast du irgendwelche Fragen dazu, wie du die Feiertage

mit all dem Essen bewältigen sollst, das aufgetischt werden wird? Manchmal ist es ziemlich schwer, so viel Essen
zu sehen. Es kann das Gefühl vermitteln, du könntest die
Kontrolle verlieren und alles in Sicht in dich hineinstop-
fen. Manche Menschen geraten dann in Panik und gehen
allem aus dem Weg, nicht nur dem Essen, sondern auch
den damit verbundenen sozialen Kontakten und Feiern.«

»Ich kann mir nicht vorstellen, dass ich das tun würde«,
antwortete Annie. »Aber falls ich doch unsicher werde
oder so, rufe ich Sie an.«

»Gut. Genau das wäre richtig. Oder du redest mit deinen Eltern. Du kannst auch zu den Treffen dieser Selbsthilfegruppe gehen, über die wir gesprochen haben. Den
Terminplan hast du ja.«

An einem solchen Treffen hatte Annie auf Dr. McDaniels' Drängen teilgenommen. Irgendwie hatte es sich gut
angefühlt zu wissen, dass andere Jugendliche dasselbe
durchgemacht hatten wie sie. Trotzdem war sie nicht
noch einmal hingegangen. Weil sie sonst das Gefühl
hätte, sie wäre immer noch krank und müsste sich ständig auf die Magersucht konzentrieren, obwohl Annie
dieses Kapitel nur noch hinter sich lassen wollte. Einmal
die Woche Dr. McDaniels zu sehen genügte ihr als Erinnerung daran.

Offenbar musste ihr Gesichtsausdruck sie verraten haben, denn die Ärztin sagte: »Ich weiß, dass du keiner
Selbsthilfegruppe beitreten willst, Annie. Und es soll mir
recht sein, weil du anscheinend auch allein gut zurecht-
kommst. Aber es kann eine nützliche Ressource sein. Vor
allem, wenn du mit gesellschaftlichen Anlässen konfrontiert wirst, bei denen es viel zu essen gibt – wie eben zu
Weihnachten. Du wärst bei jedem Treffen willkommen.«

»Ich werd's mir merken«, beteuerte Annie. »Sind wir jetzt fertig?«

»Ja, du kannst gehen.« Dr. McDaniels lächelte. »Genieß den Nachmittag mit Ty.«

»Danke, werd ich.«

Damit wandte sich Annie ab und hopste regelrecht durch die Tür hinaus. Bevor sie den Parkplatz betrat, bremste sie schlitternd ab. Ty sollte ihr nicht anmerken, wie aufgeregt sie über diesen Einkaufsbummel war.

Auf halbem Weg zum Auto hörte sie die Musik aus dem Radio, das sie auf ihren gemeinsamen Lieblingssender eingestellt hatten. Zum Glück teilten sie den gleichen Musikgeschmack. Viele Kids in der Schule mochten Rap, aber Annie fand viele der Texte einfach nur abstoßend.

Sie klopfte ans Fenster, dann öffnete sie die Tür und stieg ein. Ty grinste sie an und drehte sofort die Musik leiser. »Wie war's?«, erkundigte er sich und startete den Motor.

»Ganz gut«, erwiderte sie.

Er drehte sich ihr zu und musterte sie, bevor er den Gang einlegte. »Bist du sicher?«

Annie nickte.

»Du würdest es mir doch sagen, wenn du wieder Probleme hättest, oder?«, hakte er nach.

Sie errötete unter seinem eindringlichen Blick. »Müssen wir darüber reden?«

Ihr scharfer Ton ließ ihn die Stirn runzeln. »Ich will damit nur sagen, dass du mit mir über alles reden kannst.«

»Weiß ich«, erwiderte sie ungeduldig.

Er schaltete den Motor aus. »Okay, raus damit. Was ist los?«

»Nichts«, beharrte sie und konnte sich nicht recht erklären, warum sich ihre Laune derart verschlechtert hatte, obwohl sie eben noch so aufgeregt und optimistisch gewesen war. Vielleicht wegen der Erinnerung daran, dass Ty ihre Essstörung anscheinend einfach nicht vergessen konnte. Manchmal fragte sie sich, ob seine Sorge um ihre Gesundheit das Einzige war, was sie verband.

»Annie, ich kenne dich«, ließ er nicht locker. »Irgendwas liegt dir auf dem Herzen. Wenn es nichts mit deiner Sitzung zu tun hat, was ist es dann?«

»Es geht um meine Mutter«, klammerte sie sich an das Erstbeste, was ihr in den Sinn kam, um nicht erklären zu müssen, wie sehr es sie frustrierte, dass er in ihr immer noch keine potenzielle feste Freundin sah. »Sie achtet nicht so auf sich, wie sie es sollte.«

»Hast du ihr gesagt, dass du dir deswegen Sorgen machst?«

»Gestern Abend. Papa hat auch mit ihr geredet.«

»Na ja, Mama und Helen haben diese Wette mit ihr am Laufen. Vielleicht haben sie ja alles im Griff.«

»Glaub ich nicht«, erwiderte Annie müde.

Ty griff nach ihrer Hand und drückte sie. »Ich sage meiner Mama, sie soll noch mal mit ihr reden, okay?«

Annie konnte kaum atmen, weil sie fürchtete, Ty könnte ihre Hand loslassen. Ihr gefiel, wie sich seine Berührung anfühlte, warm und stark, die Haut rauer als ihre. Eigentlich keine große Sache, dass er ihre Hand hielt, nur hatte er es noch nie zuvor so getan.

»Annie?«

»Hm?« Sie schaute von ihren ineinander verschränkten Fingern zu seinem Gesicht auf.

»Du bist ganz rot«, stellte er fest und ließ ihre Hand los, um ihre Wange zu berühren. »Stimmt noch was nicht?«

»Alles gut«, behauptete sie mit einem gequälten Seufzen. Sie griff nach dem Regler des Autoradios und drehte die Musik auf.

Ty stellte sie wieder leise und sah sie mit verwirrter Miene an. »Bist du sauer auf mich?«

Annie beschloss, ehrlich zu sein. »Nicht sauer. Frustriert«, sagte sie.

»Warum?«

»Ich mag dich.«

Er schaute immer noch verwirrt drein. »Ich mag dich auch.«

»Nein, ich meine, ich mag dich *richtig*. Und du behandelst mich wie deine kleine Schwester oder so.«

»Oh.«

Annie schüttelte den Kopf. »Ich hätte den Mund halten sollen«, sagte sie, angewidert von sich selbst. »Ist schon okay, wenn du nicht so für mich empfindest.«

Während er sie weiter ansah, wirkte er plötzlich deutlich unsicherer, als Annie ihn je zuvor erlebt hatte. »Vielleicht ja doch«, sagte er leise.

Annies Puls schoss durch die Decke. »Wirklich?«

Er sah ihr tief in die Augen. »Ich möchte nur nichts zwischen uns durcheinanderbringen, verstehst du?«

Erleichtert nickte Annie. »Ja. Geht mir auch so.«

»Und ich geh nächstes Jahr weg ans College«, erinnerte er sie. »Wäre irgendwie verrückt, etwas anzufangen und dann wegzumüssen.«

»Wahrscheinlich hast du recht«, stimmte sie ihm zu, und ihre Hoffnung schwand.

»Trotzdem können wir ja Zeit miteinander verbringen«, meinte er. Dabei klang er, als würde er es sich während seiner Worte durch den Kopf gehen lassen. »Heute zum Beispiel, der Einkaufsbummel. Den könnten wir ja sozusagen als Date betrachten.« Er wirkte zögerlich. »Was hältst du davon?«

»Ich finde, das wäre ein richtig guter Anfang«, willigte Annie ein.

Als sich ein Grinsen in seinem Gesicht ausbreitete, ergriff er wieder ihre Hand. »Macht dir das was aus?«

»Überhaupt nicht«, sagte sie. Dann jedoch zuckte sie zusammen. »Aber du solltest mit beiden Händen am Lenkrad steuern.«

Widerwillig ließ er sie los. »Das gehört mit zu den Dingen, die ich so an dir mag. Du hältst dich an die Regeln.«

»Nicht immer«, schränkte sie ein. »Aber ich hab gelernt, dass es manche Regeln aus gutem Grund gibt.« Annie warf ihm einen kurzen Seitenblick zu, als er den Motor wieder startete. »Aber du könntest meine Hand halten, wenn wir im Einkaufszentrum sind. Mir fällt keine einzige Regel ein, gegen die das verstoßen würde.«

Tys Mundwinkel wanderten zu diesem Lächeln hoch, bei dem Annies Knie jedes Mal weich wurden. »Mir auch nicht«, sagte er.

Annie schwebte auf Wolke sieben. Sie war ein Risiko eingegangen, und es hatte sich gelohnt. Ty und sie waren damit praktisch ein Paar. Oder fast. Jedenfalls mehr als bloß Freunde. Verdammt, sie wusste nicht, was genau sie waren, aber es fühlte sich gut an.

Ronnie war stinksauer. Dana Sue hatte sich erfolgreich jedem seiner Versuche entzogen, sie zu Doc Marshall zu bringen. Aus dem Versprechen für Dienstag war eines für Mittwoch geworden, dann für Freitag. Ronnie hatte den

Großteil des Tags versucht, sie zu erreichen. Aber ganz gleich, wo er nachsah oder anrief, er schien sie immer knapp verpasst zu haben. Entweder war sie schlüpfrig wie ein Aal, oder ihre Freunde deckten sie. Und er hatte zu viel Respekt vor ihrer Professionalität, um in die Küche im *Sullivan's* zu stürmen und eine Szene zu veranstalten – obwohl er trotz allem kurz davorstand.

Das Einzige, was an diesem Abend einen Riesenkrach im Restaurant zwischen ihnen verhindern würde, war Butch Thompsons Anwesenheit. Hätte Butch nicht ausdrücklich darauf bestanden, im *Sullivan's* zu essen, Ronnie hätte sich nicht mal in die Nähe des Lokals begeben, weil er sich davor fürchtete, was er sagen oder tun könnte, wenn er Dana Sue endlich über den Weg liefe.

Butch und seine Frau saßen bereits an einem Tisch, als er eintraf. Ronnie zwang sich zu einem Lächeln, begrüßte Jessie Thompson mit einem Schmatz auf die Wange, nachdem sie ihm kurzerhand das Du angeboten hatte, und schüttelte danach Butch die Hand.

»Tut mir leid, wenn ich zu spät bin.«

»Wir waren zu früh«, sagte Butch. »Hat mich schon den ganzen Tag gejuckt, einen Blick auf die Speisekarte hier zu werfen. Sogar Jessie hat verkündet, dass der Verzicht auf Fleisch heute Abend ausnahmsweise nicht gilt.«

Ronnie schmunzelte. »Dann kann ich den Hackbraten wärmstens empfehlen. Ist eine der Spezialitäten hier. Beim Kartoffelpüree nach Art des Hauses fühlt man sich in Mamas Küche zurückversetzt.«

»Nicht in die meiner Mama«, erklärte Jessie. »Sie konnte nicht mal richtig kochen. Deshalb musste ich es so früh lernen. Sonst wäre die Familie entweder verhungert oder vor lauter verkohltem Essen im vorzeitigen

Grab gelandet. Früher hab ich auch alles auf altmodische Südstaatenart zubereitet. Ein Wunder, dass unser Blut überhaupt noch den Weg durch die Arterien findet.«

Butch tätschelte ihre Hand. »Das hast du längst ausgeglichen, Jessie. Wir ernähren uns ja jetzt richtig gesund. Bestimmt saugen die ganzen Haferflocken alles an restlichem Cholesterin auf, das sich an dir vorbeimogelt. Heute Abend ein bisschen zu sündigen wird uns beiden nicht schaden.«

Sie lachte. »So schlimm ist es überhaupt nicht«, klärte sie Ronnie auf. »Butch wird bloß gern bemitleidet.« Sie bedachte Ronnie mit einem wissenden Blick. »So wie von dir, als du ihn vor ein paar Monaten zu diesem Steak eingeladen hast.«

»Hoppla …«, murmelte Ronnie. »Schätze, sie hat uns erwischt.«

»Sie hat gesagt, sie könnte es in meinem Atem riechen«, gestand Butch. »Aber ich glaub eher, sie hat einfach einen sechsten Sinn dafür, wenn ich vom rechten Weg abweiche.«

Butch zwinkerte seiner Frau zu. Die kleine Geste erinnerte Ronnie daran, wie eine dauerhafte Ehe sein konnte – zwei Menschen, die sich vielleicht zankten und neckten, sich aber trotz ihrer kleinen Schwächen innig liebten.

»Sag mal, Ronnie, lockst du deine Ex-Frau aus der Küche, damit wir sie kennenlernen können?«, fragte Jessie.

Abrupt versteifte Ronnie den Körper. »Mal sehen«, erwiderte er unverbindlich.

Butch bedachte ihn mit einem merkwürdigen Blick. Offenbar entging ihm die Anspannung in Ronnies Stimme nicht. »Läuft an der Front alles gut?«

»Wir sind wegen etwas auf einen kleinen Engpass gestoßen, aber das kriegen wir schon hin«, versicherte ihm Ronnie. Dabei wanderte sein Blick unwillkürlich zur Küchentür, weil er hoffte, einen flüchtigen Blick auf Dana Sue zu erhaschen, während das Servicepersonal ein und aus ging.

In dem Moment kam Brenda beschwingt zum Tisch und grinste ihn an. »Hi, Mr. Sullivan. Weiß Dana Sue, dass Sie hier sind?«

»Nein, und sag's ihr auch nicht. Sie ist bestimmt beschäftigt.«

»Da drin geht's zu wie in einem Tollhaus«, vertraute Brenda ihm an. »Karen hat angerufen und sie schon wieder hängen lassen. Das dritte Mal diese Woche. Dana Sue scheint mit den Nerven ziemlich am Ende zu sein.«

Das klang nicht gut, fand Ronnie. Wenn es ihm möglich gewesen wäre, hätte er dieses Treffen kurzerhand verlassen und wäre zu ihr gegangen, um ihr zu helfen. Stattdessen rang er sich ein Lächeln für Butch und Jessie ab. »Wollen wir bestellen?«

»Der Hackbraten ist mir wärmstens empfohlen worden«, sagte Butch. »Den nehme ich.«

»Schließe mich an«, fügte Jessie hinzu.

»Dann machen wir gleich drei draus«, sagte Ronnie.

Nachdem die Kellnerin gegangen war, sah er seinen Teilhaber an. »Gibt's einen bestimmten Grund, warum du dich heute Abend treffen wolltest?«

»Abgesehen von der Aussicht auf gutes Essen, meinst du?«, gab Butch zurück. »Ich wollte dir nur dazu gratulieren, wie gut es bisher läuft. Ich hab mir die Berichte angesehen, die du mir gefaxt hast. Du liegst ja weit über den Prognosen. Das verrät mir, dass du dich richtig reinkniest.«

»Ich gebe mir Mühe«, sagte Ronnie. »Im neuen Jahr sollte es erst so richtig ins Rollen kommen. Ich will das Vertrauen rechtfertigen, das du in mich gesetzt hast.«

»Vielleicht kniest du dich ein bisschen zu sehr rein«, deutete Butch mit besorgter Miene an.

Ronnie starrte ihm ins Gesicht. »Was meinst du damit? Wie kann ich mich zu sehr reinknien?«

»Der Laden war doch nicht das Einzige, was dich zurück nach Serenity gezogen hat, oder?«

»Das weißt du genau«, erwiderte Ronnie.

»Wie viel Zeit hast du mit deiner Tochter und deiner Ex-Frau verbracht, seit du den Laden eröffnet hast?«

»Nicht so viel, wie ich gerne hätte«, gab er zu.

»Dann verlier nicht das wahre Ziel aus den Augen«, riet ihm Butch. »Was nützt dir ein florierendes Unternehmen, wenn du's mit niemandem teilen kannst?«

Jessie lächelte. »Hör auf ihn, Ronnie. Er ist die Stimme der Erfahrung. Vor fünfunddreißig Jahren hab ich was sehr Ähnliches zu ihm gesagt. Er hat es sich zu Herzen genommen – und deshalb sind wir immer noch zusammen. Nach unseren ersten fünf Ehejahren hätte ich darauf keine zehn Cent gewettet, weil er zu der Zeit von früh bis spät nur für sein Bauunternehmen gelebt hat.«

Butch legte die Hand auf ihre, bevor er Ronnie ansah. »Was hast du in den Berichten gesehen, die du mir geschickt hast?«

»Eine positive Bilanz«, antwortete Ronnie. »Die Ziele für die ersten vier Monate, erreicht in einem Viertel der Zeit.«

Der ältere Mann nickte. »Hat richtig gut ausgesehen, was?«

»Klar«, bestätigte Ronnie, obwohl er völlig unsicher war, worauf Butch damit hinauswollte.

»Und wie oft hast du dafür bis spät in die Nacht geschuftet?«, fragte Butch. »Wie oft hast du für ein zusätzliches Geschäftstreffen die Chance verstreichen lassen, Zeit mit deiner Tochter oder mit Dana Sue zu verbringen?«

Ronnie seufzte, als er begriff. »Zu oft«, gestand er.

»Ich hab dir genug Kapital für den von uns vereinbarten Fünfjahresplan zur Verfügung gestellt. Wenn sich der Erfolg schneller einstellt, wäre das natürlich spitze – aber nicht auf Kosten deines Privatlebens. Ausgewogenheit, Junge. Unterschätz nicht den Wert von Ausgewogenheit beim Setzen von Prioritäten.«

Ronnie verstand die Botschaft. Wieder musste er daran denken, was Brenda ihm über die Lage in der Küche verraten hatte. Er schaute in die Richtung.

»Macht dir Sorgen, was die Kellnerin vorhin gesagt hat?«, fragte Butch. »Weil jemand heute Abend nicht zur Arbeit aufgekreuzt ist?«

Ronnie nickte. »Dana Sue ist zu stur, um irgendjemanden um Hilfe zu bitten. Aber an einem Freitagabend geht's in der Küche wirklich zu wie in einem Irrenhaus.«

»Wenn du mit anpacken willst«, meldete sich Jessie zu Wort, »ist das total in Ordnung für uns.«

»Genau«, bestätigte Butch und schenkte Jessie einen liebevollen Blick. »Kommt ohnehin nicht allzu oft vor, dass ich meine Frau ganz für mich allein hab. Geh du ruhig und tu, was du kannst, um zu helfen. Was ich loswerden wollte, ist ja wohl angekommen, oder?«

»Auf jeden Fall. Und danke dafür«, sagte Ronnie. »Weiß ich aufrichtig zu schätzen. Und vergiss nicht, dass euer Essen auf mich geht. Ist wohl das Mindeste nach allem, was du für mich getan hast.«

»Das ist nicht nötig. Wir sind Partner, Junge«, erinnerte Butch ihn. »Du tust genug, um deinen Teil der Abmachung einzuhalten. Und jetzt rein da mit dir. Ich will sehen, ob ich Jessie überreden kann, heut Nacht mit mir in einem Motel zu übernachten und so zu tun, als wären wir in den Flitterwochen.«

Ronnie ließ die beiden mit zusammengesteckten Köpfen zurück. Der Ausdruck in Jessies Augen ließ erahnen, dass Butch sie nicht groß überreden müssen würde. Offensichtlich war sie nicht halb so stur und unmöglich wie die Frau in Ronnies Leben.

Dana Sue wusste nicht genau, wann sie bemerkt hatte, dass ihr ein wenig mulmig und schwindlig wurde. Es musste wohl um den Zeitpunkt gewesen sein, als das Abendgeschäft voll in Fahrt kam. Karen hatte sie zum x-ten Mal in letzter Zeit im Stich gelassen. Es führte kein Weg mehr daran vorbei, sie zu ersetzen, obwohl es Dana Sue zutiefst widerstrebte, zumal sie wusste, wie schwer es Karen als alleinerziehende Mutter hatte. Trotzdem ging es einfach nicht mit einer so unzuverlässigen Hilfe.

Zu ihrer Verblüffung war erneut Ronnie als Retter in der Not auf den Plan getreten. Vor ein paar Minuten war er hereingeschneit, hatte sich eine Schürze vom Haken in der Vorratskammer geschnappt und sie ersucht, ihn einzuteilen. Dabei hatte er zwar mit keinem Wort ihr Versäumnis erwähnt, einen Arzttermin zu vereinbaren, dennoch bezweifelte sie, dass sie in der Hinsicht aus dem Schneider war. Als sie einen Blick in seine Richtung wagte, stellte sie fest, dass er wie ein Profi Gemüse schnippelte und Salate zubereitete. Sie hatte sich gerade umgedreht, um ihm für seine Hilfe zu danken, als sie plötzlich ein Schweißausbruch überkam.

Und nicht zum ersten Mal. Aber bisher hatte sie immer eine Möglichkeit gefunden, sich die Symptome als harmlos zu erklären. Genau wie bei dem einen Vorfall, als sich ihre Hand taub angefühlt hatte und sie das Messer beiseitelegen und mit dem Schneiden aufhören musste, bis wieder Gefühl in die Finger zurückgekehrt war. Zusammengenommen jedoch, ängstigten sie die Zwischenfälle auf einmal, obwohl sie es einzeln nicht getan hatten.

Sie griff sich einen Hocker und setzte sich. Erschrocken von dem Schwindelgefühl, das sich nicht legen wollte, rief sie Ronnies Namen. Ihre Stimme drang nur als banges Flüstern aus ihr. Trotzdem wirbelte er prompt herum und eilte zu ihr.

»Alles in Ordnung?«, fragte er besorgt und legte die Hände auf ihre Oberschenkel. »Was ist los?«

»Ich glaub, ihr Blutzucker spielt verrückt«, kam von Erik, der sofort mit besorgter Miene zu ihnen hastete. »In letzter Zeit hat sie nicht wirklich auf ihre Ernährung geachtet. Sie hat das Testgerät in ihrem Büro. Ich hole es.«

»Nein!«, protestierte Dana Sue. Sie wollte nicht, dass Ronnie bezeugte, was immer der Test ergeben würde.

Ronnie sah ihr in die Augen. »Schatz, das Gespräch hatten wir schon neulich Abend. Du weißt, dass damit nicht zu scherzen ist. Nicht, wenn du Diabetes hast.«

»Habe ich nicht«, behauptete sie mit einem erbosten Blick zu Erik, weil er über ihre Essgewohnheiten geplaudert hatte und so übereifrig das Testgerät holen wollte. »Jedenfalls noch nicht.«

»Muss ich dich ins Krankenhaus bringen? Den Notruf wählen? Was?«, fragte Ronnie ruhig und besonnen, aber wild entschlossen.

Erik reichte ihr eine Scheibe Käse. »Das sollte helfen. Ich hole dein Set.«

Nach wenigen Augenblicken spürte Dana Sue, wie ihr Körper allmählich in den Normalzustand zurückkehrte. »Schon besser«, sagte sie und schenkte Erik bei seiner Rückkehr einen dankbaren Blick. »Kein Grund mehr zum Testen.«

»Entweder du machst den Test sofort oder du fährst ins Krankenhaus«, erklärte Erik nüchtern.

»Ganz meine Rede«, stärkte Ronnie ihm den Rücken. »Zwei Möglichkeiten, Dana Sue. Entweder rufen wir Doc Marshall an und bitten ihn, uns in seiner Praxis zu empfangen, oder wir fahren direkt in die Notaufnahme.«

Sie schüttelte den Kopf. »Es geht mir gleich wieder gut. Außerdem haben wir heute Abend volles Haus. Ich hab keine Zeit, irgendwohin zu fahren.«

»Annie könnte einspringen«, schlug Erik vor. »Sie hat ein paar Grundlagen von dir gelernt. Und Helen hat gesagt, sie würde jederzeit vorbeikommen, wenn wir sie brauchen. So unglaublich es vielleicht klingt, hier lässt sie sich tatsächlich was sagen.«

»Ruf sie beide an«, forderte Ronnie ihn auf, bevor er sich Dana Sue in die Arme hob. »Wir lassen dich untersuchen, Zuckerschnute.«

»Lass mich runter, du Idiot«, herrschte sie ihn an, obwohl es sich an seine Brust geschmiegt ziemlich gut anfühlte. »Und findest du nicht, dass es unter den gegebenen Umständen vielleicht nicht die beste Idee ist, mich ausgerechnet ›Zuckerschnute‹ zu nennen?«

Ronnie grinste. »Du fühlst dich *wirklich* besser, was?«

»Ja, verdammt. Deshalb muss ich auch nicht zum Arzt.«

»Pech gehabt. Hättest du den Termin Anfang der Woche vereinbart, wie ich dich gebeten habe, wär's vielleicht nicht so weit gekommen.«

Er wechselte mit Erik einen dieser Blicke männlicher Überlegenheit, der in Dana Sue den Wunsch weckte, beiden mit der gusseisernen Pfanne eins überzuziehen. Erik grinste, als Ronnie mit ihr in den Armen zur Hintertür hinausmarschierte.

»Ronnie Sullivan, ich kümmere mich seit geraumer Zeit um mich selbst …«, begann sie. Allerdings verstummte sie bei einem Blick von ihm, der besagte, dass sie sich dabei womöglich nicht besonders gut anstellte. Zähneknirschend räumte sie ein: »Na schön, vielleicht hab ich das eine oder andere schleifen lassen. Ich hatte eine Menge im Kopf.«

»Annie geht's inzwischen besser«, sagte er. »Und du hast mich absichtlich ignoriert, als ich dich gebeten hab, bei Doc Marshall einen Termin zu vereinbaren. Du weißt, dass du im Unrecht bist. Deshalb gehst du mir seit dem Abend aus dem Weg, an dem du's mir versprochen hast.«

»Du hast mich nicht darum gebeten. Du hast es mir befohlen«, erinnerte sie ihn.

»Tut mir leid. Mein Fehler. Ich hab dabei nur an deine Gesundheit gedacht.«

»Das ist nicht dein Problem«, sagte sie irritiert.

»Ich dachte, auch das hätten wir an dem Abend geklärt.« Er pflanzte sie auf den Beifahrersitz seines Pickups, dann klemmte er sich hinters Steuer und setzte aus der Parklücke zurück, als wollte er an einem Rennen teilnehmen. »Ich werde mir auch weiterhin Sorgen um dich machen. Gewöhn dich besser daran.«

Sobald sie sich auf der Straße befanden, sah er sie an und sagte mit fester Stimme: »Vielleicht müssen wir etwas klarstellen. Ich bin endgültig zurück. Eigentlich dachte ich, die Eröffnung des Ladens hätte dir das bewiesen, aber offenbar musst du immer wieder daran erinnert werden. Außerdem hab ich vor, dich wieder zu heiraten. Der Zeitpunkt liegt bei dir, aber das Ergebnis steht fest. Dadurch hab ich das Recht, mich zu sorgen.«

Obwohl seine Erklärung ihr Herz zum Tanzen brachte, irritierte sie seine Arroganz. »Das Ergebnis steht überhaupt nicht fest«, widersprach sie. »Du hast ja ganz schön Nerven, einfach aufzukreuzen und Vermutungen über mich aufzustellen.«

»Tatsächlich stelle ich nur Vermutungen über uns auf. Wir gehören zusammen, Dana Sue. Daran wird sich nie was ändern.«

Sie wollte ihm geradezu verzweifelt glauben. »Immer noch?«

Er bedachte sie mit einem verständnislosen Blick. »Was meinst du damit?«

»Ich hab zugenommen. Mir droht Diabetes. Ich bin ein Wrack.« Mühsam unterdrückte sie ein Schluchzen der Verzweiflung, weil sie sich trotz all der von ihr versuchten Veränderungen so völlig außer Kontrolle fühlte.

Ronnie sah sie bestürzt an. »Schatz, du bist alles andere als ein Wrack«, stellte er in tadelndem Ton klar. »Du bist das Beste, was mir je passiert ist. Ein paar überschüssige Kilos sind mir völlig egal, solange sie deiner Gesundheit nicht schaden. Und falls du Diabetes hast, na ja, dann kommen wir auch damit klar. Falls du Insulin brauchst, lerne ich sogar, wie man eine Spritze setzt.«

»Du hast Angst vor Nadeln«, gab sie zu bedenken.

»Darüber komme ich hinweg«, erklärte er entschlossen. »Es gibt nichts, was ich nicht für dich tun würde. Ich liebe dich. Ich liebe deine Begeisterung, dein großzügiges Herz, dein wunderschönes Gesicht und sogar dein feuriges Temperament. Nach deiner sturen Ader bin ich zwar nicht ganz so verrückt, aber ich kann damit leben.«

Dana Sue sah ihm tief in die Augen und entdeckte darin nichts, was sie an seinen Worten zweifeln ließ. Kein Wimpernzucken deutete darauf hin, dass er ihr nur Honig ums Maul schmierte, um zu bekommen, was er wollte. Er sprach aus dem Herzen.

»Na schön«, sagte sie schließlich und gab sowohl ihm als auch dem eigenen Herzen nach. Was sie schon hätte tun sollen, als er ursprünglich in die Stadt zurückgekommen war. So hätte sie ihnen beiden monatelange Nervenanspannung erspart. Leider hatte das die von ihm erwähnte sture Ader verhindert.

Ronnie verengte die Augen zu Schlitzen. »Na schön, was? Gehst du ohne weiteren Widerstand zum Arzt?«

Sie schüttelte den Kopf. »Nein – obwohl ich das auch tun werde. Ich will damit sagen, dass ich dich heiraten werde.«

Da schaute er fassungslos drein. »Du sagst ja«, murmelte er, als könnte er es nicht glauben. Die Reifen quietschten, als er auf den Parkplatz des Krankenhauses bog und den Motor abstellte. »Ja?«

»Ich sage ja. Und glaub mir, niemand ist davon überraschter als ich.«

»Du sagst ja, während ich dabei bin, dich in die Notaufnahme zu schleppen«, murmelte er kopfschüttelnd. »Das raubt dem Moment irgendwie seine Romantik.«

Sie grinste über seinen frustrierten Ton. »Hattest du was anderes im Sinn?«

»Heiligabend«, gestand er. »Eine hübsche, mit Samt ausgekleidete Schatulle unter dem Baum. Ich wollte dir unter Annies Jubel meine unsterbliche Liebe erklären. So was in der Art.«

»Ein schönes Bild«, befand Dana Sue, schlang die Arme um seinen Hals und ließ sich von ihm aus dem Auto heben. »Aber irgendetwas an all dem hier passt zu uns.«

Er bedachte sie mit einem skeptischen Blick. »Ein Krankenhausparkplatz passt zu uns? Wie?«

»Das hier ist unvorhersehbar gewesen. Ein bisschen verrückt.«

Er senkte den Mund auf ihren und küsste sie, bis das Schwindelgefühl zurückkehrte, diesmal auf die beste erdenkliche Weise.

»Ich denke, das nehme ich ins Ehegelübde auf«, meinte er zu ihr, als er nach einer ganzen Weile den Kuss beendete.

»Was?«, hakte sie nach, noch zu benommen, um klar zu denken.

»Ich werd dir versprechen, dass es bei uns bis ans Ende unserer Tage unvorhersehbar und verrückt bleiben wird.«

Ein Lächeln breitete sich auf Dana Sues Lippen aus. »Also, das Versprechen kannst du mit Sicherheit halten, Ronnie Sullivan.«

Und ein Gefühl verriet ihr, dass sie kein Verlangen mehr verspüren würde, sich ein Stück von Eriks Torten oder sündhaften Kuchen zu stibitzen, sobald sie ihr kleines Stück vom Himmel zurückhätte. Vielleicht würde sich Ronnie diesmal als gut für ihr Herz *und* ihre Gesundheit erweisen.

Epilog

»Mama, würdest du wohl stillhalten?«, bat Annie. »Dein Schleier ist schief.«

»Ich sollte nicht mal einen Schleier tragen, geschweige denn ein weißes Kleid«, grummelte Dana Sue. »Keine Ahnung, was ich mir dabei gedacht habe, mich von dir zu einer schicken, formellen Hochzeit überreden zu lassen.«

»Ich glaub nicht, dass ich damit was zu tun hatte«, entgegnete Annie selbstgefällig. »Es liegt wohl eher daran, dass du wieder in dein altes Hochzeitskleid passt und damit angeben wolltest.«

»Na schön, Klugscheißerin, das hat vielleicht auch dabei mitgespielt«, räumte Dana Sue ein. Sie hatte es als Offenbarung empfunden, dass sie im Januar beim Verstauen des Weihnachtsschmucks die Schachtel mit dem Kleid auf dem Dachboden gefunden hatte. Noch überraschter war sie gewesen, dass ihr das Kleid tatsächlich noch passte. All das Training mit Elliott Cruz hatte sich ausgezahlt. Na ja, und zusätzlich achteten ihre Familie und ihre Freundinnen auf praktisch jeden Bissen, den sie sich in den Mund schob. Mittlerweile konnte sie nachvollziehen, wie Annie sich unter der ständigen Beobachtung gefühlt hatte. Aber es hatte sich gelohnt. Dana Sues Blutzuckerwerte waren seit mittlerweile Wochen normal, und sie musste nicht mit Insulin anfangen.

Sie warf einen Blick auf Annie, die auf einen Stuhl geklettert war, um ihren Schleier zu richten. Mittlerweile konnte man sich kaum noch vorstellen, dass sie erst vor wenigen Monaten beinah an Komplikationen durch Magersucht gestorben wäre. Ihre Haut hatte eine gesunde Farbe, ihr volles Haar hing gewellt und mit natürlichen, schimmernden Highlights über den Rücken. Zwar lag sie immer noch unter dem Idealgewicht für ihr Alter und ihre Größe, und an manchen Tagen hatte sie schwerer zu kämpfen als an anderen, aber sie gab sich Mühe, und mehr konnten Dana Sue und Ronnie nicht verlangen. Sollte Annie je einen Rückfall erleiden – eine Möglichkeit, vor der Dr. McDaniels gewarnt hatte –, wusste Dana Sue, dass Ronnie und sie es im Griff haben würden.

Als Annie den Schleier zu ihrer Zufriedenheit arrangiert hatte, hopste sie vom Stuhl und stellte sich hinter Dana Sue vor den Spiegel. »Du siehst wunderschön aus, Mama.«

»*Wir* sehen wunderschön aus«, verbesserte Dana Sue sie. »Das Brautjungfernkleid, das Maddie bei meiner letzten Hochzeit mit deinem Vater getragen hat, passt dir perfekt.«

Annie grinste. »Ich weiß. Das hat sie wahnsinnig gemacht. Sie sagt, seit sie das Baby hat, ist sie klobig wie ein Kreuzfahrtschiff. Und sie sagte auch, dass sie kilometerweit davon entfernt ist, die Ziele zu erreichen, die ihr euch gesetzt habt. Aber echt cool finde ich, dass Cal sie überhaupt nicht so zu sehen scheint.«

»Stimmt«, bestätigte Dana Sue. »In seinen Augen ist sie die schönste Frau der Welt. Was nicht heißt, dass Helen und ich ihr nicht ordentlich die Leviten dafür lesen werden, dass sie die Ziele ignoriert.«

Annie bedachte Dana Sue mit einem eindringlichen Blick. »Werden Papa und du auch noch ein Kind kriegen wie Maddie, als sie Cal geheiratet hat?«

Zu ihrem Entsetzen traten Dana Sue abrupt Tränen in die Augen. »Ich wünschte, das könnten wir. Ich würde alles für ein weiteres Kind geben. Es würde bestimmt genauso wunderbar wie du. Aber das geht nicht, Schatz.«

»Wegen des Diabetesrisikos«, sagte Annie mit mitfühlender Miene.

»Und wegen meines Alters«, fügte Dana Sue hinzu.

»Aber du bist nicht älter als Maddie«, argumentierte Annie. »Also geht die eigentliche Gefahr vom Diabetes aus.«

Dana Sue seufzte. »Ja, ist wohl so.«

Annie umarmte sie. »Das tut mir leid, Mama.«

»Mir auch.«

»Was ist mit Tante Helen? Meinst du, sie wird je ein Kind bekommen?«

In letzter Zeit sprach Helen kaum noch von etwas anderem. Allerdings fand Dana Sue nicht, dass es ihr zustand, mit Annie darüber zu reden. Wenn Helen alle Vor- und Nachteile abgewogen und eine Entscheidung getroffen hätte, würde sie die Neuigkeit selbst verkünden.

»Man kann nie wissen«, antwortete Dana Sue ausweichend.

»Sie wäre eine tolle Mama,« fand Annie. »Denken Ty, Kyle und Katie auch. Sie ist sozusagen die beste Ersatztante der Welt.«

»Was hältst du davon, ihr das zu sagen?«, schlug Dana Sue vor. Vielleicht würde es Helen helfen zu wissen, dass vier Kinder sie als hervorragend zur Mutter geeignet betrachteten. Zu Dana Sues Überraschung schien die sonst stets so selbstsichere Helen in der Hinsicht von Selbstzweifeln zerfressen zu sein.

Annie grinste. »Mach ich vielleicht. Mein letztes Projekt hat ja ganz gut geklappt.«

»Projekt?«, hakte Dana Sue nach.

»Papa und du«, erwiderte Annie, und der selbstgefällige Ausdruck kehrte in ihre Züge zurück. »Ihr habt doch nicht gedacht, ihr wärt ganz allein auf die Idee gekommen, oder?«

Dana Sue lachte. »Natürlich nicht. Wir haben zwar vor über zwanzig Jahren schon einmal die Idee gehabt, aber das heißt ja noch lange nicht, dass wir ohne dich noch mal so genial gewesen wären.«

»Genau«, bestätigte Annie. »Ich schaue besser nach Papa. Du weißt ja, wie unbeholfen er beim Binden der Krawatte ist.«

»Mach das mal«, ermutigte Dana Sue ihre Tochter. »Wir sehen uns in ein paar Minuten in der Kirche.«

»Komm nicht zu spät – Papa ist so schon ein Nervenbündel.«

»Werd ich nicht«, versprach Dana Sue. Sie hatte ohnehin viel zu lange auf diesen Moment gewartet.

Zu Ronnies Erleichterung verlief die Zeremonie reibungslos. Dana Sue sah genauso atemberaubend aus wie bei ihrer ersten Hochzeit. Beim Empfang im *Sullivan's* drängten sich die Gratulanten, darunter seine Familie, die eigens aus Columbia angereist war. Er hatte die flüchtige Traurigkeit in Dana Sues Augen bemerkt, weil ihre Eltern nicht mehr dabei sein konnten, aber sie hatte sich schnell davon erholt. Annie flitzte umher, kümmerte sich um jede Einzelheit, die Maddie und Helen nicht vor ihr in Angriff nahmen. Erik hatte genug Essen für alle in Serenity – und mehr – vorbereitet. Der Menüplan war gewissenhaft so zusammengestellt worden, dass er nichts enthielt, was Dana Sue nicht essen sollte. Sogar die turmhohe, schier unglaubliche Hochzeitstorte war zuckerfrei.

Ronnie hatte darauf bestanden, eine Band zu engagieren, was sie sich damals bei ihrer ersten Hochzeit nicht hatten leisten können. Er zog Dana Sue für eine letzte Runde auf die Tanzfläche, bevor sie in ihre zweiwöchigen Flitterwochen nach Italien aufbrechen würden, wo Ronnie für sie beide einen Kochkurs in der Toskana eingeplant hatte. Es sollte eine Überraschung werden. So würde Dana Sue zwar im Urlaub an die Arbeit erinnert, aber auf eine Weise, die sie begeistern würde, davon war Ronnie überzeugt. Den Traum hatte sie jahrelang gehegt, zuletzt jedoch behauptet, sie hätte keine Zeit mehr dafür. Ronnie hatte vor, dafür zu sorgen, dass sie sich immer Zeit für Wichtiges im Leben nehmen würden.

»Eigentlich könntest du jetzt die Krawatte abnehmen«, sagte Dana Sue, während sie amüsiert beobachtete, wie er einen Finger unter den zu engen Kragen seines Hemds schob und daran zerrte.

»Fünf Minuten halte ich sie noch aus«, antwortete er. »Du weißt ja, dass fotografiert wird, wenn wir von hier gehen. Ich will nicht, dass du mir nachher jahrelang vorwirfst, ich hätte ausgesehen, als wär ich bei einer Gartenparty gewesen.«

Als sie die Hand auf seine Wange legte, trat ein schelmisches Funkeln in ihre Augen. »Weißt du, am liebsten bist du mir sowieso völlig ohne Klamotten.«

Ronnie lachte. »Kann ich nur zurückgeben. Ist aber riskant, so daherzureden, weil wir in ein paar Stunden einen Flug aus Charleston erwischen müssen.«

»Ich wette, du könntest dafür sorgen, dass es sich lohnt, wenn wir den Flug verpassen«, meinte sie.

Er schüttelte den Kopf. »Könnte ich wohl, aber du würdest es mir später ewig vorhalten, also nimm deine Lust an die Leine, Schatz. Wir werden im Handumdrehen in Italien sein.«

Auf der anderen Seite des Raums sah er, wie Annie mit Ty tanzte. Er wies Dana Sue auf die beiden hin. »Sie scheinen sich näherzukommen, oder?«

Sie nickte.

»Meinst du, ich sollte ein Gespräch von Mann zu Mann mit ihm führen?«

»Und deine Tochter demütigen?«, stichelte Dana Sue. »Lieber nicht. Sie hat mit mir in letzter Zeit viel über Ty geredet. Ich denke, sie sieht die Sache mit ihm sehr vernünftig. Weil er im Herbst ans College geht, haben sie sich darauf geeinigt, es langsam anzugehen.«

»Sollten sie besser auch«, sagte Ronnie grimmig.

Dana Sue streichelte seine Wange. »Du bist voll der Vater.«

Er zwinkerte ihr zu. »Bin ich wirklich, oder? Und werde ich immer sein.« Er sah auf die Armbanduhr. »Musst du dich noch von jemandem verabschieden, bevor wir aufbrechen?«

»Nein. Annie ist begeistert, dass sie in der Zwischenzeit bei Helen bleiben darf. Erik hat hier alles unter Kontrolle. Und falls nicht, werd ich es nie erfahren. Karen kommt in letzter Zeit wieder regelmäßiger zur Arbeit. Sollte alles gut sein.«

»Dann lass uns gehen und den Rest unseres Lebens beginnen«, schlug Ronnie vor und führte sie zum Ausgang.

Bevor er die Tür öffnen konnte, wurden sie wieder umzingelt. Irgendwie hatten Maddie und Helen sie überholt und grinsten erwartungsvoll.

»Was glaubst du, was sie vorhaben?«, flüsterte er Dana Sue zu.

»Keine Ahnung«, gab sie zurück – bevor sie nach Luft schnappte, als sie an ihren Freundinnen vorbei auf die Straße schaute. »Mein Auto!«, entfuhr es ihr. »Ihr habt mein Auto gekauft!«

Bevor Ronnie fragen konnte, wovon sie da redete, war sie weg. Dann erst entdeckte er das schnittige rote Mustang Cabrio, das mit einer riesigen Schleife auf der Motorhaube am Bordstein parkte. Daneben grinsten Maddie und Helen, und Dana Sue umarmte beide innig.

»Was ist denn hier los?«, fragte er, als er zu den Frauen aufschloss.

Dana Sue drehte sich mit strahlenden Augen zu ihm um. »Ich hab mein Auto gewonnen!«, sagte sie und wirkte geradezu ehrfürchtig. »Wir hatten eine Wette, und ich hab gewonnen.«

»Redest du von den Zielen, die ihr drei euch gesetzt habt? Das ist dein Preis?«, fragte er ungläubig.

»Sie hat jedes Ziel auf ihrer Liste erreicht«, bestätigte Helen.

»Und eines, das gar nicht darunter war«, fügte Maddie hinzu. »Sie hat dich zurückgenommen. Das hat auf *meiner* Liste für sie gestanden, auch wenn mir keiner dafür dankt.«

»Arme Maddie«, sagte Dana Sue. »Aber so leid tust du mir eigentlich gar nicht, weil ich gewonnen hab!«

Ronnie schmunzelte angesichts ihrer unbändigen Freude über ihren Triumph. »Schadenfreude ist nicht nett, Süße.«

»Mir egal«, gab sie zurück. »Zum ersten Mal im Leben hab ich tatsächlich sowohl Helen als auch Maddie geschlagen.«

»Bei dem Preis überrascht mich nicht, dass du so hart für den Sieg gearbeitet hast.« Er musterte ihre Freundinnen. Beide wirkten nicht wirklich enttäuscht darüber, dass sie verloren hatten. »Was hättet ihr denn bei einem Sieg bekommen?«

»Eine Reise für zwei nach Hawaii«, antwortete Maddie.

»Einkaufsbummel in Paris.« Helen zuckte mit den Schultern. »Hole ich irgendwann nach und bezahle es mir selbst.«

Dana Sue sah ihre beiden besten Freundinnen mit Tränen in den Augen an. »Wisst ihr«, schlug sie verschmitzt vor, »wir könnten uns einfach neue Ziele setzen. Ich hab allmählich das Gefühl, das Glück mächtig auf meiner Seite zu haben.«

Sofort leuchteten Helens Augen auf. »Neue Ziele? Gefällt mir.«

Maddie stöhnte und bedachte Dana Sue mit einem irritierten Blick. »Was denkst du dir dabei?«

»Dass ich euch beide so glücklich sehen will, wie ich es in dieser Sekunde bin«, antwortete Dana Sue.

Maddie hängte sich bei Cal ein und lächelte selig. »Ich *bin* so glücklich.«

»Aber Helen wird nie versuchen, ihre Ziele zu erreichen, wenn wir sie nicht mit einer Herausforderung ködern«, sagte Dana Sue. »Das sind wir ihr schuldig. Und ich hab so das Gefühl, dass sie geradezu darauf brennt, ihre Liste um ein neues Ziel zu ergänzen.«

»Oh ja, das stimmt«, bestätigte Helen. »Und ich kann praktisch schon hören, wie die Boutiquen entlang der Champs Élysées nach mir rufen.«

»Dann treffen wir uns morgen in zwei Wochen um acht im *Corner Spa*«, entschied Dana Sue und grinste zu Ronnie hoch. »Spring rein, Kumpel. Ich nehm dich mit zur Fahrt deines Lebens.«

Er lachte über ihren Übermut. »Schatz, daran hat für mich nie ein Zweifel bestanden.«

* * * * *